*Romans
et
Nouvelles*

Mme de Lafayette

Romans et Nouvelles

Éditions Garnier Frères
6, Rue des Saints-Pères, Paris

843.4
L161r

*Tous droits de reproduction, de traduction
et d'adaptation réservés pour tous pays.*
© GARNIER FRÈRES 1961

151623

Textes revus sur les éditions originales avec une introduction, une bibliographie et des notes par
Émile Magne

Édition illustrée

B. N. Estampes.

MADAME DE LAFAYETTE
Gravure anonyme.
Cl. B. N.

Frontispice de l'édition d'Amsterdam de Zayde (1671).
Eau-forte de Romeyn de Hoogue.

B. N. Estampes.   Cl. B. N.

Le duc de Nemours
par Thomas de Leu, gravé par P. Gourdelle.

B. N. Estampes.   *Cl. B. N.*

M.L. DVC. D. NEMOVRS

Je luy donne en souhait, lhonneur, et la victoire
La Grandeur de sa Race, et lappuy dun grand Roy
Le Repos et la paix. la vaillance et la gloire
La bonte, la vertu, la Justice et la Foy

T. de leu. F. P. Gourdelle. ex.

Musée Condé, Chantilly.

La comtesse de Tende
Dessin de l'école de Clouet.
Cl. Archives photographiques.

INTRODUCTION

I

Issu *d'une famille de magistrats qui comptait, parmi ses membres, un chancelier de France, le père de Mme de Lafayette, Marc Pioche de La Vergne, l'adolescence venue, stimulé par une invincible vocation, préféra la carrière des armes à celle de la judicature. Il suivit les cours d'une académie militaire, mais, plus attiré par les travaux théoriques et techniques de la guerre que par les prouesses martiales, il s'y livra surtout à l'étude des mathématiques, du dessin, de la stratégie, de la pyrotechnie et des fortifications.*

Son éducation terminée, docte en toutes ces sciences, il entra, à titre d'officier, au régiment de Picardie dont il suivit le destin hasardeux. Il y occupait, en 1619, les fonctions de lieutenant lorsqu'il épousa Claude Bérard, iouvencelle de bonne maison, mais de petite fortune.

Il semble probable qu'il révéla vite, dans les sièges auxquels il participa, ses talents d'ingénieur, car, devenu capitaine, il fut choisi, par le père Joseph, pour gouverneur de son neveu, Jean Zamet ; à la mort de ce dernier (1622), dont il avait fait un soldat expert en art militaire, il était connu du roi Louis XIII aussi bien que du cardinal de Richelieu.

Les ans s'écoulèrent. Marc Pioche perdit sa femme.

Il piétinait sur place au régiment de Picardie et désespérait de jamais sortir de sa médiocre condition, lorsque, en 1630, le cardinal de Richelieu l'appela auprès de lui. Il n'avait pas trouvé d'homme plus capable que lui de conduire l'instruction d'un sien neveu, le marquis de Brézé, dont l'inquiétait la pauvreté d'intelligence.

Ainsi Marc Pioche s'attacha-t-il à la fortune de l'Eminentissime. Vendant sa charge de capitaine, il s'installa, en qualité d'officier « entretenu sur l'état de la marine », au palais du Petit Luxembourg où son élève logeait sous la tutelle de Mme de Combalet, future duchesse d'Aiguillon, nièce du ministre. Peu après, il commençait sa tâche de gouverneur. Après quelques années d'efforts, et non sans difficulté, il parvint à dégrossir le jeune pataud confié à ses soins ; cependant, étant, de son naturel, bon vivant, enclin à l'épicurisme, il se fût, à la longue, lassé de vivre dans l'entourage de Mme de Combalet, prude toujours confite en dévotion, si, auprès de cette dame, n'eût, un jour, paru une nouvelle suivante, Isabelle Péna, jeune, belle, riante, preste, affable, coquette, dont la présence suffit à le retenir sous ce toit morose.

Elle descendait, comme lui, d'une antique race de bourgeois anoblis par leurs charges dans la maison du roi ou les corps de l'État, poètes, jurisconsultes, mathématiciens, médecins, tous gens d'intelligence pénétrante, et dont les plumes actives s'exercèrent avec bonheur dans les divers domaines des sciences et des lettres. En sa compagnie, et tout de suite épris d'elle, Marc Pioche, sous la sauvegarde de Mme de Combalet, devint mondain, fréquenta les Hôtels de Condé et de Rambouillet. Le 5 février 1633, il l'épousait en l'église Saint-Sulpice. La princesse de Condé et sa fille, Anne-Geneviève de Bourbon, plus tard duchesse de Longueville, Julie d'Angennes, *demoiselle de Rambouillet avaient paraphé son contrat où Mme de Combalet avait ajouté 10.000 aux 5.000 pauvres livres constituant la dot de la jeune fille.*

Le couple n'avait pas quitté le Petit Luxembourg. Dans le cadre de ce palais fastueux, en avril 1634, naissait le premier fruit de son mariage d'amour, une fille, Marie-Madeleine, future comtesse de Lafayette, baptisée le 18 du même mois à Saint-Sulpice, tenue sur les fonts par Urbain de Maillé, maréchal-duc de Brézé et par Mme de Combalet. Déjà, en perspective de cette naissance, et sentant la nécessité de posséder un stable foyer, Marc Pioche avait emprunté une somme de 7.000 livres et, à l'aide de cette somme, acquis, à l'encoignure des rues Férou et de Vaugirard, un terrain de vaste étendue. A la fin de l'an 1634, il y mit les maçons et, l'an suivant, il prit possession du bâtiment construit, ce spacieux hôtel, avec cour intérieure et jardin, que Mme de Lafayette habitera quasiment toute sa vie.

Il n'y avait pas à Paris de personnage d'humeur plus agréable et de goûts plus raffinés que Marc Pioche de La Vergne. Il joignait à ses talents de technicien militaire des talents d'artiste et des inclinations de « curieux ». Plus tard, Louis XIII le conviera à fournir des dessins pour la décoration du château de Fontainebleau. En attendant de participer à l'embellissement des maisons royales, il faisait de la sienne un petit musée, y assemblant les meubles plaisants, les tableaux, les livres rares et de riches collections d'estampes. Quand elle fut bien parée, il l'ouvrit toute grande à des amis triés avec soin, des mathématiciens, comme Jacques Le Pailleur et Etienne Pascal, celui-ci père du futur philosophe, des gens de plume aussi, comme l'abbé d'Aubignac, Jean de Silhon, Vincent Voiture, Jean Chapelain, des dames et des sei-

gneurs de haute volée, et l'abondante parenté de son épouse, les Péna, médecins ou officiers royaux.

Mme Pioche de La Vergne y mit bientôt au monde, deux autres filles, Éléonore-Armande et Isabelle-Louise (1635 et 1638). C'était une maîtresse femme, experte en affaires aussi bien qu'en coquetterie, pratiquant, avec un zèle égal, ses devoirs maternels, domestiques et mondains, secondant et suppléant son mari en toutes choses, soucieuse d'assurer, par l'ordre et l'économie, la prospérité de son foyer. A partir de 1636, le temps vint, pour elle, de manifester son tempérament viril, car Marc Pioche, après avoir, au cours de six années, fait du marquis de Brézé, un chef d'armée, dut l'accompagner sur le terrain de guerre, inspirer et guider son commandement, lui donner l'exemple de la bravoure. En son absence, la jeune femme, munie d'une procuration générale, gérait les biens de la communauté. Elle acheta un autre terrain, à l'autre encoignure de la rue Férou, y fit bâtir un hôtel, le loua avantageusement. Elle savait aussi placer l'argent disponible en bonnes constitutions de rentes et, d'une façon générale, dicter sa volonté aux notaires.

Ainsi l'harmonieux ménage s'acheminait vers l'aisance, des héritages l'y aidant. Quand Marc Pioche revenait de ses aventures de terre ou de mer, d'ordinaire illustré par ses hauts faits et loué par la Gazette, il s'occupait de ses enfants, plus spécialement de l'aînée, Marie-Madeleine, espiègle et turbulente. Pendant sa petite enfance, on ne voit guère apparaître qu'une fois la fillette, dans une épître rimée de Jacques Le Pailleur. Le mathématicien-poète y révèle qu'elle excellait, couvrant sa tête de son « devanteau », à « faire le loup » et, de la sorte, à effrayer la compagnie assemblée autour d'elle.

Il semble probable que Marc Pioche choisit en personne

ses maîtres et la voulut rendre capable, par une solide instruction, de faire bonne figure dans la société. On peut aussi présumer que, lorsqu'elle eut grandi, il éveilla chez elle le goût des arts et cette prédilection pour les peintres qui la conduira à exposer chez elle, dans la suite, les œuvres nouvelles de Pierre Mignard, son cher ami.

Quand, en décembre 1649, Marc Pioche disparut de ce monde, ayant donné maintes preuves éclatantes de son génie militaire, récompensé de ses services par le grade de maréchal des camps et armées du roi, Marie-Madeleine, âgée de quinze ans, tenait, de ses leçons et de son hérédité, un bien précieux, celui de discerner la beauté partout où elle se trouvait, de la comprendre et de l'aimer.

II

De sa mère, elle tenait des qualités bien différentes et non moins profitables. Au seuil de l'adolescence où nous l'apercevons, modelée entièrement sur elle, elle partageait sa sociabilité, sa coquetterie, son désir de plaire et elle recevait, en même temps, avec obéissance, ses méthodes d'ordre et d'économie, ses conseils de raison et de devoir.

Les deux femmes, la succession de Marc Pioche liquidée, disposaient d'une aisance suffisante pour vivre honnêtement, non des moyens de briller dans le monde. Ambitieuses l'une et l'autre, elles rêvaient de rompre tout à fait les liens qui les rattachaient encore à la bourgeoisie et de s'installer définitivement dans la noblesse. Pour atteindre ce but, il fallait écarter la familiarité gênante de parents restés gens de peu, maintenir un train de vie décent, conserver domestiques et carrosse, garder et étendre les relations puissantes contractées par Marc

Pioche, ouvrir une ruelle plaisante, rechercher quelque mariage avantageux. Elles s'y employèrent activement.

En premier lieu, Mme de La Vergne prit une décision énergique : elle voua au couvent ses deux filles cadettes au profit de l'aînée dont la dot (consistant en sa part de l'héritage paternel, un des hôtels de la rue Férou, un chantier à la porte Saint-Bernard et quelques rentes) se trouverait ainsi accrue. Elle se ménagea ensuite par des caresses et une apparente pruderie, la protection agissante de Mme de Combalet devenue duchesse d'Aiguillon. Elle invita enfin Marie-Madeleine à se répandre dans le monde, sans souci de son deuil récent.

La jeune fille ne souhaitait point établir autour d'elle une renommée de pudibonderie et éloigner les soupirants. Fraîche, vive, riante, moins belle que sa mère, elle attirait les regards par sa taille élancée, sa démarche altière, son clair visage respirant l'intelligence, son front haut, ombré d'une épaisse chevelure, ses grands yeux bruns taillés en amandes, son nez mince et long légèrement busqué, sa bouche aux belles lèvres charnues où rôdait l'ironie, son charmant menton en boule troué d'une gaie fossette, son col flexueux prolongeant avec grâce une gorge déjà arrondie, son teint aux chaudes colorations d'ambre et de rose. Elle montrait grand appétit de divertissements, grande curiosité des nouvelles et des intrigues de la société, grand souci d'acquérir réputation de bel air.

On la vit, en ces temps troublés de la Fronde, nullement gênée d'y coudoyer les Conrart, les Chapelain et autres académistes, sous le toit de Madeleine de Scudéry, que jadis son père avait connue et obligée et que le succès du Grand Cyrus venait de rendre illustre. Elle allait aussi, vers la même période, prendre des leçons d'urbanité à l'Hôtel de Rambouillet, dans cette fameuse chambre bleue que la marquise, vieillie et malade, entr'ouvrait seulement à quelques demoiselles et dames de qualité. Parfois elle rencontrait, dans cette maison, une femme juvénile et gracieuse dont l'esprit prime-sautier l'attirait invinciblement, la marquise de Sévigné. Elle la savait malheureuse en ménage, masquant sous des sourires sa douleur d'épouse bafouée. En reçut-elle des confidences? Il semble que sa fréquentation lui ait, pour la première fois, inspiré quelque méfiance de l'amour, la crainte de ce sentiment qui bouleversait les âmes et noyait de larmes les yeux.

Au fur et à mesure que le temps s'écoulait, Mme de La Vergne accueillait des visiteurs plus nombreux dans sa maison. Vers le milieu de l'an 1650, y parut le chevalier Renaud-René de Sévigné, gentilhomme breton d'antique noblesse, maréchal des camps et armées du roi, passé, sous l'influence du coadjuteur Retz, son parent, dans la cabale des frondeurs. C'était un personnage un peu chimérique, un peu brouillon, un peu fol, mais de plaisante compagnie. Bientôt, devenu familier de son hôtesse et de sa fille, il égaya leurs soirées, leur prodigua les cadeaux et leur procura un égal enchantement.

Marie-Madeleine croyait naïvement qu'il venait pour elle en la lointaine rue Férou, car elle ne concevait guère qu'ayant à sa portée une fille de seize ans, parée des agréments de la jeunesse, il pût rechercher une veuve, mère de trois enfants. Mais elle vit, un jour, Mme de La Vergne toute changée, radieuse, débarrassée de son deuil, en robes chargées de dentelles et d'agréments d'or, et elle subit un cruel désappointement. A l'élan de son cœur, l'Amour répondait en se détournant d'elle, et elle eut, contre le capricieux sentiment, un nouveau grief.

Elle assista, dans un sombre état d'esprit, le 21 décembre 1650, au remariage de sa mère. Celle-ci, comme elle l'avait souhaité, s'établissait avec honneur dans la noblesse d'épée, la seule valable en ce temps éloigné. Elle en éprouvait un orgueil sensible ; mais, comme elle avait discerné la déception et le chagrin de sa fille, elle s'efforça de l'en consoler par quelque compensation et elle recourut à la bienveillance de Mme d'Aiguillon. La duchesse eut tôt fait de combler d'aise sa filleule : elle obtint pour elle un emploi de demoiselle d'honneur de la reine.

Ainsi Marie-Madeleine pénétra-t-elle au Louvre, dans la familiarité d'Anne d'Autriche ; elle y prit ces manières et cet air de cour qui distinguaient alors les femmes de qualité des bourgeoises, mais elle se garda bien d'en prendre les mœurs. Il semble que, dans la demeure royale, elle ait surtout recherché la compagnie des prudes, la marquise de Senecey et Mme de Motteville entre autres, l'une première dame d'honneur, l'autre première femme de chambre, toutes deux puissantes sur l'esprit de Sa Majesté.

Par suite des voyages de la cour, provoqués par les désordres du royaume, elle n'exerça, croyons-nous, que provisoirement ses fonctions. Revenue dans la maison familiale, elle la trouva transformée en centre de réunion des frondeurs. Autour de Renaud-René de Sévigné et du coadjuteur Retz y accouraient, chaque soir, toutes sortes de seigneurs libertins, de comploteurs astucieux, d'amazones enclines à la dissipation. S'étant liée d'amitié avec Catherine d'Angennes, demoiselle de La Louppe, sa locataire, éblouissante coquette qui lui donnait leçons de stratégie galante, elle tenta, à l'exemple de celle-ci, d'attraper un mari parmi tant de bavards plus occupés d'amour que de politique ; mais tandis que sa compagne, plus délibérée qu'elle, assujétissait à son caprice et épou-

INTRODUCTION

sait le comte d'Olonne, elle ne recueillait, pour tout hommage, que les épithètes flatteuses de Scarron, seul capable de discerner son charme discret.

Délaissée par les muguets, dont sa coquetterie compassée décourageait les approches, Marie-Madeleine changea de tactique. Il lui sembla que, si elle acquérait réputation d'esprit, elle attirerait plus sûrement vers elle leur attention complaisante. Avertie par la flatterie du poète burlesque, elle se ressouvint que les gens de plume immortalisaient aisément les dames qu'ils encensaient de leurs hyperboles rimées. Mais encore fallait-il capter le cœur de l'un d'eux et stimuler sa verve poétique.

Or, justement, à la suite du coadjuteur Retz, dont il était le secrétaire, Gilles Ménage revint rue Férou où il avait jadis fait, à des intervalles irréguliers, des visites fugaces. C'était un étrange petit abbé remuant, brouillon, bavard, au visage de furet éclairé par des yeux éclatants. Il jouissait d'un grand prestige dans les ruelles et aussi parmi les doctes, car il cultivait à la fois le double jardin de poésie et de philologie. Grand cajoleur de dames, il passait pour galantissime, bien qu'il ne pût se défendre de mêler le latin, le grec et l'érudition à l'amour.

Au temps où Mlle de La Vergne l'admit dans son intimité, il coquetait sous le toit de la marquise de Sévigné, la consolant de son veuvage récent par des leçons d'italien entrecoupées de mignoteries. Tout de suite ébloui par l'éclat de la jeune fille, sa fraîcheur de sentiments, ses dons d'esprit, il oublia la veuve, créant ainsi entre elles un état pénible d'hostilité.

Mlle de La Vergne souhaitait qu'il se vouât à sa gloire sans partage et, surestimant ses facultés poétiques, elle voyait en lui un Pétrarque moderne dont elle pouvait devenir la Laure adulée. Pour y parvenir, elle éveillait *peu à peu en lui, avec une étonnante adresse, un amour qu'elle était bien décidée à repaître de vains espoirs. Ménage commença bientôt à claironner, par les ruelles, les séductions de sa nouvelle idole. Il y répandit, successivement en français, en grec, en latin, en italien ses plaintes de mourant en proie aux cruautés de l'inhumaine.*

Par malheur, les vicissitudes de la politique interrompirent ce jeu plaisant. Renaud-René de Sévigné, compris dans les représailles de la couronne contre les frondeurs, dut s'enfermer dans sa terre angevine de Champiré-Baraton. Mme de Sévigné et sa fille faisaient la navette entre Paris et cette baronnie morose où l'exilé les accablait de ses jérémiades. Elles traversaient toutes deux des heures pénibles et la seconde, craignant de perdre les avantages acquis, s'évertuait, dans ses proses de chattemite, à maintenir le cœur versatile de Ménage dans son embrasement.

Cependant, les années passaient. Marie-Madeleine avait atteint la vingt et unième de son âge sans empaumer le moindre épouseur. Mme d'Aiguillon la prit-elle en pitié et intervint-elle en sa faveur ? On l'ignore. Toujours est-il qu'aux environs de l'an 1654, la marquise de Senecey, dans un dessein prémédité, conduisit la jeune fille au couvent de Chaillot. Dans cette maison, jadis bâtie pour encadrer les plaisirs du galant maréchal de Bassompierre, vivaient, d'une existence plus mondaine que dévote, parmi les religieuses, Louise-Angélique de Lafayette, jadis aimée du roi Louis XIII, parmi les pensionnaires, Henriette d'Angleterre et Jeanne-Baptiste de Savoie-Nemours, princesses enfants promises à des trônes. Marie-Madeleine plut à la religieuse et conquit l'affection durable des princesses.

Des visites répétées de la jeune fille dans ce pieux ber-

cail, il advint que Mme *de Senecey, parente, et Louise-Angélique de Lafayette, sœur de François, comte de Lafayette, songèrent à la donner pour femme à ce dernier. L'homme, veuf d'une première épouse, Sibylle d'Amalvy, végétait, retiré du monde, dans ses châteaux d'Auvergne et de Bourbonnais. Il n'était pas sans mérite. Après de longs séjours à la cour de Louis XIII, des campagnes de guerre qui lui avaient valu le grade de maréchal des camps et armées du roi, il avait abandonné la double carrière de courtisan et d'officier pour exploiter ses terres et les défendre contre les entreprises d'une horde de créanciers.*

Mlle *de La Vergne, informée du projet de mariage envisagé par ses protectrices, accueillit, avec une orgueilleuse satisfaction, l'idée d'entrer dans une famille illustrée par tant de maréchaux de France, de grands officiers de la couronne, de prélats et de savants. Ayant, quelques mois ensuivants, rencontré à Paris M. de Lafayette, elle estima, tandis qu'il s'enflammait brusquement pour elle, qu'elle ne pouvait désirer compagnon plus civil et de caractère plus affable. Le 15 février 1655, elle l'épousait en l'Église Saint-Sulpice.*

Elle faisait un mariage de raison inespéré. Elle ne connaîtrait décidément jamais les troubles délicieux de l'amour. Elle connut, du moins, les joies paisibles de l'affection conjugale. Peu après leurs épousailles, M. de Lafayette l'emmenait en province et la logeait dans son château de Nades, proche d'Ebreuil, où elle jouit, une année durant, d'une douce sérénité. En février 1656, les conjoints revenaient en hâte à Paris pour y régler, non sans peine, la succession de Mme *Renaud-René de Sévigné, morte prématurément. M. de Lafayette regagna seul le Bourbonnais. De mai à août, sa compagne s'évertua à* revigorer la tendresse de Ménage que son mariage avait singulièrement refroidie. En août, la comtesse rejoignit son époux dans son confortable château d'Espinasse dominant un magnifique paysage de montagnes colorées. La passion ou la reconnaissance remua-t-elle son cœur au cours de cette période ? Une de ses lettres traduit, en termes ardents, l'indicible bonheur qu'elle goûte auprès de l'homme loyal et bon dont elle partageait la solitude. Ménage, son destinataire, dut retirer de sa lecture une pesante amertume.

Ainsi se sont trompés lourdement les gens qui, à travers le temps, ont prétendu que Mme de Lafayette méprisait son mari. Non seulement la jeune femme vivait en parfaite harmonie avec ce mari, mais encore elle s'initiait, avec un zèle passionné, à ses affaires. M. de Lafayette avait hérité de son père une succession si chargée de dettes qu'il ne disposait plus de ses terres saisies par les créanciers. Si ces derniers parvenaient à en faire décréter la vente, la ruine s'ensuivrait pour lui et son épouse. Mme de Lafayette encourageait le comte à la lutte et s'y préparait elle-même. A la fin de septembre, elle interrompit ses études de grimoires judiciaires pour soigner, à Vichy, un mal de foie brusquement survenu et dont elle souffrira toute sa vie. Au retour de la station thermale, elle se plongea de nouveau dans les procédures qui se déroulaient en partie devant les juridictions provinciales, en partie devant le Parlement de Paris.

M. de Lafayette entretenait dans la capitale un agent qui soutenait ses causes à la barre des Enquêtes ou de la Grand'Chambre. Trouvant cet agent peu actif, Mme de Lafayette lui adjoignit Ménage, toujours caressé de lettres, maintenu à distance dans un tendre enchantement. Si Ménage l'aimait, il la devait secourir dans cette horrible *chicane dont les exploits, les productions, les factums, les arrêts lui rompaient la tête. Le petit abbé ajouta, dès lors, à sa tâche d'élogiste prodigue de rimes, une fonction de « solliciteur » de procès.*

*Partie de l'an 1657 s'écoula en chamaillis judiciaires. En juin, M*me *de Lafayette se sentit grosse et contrainte de modérer son activité. En janvier 1658, rentrée à Paris en compagnie de son mari, elle put mesurer à quel point les louanges de Ménage avaient grandi sa réputation. En foule les visiteurs se pressaient autour d'elle. M*lle *de Scudéry et tout son « samedi » la vinrent congratuler. M*me *de Sévigné lui porta un rameau d'olivier en signe de réconciliation. Deux voyageurs hollandais, les frères de Villiers, sollicitèrent l'honneur de saluer en elle une « précieuse du plus haut rang et de la plus grande volée ».*

En mars, la jeune femme mit au monde Louis de Lafayette (baptême du 7 mars), puis, rétablie de ses fatigues, elle seconda de nouveau son mari dans ses affaires et ne manqua point d'aller, au couvent de Chaillot, ranimer l'amitié que lui vouait Henriette d'Angleterre. L'été venu, nouveau séjour à Espinasse, nouvelle cure à Vichy, chaude intimité avec M. de Lafayette. En novembre, les deux époux revenaient à Paris, la comtesse y étant appelée par ses propres difficultés successorales.

*Cependant, bien que sans cesse entourée de robins en robes noires, M*me *de Lafayette, stimulée par Ménage, trouvait le loisir de vaquer à la littérature. Amenés chez elle par le sémillant abbé, un poète ami des dames, secrétaire des commandements de la duchesse de Montpensier, Jean Regnaut de Segrais, et un docte polygraphe, d'humeur enjouée, Pierre-Daniel Huet, la décidèrent à écrire. Ils préparaient, sur l'ordre de la susdite duchesse, un recueil de* Divers portraits *de gens de qualité et recher-*

chaient des collaborations. Sur leurs instances, la jeune femme consentit à tracer, y mélangeant l'ironie à la tendresse, une image de la marquise de Sévigné. A peine cette image fut-elle entre leurs mains que les trois compères se récrièrent d'admiration. Une héroïne naissait dont s'enorgueillirait la République des Lettres.

Ménage profitait de l'occasion pour convaincre son amie qu'un peu de latin fortifierait son style, déjà si ravissant, et il offrit de lui en apprendre les rudiments. Toute riante, Mme de Lafayette accepta de se livrer à ce nouveau jeu. Les leçons commencèrent bientôt, trop intermittentes au gré du petit pédant, car, les déclinaisons expédiées, il faisait, avec délices, conjuguer à son élève le verbe amo dont elle feignait de ne retenir que le futur.

Mme de Lafayette avait trop d'occupations pour consacrer beaucoup d'heures à des exercices scolaires. Elle recevait grandes compagnies dans sa maison. Elle cabalait d'autre part pour entrer à la cour et, avec l'aide de Mme de Sévigné, elle tentait d'intéresser le surintendant Foucquet aux procès de son mari. Au cours de l'an 1659, accablée par une nouvelle grossesse que son précaire état de santé rendait périlleuse, elle languit, attendant, avec angoisse, l'heure de l'accouchement. Elle faillit perdre la vie en mettant au monde son second garçon, René-Armand de Lafayette (baptisé le 18 septembre). Mais enfin elle récupéra ses forces et put reprendre son train habituel de vie.

Cependant l'année 1660 venue, M. et Mme de Lafayette virent avec chagrin leurs procédures tourner à leur désavantage. Divers arrêts du Parlement mettaient de nouveau leurs châtellenies en danger d'être liquidées. Ils durent, à la hâte, vendre l'un de leurs deux hôtels de la rue Férou pour disposer de quelque argent et reprendre *l'épuisante guerre contre des adversaires opiniâtres. Par bonheur, au début de l'an 1661, la comtesse obtint ses libres entrées à la cour en qualité d'amie d'Henriette d'Angleterre que son mariage avec Philippe d'Orléans faisait belle-sœur de Louis XIV. Honneur appréciable, mais qui ne lui enleva pas ses soucis sur l'avenir matériel de son foyer.*

M. de Lafayette, après un long séjour dans la capitale, sentait la nécessité de retourner en Bourbonnais. Il ne pouvait plus laisser à l'abandon ses terres et ses procès provinciaux. Il tint conseil avec sa femme. Les deux époux décidèrent de s'imposer une séparation provisoire. Mme *de Lafayette, de santé trop fragile pour se claustrer dans des châteaux éloignés de tout secours médical, resterait à Paris. Elle présiderait à l'éducation de ses enfants, conserverait avec soin la situation importante que lui procurait à la cour la faveur de Madame, gérerait ses immeubles, poursuivrait les causes pendantes à la barre du Parlement. Nulle rupture, nul drame énigmatique entre les conjoints. Désireux d'assurer la fortune de leurs enfants, ils obéissaient à la raison et lui sacrifiaient, avec douleur, mais avec fermeté, leurs sentiments. En décembre 1661, le comte avait regagné son triste ermitage d'Espinasse.*

III

Mme *de Lafayette venait d'atteindre sa vingt-huitième année lorsqu'elle demeura seule à Paris, chargée de lourdes responsabilités. Elle s'efforça tout de suite d'ordonner son existence de telle manière que les sages plaisirs y alternassent avec les travaux austères. D'ordinaire en ordinaire, soit de sa main, soit par la main de Ménage, elle rendait compte à son mari de l'état de leurs affaires. Elle fréquentait activement la cour où elle observait avec tristesse les manèges coquets de Madame, vite dégoûtée de son frivole époux, et qui accueillait, avec trop de facilité, le dangereux amour du comte de Guiche. Elle hantait aussi, avec assiduité, les ruelles de précieuses galantes occupées à débattre certains problèmes sociaux, celui, en particulier, de l'émancipation des femmes. Elle y jouissait d'une belle renommée. Beaudeau de Somaise, la comprenant dans son* Dictionnaire des Précieuses *sous le nom de Féliciane, venait de lui tresser des couronnes.*

Elle avait, d'autre part, repris sous la férule de Ménage les leçons, un peu négligées, de latin et s'évertuait à traduire les textes de Virgile. Elle entrait, en définitive, dans ce que l'on peut appeler la période intellectuelle de sa vie. S'y était-elle préparée par des études ? On ne le discerne point. Ses lettres à Ménage, les seules où l'on rencontre quelques images de son intimité, divulguent un penchant à la lecture, mais surtout à la lecture de poésies ou de romans à la mode. Elles révèlent aussi que l'idée d'écrire vivait en elle depuis longtemps. Dès 1657, on la voit se passionner pour les prouesses guerrières du sieur de Mélandri et spécifier : « Si jamais je fais un roman, il en sera le héros ». Son premier essai, ce portrait de Mme de Sévigné qu'elle peignit inspirée par l'amitié, les encouragements de Ménage, Segrais et Huet la déterminèrent-ils à prendre la plume ? On se perd en conjectures.

Toujours est-il qu'au cours de l'an 1661, sans doute pour oublier ses tourments de procédurière, elle se mit en tête d'élaborer une nouvelle, genre romanesque alors fort en vogue. Elle confia son dessein à Ménage et réclama son concours, car elle n'était pas très assurée de la solidité de son style. Plus tard elle confessera devoir l'essentiel de son talent à l'enseignement de l'abbé.

L'œuvre sera donc le fruit d'une collaboration. Mme de Lafayette en conçut le sujet consistant à montrer quels ravages l'Amour, sentiment funeste, peut provoquer dans une existence faite pour le bonheur, qu'il est l'ennemi du repos, de l'harmonie, de la raison et que toute âme bien équilibrée s'en doit préserver avec vigueur. Ménage conseilla d'en situer l'action dans un temps révolu, procédé fréquent chez les « romanistes » contemporains ; ainsi éviterait-on les indiscrétions des faiseurs de clefs. La comtesse se rangea à cet avis.

Rien ne prouve qu'elle eût pratiqué les historiens et préféré à tout autre le XVIe siècle pour sa galanterie et sa magnificence lorsqu'elle choisit ce dernier pour décor de son écrit futur. Ménage, au contraire, grand savant, possesseur d'une riche bibliothèque, connaissait à merveille cette période. Il avait certainement lu les Histoires de France *de Pierre Mathieu et d'Eudes de Mezeray, les* Mémoires de la reine Marguerite, *les* Mémoires de Michel de Castelnau *annotés et enrichis de textes encore inédits de Brantôme par J. Le Laboureur, l'*Histoire des Guerres civiles *d'Enrico-Caterino Davila, traduite par J. Baudoin, tous livres récents où l'on rencontrait des peintures de la cour sous Charles IX. Il en tira les éléments extérieurs de la nouvelle dont Mme de Lafayette fournit la trame psychologique.*

La Princesse de Montpensier *fut ainsi composée d'une allure assez rapide. Dans un cadre du XVIe siècle, sous le nom de cette héroïne réelle, mais restée fort obscure, paraissait, à la vérité, Henriette d'Angleterre et se développait la passion de cette princesse pour le comte de Guiche. Nous avons ailleurs* (Le Cœur et l'Esprit de Mme de Lafayette) *signalé les similitudes frappantes existant entre les actes et les situations de l'une et de l'autre.*

Mme de Lafayette donnait au texte sa forme initiale. Ménage amendait et élaguait cette version primitive. Ainsi achevèrent-ils, dans une entente parfaite, la prose que la jeune femme, avouant sans ambages sa dette de gratitude, désignait à son ami sous le nom de « notre Princesse ». Des gens soupçonnèrent-ils leur travail secret ? Voulurent-ils le connaître ? Un beau jour la comtesse apprit qu'un sien valet, récemment chassé de sa maison, lui en avait dérobé une copie et l'avait communiquée à vingt personnes. La Princesse de Montpensier *« court le monde, écrivit-elle à Ménage, mais, par bonheur pas sous mon nom. Je vous conjure, si vous en entendez parler, de faire bien comme si vous ne l'aviez jamais vue et de nier qu'elle vienne de moi si, par hasard, on le disait ». Ainsi désavouait-elle son œuvre, attitude dans laquelle elle persévérera plus tard, en grande dame qui peut se divertir à écrire, mais qui déchoirait en faisant profession d'auteur.*

Ménage s'était chargé de publier la Princesse de Montpensier. *Il en confia le manuscrit à son propre éditeur, Augustin Courbé, mais celui-ci, homme prudent, craignant que le titre de l'ouvrage ne lui valût la colère de la duchesse de Montpensier, l'altière Mademoiselle, soucieuse du prestige de ses aïeux, exigea que l'on plaçât, en tête du récit, un* Avis *susceptible de détourner cette colère. Ainsi fut fait, et l'on commença l'impression. Mme de Lafayette attendait avec impatience les placards. Ménage les corrigeait.*

A la fin d'août 1662, le petit volume étant imprimé,

la comtesse en demanda trente exemplaires reliés, dont six en maroquin ; le libraire restreignit ses exigences. A peine eut-elle parcouru le texte qu'elle y découvrit, à la 58e page, « une faute épouvantable... ôtant tout le sens », faute de ponctuation qui créait une équivoque ; elle fut près d'accuser Ménage de trahison. Le petit abbé, fort de son zèle à servir l'ingrate, ressentit vivement l'injure qu'elle lui faisait et ne renonça à son courroux que sous le charme de nouvelles cajoleries.

L'ouvrage, exploité par quatre libraires, se vendit facilement : le fameux Avis *excitait la curiosité du public. Des contrefaçons en parurent. Malgré ses précautions, Mme de Lafayette n'avait pas réussi à garder l'anonymat ; des admirateurs célébraient ouvertement son génie. Madame lut la* Princesse de Montpensier *et ne s'y reconnut point. Tranquillisée de ce côté, la comtesse put jouir pleinement de sa gloire. Plus condescendante que la cruelle Laure, elle témoignait à Ménage, son Pétrarque ensoutané, artisan de cette gloire, une tendresse plus vive, prodigue d'effusions.*

Cependant la littérature tenait moins de place que la procédure et la fréquentation du monde dans la vie de Mme de Lafayette. La Princesse de Montpensier *livrée au public, la jeune femme déposa pour longtemps la plume. Étendre ses relations devint, vers ce temps, son souci majeur, les étendre surtout parmi les salons de la ville où aboutissaient les bruits de la politique, où se tramaient aussi de sourdes intrigues. Elle se sentit, par exemple, singulièrement à l'aise lorsqu'elle eut pénétré à l'Hôtel de Nevers, chez Mme du Plessis-Guénégaud, femme d'un secrétaire d'Etat, en plein foyer janséniste dominé par les Arnauld, composé surtout de mystiques en quête de la grâce, de mécontents et de désabusés. Quel plaisir d'y humer le parfum d'hérésie et d'indiscipline qui en imprégnait l'atmosphère !*

Dans cette maison où l'on contribua si puissamment à répandre les Provinciales *de Pascal, où l'on complotait contre Colbert, elle rencontra le duc de La Rochefoucauld. L'homme vieilli, frappé d'une demi-cécité, le visage ennuagé de mélancolie, formulait, de temps à autre, avec circonspection, des propos chagrins. De ses retentissantes aventures d'ambitieux, de guerrier et de galant toujours déçu et trompé, il semblait conserver une amertume sans remède qu'il condensait, disait-on, dans des maximes où il jugeait sans mansuétude l'humanité. Il exerça, dès le premier contact, une sorte de fascination sur Mme de Lafayette.*

Dès lors, celle-ci rêva de devenir la consolatrice de cet affligé. Elle rechercha les occasions de se rapprocher de lui. Il la fuyait. Elle le pourchassa jusque dans le logis de la marquise de Sablé qui le tenait enchaîné par un double amour des bons repas et des exercices d'esprit. Nous avons indiqué dans notre ouvrage (Le Cœur et l'Esprit de Mme de Lafayette) *quelles difficultés éprouva et quelle étonnante diplomatie déploya la comtesse à faire la conquête de l'éternel fuyard.*

Vers 1667 seulement elle commença, en compagnie du hautain seigneur rendu à merci, cette merveilleuse carrière d'amitié, remplie de délices, et qui ne devait se rompre que par la mort. Nulle ambiguïté dans leur commerce. La Rochefoucauld, de vingt et un ans plus âgé que la comtesse, podagre au surplus, marié à une femme charmante et dévouée, considérait, à l'exemple de sa nouvelle amie, l'amour comme un élément de trouble dans la vie humaine. Il ne fut donc jamais question d'amour entre eux, quoi que l'on en ait dit. Ils vécurent, lorsqu'ils eurent

INTRODUCTION XXI

décidé de se voir chaque jour, étroitement unis à Mme de Sévigné, leur compagne de prédilection, environnés d'un groupe de visiteurs intermittents, les Coulanges, les Arnauld, le grand Condé, Jacques de Langlade, Emmanuel de Lavardin, évêque du Mans, Gourville, Segrais, Corbinelli, l'abbé Testu, etc... passant le temps en causeries, lectures et spéculations d'esprit. Chaque année, après la Saint Jean-Baptiste ou la Noël, c'est-à-dire après la période de règlement des fermages, M. de Lafayette faisait un séjour auprès de sa femme et se mêlait à ses réunions. Nul étonnement chez lui de voir M. de La Rochefoucauld assidu dans sa maison. Il était son parent par alliance et il avait dû le connaître à la cour de Louis XIII en ses jeunes ans. Le comte avait fini, à force de persévérance, par terminer ses procès grâce à de fructueuses transactions. Il tirait maintenant de gros revenus de ses terres et il les plaçait à Paris en solides constitutions de rentes. Seul de tous les familiers de Mme de Lafayette, Ménage ne prenait plus le chemin de la rue Férou. Il n'avait pu endurer de voir le duc de La Rochefoucauld le supplanter dans le cœur de son héroïne.

Cependant la comtesse sentait que le duc avait besoin, pour vivre pleinement heureux, de quelque occupation spirituelle. Fut-ce pour la lui procurer et ainsi l'attacher à elle davantage qu'elle reprit goût à la littérature ? On peut le présumer. Vers 1668, les deux amis, et Segrais au surplus, remplaçant, auprès d'elle, Ménage pour les travaux de plume, entamaient l'élaboration d'un nouveau roman : Zayde. Mme de Lafayette en avait vraisemblablement fourni le thème. Segrais, bon écrivain, auteur déjà d'agréables fictions en prose, en fixa, dit-il lui-même, « la disposition », c'est-à-dire le plan et, en outre, en assura la documentation. Le cadre et le milieu social en furent empruntés à l'histoire du moyen âge hispano-mauresque. Le nom et diverses particularités de la vie de l'héroïne sortirent de l'Histoire des guerres civiles de Grenade *que Ginès Perez de Hita avait publiée à Saragosse en* 1595, *les faits d'ordres politique et militaire de l'*Histoire générale d'Espagne, *donnée à Lyon en* 1587, *par Loys de Mayerne-Turquet.*

*Quand la rédaction de l'œuvre fut commencée, M*me *de Lafayette se chargea de camper au moral les personnages. Ceux-ci ressemblent psychologiquement comme des frères à ceux qui parurent dans la* Princesse de Montpensier : *ce sont, pour la plupart, des victimes de l'amour. Peut-on attribuer à la comtesse la paternité du texte de* Zayde *qui forme deux gros volumes de plus de* 400 *pages chacun? On a peine à le croire, bien que Segrais, courtoisement, l'affirme qui, cependant, parlant de ce roman, le nomme, non* Zayde *tout court, mais* « Ma Zayde ». *Encline à la sécheresse plutôt qu'à l'abondance, comment la comtesse se serait-elle accommodée des développements infinis nécessités par le récit d'aventures héroïques et galantes? A la vérité, croyons-nous, elle rédigeait la forme primitive de ce récit. Segrais donnait le tour et les circonlocutions à la mode à cette improvisation embryonnaire. La Rochefoucauld, de son côté, proposait — nous avons retrouvé ses corrections autographes dans les papiers de Valant, médecin de M*me *de Sablé — des remaniements de style.*

*M*me *de Lafayette n'avait guère le loisir d'ailleurs de s'appesantir sur l'œuvre commune. Au temps de sa composition, Henriette d'Angleterre, soucieuse de laver sa mémoire, devant la postérité, des calomnies que des malveillants répandaient sur ses mœurs, lui demanda d'entendre ses confidences, d'en dresser une relation véridique, de la* *lui soumettre et de la garder chez elle pour en assurer la publication posthume. La comtesse accomplissait donc cette lourde tâche conjointement avec celle de* Zayde *et, peu à peu, elle amassait les matériaux de cette* Histoire d'Henriette d'Angleterre *qui devait paraître, en* 1720, *longtemps après sa mort.*

Cependant, le tome I de Zayde *était achevé à la fin de* 1668. M*me de Lafayette, à ce moment, prise de scrupules, conjura Pierre-Daniel Huet, au jugement duquel elle attachait grande confiance, d'en faire la révision.* « *Vous y trouverez bien à mordre* », *lui écrivit-elle. Paresseux de nature, Huet prit son temps. Vers le milieu de* 1669 *seulement le manuscrit revu fut prêt pour l'impression. Non plus que La Rochefoucauld, la comtesse ne désirait signer cette prose. Ils eussent pu la publier sous l'anonymat; mais sans doute voulaient-ils qu'elle ne passât point inaperçue, car ils supplièrent Segrais, auteur de quelque réputation, membre de l'Académie française, de l'accréditer de son nom et de leur éviter tout contact avec un libraire. Segrais émit le vœu de placer en tête du volume le* Traité [de Huet] de l'origine des Romans, *déjà publié sous forme d'un opuscule introuvable et dont la prose magnifique ajouterait à l'intérêt de* Zayde. M*me de Lafayette accueillit favorablement ce vœu et traduisit au bon* « *réviseur* » *sa joie de voir* « *leurs enfants ainsi mariés* ».

Zayde *sortit à la fin de novembre* 1669, *et timbrée de cette date* (1), *des presses de Claude Barbin. Elle plut, malgré ses digressions et sa trame compliquée de tribulations d'amour, d'aventures de terre et de mer, de prouesses*

---

(1) *Voir notre Bibliographie. Le roman connut son plus grand succès au* XVIII*e siècle, huit réimpressions de* 1700 *à* 1780.

guerrières, de conversations sur des problèmes de métaphysique galante. Son style limpide donnait vie aux analyses de caractères, animait et colorait les récits. Il fallut, dans les premiers mois de 1670, en faire une réimpression qui passe pour l'édition originale. Bussy-Rabutin seul, bien que charmé de sa lecture, critiqua l'invraisemblance de ses épisodes et les évolutions foudroyantes de sentiments de ses héros. Segrais bénéficia de l'engouement du public pour cette œuvre dont personne, de son temps, ne songea à lui enlever la paternité bénévole.

Le tome II de Zaïde parut en janvier 1671. Le 18 décembre de la même année, Claude Barbin, son éditeur, obtenait du roi un privilège lui permettant de lancer, entre autres ouvrages, le Prince de Clèves. *Le 16 mars 1672, Mme de Sévigné écrivait à sa fille : « Je suis au désespoir que vous ayez eu* Bajazet *par d'autres que par moi. C'est ce chien de Barbin qui me hait parce que je ne fais pas des* Princesses de Clèves et de Montpensier. » *On a généralement considéré la mention, à cette date, de la* Princesse de Clèves, *dans la lettre de la marquise, comme une erreur de lecture ou d'impression attribuable aux premiers éditeurs de sa correspondance. En fait, la découverte, faite par nous, du susdit privilège confirme l'exactitude des propos de l'épistolière. Les deux documents donnent la conviction que Mme de Lafayette, peu après le lancement de* Zayde, *travaillait à un écrit nouveau dont Barbin s'assurait, par avance, la fructueuse exploitation.* (¹)

Y travaillait-elle seule? Voire! Sa correspondance démontre qu'elle n'avait pas fait grand progrès en matière

---

(1) *Voir notre second volume :* Le Cœur et l'Esprit de Mme de Lafayette.

de style et que, par suite, elle avait grand besoin d'assistance. Elle avoue d'ailleurs, dans une lettre postérieure à Ménage, que La Rochefoucauld et Segrais eurent part à l'œuvre nouvelle « pour la correction ». En conséquence, cette œuvre, comme les précédentes, sera le produit d'une collaboration.

Mme de Lafayette, en imagina incontestablement le thème ; car il diffère à peine de celui de la Princesse de Montpensier *: c'est, en effet, un nouveau réquisitoire contre l'amour, source d'afflictions et de malheurs. Comme la* Princesse de Montpensier, *la* Princesse de Clèves *fut construite sur un fonds historique emprunté aux auteurs déjà cités, mais surtout à Brantôme dont les œuvres, publiées à Liège en 1665-1666, fournirent les portraits, les caractères et les mœurs des personnages mis en scène dans le décor de la cour d'Henri II.*

La documentation et la rédaction du volume prirent beaucoup de temps, subirent de nombreux arrêts dont nous avons indiqué les causes : guerres, deuils, procès, séjours de M. de Lafayette, obligations mondaines, état maladif de La Rochefoucauld et de la comtesse, etc... On remania sans doute maintes fois le plan et le texte, car on s'inspira, pour des détails particuliers, pour des épisodes même, celui, par exemple d'Anne de Boleyn, d'ouvrages qui parurent en 1674 et 1676. Vers la fin de cette dernière année, on perdit le concours de Segrais, lequel rejoignit pour toujours la Normandie, sa province originelle où il se maria en septembre.

En 1677 le texte était enfin terminé. Mme de Lafayette et La Rochefoucauld tiraient quelque fierté de cette œuvre et ils s'ingénièrent à lui assurer un avenir glorieux par une discrète publicité. Ils en firent des lectures à « des personnes très éclairées » qui allèrent partout clabauder la *naissance prochaine de cette merveille. Bussy-Rabutin, de son lointain exil, renseigné par M*^{me} *de Scudéry, supplia celle-ci de lui signaler l'apparition du volume. Le 16 janvier 1678, Claude Barbin ravi de ce bruit, son privilège primitif, accordé pour cinq ans, étant devenu caduc, en obtint un nouveau, valable pour vingt ans*

La comtesse et La Rochefoucauld, effrayés d'apprendre que les auditeurs de leurs lectures avaient commis des indiscrétions et que leurs noms risquaient de rester attachés à la Princesse de Clèves, *ajoutèrent en hâte à leur manuscrit un* Avis du Libraire au Lecteur *leur permettant, en cas de nécessité, de nier leur qualité d'auteurs. Ils le livrèrent ensuite à l'impression. Celle-ci fut terminée le 8 mars. Le 17, le volume, mis en vente, disparut rapidement des boutiques de libraires. Bussy-Rabutin dut en attendre trois mois un exemplaire. Le sujet paraissait nouveau, traité avec un incomparable génie. La scène de l'aveu étonna, provoqua des discussions, divisa en deux partis les lecteurs. On n'était pas habitué, au XVII*^{e} *siècle, à considérer l'état matrimonial comme susceptible de provoquer des sentiments pathétiques. Donneau de Visé, directeur du* Mercure galant, *à l'affût des nouvelles, ouvrit dans son journal, au sujet de la scène susdite, une enquête auprès de ses abonnés : « La Princesse de Clèves, demanda-t-il, eut-elle raison ou tort de confesser à son mari sa passion pour le duc de Nemours ? » Il promettait de publier les réponses qui lui parviendraient dans les tomes suivants de sa publication.*

Bussy-Rabutin, ayant lu la Princesse de Clèves, *envoya à M*^{me} *de Sévigné son jugement. Il en condamnait les inégalités de style, le défaut de naturel, l'invraisemblance de certains épisodes, l'extravagance de l'aveu, l'abus des monologues. M*^{me} *de Sévigné approuvait ce jugement. Les lecteurs du* Mercure, *dans leur ensemble, blâmèrent à leur tour la scène de l'aveu. A la cour, seigneurs et dames étaient « partagés à se manger ».*

Vers la fin de 1678, parurent sous l'anonymat, des Lettres à Mme la marquise de *** sur le sujet de la Princesse de Clèves. *Mme de Lafayette et son ami parcoururent avec dépit ce petit volume et l'attribuèrent au père Bouhours qui se défendit âprement de l'avoir écrit. Il était, en réalité, de Jean-Baptiste-Henri du Trousset de Valincour, jouvenceau plein de grâces, qui préludait, avec beaucoup de discernement, de tact, de finesse, de modération et de savoir, par cette retentissante critique, à une carrière d'écrivain qui le devait mener à l'Académie. Il avait divisé son travail en trois parties où il examinait la « conduite » de la* Princesse de Clèves, *les « sentiments prêtés aux personnages », le style enfin. Il reconnaissait l'originalité et la valeur du roman, mais il en blâmait les digressions, les erreurs historiques, la psychologie sommaire, les fautes grammaticales ; il précisait d'autre part que la scène de l'aveu, qui avait assuré sa gloire, figurait déjà, traitée avec plus de vigueur, dans les* Désordres de l'Amour *de Mme de Villedieu.*

Cette dernière révélation risquait de nuire fortement à la Princesse de Clèves. *Mme de Lafayette et La Rochefoucauld le comprirent. Ils avaient adopté, depuis le début de ce qu'on peut appeler la « querelle de la* Princesse de Clèves », *une attitude ambiguë : ils « prônaient à outrance » leur œuvre tout en se défendant énergiquement d'en être les auteurs. Ils se résolurent de riposter aux impertinentes* Lettres à la marquise. *On ne peut guère douter que la réfutation de ce petit ouvrage ne soit sortie de la rue Férou. Elle parut au milieu de mai 1679, sous le titre :* Conversations sur la critique de la Princesse de Clèves *et,* *particularité significative, sous la marque de l'éditeur Claude Barbin.*

On l'attribue à l'abbé Jean-Antoine de Charnes, personnage mystérieux dont on n'a pu, jusqu'à l'heure présente, fixer la personnalité véritable. Il fréquentait la maison de Mme de Lafayette, car il le laisse lui-même entendre et il se dit renseigné « de bonne part » sur maints détails de composition de la Princesse de Clèves. *Il était, en réalité, un homme de paille. Il tenait la plume sous la dictée de la comtesse avide de venger son orgueil blessé.*

Sa contre-critique, constamment inférieure à la censure de Valincour, écrite en style de factum, pleine d'acrimonie, témoignant d'une médiocre dialectique, substituant sans cesse l'invective à l'argumentation, aboutissait à un panégyrique du roman. Abordant la scène de l'aveu, Charnes déclarait qu'elle fut imaginée bien avant que Mme de Villedieu eût conçu les Désordres de l'Amour. *Polyeucte, ajoutait-il, l'inspira.*

Or comment eût-il connu ce secret de cabinet si Mme de Lafayette ne le lui eût révélé? Au surplus, peut-on accepter cette affirmation? La comtesse (MM. H. Chamard et G. Rudler l'ont démontré) plagiait sans scrupules les historiens et mémorialistes dont elle consultait les écrits. Elle n'ignora certainement pas l'ouvrage de Mme de Villedieu, femme célèbre, la plus lue sans aucun doute de tous les écrivains de son sexe au XVIIe siècle, amie de Mme et surtout de Mlle de Sévigné à laquelle elle dédia son Recueil de quelques Lettres et relations galantes. *Rien ne s'oppose donc à ce qu'elle lui ait emprunté la scène de l'aveu, car, telle qu'elle se présente dans la* Princesse de Clèves, *cette scène se rapproche bien plus, par les analogies de circonstances, de temps et* *de lieu, de celle insérée dans les* Désordres de l'Amour *que de celle figurant dans* Polyeucte. *De plus, les* Désordres de l'Amour *parurent au moins trois ans avant la* Princesse de Clèves (1) *et, détail à noter*, sous l'enseigne de Claude Barbin.

IV

Jamais, au cours de sa vie, et même à Jeanne-Baptiste de Savoie-Nemours, l'ancienne pensionnaire du couvent de Chaillot, devenue duchesse de Savoie et dont elle était la correspondante assidue, Mme *de Lafayette ne voulut faire confidence de ses talents d'écrivain. A Ménage seul, rentré dans son intimité après la mort de La Rochefoucauld, elle consentit à révéler, sous le sceau du secret, quelle part essentielle elle avait prise à la conception et à la rédaction de la* Princesse de Clèves. *Elle persistait à croire qu'une dame de qualité se ravalait à tenir une plume de grimaud. Créatrice inconsciente du roman d'analyse, elle refusait la gloire posthume dont la postérité la couronna malgré elle.*

Elle laissa, en disparaissant de ce monde, le 25 mai 1693, de nombreux manuscrits, parmi lesquels reposait la Comtesse de Tende. *De cette nouvelle, on ne sait rien, sinon qu'elle parut dans le* Mercure de France *de juin 1724. On en a dit fort justement qu'elle pouvait être une première forme de la* Princesse de Clèves *dont elle présente, en effet, un bref résumé, scène de l'aveu comprise.*

---

(1) *Un tome des* Désordres de l'Amour, *roman fort rare, nous appartenant, porte la date de* 1675.

De cet écrit, et des trois autres dont nous parlons précédemment, nous donnons, ci-après, le texte, revu avec soin et mis en orthographe moderne, des éditions originales, car leur auteur n'apporta aucun amendement aux réimpressions qui en furent faites de son vivant. Nous avons aéré, en en détachant les conversations, les paragraphes trop massifs de la Princesse de Montpensier *et de la* Princesse de Clèves. *Nous avons modérément rectifié la ponctuation déréglée et surabondante de ces proses.*

Pour supprimer la « faute épouvantable » de la 58ᵉ page, que Mᵐᵉ de Lafayette signalait dans la Princesse de Montpensier, *nous avons adopté, un mot excepté, la correction logique proposée par André Beaunier dans son édition de cette nouvelle ; mais nous nous sommes gardé de suivre cet écrivain dans la version de la dite nouvelle qu'il a tirée de manuscrits de provenance inconnue. Pour nous, le texte imprimé demeure celui que la comtesse approuva pleinement.*

Dans son petit livre, cité plus haut (p. 347-348), l'abbé de Charnes signale que bon nombre d'exemplaires de l'édition originale de la Princesse de Clèves *portent des corrections manuscrites et laisse entendre que ces corrections furent faites par l'éditeur Claude Barbin ou son commis, sans doute à l'instigation de Mᵐᵉ de Lafayette. Nous les avons reportées dans notre texte d'après les volumes de cette édition conservés à la Bibliothèque nationale sous les cotes : Réserve, Y² 1545-1548, 3286-3289 et 3290-3293.*

Nous avons, d'autre part, examiné une copie de la Comtesse de Tende *contenue dans le manuscrit nº 221 de la Bibliothèque de Sens. Comparée au texte imprimé, cette copie fournit de nombreuses variantes. Nous avons*

INTRODUCTION

négligé ces variantes, car elles nous ont paru n'apporter aucune amélioration sensible au texte imprimé, mais, au contraire, lui nuire le plus souvent. Il se faut méfier de l'esprit fantaisiste des faiseurs de recueils. Ils corrigent ce qui choque leur goût dans les pièces qu'ils assemblent. Tallemant des Réaux agissait de la sorte quelquefois. Du moins l'avouait-il honnêtement.

Emile MAGNE.

BIBLIOGRAPHIE

I. — Éditions anciennes des Romans
et
Nouvelles de Mme de Lafayette

LA PRINCESSE DE MONTPENSIER

La Princesse de Monpensier *(sic)*, Paris, Thomas Jolly, [ou Louis Billaine] 1662, in-12, VIII-142 p. *Édition originale.*
Même titre. Paris, Thomas Jolly, 1662, in-12, de 106 p. Contrefaçon grenobloise.
Même titre. Jouxte la copie. A Paris, chez Thomas Jolly, 1671, in-12. Joint à la collection elzévirienne.
Même titre. Paris, Charles Osmont, 1674, in-12.
Même titre. Paris, Charles Osmonts *(sic)*, 1678, in-12.
Même titre. Lyon, Thomas Amaulry, 1678, in-12.
Même titre. Paris, Charles Osmont, 1681, in-8º.

ZAÏDE

Zayde, histoire espagnole par M. de Segrais. Avec un Traité de l'origine des Romans par M. Huet, Paris, Claude Barbin, 1670-1671, 2 vol. in-8º. *Édition originale*.*

Même titre. *Suivant la copie imprimée à Paris*, 1671, 2 parties en 1 vol. in-8º. (Amsterdam, Abraham Wolfgang.) Joint à la collection elzévirienne.

---

* Le premier tome de *Zayde* semble avoir paru, en édition originale, à la date de 1669. Un exemplaire de ce tome, à cette date, a été offert dans un catalogue de la librairie Lucien Gougy.

Même titre. Paris, Nicolas Gosselin, 1699, 2 vol. in-8°. Une autre édition, à la même date, porte le nom de l'éditeur Le Febvre.

Zayde, histoire espagnole, par M. de Segrais, de l'Académie française. Avec un Traité de l'origine des Romans par M. Huet, évêque d'Avranches. Nouvelle édition revue et corrigée par l'auteur. Amsterdam, chez les Héritiers d'Ant. Schelte, 1700, 2 vol. in-12.

De nombreuses réimpressions de ce roman parurent au XVIIIe siècle : Paris, Pierre Ribou, 1705, 2 vol. in-12; Paris, Compagnie des Libraires, 1719, 2 vol. in-8°; Paris, Libraires associés, 1719, 2 vol. in-12; Paris, Compagnie des Libraires associés, 1725, 2 vol. in-12; Paris, *ibid.*, 1764, 2 vol. in-12; Paris, *ibid.*, 1775, 2 vol. in-12; Paris, Didot, 1780, 3 vol. in-18.

LA PRINCESSE DE CLÈVES

La Princesse de Clèves. Paris, Claude Barbin, 1678, 4 tomes in-8°. **Édition originale.**

Même titre. Amsterdam, Abraham Wolfgang, 1688, 1 vol. in-12.

Même titre. Paris, Claude Barbin, 1689, 4 tomes in-12.

Même titre. Lyon, Thomas Amaulry, 1690, 4 tomes in-12.

Amourettes du duc de Nemours et de la Princesse de Clèves. Amsterdam, Jean Wolters, 1695, in-12.

Même titre. Même éditeur, 1698, in-12.

De nombreuses éditions de cet ouvrage ont paru au XVIIIe siècle en 1702, 1704, 1714, 1719, 1720, 1725, 1741, 1752, 1754, 1780, 1782, 1786, 1791, 1795, 1798.

LA COMTESSE DE TENDE

Publiée en premier lieu dans le *Mercure de France, juin* 1724, p. 1267-1291, cette nouvelle n'a été réimprimée que dans des éditions modernes des écrits de Mme de Lafayette. Signalons, en particulier : *La Princesse de Clèves par Mme de La Fayette ; suivie de la Princesse de Montpensier, de la Comtesse de Tende et de l'Histoire espagnole.* Textes originaux publiés par Bertrand Guégan avec une introduction d'Émile Magne, Paris, Payot, 1927, in-18.

II. — Biographie de Mme de Lafayette

Comte d'Haussonville : *Mme de La Fayette*, Paris, Hachette, 1891, in-18.

André Beaunier : *La jeunesse de Mme de La Fayette*, Paris, Flammarion, 1921, in-18; *L'Amie de La Rochefoucauld*, Paris, Flammarion, 1927, in-18.

Harry Ashton : *Madame de La Fayette, sa vie et ses œuvres*, Cambridge, At the University Press, 1922, in-8º; *Lettres de Marie-Madeleine Pioche de La Vergne et de Gilles Ménage*, publiées d'après les originaux avec une introduction, des notes et un index, Londres, Hodder and Stoughton, 1924, in-8º.

Emile Magne : *Madame de Lafayette en ménage* d'après des documents inédits, Paris, Émile-Paul frères, 1926, in-18; *Le Cœur et l'Esprit de Madame de Lafayette*, Portraits et documents inédits, Paris, Émile-Paul frères, 1927, in-18.

III. — Sur les Œuvres de Mme de Lafayette

PRINCESSE DE MONTPENSIER

Histoire de la Princesse de Montpensier sous le règne de Charles IX, roy de France. Texte original rétabli par André Beaunier (D'après les manuscrits français nº 16269 et Nouvelles acquisitions, nº 1563 de la Bibliothèque nationale; le manuscrit nº 235 de la Bibliothèque de Nîmes; un manuscrit d'une bibliothèque privée), Paris, La Connaissance, s. d. in-18.

ZAÏDE

Jean Cazenave : *Le Roman hispano-mauresque en France* (*Revue de Littérature comparée*, octobre-décembre 1925, p. 594 *et s.*). Renseignements sur les emprunts faits par Mme de La Fayette à l'*Histoire des guerres civiles de Grenade de Ginès Perez de Hita*.

PRINCESSE DE CLÈVES

Valincour : *Lettres à la Marquise*** sur le sujet de la Princesse de Clèves*, Paris, Sébastien Mabre-Cramoisy, 1678, in-12.

Jean-Antoine de Charnes : *Conversations sur la critique de la Princesse de Clèves*, Paris, Claude-Barbin, 1679, in-8º.

Ludovic Lalanne : *Brantôme et la Princesse de Clèves*, Paris, 1891, in-8° (Extrait de *Brantôme, sa vie et ses écrits*).

F. Baldensperger : *A propos de l'aveu de la Princesse de Clèves* (*Revue de Philologie française*, 1901, p. 26 et s.).

H. Chamard et G. Rudler : *Les Sources historiques de la Princesse de Clèves* (*Revue du XVIe siècle*, t. II, 1914, p. 92 et s.); *Les Episodes historiques* (*Ibid.*, p. 290 et s.); *La couleur historique dans la Princesse de Clèves* (*Ibid.*, t. V, 1917, p. 1 et s.).

Valentine Poizat : *La véritable Princesse de Clèves*, Paris, La Renaissance du Livre, 1920, in-18. Selon Mme Valentine Poizat, Mme de Lafayette aurait pris pour modèle de son héroïne Anne d'Este, duchesse de Guise, plus tard duchesse de Nemours.

Henry Bordeaux : *Amours du temps passé. Les Amants d'Annecy*, Paris, Plon-Nourrit, s. d. in-18. M. Henri Bordeaux, dans son étude, conteste les dires de Mme Valentine Poizat.

François Gébelin : *Sur une nouvelle édition de la Princesse de Clèves* (*Plaisir du Bibliophile*, novembre 1938). Etude bibliographique au cours de laquelle M. F. Gébelin relève les corrections manuscrites portées sur de nombreux exemplaires de l'édition originale.

Marcel Langlois : *Quel est l'auteur de la Princesse de Clèves ?* (*Mercure de France* du 15 novembre 1939.) Sans présenter aucun argument valable, M. Marcel Langlois attribue à Fontenelle la *Princesse de Clèves* en partant de cette donnée que Mme de Lafayette nia toujours en être l'auteur. M. Marcel Langlois oublie que la comtesse, dans une lettre à Ménage, approximativement datée de 1691, donna à son vieil ami une certitude contraire

LA PRINCESSE
DE MONTPENSIER
(1662)

LE LIBRAIRE AU LECTEUR

Le respect que l'on doit à l'illustre nom qui est à la tête de ce livre, et la considération que l'on doit avoir pour les éminentes personnes qui sont descendues de ceux qui l'ont porté, m'oblige de dire, pour ne pas manquer envers les uns ni les autres en donnant cette histoire au public, qu'elle n'a été tirée d'aucun manuscrit qui nous soit demeuré du temps des personnes dont elle parle. L'Auteur ayant voulu, pour son divertissement, écrire des aventures inventées à plaisir, a jugé plus à propos de prendre des noms connus dans nos histoires que de se servir de ceux que l'on trouve dans les romans, croyant bien que la réputation de Mme de Montpensier ne serait pas blessée par un récit effectivement fabuleux. S'il n'est pas de ce sentiment, j'y supplée par cet avertissement qui sera aussi avantageux à l'Auteur que respectueux pour moi envers les Morts qui y sont intéressés et envers les Vivants qui pourraient y prendre part.

LA PRINCESSE
DE MONTPENSIER [1]

Pendant que la guerre civile déchirait la France sous le règne de Charles IX, l'Amour ne laissait pas de trouver sa place parmi tant de désordres et d'en causer beaucoup dans son Empire. La fille unique du marquis de Mézières [2], héritière très considérable, et par ses grands biens, et par l'illustre maison d'Anjou dont elle était descendue, était promise au duc du Maine [3], cadet du duc de Guise, que l'on a depuis appelé le Balafré [4]. L'extrême jeunesse de cette grande héritière retardait son mariage [5]; et cependant le duc de Guise qui la voyait souvent, et qui voyait en elle les commencements d'une grande beauté, en devint amoureux et en fut aimé. Ils cachèrent leur amour avec beaucoup de soin. Le duc de Guise, qui n'avait pas encore autant d'ambition qu'il en a eu depuis, souhaitait ardemment de l'épouser; mais la crainte du cardinal de Lorraine, qui lui tenait lieu de père [6], l'empêchait de se déclarer. Les choses étaient en cet état, lorsque la maison de Bourbon, qui ne pouvait voir qu'avec envie l'élévation de celle de Guise, s'apercevant de l'avantage qu'elle recevrait de ce mariage, se résolut de le lui ôter et d'en profiter elle-même en faisant épouser cette héritière au jeune prince de Montpensier [7]. On travailla à l'exécution de ce dessein avec tant de succès, que les parents de Mlle de Mézières, contre les promesses qu'ils avaient faites au cardinal de Lorraine, se résolurent de la donner en mariage à ce jeune prince. Toute la maison de Guise fut extrêmement surprise de ce procédé; mais le duc en fut accablé de douleur et l'intérêt de son amour lui fit recevoir ce manquement de parole comme un affront insupportable. Son ressentiment éclata bientôt, malgré les réprimandes du cardinal de Lorraine et du duc d'Aumale [8], ses oncles, qui ne voulaient pas s'opiniâtrer à une chose qu'ils voyaient ne pouvoir empêcher; et il s'emporta avec tant de violence, en présence même du jeune prince de Montpensier, qu'il en naquit entre eux une haine qui ne finit qu'avec leur vie. Mlle de Mézières, tourmentée par ses parents d'épouser ce prince, voyant d'ailleurs qu'elle ne pouvait épouser le duc de Guise et connaissant par sa vertu qu'il était dangereux d'avoir pour beau-frère un homme qu'elle eût souhaité pour mari, se résolut enfin de suivre le sentiment de ses proches et conjura M. de Guise de ne plus apporter d'obstacle à son mariage. Elle épousa donc le prince de Montpensier [9] qui, peu de temps après, l'emmena à Champigny [10], séjour ordinaire des princes de sa maison, pour l'ôter de Paris où apparemment tout l'effort de la guerre allait tomber. Cette grande ville était menacée d'un siège par l'armée des huguenots, dont le prince de Condé était le chef, et qui venait de déclarer la guerre au roi pour la seconde fois [11]. Le prince de Montpensier, dans sa plus tendre jeunesse, avait fait une amitié très particulière avec le comte de Chabanes [12], qui était un homme d'un âge beaucoup plus avancé que lui et d'un mérite extraordinaire. Ce comte avait été si sensible à l'estime et à la confiance de ce jeune prince que, contre les engagements qu'il avait avec le prince de Condé, qui lui faisait espérer des emplois considérables dans le parti des huguenots, il se déclara pour les catholiques, ne pouvant se résoudre à être opposé en quelque chose à un homme qui lui était si cher. Ce changement de parti n'ayant point d'autre fondement, l'on douta qu'il fût véritable, et la reine mère, Catherine de Médicis, en eut de si grands soupçons que, la guerre étant déclarée par les huguenots, elle eut dessein de le faire arrêter; mais le prince de Montpensier l'en empêcha et emmena Chabanes à Champigny en s'y en allant avec sa femme. Le comte, ayant l'esprit fort doux et fort agréable, gagna bientôt l'estime de la princesse de Montpensier, et en peu de temps, elle n'eut pas moins de confiance et d'amitié pour lui qu'en avait le prince son mari. Chabanes, de son côté, regardait avec admiration tant de beauté, d'esprit et de vertu qui paraissaient en cette jeune princesse; et, se servant de l'amitié qu'elle lui témoignait, pour lui inspirer des sentiments d'une vertu extraordinaire et digne de la grandeur de sa naissance, il la rendit en peu de temps une des personnes du monde la plus achevée. Le prince étant revenu à la cour, où la continuation de la guerre l'appelait, le comte demeura seul avec la princesse et continua d'avoir pour elle un respect et une amitié proportionnés à sa qualité et à son mérite. La confiance s'augmenta de part et d'autre, et à tel point du côté de la princesse de Montpensier qu'elle lui apprit l'inclination qu'elle avait eue pour M. de Guise; mais elle lui apprit aussi en même temps qu'elle était presque éteinte et qu'il ne lui en restait que ce qui était nécessaire pour défendre l'entrée de son cœur à une autre inclination, et que, la vertu se joignant à ce reste d'impression, elle n'était capable que d'avoir du mépris pour ceux qui oseraient avoir de l'amour pour elle. Le comte qui connaissait la sincérité de cette belle princesse et qui lui voyait d'ailleurs des dispositions si opposées à la faiblesse de la galanterie ne douta point de la vérité de ses paroles; et néanmoins il ne put se défendre de tant de charmes qu'il voyait tous les jours de si près. Il devint passionnément amoureux de cette princesse; et, quelque honte qu'il trouvât à se laisser surmonter, il fallut céder et l'aimer de la plus violente et de la plus sincère passion qui fût jamais. S'il ne fut pas maître de son cœur, il le fut de ses actions. Le changement de son âme n'en apporta point dans sa conduite et personne ne soupçonna son amour. Il prit un soin exact, pendant une année entière, de le cacher à la princesse et il crut qu'il aurait toujours le même désir de le lui cacher. L'amour fit en lui ce qu'il fait en tous les autres; il lui donna l'envie de parler et, après tous les combats qui ont accoutumé de se faire en pareilles occasions, il osa lui dire qu'il l'aimait, s'étant bien préparé à essuyer les orages dont la fierté de cette princesse le menaçait. Mais il trouva en elle une tranquillité et une froideur pires mille fois que toutes les rigueurs à quoi il s'était attendu. Elle ne prit pas la peine de se mettre en colère contre lui. Elle lui représenta en peu de mots la différence de leurs qualités et de leur âge, la connaissance particulière qu'il avait de sa vertu et de l'inclination qu'elle avait eue pour le duc de Guise, et surtout ce qu'il devait à l'amitié et à la confiance du prince son mari. Le comte pensa mourir à ses pieds de honte et de douleur. Elle tâcha de le consoler en l'assurant qu'elle ne se souviendrait jamais de ce qu'il venait de lui dire, qu'elle ne se persuaderait jamais une chose qui lui était si désavantageuse et qu'elle ne le regarderait jamais que comme son meilleur ami. Ces assurances consolèrent le comte, comme on se le peut imaginer. Il sentit le mépris des paroles de la princesse dans toute leur étendue et, le lendemain, la revoyant avec un visage aussi ouvert que de coutume, son affliction en redoubla de la moitié. Le procédé de la princesse ne la diminua pas. Elle vécut avec lui avec la même bonté qu'elle avait accoutumé. Elle lui reparla, quand l'occasion en fit naître le discours, de l'inclination qu'elle avait eue pour le duc de Guise; et, la renommée commençant alors à publier les grandes qualités qui paraissaient en ce prince, elle lui avoua qu'elle en sentait de la joie et qu'elle était bien aise de voir qu'il méritait les sentiments qu'elle avait eus pour lui. Toutes ces marques de confiance, qui avaient été si chères au comte, lui devinrent insupportables. Il n'osait pourtant le témoigner à la princesse, quoiqu'il osât bien la faire souvenir quelquefois de ce qu'il avait eu la hardiesse de lui dire. Après deux années d'absence, la paix étant faite [13], le prince de Montpensier revint trouver la princesse sa femme, tout couvert de la gloire qu'il avait acquise au siège de Paris et à la bataille de Saint-Denis. Il fut surpris de voir la beauté de cette princesse dans une si grande perfection et, par le sentiment d'une jalousie qui lui était naturelle, il en eut quelque chagrin, prévoyant bien qu'il ne serait pas seul à la trouver belle. Il eut beaucoup de joie de revoir le comte de Chabanes, pour qui son amitié n'était point diminuée. Il lui demanda confidemment des nouvelles de l'esprit et de l'humeur de sa femme, qui lui était quasi une personne inconnue, par le peu de temps qu'il avait demeuré avec elle. Le comte, avec une sincérité aussi exacte que s'il n'eût point été amoureux, dit au prince tout ce qu'il connaissait en cette princesse capable de la lui faire aimer; et il avertit aussi Mme de Montpensier de toutes les choses qu'elle devait faire pour achever de gagner le cœur et l'estime de son mari.

Enfin, la passion du comte le portait si naturellement à ne songer qu'à ce qui pouvait augmenter le bonheur et la gloire de cette princesse qu'il oubliait sans peine l'intérêt qu'ont les amants à empêcher que les personnes qu'ils aiment ne soient dans une parfaite intelligence avec leurs maris. La paix ne fit que paraître. La guerre recommença aussitôt [14], par le dessein qu'eut le roi de faire arrêter à Noyers le prince de Condé et l'amiral de Châtillon; et, ce dessein ayant été découvert, l'on commença de nouveau les préparatifs de la guerre; et le prince de Montpensier fut contraint de quitter sa femme pour se rendre où son devoir l'appelait. Chabannes le suivit à la Cour, s'étant entièrement justifié auprès de la reine. Ce ne fut pas sans une douleur extrême qu'il quitta la princesse qui, de son côté, demeura fort triste des périls où la guerre allait exposer son mari. Les chefs des huguenots s'étaient retirés à La Rochelle. Le Poitou et la Saintonge étant dans leur parti, la guerre s'y alluma fortement et le roi y rassembla toutes ses troupes. Le duc d'Anjou, son frère, qui fut depuis Henri III, y acquit beaucoup de gloire par plusieurs belles actions, et entre autres par la bataille de Jarnac, où le prince de Condé fut tué [15]. Ce fut dans cette guerre que le duc de Guise commença à avoir des emplois considérables et à faire connaître qu'il passait de beaucoup les grandes espérances qu'on avait conçues de lui [16]. Le prince de Montpensier, qui le haïssait, et comme son ennemi particulier, et comme celui de sa maison, ne voyait qu'avec peine la gloire de ce duc, aussi bien que l'amitié que lui témoignait le duc d'Anjou. Après que les deux armées se furent fatiguées par beaucoup de petits combats, d'un commun consentement on licencia les troupes pour quelque temps. Le duc d'Anjou demeura à Loches, pour donner ordre à toutes les places qui eussent pu être attaquées. Le duc de Guise y demeura avec lui et le prince de Montpensier, accompagné du comte de Chabanes, s'en retourna à Champigny, qui n'était pas fort éloigné de là. Le duc d'Anjou allait souvent visiter les places qu'il faisait fortifier. Un jour qu'il revenait à Loches par un chemin peu connu de ceux de sa suite, le duc de Guise, qui se vantait de le savoir, se mit à la tête de la troupe pour servir de guide; mais, après avoir marché quelque temps, il s'égara et se trouva sur le bord d'une petite rivière qu'il ne reconnut pas lui-même. Le duc d'Anjou lui fit la guerre de les avoir si mal conduits et, étant arrêtés en ce lieu, aussi disposés à la joie qu'ont accoutumé de l'être de jeunes princes, ils aperçurent un petit bateau qui était arrêté au milieu de la rivière; et, comme elle n'était pas large, ils distinguèrent aisément dans ce bateau trois ou quatre femmes, et une entre autres qui leur sembla fort belle, qui était habillée magnifiquement, et qui regardait avec attention deux hommes qui pêchaient auprès d'elle. Cette aventure donna une nouvelle joie à ces jeunes princes et à tous ceux de leur suite. Elle leur parut une chose de roman. Les uns disaient au duc de Guise qu'il les avait égarés exprès pour leur faire voir cette belle personne; les autres, qu'il fallait, après ce qu'avait fait le hasard, qu'il en devînt amoureux; et le duc d'Anjou soutenait que c'était lui qui devait être son amant. Enfin, voulant pousser l'aventure à bout, ils firent avancer dans la rivière de leurs gens à cheval, le plus avant qu'il se pût, pour crier à cette dame que c'était monsieur d'Anjou qui eût bien voulu passer de l'autre côté de l'eau et qui priait qu'on le vînt prendre. Cette dame, qui était la princesse de Montpensier, entendant dire que le duc d'Anjou était là et ne doutant point, à la quantité des gens qu'elle voyait au bord de l'eau, que ce ne fût lui, fit avancer son bateau pour aller du côté où il était. Sa bonne mine le lui fit bientôt distinguer des autres, mais elle distingua encore plutôt le duc de Guise. Sa vue lui apporta un trouble qui la fit un peu rougir et qui la fit paraître aux yeux de ces princes dans une beauté qu'ils crurent surnaturelle. Le duc de Guise la reconnut d'abord, malgré le changement avantageux qui s'était fait en elle depuis les trois années qu'il ne l'avait vue. Il dit au duc d'Anjou qui elle était, qui fut honteux d'abord de la liberté qu'il avait prise; mais voyant Mme de Montpensier si belle, et cette aventure lui plaisant si fort, il se résolut de l'achever; et, après mille excuses et mille compliments, il inventa une affaire considérable, qu'il disait avoir au delà de la rivière et accepta l'offre qu'elle lui fit de le passer dans son bateau. Il y entra seul avec le duc de Guise, donnant ordre à tous ceux qui les suivaient d'aller passer la rivière à un autre endroit et de les venir joindre à Champigny, que Mme de Montpensier leur dit qui n'était qu'à deux lieues de là. Sitôt qu'ils furent dans le bateau, le duc d'Anjou lui demanda à quoi ils devaient une si agréable rencontre et ce qu'elle faisait au milieu de la rivière. Elle lui répondit qu'étant partie de Champigny avec le prince son mari, dans le dessein de le suivre à la chasse, s'étant trouvée trop lasse, elle était venue sur le bord de la rivière où la curiosité de voir prendre un saumon, qui avait donné dans un filet, l'avait fait entrer dans ce bateau. M. de Guise ne se mêlait point dans la conversation; mais, sentant réveiller vivement dans son cœur tout ce que cette princesse y avait autrefois fait naître, il pensait en lui-même qu'il sortirait difficilement de cette aventure sans rentrer dans ses liens. Ils arrivèrent bientôt au bord, où ils trouvèrent les chevaux et les écuyers de Mme de Montpensier qui l'attendaient. Le duc d'Anjou et le duc de Guise lui aidèrent à monter à cheval, où elle se tenait avec une grâce admirable. Pendant tout le chemin, elle les entretint agréablement de diverses choses. Ils ne furent pas moins surpris des charmes de son esprit qu'ils l'avaient été de sa beauté; et ils ne purent s'empêcher de lui faire connaître qu'ils en étaient extraordinairement surpris. Elle répondit à leurs louanges avec toute la modestie imaginable; mais un peu plus froidement à celles du duc de Guise, voulant garder une fierté qui l'empêchât de fonder aucune espérance sur l'inclination qu'elle avait eue pour lui. En arrivant dans la première cour de Champigny, ils trouvèrent le prince de Montpensier, qui ne faisait que de revenir

de la chasse. Son étonnement fut grand de voir marcher
deux hommes à côté de sa femme; mais il fut extrême
quand, s'approchant de plus près, il reconnut que c'était
le duc d'Anjou et le duc de Guise. La haine qu'il avait
pour le dernier, se joignant à sa jalousie naturelle,
lui fit trouver quelque chose de si désagréable à voir
ces princes avec sa femme, sans savoir comment ils
s'y étaient trouvés, ni ce qu'ils venaient faire en sa
maison, qu'il ne put cacher le chagrin qu'il en avait.
Il en rejeta adroitement la cause sur la crainte de ne
pouvoir recevoir un si grand prince selon sa qualité,
et comme il l'eût bien souhaité. Le comte de Chabanes
avait encore plus de chagrin de voir M. de Guise
auprès de Mme de Montpensier que M. de Montpensier
n'en avait lui-même. Ce que le hasard avait fait pour
rassembler ces deux personnes lui semblait de si mauvais augure, qu'il pronostiquait aisément que ce commencement de roman ne serait pas sans suite. Mme de
Montpensier fit, le soir, les honneurs de chez elle avec
le même agrément qu'elle faisait toutes choses. Enfin
elle ne plut que trop à ses hôtes. Le duc d'Anjou, qui
était fort galant et fort bien fait, ne put voir une fortune si digne de lui sans la souhaiter ardemment. Il
fut touché du même mal que M. de Guise et, feignant
toujours des affaires extraordinaires, il demeura deux
jours à Champigny, sans être obligé d'y demeurer
que par les charmes de Mme de Montpensier, le prince
son mari ne faisant point de violence pour l'y retenir.
Le duc de Guise ne partit pas sans faire entendre à
Mme de Montpensier qu'il était pour elle ce qu'il avait
été autrefois; et, comme sa passion n'avait été sue de
personne, il lui dit plusieurs fois devant tout le monde,
sans être entendu que d'elle, que son cœur n'était point
changé. Et lui et le duc d'Anjou partirent de Champigny avec beaucoup de regret. Ils marchèrent longtemps tous deux dans un profond silence. Mais enfin
le duc d'Anjou, s'imaginant tout d'un coup que ce qui
faisait sa rêverie pouvait bien causer celle du duc de
Guise, lui demanda brusquement s'il pensait aux beautés
de la princesse de Montpensier. Cette demande si
brusque, jointe à ce qu'avait déjà remarqué le duc

de Guise des sentiments du duc d'Anjou, lui fit voir qu'il serait infailliblement son rival et qu'il lui était très important de ne pas découvrir son amour à ce prince. Pour lui en ôter tout soupçon, il lui répondit en riant qu'il paraissait lui-même si occupé de la rêverie dont il l'accusait qu'il n'avait pas jugé à propos de l'interrompre; que les beautés de la princesse de Montpensier n'étaient pas nouvelles pour lui; qu'il s'était accoutumé à en supporter l'éclat du temps qu'elle était destinée à être sa belle-sœur; mais qu'il voyait bien que tout le monde n'en était pas si peu ébloui. Le duc d'Anjou lui avoua qu'il n'avait encore rien vu qui lui parût comparable à cette jeune princesse et qu'il sentait bien que sa vue lui pourrait être dangereuse, s'il y était souvent exposé. Il voulut faire convenir le duc de Guise qu'il sentait la même chose; mais ce duc, qui commençait à se faire une affaire sérieuse de son amour, n'en voulut rien avouer. Ces princes s'en retournèrent à Loches, faisant souvent leur agréable conversation de l'aventure qui leur avait découvert la princesse de Montpensier. Ce ne fut pas un sujet de si grand divertissement dans Champigny. Le prince de Montpensier était mal content de tout ce qui était arrivé, sans qu'il en pût dire le sujet. Il trouvait mauvais que sa femme se fût trouvée dans ce bateau. Il lui semblait qu'elle avait reçu trop agréablement ces princes; et, ce qui lui déplaisait le plus, était d'avoir remarqué que le duc de Guise l'avait regardée attentivement. Il en conçut dès ce moment une jalousie furieuse, qui le fit ressouvenir de l'emportement qu'il avait témoigné lors de son mariage; et il eut quelque pensée que, dès ce temps-là même, il en était amoureux. Le chagrin que tous ces soupçons lui causèrent donnèrent de mauvaises heures à la princesse de Montpensier. Le comte de Chabanes, selon sa coutume, prit soin d'empêcher qu'ils ne se brouillassent tout à fait, afin de persuader par là à la princesse combien la passion qu'il avait pour elle était sincère et désintéressée. Il ne put s'empêcher de lui demander l'effet qu'avait produit en elle la vue du duc de Guise. Elle lui apprit qu'elle en avait été troublée par la honte du souvenir de l'inclination qu'elle lui avait autrefois témoignée ; qu'elle l'avait trouvé beaucoup mieux fait qu'il n'était en ce temps-là et que même il lui avait paru qu'il voulait lui persuader qu'il l'aimait encore ; mais elle l'assura, en même temps, que rien ne pouvait ébranler la résolution qu'elle avait prise de ne s'engager jamais. Le comte de Chabanes eut bien de la joie d'apprendre cette résolution ; mais rien ne le pouvait rassurer sur le duc de Guise. Il témoigna à la princesse qu'il appréhendait extrêmement que les premières impressions ne revinssent bientôt ; et il lui fit comprendre la mortelle douleur qu'il aurait, pour leur intérêt commun, s'il la voyait un jour changer de sentiments. La princesse de Montpensier, continuant toujours son procédé avec lui, ne répondait presque pas à ce qu'il lui disait de sa passion et ne considérait toujours en lui que la qualité du meilleur ami du monde, sans lui vouloir faire l'honneur de prendre garde à celle d'amant.

Les armées étant remises sur pied, tous les princes y retournèrent ; et le prince de Montpensier trouva bon que sa femme s'en vînt à Paris, pour n'être plus si proche des lieux où se faisait la guerre. Les huguenots assiégèrent la ville de Poitiers. Le duc de Guise s'y jeta pour la défendre et il y fit des actions qui suffiraient seules pour rendre glorieuse une autre vie que la sienne [17]. Ensuite la bataille de Moncontour se donna [18]. Le duc d'Anjou, après avoir pris Saint-Jean-d'Angély, tomba malade, et quitta en même temps l'armée, soit par la violence de son mal, soit par l'envie qu'il avait de revenir goûter le repos et les douceurs de Paris, où la présence de la princesse de Montpensier n'était pas la moindre raison qui l'attirât [19]. L'armée demeura sous le commandement du prince de Montpensier ; et, peu de temps après, la paix étant faite, toute la cour se trouva à Paris. La beauté de la princesse effaça toutes celles qu'on avait admirées jusques alors. Elle attira les yeux de tout le monde par les charmes de son esprit et de sa personne. Le duc d'Anjou ne changea pas à Paris les sentiments qu'il avait conçus pour elle à Champigny. Il prit un soin extrême de le lui faire connaître par toutes sortes de soins, prenant garde toutefois à ne lui en pas rendre des témoignages trop éclatants, de peur de donner de la jalousie au prince son mari. Le duc de Guise acheva d'en devenir violemment amoureux; et voulant, par plusieurs raisons, tenir sa passion cachée, il se résolut de la lui déclarer d'abord, afin de s'épargner tous ces commencements qui font toujours naître le bruit et l'éclat. Etant un jour chez la reine, à une heure où il y avait très peu de monde, la reine s'étant retirée pour parler d'affaires avec le cardinal de Lorraine, la princesse de Montpensier y arriva. Il se résolut de prendre ce moment pour lui parler, et, s'approchant d'elle :

— Je vais vous surprendre, Madame, lui dit-il, et vous déplaire, en vous apprenant que j'ai toujours conservé cette passion qui vous a été connue autrefois, mais qui s'est si fort augmentée en vous revoyant que ni votre sévérité, ni la haine de M. le prince de Montpensier, ni la concurrence du premier prince du royaume ne sauraient lui ôter un moment de sa violence. Il aurait été plus respectueux de vous la faire connaître par mes actions que par mes paroles; mais, Madame, mes actions l'auraient apprise à d'autres aussi bien qu'à vous et je souhaite que vous sachiez seule que je suis assez hardi pour vous adorer.

La princesse fut d'abord si surprise et si troublée de ce discours qu'elle ne songea pas à l'interrompre; mais ensuite, étant revenue à elle et commençant à lui répondre, le prince de Montpensier entra. Le trouble et l'agitation étaient peints sur le visage de la princesse; la vue de son mari acheva de l'embarrasser, de sorte qu'elle lui en laissa plus entendre que le duc de Guise ne lui en venait de dire. La reine sortit de son cabinet et le duc se retira pour guérir la jalousie de ce prince. La princesse de Montpensier trouva, le soir, dans l'esprit de son mari, tout le chagrin imaginable. Il s'emporta contre elle avec des violences épouvantables et lui défendit de parler jamais au duc de Guise. Elle se retira bien triste dans son appartement et bien occupée des aventures qui lui étaient arrivées ce jour-là. Le jour suivant, elle revit le duc de Guise chez la reine; mais il ne l'aborda pas et se contenta de sortir un peu après elle, pour lui faire voir qu'il n'y avait que faire quand elle n'y était pas. Il ne se passait point de jour qu'elle ne reçût mille marques cachées de la passion de ce duc, sans qu'il essayât de lui en parler que lorsqu'il ne pouvait être vu de personne. Comme elle était bien persuadée de cette passion, elle commença, nonobstant toutes les résolutions qu'elle avait faites à Champigny, à sentir dans le fond de son cœur quelque chose de ce qui y avait été autrefois.

[Le duc d'Anjou, de son côté, qui n'oubliait rien pour lui témoigner son amour en tous les lieux où il la pouvait voir et qui la suivait continuellement chez la reine, sa mère, et la princesse, sa sœur, en était traité avec une rigueur étrange et capable de guérir toute autre passion que la sienne [20].] On découvrit, en ce temps-là, que cette princesse, qui fut depuis la reine de Navarre [21], eut quelque attachement pour le duc de Guise [22]; et ce qui le fit découvrir davantage, fut le refroidissement qui parut du duc d'Anjou pour le duc de Guise. La princesse de Montpensier apprit cette nouvelle, qui ne lui fut pas indifférente et qui lui fit sentir qu'elle prenait plus d'intérêt au duc de Guise qu'elle ne pensait. M. de Montpensier, son beau-père, épousant alors Mlle de Guise, sœur de ce duc, elle était contrainte de le voir souvent dans les lieux où les cérémonies des noces les appelaient l'un et l'autre [23]. La princesse de Montpensier, ne pouvant plus souffrir qu'un homme que toute la France croyait amoureux de Madame, osât lui dire qu'il l'était d'elle, et se sentant offensée et quasi affligée de s'être trompée elle-même, un jour que le duc de Guise la rencontra chez sa sœur, un peu éloignée des autres et qu'il lui voulut parler de sa passion, elle l'interrompit brusquement et lui dit d'un ton de voix qui marquait sa colère :

— Je ne comprends pas qu'il faille, sur le fondement d'une faiblesse dont on a été capable à treize ans, avoir l'audace de faire l'amoureux d'une personne comme moi, et surtout quand on l'est d'une autre à la vue de toute la cour.

Le duc de Guise, qui avait beaucoup d'esprit et qui était fort amoureux, n'eut besoin de consulter personne

pour entendre tout ce que signifiaient les paroles de la princesse. Il lui répondit avec beaucoup de respect :
— J'avoue, Madame, que j'ai eu tort de ne pas mépriser l'honneur d'être beau-frère de mon roi plutôt que de vous laisser soupçonner un moment que je pouvais désirer un autre cœur que le vôtre; mais, si vous voulez me faire la grâce de m'écouter, je suis assuré de me justifier auprès de vous.

La princesse de Montpensier ne répondit point; mais elle ne s'éloigna pas, et le duc de Guise, voyant qu'elle lui donnait l'audience qu'il souhaitait, lui apprit que, sans s'être attiré les bonnes grâces de Madame par aucun soin, elle l'en avait honoré; que, n'ayant nulle passion pour elle, il avait très mal répondu à l'honneur qu'elle lui faisait, jusques à ce qu'elle lui eût donné quelque espérance de l'épouser; qu'à la vérité la grandeur où ce mariage pouvait l'élever l'avait obligé de lui rendre plus de devoirs et que c'était ce qui avait donné lieu au soupçon qu'en avaient eu le roi et le duc d'Anjou; que l'opposition de l'un ni de l'autre ne le dissuadait pas de son dessein, mais que, si ce dessein lui déplaisait, il l'abandonnait, dès l'heure même, pour n'y penser de sa vie. Le sacrifice que le duc de Guise faisait à la princesse, lui fit oublier toute la rigueur et toute la colère avec laquelle elle avait commencé de lui parler. Elle changea de discours et se mit à l'entretenir de la faiblesse qu'avait eue Madame de l'aimer la première et de l'avantage considérable qu'il recevrait en l'épousant. Enfin, sans rien dire d'obligeant au duc de Guise, elle lui fit revoir mille choses agréables qu'il avait trouvées autrefois en Mlle de Mézières. Quoiqu'ils ne se fussent point parlé depuis longtemps, ils se trouvèrent accoutumés l'un à l'autre et leurs cœurs se remirent aisément dans un chemin qui ne leur était pas inconnu. Ils finirent cette agréable conversation, qui laissa une sensible joie dans l'esprit du duc de Guise. La princesse n'en eut pas une petite de connaître qu'il l'aimait véritablement. Mais quand elle fut dans son cabinet, quelles réflexions ne fit-elle point sur la honte de s'être laissé fléchir si aisément aux excuses du duc de Guise, sur l'embarras où elle s'allait plonger en s'engageant dans une chose qu'elle avait regardée avec tant d'horreur et sur les effroyables malheurs où la jalousie de son mari la pouvait jeter ! Ces pensées lui firent faire de nouvelles résolutions, mais qui se dissipèrent dès le lendemain par la vue du duc de Guise. Il ne manquait point de lui rendre un compte exact de ce qui se passait entre Madame et lui. La nouvelle alliance de leurs maisons lui donnait occasion de lui parler souvent. Mais il n'avait pas peu de peine à la guérir de la jalousie que lui donnait la beauté de Madame, contre laquelle il n'y avait point de serment qui la pût rassurer. Cette jalousie servait à la princesse de Montpensier à défendre le reste de son cœur contre les soins du duc de Guise, qui en avait déjà gagné la plus grande partie. Le mariage du roi avec la fille de l'empereur Maximilien remplit la cour de fêtes et de réjouissances [24]. Le roi fit un ballet où dansaient Madame et toutes les princesses. La princesse de Montpensier pouvait seule lui disputer le prix de la beauté. Le duc d'Anjou dansait une entrée de Maures ; et le duc de Guise, avec quatre autres, était de son entrée. Leurs habits étaient tous pareils, comme le sont d'ordinaire les habits de ceux qui dansent une même entrée. La première fois que le ballet se dansa, le duc de Guise, devant que de danser, n'ayant pas encore son masque, dit quelques mots en passant à la princesse de Montpensier. Elle s'aperçut bien que le prince son mari y avait pris garde ; ce qui la mit en inquiétude. Quelque temps après, voyant le duc d'Anjou avec son masque et son habit de Maure qui venait pour lui parler, troublée de son inquiétude, elle crut que c'était encore le duc de Guise et, s'approchant de lui :

— N'ayez des yeux ce soir que pour Madame, lui dit-elle ; je n'en serai point jalouse, je vous l'ordonne, on m'observe, ne m'approchez plus.

Elle se retira sitôt qu'elle eut achevé ces paroles. Le duc d'Anjou en demeura accablé comme d'un coup de tonnerre. Il vit dans ce moment qu'il avait un rival aimé. Il comprit, par le nom de Madame, que ce rival était le duc de Guise ; et il ne put douter que la princesse sa sœur ne fût le sacrifice qui avait rendu la princesse de Montpensier favorable aux vœux de son rival. La jalousie, le dépit et la rage, se joignant à la haine qu'il avait déjà pour lui, firent dans son âme tout ce qu'on peut imaginer de plus violent; et il eût donné sur l'heure quelque marque sanglante de son désespoir si la dissimulation qui lui était naturelle ne fût venue à son secours et ne l'eût obligé, par des raisons puissantes, en l'état qu'étaient les choses, à ne rien entreprendre contre le duc de Guise. Il ne put toutefois se refuser le plaisir de lui apprendre qu'il savait le secret de son amour; et, l'abordant en sortant de la salle où l'on avait dansé :

— C'est trop, lui dit-il, d'oser lever les yeux jusques à ma sœur et de m'ôter ma maîtresse. La considération du roi m'empêche d'éclater; mais souvenez-vous que la perte de votre vie sera peut-être la moindre chose dont je punirai quelque jour votre témérité.

La fierté du duc de Guise n'était pas accoutumée à de telles menaces. Il ne put néanmoins y répondre, parce que le roi, qui sortait en ce moment, les appela tous deux; mais elles gravèrent dans son cœur un désir de vengeance qu'il travailla toute sa vie à satisfaire. Dès le même soir, le duc d'Anjou lui rendit toutes sortes de mauvais offices auprès du roi. Il lui persuada que jamais Madame ne consentirait d'être mariée avec le roi de Navarre [25], avec qui on proposait de la marier, tant que l'on souffrirait que le duc de Guise l'approchât; et qu'il était honteux de souffrir qu'un de ses sujets, pour satisfaire à sa vanité, apportât de l'obstacle à une chose qui devait donner la paix à la France. Le roi avait déjà assez d'aigreur contre le duc de Guise [26]. Ce discours l'augmenta si fort que, le voyant le lendemain comme il se présentait pour entrer au bal chez la reine, paré d'un nombre infini de pierreries, mais plus paré encore de sa bonne mine, il se mit à l'entrée de la porte et lui demanda brusquement où il allait. Le duc, sans s'étonner, lui dit qu'il venait pour lui rendre ses très humbles services; à quoi le roi répliqua qu'il n'avait pas besoin de ceux qu'il lui rendait, et se tourna sans le regarder. Le duc de Guise ne laissa pas d'entrer dans la salle, outré dans le cœur, et contre le roi, et contre le duc d'Anjou. Mais sa douleur augmenta sa fierté naturelle et, par une manière de dépit, il s'approcha beaucoup plus de Madame qu'il n'avait accoutumé; joint que ce que lui avait dit le duc d'Anjou de la princesse de Montpensier l'empêchait de jeter les yeux sur elle. Le duc d'Anjou les observait soigneusement l'un et l'autre. Les yeux de cette princesse laissaient voir malgré elle quelque chagrin lorsque le duc de Guise parlait à Madame. Le duc d'Anjou, qui avait compris par ce qu'elle lui avait dit en le prenant pour M. de Guise, qu'elle avait de la jalousie, espéra de les brouiller et, se mettant auprès d'elle :

— C'est pour votre intérêt, Madame, plutôt que pour le mien, lui dit-il, que je m'en vais vous apprendre que le duc de Guise ne mérite pas que vous l'ayez choisi à mon préjudice. Ne m'interrompez point, je vous prie, pour me dire le contraire d'une vérité que je ne sais que trop. Il vous trompe, Madame, et vous sacrifie à ma sœur, comme il vous l'a sacrifiée. C'est un homme qui n'est capable que d'ambition mais, puisqu'il a eu le bonheur de vous plaire, c'est assez. Je ne m'opposerai point à une fortune que je méritais, sans doute, mieux que lui. Je m'en rendrais indigne si je m'opiniâtrais davantage à la conquête d'un cœur qu'un autre possède. C'est trop de n'avoir pu attirer que votre indifférence. Je ne veux pas y faire succéder la haine en vous importunant plus longtemps de la plus fidèle passion qui fut jamais.

Le duc d'Anjou, qui était effectivement touché d'amour et de douleur, put à peine achever ces paroles; et, quoiqu'il eût commencé son discours dans un esprit de dépit et de vengeance, il s'attendrit, en considérant la beauté de la princesse et la perte qu'il faisait en perdant l'espérance d'en être aimé, de sorte que, sans attendre sa réponse, il sortit du bal, feignant de se trouver mal, et s'en alla chez lui rêver à son malheur. La princesse de Montpensier demeura affligée et troublée, comme on se le peut imaginer. Voir sa réputation et le secret de sa vie entre les mains d'un prince qu'elle avait maltraité et apprendre par lui, sans pouvoir en douter, qu'elle était trompée par son amant, étaient des choses peu capables de lui laisser la liberté d'esprit que demandait un lieu destiné à la joie. Il fallut pourtant demeurer en ce lieu et aller souper ensuite chez la duchesse de Montpensier, sa belle-mère, qui l'emmena avec elle. Le duc de Guise, qui mourait d'impatience de lui conter ce que lui avait dit le duc d'Anjou le jour précédent, la suivit chez sa sœur. Mais quel fut son étonnement lorsque, voulant entretenir cette belle princesse, il trouva qu'elle ne lui parlait que pour lui faire des reproches épouvantables ! Et le dépit lui faisait faire ces reproches si confusément, qu'il n'y pouvait rien comprendre, sinon qu'elle l'accusait d'infidélité et de trahison. Accablé de désespoir de trouver une si grande augmentation de douleur où il avait espéré de se consoler de tous ses ennuis et aimant cette princesse avec une passion qui ne pouvait plus le laisser vivre dans l'incertitude d'en être aimé, il se détermina tout d'un coup.

— Vous serez satisfaite, Madame, lui dit-il. Je m'en vais faire pour vous ce que toute la puissance royale n'aurait pu obtenir de moi. Il m'en coûtera ma fortune, mais c'est peu de chose pour vous satisfaire.

Sans demeurer davantage chez la duchesse sa sœur, il s'en alla trouver, à l'heure même, les cardinaux, ses oncles et, sur le prétexte du mauvais traitement qu'il avait reçu du roi, il leur fit voir une si grande nécessité pour sa fortune à faire paraître qu'il n'avait aucune pensée d'épouser Madame qu'il les obligea à conclure son mariage avec la princesse de Portien, duquel on avait déjà parlé. La nouvelle de ce mariage fut aussitôt sue par tout Paris [27]. Tout le monde fut surpris, et la princesse de Montpensier en fut touchée de joie et de douleur. Elle fut bien aise de voir par là le pouvoir qu'elle avait sur le duc de Guise et elle fut fâchée, en même temps, de lui avoir fait abandonner une chose aussi avantageuse que le mariage de Madame. Le duc de Guise, qui voulait au moins que l'amour le récompensât de ce qu'il perdait du côté de la fortune, pressa la princesse de lui donner une audience particulière pour s'éclaircir des reproches injustes qu'elle lui avait faits. Il obtint qu'elle se trouverait chez la duchesse de Montpensier, sa sœur, à une heure que cette duchesse n'y serait pas et qu'il pourrait l'entretenir en particulier. Le duc de Guise eut la joie de se pouvoir jeter à ses pieds, de lui parler en liberté de sa passion et de lui dire ce qu'il avait souffert de ses soupçons. La princesse ne pouvait s'ôter de l'esprit ce que lui avait dit le duc d'Anjou, quoique le procédé du duc de Guise la dût absolument rassurer. Elle lui apprit le juste sujet qu'elle avait de croire qu'il l'avait trahie, puisque le duc d'Anjou savait ce qu'il ne pouvait avoir appris que de lui. Le duc de Guise ne savait par où se défendre et était aussi embarrassé que la princesse de Montpensier à deviner ce qui avait pu découvrir leur intelligence. Enfin, dans la suite de leur conversation, comme elle lui remontrait qu'il avait eu tort de précipiter son mariage avec la princesse de Portien et d'abandonner celui de Madame, qui lui était si avantageux, elle lui dit qu'il pouvait bien juger qu'elle n'en eût eu aucune jalousie, puisque, le jour du ballet, elle-même l'avait conjuré de n'avoir des yeux que pour Madame. Le duc de Guise lui dit qu'elle avait eu l'intention de lui faire ce commandement, mais qu'assurément elle ne [le] lui [28] avait pas fait. La princesse lui soutint le contraire. Enfin, à force de disputer et d'approfondir, ils trouvèrent qu'il fallait qu'elle se fût trompée dans la ressemblance des habits et qu'elle-même eût appris au duc d'Anjou ce qu'elle accusait le duc de Guise de lui avoir appris. Le duc de Guise, qui était presque justifié dans son esprit par son mariage, le fut entièrement par cette conversation. Cette belle princesse ne put refuser son cœur à un homme qui l'avait possédé autrefois et qui venait de tout abandonner pour elle. Elle consentit donc à recevoir ses vœux et lui permit de croire qu'elle n'était pas insensible à sa passion. L'arrivée de la duchesse de Montpensier, sa belle-mère, finit cette conversation et empêcha le duc de Guise de lui faire voir les transports de sa joie. Quelque temps après, la cour s'en allant à Blois, où la princesse de Montpensier la suivit, le mariage de Madame avec le roi de Navarre y fut conclu. Le duc de Guise, ne connaissant plus de grandeur ni de bonne fortune que celle d'être aimé de la princesse, vit avec joie la conclusion de ce mariage, qui l'aurait comblé de douleur dans un autre temps. Il ne pouvait si bien cacher son amour que le prince de Montpensier n'en entrevît quelque chose, lequel, n'étant plus maître de sa jalousie, ordonna à la princesse sa femme de s'en aller à Champigny. Ce commandement lui fut bien rude; il fallut pourtant obéir. Elle trouva moyen de dire adieu en particulier au duc de Guise, mais elle se trouva bien embarrassée à lui donner des moyens sûrs pour lui écrire. Enfin, après avoir bien cherché, elle jeta les yeux sur le comte de Chabanes, qu'elle comptait toujours pour son ami, sans considérer qu'il était son amant. Le duc de Guise, qui savait à quel point ce comte était ami du prince de Montpensier, fut épouvanté qu'elle le choisit pour son confident; mais elle lui répondit si bien de sa fidélité qu'elle le rassura. Il se sépara d'elle avec toute la douleur que peut causer l'absence d'une personne que l'on aime passionnément. Le comte de Chabanes, qui avait toujours été malade à Paris pendant le séjour de la princesse de Montpensier à Blois, sachant qu'elle s'en allait à Champigny, la fut trouver sur le chemin pour s'en aller avec elle. Elle lui fit mille caresses et mille amitiés et lui témoigna une impatience extraordinaire de s'entretenir en particulier, dont il fut d'abord charmé. Mais quel fut son étonnement et sa douleur, quand il trouva que cette impatience n'allait qu'à lui conter qu'elle était passionnément aimée du duc de Guise et qu'elle l'aimait de la même sorte! Son étonnement et sa douleur ne lui permirent pas de répondre. La princesse, qui était pleine de sa passion et qui trouvait un soulagement extrême à lui en parler, ne prit pas garde à son silence et se mit à lui conter jusques aux plus petites circonstances de son aventure. Elle lui dit comme le duc de Guise et elles étaient convenus de recevoir, par son moyen, les lettres qu'ils devaient s'écrire. Ce fut le dernier coup pour le comte de Chabanes de voir que sa maîtresse voulait qu'il servît son rival et qu'elle lui en faisait la proposition comme d'une chose qui lui devait être agréable. Il était si absolument maître de lui-même qu'il lui cacha tous ses sentiments. Il lui témoigna seulement la surprise où il était de voir en elle un si grand changement. Il espéra d'abord que ce changement, qui lui ôtait toutes ses espérances, lui ôterait aussi toute sa passion; mais il trouva cette princesse si charmante, sa beauté naturelle étant encore de beaucoup augmentée par une certaine grâce que lui avait donnée l'air de la cour qu'il sentit qu'il l'aimait plus que jamais. Toutes les confidences qu'elle lui faisait sur la tendresse et sur la délicatesse de ses sentiments pour le duc de Guise lui faisaient voir le prix du cœur de cette princesse et lui donnaient un désir de le posséder. Comme sa passion était la plus extraordinaire du monde, elle produisit l'effet du monde le plus extraordinaire, car elle le fit résoudre de porter à sa maîtresse les lettres de son rival. L'absence du duc de Guise donnait un chagrin mortel à la princesse de Montpensier; et, n'espérant de soulagement que par ses lettres, elle tourmentait incessamment le comte de Chabanes pour savoir s'il n'en recevait point et se prenait quasi à lui de n'en avoir pas assez tôt. Enfin, il en reçut par un gentilhomme du duc de Guise et il les lui apporta à l'heure même, pour ne lui retarder pas sa joie d'un moment. Celle qu'elle eut de les recevoir fut extrême. Elle ne prit pas le soin de la lui cacher et lui fit avaler à longs traits tout le poison imaginable en lui lisant ces lettres et la réponse tendre et galante qu'elle y faisait. Il porta cette réponse au gentilhomme avec la même fidélité avec laquelle il avait rendu la lettre à la princesse, mais avec plus de douleur. Il se consola pourtant un peu dans la pensée que cette princesse ferait quelque réflexion sur ce qu'il faisait pour elle et qu'elle lui en témoignerait de la reconnaissance. La trouvant de jour en jour plus rude pour lui, par le chagrin qu'elle avait d'ailleurs, il prit la liberté de la supplier de penser un peu à ce qu'elle lui faisait souffrir. La princesse, qui n'avait dans la tête que le duc de Guise et qui ne trouvait que lui seul digne de l'adorer, trouva si mauvais qu'un autre que lui osât penser à elle qu'elle maltraita bien plus le comte de Chabanes en cette occasion qu'elle n'avait fait la première fois qu'il lui avait parlé de son amour. Quoique sa passion, aussi bien que sa patience, fût extrême et à toutes épreuves, il quitta la princesse et s'en alla chez un de ses amis dans le voisinage de Champigny, d'où il lui écrivit avec toute la rage que pouvait causer un si étrange procédé, mais néanmoins avec tout le respect qui était dû à sa qualité; et, par sa lettre, il lui disait un éternel adieu. La princesse commença à se repentir d'avoir si peu ménagé un homme sur qui elle avait tant de pouvoir; et, ne pouvant se résoudre à le perdre, non seulement à cause de l'amitié qu'elle avait pour lui, mais aussi par l'intérêt de son amour, pour lequel il lui était tout à fait nécessaire, elle lui manda qu'elle voulait absolument lui parler encore une fois et, après cela, qu'elle le laissait libre de faire ce qu'il lui plairait. L'on est bien faible quand on est amoureux. Le comte revint et, en moins d'une heure, la beauté de la princesse de Montpensier, son esprit et quelques paroles obligeantes le rendirent plus soumis qu'il n'avait jamais été, et il lui donna même des lettres du duc de Guise qu'il venait de recevoir. Pendant ce temps, l'envie qu'on eut à la cour d'y faire venir les chefs du parti huguenot, pour cet horrible dessein qu'on exécuta le jour de la S. Barthélemy, fit que le roi, pour les mieux tromper, éloigna de lui tous les princes de la maison de Bourbon et tous ceux de la maison de Guise. Le prince de Montpensier s'en retourna à Champigny pour achever d'accabler la princesse sa femme par sa présence. Le duc de Guise s'en alla à la campagne chez le cardinal de Lorraine, son oncle. L'amour et l'oisiveté mirent dans son esprit un si violent désir de voir la princesse de Montpensier que, sans considérer ce qu'il hasardait pour elle et pour lui, il feignit un voyage et, laissant tout son train dans une petite ville, il prit avec lui ce seul gentilhomme qui avait déjà fait plusieurs voyages à Champigny et il s'y en alla en poste. Comme il n'avait point d'autre adresse que celle du comte de Chabanes, il lui fit écrire un billet par ce même gentilhomme par lequel ce gentilhomme le priait de le venir trouver en un lieu qu'il lui marquait. Le comte de Chabanes, croyant que c'était seulement pour recevoir des lettres du duc de Guise, l'alla trouver; mais il fut extrêmement sur-

pris quand il vit le duc de Guise et il n'en fut pas moins
affligé. Ce duc, occupé de son dessein, ne prit non plus
garde à l'embarras du comte que la princesse de Montpensier avait fait à son silence lorsqu'elle lui avait
conté son amour. Il se mit à lui exagérer sa passion et
à lui faire comprendre qu'il mourrait infailliblement
s'il ne lui faisait obtenir de la princesse la permission
de la voir. Le comte de Chabanes lui répondit froidement
qu'il dirait à cette princesse tout ce qu'il souhaitait
qu'il lui dît et qu'il viendrait lui en rendre réponse.
Il s'en retourna à Champigny, combattu de ses propres
sentiments, mais avec une violence qui lui ôtait quelquefois toute sorte de connaissance. Souvent il prenait
résolution de renvoyer le duc de Guise sans le dire
à la princesse de Montpensier; mais la fidélité exacte
qu'il lui avait promise changeait aussitôt sa résolution.
Il arriva auprès d'elle sans savoir ce qu'il devait faire;
et, apprenant que le prince de Montpensier était à la
chasse, il alla droit à l'appartement de la princesse qui,
le voyant troublé, fit retirer aussitôt ses femmes pour
savoir le sujet de ce trouble. Il lui dit, en se modérant
le plus qu'il lui fut possible, que le duc de Guise était
à une lieue de Champigny et qu'il souhaitait passionnément de la voir. La princesse fit un grand cri à cette
nouvelle, et son embarras ne fut guère moindre que celui
du comte. Son amour lui présenta d'abord la joie qu'elle
aurait de voir un homme qu'elle aimait si tendrement.
Mais, quand elle pensa combien cette action était contraire à sa vertu et qu'elle ne pouvait voir son amant
qu'en le faisant entrer la nuit chez elle à l'insu de son
mari, elle se trouva dans une extrémité épouvantable.
Le comte de Chabanes attendait sa réponse comme une
chose qui allait décider de sa vie ou de sa mort. Jugeant
de l'incertitude de la princesse par son silence, il prit
la parole pour lui représenter tous les périls où elle
s'exposerait par cette entrevue. Et, voulant lui faire voir
qu'il ne lui tenait pas ce discours pour ses intérêts,
il lui dit :

— Si après tout ce que je viens de vous représenter,
Madame, votre passion est la plus forte et que vous
désiriez voir le duc de Guise, que ma considération ne

vous en empêche point, si celle de votre intérêt ne le fait pas. Je ne veux point priver d'une si grande satisfaction une personne que j'adore, ni être cause qu'elle cherche des personnes moins fidèles que moi pour se la procurer. Oui, Madame, si vous le voulez, j'irai quérir le duc de Guise dès ce soir; car il est trop périlleux de le laisser plus longtemps où il est, et je l'amènerai dans votre appartement.

— Mais par où et comment ? interrompit la princesse.

— Ah ! Madame, s'écria le comte, c'en est fait, puisque vous ne délibérez plus que sur les moyens. Il viendra, Madame, ce bienheureux amant. Je l'amènerai par le parc; donnez ordre seulement à celle de vos femmes à qui vous vous fiez le plus, qu'elle baisse, précisément à minuit, le petit pont-levis qui donne de votre antichambre dans le parterre, et ne vous inquiétez pas du reste.

En achevant ces paroles, il se leva; et, sans attendre d'autre consentement de la princesse de Montpensier, il remonta à cheval et vint trouver le duc de Guise qui l'attendait avec une impatience extrême. La princesse de Montpensier demeura si troublée qu'elle fut quelque temps sans revenir à elle. Son premier mouvement fut de faire rappeler le comte de Chabanes pour lui défendre d'amener le duc de Guise; mais elle n'en eut pas la force. Elle pensa que, sans le rappeler, elle n'avait qu'à ne point faire abaisser le pont. Elle crut qu'elle continuerait dans cette résolution. Quand l'heure de l'assignation approcha, elle ne put résister davantage à l'envie de voir un amant qu'elle croyait si digne d'elle, et elle instruisit une de ses femmes de tout ce qu'il fallait faire pour introduire le duc de Guise dans son appartement. Cependant, et ce duc, et le comte de Chabanes approchaient de Champigny, mais dans un état bien différent. Le duc abandonnait son âme à la joie et à tout ce que l'espérance inspire de plus agréable, et le comte s'abandonnait à un désespoir et à une rage qui le poussèrent mille fois à donner de son épée au travers du corps de son rival. Enfin ils arrivèrent au parc de Champigny, où ils laissèrent leurs chevaux à l'écuyer du duc de Guise; et, passant par des brèches qui étaient aux murailles, ils vinrent dans le parterre. Le comte de Chabanes, au milieu de son désespoir, avait toujours quelque espérance que la raison reviendrait à la princesse de Montpensier et qu'elle prendrait enfin la résolution de ne point voir le duc de Guise. Quand il vit ce petit pont abaissé, ce fut alors qu'il ne put douter du contraire; et ce fut aussi alors qu'il fut tout prêt à se porter aux dernières extrémités. Mais, venant à penser que, s'il faisait du bruit, il serait ouï apparemment du prince de Montpensier, dont l'appartement donnait sur le même parterre, et que tout ce désordre tomberait ensuite sur la personne qu'il aimait le plus, sa rage se calma à l'heure même, et il acheva de conduire le duc de Guise aux pieds de sa princesse. Il ne put se résoudre à être témoin de leur conversation, quoique la princesse lui témoignât le souhaiter, et qu'il l'eût bien souhaité lui-même. Il se retira dans un petit passage qui était du côté de l'appartement du prince de Montpensier, ayant dans l'esprit les plus tristes pensées qui aient jamais occupé l'esprit d'un amant. Cependant, quelque peu de bruit qu'ils eussent fait en passant sur le pont, le prince de Montpensier qui, par malheur, était éveillé dans ce moment, l'entendit et fit lever un de ses valets de chambre pour voir ce que c'était. Le valet de chambre mit la tête à la fenêtre et, au travers de l'obscurité de la nuit, il aperçut que le pont était abaissé. Il en avertit son maître qui lui commanda en même temps d'aller dans le parc voir ce que ce pouvait être. Un moment après, il se leva lui-même, étant inquiété de ce qu'il lui semblait avoir ouï marcher quelqu'un, et il s'en vint droit à l'appartement de la princesse, sa femme, qui répondait sur le pont. Dans le moment qu'il approchait de ce petit passage où était le comte de Chabanes, la princesse de Montpensier, qui avait quelque honte de se trouver seule avec le duc de Guise, pria plusieurs fois le comte d'entrer dans sa chambre. Il s'en excusa toujours et, comme elle l'en pressait davantage, possédé de rage et de fureur, il lui répondit si haut qu'il fut ouï du prince de Montpensier, mais si confusément que ce prince entendit seulement la voix d'un homme, sans distinguer celle du comte. Une pareille aventure eût donné de l'emportement à un esprit, et plus tranquille, et moins jaloux. Aussi mit-elle d'abord l'excès de la rage et de la fureur dans celui du prince. Il heurta aussitôt à la porte avec impétuosité et, criant pour se faire ouvrir, il donna la plus cruelle surprise du monde à la princesse, au duc de Guise et au comte de Chabanes. Le dernier, entendant la voix du prince, comprit d'abord qu'il était impossible de l'empêcher de croire qu'il n'y eût quelqu'un dans la chambre de la princesse sa femme et, la grandeur de sa passion lui montrant en ce moment que, s'il y trouvait le duc de Guise, Mme de Montpensier aurait la douleur de le voir tuer à ses yeux et que la vie même de cette princesse ne serait pas en sûreté, il se résolut, par une générosité sans exemple, de s'exposer pour sauver une maîtresse ingrate et un rival aimé. Pendant que le prince de Montpensier donnait mille coups à la porte, il vint au duc de Guise, qui ne savait quelle résolution prendre et il le mit entre les mains de cette femme de Mme de Montpensier qui l'avait fait entrer par le pont, pour le faire sortir par le même lieu, pendant qu'il s'exposerait à la fureur du prince. A peine le duc était hors l'antichambre que le prince, ayant enfoncé la porte du passage, entra dans la chambre comme un homme possédé de fureur et qui cherchait sur qui la faire éclater. Mais quand il ne vit que le comte de Chabanes, et qu'il le vit immobile, appuyé sur la table, avec un visage où la tristesse était peinte, il demeura immobile lui-même; et la surprise de trouver, et seul, et la nuit, dans la chambre de sa femme l'homme du monde qu'il aimait le mieux, le mit hors d'état de pouvoir parler. La princesse était à demi évanouie sur des carreaux, et jamais peut-être la fortune n'a mis trois personnes en des états si pitoyables. Enfin le prince de Montpensier, qui ne croyait pas voir ce qu'il voyait, et qui voulait démêler ce chaos où il venait de tomber, adressant la parole au comte, d'un ton qui faisait voir qu'il avait encore de l'amitié pour lui :

— Que vois-je? lui dit-il. Est-ce une illusion ou une vérité? Est-il possible qu'un homme que j'ai aimé si chèrement choisisse ma femme entre toutes les autres femmes pour la séduire ? Et vous, Madame, dit-il à la princesse en se tournant de son côté, n'était-ce point assez de m'ôter votre cœur et mon honneur, sans m'ôter le seul homme qui me pouvait consoler de ces malheurs ? Répondez-moi l'un ou l'autre, leur dit-il, et éclaircissez-moi d'une aventure que je ne puis croire telle qu'elle me paraît.

La princesse n'était pas capable de répondre et le comte de Chabanes ouvrit plusieurs fois la bouche sans pouvoir parler :

— Je suis criminel à votre égard, lui dit-il enfin, et indigne de l'amitié que vous avez eue pour moi; mais ce n'est pas de la manière que vous pouvez vous l'imaginer. Je suis plus malheureux que vous et plus désespéré. Je ne saurais vous en dire davantage. Ma mort vous vengera et, si vous voulez me la donner tout à l'heure, vous me donnerez la seule chose qui peut m'être agréable.

Ces paroles, prononcées avec une douleur mortelle et avec un air qui marquait son innocence, au lieu d'éclaircir le prince de Montpensier, lui persuadaient de plus en plus qu'il y avait quelque mystère dans cette aventure, qu'il ne pouvait deviner; et, son désespoir s'augmentant par cette incertitude :

— Otez-moi la vie vous-même, lui dit-il, ou donnez-moi l'éclaircissement de vos paroles; je n'y comprends rien. Vous devez cet éclaircissement à mon amitié. Vous le devez à ma modération, car tout autre que moi aurait déjà vengé sur votre vie un affront si sensible.

— Les apparences sont bien fausses, interrompit le comte.

— Ah ! c'est trop, répliqua le prince; il faut que je me venge et puis je m'éclaircirai à loisir.

En disant ces paroles, il s'approcha du comte de Chabanes avec l'action d'un homme emporté de rage. La princesse, craignant quelque malheur (ce qui ne pouvait pourtant pas arriver, son mari n'ayant point d'épée), se leva pour se mettre entre-deux. La faiblesse où elle était la fit succomber à cet effort et, comme elle approchait de son mari, elle tomba évanouie à ses pieds. Le prince fut encore plus touché de cet évanouissement qu'il n'avait été de la tranquillité où il avait trouvé le comte lorsqu'il s'était approché de lui; et, ne pouvant plus soutenir la vue de deux personnes qui lui donnaient des mouvements si tristes, il tourna la tête de l'autre côté et se laissa tomber sur le lit de sa femme, accablé d'une douleur incroyable. Le comte de Chabanes, pénétré de repentir d'avoir abusé d'une amitié dont il recevait tant de marques et ne trouvant pas qu'il pût jamais réparer ce qu'il venait de faire, sortit brusquement de la chambre, et, passant par l'appartement du prince dont il trouva les portes ouvertes, il descendit dans la cour. Il se fit donner des chevaux et s'en alla dans la campagne, guidé par son seul désespoir. Cependant le prince de Montpensier, qui voyait que la princesse ne revenait point de son évanouissement, la laissa entre les mains de ses femmes et se retira dans sa chambre avec une douleur mortelle. Le duc de Guise, qui était sorti heureusement du parc, sans savoir quasi ce qu'il faisait tant il était troublé, s'éloigna de Champigny de quelques lieues; mais il ne put s'éloigner davantage sans savoir des nouvelles de la princesse. Il s'arrêta dans une forêt et envoya son écuyer pour apprendre du comte de Chabanes ce qui était arrivé de cette terrible aventure. L'écuyer ne trouva point le comte de Chabanes; mais il apprit d'autres personnes que la princesse de Montpensier était extraordinairement malade. L'inquiétude du duc de Guise fut augmentée par ce que lui dit son écuyer et, sans la pouvoir soulager, il fut contraint de s'en retourner trouver ses oncles pour ne pas donner de soupçon par un plus long voyage. L'écuyer du duc de Guise lui avait rapporté la vérité, en lui disant que Mme de Montpensier était extrêmement malade; car il était vrai que, sitôt que ses femmes l'eurent mise dans son lit, la fièvre lui prit si violemment et avec des rêveries si horribles que, dès le second jour, l'on craignit pour sa vie. Le prince feignit d'être malade, afin qu'on ne s'étonnât de ce qu'il n'entrait pas dans la chambre de sa femme. L'ordre qu'il reçut de s'en retourner à la cour, où l'on rappelait tous les princes catholiques pour exterminer les huguenots, le tira de l'embarras où il était. Il s'en alla à Paris, ne sachant ce qu'il avait à espérer ou à craindre du mal de la princesse sa femme. Il n'y fut pas sitôt arrivé qu'on commença d'attaquer les huguenots en la personne d'un de leurs chefs, l'amiral de Châtillon [29]; et, deux jours après, l'on fit cet horrible massacre, si renommé par toute l'Europe [30]. Le pauvre comte de Chabanes, qui s'était venu cacher dans l'extrémité de l'un des faubourgs de Paris pour s'abandonner entièrement à sa douleur, fut enveloppé dans la ruine des huguenots. Les personnes chez qui il s'était retiré, l'ayant reconnu et s'étant souvenues qu'on l'avait soupçonné d'être de ce parti, le massacrèrent cette même nuit qui fut si funeste à tant de gens. Le matin, le prince de Montpensier, allant donner quelques ordres hors la ville, passa dans la rue où était le corps de Chabanes. Il fut d'abord saisi d'étonnement à ce pitoyable spectacle; ensuite, son amitié se réveillant, elle lui donna de la douleur; mais le souvenir de l'offense qu'il croyait avoir reçue du comte lui donna enfin de la joie, et il fut bien aise de se voir vengé par les mains de la fortune. Le duc de Guise, occupé du désir de venger la mort de son père et, peu après, rempli de la joie de l'avoir vengée [31], laissa peu à peu éloigner de son âme le soin d'apprendre des nouvelles de la princesse de Montpensier; et, trouvant la marquise de Noirmoutier, personne de beaucoup d'esprit et de beauté, et qui donnait plus d'espérance que cette princesse, il s'y attacha entièrement et l'aima avec une passion démesurée et qui lui dura jusques à la mort [32]. Cependant, après que le mal de Mme de Montpensier fut venu au dernier point, il commença à diminuer. La raison lui revint et, se trouvant un peu soulagée par l'absence du prince son mari, elle donna quelque espérance de sa vie. Sa santé revenait pourtant avec grande peine, par le mauvais état de son esprit; et son esprit fut travaillé de nouveau, quand elle se souvint qu'elle n'avait eu aucune nouvelle du duc de Guise pendant toute sa maladie. Elle s'enquit de ses femmes si elles n'avaient vu personne, si elles n'avaient point de lettres; et, ne trouvant rien de ce qu'elle eût souhaité, elle se trouva la plus malheureuse du monde d'avoir tout hasardé pour un homme qui l'abandonnait. Ce lui fut encore un nouvel accablement d'apprendre la mort du comte de Chabanes qu'elle sut bientôt par les soins du prince son mari. L'ingratitude du duc de Guise lui fit sentir plus vivement la perte d'un homme dont elle connaissait si bien la fidélité. Tant de déplaisirs si pressants la remirent bientôt dans un état aussi dangereux que celui dont elle était sortie. Et, comme Mme de Noirmoutier était une personne qui prenait autant de soin de faire éclater ses galanteries que les autres en prennent de les cacher, celles de M. de Guise et d'elle étaient si publiques que, tout éloignée et toute malade qu'était la princesse de Montpensier, elle les apprit de tant de côtés qu'elle n'en put douter. Ce fut le coup mortel pour sa vie. Elle ne put résister à la douleur d'avoir perdu l'estime de son mari, le cœur de son amant et le plus parfait ami qui fut jamais. Elle mourut en peu de jours, dans la fleur de son âge[33], une des plus belles princesses du monde, et qui aurait été sans doute la plus heureuse, si la vertu et la prudence eussent conduit toutes ses actions.

ZAÏDE
(1670-1671)

ZAÏDE

HISTOIRE ESPAGNOLE [1]

PREMIÈRE PARTIE

L'Espagne commençait à s'affranchir de la domination des Maures. Ses peuples, qui s'étaient retirés dans les Asturies, avaient fondé le royaume de Léon; ceux qui s'étaient retirés dans les Pyrénées avaient donné naissance au royaume de Navarre : il s'était élevé des comtes de Barcelone et d'Aragon. Ainsi, cent cinquante ans après l'entrée des Maures, plus de la moitié de l'Espagne se trouvait délivrée de leur tyrannie.

De tous les princes chrétiens qui y régnaient alors, il n'y en avait point de si redoutable qu'Alphonse, roi de Léon, surnommé le Grand [2]. Ses prédécesseurs avaient joint la Castille à leur royaume. D'abord cette province avait été commandée par des gouverneurs qui, dans la suite des temps, avaient rendu le gouvernement héréditaire; et l'on commençait à craindre qu'ils ne s'en voulussent faire souverains. Ils s'appelaient tous comtes de Castille : les plus puissants étaient Diégo Porcellos [3] et Nugnez Fernando [4]. Ce dernier était considérable par ses grandes terres et par la grandeur de son esprit; ses enfants servaient encore à soutenir sa fortune et à l'augmenter. Il avait un fils et une fille d'une beauté extraordinaire; le fils, qui s'appelait Consalve [5], ne voyait rien dans toute l'Espagne qu'on lui pût comparer; et son esprit et sa personne avaient quelque chose de si admirable qu'il semblait que le ciel l'eût formé d'une manière différente du reste des hommes.

Des raisons importantes l'avaient obligé à quitter la cour de Léon; et les sensibles déplaisirs qu'il y avait reçus lui avaient inspiré le dessein de sortir de l'Espagne et de se retirer dans quelque solitude. Il vint dans l'extrémité de la Catalogne à dessein de s'embarquer sur le premier vaisseau qui ferait voile pour une des îles de la Grèce. Le peu d'attention qu'il avait à toutes choses lui faisait souvent prendre d'autres chemins que ceux qu'on lui avait enseignés. Au lieu de passer la rivière d'Èbre à Tortose, comme on lui avait dit qu'il le fallait faire, il suivit ses bords quasi jusques à son embouchure.

Il s'aperçut alors qu'il s'était beaucoup détourné; il s'enquit s'il n'y avait point de barque; on lui dit qu'il n'en trouverait pas au lieu où il était, mais que, s'il voulait aller jusques à un petit port assez proche, il en trouverait qui le mèneraient à Tarragone. Il marcha jusques à ce port; il descendit de cheval et demanda à quelques pêcheurs s'il n'y avait point de chaloupes prêtes à partir.

Comme il leur parlait, un homme qui se promenait tristement le long de la mer, surpris de sa beauté et de sa bonne mine, s'arrêta pour le regarder, et, ayant entendu ce qu'il demandait à ces pêcheurs, prit la parole et lui dit que toutes les barques étaient allées à Tarragone, qu'elles ne reviendraient que le lendemain et qu'il ne pourrait s'embarquer que le jour d'après. Consalve, qui ne l'avait point aperçu, tourna la tête pour voir d'où venait cette voix qui ne lui paraissait pas celle d'un pêcheur. Il fut étonné de la bonne mine de cet inconnu, comme cet inconnu l'avait été de la sienne; il lui trouva quelque chose de noble et de grand, et même de la beauté, quoiqu'on vît bien qu'il avait passé la première jeunesse. Consalve n'était guère en état de s'arrêter à d'autres choses qu'à ses pensées; néanmoins la rencontre de cet inconnu dans un lieu si désert lui donna quelque attention; il le remercia de l'avoir instruit de ce qu'il voulait savoir et il demanda ensuite aux pêcheurs où il pourrait aller passer la nuit. Il n'y a que ces cabanes que vous voyez, lui dit l'inconnu, et vous n'y sauriez être commodément. Je ne laisserai pas d'y aller chercher du repos, reprit Consalve; il y a quelques jours que je marche sans en avoir et je sens bien que mon corps en a plus de besoin que mon esprit ne lui en laisse. L'inconnu fut touché de la manière triste dont il avait prononcé ce peu de paroles et il ne douta point que ce ne fût quelque malheureux. La conformité qui lui parut dans leurs fortunes lui donna pour Consalve cette sorte d'inclination que nous avons pour les personnes dont nous croyons les dispositions pareilles aux nôtres.

Vous ne trouverez point ici de retraite digne de vous, lui dit-il; mais, si vous voulez en accepter une que je vous offre proche d'ici, vous y serez plus commodément que dans ces cabanes. Consalve avait tant d'aversion pour la société des hommes qu'il refusa d'abord l'offre que lui faisait cet inconnu; mais enfin, les instantes prières qu'il lui en fit et le besoin de prendre du repos, le contraignirent de l'accepter.

Il le suivit; et, après avoir marché quelque temps, il découvrit une maison assez basse, bâtie d'une manière simple et néanmoins propre et régulière. La cour n'était fermée que de palissades de grenadiers, non plus que le jardin, qui était séparé d'un bois par un petit ruisseau. Si Consalve eût pu prendre plaisir à quelque chose, l'agréable situation de cette demeure lui en aurait donné. Il demanda à l'inconnu si ce lieu était son séjour ordinaire et si le hasard ou son choix l'y avait conduit. Il y a quatre ou cinq ans que je l'habite, lui répondit-il; je n'en sors que pour me promener sur le bord de la mer et, depuis que j'y demeure, je puis vous dire que vous êtes la seule personne raisonnable que j'y ai vue. La tempête fait souvent briser des vaisseaux contre cette côte, qui est assez dangereuse. J'ai sauvé la vie à quelques malheureux que j'ai retirés chez moi; mais tous ceux que la fortune y a conduits n'ont été que des étrangers avec qui je n'eusse pu trouver de conversation quand j'en aurais cherché. Vous pouvez juger, par le lieu où je demeure, que je n'en cherche pas. J'avoue néanmoins que je suis sensible au plaisir de voir une personne comme vous. Pour moi, repartit Consalve, je fuis tous les hommes; et j'ai tant de sujet de les fuir que, si vous le saviez, vous ne trouveriez pas étrange que j'eusse eu tant de peine à accepter l'offre que vous m'avez faite; vous jugeriez au contraire qu'après les malheurs qu'ils m'ont causés, je dois renoncer pour jamais à toute sorte de société. Si vous n'avez à vous plaindre que des autres, répliqua l'inconnu, et que vous n'ayez rien à vous reprocher, il y en a de plus malheureux que vous, et vous l'êtes moins que vous ne pensez. Le comble des malheurs, s'écria-t-il, c'est d'avoir à se plaindre de soi-même, c'est d'avoir creusé les abîmes où l'on est tombé, c'est d'avoir été injuste et déraisonnable; enfin c'est d'avoir été la cause des infortunes dont on est accablé ! Je vois bien, reprit Consalve, que vous ressentez les maux dont vous me parlez; mais qu'ils sont différents de ceux qu'on ressent quand, sans l'avoir mérité, on est trompé, trahi et abandonné de tout ce qu'on aimait davantage ! A ce que j'en puis juger, lui repartit l'inconnu, vous abandonnez votre patrie pour fuir des personnes qui vous ont trahi et qui sont la cause de vos déplaisirs; mais jugez ce que vous auriez à souffrir s'il fallait que vous fussiez continuellement avec ces personnes qui font le malheur de votre vie ! Songez que c'est l'état où je suis, que j'ai fait tout le malheur de la mienne, et que je ne puis me séparer de moi-même, pour qui j'ai tant d'horreur, pour qui j'ai tant de sujet d'en avoir, non seulement par ce que j'en souffre, mais par ce qu'en a souffert ce que j'aimais plus que toutes choses. Je ne me plaindrais pas, dit Consalve, si je n'avais à me plaindre que de moi. Vous vous trouvez malheureux, parce que vous avez sujet de vous haïr, mais si vous aviez été aimé fidèlement de la personne que vous aimiez, pou[rr]iez-vous ne vous pas trouver heureux ? Peut-être l'avez-vous perdue par votre faute, mais vous avez au moins la consolation de penser qu'elle vous a aimé, et qu'elle vous aimerait encore si vous n'aviez rien fait qui lui eût pu déplaire. Vous ne connaissez point l'amour, si cette seule pensée ne vous empêche d'être malheureux; et vous aimez vous-même plus que votre maîtresse, si vous aimez mieux avoir sujet de vous plaindre d'elle que de vous. Le peu de part que vous avez sans doute à vos malheurs, répliqua l'inconnu, vous empêche de comprendre quel surcroît de douleur ce vous serait d'y avoir contribué; mais croyez, par la cruelle expérience que j'en fais, que de perdre par sa faute ce qu'on aime est une sorte d'affliction qui se fait sentir plus vivement que toutes les autres.

Comme il achevait ces paroles, ils arrivèrent dans la maison, que Consalve trouva aussi jolie par dedans qu'elle lui avait paru par dehors. Il passa la nuit avec beaucoup d'inquiétude; le matin, la fièvre lui prit, et les jours suivants elle devint si violente qu'on appréhenda pour sa vie. L'inconnu en fut sensiblement affligé, et son affliction augmenta encore par l'admiration que lui donnaient toutes les paroles et toutes les actions de Consalve. Il ne put se défendre du désir de savoir qui était une personne qui lui paraissait si extraordinaire; il fit plusieurs questions à celui qui le servait; mais l'ignorance où cet homme était lui-même du nom et de la qualité de son maître l'empêcha de satisfaire sa curiosité; il lui dit seulement qu'il se faisait appeler Théodoric et qu'il ne croyait pas que ce fût son nom véritable. Enfin, après plusieurs jours de fièvre continue, les remèdes et la jeunesse tirèrent Consalve hors de péril. L'inconnu essayait de le divertir des tristes pensées dont il le voyait occupé; il ne le quittait point et, bien qu'ils ne parlassent que de choses générales, parce qu'ils ne se connaissaient pas encore, ils se surprirent l'un et l'autre par la grandeur de leur esprit.

Cet inconnu avait caché son nom et sa naissance depuis qu'il était dans cette solitude; mais il voulut bien l'apprendre à Consalve. Il lui dit qu'il était du royaume de Navarre, qu'il s'appelait Alphonse Ximénès [6] et que ses malheurs l'avaient obligé de chercher une retraite où il pût en liberté regretter ce qu'il avait perdu. Consalve fut surpris du nom de Ximénès; il le connaissait pour un des plus illustres de la Navarre et il fut vivement touché de la confiance qu'Alphonse lui témoignait. Quelque raison qu'il eût de haïr les hommes, il ne put s'empêcher d'avoir pour lui une amitié dont il ne se croyait plus capable.

Cependant sa santé commençait à revenir et, lorsqu'il se porta assez bien pour s'embarquer, il sentit qu'il ne quitterait Alphonse qu'avec peine. Il lui parla de leur séparation et du dessein qu'il avait de se retirer aussi dans quelque solitude. Alphonse en fut surpris et affligé ; il s'était tellement accoutumé à la douceur de la conversation de Consalve qu'il n'en pouvait regarder la perte qu'avec douleur. Il lui dit d'abord qu'il n'était pas en état de partir et il essaya ensuite de lui persuader de n'aller point chercher d'autre désert que celui où le hasard l'avait conduit.

Je n'oserais espérer, lui dit-il, de vous rendre cette demeure moins ennuyeuse, mais il me semble que, dans une retraite aussi longue que celle que vous entreprenez, il y a quelque douceur à n'être pas tout à fait seul. Mes malheurs ne pouvaient recevoir de consolation ; je crois néanmoins que j'aurais trouvé du soulagement si, dans de certains moments, j'avais eu quelqu'un avec qui me plaindre. Vous trouverez ici la même solitude qu'au lieu où vous voulez aller et vous aurez la commodité de parler, quand vous le voudrez, à une personne qui a une admiration extraordinaire pour votre mérite et une sensibilité pour vos malheurs égale à celle qu'[elle] [7] a pour les siens.

Le discours d'Alphonse ne persuada pas d'abord Consalve, mais peu à peu il fit de l'impression sur son esprit ; et la considération d'une retraite privée de toute sorte de compagnie jointe à l'amitié qu'il avait déjà pour lui, le fit résoudre à demeurer dans cette maison. La seule chose qui lui donnait de l'embarras était la crainte d'être reconnu. Alphonse le rassura par son exemple et lui dit que ce lieu était tellement éloigné de tout commerce que, depuis tant d'années qu'il s'y était retiré, il n'avait jamais vu personne qui l'eût pu reconnaître. Consalve se rendit à ses raisons et, après s'être dit l'un à l'autre tout ce que se peuvent dire les deux plus honnêtes hommes du monde qui s'engagent à vivre ensemble, il envoya de ses pierreries à un marchand de Tarragone, afin qu'il lui fît tenir les choses dont il pourrait avoir besoin. Voilà donc Consalve établi dans cette solitude avec la résolution de n'en sortir jamais ; le voilà abandonné à la réflexion de ses malheurs, où il ne trouvait d'autre consolation que de croire qu'il ne pouvait plus lui en arriver ; mais la fortune lui fit voir qu'elle trouve jusque dans les déserts ceux qu'elle a résolu de persécuter.

Sur la fin de l'automne que les vents commencent à rendre la mer redoutable, il s'alla promener plus matin que de coutume. Il y avait eu pendant la nuit une tempête épouvantable; et la mer, qui était encore agitée, entretenait agréablement sa rêverie. Il considéra quelque temps l'inconstance de cet élément, avec les mêmes réflexions qu'il avait accoutumé de faire sur sa fortune; ensuite il jeta les yeux sur le rivage; il vit plusieurs marques du débris d'une chaloupe et il regarda s'il ne verrait personne qui fût encore en état de recevoir du secours. Le soleil, qui se levait, fit briller à ses yeux quelque chose d'éclatant qu'il ne put distinguer d'abord et qui lui donna seulement la curiosité de s'en approcher. Il tourna ses pas vers ce qu'il voyait et, en s'approchant, il connut que c'était une femme magnifiquement habillée, étendue sur le sable et qui semblait y avoir été jetée par la tempête; elle était tournée d'une sorte qu'il ne pouvait voir son visage. Il la releva pour juger si elle était morte; mais quel fut son étonnement quand il vit, au travers des horreurs de la mort, la plus grande beauté qu'il eût jamais vue ? Cette beauté augmenta sa compassion et lui fit désirer que cette personne fût encore en état d'être secourue. Dans ce moment, Alphonse, qui l'avait suivi par hasard, s'approcha et lui aida à la secourir. Leur peine ne fut pas inutile; ils virent qu'elle n'était pas morte; mais ils jugèrent qu'elle avait besoin d'un plus grand secours que celui qu'ils lui pouvaient donner en ce lieu. Comme ils étaient assez proches de leur demeure, ils se résolurent de l'y porter. Sitôt qu'elle y fut, Alphonse envoya quérir des remèdes pour la soulager et des femmes pour la servir. Lorsque ces femmes furent venues et qu'on leur eut laissé la liberté de la mettre au lit, Consalve revint dans la chambre et regarda cette inconnue avec plus d'attention qu'il n'avait encore fait. Il fut surpris de la proportion de ses traits et de la délicatesse de son visage; il regarda avec étonnement la beauté de sa bouche et la blancheur de sa gorge; enfin, il était si charmé de tout ce qu'il voyait dans cette étrangère qu'il était prêt de s'imaginer que ce n'était pas une personne mortelle. Il passa une partie de la nuit sans pouvoir s'en éloigner. Alphonse lui conseilla d'aller prendre du repos, mais il lui répondit qu'il avait si peu accoutumé d'en trouver qu'il était bien aise d'avoir une occasion de n'en pas chercher inutilement.

Sur le matin, on s'aperçut que cette inconnue commençait à revenir : elle ouvrit les yeux et, comme la clarté lui fit d'abord quelque peine, elle les tourna languissamment du côté de Consalve et lui fit voir de grands yeux noirs d'une beauté qui leur était si particulière qu'il semblait qu'ils étaient faits pour donner tout ensemble du respect et de l'amour. Quelque temps après, il parut que la connaissance lui revenait, qu'elle distinguait les objets et qu'elle était étonnée de ceux qui s'offraient à sa vue. Consalve ne pouvait exprimer par ses paroles l'admiration qu'il avait pour elle ; il faisait remarquer sa beauté à Alphonse, avec cet empressement que l'on a pour les choses qui nous surprennent et qui nous charment.

Cependant la parole ne revenait point à cette étrangère. Consalve, jugeant qu'elle serait peut-être encore longtemps dans le même état, se retira dans sa chambre. Il ne se put empêcher de faire réflexion sur son aventure. J'admire, disait-il, que la fortune m'ait fait rencontrer une femme dans le seul état où je ne pouvais la fuir et où la compassion m'engage au contraire à en avoir soin. J'ai même de l'admiration pour sa beauté ; mais, sitôt qu'elle sera guérie, je ne regarderai ses charmes que comme une chose dont elle ne se servira que pour faire plus de trahisons et plus de misérables. Qu'elle en fera, grands dieux ! et qu'elle en a peut-être déjà fait ! Quels yeux ! quels regards ! que je plains ceux qui peuvent en être touchés ! et que je suis heureux, dans mon malheur, que la cruelle expérience que j'ai faite de l'infidélité des femmes me garantisse d'en aimer jamais aucune ! Après ces paroles, il eut quelque peine à s'endormir et son sommeil ne fut pas long ; il alla voir en quel état était l'étrangère ; il la trouva beaucoup mieux, mais néanmoins elle ne parlait point encore, et la nuit et le jour suivant se passèrent sans qu'elle prononçât une seule parole. Alphonse ne put s'empêcher de faire voir à Consalve qu'il remarquait avec étonnement le soin qu'il avait d'elle. Consalve commença à s'en étonner lui-même ; il s'aperçut qu'il lui était impossible de s'éloigner de cette belle personne ; il croyait toujours qu'il arriverait quelque changement considérable à son mal pendant qu'il ne serait pas auprès d'elle. Comme il y était, elle prononça quelques paroles ; il en sentit de la joie et du trouble. Il s'approcha pour entendre ce qu'elle disait ; elle parla encore, et il fut surpris de voir qu'elle parlait une langue qui lui était inconnue. Néanmoins il avait déjà jugé par ses habits qu'elle était étrangère ; mais, comme ces habits avaient quelque chose de ceux des Maures et qu'il savait bien l'arabe, il ne doutait point qu'il ne pût s'en faire entendre. Il lui parla en cette langue et il fut encore plus surpris de voir qu'elle ne l'entendait point. Il lui parla espagnol et italien ; mais tout cela était inutile, et il jugeait bien, par son air attentif et embarrassé, qu'elle ne l'entendait pas mieux. Elle continuait néanmoins à parler et s'arrêtait quelquefois, comme pour attendre qu'on lui répondît. Consalve écoutait toutes ses paroles ; il lui semblait qu'à force de l'écouter il pourrait l'entendre. Il fit approcher tous ceux qui la servaient, afin de voir s'ils ne l'entendraient point ; il lui présenta un livre espagnol pour juger si elle en connaissait les caractères ; il lui parut qu'elle les connaissait, mais qu'elle ignorait cette langue. Elle était triste et inquiète, et sa tristesse et son inquiétude augmentaient celles de Consalve.

Ils étaient en cet état quand Alphonse entra dans la chambre et y fit entrer avec lui une belle personne, habillée de la même façon que l'inconnue. Sitôt qu'elles se virent, elles s'embrassèrent avec beaucoup de témoignages d'amitié. Celle qui entrait prononça plusieurs fois le mot de Zaïde [8], d'une manière qui fit connaître que c'était le nom de celle à qui elle parlait ; et Zaïde prononça aussi tant de fois celui de Félime que l'on jugea bien que l'étrangère qui arrivait se nommait ainsi. Après qu'elles eurent parlé quelque temps, Zaïde se mit à pleurer avec toutes les marques d'une grande affliction, et elle fit signe de la main qu'on se retirât. On sortit de sa chambre. Consalve s'en alla avec Alphonse pour lui demander où l'on avait rencontré cette autre étrangère.

Alphonse lui dit que les pêcheurs des cabanes voisines l'avaient trouvée sur le rivage, le même jour et au même état qu'il avait trouvé sa compagne. Elles auront de la consolation d'être ensemble, reprit Consalve; mais, Alphonse, que pensez-vous de ces deux personnes ? A en juger par leurs habits, elles sont d'un rang au-dessus du commun; comment se sont-elles exposées sur la mer dans une petite barque ? Ce n'est point dans un grand vaisseau qu'elles ont fait naufrage. Celle que vous avez amenée à Zaïde lui a appris une nouvelle qui lui a donné beaucoup de douleur; enfin, il y a quelque chose d'extraordinaire dans leur fortune. Je le crois comme vous, répondit Alphonse; je suis étonné de leur aventure et de leur beauté. Vous n'avez peut-être pas remarqué celle de Félime; mais elle est grande, et vous en auriez été surpris si vous n'aviez point vu Zaïde.

A ces mots ils se séparèrent; Consalve se trouva encore plus triste qu'il n'avait accoutumé de l'être, et il sentit que la cause de sa tristesse venait de l'affliction qu'il avait de ne pouvoir se faire entendre de cette inconnue. Mais qu'ai-je à lui dire, reprenait-il en lui-même, et que veux-je apprendre d'elle ? Ai-je dessein de lui conter mes malheurs ? Ai-je envie de savoir les siens ? La curiosité peut-elle se trouver dans un homme aussi malheureux que moi ? Quel intérêt puis-je prendre aux infortunes d'une personne que je ne connais point ? Pourquoi faut-il que je sois triste de la voir affligée ? Sont-ce les maux que j'ai soufferts qui m'ont appris à avoir pitié de ceux des autres ? Non, sans doute, ajoutait-il, c'est la grande retraite où je suis qui me fait avoir de l'attention pour une aventure assez extraordinaire en effet, mais qui ne m'occuperait pas longtemps si j'étais diverti par d'autres objets.

Malgré cette réflexion, il passa la nuit sans dormir et une partie du jour avec beaucoup d'inquiétude parce qu'il ne put voir Zaïde. Sur le soir, on lui dit qu'elle était levée et qu'elle venait de prendre le chemin de la mer. Il la suivit et la trouva, assise sur le rivage, les yeux tout baignés de larmes. Lorsqu'il s'approcha d'elle, elle s'avança vers lui avec beaucoup de civilité et de douceur; il fut surpris de trouver dans sa taille et dans ses actions autant de charmes qu'il en avait déjà trouvé dans son visage. Elle lui montra une petite barque qui était sur la mer et lui nomma plusieurs fois Tunis, comme s'adressant à lui pour demander qu'on l'y fît conduire. Il lui fit signe, en lui montrant la lune, qu'elle serait obéie lorsque cet astre, qui éclairait alors, aurait fait deux fois son tour. Elle parut comprendre ce qu'il lui disait et bientôt après elle se mit à pleurer.

Le jour suivant elle se trouva mal; il ne put la voir. Depuis qu'il était dans cette solitude, il n'avait point trouvé de journée si longue et si ennuyeuse.

Le lendemain, sans en savoir lui-même la cause, il quitta cette grande négligence où il était depuis sa retraite; et, comme il était l'homme du monde le mieux fait, la simple propreté le parait davantage que la magnificence ne pare les autres. Alphonse le rencontra dans le bois et s'étonna de le voir si différent de ce qu'il avait accoutumé d'être. Il ne put s'empêcher de sourire en le regardant et de lui dire qu'il était bien aise de juger, par son habit, que son affliction commençait à diminuer et qu'il trouvait enfin dans ce désert quelque adoucissement à ses malheurs. Je vous entends, Alphonse, répondit Consalve; vous croyez que la vue de Zaïde est le soulagement que je trouve à mes maux, mais vous vous trompez : je n'ai pour Zaïde que la compassion qui est due à son malheur et à sa beauté. J'ai de la compassion pour elle aussi bien que pour vous, répliqua Alphonse; je la plains et je voudrais la soulager; mais je ne suis pas si attaché auprès d'elle, je ne l'observe pas avec tant de soin, je ne suis pas affligé de ne la point entendre, je n'ai pas tant d'envie de lui parler; je ne fus point hier plus triste qu'à mon ordinaire, parce qu'on ne la vit point; et je ne suis pas aujourd'hui moins négligé que de coutume. Enfin, puisque j'ai de la pitié aussi bien que vous et que néanmoins nous sommes si différents, il faut que vous ayez quelque chose de plus.

Consalve n'interrompit point Alphonse, et il paraissait examiner en lui-même si tout ce qu'il lui disait était véritable. Comme il était prêt de lui répondre, on le vint avertir, selon l'ordre qu'il en avait donné, que Zaïde était sortie de sa chambre et qu'elle se promenait du côté de la mer. Alors, sans considérer qu'il allait confirmer Alphonse dans ses soupçons, il le quitta pour aller chercher Zaïde. Il la vit de loin assise, avec Félime, au même lieu où elles étaient deux jours auparavant. Il ne put se défendre de la curiosité d'observer leurs actions; il crut qu'il en pourrait tirer quelque connaissance de leurs fortunes. Il vit que Zaïde pleurait; il jugea que Félime tâchait de la consoler Zaïde ne l'écoutait pas et regardait toujours vers la mer avec des actions qui firent penser à Consalve qu'elle regrettait quelqu'un qui avait fait naufrage avec elle. Il l'avait déjà vue pleurer au même lieu; mais, comme elle n'avait rien fait qui lui pût marquer le sujet de son affliction, il avait cru qu'elle pleurait seulement de se trouver si éloignée de son pays; il s'imagina alors que les larmes qu'il lui voyait verser étaient pour un amant qui avait péri; que c'était peut-être pour le suivre qu'elle s'était exposée au péril de la mer; et, enfin, il crut savoir, comme s'il l'eût appris d'elle-même, que l'amour était la cause de ses pleurs.

On ne peut exprimer ce que ces pensées produisirent dans l'âme de Consalve et le trouble qu'apporta la jalousie dans un cœur où l'amour ne s'était pas encore déclaré. Il avait été amoureux, mais il n'avait jamais été jaloux. Cette passion, qui lui était inconnue, se fit sentir en lui, pour la première fois, avec tant de violence qu'il crut être frappé de quelque douleur que les autres hommes ne connaissaient point. Il avait, ce lui semblait, éprouvé tous les maux de la vie; et cependant il sentait quelque chose de plus cruel que tout ce qu'il avait éprouvé. Sa raison ne put demeurer libre; il quitta le lieu où il était pour s'approcher de Zaïde, dans la pensée de savoir d'elle-même le sujet de son affliction; et, assuré qu'elle ne lui pouvait répondre, il ne laissa pas de le lui demander. Elle était bien éloignée de comprendre ce qu'il lui voulait dire; elle essuya ses larmes et se mit à se promener avec lui. Le plaisir de la voir et d'être regardé par ses beaux yeux calma l'agitation où il était; il s'aperçut de l'égarement de son esprit et il remit son visage le mieux qu'il lui fut possible. Elle lui nomma encore plusieurs fois Tunis avec beaucoup d'empressement et beaucoup de marques de vouloir y être conduite. Il n'entendait que trop bien ce qu'elle lui demandait; la pensée de la voir partir lui donnait déjà une douleur sensible; enfin c'était seulement par les douleurs que donne l'amour qu'il s'apercevait d'en avoir; et la jalousie et la crainte de l'absence le tourmentaient avant même qu'il connût qu'il était amoureux. Il aurait cru avoir sujet de se plaindre de son malheur quand il n'aurait fait que s'apercevoir qu'il avait de l'amour; mais, de se trouver tout d'un coup de l'amour et de la jalousie, ne pouvoir entendre celle qu'il aimait, n'en pouvoir être entendu, n'en rien connaître que la beauté, n'envisager qu'une absence éternelle, c'étai[ent] [9] tant de maux à la fois, qu'il était impossible d'y résister.

Pendant qu'il faisait ces tristes réflexions, Zaïde continuait de se promener avec Félime et, après s'être promenée assez longtemps, elle alla s'asseoir sur le rocher et se mit encore à pleurer en regardant la mer et en la montrant à Félime, comme si elle l'eût accusée du malheur qui lui faisait répandre tant de larmes. Consalve, pour la divertir, lui fit remarquer des pêcheurs qui étaient assez proche. Malgré la tristesse et le trouble de ce nouvel amant, la vue de celle qu'il aimait lui donnait une joie qui lui rendait sa première beauté; et, comme il était moins négligé que de coutume, il pouvait avec raison arrêter les yeux de tout le monde. Zaïde commença à le regarder avec attention, ensuite avec étonnement; et, après l'avoir longtemps considéré, elle se tourna vers sa compagne et lui fit observer Consalve en lui disant quelque chose. Félime le regarda et répondit à Zaïde avec une action qui témoignait approuver ce qu'elle venait de lui dire. Zaïde regardait encore Consalve et reparlait ensuite à Félime; Félime en faisait de même; enfin elles firent juger à Consalve qu'il ressemblait à quelqu'un qu'elles connaissaient. D'abord cette pensée ne lui fit aucune impression; mais il trouva Zaïde si occupée de cette ressemblance et il lui parut si clairement qu'au milieu de sa tristesse elle avait quelque joie en le regardant qu'il s'imagina qu'il ressemblait à cet amant qu'elle lui paraissait regretter.

Pendant tout le reste du jour, Zaïde fit plusieurs

actions qui lui confirmèrent son soupçon. Sur le soir, Félime et elle se mirent à chercher quelque chose parmi le débris de leur naufrage. Elles cherchèrent avec tant de soin, et Consalve leur vit tant de marques de chagrin d'avoir cherché inutilement qu'il en prit encore de nouveaux sujets d'inquiétudes. Alphonse vit bien le désordre de son esprit; et, après qu'ils eurent reconduit Zaïde dans son appartement, il demeura dans la chambre de Consalve.

Vous ne m'avez point encore raconté tous vos malheurs passés, lui dit-il; mais il faut que vous m'avouiez ceux que Zaïde commence de vous causer. Un homme aussi amoureux que vous me le paraissez trouve toujours de la douceur à parler de son amour; et, quoique votre mal soit grand, peut-être que mon secours et mes conseils ne vous seront pas inutiles. Ah! mon cher Alphonse, s'écria Consalve, que je suis malheureux! que je suis faible! que je suis désespéré! et que vous êtes sage d'avoir vu Zaïde et de ne l'avoir pas aimée! J'avais bien jugé, reprit Alphonse, que vous l'aimiez : vous ne voulûtes pas me l'avouer. Je ne le savais pas moi-même, interrompit Consalve; la jalousie seule m'a fait sentir que j'étais amoureux. Zaïde pleure quelque amant qui a fait naufrage; c'est ce qui la mène tous les jours sur le bord de la mer; elle va pleurer au même lieu où elle croit que cet amant a péri; enfin, j'aime Zaïde et Zaïde en aime un autre; et c'est de tous les malheurs celui qui m'a paru le plus redoutable et celui dont je me croyais le plus éloigné. Je m'étais flatté que ce n'était peut-être pas un amant que Zaïde regrettait; mais je la trouve trop affligée pour en douter; j'en suis encore persuadé par le soin que je lui ai vu de chercher quelque chose qui vient sans doute de ce bienheureux amant; et, ce qui me paraît plus cruel que tout ce que je viens de vous dire, je ressemble, Alphonse, à celui qu'elle aime. Elle s'en est aperçue en se promenant; j'ai remarqué de la joie dans ses yeux de voir quelque chose qui l'en fit souvenir. Elle m'a montré vingt fois à Félime; elle lui a fait considérer tous mes traits; enfin elle m'a regardé tout le jour, mais ce n'est pas moi qu'elle voit ni à qui elle pense. Quand elle me regarde, je la fais souvenir de la seule chose que je voudrais lui faire oublier; je suis même privé du plaisir de voir ses beaux yeux tournés sur moi; et elle ne peut plus me regarder sans me donner de la jalousie.

Consalve dit toutes ces paroles avec tant de rapidité qu'Alphonse ne put l'interrompre; mais quand il eut cessé de parler : Est-il possible, lui dit-il, que tout ce que vous m'apprenez soit véritable ? Et la tristesse où vous vous êtes accoutumé ne forme-t-elle point l'idée d'un malheur si extraordinaire ? Non, Alphonse, je ne me trompe point, répondit Consalve; Zaïde regrette un amant qu'elle aime et je l'en fais souvenir. La fortune m'empêche bien de me former des malheurs au-dessus de ceux qu'elle me cause; elle va au delà de ce que je pourrais imaginer; elle en invente pour moi qui sont inconnus aux autres hommes; et, si je vous avais raconté la suite de ma vie, vous seriez contraint d'avouer que j'ai eu raison de vous soutenir que j'étais plus malheureux que vous. Je n'oserais vous dire, répliqua Alphonse, que si vous n'aviez point de raison importante de vous cacher à moi, vous me donneriez toute la joie que je puis avoir de m'apprendre qui vous êtes et quels sont les malheurs que vous jugez plus grands que les miens. Je sais bien qu'il n'y a pas de justice de vous demander ce que je vous demande sans vous apprendre en même temps quelles sont mes infortunes; mais, pardonnez à un malheureux qui ne vous a pas caché son nom et sa naissance et qui ne vous cacherait pas ses aventures s'il vous était utile de les savoir et s'il vous les pouvait dire sans renouveler des douleurs que plusieurs années ne commencent qu'à peine d'effacer. Je ne vous demanderai jamais, répliqua Consalve, ce qui pourra vous donner de la peine; mais je me reproche à moi-même de ne vous avoir pas dit qui je suis. Quoique j'eusse résolu de ne le déclarer à personne, le mérite extraordinaire qui me paraît en vous et la reconnaissance que je dois à vos soins me forcent de vous avouer que mon véritable nom est Consalve et que je suis fils de Nunez Fernando, comte de Castille, dont la réputation est sans doute parvenue jusques à vous. Serait-il possible, s'écria Alphonse, que vous fussiez ce Consalve si fameux, dès ses premières campagnes, par la défaite de tant de Maures et par des actions d'une valeur qui a donné de l'admiration à toute l'Espagne ? Je sais les commencements d'une si belle vie; et, lorsque je me retirai dans ce désert, j'avais déjà appris avec étonnement que, dans la fameuse bataille que le roi de Léon gagna contre Ayola, le plus grand capitaine des Maures [10], vous seul fîtes tourner la victoire du côté des chrétiens et qu'en montant le premier à l'assaut de Zamora vous fûtes cause de la prise de cette place, qui contraignit les Maures à demander la paix. La solitude où j'ai vécu depuis m'a laissé ignorer la suite de ces heureux commencements; mais je ne puis douter qu'elle n'y réponde. Je ne croyais pas que mon nom vous fût connu, répondit Consalve, et je me trouve heureux que vous soyez prévenu en ma faveur par une réputation que je n'ai peut-être pas méritée. Alphonse redoubla alors son attention et Consalve commença en ces termes :

Histoire de Consalve

Mon père était le plus considérable de la cour de Léon lorsqu'il m'y fit paraître avec un éclat proportionné à sa fortune. Mon inclination, mon âge et mon devoir m'attachèrent au prince don Garcie [11], fils aîné du roi. Ce prince est jeune, bien fait et ambitieux. Ses bonnes qualités surpassent de beaucoup ses défauts et l'on peut dire qu'il n'en paraît en lui que ceux que les passions y font naître. Je fus assez heureux pour avoir ses bonnes grâces sans les avoir méritées et j'essayai ensuite de m'en rendre digne par ma fidélité. Mon bonheur voulut que, dans la première guerre où nous allâmes contre les Maures, je me trouvasse assez près de sa personne pour le dégager d'un péril où sa valeur trop inconsidérée l'avait précipité. Ce service augmenta la bonté qu'il avait pour moi. Il m'aimait comme un frère plutôt que comme un sujet; il ne me cachait rien; il ne me refusait rien; et il laissait voir à tout le monde qu'on ne pouvait être aimé de lui si on ne l'était de Consalve. Une faveur si déclarée, jointe à la considération où était mon père, élevait notre maison à un si haut point qu'elle commençait à donner de l'ombrage au roi et à lui faire craindre qu'elle ne s'élevât trop.

Parmi un nombre infini de jeunes gens que la fortune avait attachés à moi, j'avais distingué don Ramire [12] de tous les autres : c'était un des plus considérables de la cour, mais il s'en fallait beaucoup que sa fortune n'approchât de la mienne. Il ne tenait pas à moi que je ne la rendisse égale. J'employais tous les jours le crédit de mon père et le mien pour son élévation. Je m'étais appliqué avec beaucoup de soin à lui donner part dans les bonnes grâces du prince; et lui, de son côté, par son esprit doux et insinuant, avait si bien secondé mes soins qu'il était, après moi, celui de toute la cour que don Garcie traitait le mieux. Je faisais tous mes plaisirs de leur amitié. L'un et l'autre éprouvaient déjà le pouvoir de l'amour; ils me faisaient souvent la guerre de mon insensibilité et me reprochaient, comme un défaut, de n'avoir point encore eu d'attachement.

Je leur reprochais à mon tour de n'en avoir point eu de véritables. Vous aimez, leur disais-je, ces sortes de galanteries que la coutume a établies en Espagne, mais vous n'aimez point vos maîtresses. Vous ne me persuaderez jamais que vous soyez amoureux d'une personne dont à peine vous connaissez le visage, et que vous ne reconnaîtriez pas si vous la voyiez en un autre lieu qu'à la fenêtre où vous avez accoutumé de la voir.

Vous exagérez le peu de connaissance que nous avons de nos maîtresses, me repartit le prince; mais nous connaissons leur beauté et, en amour, c'est le principal. Nous jugeons de leur esprit par leur physionomie et ensuite par leurs lettres; et, quand nous venons à les voir de plus près, nous sommes charmés du plaisir de découvrir ce que nous ne connaissions point encore. Tout ce qu'elles disent a la grâce de la nouveauté; leur manière nous surprend; la surprise augmente et réveille l'amour; au lieu que ceux qui connaissent leurs maîtresses avant que de les aimer sont tellement accoutumés à leur beauté et à leur esprit qu'ils n'y sont plus sensibles quand ils sont aimés. Vous ne tomberez jamais dans ce malheur, lui répliquai-je;

mais, seigneur, je vous laisse la liberté d'aimer tout ce
que vous ne connaîtrez point, pourvu que vous me per-
mettiez de n'aimer qu'une personne que je connaîtrai
assez pour l'estimer et pour être assuré de trouver en
elle de quoi me rendre heureux quand j'en serai aimé.
J'avoue encore que je voudrais qu'elle ne fût point
prévenue en faveur d'un autre amant. Et moi, interrompit don Ramire, je trouverais plus de plaisir à me rendre
maître d'un cœur qui serait défendu par une passion
que d'en toucher un qui n'aurait jamais été touché ;
ce me serait une double victoire et je serais aussi bien
plus persuadé de la véritable inclination qu'on aurait
pour moi, si je l'avais vue naître dans le plus fort de
l'attachement qu'on aurait pour un autre ; enfin ma
gloire et mon amour se trouveraient satisfaits d'avoir
ôté une maîtresse à un rival. Consalve est si étonné de
votre opinion, lui répondit le prince, et il la trouve si
mauvaise qu'il ne veut pas même y répondre. En effet,
je suis de son parti contre vous, mais je suis contre
lui sur cette connaissance si particulière qu'il veut de
sa maîtresse. Je serais incapable de devenir amoureux
d'une personne avec qui je serais accoutumé et, si je ne
suis surpris d'abord, je ne puis être touché. Je crois
que les inclinations naturelles se font sentir dans les
premiers moments ; et les passions, qui ne viennent
que par le temps, ne se peuvent appeler de véritables
passions. On est donc assuré, repris-je, que vous n'ai-
merez jamais ce que vous n'aurez pas aimé d'abord. Il
faut, seigneur, ajoutai-je en riant, que je vous montre
ma sœur pendant qu'elle n'est pas encore aussi belle
qu'elle le sera apparemment, afin que vous vous accou-
tumiez à la voir et que vous n'en soyez jamais touché.
Vous craindriez donc que je ne le fusse ? me dit don
Garcie. N'en doutez pas, seigneur, lui répondis-je, et je
le craindrais même comme le plus grand malheur qui me
pût arriver. Quel malheur y trouveriez-vous ? repartit
don Ramire. Celui, répliquai-je, de ne pas entrer dans
les sentiments du prince. S'il voulait épouser ma sœur,
je n'y pourrais consentir par l'intérêt de sa grandeur ;
et s'il ne la voulait pas épouser, et qu'elle l'aimât
néanmoins, comme elle l'aimerait infailliblement, j'au-

rais le déplaisir de voir ma sœur la maîtresse d'un
maître que je ne pourrais haïr, quoique je le dusse.
Montrez-la-moi, je vous prie, devant qu'elle me puisse
donner de l'amour, interrompit le prince; car je serais
si affligé d'avoir des sentiments qui vous déplussent
que j'ai de l'impatience de la voir pour m'assurer moi-
même que je ne l'aimerai jamais. Je ne m'étonne plus,
seigneur, dit don Ramire en s'adressant à don Garcie,
que vous n'ayez point été amoureux de toutes les belles
personnes qui sont nourries dans le palais et avec qui
vous avez été accoutumé dès l'enfance; mais j'avoue
que jusques à cette heure j'avais été surpris que pas une
ne vous eût donné de l'amour, et surtout Nugna Bella,
la fille de don Diégo Porcellos [13], qui me paraît si capable
d'en donner. Il est vrai, repartit don Garcie, que Nugna
Bella est aimable; elle a les yeux admirables; elle a la
bouche belle, l'air noble et délicat; enfin j'en aurais
été amoureux si je ne l'eusse point vue presque en
même temps que j'ai vu le jour. Mais pourquoi ne
l'avez-vous pas aimée, ajouta le prince s'adressant à
don Ramire, vous qui la trouvez si belle ? Parce qu'elle
n'a jamais rien aimé, répliqua-t-il. Je n'aurais eu personne à chasser de son cœur, et je viens de vous avouer
que c'est ce qui peut toucher le mien. C'est à Consalve,
continua-t-il, à qui il faut demander pourquoi il ne l'a
pas aimée, car je suis assuré qu'il la trouve belle; elle
n'a point d'attachement, et il la connaît il y a déjà longtemps. Qui vous a dit que je ne l'aime pas ? lui répondis-
je en souriant et en rougissant tout ensemble. Je ne sais,
répliqua don Ramire, mais, à voir comme vous rougis-
sez, je crois que ceux qui me l'ont dit se sont trompés.
Serait-il possible, s'écria le prince en s'adressant à moi,
que vous fussiez amoureux ? Si vous l'êtes, avouez-le
promptement, je vous prie, car vous me donnerez une
joie sensible de vous voir attaqué d'un mal que vous
plaignez si peu. Sérieusement, répliquai-je, je ne suis
point amoureux; mais, pour vous plaire, seigneur, je
vous avouerai que je le pourrais être de Nugna Bella si
je la connaissais un peu davantage. S'il ne tient qu'à
vous la faire connaître, dit le prince, soyez assuré que
vous l'aimez déjà. Je n'irai jamais sans vous chez la

reine ma mère, je me brouillerai encore plus souvent
que je ne fais avec le roi, afin que le soin qu'elle prend
toujours de nous raccommoder l'oblige à me faire aller
chez elle à des heures particulières ; enfin je vous donnerai assez de lieu de parler à Nugna Bella pour achever
d'en devenir amoureux. Vous la trouverez très aimable
et, si son cœur est aussi bien fait que son esprit, vous
n'aurez rien à souhaiter. Je vous supplie, seigneur, lui
dis-je, ne prenez point tant de soin de me rendre malheureux ; et surtout prenez d'autres prétextes pour aller
chez la reine que de nouvelles brouilleries avec le roi.
Vous savez qu'il m'accuse souvent des choses que vous
faites qui ne lui plaisent pas et qu'il croit que mon
père et moi, pour notre grandeur particulière, vous ins-
pirons l'autorité que vous prenez quelquefois contre son
gré. Dans l'humeur où je suis de vous faire aimer de
Nugna Bella, repartit le prince, je ne serai pas si prudent
que vous voulez que je le sois. Je me servirai de toutes
sortes de prétextes pour vous mener chez la reine, et
même, quoique je n'en aie point, je m'y en vais présentement, et je sacrifierai, au plaisir de vous rendre amoureux, un soir que j'avais destiné à passer sous ces
fenêtres où vous croyez que je ne connais personne.

Je ne vous aurais pas fait le récit de cette conversation, dit alors Consalve à Alphonse ; mais vous verrez
par la suite qu'elle fut comme un présage de tout ce qui
arriva depuis.

Le prince s'en alla chez la reine ; il la trouva retirée
pour tout le monde, excepté pour les dames qui avaient
sa familiarité. Nugna Bella était de ce nombre ; elle était
si belle ce soir-là qu'il semblait que le hasard favorisât
les desseins du prince. La conversation fut générale
pendant quelque temps ; et, comme il y avait plus de
liberté qu'à d'autres heures, Nugna Bella parla aussi
davantage et elle me surprit en me faisant voir beaucoup
plus d'esprit que je ne lui en connaissais. Le prince pria
la reine de passer dans son cabinet, sans savoir néanmoins ce qu'il avait à lui dire. Pendant qu'elle y fut, je
demeurai avec Nugna Bella et plusieurs autres personnes ;
je l'engageai insensiblement dans une conversation particulière ; et, quoiqu'elle ne fût que de choses indiffé-

rentes, elle avait pourtant un air plus galant que les conversations ordinaires. Nous blâmâmes ensemble la manière retirée dont les femmes sont obligées de vivre en Espagne, comme éprouvant par nous-mêmes que nous perdions quelque chose de n'avoir pas la liberté entière de nous entretenir. Si je sentis dès ce moment que je commençais à aimer Nugna Bella, elle commença aussi, à ce qu'elle m'a avoué depuis, à s'apercevoir que je ne lui étais pas indifférent. De l'humeur dont elle était, ma conquête ne lui pouvait être désagréable; il y avait quelque chose de si brillant dans ma fortune qu'une personne moins ambitieuse qu'elle en pouvait être éblouie. Elle ne négligea pas de me paraître aimable, quoiqu'elle ne fît rien d'opposé à sa fierté naturelle. Eclairé par la pénétration que donne un amour naissant, je me flattai bientôt de l'espérance de lui plaire; et cette espérance était aussi propre à m'enflammer que la pensée d'avoir un rival aimé eût été propre à me guérir. Le prince fut ravi de voir que je m'attachais à Nugna Bella; il me donnait tous les jours quelque occasion de l'entretenir; il voulut même que je lui parlasse des brouilleries que j'avais avec le roi, et que je lui disse la manière dont la reine [14] devait agir pour le porter aux choses que le roi désirait de lui. Nugna Bella ne manquait pas de donner ses avis à la reine et, lorsque la reine s'en servait, ils ne manquaient jamais aussi de faire leur effet; en sorte que la reine ne faisait plus rien dans ce qui regardait le prince qu'elle n'en parlât à Nugna Bella et que Nugna Bella ne m'en rendît compte. Ainsi nous avions de grandes conversations et, dans ces conversations je lui trouvai tant d'esprit, de sagesse et d'agrément, et elle s'imagina trouver tant de mérite en moi, et y trouva, en effet, tant d'amour, qu'il s'alluma entre nous une passion qui fut depuis très violente. Le prince voulut en être le confident. Je n'avais rien de caché pour lui, mais je craignais que Nugna Bella ne se trouvât offensée que je lui eusse avoué qu'elle me témoignait quelque bonté. Don Garcie m'assura que, de l'humeur dont elle était, elle ne s'en offenserait pas. Il lui parla de moi; elle fut d'abord honteuse et embarrassée de ce qu'il lui dit; mais, comme il avait bien jugé, la grandeur du confident la consola de la confidence; elle s'accoutuma à souffrir qu'il l'entretînt de ma passion et reçut par lui les premières lettres que je lui écrivis.

L'amour avait pour nous toute la grâce de la nouveauté et nous y trouvions ce charme secret qu'on ne trouve jamais que dans les premières passions. Comme mon ambition était pleinement satisfaite et qu'elle l'était même avant que j'eusse de l'amour, cette dernière passion n'était point affaiblie par l'autre : mon âme s'y abandonnait comme à un plaisir qui jusque-là m'avait été inconnu et que je trouvais infiniment au-dessus de tout ce qui peut donner la grandeur. Nugna Bella n'était pas ainsi; ces deux passions s'étaient élevées dans son cœur en même temps et le partageaient presque également. Son inclination naturelle la portait sans doute plus à l'ambition qu'à l'amour; mais, comme l'un et l'autre se rapportaient à moi, je trouvais en elle toute l'ardeur et toute l'application que je pouvais souhaiter. Ce n'est pas qu'elle ne fût quelquefois aussi occupée des affaires du prince que de ce qui regardait notre amour. Pour moi, qui n'étais rempli que de ma passion, je connus avec douleur que Nugna Bella était capable d'avoir d'autres pensées. Je lui en fis quelques plaintes, mais je trouvai que ces plaintes étaient inutiles ou qu'elles ne produisaient qu'une certaine conversation contrainte qui me laissait voir que son esprit était occupé ailleurs. Néanmoins, comme j'avais ouï dire que l'on ne pouvait être parfaitement heureux dans l'amour non plus que dans la vie, je souffrais ce malheur avec patience. Nugna Bella m'aimait avec une fidélité exacte et je ne lui voyais que du mépris pour tous ceux qui osaient la regarder. J'étais persuadé qu'elle était exempte des faiblesses que j'avais appréhendées dans les femmes : cette pensée rendait mon bonheur si achevé que je n'avais plus rien à souhaiter.

La fortune m'avait fait naître et m'avait placé dans un rang digne de l'envie des plus ambitieux. J'étais favori d'un prince que j'aimais d'une inclination naturelle. J'étais aimé de la plus belle personne d'Espagne, que j'adorais; et j'avais un ami, que je croyais fidèle, et dont je faisais la fortune. La seule chose qui me donnait quelque trouble était de voir de l'injustice dans l'impatience que don Garcie avait de commander, et de trouver, dans Nuguez Fernando, mon père, un esprit inquiet et porté, comme le roi l'en soupçonnait, à se vouloir faire une élévation qui ne laissât rien au-dessus de lui [15]. J'appréhendais de me trouver attaché, par les devoirs de la reconnaissance et de la nature, à des personnes qui voudraient m'entraîner dans des choses qui ne me paraissaient pas justes. Cependant, comme ces malheurs étaient encore incertains, ils ne me troublaient que dans quelques moments et je me consolais à en parler avec don Ramire, en qui j'avais tant de confiance que je lui disais jusques à mes craintes sur les choses les plus importantes et les plus éloignées.

Ce qui m'occupait alors était le dessein d'épouser Nugna Bella. Il y avait déjà longtemps que je l'aimais sans oser en faire la proposition. Je savais qu'elle serait désapprouvée par le roi, parce que Nugna Bella, étant fille d'un des comtes de Castille, dont on craignait la même révolte que de mon père, la politique ne voulait pas qu'on les laissât unir par mariage. Je savais encore que, bien que mon père ne fût point opposé à mon dessein, il ne voudrait pas néanmoins qu'on fît la proposition de mon mariage, de peur d'augmenter les soupçons du roi; de sorte que j'étais contraint d'attendre quelque conjoncture qui me fût plus favorable; mais, en l'attendant, je ne cachais point l'attachement que j'avais pour Nugna Bella; je lui parlais toutes les fois que j'en avais l'occasion; le prince lui parlait aussi très souvent. Le roi remarqua cette intelligence et prit pour une affaire d'État ce qui n'était en effet que de l'amour. Il crut que son fils favorisait mon dessein pour Nugna Bella, afin d'unir les deux comtes de Castille et de les attacher à ses intérêts. Il crut qu'il voulait faire un parti considérable et se donner une autorité qui balançât la sienne. Il ne douta point que les comtes de Castille n'entrassent dans ce parti, par l'espérance de se faire reconnaître souverains; enfin l'union des deux maisons de Castille lui était si redoutable qu'il déclara hautement qu'il ne voulait point que je pensasse à Nugna Bella et défendit au prince de favoriser notre mariage.

Les comtes de Castille, qui avaient peut-être une partie des intentions dont le roi les soupçonnait, mais qui n'étaient pas en état de les faire paraître, nous ordonnèrent de ne plus penser l'un à l'autre. Ce commandement nous donna beaucoup de douleur; le prince nous promit de faire bientôt changer de sentiments au roi son père; il nous engagea à nous promettre une fidélité éternelle et se chargea du soin de continuer notre commerce et de cacher notre intelligence. La reine, qui savait que, bien loin de porter le prince à la révolte, nous travaillions au contraire à l'en éloigner, approuva les desseins du prince son fils et voulut bien les favoriser [16].

Comme nous ne pouvions plus nous parler en public, nous cherchâmes le moyen de nous parler en particulier. Je pensai qu'il fallait que Nugna Bella changeât d'appartement et qu'on la mît, avec quelque autre des dames du palais, dans un corps de logis dont toutes les fenêtres étaient sur une rue détournée, et qui étaient si basses qu'un homme à cheval y pouvait parler commodément. J'en fis la proposition au prince; il la fit approuver à la reine, et on l'exécuta sur quelque prétexte assez vraisemblable. Je venais quasi tous les jours à cette fenêtre attendre les moments que Nugna Bella me pouvait parler. Quelquefois je m'en retournais charmé des sentiments qu'elle avait pour moi; et quelquefois je m'en retournais désespéré de la voir si occupée des commissions que la reine lui donnait. Jusques ici la fortune ne m'avait pas montré son inconstance; mais elle me fit bientôt voir qu'elle ne se fixe pour personne.

Mon père, qui avait connu les soupçons du roi, voulut lui faire voir, par une nouvelle marque d'attachement, combien ils étaient injustes; il se résolut de mettre ma sœur dans le palais, quelque dessein qu'il eût pris auparavant de la laisser en Castille. Un sentiment de vanité lui aida à prendre cette résolution; il fut bien aise de faire voir à la cour une beauté qu'il croyait une des plus achevées de toute l'Espagne. Il était touché, plus qu'aucun père ne l'a jamais été, de la beauté de ses enfants et en tirait une vanité qu'on pouvait appeler une faiblesse dans un homme comme lui. Il fit donc venir sa fille à la cour et elle fut reçue dans le palais.

Don Garcie était à la chasse le jour qu'elle y entra. Il vint le soir chez la reine, sans avoir vu personne qui lui en eût parlé; j'y étais aussi, mais retiré dans un endroit où il ne me voyait pas. La reine lui présenta Hermenesilde [17] (c'est ainsi que s'appelait ma sœur); il fut surpris de sa beauté et il parut de l'admiration dans cette surprise. Il dit qu'on n'avait jamais vu, en une même personne, de l'éclat, de la majesté et de l'agrément; qu'avec des cheveux noirs on n'avait jamais vu un si beau teint et des yeux si bleus; qu'elle avait de la gravité avec l'air de la première jeunesse; enfin, plus il la regardait, et plus il lui donnait de louanges. Don Ramire remarqua cet empressement à louer Hermenesilde; il n'eut pas de peine à juger que je pensais les mêmes choses que lui et, me voyant à l'autre bout de la chambre, il m'aborda pour me parler de la beauté de ma sœur. Je voudrais qu'il n'y eût que vous à la louer, lui dis-je. Comme je prononçais ces paroles, don Garcie s'approcha par hasard du lieu où j'étais. Il parut étonné de me voir, il se remit néanmoins, il me parla d'Hermenesilde et me dit que je ne la lui avais dépeinte aussi belle qu'il l'avait trouvée. Le soir, on ne parla que d'elle au coucher de ce prince. Je l'observai avec beaucoup de soin et je pris pour une confirmation de mes soupçons de ce qu'il ne la louait pas devant moi aussi hardiment que les autres. Les jours suivants, il ne put s'empêcher de lui parler; il me parut que l'inclination qu'il avait pour elle l'emportait comme un torrent à quoi il ne pouvait résister. Je voulus découvrir ses sentiments sans lui parler sérieusement. Un soir que nous sortions de chez la reine, où il avait entretenu assez longtemps Hermenesilde : Oserais-je vous demander, seigneur, lui dis-je, si je n'ai point trop attendu à vous montrer ma sœur et si elle n'est point assez belle pour vous avoir causé de ces surprises que je craignais ? J'ai été surpris de sa beauté, me répondit ce prince; mais, encore que je croie qu'on ne puisse être touché sans être surpris, je ne crois pas qu'on ne puisse être surpris sans être touché.

L'intention de don Garcie était de ne me pas répondre plus sérieusement que je lui avais parlé; mais, comme il avait été embarrassé de ce que je lui avais dit et qu'il avait senti son embarras, il y eut un air de chagrin dans sa réponse, qui me fit voir que je ne m'étais pas trompé. Il jugea bien aussi que je m'étais aperçu des sentiments qu'il avait pour ma sœur; il m'aimait encore assez pour avoir quelque douleur de s'embarquer dans une chose dont il savait bien que je serais offensé; mais il aimait déjà trop Hermenesilde pour abandonner le dessein de s'en faire aimer. Je ne prétendais pas aussi que l'amitié qu'il avait pour moi lui fît surmonter l'amour qu'il avait pour elle. Je pensai seulement à prévenir ma sœur sur ce qu'elle devait faire si le prince lui témoignait de l'amour et je lui dis de suivre en toutes choses les conseils de Nugna Bella. Elle me le promit et je confiai à Nugna Bella l'inquiétude que j'avais de l'amour de don Garcie. Je lui dis toutes les fâcheuses suites que j'en appréhendais; elle entra dans mes sentiments et m'assura qu'elle s'attacherait si fort auprès d'Hermenesilde que difficilement le prince lui pourrait parler. En effet, elles devinrent tellement inséparables, sans qu'il y parût d'affectation, que don Garcie ne trouvait jamais Hermenesilde sans Nugna Bella. Cet embarras lui donna tant de chagrin qu'il n'en était pas connaissable; et comme il avait accoutumé de me dire toutes ses pensées et qu'il ne me parlait point de celles qui l'occupaient alors, je trouvai bientôt un grand changement dans son procédé.

N'admirez-vous pas, disais-je à don Ramire, l'injustice des hommes ? Le prince me hait, parce qu'il sent dans son cœur une passion qui me doit déplaire; et, s'il était aimé de ma sœur, il me haïrait encore davantage. J'avais bien prévu le mal qui m'arriverait si elle touchait son inclination; et, s'il ne change point les sentiments qu'il a pour elle, je ne serai pas longtemps son favori, même aux yeux du public; car dans son cœur je ne le suis déjà plus. Don Ramire était persuadé, comme moi, de l'amour du prince; mais pour m'ôter de l'esprit une chose qui me donnait de la peine : Je ne sais, me répondit-il, sur quoi vous vous fondez pour croire que don Garcie soit amoureux d'Hermenesilde : il l'a louée d'abord, il est vrai; mais je ne lui ai rien vu depuis qui paraisse d'un homme amoureux. Et quand il l'aimerait, ajouta-t-il, serait-ce une chose si fâcheuse ? Pourquoi ne la pourrait-il pas épouser ? Ce n'est pas le premier prince qui a épousé une de ses sujettes; il ne saurait en trouver une plus digne de lui; et, s'il l'épousait, quelle grandeur ne serait-ce pas pour votre maison ? C'est par cette raison même, lui répondis-je, que le roi n'y consentira jamais. Je ne le voudrais pas sans son consentement : peut-être même que le prince ne le voudrait pas aussi ou qu'il ne le voudrait ni assez fortement ni assez longtemps pour l'exécuter. Enfin c'est une chose qui ne se peut faire; et je ne veux pas laisser croire au public que je hasarde la réputation de ma sœur sur l'espérance mal fondée d'une grandeur où nous ne parviendrons jamais. Si don Garcie continue à aimer Hermenesilde, je la retirerai de la cour. Don Ramire fut surpris de ma résolution : il craignit que je ne me brouillasse avec don Garcie; il résolut de lui apprendre mes sentiments et il voulut s'imaginer qu'il pouvait les lui découvrir sans mon consentement, puisque ce n'était que pour mon avantage. Mais l'envie de se faire un mérite envers le prince et d'entrer dans sa confidence eut sans doute beaucoup de part à cette résolution.

Il prit son temps pour lui parler seul; il lui dit qu'il craignait de me faire une infidélité en lui découvrant mes pensées contre mon intention, mais que le zèle qu'il avait pour son service l'obligeait à lui apprendre que je le croyais amoureux de ma sœur et que j'en avais tant de chagrin que j'étais résolu de l'ôter de la cour. Don Garcie fut si frappé du discours de don Ramire et de la pensée de voir éloigner Hermenesilde, qu'il lui fut impossible de cacher son premier mouvement. Il jugea ensuite que, puisque don Ramire ne pouvait plus douter de l'intérêt qu'il prenait pour ma sœur, il fallait le lui avouer et l'engager, par cette confidence, à continuer de l'instruire de mes desseins. Il fut quelque temps à prendre cette résolution; puis, se déterminant tout à coup, il l'embrassa, et lui avoua qu'il était amoureux d'Hermenesilde. Il lui dit qu'il avait fait ce qu'il avait pu pour s'en défendre, en ma considération, mais qu'il lui était impossible de vivre sans être aimé d'elle; qu'il lui demandait son secours pour lui aider à cacher sa passion et pour empêcher l'éloignement d'Hermenesilde. Le cœur de don Ramire n'était pas d'une trempe à résister aux caresses d'un prince dont il voyait qu'il allait devenir le favori. L'amitié et la reconnaissance se trouvèrent faibles contre l'ambition. Il promit au prince de lui garder le secret et de le servir auprès d'Hermenesilde. Le prince l'embrassa une seconde fois, et ils examinèrent ensemble comme ils se conduiraient dans cette entreprise.

Le premier obstacle qui leur vint dans l'esprit fut Nugna Bella, qui ne quittait point Hermenesilde. Ils résolurent de la gagner; et, quelque difficulté qui leur parut, par l'étroite liaison qu'elle avait avec moi, don Ramire se chargea d'en trouver les moyens; mais il dit au prince qu'il fallait qu'il travaillât lui-même à m'ôter la connaissance que j'avais de sa passion; qu'il lui conseillait de me dire en riant qu'il avait été bien aise de me faire peur pendant quelque temps pour se venger des soupçons que j'avais eus d'abord; mais que cette peur allait trop loin, qu'il ne voulait pas me laisser croire plus longtemps qu'il eût des sentiments que je pusse désapprouver.

Cet expédient parut bon à don Garcie; il l'exécuta aisément et, comme il savait, par don Ramire, les choses qui m'avaient donné du soupçon, il lui était aisé de dire qu'il les avait faites exprès et il m'était quasi impossible de n'en être pas persuadé. Ainsi je le fus entièrement; je me crus mieux avec lui que je n'avais jamais été. Je ne laissai pas de penser qu'il s'était passé quelque chose dans son cœur qu'il ne m'avouait pas; mais je m'imaginai que ce n'avait été qu'une légère inclination qu'il avait surmontée et je crus même lui en devoir être obligé comme d'une chose qu'il avait faite en ma considération. Enfin je demeurai satisfait de don Garcie; don Ramire le fut beaucoup de me voir l'esprit dans l'assiette qu'il désirait, et il commença à penser comme il engagerait Nugna Bella dans la confidence où il voulait l'embarquer.

Après en avoir à peu près imaginé les moyens, il

chercha l'occasion de lui parler, elle la lui donnait assez souvent parce qu'elle savait que je n'avais rien de caché pour lui et qu'elle pouvait lui parler de tout ce qui nous regardait. Il commença à l'entretenir de la joie qu'il avait du raccommodement qui s'était fait entre le prince et moi. J'en ai beaucoup, aussi bien que vous, lui dit-elle, et j'ai trouvé Consalve si délicat sur le sujet de sa sœur que je craignais qu'il ne se brouillât avec don Garcie. Si je croyais, madame, lui répondit-il, que vous fussiez de celles qui sont capables de cacher quelque chose à leurs amants, lorsqu'il est nécessaire pour leur intérêt, ce me serait un grand soulagement de parler avec une personne aussi intéressée que vous dans ce qui regarde Consalve. Je prévois des choses qui me donnent de l'inquiétude; vous êtes la seule à qui je les puisse dire; mais, madame, c'est à condition que vous n'en parlerez pas à Consalve même. Je vous le promets, lui dit-elle, et vous trouverez en moi tout le secret que vous pouvez désirer. Je sais que, comme il est dangereux de cacher quelque chose à nos amis, il l'est aussi beaucoup de ne leur cacher jamais rien. Vous verrez, madame, reprit-il, combien il est important de cacher ce que je veux vous dire : don Garcie vient de donner de nouveaux témoignages d'amitié à Consalve; il vient de l'assurer qu'il ne pense plus à sa sœur; mais je suis trompé s'il ne l'aime passionnément. De l'humeur dont est ce prince, il ne peut cacher longtemps son amour; et, de l'humeur aussi dont est Consalve, il n'en souffrira jamais la continuation. Il est infaillible qu'il se brouillera avec lui et qu'il perdra entièrement ses bonnes grâces. Je vous avoue, lui dit Nugna Bella, que j'avais eu les mêmes soupçons et que, par ce que j'en ai vu et par de certaines choses que m'a dites Hermenesilde, et que je n'ai pas voulu qu'elle redît à son frère, j'ai eu peine à croire que ce qu'a fait don Garcie n'ait été qu'une affectation et un dessein de faire peur à Consalve. Vous en avez usé avec beaucoup de prudence, dit don Ramire, et je crois, madame, que vous ferez bien à l'avenir d'empêcher Hermenesilde de rien dire à son frère de ce qui regarde le prince : il est inutile et dangereux de lui en parler. Si le prince n'a qu'une médiocre passion

pour elle, il la cachera sans peine ; et, par le soin que
vous prendrez de conduire Hermenesilde, elle pourra
facilement l'en guérir. Consalve n'en saura rien ; et ainsi
vous lui épargnerez un chagrin mortel et vous lui con-
serverez les bonnes grâces du prince. Si, au contraire,
la passion de don Garcie est grande et violente, trouvez-
vous impossible qu'il épouse Hermenesilde ? et trouveriez-vous que nous servissions mal Consalve de lui
cacher quelque chose, si le secret que nous lui ferions
pouvait lui donner son prince pour beau-frère ? Assurément, madame, l'on doit penser plus d'une fois à empêcher l'amour de don Garcie pour Hermenesilde, et vous
y devez même penser plus qu'une autre par l'intérêt
que vous auriez d'avoir un jour pour reine une personne
qui sera apparemment votre belle-sœur.

Ces dernières paroles firent voir à Nugna Bella ce
qu'elle n'avait point encore envisagé. L'espérance d'être
belle-sœur de la reine lui fit trouver les raisons de don
Ramire encore meilleures qu'elles n'étaient ; et enfin il
la conduisit si bien où il la voulait mener qu'ils convinrent ensemble qu'ils ne me diraient rien, qu'ils exa-
mineraient les sentiments du prince et qu'ils agiraient
ensuite selon les connaissances qu'ils en auraient.

Don Ramire, ravi d'avoir si bien commencé, rendit
compte au prince de ce qu'il avait fait. Don Garcie en fut
charmé et il lui laissa un plein pouvoir de dire à Nugna
Bella tout ce qu'il voudrait de ses sentiments. Don
Ramire retourna bientôt la chercher ; il lui fit un long
récit de la manière dont il s'était conduit pour faire
avouer au prince l'amour qu'il avait pour ma sœur ; il
ajouta qu'il n'avait jamais vu un homme si transporté de
passion ; qu'il s'étonnait de la violence que ce prince se
faisait de peur de me déplaire ; qu'il n'y avait rien enfin
qu'on ne dût attendre d'un homme si amoureux ; mais
qu'il fallait au moins lui donner quelque espérance qui
entretînt son amour. Nugna Bella demeura persuadée de
ce que lui dit don Ramire et elle lui promit de servir
don Garcie auprès de ma sœur.

Don Ramire s'en alla porter cette nouvelle au prince ;
il la reçut avec une joie incroyable ; il lui fit mille
caresses ; il ne pouvait se lasser de lui parler et il eût

voulu ne parler qu'à lui seul; mais il voyait bien qu'il ne fallait pas changer de conduite, ni cesser de vivre avec moi comme il avait accoutumé. Don Ramire même avait soin de cacher sa nouvelle faveur et les remords de sa trahison lui faisaient toujours craindre que je ne la soupçonnasse.

Don Garcie parla bientôt à Hermenesilde : il lui témoigna la passion qu'il avait pour elle avec le plus d'ardeur qu'il lui fut possible et, comme il était véritablement amoureux, il n'eut pas de peine à lui persuader son amour. Elle était disposée à le recevoir favorablement; mais, après ce que je lui avais dit, elle n'osait suivre les sentiments de son cœur. Elle rendit compte à Nugna Bella de la conversation qu'elle avait eue avec le prince. Nugna Bella, sur les mêmes prétextes que lui avait donnés don Ramire, lui conseilla de ne me rien dire, et d'avoir une conduite qui pût augmenter l'amour du prince et conserver son estime. Elle lui dit encore que, quelque répugnance que j'eusse témoignée à l'attachement de don Garcie, elle devait croire que j'aurais de la joie d'une chose qui pourrait m'être avantageuse, mais que, par de certaines raisons, je ne voulais point y avoir part que les choses ne fussent plus avancées. Hermenesilde, qui avait une déférence entière pour les sentiments de Nugna Bella, entra aisément dans la conduite qu'elle lui inspirait; et son inclination pour don Garcie se trouva fortement appuyée par d'aussi grandes espérances que celles d'une couronne.

La passion que le prince avait pour elle était conduite avec tant d'adresse, qu'excepté les premiers jours, où l'on s'aperçut qu'il l'avait trouvée aimable, personne ne soupçonna seulement qu'il en fût amoureux. Il ne l'entretenait jamais en public; Nugna Bella lui donnait les moyens de l'entretenir en particulier. Je voyais bien quelque diminution dans l'amitié de don Garcie, mais je l'attribuais à l'inégalité ordinaire des jeunes gens.

Les choses étaient en cet état, lorsque Abdala[18], roi de Cordoue, avec qui le roi de Léon avait eu une assez longue trêve, recommença la guerre. La charge de Nugnez Fernando lui donnait de droit le commandement des armées; et, quoique le roi eût assez de peine à le mettre à la tête de ses troupes, il ne pouvait l'en ôter, à moins que de l'accuser de quelque crime et de le faire arrêter. On pouvait bien envoyer commander don Garcie au-dessus de lui; mais le roi se défiait encore plus de son fils que du comte de Castille et il craignait de les voir ensemble avec un grand pouvoir entre les mains. D'un autre côté, la Biscaye commença à se révolter. Il résolut d'y envoyer don Garcie et d'opposer Nugnez Fernando à l'armée des Maures. J'eusse été bien aise de servir avec mon père; mais le prince souhaita que je le suivisse en Biscaye et le roi aima mieux que j'allasse avec son fils qu'avec le comte de Castille. Ainsi, il fallut céder à ce qu'on désirait de moi et voir partir Nugnez Fernando, qui s'en allait le premier. Il fut très fâché de ne m'avoir pas auprès de lui; et, outre les raisons considérables qui lui faisaient désirer que je fusse dans son armée, celle de l'amitié tenait sa place. La tendresse qu'il avait pour ma sœur et pour moi était infinie. Il emporta nos portraits pour avoir le plaisir de nous voir toujours et de montrer la beauté de ses enfants, dont je crois vous avoir dit qu'il était si préoccupé. Il marcha contre Abdala avec des forces assez considérables, mais beaucoup moindres que celles des Maures et, au lieu de s'opposer simplement à leur passage dans des lieux où il fût fortifié par la situation, le désir de faire quelque chose d'extraordinaire lui fit hasarder la bataille dans une plaine qui ne lui donnait aucun avantage; il la perdit si entière qu'à peine put-il se sauver; toute son armée fut taillée en pièces, tous les bagages furent pris et jamais les Maures n'ont peut-être remporté une si grande victoire sur les chrétiens.

Le roi apprit avec beaucoup de douleur une si grande perte; il en accusa le comte de Castille, et avec raison; mais, comme il était bien aise de l'abaisser, il se servit de cette conjoncture et, lorsque mon père voulut venir se justifier, il lui fit dire qu'il ne le voulait jamais voir; qu'il lui ôtait toutes ses charges; qu'il était bien heureux qu'il ne lui ôtât pas la vie et qu'il lui ordonnait de se retirer dans ses terres. Mon père lui obéit et s'en alla en Castille aussi désespéré que le peut être un homme ambitieux dont la réputation et la fortune venaient de recevoir une si grande diminution.

Le prince n'était point encore parti pour la Biscaye; une maladie considérable le retenait. Le roi s'en alla en personne contre les Maures avec tout ce qu'il put ramasser de forces. Je lui demandai la permission de le suivre et il me l'accorda, mais avec peine. Il avait envie de faire tomber sur moi la disgrâce de mon père. Cependant, comme je n'avais point eu de part à sa faute et que le prince me témoignait toujours beaucoup d'amitié, le roi n'osa entreprendre de me reléguer en Castille. Je le suivis et don Ramire demeura auprès de don Garcie. Nugna Bella parut extrêmement touchée de mon malheur et de notre séparation; et je m'en allai au moins avec la consolation de me croire véritablement aimé de la personne du monde que j'aimais le plus.

Le prince n'étant point en état de partir, don Ordogno, son frère, s'en alla en Biscaye; il fut aussi malheureux dans son voyage que le roi fut heureux dans le sien. Don Ordogno fut défait et pensa être tué; et le roi défit les Maures et les contraignit de demander la paix [19]. Ma bonne fortune voulut que je rendisse quelque service considérable, mais le roi ne m'en traita pas mieux. La réputation que j'avais acquise ne m'ôta pas l'air que donne la disgrâce; et, lorsque je revins à Léon, je connus bien que la gloire ne donne pas le même éclat que la faveur.

Don Garcie avait profité de mon absence pour voir souvent Hermenesilde, et il l'avait vue avec tant de précaution que personne ne s'en était aperçu. Il avait cherché avec soin tous les moyens de lui plaire; il lui avait laissé espérer qu'il la mettrait un jour sur le trône de Léon; enfin il lui avait témoigné tant d'amour qu'elle lui avait entièrement abandonné son cœur.

Comme don Ramire et Nugna Bella conduisaient cette intelligence, ils étaient engagés à se voir souvent et la beauté de Nugna Bella était de celles dont la vue ordinaire n'est pas sans danger. L'admiration que don Ramire avait pour elle augmentait tous les jours, et elle admirait aussi l'esprit de don Ramire qui, en effet, était agréable. Le commerce particulier qu'elle avait avec lui et l'occupation des affaires du prince et d'Hermenesilde lui avaient fait supporter mon absence avec moins de chagrin qu'elle ne s'était attendue d'en avoir.

Lorsque le roi fut de retour, il donna au père de don Ramire les charges et les établissements de Nugnez Fernando. Je fis en cette occasion au delà de ce qu'on pouvait attendre d'un véritable ami. Après les services que j'avais rendus dans ces deux dernières guerres, je pouvais prétendre les charges qu'on ôtait à mon père : néanmoins je ne m'opposai point à la disposition qu'en fit le roi. J'allai trouver don Ramire; je lui dis que, dans la douleur que j'avais de voir sortir de ma maison des établissements si considérables, l'avantage qu'il en recevait me donnait la seule consolation que je pouvais recevoir. Quoique don Ramire eût beaucoup d'esprit, il ne put me répondre; il fut embarrassé de recevoir des marques d'une amitié qu'il méritait si peu, mais je donnais pour lors un sens si avantageux à son embarras, qu'il ne m'eût pas mieux persuadé par ses paroles.

Les charges de mon père dans une autre maison firent croire à toute la cour que sa disgrâce était sans ressource. Don Ramire se trouvait quasi en ma place par les dignités que son père venait de recevoir et par la faveur du prince. Cette faveur paraissait beaucoup, quelque soin qu'ils prissent l'un et l'autre de la cacher; et insensiblement tout le monde se tournait du côté de ce nouveau favori et m'abandonnait peu à peu. Nugna Bella n'avait pas une passion si ferme que ce changement n'en apportât dans son âme. Ma fortune, autant que ma personne, avait fait son attachement. J'étais disgracié; elle ne tenait plus à son amant que par l'amour, et ce n'était pas assez pour un cœur comme le sien. Il y eut donc dans son procédé une impression de froideur qui me parut bientôt. J'en fis mes plaintes à don Ramire; j'en parlai aussi à Nugna Bella : elle m'assura qu'elle n'était point changée et, comme je n'avais point de sujet précis de me plaindre et que je n'étais blessé que d'un certain air répandu dans toutes ses actions, il lui était aisé de se défendre; aussi le fit-elle avec tant de dissimulation et d'adresse qu'elle me rassura pour quelque temps.

Don Ramire lui parla du soupçon que j'avais de son changement, et il lui en parla dans le dessein de pénétrer ce qui en était, et sans doute avec envie de trouver que je ne me trompais pas. Je ne suis point changée, lui dit-elle; je l'aime autant que je l'ai aimé, mais, quand je l'aimerais moins, il serait injuste de s'en plaindre. Avons-nous du pouvoir sur le commencement ni sur la fin de nos passions ? Elle dit ces paroles en le regardant avec un air qui l'assurait si bien qu'elle ne m'aimait plus que cette certitude, qui donnait de l'espérance à don Ramire, lui ouvrit entièrement les yeux sur la beauté de cette infidèle; et il en fut si touché dans ce moment que, n'étant plus maître de lui-même : Vous avez raison, madame, lui dit-il, nous ne pouvons rien sur nos passions; j'en sens une qui m'entraîne sans que je m'en puisse défendre, mais souvenez-vous au moins que vous tombez d'accord qu'il ne dépend pas de nous d'y résister. Nugna Bella comprit aisément ce qu'il voulait dire; elle en parut embarrassée et il en fut embarrassé lui-même. Comme il avait parlé sans l'avoir prémédité, il fut étonné de ce qu'il venait de faire; ce qu'il devait à mon amitié lui revint à l'esprit dans toute son étendue; il en fut troublé, il baissa les yeux et demeura dans un profond silence. Nugna Bella, par des raisons à peu près semblables, ne lui parla point; ils se séparèrent sans se rien dire. Don Ramire se repentit de ce qu'il avait dit; Nugna Bella se repentit de ne lui avoir rien répondu et don Ramire se retira si troublé et si combattu qu'il était hors de lui-même. Après s'être un peu remis, il fit réflexion sur ses sentiments; mais plus il en fit, et plus il trouva que son cœur était engagé; il connut alors le péril où il s'était exposé en voyant si souvent Nugna Bella; il connut que le plaisir qu'il avait trouvé dans sa conversation était d'une autre nature qu'il ne l'avait cru; enfin il connut son amour et qu'il avait commencé bien tard à le combattre.

La certitude qu'il venait d'avoir que Nugna Bella m'aimait moins achevait de lui ôter la force de se défendre. Il trouvait quelque excuse à ne s'attacher à elle que lorsqu'elle se détachait de moi; il trouvait des charmes à entreprendre de se rendre maître d'un cœur que je ne possédais plus si entièrement qu'il ne pût concevoir de l'espérance, mais que je possédais encore assez pour trouver de la gloire à m'en chasser. Toutefois, quand il venait à considérer que c'était Consalve qu'il voulait chasser de ce cœur, ce Consalve à qui il devait une amitié si véritable, ces sentiments lui faisaient honte, et il les combattit de sorte qu'il crut les avoir surmontés. Il résolut de ne plus rien dire de son amour à Nugna Bella et d'éviter les occasions de lui parler.

Nugna Bella, qui n'avait à se repentir que de n'avoir pas répondu à don Ramire comme elle l'aurait dû faire, ne fit pas de si grandes réflexions. Elle s'imagina qu'elle avait eu raison de ne pas faire semblant d'entendre ce qu'il lui avait dit; elle crut qu'elle devait avoir quelque douceur pour un homme avec qui elle avait de si grandes liaisons; elle se dit à elle-même qu'il ne lui avait pas parlé avec dessein, quoiqu'elle eût bien jugé, il y avait longtemps, qu'il avait de l'inclination pour elle. Enfin, pour ne se pas faire honte et pour ne s'engager pas à maltraiter don Ramire, elle ne voulut pas croire une chose dont elle ne pouvait douter.

Don Ramire suivit pendant quelque temps le dessein qu'il avait pris; mais le moyen de l'exécuter! Il voyait tous les jours Nugna Bella; elle était belle, elle ne m'aimait plus, elle le traitait bien; il était impossible de résister à tant de choses. Il se résolut donc à suivre les mouvements de son cœur et il n'eut plus de remords sitôt qu'il en eut pris la résolution. La première trahison qu'il m'avait faite rendait la seconde plus facile. Il était accoutumé à me tromper et à me cacher ce qu'il disait à Nugna Bella. Il lui dit enfin qu'il l'aimait, et il le lui dit avec toutes les marques d'une passion véritable. En lui exagérant la douleur qu'il avait de manquer à notre amitié, il lui faisait comprendre qu'il était emporté par la plus violente inclination qu'on eut jamais eue. Il l'assura qu'il ne prétendait pas d'être aimé, qu'il connaissait les avantages que j'avais sur lui et l'impossibilité de me chasser de son cœur; mais qu'il lui demandait seulement la grâce de l'écouter, de lui aider à se guérir et à me cacher sa faiblesse. Nugna Bella lui promit le dernier comme une chose qu'elle croyait devoir faire, de crainte qu'il n'arrivât quelque désordre entre nous; et elle lui dit, avec beaucoup de douceur, qu'elle ne lui accorderait pas le reste, puisqu'elle se croirait complice de son crime si elle en souffrait la continuation. Elle ne laissa pas néanmoins de la souffrir : l'amour qu'il avait pour elle et l'amitié que le prince avait pour lui l'entraînèrent entièrement de son côté. Je lui parus moins aimable, elle ne vit plus rien d'avantageux dans l'établissement qu'elle pouvait avoir avec moi; elle ne vit qu'un exil assuré en Castille; elle savait que le roi avait toujours envie de m'y reléguer et que [l]e [20] prince ne s'y opposait plus que par honneur; elle ne voyait point d'apparence qu'il pût épouser Hermenesilde; elle était toujours la confidente de l'amour qu'il avait pour elle; et, par cet amour, et par celui de don Ramire, son crédit auprès de don Garcie subsistait toujours. Elle croyait le roi moins disposé que jamais à consentir à notre mariage : il n'avait point de raison pour empêcher qu'elle n'épousât don Ramire; elle retrouvait en lui les mêmes choses qui lui avaient plu en moi; enfin elle s'imagina que la raison et la prudence autorisaient son changement et qu'elle devait quitter un homme qui ne serait point son mari pour un autre qui le serait assurément. Il ne faut pas toujours de si grandes raisons pour appuyer la légèreté des femmes. Nugna Bella se détermina donc à s'engager avec don Ramire; mais elle était déjà engagée, et par son cœur, et par ses paroles quand elle crut s'y déterminer. Cependant, quelque résolution qu'elle eût prise, elle n'eut pas la force de me laisser voir qu'elle m'abandonnait dans le temps de ma disgrâce. Don Ramire ne pouvait aussi se résoudre à déclarer sa perfidie : ils convinrent ensemble que Nugna Bella continuerait à vivre avec moi comme elle avait accoutumé et ils jugèrent qu'il serait aisé d'empêcher que je ne remarquasse son changement, parce que, comme je disais toujours à don Ramire jusques à mes moindres soupçons, Nugna Bella, en étant avertie par lui, les préviendrait aisément. Ils résolurent aussi d'avouer au prince l'état où ils étaient, et de l'engager dans leurs intérêts. Don Ramire se chargea de lui en parler. Ce n'était pas une chose qu'il pût faire sans peine : la honte et la crainte d'être désapprouvé l'embarrassai[ent] [21]; il se rassurait néanmoins par le pouvoir que lui donnait sur don Garcie la confidence de son amour pour ma sœur. En effet, il tourna l'esprit de ce prince comme il le souhaitait; il l'engagea même à parler à Nugna Bella en sa faveur, et ce nouveau favori eut son maître pour confident, comme il était le confident de son maître. Nugna Bella, qui avait appréhendé que le prince ne condamnât son changement, eut de la joie de l'y trouver favorable; il se fit un redoublement de liaison entre eux; ils prirent leurs mesures pour bien cacher cette intelligence. Ils résolurent que, comme les conversations particulières du prince et de don Ramire pourraient me donner du soupçon, parce que vraisemblablement ils ne devaient point avoir de secret pour moi, don Ramire irait chez le prince par un escalier dérobé, aux heures où il n'y avait personne, et qu'ils ne se parleraient jamais en public. Ainsi j'étais trahi et abandonné par tout ce que j'aimais le mieux, sans m'en pouvoir défier.

Ma seule peine était de trouver quelque changement dans le cœur de Nugna Bella; je m'en plaignais à don Ramire; don Ramire l'en avertissait afin qu'elle se déguisât mieux; mais, quand je lui paraissais en repos, il avait de l'inquiétude et il craignait que je ne fusse rassuré par les véritables sentiments de Nugna Bella. Il voulait alors qu'elle ne me trompât pas si bien; elle lui obéissait et me négligeait plus qu'à l'ordinaire. Ainsi, il avait le plaisir de voir son rival se venir plaindre à lui des mauvais traitements qu'il recevait par ses ordres. Il avait même quelquefois la joie, lorsqu'il l'avait priée de se contraindre, d'apprendre, par mes plaintes, qu'elle ne se contraignait pas autant qu'il lui avait dit. C'était un tel charme pour sa gloire et pour son amour d'avoir détruit un rival tel que je lui paraissais et de voir mon repos dépendre de la moindre de ses paroles que, si la jalousie ne l'eût point troublé, il aurait été l'homme du monde le plus heureux.

Pendant que je n'étais occupé que de mon amour, mon père ne l'était que de son ambition. Il fit tant de cabales et tant d'intrigues dans son exil qu'il crut être en état de se révolter ouvertement.

Mais il fallait commencer par me retirer de la cour et je lui étais un otage trop cher et trop considérable pour le laisser entre les mains d'un roi à qui il voulait faire la guerre. Ma sœur ne lui donnait pas tant d'inquiétude : son sexe et sa beauté la garantissaient de ce qui lui pouvait arriver. Il m'envoya un homme de confiance pour m'apprendre l'état des choses, pour me commander de l'aller trouver à l'heure même et de partir de la cour sans prendre congé du roi ni du prince. Cet envoyé fut bien surpris de me voir dans des sentiments si éloignés de ceux de mon père. Je lui dis que je ne consentirais jamais à une révolte si injuste; qu'il était vrai que le roi avait maltraité Nugnez Fernando en lui ôtant ses charges, mais qu'il fallait souffrir cette disgrâce qu'il avait en quelque sorte méritée; que, pour moi, j'étais résolu de ne point quitter la cour et que je ne prendrais jamais les armes contre le roi. Cet envoyé porta ma réponse à mon père; il fut désespéré de voir tant de desseins, prêts à réussir, se renverser par ma désobéissance. Il me manda (quoique en effet ce ne fût pas son dessein) qu'il continuerait ce qu'il avait entrepris et que, puisque j'avais si peu de soumission pour ses volontés, il ne changerait point de résolution, quand même le roi de Léon me devrait faire trancher la tête.

Cependant, la passion que don Ramire avait pour Nugna Bella augmentait toujours et il ne pouvait plus supporter la manière dont il fallait qu'elle vécût avec moi. Enfin, madame, lui dit-il un jour qu'elle m'avait entretenu assez longtemps, vous le regardez avec les mêmes yeux que vous l'avez regardé; vous lui dites les mêmes paroles, vous lui écrivez les mêmes choses : qui peut m'assurer que ce n'est plus avec les mêmes sentiments ? Il vous a plu, madame, et c'est assez pour vous plaire encore. Mais vous savez, lui dit-elle, que je ne fais que ce que vous voulez. Il est vrai, lui répliqua-t-il, et c'est ce qui rend mon malheur plus insupportable, qu'il faille que, par prudence, je vous conseille de faire les choses qui me désespèrent quand vous les faites. Il est inouï qu'un amant ait consenti qu'on traitât bien son rival. Je ne saurais plus souffrir, madame que vous regardiez Consalve; il n'y a pas d'extrémité où je ne me porte pour le faire périr plutôt que de vivre en l'état où je suis. Aussi bien, après lui avoir ôté votre cœur, je ne dois pas compter pour beaucoup de lui ôter la vie. Vous vous emportez avec tant de violence, lui repartit Nugna Bella, que je crois que vous ne suivrez pas votre emportement; vous considérerez combien de choses importantes vous découvririez en éclatant contre Consalve et quelle honte vous vous feriez à vous-même. Je vois tout ce qu'il y a à voir, madame, répliqua don Ramire; mais je vois aussi que, s'il faut n'avoir guère de raison pour faire ce que je propose, il faut l'avoir perdue entièrement pour souffrir qu'un homme aimable, et qui vous a plu, vous parle tous les jours en secret. Si je l'ignorais, j'aurais la cruelle douceur d'être trompé; mais je le sais, je vous vois parler à lui; c'est moi qui lui porte vos lettres, c'est moi qui le rassure quand il doute de votre cœur. Ah! madame, il m'est impossible de continuer à me faire tant de violence. Si vous voulez me donner du repos, faites en sorte que Consalve sorte de la cour, et que le prince consente à l'envoyer en Castille, comme le roi l'en presse tous les jours. Voyez, je vous en conjure, reprit Nugna Bella, quelle action vous me conseillez de faire! Oui, madame, je la vois, reprit don Ramire; mais, après tout ce que vous avez fait, il n'est plus temps d'avoir de ménagements; et, si vous avez celui de ne pas faire éloigner Consalve, je serai persuadé que j'aurai encore plus de raison que je ne pense de le vouloir ôter d'auprès de vous. Encore une fois, madame, à quoi puis-je juger que vous ne l'aimez plus? Vous le voyez, vous lui parlez, vous savez qu'il vous aime; votre cœur, dites-vous, est changé; mais votre procédé ne l'est point; enfin, madame, rien ne peut me rassurer si ce n'est que vous travailliez à l'éloigner; et tant qu'il me paraîtra que vous ne le voudrez pas, je croirai que vous ne vous contraignez guère quand vous lui dites que vous l'aimez. Eh bien! dit alors Nugna Bella, j'ai déjà fait assez de trahisons pour l'amour de vous, il faut encore faire celle-ci; mais donnez-m'en les moyens; car le prince refuse tous les jours au roi l'éloignement de Consalve, et il n'y a pas d'apparence qu'il l'accorde à une prière aussi déraisonnable que la mienne. Je me charge, dit don Ramire, d'en faire la proposition au prince; et, pourvu que vous lui fassiez voir que vous y consentez, je suis assuré de l'obtenir. Nugna Bella le lui promit; et, dès ce soir, don Ramire, sur le prétexte de leurs intérêts communs, proposa au prince de m'éloigner et de s'en faire un mérite auprès du roi. Le prince n'eut point de peine à y consentir; il avait une si grande honte de tout ce qu'il faisait contre moi que ma présence lui était un continuel reproche de sa faiblesse. Nugna Bella lui parla comme elle l'avait promis à don Ramire. Ils résolurent qu'à la première occasion le prince ferait dire au roi qu'il ne s'opposait plus à mon exil et qu'il voulait bien qu'on m'éloignât de la cour, pourvu qu'il parût à tout le monde que c'était contre son consentement.

Cette occasion se trouva bientôt. Le roi se mit en colère contre son fils pour quelque chose qu'il avait fait sans son ordre et dont il m'accusait d'avoir donné le conseil. Le prince, n'osant aller chez le roi, fit semblant d'être malade et garda le lit quelques jours. La reine, selon sa coutume, travailla à les raccommoder : elle vint chez son fils pour lui dire, de la part du roi, les plaintes qu'il faisait de lui. Ce ne sont pas là, madame, répondit le prince, les sujets du chagrin du roi : j'en connais la cause; il a une aversion invincible pour Consalve; il l'accuse de tout ce qui lui déplaît; il veut l'éloigner; il sera toujours mal satisfait de moi tant que je n'y consentirai pas. J'aime tendrement Consalve; mais je vois bien qu'il faut que je me fasse la violence de m'en priver, puisque je ne saurais qu'à ce prix avoir les bonnes grâces du roi. Dites-lui donc, s'il vous plaît, madame, que je consens à son éloignement, mais à condition qu'on ne saura point que j'aie consenti. La reine fut surprise du discours du prince son fils. Ce n'est pas à moi, lui dit-elle, à trouver étrange que vous ayez de la complaisance pour les volontés du roi; mais j'avoue que je suis étonnée que vous consentiez à l'éloignement de Consalve. Le prince s'excusa par de mauvaises raisons et passa ensuite à un autre discours.

Pendant qu'ils parlaient, une des filles de la reine, qui était mon amie et celle de Nugna Bella, s'était trouvée, par hasard, si proche du lit, qu'elle avait entendu tout ce que la reine et le prince avaient dit sur mon sujet. Elle demeura si surprise et si attentive à penser ce qui pouvait avoir causé un si grand changement dans l'esprit du prince que j'entrai dans la chambre et que je commençai à lui parler devant qu'elle m'eût aperçu. Je lui fis la guerre de sa rêverie. Vous devez m'en être obligé, me dit-elle; je viens d'entendre une chose dont je suis si étonnée que je ne la puis comprendre. Elvire (c'est ainsi que s'appelait cette fille) me conta alors ce qu'elle avait entendu, et me donna une surprise encore plus grande que n'avait été la sienne. Je lui fis redire la même chose une seconde fois : comme elle achevait la reine sortit et interrompit notre conversation. Je sortis avec elle et, n'ayant pas l'esprit en état de demeurer auprès du prince, je m'en allai seul dans les jardins du palais, pour faire réflexion sur une si étrange aventure.

Je ne pouvais m'imaginer qu'un prince qui me traitait si bien voulût me faire chasser de la cour sans sujet; je ne pouvais comprendre ce qui lui pouvait faire souhaiter mon éloignement; je ne pouvais deviner ce qui l'obligeait à me témoigner de l'amitié lorsqu'il n'en avait plus; enfin, je ne pouvais croire que ce que je venais d'apprendre fût véritable, et que don Garcie eût la faiblesse de m'abandonner. Comme je l'aimais beaucoup, j'étais touché de son changement jusques au fond de l'âme. Ne pouvant soutenir la douleur que je ressentais, je voulus chercher don Ramire pour avoir le soulagement de me plaindre avec lui.

Dans cette pensée je m'approchai du palais; je trouvai un des officiers de la chambre de don Garcie, que j'avais donné à ce prince et qui était plus proche de sa personne qu'aucun autre. Je lui dis de voir si don Ramire n'était point chez le prince et de le prier, de ma part, de me venir trouver à l'heure même. Cet officier me répondit qu'il n'y était pas; qu'il n'y viendrait sans doute, selon sa coutume, qu'après que tout le monde serait retiré. Je demeurai extrêmement surpris de ces paroles; je crus d'abord ne les avoir pas bien entendues; néanmoins elles me firent de l'impression; il me revint plusieurs choses dans l'esprit qui me firent soupçonner que don Ramire avait quelque intelligence avec le prince qu'il ne me disait pas. Dans un autre temps je n'eusse pas eu ce soupçon; mais ce que je venais d'apprendre de l'infidélité de don Garcie me forçait à croire que tout le monde me pouvait tromper. Je demandai à cet officier si don Ramire allait souvent chez don Garcie aux heures où il n'y avait personne : il me répondit qu'il était surpris que je lui fisse cette demande, et qu'il croyait que je n'ignorais ni les conversations de don Ramire avec le prince, ni le sujet de leurs conversations. Je lui répliquai que je ne savais ni l'un ni l'autre, et que je trouvais fort étrange qu'il ne m'en eût pas averti. Il crut que je faisais semblant de n'en rien savoir, pour découvrir s'il me dirait la vérité; et, me voulant faire voir qu'il était incapable de me rien cacher, il me conta l'amour du prince pour ma sœur et la part qu'y avait don Ramire. Il me dit qu'il les en avait entendus parler plusieurs fois lorsqu'ils croyaient n'être écoutés de personne, et qu'il avait su le reste de celui à qui le prince confiait ses lettres pour Hermenesilde. Ainsi j'appris tout ce qui se passait, à la réserve de ce qui regardait Nugna Bella.

Je ne cherche plus, m'écriai-je tout transporté de colère, d'où vient le changement de don Garcie; la trahison qu'il me fait lui rend ma présence insupportable. Quoi! don Garcie aime ma sœur! ma sœur le souffre, et don Ramire est leur confident! Je m'arrêtai à ces mots, ne voulant pas faire voir mon ressentiment à cet officier, et je lui défendis de parler de ce qu'il venait de m'apprendre. Je me retirai chez moi avec un trouble qui m'ôtait la connaissance de moi-même. Lorsque je fus seul, je m'abandonnai à la rage et au désespoir; je fis mille fois le dessein d'aller poignarder le prince et don Ramire; j'eus toutes les pensées de colère et de vengeance que peut donner l'excès de l'emportement. Enfin, après avoir un peu remis mon esprit pour me donner le temps de choisir les moyens de me venger,

et résolus de me battre contre don Ramire, de porter
Nugna Bella à se retirer en Castille, d'obtenir de son père
la permission de l'épouser ; et, comme il était dans le
même dessein de révolte que le mien, de me joindre
à eux, de les animer, de déclarer la guerre au roi de Léon
et de renverser le trône où don Garcie devait monter.
Je m'arrêtai à cette résolution, bien qu'elle fût contraire
à tous les sentiments que j'avais eus jusques alors ;
mais j'étais emporté par la violence de mon désespoir.

Je devais voir Nugna Bella ce même soir ; j'en attendais l'heure avec impatience et l'espérance de la trouver
sensible à mon malheur me donnait le seul soulagement dont je pouvais être capable. Comme je me pré-
parais à sortir, un homme, en qui elle se fiait et qui
m'apportait souvent de ses lettres, m'en donna une de
sa part, et me dit qu'elle était bien fâchée de ne me
pouvoir entretenir ce soir-là, mais qu'il lui était impossible, pour les raisons que je trouverais dans sa lettre.
Je lui repartis qu'il était absolument nécessaire que je
lui parlasse ; que j'allais lui faire réponse et que je le
priais d'attendre. J'entrai dans mon cabinet, j'ouvris la
lettre de Nugna Bella et j'y trouvai ces paroles :

« Je ne sais si je vous dois remercier de la permission que vous me donnez de témoigner de la douleur
à Consalve lorsqu'il partira. J'eusse été bien aise que
vous me l'eussiez défendu pour avoir quelque raison
de ne pas faire une chose qui me donnera tant de contrainte.

« Quoi que vous ayez souffert de la conduite que j'ai
eue avec lui depuis son retour, j'en ai plus souffert que
vous ; vous n'en douteriez pas si vous saviez la peine
que je trouve à dire à un homme que je n'aime plus,
que je l'aime encore, quand je suis même au désespoir
de l'avoir aimé et que je rachèterais de ma vie de n'avoir
jamais prononcé que pour vous toutes les paroles
qu'il faut que je lui dise. Vous connaîtrez, lorsqu'il sera
éloigné, les injustices que vous me faites ; et la joie
que vous me verrez à son départ vous persuadera
mieux que toutes mes paroles.

« Hermenesilde est en colère contre le prince de ce
qu'il parla hier assez longtemps à une personne dont

elle lui a déjà témoigné quelque jalousie; c'est ce qui l'a empêchée de suivre la reine lorsqu'elle est allée chez lui. Qu'il ne lui fasse pas connaître qu'il le sache; je lui ai promis de n'en rien dire : il est si véritablement aimé d'elle, qu'il...

« Ma lettre a été interrompue en cet endroit par une chose qui me met dans une inquiétude mortelle : une de mes compagnes a entendu aujourd'hui tout ce que le prince a dit à la reine sur le sujet de Consalve; elle l'en a averti à l'heure même et elle vient de me le dire, comme une chose qui doit me surprendre et m'affliger. Il est impossible que Consalve ne vous soupçonne d'avoir su quelque chose des desseins du prince et qu'il ne démêle une grande partie de la vérité. Voyez quel embarras cela peut faire : cette pensée me trouble à un point que je ne sais ce que je fais. Je vais lui écrire que je ne puis le voir ce soir; car je ne saurais m'exposer à lui parler que vous ne l'ayez vu et que je ne sache par vous ce que je lui dois dire. Adieu, jugez de mon inquiétude. »

Je fus si hors de moi-même en achevant de lire cette lettre que je ne savais ce que je voyais ni ce que je faisais. Mon emportement et ma colère avaient été au dernier degré sur les trahisons que j'avais découvertes; mais c'étaient des sentiments trop faibles et trop communs pour celle que le hasard venait encore de me découvrir. Je demeurai sans parole et sans mouvement, et je fus longtemps en cet état, sans avoir que des pensées confuses qui tenaient mon esprit accablé sous le poids de ma douleur.

Vous m'êtes infidèle, Nugna Bella ! m'écriai-je tout d'un coup; vous joignez à votre changement l'outrage de me tromper et de consentir que je sois trompé par ce que j'aimais le mieux après vous ! C'est trop de malheurs à la fois, et ils sont d'une nature qu'il serait plus honteux d'y résister que d'en être accablé. Je cède à la cruauté du plus malheureux sort dont un homme ait jamais été persécuté. J'ai eu de la force et des desseins de vengeance contre un prince ingrat et contre un ami infidèle; mais je n'en ai point contre Nugna Bella. J'étais plus heureux par elle que par tout le reste du monde ; puisqu'elle m'abandonne, tout m'est indifférent et je renonce à une vengeance qui ne me pourrait donner de joie. Je me suis vu, il n'y a pas longtemps, le premier homme de tout le royaume, par la grandeur de mon père, par la mienne propre et par la faveur du prince ; je me croyais aimé des personnes qui m'étaient les plus chères. La fortune me quitte, je suis abandonné par mon maître, je suis trompé par ma sœur, je suis trahi par mon ami, je perds ma maîtresse, et c'est par cet ami que je la perds ! Est-il possible, Nugna Bella, que vous m'ayez quitté pour don Ramire ? Est-il possible que don Ramire ait voulu vous ôter à un homme qui vous aimait si passionnément, et dont il était lui-même si tendrement aimé ? Fallait-il que je vous perdisse l'un par l'autre et qu'il ne me restât pas au moins la faible consolation d'avoir un des deux avec qui me plaindre ?

Des réflexions si cruelles ne me laissaient plus l'usage de la raison ; la moindre des infortunes dont je fus accablé dans cette journée eût été capable de me donner une douleur mortelle. Ce grand nombre de malheurs me mettait de l'égarement dans l'esprit et je ne savais auquel donner mon attention. Celui qui avait apporté la lettre de Nugna Bella me fit dire qu'il en attendait la réponse. Je revins comme d'un songe lorsqu'on entra dans mon cabinet ; je répondis que je l'enverrais le lendemain et j'ordonnai qu'on me laissât en repos.

Je me mis encore à considérer l'état où j'avais été et celui où je me trouvais. Une si cruelle expérience de l'inconstance de la fortune et de l'infidélité des hommes m'inspira le dessein de renoncer pour jamais au commerce du monde et d'aller finir ma vie dans quelque désert. Ma douleur me faisait voir que c'était le seul parti que je pouvais prendre. Je n'avais de retraite qu'auprès de mon père ; je savais le dessein qu'il avait de prendre les armes, mais, quelque désespéré que je fusse, je ne pouvais me résoudre à me révolter contre un roi dont je n'avais point reçu d'outrage. Si je n'eusse été abandonné que de la fortune, j'aurais pris plaisir à lui résister et à faire voir que je méritais ce qu'elle m'avait donné ; mais après avoir été trompé par tant de personnes, que j'avais tant aimées et dont je me croyais si assuré, de quelle espérance pouvais-je encore me flatter ? Puis-je mieux servir un maître, disais-je, que j'ai servi don Garcie ? puis-je mieux aimer un ami que j'ai aimé don Ramire ? et puis-je avoir plus d'amour pour une maîtresse que j'en ai pour Nugna Bella ? Cependant ils m'ont trahi ! Il faut donc, par une retraite entière, me dérober à la tromperie des hommes et au dangereux pouvoir des femmes.

Comme je prenais cette résolution, je vis entrer dans mon cabinet un homme de qualité et de mérite, appelé don Olmond, qui s'était toujours attaché à moi. Il était frère de cette Elvire qui m'avait averti de la trahison du prince; et il venait d'apprendre par elle ce que don Garcie avait dit à la reine. Sa surprise fut extrême de voir sur mon visage une agitation et une douleur si extraordinaires. Il me connaissait assez pour avoir peine à s'imaginer que la fortune seule pût me donner tant de trouble. Il crut néanmoins que j'étais touché de l'infidélité du prince et il commença à m'en vouloir consoler. J'avais toujours aimé don Olmond et je l'avais servi en plusieurs occasions, quoique je lui eusse préféré don Ramire en toutes choses. L'ingratitude de ce dernier me fit sentir dans ce moment l'injustice que j'avais faite à don Olmond; pour la réparer, ou peut-être pour avoir le soulagement de me plaindre, je lui découvris l'état où j'étais et toutes les trahisons qu'on m'avait faites. Il en fut aussi surpris qu'il le devait être; mais il ne le fut pas autant que je le pensais de l'infidélité de Nugna Bella. Il me dit que sa sœur, en lui racontant l'infidélité du prince, lui avait dit aussi que Nugna Bella était sans doute changée pour moi et qu'elle me cachait beaucoup de choses. Voyez, don Olmond, lui dis-je en lui montrant le lettre de Nugna Bella, voyez son changement et les choses qu'elle m'a cachées. Elle m'a envoyé cette lettre au lieu de celle qu'elle m'écrivait et il est aisé de juger que cette lettre s'adresse à don Ramire. Don Olmond était si touché de l'état où il me voyait et mes malheurs lui paraissaient si cruels qu'il n'entreprenait pas de me consoler. Il me laissait soulager ma douleur par les plaintes. N'avais-je pas raison, lui dis-je, de vouloir connaître Nugna Bella devant que de l'aimer ? Mais je prétendais une chose impossible : on ne connaît point les femmes, elles ne se connaissent pas elles-mêmes, ce sont les occasions qui décident des sentiments de leur cœur. Nugna Bella a cru m'aimer; elle n'aimait que ma fortune; elle n'aime peut-être que la même chose en don Ramire. Cependant, m'écriai-je, elle ne m'a dit, depuis quelque temps, que les paroles qu'il lui a permis de me dire ! C'était à mon rival à qui je faisais mes plaintes du changement qu'il avait causé ! Il lui parlait pour lui, lorsque je croyais qu'il lui parlait pour moi ! Est-il possible que j'aie été l'objet d'une si outrageante tromperie, et l'avais-je méritée ? Le perfide me trahissait donc auprès de Nugna Bella comme il me trahissait auprès de don Garcie ! Je leur avais confié ma sœur, et ils l'ont engagée avec le prince. Cette union qui me paraissait entre eux, et qui ne me donnait que de la joie, n'avait pour but que de me tromper ! O Dieu ! m'écriai-je encore, pour qui réservez-vous le tonnerre, si ce n'est pour des personnes si indignes de vivre ?

Après ce violent transport de ma douleur, l'idée de Nugna Bella infidèle, qui ne me laissait que de l'indifférence pour mes autres malheurs, me remit dans une tristesse où le désespoir paraissait sans emportement. Je dis à don Olmond le dessein où j'étais d'abandonner toutes choses : il en fut surpris, il s'y opposa; mais je lui fis si bien voir que j'y étais résolu qu'il crut inutile d'y résister, du moins dans ces premiers moments. Je pris tout ce que je trouvai de pierreries et nous montâmes à cheval, afin de sortir de chez moi devant qu'on me pût apporter l'ordre de me retirer. Nous marchâmes jusques à ce que le soleil parût. Don Olmond me conduisit dans la maison d'un homme qui avait été à lui et dont il se tenait assuré. Je voulais qu'il me quittât en ce lieu et qu'il me laissât attendre la nuit pour entrer dans le chemin que j'avais dessein de prendre. Après une longue contestation, il me dit qu'il consentirait à me quitter, comme je le souhaitais, pourvu que je lui promisse de l'attendre au lieu où nous étions; que cependant il irait à Léon pour apprendre quel effet mon départ y avait produit, et que peut-être serait-il arrivé quelque changement qui me ferait quitter la triste résolution que j'avais prise; qu'enfin il me demandait en grâce d'attendre son retour. J'y consentis, à condition qu'il ne dirait à personne qu'il m'eût vu, ni qu'il sût le lieu où j'étais; mais, si j'y consentis, ce fut plutôt par une curiosité involontaire d'apprendre de quelle manière Nugna Bella parlait de moi que par la pensée qu'il pût être arrivé quelque chose qui diminuât mes malheurs.

Allez, lui dis-je, mon cher Olmond, voyez Nugna Bella; et, s'il est possible, sachez ses sentiments par votre sœur; tâchez d'apprendre depuis quel temps elle a cessé de m'aimer et si elle ne m'a abandonné que parce que la fortune m'a quitté. Don Olmond m'assura qu'il ferait tout ce que je souhaitais; et, deux jours après, il revint me trouver avec une tristesse qui me fit bien voir qu'il n'avait rien à me dire qu'il crût propre à me faire changer de dessein.

Il m'apprit que tout le monde ignorait la cause de mon départ; que le prince feignait, aussi bien que don Ramire, d'en être affligé, et que le roi croyait que j'étais parti d'intelligence avec le prince son fils. Il me dit qu'il avait vu sa sœur; que tout ce que je croyais était véritable; que le détail qu'il en avait appris n'était propre qu'à augmenter mes douleurs et qu'il me priait de ne le pas obliger à m'en faire le récit. Je n'étais pas en état de pouvoir craindre une augmentation à mes maux, et ce qu'il me voulait taire était la seule chose qui me pouvait donner encore quelque curiosité. Je le priai donc de ne me rien cacher. Je ne vous redirai point tout ce qu'il me dit, parce que je vous en ai déjà raconté la plus grande partie pour donner quelque ordre à mon récit. Ce fut par lui que j'appris toutes les choses que j'avais ignorées dans le temps qu'elles se passaient, comme vous l'avez pu juger. Je vous dirai seulement que sa sœur lui conta que, le soir avant mon départ, comme elle était revenue de chez la reine, où Nugna Bella n'avait point paru, elle l'avait été chercher dans sa chambre; qu'elle l'avait trouvée fondue en larmes, avec une lettre entre ses mains; qu'elles avaient été fort surprises l'une et l'autre par des raisons différentes; qu'enfin Nugna Bella, après avoir été fort

longtemps sans parler, avait fermé la porte et lui avait
dit qu'elle allait lui confier tout le secret de sa vie;
qu'elle la priait de la plaindre et de la consoler dans
le plus cruel état où une personne se fût jamais trouvée;
qu'alors elle lui avait appris tout ce qui s'était passé
entre le prince, don Ramire, ma sœur et elle, de la
manière dont je viens de vous le raconter; et qu'ensuite
elle lui avait dit que don Ramire venait de lui renvoyer
cette lettre qu'elle tenait entre ses mains parce qu'elle
n'était pas pour lui; que c'était celle qu'elle m'écrivait;
que j'avais reçu celle qui était pour don Ramire et qu'en
la recevant j'avais appris tout ce qu'ils me cachaient
depuis si longtemps.

Elvire dit à son frère qu'elle n'avait jamais vu une
personne si troublée et si affligée que Nugna Bella. Elle
craignait que je n'avertisse le roi de l'intelligence de ma
sœur et du prince; que je ne fisse chasser don Ramire
de la cour et que je ne l'en fisse éloigner elle-même;
que surtout elle appréhendait la honte de mes reproches
et que les infidélités qu'elle m'avait faites lui donnaient
pour moi une haine extraordinaire.

Vous jugez bien que tout ce que m'apprit don Olmond
ne diminua pas mes déplaisirs et ne me fit pas changer
de dessein.

Il s'opiniâtra, avec des marques d'amitié extraordinaires, à me vouloir suivre et à [s'] [22] engager à me
tenir compagnie dans le désert où je m'en allais. Je lui
dis si fortement que je ne le souffrirais jamais qu'enfin
nous nous séparâmes. Il me quitta, à condition qu'en
quelque lieu que je pusse aller je lui donnerais de mes
nouvelles. Il s'en retourna à Léon, et je partis dans la
pensée de m'embarquer au premier port que je trouverais.
Mais, quand je fus seul et abandonné à la réflexion de
mes malheurs, le reste de ma vie me parut une si longue
souffrance que je me résolus d'aller chercher la mort
dans la guerre que le roi de Navarre avait contre les
Maures. Je ne m'y fis connaître que sous le nom de
Théodoric, et je fus assez malheureux pour trouver
quelque gloire, que je ne cherchais pas, au lieu de la
mort que j'avais cherchée. La paix fut conclue; je repris
mon premier dessein; et votre rencontre fit changer une

solitude affreuse où je m'en allais, en une retraite agréable.

J'y trouvai le repos et la tranquillité que j'avais perdus. Ce n'est pas que l'ambition ne se soit réveillée quelquefois dans mon cœur; mais ce que j'ai éprouvé de l'inconstance de la fortune me l'a rendue méprisable; et l'amour que j'ai eu pour Nugna Bella était tellement effacé par le mépris qu'elle m'a donné pour elle que je pouvais dire qu'il ne me restait aucune passion, quoiqu'il me restât encore beaucoup de tristesse. La vue de Zaïde vient m'ôter ce triste repos dont je jouissais et me jette dans de nouveaux malheurs, beaucoup plus cruels que ceux que j'ai déjà éprouvés.

Alphonse demeura surpris et charmé du récit de Consalve. J'avais conçu, lui dit-il, une grande idée de votre mérite et de votre vertu; mais j'avoue que ce que je viens d'apprendre est encore au-dessus de ce que j'en avais pensé. Je dois plutôt craindre, répondit Consalve, que je n'aie diminué la bonne opinion que vous aviez de moi, en vous faisant voir combien j'ai été facile à tromper. Mais j'étais jeune, j'ignorais les trahisons de la cour, j'étais incapable d'en faire; je n'avais aimé que Nugna Bella; l'amour que j'avais pour elle ne me laissait pas imaginer que les passions pussent finir; ainsi rien ne me portait à la défiance ni sur l'amitié ni sur l'amour. Vous ne pouviez vous garantir d'être trompé, repartit Alphonse, à moins que d'être naturellement soupçonneux; encore vos soupçons, quoique bien fondés, vous auraient paru injustes, puisque vous n'aviez eu jusques alors aucun sujet de vous défier des personnes qui vous trompaient; et leur tromperie était conduite avec tant d'habileté que la raison ne voulait pas qu'on la soupçonnât. Ne parlons point de mes malheurs passés, reprit Consalve; ils ne me sont plus sensibles; Zaïde m'en ôte même le souvenir et je m'étonne que j'aie pu vous les raconter. Mais considérez que je n'avais jamais cru pouvoir être amoureux par la beauté seule, ni pouvoir être touché d'une personne qui aurait eu quelque attachement. Cependant j'adore Zaïde, dont je ne connais rien, sinon qu'elle est belle et qu'elle est prévenue pour un autre. Puisque j'ai été trompé dans l'opinion que j'avais conçue de Nugna Bella, que je connaissais, que puis-je attendre de Zaïde que je ne connais point ? Mais qu'en veux-je attendre, et quelles prétentions puis-je avoir sur Zaïde ? Elle m'est entièrement inconnue; le hasard l'a jetée sur cette côte; elle brûle d'impatience de s'en aller; je ne puis la retenir sans injustice et avec bienséance. Quand je l'y retiendrais, en serais-je plus heureux ? Je la verrais tous les jours pleurer un homme qu'elle aime et se souvenir de lui en me regardant. Ah! Alphonse, quel mal que la jalousie! Ah! don Garcie, vous aviez raison; il n'y a de passions que celles qui nous frappent d'abord et qui nous surprennent; les autres ne sont que des liaisons où nous portons volontairement notre cœur. Les véritables inclinations nous l'arrachent malgré nous et l'amour que j'ai pour Zaïde est un torrent qui m'entraîne sans me laisser un moment le pouvoir d'y résister. Mais, Alphonse, ajouta-t-il, je vous fais passer la nuit à vous entretenir de mes peines, et il est juste de vous laisser en repos.

Après ces paroles, Alphonse se retira dans sa chambre, et Consalve passa le reste de la nuit sans donner un moment au sommeil. Le jour suivant, Zaïde parut encore occupée du désir de retrouver ce qu'elle avait déjà cherché; mais tout le soin qu'elle prit fut inutile. Consalve ne la quittait point; il oubliait mille fois le jour qu'elle ne pouvait l'entendre et qu'elle ne lui pouvait répondre; il lui demandait la cause de sa douleur avec la même circonspection et la même crainte de lui déplaire que si elle l'avait entendu. Quand la raison lui revenait et qu'il avait le déplaisir de voir qu'elle ne pouvait lui répondre, il cherchait le soulagement de lui dire tout ce que sa passion lui inspirait.

Je vous aime, belle Zaïde, disait-il en la regardant, je vous aime, je vous adore; j'ai au moins le plaisir de vous le dire et de ne pas attirer votre colère; toutes vos actions me persuadent qu'on n'oserait vous le déclarer sans vous déplaire; mais cet amant que vous pleurez vous a parlé sans doute de son amour et vous vous êtes accoutumée de l'entendre. Que d'un mot, belle Zaïde, vous m'éclairciriez de doutes!

Lorsqu'il lui parlait ainsi, elle se tournait quelquefois

vers Félime avec étonnement et comme pour lui faire remarquer une ressemblance dont elle était toujours surprise. C'était une douleur si vive pour Consalve de s'imaginer qu'il la faisait souvenir de son rival qu'il eût aisément renoncé aux avantages de sa beauté et de sa bonne mine pour n'avoir point une telle ressemblance. Cette douleur lui était si insupportable qu'il ne pouvait presque plus se résoudre à paraître devant Zaïde; il aimait mieux se priver de sa vue que de lui représenter l'image de celui qu'elle aimait; et lorsque ses regards lui paraissaient favorables, il ne les pouvait supporter, tant il était persuadé qu'ils ne s'adressaient pas à lui. Il la quittait, et s'en allait passer des après-dîners entiers dans le bois; quand il revenait auprès d'elle, il lui trouvait plus de froideur et plus de chagrin qu'elle n'avait accoutumé d'en avoir; il crut même, dans la suite, remarquer quelque inégalité dans la manière dont elle le traitait; mais, comme il n'en pouvait deviner la cause, il s'imagina que le déplaisir de se trouver dans un pays inconnu faisait les changements qui paraissaient dans son humeur. Il voyait bien néanmoins que l'affliction qu'elle avait eue les premiers jours commençaient à diminuer. Félime était plus triste que Zaïde; mais sa tristesse était toujours égale; elle en paraissait accablée et il semblait qu'elle ne cherchait qu'à être seule et à entretenir sa rêverie. Alphonse en parlait quelquefois à Consalve avec étonnement et il était surpris que sa grande mélancolie ne diminuât point sa beauté. Cependant Consalve ne songeait qu'à plaire à Zaïde et à lui donner tous les divertissements que la promenade, la chasse et la pêche lui pouvaient fournir. Elle s'occupa aussi à ce qui la pouvait divertir; elle travailla pendant quelques jours à un bracelet de ses cheveux et, après l'avoir achevé, elle se l'attacha au bras avec cet empressement que l'on a pour les choses qui viennent d'être achevées. Le jour même qu'elle le mit, le hasard voulut qu'elle le laissât tomber dans le bois. Consalve, qui l'avait vue sortir, allait la chercher, et, en marchant sur ses pas, il trouva ce bracelet qu'il n'eut pas de peine à reconnaître. Il eut une joie sensible de l'avoir trouvé. Cette joie aurait été encore plus

grande s'il l'eût reçu des mains de Zaïde; mais, comme
il ne l'avait pas espéré, il se tenait heureux de le devoir
à la fortune. Zaïde, qui s'était déjà aperçue de la perte
qu'elle avait faite, revenait chercher dans les lieux où
elle avait passé. Elle fit entendre à Consalve ce qu'elle
avait perdu et lui en témoigna même beaucoup de
chagrin : quelque peine qu'il sentît de lui causer de
l'inquiétude, il ne put se résoudre à lui rendre une
chose qui lui était si chère. Il fit semblant de chercher
avec elle et enfin il l'obligea à ne plus chercher inutilement. Sitôt qu'il fut retiré dans sa chambre, il baisa
mille fois ce bracelet et y mit une attache de pierreries d'un grand prix. Quelquefois il allait se promener
devant que Zaïde fût éveillée; et, lorsqu'il était en un
lieu où il croyait ne pouvoir être vu, il détachait ce
bracelet, afin de le mieux considérer.

Un matin qu'il était dans cette occupation, et qu'il
s'était assis sur des rochers avancés dans la mer, il
entendit quelqu'un proche de lui; il se retourna brusquement et il fut bien surpris de voir que c'était Zaïde.
Tout ce qu'il put faire fut de cacher ce bracelet; mais
ce ne put être si promptement que Zaïde ne vît qu'il
avait caché quelque chose. Il s'imagina qu'elle avait vu ce
qu'il avait caché; il remarqua sur son visage tant de froideur et tant de chagrin qu'il ne douta point qu'elle ne fût
en colère de ce qu'il ne lui avait pas rendu son bracelet;
il n'osait lever les yeux sur elle; il craignait qu'elle ne
lui fît entendre qu'elle le voulait ravoir, mais il ne pouvait se résoudre à le lui rendre. Elle paraissait triste et
embarrassée et, sans regarder Consalve, elle s'assit
sur le rocher et tourna la tête vers la mer. Le vent
emporta, sans qu'elle y prît garde, un voile qu'elle
tenait entre ses mains. Consalve se leva pour le ramasser; mais, en se levant, il laissa tomber le bracelet
qu'il n'avait pu rattacher, par la crainte qu'il avait eue
de le laisser voir. Zaïde se tourna au bruit que fit
Consalve; elle vit son bracelet et le ramassa devant
qu'il s'en fût aperçu. Il fut extrêmement troublé lorsqu'il
le vit entre ses mains, et par le désespoir de le perdre,
et par l'appréhension de sa colère. Il se rassura néanmoins en lui voyant un visage où il ne paraissait plus

ni de chagrin ni de dépit, où il crut voir au contraire quelque impression de douceur; et il ne fut pas moins ému, par l'espérance que lui donnait le visage de Zaïde, qu'il l'avait été, un moment auparavant, par la crainte de lui avoir déplu. Elle regarda avec admiration la beauté de l'attache de pierreries et, après l'avoir regardée, elle la défit, la rendit à Consalve et resserra le bracelet. Lorsque Consalve vit que Zaïde ne lui avait rendu que les pierreries, il se tourna du côté de la mer et y jeta cette attache avec un air de rêverie et de tristesse, comme s'il l'eût laissée tomber par hasard. Zaïde fit un grand cri et s'avança pour voir si on ne la pourrait point retrouver; mais il lui montra qu'on chercherait inutilement et, sans vouloir qu'elle fît une plus longue réflexion sur ce qu'il venait de faire, il lui donna la main pour l'éloigner du lieu où ils étaient. Ils marchèrent sans se regarder et reprirent insensiblement le chemin de la maison d'Alphonse, si embarrassés l'un et l'autre qu'il semblait qu'ils cherchassent à se quitter.

Sitôt que Consalve l'eut remise dans sa chambre, il alla rêver à son aventure. Quoique Zaïde ne lui eût pas témoigné autant de colère qu'il en avait appréhendé, il s'imagina que la joie de ravoir son bracelet avait dissipé son premier chagrin; ainsi, il n'en eut pas moins de déplaisir. Quelque passion qu'il eût d'obtenir ce bracelet, il crut qu'il offenserait Zaïde de la lui témoigner et il demeura accablé de la douleur que donne l'amour quand il est séparé de l'espérance. Toute sa consolation était de se plaindre avec Alphonse et de se blâmer lui-même de la faiblesse qu'il avait d'aimer Zaïde.

Vous vous accusez avec injustice, lui disait quelquefois Alphonse; il n'est pas aisé de se défendre, au milieu d'un désert, contre une aussi grande beauté que celle de Zaïde : ce serait tout ce que vous pourriez faire au milieu de la cour, où d'autres beautés feraient quelque diversion et où du moins l'ambition partagerait votre cœur. Mais aime-t-on sans espérance ? disait Consalve. Et comment pourrais-je espérer d'être aimé, puisque je ne puis seulement dire que j'aime ? Comment le persuaderai-je, si je ne puis le dire ? Quelles de mes actions peuvent en assurer Zaïde dans un lieu où je

ne vois qu'elle et où je ne puis lui faire connaître que
je la préfère aux autres ? Comment effacer de son esprit
celui qu'elle aime ? Ce ne pourrait être que par l'agrément qu'elle trouverait en ma personne, et le malheur
veut que mon visage lui conserve le souvenir de son
amant. Ah! mon cher Alphonse, ne me flattez point; il
faut que j'aie perdu la raison pour aimer Zaïde, pour
l'aimer autant que je fais, et même pour ne me pas souvenir d'en avoir aimé une autre et d'en avoir été trompé.
Je crois aussi, répondit Alphonse, que vous n'avez
aimé qu'elle, puisque vous ne connaissez la jalousie
que depuis que vous l'aimez. Je n'avais pas de sujet d'être
jaloux de Nugna Bella, repartit Consalve, tant elle
savait bien me tromper.

On est jaloux sans sujet, répliqua Alphonse, quand
on est bien amoureux. Vous le voyez par votre expérience; faites réflexion sur la douleur que vous donnent
les pleurs de Zaïde et remarquez comme la jalousie
vous a fait imaginer qu'elle pleure un amant plutôt
qu'un frère. Je ne suis que trop persuadé, reprit Consalve, que j'aime beaucoup plus Zaïde que je n'ai aimé
Nugna Bella. L'ambition de cette dernière et son application aux affaires du prince ont souvent ralenti mon
amour et tout ce que je trouve en Zaïde d'opposé à
mon humeur comme de croire qu'elle en aime un autre
et de ne connaître ni son cœur ni ses sentiments, ne
peut affaiblir ma passion. Mais, Alphonse, pour aimer
beaucoup davantage Zaïde que je n'ai aimé Nugna
Bella, je n'en suis que plus déraisonnable. Le succès
de l'amour que j'ai eu pour Nugna Bella a été cruel, je
l'avoue; néanmoins tout homme qui aime peut en avoir
un pareil. Il n'y avait point d'aveuglement à l'aimer;
je la connaissais, elle n'en aimait point d'autre, je lui
plaisais, je pouvais l'épouser; mais Zaïde, Alphonse,
mais Zaïde, qui est-elle ? qu'en puis-je prétendre ? et,
hormis son admirable beauté qui m'excuse, tout le reste
ne me condamne-t-il pas ?

Consalve avait souvent de pareilles conversations
avec Alphonse; cependant son amour augmentait tous
les jours; il ne pouvait s'empêcher de laisser parler ses
yeux d'une manière si forte qu'il croyait voir dans ceux

de Zaïde que leur langage était entendu, et il la trouvait quelquefois dans un certain embarras qui ne l'en laissait pas douter. Comme elle ne pouvait se faire entendre par ses paroles, ce n'était quasi que par ses regards qu'elle expliquait à Consalve une partie des choses qu'elle lui voulait dire ; mais il y avait je ne sais quoi de si beau et de si passionné dans ses regards que Consalve en était pénétré. Belle Zaïde, disait-il quelquefois, est-ce ainsi que vous regardez ceux que vous n'aimez pas ? Que réservez-vous donc pour cet heureux amant dont j'ai le malheur de vous faire souvenir ? S'il n'eût point été prévenu de cette pensée, il ne se fût pas cru si infortuné et les actions de Zaïde ne lui devaient pas persuader qu'elle n'eût pour lui que de l'indifférence.

Un jour qu'il l'avait quittée pour quelques moments, il alla se promener sur le bord de la mer et revint ensuite auprès d'une fontaine qui était dans le bois, en un endroit agréable où elle allait assez souvent. Lorsqu'il s'en approcha, il entendit quelque bruit et il vit, au travers des arbres, Zaïde assise auprès de Félime. La surprise que causa cette rencontre à Consalve lui donna la même joie que si le hasard l'eût ramené auprès de Zaïde après une année d'absence. Il s'avança vers le lieu où elle était : quoiqu'il fît assez de bruit, elle parlait avec tant d'attention qu'elle ne l'entendit point. Lorsqu'il fut devant elle, elle parut embarrassée comme une personne qui venait de parler haut, qui craignait qu'on n'eût entendu ce qu'elle avait dit et qui avait oublié que Consalve ne pouvait l'entendre. L'émotion que lui avait causée cette surprise avait en quelque sorte augmenté sa beauté ; et Consalve, qui s'était assis auprès d'elle, ne pouvant plus être maître de lui-même, se jeta tout d'un coup à ses genoux et lui parla de son amour d'une manière si passionnée qu'il n'était pas nécessaire d'entendre ses paroles pour savoir ce qu'elles voulaient dire. Il parut à Consalve qu'elle ne les entendait que trop ; elle rougit et, après avoir fait une action de la main qui semblait le repousser, elle se leva avec une civilité froide comme pour le faire lever d'un lieu où il pourrait être incommodé. Alphonse passa dans l'allée en ce moment, et elle marcha vers lui sans jeter les yeux sur Consalve. Il demeura à la place où il était, sans avoir la force de se relever.

Voilà, dit-il en lui-même, la manière dont on me traite quand on ne me regarde pas comme le portrait de mon rival. Vous tournez les yeux sur moi, belle Zaïde, d'une manière à charmer et à embraser tout le monde lorsque mon visage vous fait souvenir du sien; mais si j'ose vous témoigner que je vous aime, vous ne laissez pas seulement tomber sur moi des regards de colère, vous me trouvez indigne d'être regardé. Si je pouvais au moins vous apprendre que je sais que vous pleurez un amant, je me trouverais heureux et j'avoue que ma jalousie serait vengée par le dépit que vous en recevriez. N'est-ce point aussi que je veux vous paraître persuadé que vous aimez quelque chose, pour avoir la joie d'être assuré par vous-même que vous n'aimez rien? Ah! Zaïde, ma vengeance est intéressée et elle cherche moins à vous offenser qu'à vous donner lieu de me satisfaire.

Dans ces pensées, il reprit le chemin du logis pour s'ôter du lieu où était Zaïde et pour être seul dans une galerie où il se promenait quelquefois. Il y rêva longtemps aux moyens de faire entendre à Zaïde qu'il la soupçonnait d'en aimer un autre; mais il était difficile d'en trouver, et ce n'était pas une chose qui se pût faire comprendre sans paroles. Après s'être lassé de rêver et de se promener, il voulut sortir de la galerie, lorsqu'un peintre, qui travaillait à des tableaux qu'Alphonse faisait faire, le pria avec beaucoup d'empressement, de regarder son ouvrage. Consalve eût bien voulu s'en dispenser; mais, pour ne pas fâcher ce peintre, il s'arrêta à considérer ce qu'il faisait. C'était un grand tableau où Alphonse avait voulu qu'il représentât la mer comme on la voyait de ses fenêtres et, pour rendre ce tableau plus agréable, il y avait fait peindre une tempête. Il paraissait, d'un côté, des vaisseaux qui périssaient en pleine mer; de l'autre, des navires qui se brisaient contre les rochers; on voyait des hommes qui tâchaient de se sauver à la nage et on en voyait qui avaient déjà péri et dont la mer avait jeté les corps sur le sable. Cette tempête fit souvenir Consalve du naufrage de

Zaïde et lui mit dans l'esprit un moyen de lui faire connaître ce qu'il pensait de son affliction. Il dit au peintre qu'il fallait ajouter encore quelques figures dans son tableau, et mettre sur un des rochers qui y étaient représentés une jeune et belle personne penchée sur le corps d'un homme mort, étendu sur le sable; qu'il fallait qu'elle pleurât en le regardant; qu'il y eût un autre homme à ses genoux qui essayât de l'ôter d'auprès de ce mort; que cette belle personne, sans tourner les yeux du côté de celui qui lui parlait, le repoussât d'une main et que, de l'autre, elle parût essuyer ses larmes. Le peintre promit à Consalve de suivre sa pensée et commença à la dessiner. Consalve en fut satisfait et le pria de travailler avec diligence; ensuite il sortit de la galerie. Il alla pour retrouver Zaïde, ne pouvant, malgré son dépit, être plus longtemps séparé d'elle; mais il sut qu'au retour de la promenade elle s'était retirée dans sa chambre et il ne put la voir de tout le reste du jour. Il en eut de la tristesse et de l'inquiétude et il craignit qu'elle ne l'eût privé de sa vue pour la punir de ce qu'il avait osé lui faire entendre. Le lendemain elle lui parut plus sérieuse qu'à l'ordinaire; mais, les jours suivants, il la trouva comme elle avait accoutumé d'être.

Cependant le peintre travaillait à ce que Consalve lui avait ordonné, et Consalve attendait avec beaucoup d'impatience que cet ouvrage fût achevé; sitôt qu'il le fut, il conduisit Zaïde dans la galerie, comme pour lui donner le divertissement de voir travailler le peintre. Il lui fit d'abord regarder tous les tableaux qui étaient déjà faits, et ensuite il lui fit considérer avec plus d'attention celui de la mer, où l'on travaillait encore. Il lui fit remarquer cette jeune personne qui pleurait un homme mort; et, lorsqu'il vit que ses yeux y étaient attachés et qu'il semblait qu'elle reconnût le rocher où elle allait si souvent, il prit le crayon du peintre et écrivit le nom de Zaïde au-dessus de cette belle personne et celui de Théodoric au-dessus de ce jeune homme qui était à genoux. Zaïde, qui lisait ce qu'écrivait Consalve, rougit lorsqu'il eut achevé et, après l'avoir regardé avec des yeux qui témoignaient de la colère,

elle prit un pinceau et effaça entièrement cet homme
mort, qu'elle jugea bien que Consalve l'accusait de
pleurer. Quoiqu'il connût aisément qu'il avait fâché
Zaïde, il ne laissa pas d'avoir une joie sensible de lui
voir effacer celui qu'il en croyait aimé. Encore qu'il
pût s'imaginer que cette action de Zaïde fût plutôt
un effet de sa fierté qu'une preuve qu'elle ne regrettait
personne, il trouvait néanmoins qu'après l'amour qu'il
lui avait témoigné elle lui faisait une faveur de ne
vouloir pas lui laisser croire qu'elle en aimât un autre;
mais le peu d'espérance que lui donnait cette pensée
ne pouvait détruire tant de sujets de crainte qu'il croyait
avoir.

Alphonse, qui n'était prévenu d'aucune passion,
jugeait des sentiments de cette belle étrangère d'une
manière bien différente de Consalve : Je trouve, lui
disait-il, que vous avez tort de vous croire malheureux;
vous l'êtes sans doute de vous être attaché à une personne que vraisemblablement vous ne pouvez épouser;
mais vous ne l'êtes pas de la manière dont vous croyez
l'être et les apparences sont trompeuses si vous n'êtes
véritablement aimé de Zaïde. Il est vrai, répondit Consalve, que, si je jugeais de ses sentiments par ses regards,
je pourrais me flatter de quelque espérance, mais, comme
je vous l'ai dit, elle ne me regarde que par cette ressemblance qui me donne tant de jalousie. Je ne sais, répliqua
Alphonse, si tout ce que vous pensez est véritable;
mais, si j'étais à la place de celui que vous croyez qu'elle
regrette, je ne serais pas satisfait que ma ressemblance
fît regarder quelqu'un avec des yeux si favorables;
et il est impossible que l'idée d'un autre produise des
sentiments que Zaïde a pour vous. L'espérance est
naturelle aux amants. Si quelques actions de Zaïde
en avaient déjà fait concevoir à Consalve, le discours
d'Alphonse acheva de lui en donner : il crut voir
que Zaïde ne le haïssait pas et il en ressentit une joie
extraordinaire; mais cette joie ne lui dura pas longtemps; il s'imagina qu'il ne devait qu'à la ressemblance de son rival le penchant qu'elle avait pour lui;
il pensa qu'après avoir perdu un homme qu'elle avait
fort aimé, elle avait des dispositions favorables pour un

autre qui lui ressemblait. Son amour, sa jalousie et sa gloire ne pouvaient se satisfaire d'une inclination qu'il n'avait pas fait naître et qui ne venait que par celle qu'elle avait eue pour un autre. Il crut que, quand il serait aimé de Zaïde, ce ne serait toujours que son rival qu'elle aimerait en lui; enfin il trouvait qu'il serait malheureux quand même il serait assuré d'être aimé. Néanmoins il ne pouvait se défendre de voir avec plaisir, dans la manière d'agir de cette belle étrangère, un air fort différent de celui qu'elle avait eu d'abord; et la passion qu'il avait pour elle était si ardente qu'à quelque cause qu'il crût devoir les marques de son inclination, il lui était impossible de ne les pas recevoir avec transport.

Un jour qu'il faisait assez beau, voyant qu'elle ne sortait point de sa chambre, il y entra pour savoir si elle ne voulait point se promener. Elle écrivait; et, bien qu'il fît du bruit en entrant, il s'approcha d'elle sans qu'elle s'en aperçût et se mit à la regarder écrire. Elle tourna la tête par hasard; et, voyant Consalve, elle rougit et cacha ce qu'elle écrivait avec une émotion qui ne causa pas un médiocre trouble à Consalve. Il s'imagina qu'elle ne pouvait avoir tant d'application et tant de surprise pour une lettre qui n'aurait pas eu quelque chose de mystérieux. Cette pensée lui donna de l'inquiétude; il se retira et s'en alla chercher Alphonse pour raisonner sur une aventure qui lui donnait des imaginations bien différentes de celles qu'il avait eues jusques alors. Après l'avoir cherché longtemps sans le trouver, tout d'un coup un sentiment de jalousie lui de retourner dans la chambre de Zaïde. Il y entra, mais il ne l'y trouva pas; elle avait passé dans un cabinet où Félime était d'ordinaire. Consalve vit sur la table un papier écrit, à demi plié; il ne put se défendre de l'envie de le voir; il l'ouvrit, et il ne douta point que ce ne fût le même qu'il avait vu écrire à Zaïde un moment auparavant. Il trouva dans ce papier le bracelet de cheveux qu'elle lui avait ôté. Elle rentra comme il tenait ce papier et ce bracelet; elle s'avança pour les reprendre. Consalve se retira de quelques pas, comme s'il eût voulu les garder, mais néanmoins avec une action soumise qui semblait lui en demander la permission. Zaïde lui témoigna qu'elle les voulait ravoir, et avec un air où il y avait tant d'autorité qu'il était impossible à un homme aussi amoureux que lui de ne pas obéir. Ce fut néanmoins avec la plus grande douleur qu'il eût jamais sentie, qu'il remit entre les mains de Zaïde ce qu'il croyait qu'elle destinait à un autre. Il ne put être maître de son chagrin; il sortit assez brusquement de la chambre, et s'en alla dans la sienne. Il y rencontra Alphonse, qui le venait trouver sur ce qu'on lui avait dit qu'il le cherchait. Sitôt qu'ils furent assis : Je suis bien plus malheureux que je ne l'ai pensé, mon cher Alphonse, lui dit-il, ce rival dont j'étais si jaloux, tout mort que je le croyais, n'est pas mort assurément : je viens de trouver Zaïde qui lui écrit; je viens de voir ce bracelet qu'elle m'a ôté, qu'elle lui envoie; il faut qu'elle ait eu de ses nouvelles; il faut qu'il y ait ici quelqu'un de caché qui lui doive porter des siennes; enfin, toutes ces espérances de bonheur que j'ai eues, ne sont qu'imaginaires, et ne viennent que de mal expliquer les actions de Zaïde. Elle avait raison d'effacer ce mort, que je lui faisais entendre qu'elle pleurait; elle savait bien que celui pour qui coulaient ses larmes vivait encore. Elle avait raison d'avoir tant de colère de voir son bracelet entre mes mains, et tant de joie de l'avoir repris, puisqu'elle l'avait fait pour un autre. Ah! Zaïde, il y a de la cruauté à me laisser prendre de l'espérance; car enfin, vous m'en laissez prendre et vos beaux yeux ne me la défendent pas. La douleur de Consalve était si vive qu'il put à peine achever ces paroles. Après qu'Alphonse lui eut laissé le temps de se remettre, il le pria de lui dire comment il avait appris ce qu'il venait de lui raconter et si Zaïde avait trouvé en un moment le moyen de se faire entendre. Consalve lui conta ce qu'il venait de voir du trouble de Zaïde, lorsqu'il l'avait surprise en écrivant; comme il avait trouvé ce bracelet dans le même papier qu'elle avait écrit, et comme elle l'avait retiré de ses mains. Enfin, Alphonse, ajouta-t-il, on n'est point si troublé pour une lettre indifférente : Zaïde n'a ici aucun commerce, ni aucune affaire; elle ne peut écrire avec tant d'attention, que de ce qui se passe dans son cœur et ce n'est pas à moi à qui elle l'écrit : ainsi, que voulez-vous que je pense de ce que je viens de voir ? Je veux, repartit Alphonse, que vous ne pensiez pas des choses si peu vraisemblables et qui vous donnent tant de douleur. Parce que Zaïde rougit lorsque vous la surprenez en écrivant, vous croyez qu'elle écrit à votre rival; et moi je crois qu'elle vous aime assez pour rougir toutes les fois qu'elle sera surprise de vous voir auprès d'elle. Peut-être a-t-elle écrit ce que vous avez vu sans autre dessein que de se divertir. Elle ne vous l'a pas laissé, parce que c'est une chose qui vous aurait été inutile, puisque vous ne pouvez l'entendre; et si elle vous a ôté son bracelet, je vous avoue que je n'en suis point surpris; et qu'encore que je sois persuadé qu'elle vous aime, je la crois assez sage pour ne vouloir pas donner de ses cheveux à un homme qui lui est entièrement inconnu. Mais je ne vois pas les raisons qui vous persuadent qu'elle les veut envoyer à quelque autre. Nous ne l'avons quasi pas quittée depuis qu'elle est ici; personne ne lui a parlé; ceux même qui lui pourraient parler ne l'entendent pas; comment voudriez-vous qu'elle eût appris des nouvelles de cet amant qui vous donne tant de jalousie, et qu'elle pût lui faire recevoir des siennes ? Je l'avoue, répondit Consalve, je me tourmente plus que je ne dois; mais l'incertitude où je suis est un état insupportable ! Les autres n'ont que des incertitudes médiocres; ils se croient plus ou moins aimés; et moi je passe de l'espérance d'être aimé de Zaïde à la pensée qu'elle en aime un autre; et je ne suis jamais assuré un moment si ce que je vois en elle me doit rendre heureux ou misérable. Alphonse, reprit-il, vous prenez plaisir à me tromper; quoi que vous me puissiez dire, ce n'est qu'à un amant à qui elle écrit; et je me trouverais heureux, si j'avais (sur ce que je viens de voir) l'incertitude dont je me plains comme du plus grand de tous les maux. Alphonse lui dit encore tant de raisons, pour lui persuader que son inquiétude était mal fondée, qu'enfin il le rassura en quelque sorte; et Zaïde qu'ils trouvèrent en allant se promener, acheva de le remettre.

Elle les vit de loin, et s'approcha d'eux avec tant de
douceur, et avec des regards si obligeants pour Consalve,
qu'elle dissipa une partie des cruelles inquiétudes qu'elle
lui venait de donner.

Le temps qu'il avait marqué à cette belle étrangère
pour son départ, et qui était celui que les grands vaisseaux partaient de Tarragone pour l'Afrique, commençait à s'approcher et lui donnait une tristesse mortelle.
Il ne pouvait se résoudre à se priver lui-même de
Zaïde et, quelque injustice qu'il trouvât à la retenir,
il fallait toute sa raison et toute sa vertu pour l'en empêcher. Quoi ! disait-il à Alphonse, je me priverai pour
jamais de Zaïde ! Ce sera un adieu sans espérance de
retour ! Je ne saurai en quel endroit de la terre la chercher ! Elle veut aller en Afrique : mais elle n'est pas
Africaine et j'ignore quel lieu du monde l'a vue naître.
Je la suivrai, Alphonse, continua-t-il, quoiqu'en la
suivant je n'espère plus le plaisir de la voir, quoique
je sache que sa vertu et les coutumes de l'Afrique ne
me permettront pas de demeurer auprès d'elle ; j'irai
au moins finir ma triste vie dans les lieux qu'elle habitera,
et je trouverai de la douceur à respirer le même air ;
aussi bien je suis un malheureux qui n'ai plus de patrie ;
le hasard m'a retenu ici et l'amour m'en fera sortir.

Consalve se confirmait dans cette résolution, quelque
peine que prît Alphonse de l'en détourner. Il était plus
tourmenté que jamais de la peine de ne pouvoir entendre
Zaïde et de n'en pouvoir être entendu. Il fit réflexion
sur la lettre qu'il lui avait vu écrire et il lui sembla
qu'elle était écrite en caractères grecs ; quoiqu'il n'en
fût pas bien assuré, l'envie de s'en éclaircir lui donna la
pensée d'aller à Tarragone pour trouver quelqu'un qui
entendît la langue grecque. Il y avait déjà envoyé plusieurs fois chercher des étrangers qui lui pussent servir
de truchement ; mais comme il ne savait quelle langue
parlait Zaïde, on ne savait aussi quels étrangers il
fallait demander ; et, les voyages de tous ceux qu'il y
avait envoyés ayant été inutiles, il se résolut d'y aller
lui-même. C'était néanmoins une résolution difficile à
prendre ; car il fallait s'exposer dans une grande ville
au hasard d'être reconnu et il fallait quitter Zaïde ;

mais l'envie de pouvoir s'expliquer avec elle le fit passer par-dessus ces raisons. Il tâcha de lui faire entendre qu'il allait chercher un truchement et partit pour aller à Tarragone. Il se déguisa le mieux qu'il lui fut possible; il alla dans les lieux où étaient les étrangers; il en trouva un grand nombre, mais leur langue n'était point celle de Zaïde. Enfin il demanda s'il n'y avait point quelqu'un qui entendît la langue grecque. Celui à qui il s'adressa lui répondit en espagnol qu'il était d'une des îles de la Grèce. Consalve le pria de parler sa langue; il le fit, et Consalve connut que c'était celle de Zaïde. Par bonheur les affaires de cet étranger ne le retenaient pas à Tarragone; il voulut bien suivre Consalve, qui lui donna une plus grande récompense qu'il n'aurait osé la lui demander. Ils partirent le lendemain à la pointe du jour; et Consalve s'estimait plus heureux d'avoir un truchement que s'il eût eu la couronne de Léon sur la tête.

Pendant que le chemin dura, il commença à s'instruire de la langue grecque; il apprit d'abord *je vous aime*; et quand il pensa qu'il pourrait le dire à Zaïde, et qu'elle l'entendrait il crut qu'il ne pouvait plus être malheureux. Il arriva de bonne heure à la maison d'Alphonse; il le trouva qui se promenait; il lui fit part de sa joie et lui demanda où était Zaïde. Alphonse lui dit qu'il y avait longtemps qu'elle se promenait du côté de la mer. Il en prit le chemin avec son truchement. Il alla au rocher où elle avait accoutumé d'être; il fut surpris de ne l'y trouver pas; néanmoins il ne s'en étonna point; il la chercha jusques au port, où elle allait quelquefois. Il revint au logis, il retourna dans le bois; sa peine fut inutile; il envoya dans tous les lieux où il s'imagina qu'elle pouvait être, mais, comme on ne la trouva point, il commença à avoir quelque pressentiment de son malheur. La nuit vint sans qu'il pût en apprendre de nouvelles; il était désespéré de l'avoir perdue; il craignait qu'il ne lui fût arrivé quelque accident; il se blâmait de l'avoir quittée; enfin il n'y a point de douleur qui fût comparable à la sienne. Il passa toute la nuit dans la campagne avec des flambeaux; et, n'ayant même plus d'espérance de la revoir, il ne

laissait pas de la chercher. Il avait déjà été plusieurs
fois aux cabanes des pêcheurs pour savoir si personne
ne l'avait vue et il n'avait pu en apprendre aucune
nouvelle. Sur le matin, deux femmes, qui revenaient
d'un lieu où elles avaient été coucher le jour d'auparavant, lui apprirent qu'en sortant de leurs cabanes elles
avaient vu de loin Zaïde et Félime se promener le long
de la mer; que, pendant qu'elles se promenaient, une
chaloupe avait abordé la côte; qu'il était descendu des
hommes de cette chaloupe; que Zaïde et Félime s'étaient
éloignées lorsqu'elles les avaient vus; mais que, ces
hommes les ayant appelées, elles étaient revenues sur
leurs pas et qu'après avoir parlé longtemps et avoir
fait des actions qui témoignaient qu'elles étaient bien
aises de les voir, elles étaient montées dans la chaloupe
et avaient pris la pleine mer.

Alors Consalve regarda Alphonse d'une manière qui
exprimait mieux sa douleur que n'auraient pu faire
toutes ses paroles. Alphonse ne savait que lui dire pour
le consoler. Quand tous ceux qui les environnaient se
furent retirés, Consalve rompant le silence : Je perds
Zaïde, dit-il, et je la perds dans le moment que je
pouvais m'en faire entendre; je la perds, Alphonse, et
c'est son amant qui me l'enlève : il est aisé de le juger
par le rapport de ces femmes. La fortune ne m'a pas
voulu laisser ignorer la seule chose qui me pouvait
augmenter la douleur de perdre Zaïde. Je l'ai donc
perdue pour jamais, et elle est entre les mains d'un rival,
et d'un rival aimé ! C'était à lui sans doute qu'elle écrivait cette lettre que je surpris et c'était pour lui apprendre
le lieu où il devait la trouver. C'en est trop ! s'écria-t-il
tout d'un coup, c'en est trop ! mes maux suffiraient à
faire plusieurs misérables. J'avoue que j'y succombe,
et qu'après avoir tout abandonné je ne puis supporter
d'être plus tourmenté au milieu d'un désert que je ne
l'ai été au milieu de la cour. Oui, Alphonse, ajoutait-il,
je suis plus malheureux mille fois par la seule perte de
Zaïde que je ne l'ai été par toutes celles que j'ai faites.
Est-il possible que je ne puisse espérer de revoir Zaïde !
Si je savais au moins si je lui ai plu ou si je lui ai été
indifférent, mon malheur ne serait pas si insupportable

et je saurais à quelle sorte de douleur je me dois abandonner. Mais si j'ai plu à Zaïde, puis-je penser à l'oublier et ne dois-je pas passer ma vie à courir toutes les parties du monde pour la trouver ? Que si elle en aime un autre, ne dois-je pas faire tous mes efforts pour ne m'en souvenir jamais ? Alphonse, ayez pitié de moi; tâchez de me faire croire que Zaïde m'a aimé, ou persuadez-moi que je lui suis indifférent. Quoi ! reprenait-il, je serais aimé de Zaïde et je ne la verrais jamais ! Ce malheur passerait encore celui d'en être haï. Mais non, je ne puis être malheureux si Zaïde m'a aimé. Hélas ! je l'allais savoir dans le moment que je l'ai perdue; et, quelque soin qu'elle eût pris de se déguiser, j'aurais démêlé ses sentiments, j'aurais su la cause de ses larmes, j'aurais su son pays, sa fortune, ses aventures, et je saurais maintenant si je dois la suivre et où je dois la chercher.

Alphonse ne savait que répondre à Consalve, par l'impossibilité de se déterminer à ce qu'il lui devait dire pour calmer sa douleur. Enfin, après lui avoir représenté que son esprit n'était pas en état de prendre une résolution et qu'il fallait se servir de sa raison pour supporter son malheur, il l'obligea de retourner chez lui. Sitôt que Consalve fut dans sa chambre, il fit appeler son truchement pour se faire expliquer quelques mots qu'il avait entendu dire à Zaïde et qu'il avait retenus. Le truchement lui en expliqua plusieurs, et entre autres ceux que Zaïde avait souvent dits à Félime en le regardant. Il les expliqua en sorte que Consalve fut assuré qu'il ne s'était pas trompé lorsqu'il avait cru qu'elle parlait d'une ressemblance; et il ne douta plus alors que ce ne fût un amant de Zaïde à qui il ressemblait. Dans cette pensée, il envoya chercher ces femmes qui avaient vu partir cette belle étrangère, pour savoir d'elles si, parmi ces hommes qui l'avaient emmenée, il n'y avait point quelqu'un qui lui ressemblât. Sa curiosité ne put être satisfaite; ces femmes les avaient vus de trop loin pour remarquer cette ressemblance et elles lui dirent seulement qu'il y en avait un que Zaïde avait embrassé. Consalve ne put entendre ces paroles sans s'abandonner au désespoir et sans prendre le dessein d'aller chercher Zaïde pour tuer son amant à ses yeux. Alphonse lui représenta qu'il y aurait de l'injustice et de l'impossibilité dans ce dessein; qu'il n'avait point de droit sur Zaïde; qu'elle était engagée avec cet amant devant que de l'avoir vu; que c'était peut-être son mari; qu'il ne savait en quel lieu du monde la chercher; que, quand il l'aurait trouvée, ce serait apparemment dans un pays où ce rival aurait tant d'autorité qu'il ne pourrait exécuter ce que la colère lui conseillait d'entreprendre. Que voulez-vous donc que je devienne ? répliqua Consalve; et croyez-vous qu'il me soit possible de demeurer en l'état où je suis ! Je voudrais, dit Alphonse, que vous supportassiez ce malheur, qui ne regarde que l'amour, comme vous avez déjà supporté ceux qui regardaient et l'amour et la fortune. C'est pour avoir trop souffert que je ne puis plus souffrir, répondit Consalve; je veux aller chercher Zaïde, la revoir, savoir d'elle qu'elle en aime un autre et mourir à ses pieds. Mais non, reprit-il, je serais digne de mon malheur si j'allais chercher Zaïde après la manière dont elle m'a quitté. Le respect et l'adoration que j'ai eus pour elle l'engageaient à me faire dire au moins qu'elle s'en allait. La seule reconnaissance l'y devait obliger; et, puisqu'elle ne l'a pas fait, il faut qu'elle joigne le mépris à l'indifférence. Je me suis trop flatté quand j'ai pu m'imaginer qu'elle ne me haïssait pas; je ne dois jamais penser à la suivre ni à la chercher. Non, Zaïde, je ne vous suivrai point. Alphonse, je me rends à vos raisons et je vois bien que je ne dois prétendre qu'à finir, le plus tôt que je pourrai, le reste d'une misérable vie.

Consalve parut déterminé à cette résolution et son esprit en fut plus calme. Il était néanmoins dans une tristesse qui faisait pitié; il passait les journées entières dans les lieux où il avait vu Zaïde, et il semblait l'y chercher encore. Il garda son truchement pour apprendre la langue grecque; et, quoiqu'il fût persuadé qu'il ne verrait jamais Zaïde, il trouvait quelque douceur à s'assurer au moins qu'il la pourrait entendre s'il la revoyait. Il apprit en peu de temps ce que les autres n'apprennent qu'en plusieurs années. Mais, lorsqu'il n'eut plus cette occupation, qui avait quelque rapport avec Zaïde, il se trouva encore plus affligé qu'auparavant.

Il faisait souvent réflexion sur la cruauté de sa destinée qui, après l'avoir accablé à Léon de tant de malheurs, lui en faisait encore éprouver un incomparablement plus sensible, en le privant d'une personne qui seule lui était plus chère que la fortune, l'ami et la maîtresse qu'il avait perdus. En faisant cette triste différence de ses malheurs passés à son malheur présent, il se souvint de la promesse qu'il avait faite à don Olmond de lui donner de ses nouvelles; et, quelque peine qu'il eût à penser à autre chose qu'à Zaïde, il jugea qu'il devait cette marque de reconnaissance à un homme qui lui avait témoigné tant d'amitié. Il ne voulut pas lui apprendre précisément le lieu où il était; il lui manda seulement qu'il le priait de lui écrire à Tarragone; que sa retraite n'en était pas éloignée; qu'il s'y trouvait sans ambition; qu'il n'avait plus de ressentiment contre don Garcie, de haine pour don Ramire, ni d'amour pour Nugna Bella; que cependant il était encore plus malheureux que lorsqu'il partit de Léon.

Alphonse était sensiblement touché de l'état où il voyait Consalve; il ne l'abandonnait point et tâchait, autant qu'il lui était possible, de diminuer son affliction. Vous avez perdu Zaïde, lui disait-il un jour, mais vous n'avez pas contribué à la perdre; et, quelque malheureux que vous soyez, il y a du moins une sorte de malheur que votre destinée vous laisse ignorer. Être la cause de son infortune est ce malheur qui vous est inconnu et c'est celui qui fera éternellement mon supplice. Si vous trouvez quelque consolation, continua-t-il, d'apprendre, par mon exemple, que vous pourriez être plus infortuné que vous ne l'êtes, je veux bien vous raconter les accidents de ma vie, quelque douleur que me puisse donner un si triste souvenir. Consalve ne put s'empêcher de lui laisser voir tant de désir de savoir ce qui l'avait obligé à se confiner dans un désert qu'Alphonse, pour satisfaire sa curiosité, et pour lui faire connaître qu'il était plus malheureux que lui, commença ainsi l'histoire de ses déplaisirs :

HISTOIRE D'ALPHONSE ET DE BÉLASIRE

Vous savez, seigneur, que je m'appelle Alphonse Ximénès et que ma maison a quelque lustre dans l'Espagne, pour être descendue des premiers rois de Navarre [23]. Comme je n'ai dessein que de vous conter l'histoire de mes derniers malheurs, je ne vous ferai pas celle de toute ma vie; il y a néanmoins des choses assez remarquables, mais comme, jusques au temps dont je vous veux parler, je n'avais été malheureux que par la faute des autres, et non pas par la mienne, je ne vous en dirai rien et vous saurez seulement que j'avais éprouvé tout ce que l'infidélité et l'inconstance des femmes peuvent faire souffrir de plus douloureux. Aussi étais-je très éloigné d'en vouloir aimer aucune. Les attachements me paraissaient des supplices et, quoi qu'il y eût plusieurs belles personnes dans la cour dont je pouvais être aimé, je n'avais pour elles que les sentiments de respect qui sont dus à leur sexe. Mon père, qui vivait encore, souhaitait de me marier, par cette chimère si ordinaire à tous les hommes de vouloir conserver leur nom. Je n'avais pas de répugnance au mariage; mais la connaissance que j'avais des femmes m'avait fait prendre la résolution de n'en épouser jamais de belles; et, après avoir tant souffert par la jalousie, je ne voulais pas me mettre au hasard d'avoir tout ensemble celle d'un amant et celle d'un mari. J'étais dans ces dispositions, lorsqu'un jour mon père me dit que Bélasire [24], fille du comte de Guévarre, était arrivée à la cour; que c'était un parti considérable, et par son bien, et par sa naissance, et qu'il eût fort souhaité de l'avoir pour belle-fille. Je lui répondis qu'il faisait un souhait inutile; que j'avais déjà ouï parler de Bélasire et que je savais que personne n'avait encore pu lui plaire; que je savais aussi qu'elle était belle et que c'était assez pour m'ôter la pensée de l'épouser. Il me demanda si je l'avais vue; je lui répondis que toutes les fois qu'elle était venue à la cour je m'étais trouvé à l'armée et que je ne la connaissais que de réputation. Voyez-la, je vous en prie, répliqua-t-il; et, si j'étais aussi assuré que vous lui pussiez plaire que je suis persuadé qu'elle vous fera changer de résolution de n'épouser jamais une belle femme, je ne douterais pas de votre mariage. Quelques jours après, je trouvai Bélasire chez la reine [25] ; je demandai son nom, me doutant bien que c'était elle, et elle me demanda le mien, croyant bien aussi que j'étais Alphonse. Nous devinâmes l'un et l'autre ce que nous avions demandé ; nous nous le dîmes et nous parlâmes ensemble avec un air plus libre qu'apparemment nous ne le devions avoir dans une première conversation. Je trouvai la personne de Bélasire très charmante et son esprit beaucoup au-dessus de ce que j'en avais pensé. Je lui dis que j'avais de la honte de ne la connaître pas encore ; que néanmoins je serais bien aise de ne la pas connaître davantage ; que je n'ignorais pas combien il était inutile de songer à lui plaire et combien il était difficile de se garantir de le désirer. J'ajoutai que, quelque difficulté qu'il y eût à toucher son cœur, je ne pourrais m'empêcher d'en former le dessein, si elle cessait d'être belle ; mais que, tant qu'elle serait comme je la voyais, je n'y penserais de ma vie ; que je la suppliais même de m'assurer qu'il était impossible de se faire aimer d'elle, de peur qu'une fausse espérance ne me fît changer la résolution que j'avais prise de ne m'attacher jamais à une belle femme. Cette conversation, qui avait quelque chose d'extraordinaire, plut à Bélasire ; elle parla de moi assez favorablement et je parlai d'elle comme d'une personne en qui je trouvais un mérite et un agrément au-dessus des autres femmes. Je m'enquis, avec plus de soin que je n'avais fait, qui étaient ceux qui s'étaient attachés à elle. On me dit que le comte de Lare l'avait passionnément aimée ; que cette passion avait duré longtemps ; qu'il avait été tué à l'armée et qu'il s'était précipité dans le péril après avoir perdu l'espérance de l'épouser. On me dit aussi que plusieurs autres personnes avaient essayé de lui plaire, mais inutilement, et que l'on n'y pensait plus parce qu'on croyait impossible d'y réussir. Cette impossibilité dont on me parlait me fit imaginer quelque plaisir à la surmonter. Je n'en fis pas néanmoins le dessein, mais je vis Bélasire le plus souvent qu'il me fut possible ; et comme la cour de Navarre n'est pas si austère que celle de Léon, je trouvais aisément les occasions de la voir. Il n'y avait pourtant rien de sérieux entre elle et moi; je lui parlais en riant de l'éloignement où nous étions l'un pour l'autre et de la joie que j'aurais qu'elle changeât de visage et de sentiments. Il me parut que ma conversation ne lui déplaisait pas et que mon esprit lui plaisait, parce qu'elle trouvait que je connaissais tout le sien. Comme elle avait même pour moi une confiance qui me donnait une entière liberté de lui parler, je la priai de me dire les raisons qu'elle avait eues de refuser si opiniâtrement ceux qui s'étaient attachés à lui plaire. Je vais vous répondre sincèrement, me dit-elle. Je suis née avec aversion pour le mariage; les liens m'en ont toujours paru très rudes et j'ai cru qu'il n'y avait qu'une passion qui pût assez aveugler pour faire passer par-dessus toutes les raisons qui s'opposent à cet engagement. Vous ne voulez pas vous marier par amour, ajouta-t-elle, et moi je ne comprends pas qu'on puisse se marier sans amour et sans une amour violente; et, bien loin d'avoir eu de la passion, je n'ai même jamais eu d'inclination pour personne : ainsi, Alphonse, si je ne me suis point mariée, c'est parce que je n'ai rien aimé. Quoi! madame, lui répondis-je, personne ne vous a plu ? Votre cœur n'a jamais reçu d'impression ? Il n'a jamais été troublé au nom et à la vue de ceux qui vous adoraient ? Non, me dit-elle, je ne connais aucun des sentiments de l'amour. Quoi! pas même la jalousie ? lui dis-je. Non, pas même la jalousie, me répliqua-t-elle. Ah! si cela est, madame, lui répondis-je, je suis persuadé que vous n'avez jamais eu d'inclination pour personne. Il est vrai, reprit-elle, personne ne m'a jamais plu et je n'ai pas même trouvé d'esprit qui me fût agréable et qui eût du rapport avec le mien. Je ne sais quel effet me firent les paroles de Bélasire; je ne sais si j'en étais déjà amoureux sans le savoir; mais l'idée d'un cœur fait comme le sien, qui n'eût jamais reçu d'impression, me parut une chose si admirable et si nouvelle que je fus frappé dans ce moment du désir de lui plaire et d'avoir la gloire de toucher ce cœur que tout le monde croyait insensible. Je ne fus plus cet homme qui avait commencé à parler sans dessein; je repassai dans mon esprit tout ce qu'elle me venait de dire. Je crus que, lorsqu'elle m'avait dit qu'elle n'avait trouvé personne qui lui eût plu, j'avais vu dans ses yeux qu'elle m'en avait excepté; enfin j'eus assez d'espérance pour achever de me donner de l'amour et, dès ce moment, je devins plus amoureux de Bélasire que je ne l'avais jamais été d'aucune autre. Je ne vous redirai point comme j'osai lui déclarer que je l'aimais : j'avais commencé à lui parler par une espèce de raillerie, il était difficile de lui parler sérieusement; mais aussi cette raillerie me donna bientôt lieu de lui dire des choses que je n'aurais osé lui dire de longtemps. Ainsi j'aimai Bélasire et je fus assez heureux pour toucher son inclination; mais je ne le fus pas assez pour lui persuader mon amour. Elle avait une défiance naturelle de tous les hommes; quoiqu'elle m'estimât beaucoup plus que tous ceux qu'elle avait vus, et par conséquent plus que je ne méritais, elle n'ajoutait pas de foi à mes paroles. Elle eut néanmoins un procédé avec moi tout différent de celui des autres femmes et j'y trouvai quelque chose de si noble et de si sincère que j'en fus surpris. Elle ne demeura pas longtemps sans m'avouer l'inclination qu'elle avait pour moi; elle m'apprit ensuite le progrès que je faisais dans son cœur; mais, comme elle ne me cachait point ce qui m'était avantageux, elle m'apprenait aussi ce qui ne m'était pas favorable. Elle me dit qu'elle ne croyait pas que je l'aimasse véritablement et que tant qu'elle ne serait pas mieux persuadée de mon amour elle ne consentirait jamais à m'épouser. Je ne vous saurais exprimer la joie que je trouvais à toucher ce cœur qui n'avait jamais été touché et à voir l'embarras et le trouble qu'y apportait une passion qui lui était inconnue. Quel charme c'était pour moi de connaître l'étonnement qu'avait Bélasire de n'être plus maîtresse d'elle-même et de se trouver des sentiments sur quoi elle n'avait point de pouvoir! Je goûtai des délices, dans ces commencements, que je n'avais pas imaginées; et, qui n'a point senti le plaisir de donner une violente passion à une personne qui n'en a jamais eu, même de

médiocre, peut dire qu'il ignore les véritables plaisirs
de l'amour. Si j'eus de sensibles joies par la connaissance de l'inclination que Bélasire avait pour moi, j'eus
aussi de cruels chagrins par le doute où elle était de
ma passion et par l'impossibilité qui me paraissait à
l'en persuader. Lorsque cette pensée me donnait de
l'inquiétude, je rappelais les sentiments que j'avais
eus sur le mariage; je trouvais que j'allais tomber dans
les malheurs que j'avais tant appréhendés; je pensais
que j'aurais la douleur de ne pouvoir assurer Bélasire de l'amour que j'avais pour elle ou que, si je l'en
assurais et qu'elle m'aimât véritablement, je serais exposé
au malheur de cesser d'être aimé. Je me disais que le
mariage diminuerait l'attachement qu'elle avait pour
moi; qu'elle ne m'aimerait plus que par devoir; qu'elle
en aimerait peut-être quelque autre; enfin je me repré-
sentais tellement l'horreur d'en être jaloux que, quelque
estime et quelque passion que j'eusse pour elle, je
me résolvais quasi d'abandonner l'entreprise que j'avais
faite; et je préférais le malheur de vivre sans Bélasire
à celui de vivre avec elle sans en être aimé. Bélasire
avait à peu près des incertitudes pareilles aux miennes;
elle ne me cachait point ses sentiments non plus que
je ne lui cachais pas les miens. Nous parlions des raisons que nous avions de ne nous point engager; nous
résolûmes plusieurs fois de rompre notre attachement;
nous nous dîmes adieu dans la pensée d'exécuter nos
résolutions; mais nos adieux étaient si tendres et notre
inclination si forte qu'aussitôt que nous nous étions
quittés nous ne pensions plus qu'à nous revoir. Enfin,
après bien des irrésolutions de part et d'autre, je surmontai les doutes de Bélasire; elle rassura tous les miens;
elle me promit qu'elle consentirait à notre mariage
sitôt que ceux dont nous dépendions auraient réglé
ce qui était nécessaire pour l'achever. Son père fut
obligé de partir devant que de le pouvoir conclure;
le roi [26] l'envoya sur la frontière signer un traité avec
les Maures et nous fûmes contraints d'attendre son
retour. J'étais cependant le plus heureux homme du
monde; je n'étais occupé que de l'amour que j'avais
pour Bélasire; j'en étais passionnément aimé; je l'esti-

mais plus que toutes les femmes du monde et je me croyais sur le point de la posséder.

 Je la voyais avec toute la liberté que devait avoir un homme qui l'allait bientôt épouser. Un jour, mon malheur fit que je la priai de me dire tout ce que ses amants avaient fait pour elle. Je prenais plaisir à voir la différence du procédé qu'elle avait eu avec eux d'avec celui qu'elle avait avec moi. Elle me nomma tous ceux qui l'avaient aimée; elle me conta tout ce qu'ils avaient fait pour lui plaire; elle me dit que ceux qui avaient eu plus de persévérance étaient ceux dont elle avait eu plus d'éloignement et que le comte de Lare, qui l'avait aimée jusques à sa mort, ne lui avait jamais plu. Je ne sais pourquoi, après ce qu'elle me disait, j'eus plus de curiosité pour ce qui regardait le comte de Lare que pour les autres. Cette longue persévérance me frappa l'esprit : je la priai de me redire encore tout ce qui s'était passé entre eux; elle le fit et, quoiqu'elle ne me dît rien qui me dût déplaire, je fus touché d'une espèce de jalousie. Je trouvai que, si elle ne lui avait témoigné de l'inclination, qu'au moins lui avait-elle témoigné beaucoup d'estime. Le soupçon m'entra dans l'esprit qu'elle ne me disait pas tous les sentiments qu'elle avait eus pour lui. Je ne voulus point lui témoigner ce que je pensais; je me retirai chez moi plus chagrin que de coutume; je dormis peu et je n'eus point de repos que je ne la visse le lendemain et que je ne lui fisse encore raconter tout ce qu'elle m'avait dit le jour précédent. Il était impossible qu'elle m'eût conté d'abord toutes les circonstances d'une passion qui avait duré plusieurs années; elle me dit des choses qu'elle ne m'avait point encore dites; je crus qu'elle avait eu dessein de me les cacher. Je lui fis mille questions et je lui demandai à genoux de me répondre avec sincérité. Mais quand ce qu'elle me répondait était comme je le pouvais désirer, je croyais qu'elle ne me parlait ainsi que pour me plaire; si elle me disait des choses un peu avantageuses pour le comre de Lare, je croyais qu'elle m'en cachait bien davantage; enfin la jalousie, avec toutes les horreurs dont on la représente, se saisit de mon esprit.

Je ne lui donnais plus de repos ; je ne pouvais plus lui témoigner ni passion ni tendresse : j'étais incapable de lui parler que du comte de Lare ; j'étais pourtant au désespoir de l'en faire souvenir et de remettre dans sa mémoire tout ce qu'il avait fait pour elle. Je résolvais de ne lui en plus parler, mais je trouvais toujours que j'avais oublié de me faire expliquer quelque circonstance et, sitôt que j'avais commencé ce discours, c'était pour moi un labyrinthe ; je n'en sortais plus et j'étais également désespéré de lui parler du comte de Lare ou de ne lui en parler pas.

Je passais les nuits entières sans dormir ; Bélasire ne me paraissait plus la même personne. Quoi ! disais-je, c'est ce qui a fait le charme de ma passion que de croire que Bélasire n'a jamais rien aimé, et qu'elle n'a jamais eu d'inclination pour personne ; cependant, par tout ce qu'elle me dit elle-même, il faut qu'elle n'ait pas eu d'aversion pour le comte de Lare. Elle lui a témoigné trop d'estime et elle l'a traité avec trop de civilité : si elle ne l'avait point aimé, elle l'aurait haï par la longue persécution qu'il lui a faite et qu'il lui a fait faire par ses parents. Non, disais-je, Bélasire, vous m'avez trompé, vous n'étiez point telle que je vous ai crue ; c'était comme une personne qui n'avait jamais rien aimé que je vous ai adorée ; c'était le fondement de ma passion ; je ne le trouve plus ; il est juste que je reprenne tout l'amour que j'ai eu pour vous. Mais, si elle me dit vrai, reprenais-je, quelle injustice ne lui fais-je point ! et quel mal ne me fais-je point à moi-même de m'ôter tout le plaisir que je trouvais à être aimé d'elle !

Dans ces sentiments, je prenais la résolution de parler encore une fois à Bélasire : il me semblait que je lui dirais mieux que je n'avais fait ce qui me donnait de la peine et que je m'éclaircirais avec elle d'une manière qui ne me laisserait plus de soupçon. Je faisais ce que j'avais résolu : je lui parlais ; mais ce n'était pas pour la dernière fois ; et, le lendemain, je reprenais le même discours avec plus de chaleur que le jour précédent. Enfin Bélasire, qui avait eu jusques alors une patience et une douceur admirables, qui avait souffert tous mes soupçons et qui avait travaillé à me les ôter, commença à se lasser de la continuation d'une jalousie si violente et si mal fondée.

Alphonse, me dit-elle un jour, je vois bien que le caprice que vous avez dans l'esprit va détruire la passion que vous aviez pour moi; mais il faut que vous sachiez aussi qu'elle détruira infailliblement celle que j'ai pour vous. Considérez, je vous en conjure, sur quoi vous me tourmentez et sur quoi vous vous tourmentez vous-même, sur un homme mort, que vous ne sauriez croire que j'aie aimé puisque je ne l'ai pas épousé : car si je l'avais aimé, mes parents voulaient notre mariage et rien ne s'y opposait. Il est vrai, madame, lui répondis-je, je suis jaloux d'un mort et c'est ce qui me désespère. Si le comte de Lare était vivant, je jugerais, par la manière dont vous seriez ensemble, de celle dont vous y auriez été; et ce que vous faites pour moi me convaincrait que vous ne l'aimeriez pas. J'aurais le plaisir, en vous épousant, de lui ôter l'espérance que vous lui aviez donnée, quoi que vous me puissiez dire; mais il est mort, et il est peut-être mort persuadé que vous l'auriez aimé, s'il avait vécu. Ah ! madame, je ne saurais être heureux toutes les fois que je penserai qu'un autre que moi a pu se flatter d'être aimé de vous. Mais, Alphonse, me dit-elle encore, si je l'avais aimé, pourquoi ne l'aurais-je pas épousé ? Parce que vous ne l'avez pas assez aimé, madame, lui répliquai-je, et que la répugnance que vous aviez au mariage ne pouvait être surmontée par une inclination médiocre. Je sais bien que vous m'aimez davantage que vous n'avez aimé le comte de Lare; mais, pour peu que vous l'ayez aimé, tout mon bonheur est détruit; je ne suis plus le seul homme qui vous ait plu; je ne suis plus le premier qui vous ait fait connaître l'amour; votre cœur a été touché par d'autres sentiments que ceux que je lui ai donnés. Enfin, madame, ce n'est plus ce qui m'avait rendu le plus heureux homme du monde et vous ne me paraissez plus du même prix dont je vous ai trouvée d'abord. Mais, Alphonse, me dit-elle, comment avez-vous pu vivre en repos avec celles que vous avez aimées ? Je voudrais bien savoir si vous avez trouvé en elles un cœur qui n'eût jamais senti de passion. Je ne l'y cherchais pas, madame, lui répliquai-je, et je n'avais pas espéré de l'y trouver; je ne les avais point regardées comme des personnes incapables d'en aimer d'autres que moi; je m'étais contenté de croire qu'elles m'aimaient beaucoup plus que tout ce qu'elles avaient aimé; mais, pour vous, madame, ce n'est pas de même : je vous ai toujours regardée comme une personne au-dessus de l'amour et qui ne l'aurait jamais connu sans moi. Je me suis trouvé heureux et glorieux tout ensemble d'avoir pu faire une conquête si extraordinaire. Par pitié, ne me laissez plus dans l'incertitude où je suis; si vous m'avez caché quelque chose sur le comte de Lare, avouez-le-moi; le mérite de l'aveu et votre sincérité me consoleront peut-être de ce que vous m'avouerez; éclaircissez mes soupçons et ne me laissez pas vous donner un plus grand prix que je ne dois, ou moindre que vous ne méritez. Si vous n'aviez point perdu la raison, me dit Bélasire, vous verriez bien que, puisque je ne vous ai pas persuadé, je ne vous persuaderai pas; mais si je pouvais ajouter quelque chose à ce que je vous ai déjà dit, ce serait qu'une marque infaillible que je n'ai pas eu d'inclination pour le comte de Lare, est de vous en assurer comme je fais. Si je l'avais aimé, il n'y aurait rien qui pût me le faire désavouer; je croirais faire un crime de renoncer à des sentiments que j'aurais eus pour un homme mort qui les aurait mérités. Ainsi, Alphonse, soyez assuré que je n'en ai point eu qui vous puisse déplaire. Persuadez-le-moi donc, madame, m'écriai-je; dites-le moi mille fois de suite, écrivez-le-moi; enfin redonnez-moi le plaisir de vous aimer comme je faisais et surtout pardonnez-moi le tourment que je vous donne. Je me fais plus de mal qu'à vous et, si l'état où je suis se pouvait racheter, je le rachèterais par la perte de ma vie.

Ces dernières paroles firent de l'impression sur Bélasire; elle vit bien qu'en effet je n'étais pas le maître de mes sentiments; elle me promit d'écrire tout ce qu'elle avait pensé et tout ce qu'elle avait fait pour le comte de Lare; et, quoique ce fussent des choses qu'elle m'avait déjà dites mille fois, j'eus du plaisir de m'imaginer que je les verrais écrites de sa main. Le jour suivant elle m'envoya ce qu'elle m'avait promis : j'y trouvai une narration fort exacte de ce que le comte de Lare avait fait pour lui plaire et de tout ce qu'elle avait fait pour le guérir de sa passion, avec toutes les raisons qui pouvaient me persuader que ce qu'elle me disait était véritable. Cette narration était faite d'une manière qui devait me guérir de tous mes caprices, mais elle fit un effet contraire. Je commençai par être en colère contre moi-même d'avoir obligé Bélasire à employer tant de temps à penser au comte de Lare. Les endroits de son récit où elle entrait dans le détail m'étaient insupportables; je trouvais qu'elle avait bien de la mémoire pour les actions d'un homme qui lui avait été indifférent. Ceux qu'elle avait passés légèrement me persuadaient qu'il y avait des choses qu'elle ne m'avait osé dire; enfin je fis du poison du tout et je vins voir Bélasire plus désespéré et plus en colère que je ne l'avais jamais été. Elle, qui savait combien j'avais sujet d'être satisfait, fut offensée de me voir si injuste; elle me le fit connaître avec plus de force qu'elle ne l'avait encore fait. Je m'excusai le mieux que je pus, tout en colère que j'étais. Je voyais bien que j'avais tort; mais il ne dépendait pas de moi d'être raisonnable. Je lui dis que ma grande délicatesse sur les sentiments qu'elle avait eus pour le comte de Lare était une marque de la passion et de l'estime que j'avais pour elle, et que ce n'était que par le prix infini que je donnais à son cœur que je craignais si fort qu'un autre n'en eût touché la moindre partie; enfin je dis tout ce que je pus m'imaginer pour rendre ma jalousie plus excusable. Bélasire n'approuva point mes raisons; elle me dit que de légers chagrins pouvaient être produits par ce que je lui venais de dire, mais qu'un caprice si long ne pouvait venir que du défaut et du dérèglement de mon humeur; que je lui faisais peur pour la suite de sa vie et que, si je continuais, elle serait obligée de changer de sentiments. Ces menaces me firent trembler; je me jetai à ses genoux, je l'assurai que je ne lui parlerai plus de mon chagrin et je crus moi-même en pouvoir être le maître, mais ce ne fut que pour quelques jours. Je recommençai bientôt à la tourmenter; je lui redemandai souvent pardon, mais souvent aussi je lui fis voir que je croyais toujours qu'elle avait aimé le comte de Lare et que cette pensée me rendrait éternellement malheureux.

Il y avait déjà longtemps que j'avais fait une amitié particulière avec un homme de qualité appelé don Manrique. C'était un des hommes du monde qui avaient le plus de mérite et d'agrément. La liaison qui était entre nous en avait fait une très grande entre Bélasire et lui ; leur amitié ne m'avait jamais déplu ; au contraire, j'avais pris plaisir à l'augmenter. Il s'était aperçu plusieurs fois du chagrin que j'avais depuis quelque temps. Quoique je n'eusse rien de caché pour lui, la honte de mon caprice m'avait empêché de le lui avouer. Il vint chez Bélasire un jour que j'étais encore plus déraisonnable que je n'avais accoutumé et qu'elle était aussi plus lasse qu'à l'ordinaire de ma jalousie. Don Manrique connut, à l'altération de nos visages, que nous avions quelque démêlé. J'avais toujours prié Bélasire de ne lui point parler de ma faiblesse ; je lui fis encore la même prière quand il entra ; mais elle voulut m'en faire honte ; et, sans me donner le loisir de m'y opposer, elle dit à don Manrique ce qui faisait mon chagrin. Il en parut si étonné, il le trouva si mal fondé et il m'en fit tant de reproches qu'il acheva de troubler ma raison. Jugez, seigneur, si elle fut troublée et quelle disposition j'avais à la jalousie ! Il me parut que, de la manière dont m'avait condamné don Manrique, il fallait qu'il fût prévenu pour Bélasire. Je voyais bien que je passais les bornes de la raison ; mais je ne croyais pas aussi qu'on me dût condamner entièrement, à moins que d'être amoureux de Bélasire. Je m'imaginai alors que don Manrique l'était il y avait déjà longtemps, et que je lui paraissais si heureux d'en être aimé qu'il ne trouvait pas que je me dusse plaindre, quand elle en aurait aimé un autre. Je crus même que Bélasire s'était bien aperçue que don Manrique avait pour elle plus que de l'amitié ; je pensai qu'elle était bien aise d'être aimée (comme le sont d'ordinaire toutes les femmes) et, sans la soupçonner de me faire une infidélité, je fus jaloux de l'amitié qu'elle avait pour un homme qu'elle croyait son amant. Bélasire et don Manrique, qui me voyaient si troublé et si agité, étaient bien éloignés de juger ce qui causait le désordre de mon esprit. Ils tâchèrent de me remettre par toutes les raisons dont ils pouvaient s'aviser; mais tout ce qu'ils me disaient achevait de me troubler et de m'aigrir. Je les quittai et, quand je fus seul, je me représentai le nouveau malheur que je croyais avoir infiniment au-dessus de celui que j'avais eu. Je connus alors que j'avais été déraisonnable de craindre un homme qui ne me pouvait plus faire de mal. Je trouvai que don Manrique m'était redoutable en toutes façons : il était aimable; Bélasire avait beaucoup d'estime et d'amitié pour lui; elle était accoutumée à le voir; elle était lasse de mes chagrins et de mes caprices; il me semblait qu'elle cherchait à s'en consoler avec lui et qu'insensiblement elle lui donnerait la place que j'occupais dans son cœur. Enfin je fus plus jaloux de don Manrique que je ne l'avais été du comte de Lare. Je savais bien qu'il était amoureux d'une autre personne, il y avait longtemps; mais cette personne était si inférieure en toutes choses à Bélasire que cet amour ne me rassurait pas. Comme ma destinée voulait que je ne pusse m'abandonner entièrement à mon caprice et qu'il me restât toujours assez de raison pour me laisser dans l'incertitude, je ne fus pas si injuste que de croire que don Manrique travaillât à m'ôter Bélasire. Je m'imaginai qu'il en était devenu amoureux sans s'en être aperçu et sans le vouloir; je pensai qu'il essayait de combattre sa passion à cause de notre amitié et, qu'encore qu'il n'en dît rien à Bélasire, il lui laissait voir qu'il l'aimait sans espérance. Il me parut que je n'avais pas sujet de me plaindre de don Manrique, puisque je croyais que ma considération l'avait empêché de se déclarer. Enfin je trouvai que, comme j'avais été jaloux d'un homme mort, sans savoir si je le devais être, j'étais jaloux de mon ami, et que je le croyais mon rival sans croire avoir sujet de le haïr. Il serait inutile de vous dire ce que des sentiments aussi extraordinaires que les miens me firent souffrir et il est aisé de se l'imaginer. Lorsque je vis don Manrique, je lui fis des excuses de lui avoir caché mon chagrin sur le sujet du comte de Lare; mais je ne lui dis rien de ma nouvelle jalousie. Je n'en dis rien aussi à Bélasire, de peur que la connaissance qu'elle en aurait n'achevât de l'éloigner de moi. Comme j'étais toujours persuadé qu'elle m'aimait beaucoup, je croyais que, si je pouvais obtenir de moi-même de ne lui plus paraître déraisonnable, elle ne m'abandonnerait pas pour don Manrique. Ainsi l'intérêt même de ma jalousie m'obligeait à la cacher. Je demandai encore pardon à Bélasire et je l'assurai que la raison m'était entièrement revenue. Elle fut bien aise de me voir dans ces sentiments, quoiqu'elle pénétrât aisément, par la grande connaissance qu'elle avait de mon humeur, que je n'étais pas si tranquille que je le voulais paraître.

Don Manrique continua de la voir comme il avait accoutumé, et même davantage, à cause de la confidence où ils étaient ensemble de ma jalousie. Comme Bélasire avait vu que j'avais été offensé qu'elle lui en eût parlé, elle ne lui en parlait plus en ma présence; mais, quand elle s'apercevait que j'étais chagrin, elle s'en plaignait avec lui et le priait de lui aider à me guérir. Mon malheur voulut que je m'aperçusse deux ou trois fois qu'elle avait cessé de parler à don Manrique lorsque j'étais entré. Jugez ce qu'une pareille chose pouvait produire dans un esprit aussi jaloux que le mien ! Néanmoins je voyais tant de tendresse pour moi dans le cœur de Bélasire et il me paraissait qu'elle avait tant de joie lorsqu'elle me voyait l'esprit en repos que je ne pouvais croire qu'elle aimât assez don Manrique pour être en intelligence avec lui. Je ne pouvais croire aussi que don Manrique, qui ne songeait qu'à empêcher que je ne me brouillasse avec elle, songeât à s'en faire aimer. Je ne pouvais donc démêler quels sentiments il avait pour elle, ni quels étaient ceux qu'elle avait pour lui. Je ne savais même très souvent quels étaient les miens; enfin j'étais dans le plus misérable état où un homme ait jamais été. Un jour que j'étais entré, qu'elle parlait bas à don Manrique, il me parut qu'elle ne s'était pas souciée que je visse qu'elle lui parlait. Je me souvins alors qu'elle m'avait dit plusieurs fois, pendant que je la persécutais sur le sujet du comte de Lare, qu'elle me donnerait de la jalousie d'un homme vivant pour me guérir de celle que j'avais d'un homme mort. Je crus que c'était pour exécuter cette menace qu'elle traitait si bien don Manrique et qu'elle me laissait voir qu'elle avait des secrets avec lui. Cette pensée diminua le trouble où j'étais. Je fus encore quelques jours sans lui en rien dire; mais enfin je me résolus de lui en parler.

J'allai la trouver dans cette intention et, me jetant à genoux devant elle : Je veux bien vous avouer, madame, lui dis-je, que le dessein que vous avez eu de me tourmenter a réussi. Vous m'avez donné toute l'inquiétude que vous pouviez souhaiter et vous m'avez fait sentir, comme vous me l'aviez promis tant de fois, que la jalousie qu'on a des vivants est plus cruelle que celle qu'on peut avoir des morts. Je méritais d'être puni de ma folie; mais je ne le suis que trop et, si vous saviez ce que j'ai souffert des choses mêmes que j'ai cru que vous faisiez à dessein, vous verriez bien que vous me rendrez aisément malheureux quand vous le voudrez. Que voulez-vous dire, Alphonse ? me repartit-elle; vous croyez que j'ai pensé à vous donner de la jalousie; et ne savez-vous pas que j'ai été trop affligée de celle que vous avez eue malgré moi pour avoir envie de vous en donner ? Ah ! madame, lui dis-je, ne continuez pas davantage à me donner de l'inquiétude; encore une fois, j'ai assez souffert et, quoique j'aie bien vu que la manière dont vous vivez avec don Manrique n'était que pour exécuter les menaces que vous m'aviez faites, je n'ai pas laissé d'en avoir une douleur mortelle. Vous avez perdu la raison, Alphonse, répliqua Bélasire, ou vous voulez me tourmenter à dessein, comme vous dites que je vous tourmente. Vous ne me persuaderez pas que vous puissiez croire que j'aie pensé à vous donner de la jalousie, et vous ne me persuaderez pas aussi que vous en ayez pu prendre. Je voudrais, ajouta-t-elle en me regardant, qu'après avoir été jaloux d'un homme mort que je n'ai pas aimé, vous le fussiez d'un homme vivant qui ne m'aime pas. Quoi ! madame, lui répondis-je, vous n'avez pas eu l'intention de me rendre jaloux de don Manrique ?... Vous suivez simplement votre inclination en le traitant comme vous faites ?... Ce n'est pas pour me donner du soupçon que vous avez cessé de lui parler bas ou que vous avez changé de discours quand je me suis approché de vous ? Ah ! madame, si cela est, je suis bien plus malheureux que je ne pense et je suis même le plus malheureux homme du monde. Vous n'êtes pas le plus malheureux homme du monde, reprit Bélasire, mais vous êtes le plus déraisonnable et, si je suivais ma raison, je romprais avec vous et je ne vous verrais de ma vie. Mais est-il possible, Alphonse, ajouta-t-elle, que vous soyez jaloux de don Manrique ? Et comment ne le serais-je pas, madame, lui dis-je, quand je vois que vous avez avec lui une intelligence que vous me cachez ? Je vous la cache, me répondit-elle, parce que vous vous offensâtes lorsque je lui parlai de votre bizarrerie, et que je n'ai pas voulu que vous vissiez que je lui parlais encore de vos chagrins et de la peine que j'en souffre. Quoi ! madame, repris-je, vous vous plaignez de mon humeur à mon rival et vous trouvez que j'ai tort d'être jaloux ? Je m'en plains à votre ami, répliqua-t-elle, mais non pas à votre rival. Don Manrique est mon rival, repartis-je, et je ne crois pas que vous puissiez vous défendre de l'avouer. Et moi, dit-elle, je ne crois pas que vous m'osiez dire qu'il le soit, sachant, comme vous faites, qu'il passe des jours entiers à ne me parler que de vous. Il est vrai, lui dis-je, que je ne soupçonne pas don Manrique de travailler à me détruire; mais cela n'empêche pas qu'il ne vous aime; je crois même qu'il ne le dit pas encore, mais, de la manière dont vous le traitez, il vous le dira bientôt, et les espérances que votre procédé lui donne le feront passer aisément sur les scrupules que notre amitié lui donnait. Peut-on avoir perdu la raison au point que vous l'avez perdue ? me répondit Bélasire. Songez-vous bien à vos paroles ? Vous dites que don Manrique me parle pour vous, qu'il est amoureux de moi et qu'il ne me parle point pour lui; où pouvez-vous prendre des choses si peu vraisemblables ? N'est-il pas vrai que vous croyez que je vous aime et que vous croyez que don Manrique vous aime aussi ? — Il est vrai, lui répondis-je, que je crois l'un et l'autre. — Et si vous le croyez, s'écria-t-elle, comment pouvez-vous vous imaginer que je vous aime et que j'aime don Manrique ? que don Manrique m'aime, et qu'il vous aime encore ? Alphonse, vous me donnez un déplaisir mortel de me faire connaître le dérèglement de votre esprit; je vois bien que c'est un mal incurable et qu'il faudrait qu'en me résolvant à vous épouser je me résolusse en même temps à être la plus malheureuse personne du monde. Je vous aime assurément beaucoup, mais non pas assez pour vous acheter à ce prix. Les jalousies des amants ne sont que fâcheuses, mais celles des maris sont fâcheuses et offensantes. Vous me faites voir si clairement tout ce que j'aurais à souffrir si je vous avais épousé que je ne crois pas que je vous épouse jamais. Je vous aime trop pour n'être pas sensiblement touchée de voir que je ne passerai pas ma vie avec vous, comme je l'avais espéré; laissez-moi seule, je vous en conjure; vos paroles et votre vue ne feraient qu'augmenter ma douleur.

A ces mots, elle se leva sans vouloir m'entendre et s'en alla dans son cabinet dont elle ferma la porte sans la rouvrir, quelque prière que je lui en fisse. Je fus contraint de m'en aller chez moi, si désespéré et si incertain de mes sentiments que je m'étonne que je n'en perdis le peu de raison qui me restait. Je revins dès le lendemain voir Bélasire; je la trouvai triste et affligée; elle me parla sans aigreur, et même avec bonté, mais sans me rien dire qui dût me faire craindre qu'elle voulût m'abandonner. Il me parut qu'elle essayait d'en prendre la résolution. Comme on se flatte aisément, je crus qu'elle ne demeurerait pas dans les sentiments où je la voyais; je lui demandai pardon de mes caprices, comme j'avais déjà fait cent fois; je la priai de n'en rien dire à don Manrique et je la conjurai à genoux de changer de conduite avec lui et de ne le plus traiter assez bien pour me donner de l'inquiétude. Je ne dirai rien de votre folie à don Manrique, me dit-elle; mais je ne changerai rien à la manière dont je vis avec lui. S'il avait de l'amour pour moi, je ne le verrais de ma vie, quand même vous n'en n'auriez pas d'inquiétude; mais il n'a que de l'amitié; vous savez même qu'il a de l'amour pour d'autres; je l'estime, je l'aime; vous avez consenti que je l'aimasse; il n'y a donc que de la folie et du dérèglement dans le chagrin qu'il vous donne; si je vous satisfaisais, vous seriez bientôt pour quelque autre comme vous êtes pour lui. C'est pourquoi ne vous opiniâtrez pas à me faire changer de conduite, car assurément je n'en changerai point. Je veux croire, lui répondis-je, que tout ce que vous me dites est véritable, et que vous ne croyez point que don Manrique vous aime; mais je le crois, madame, et c'est assez. Je sais bien que vous n'avez que de l'amitié pour lui; mais c'est une sorte d'amitié si tendre et si pleine de confiance, d'estime et d'agrément que, quand elle ne pourrait jamais devenir de l'amour, j'aurais sujet d'en être jaloux et de craindre qu'elle n'occupât trop votre cœur. Le refus que vous me venez de faire de changer de conduite avec lui me fait voir que c'est avec raison qu'il m'est redoutable. Pour vous montrer, me dit-elle, que le refus que je vous fais ne regarde pas don Manrique et qu'il ne regarde que votre caprice, c'est que, si vous me demandiez de ne plus voir l'homme du monde que je méprise le plus, je vous le refuserais comme je vous refuse de cesser d'avoir de l'amitié pour don Manrique. Je le crois, madame, lui répondis-je; mais ce n'est pas de l'homme du monde que vous méprisez le plus que j'ai de la jalousie, c'est d'un homme que vous aimez assez pour le préférer à mon repos. Je ne vous soupçonne pas de faiblesse et de changement; mais j'avoue que je ne puis souffrir qu'il y ait des sentiments de tendresse dans votre cœur pour un autre que pour moi. J'avoue aussi que je suis blessé de voir que vous ne haïssiez pas don Manrique, encore que vous connaissiez bien qu'il vous aime, et qu'il me semble que ce n'était qu'à moi seul qu'était dû l'avantage de vous avoir aimée sans être haï : ainsi, madame, accordez-moi ce que je vous demande, et considérez combien ma jalousie est éloignée de vous devoir offenser. J'ajouterai à ces paroles toutes celles dont je pus m'aviser pour obtenir ce que je souhaitais : il me fut entièrement impossible.

 Il se passa beaucoup de temps pendant lequel je devins toujours plus jaloux de don Manrique. J'eus le pouvoir sur moi de le lui cacher. Bélasire eut la sagesse de ne lui en rien dire, et elle lui fit croire que mon chagrin venait encore de ma jalousie du comte de Lare.

Cependant elle ne changea point de procédé avec don Manrique. Comme il ignorait mes sentiments, il vécut aussi avec elle comme il avait accoutumé : ainsi ma jalousie ne fit qu'augmenter et vint à un tel point que j'en persécutais incessamment Bélasire.

Après que cette persécution eut duré longtemps et que cette belle personne eut en vain essayé de me guérir de mon caprice, on me dit pendant deux jours qu'elle se trouvait mal et qu'elle n'était pas même en état que je la visse. Le troisième elle m'envoya quérir; je la trouvai fort abattue et je crus que c'était sa maladie. Elle me fit asseoir auprès d'un petit lit sur lequel elle était couchée et, après avoir demeuré quelques moments sans parler : Alphonse, me dit-elle, je pense que vous voyez bien, il y a longtemps, que j'essaye de prendre la résolution de me détacher de vous. Quelques raisons qui m'y dussent obliger, je ne crois pas que je l'eusse pu faire si vous ne m'en eussiez donné la force par les extraordinaires bizarreries que vous m'avez fait paraître. Si ces bizarreries n'avaient été que médiocres, et que j'eusse pu croire qu'il eût été possible de vous en guérir par une bonne conduite, quelque austère qu'elle eût été, la passion que j'ai pour vous me l'eût fait embrasser avec joie; mais, comme je vois que le dérèglement de votre esprit est sans remède et que, lorsque vous ne trouvez point de sujets de vous tourmenter, vous vous en faites sur des choses qui n'ont jamais été et sur d'autres qui ne seront jamais, je suis contrainte, pour votre repos et pour le mien, de vous apprendre que je suis absolument résolue de rompre avec vous et de ne vous point épouser. Je vous dis encore dans ce moment, qui sera le dernier que nous aurons de conversation particulière, que je n'ai jamais eu d'inclination pour personne que pour vous et que vous seul étiez capable de me donner de la passion. Mais puisque vous m'avez confirmée dans l'opinion que j'avais qu'on ne peut être heureux en aimant quelqu'un, vous, que j'ai trouvé le seul homme digne d'être aimé, soyez persuadé que je n'aimerai personne et que les impressions que vous avez faites dans mon cœur sont les seules qu'il avait reçues et les seules qu'il recevra jamais. Je ne veux pas même que vous puissiez penser que j'aie trop d'amitié pour don Manrique : je n'ai refusé de changer de conduite avec lui que pour voir si la raison ne vous reviendrait point et pour me donner lieu de me redonner à vous si j'eusse connu que votre esprit eût été capable de se guérir. Je n'ai pas été assez heureuse : c'était la seule raison qui m'a empêchée de vous satisfaire. Cette raison est cessée; je vous sacrifie don Manrique, je viens de le prier de ne me voir jamais. Je vous demande pardon de lui avoir découvert votre jalousie; mais je ne pouvais faire autrement et notre rupture la lui aurait toujours apprise. Mon père arriva hier au soir; je lui ai dit ma résolution; il est allé, à ma prière, l'apprendre au vôtre. Ainsi, Alphonse, ne songez point à me faire changer; j'ai fait ce qui pouvait confirmer mon dessein devant que de vous le déclarer; j'ai retardé autant que j'ai pu, et peut-être plus pour l'amour de moi que pour l'amour de vous. Croyez que personne ne sera jamais si uniquement ni si fidèlement aimé que vous l'avez été.

Je ne sais si Bélasire continua de parler; mais comme mon saisissement avait été si grand, d'abord qu'elle avait commencé, qu'il m'avait été impossible de l'interrompre, les forces me manquèrent aux dernières paroles que je vous viens de dire : je m'évanouis et je ne sais ce que fit Bélasire ni ses gens; mais, quand je revins, je me trouvai dans mon lit, et don Manrique auprès de moi, avec toutes les actions d'un homme aussi désespéré que je l'étais.

Lorsque tout le monde se fut retiré, il n'oublia rien pour se justifier des soupçons que j'avais de lui et pour me témoigner son désespoir d'être la cause innocente de mon malheur. Comme il m'aimait fort, il était, en effet, extraordinairement touché de l'état où j'étais. Je tombai malade et ma maladie fut violente : je connus bien alors, mais trop tard, les injustices que j'avais faites à mon ami; je le conjurai de me les pardonner et de voir Bélasire pour lui demander pardon de ma part et pour tâcher de la fléchir. Don Manrique alla chez elle; on lui dit qu'on ne pouvait la voir; il y retourna tous les jours pendant que je fus malade, mais aussi inutilement; j'y allai moi-même sitôt que je pus marcher : on me dit la même chose et, à la seconde fois que j'y retournai, une de ses femmes me vint dire de sa part que je n'y allasse plus et qu'elle ne me verrait pas. Je pensai mourir lorsque je me vis sans espérance de voir Bélasire. J'avais toujours cru que cette grande inclination qu'elle avait pour moi la ferait revenir si je lui parlais ; mais, voyant qu'elle ne me voulait point parler, je n'espérai plus ; et il faut avouer que de n'espérer plus de posséder Bélasire était une cruelle chose pour un homme qui s'en était vu si proche et qui l'aimait si éperdument. Je cherchai tous les moyens de la voir : elle m'évitait avec tant de soin et faisait une vie si retirée qu'il m'était absolument impossible.

Toute ma consolation était d'aller passer la nuit sous ses fenêtres ; je n'avais pas même le plaisir de les voir ouvertes. Je crus un jour de les avoir entendu ouvrir dans le temps que je m'en étais allé ; le lendemain je crus encore la même chose ; enfin je me flattai de la pensée que Bélasire me voulait voir sans que je la visse et qu'elle se mettait à sa fenêtre lorsqu'elle entendait que je me retirais. Je résolus de faire semblant de m'en aller à l'heure que j'avais accoutumé et de retourner brusquement sur mes pas pour voir si elle ne paraîtrait point. Je fis ce que j'avais résolu : j'allai jusques au bout de la rue, comme si je me fusse retiré. J'entendis distinctement ouvrir la fenêtre ; je retournai en diligence ; je crus entrevoir Bélasire, mais en m'approchant je vis un homme qui se rangeait proche de la muraille au-dessous de la fenêtre, comme un homme qui avait dessein de se cacher. Je ne sais comment, malgré l'obscurité de la nuit, je crus reconnaître don Manrique. Cette pensée me troubla l'esprit ; je m'imaginai que Bélasire l'aimait, qu'il était là pour lui parler, qu'elle ouvrait ses fenêtres pour lui ; je crus enfin que c'était don Manrique qui m'ôtait Bélasire. Dans le transport qui me saisit, je mis l'épée à la main ; nous commençâmes à nous battre avec beaucoup d'ardeur ; je sentis que je l'avais blessé en deux endroits ; mais il se défendait toujours. Au bruit de nos épées, ou par les ordres de Bélasire, on sortit de chez elle pour nous venir séparer. Don Manrique me reconnut à la lueur des flambeaux ; il recula quelques pas, je m'avançai pour arracher son épée, mais il la baissa et me dit d'une voix faible : Est-ce vous, Alphonse ? et est-il possible que j'aie été assez malheureux pour me battre contre vous ? Oui, traître, lui dis-je, et c'est moi qui t'arracherai la vie, puisque tu m'ôtes Bélasire et que tu passes les nuits à ses fenêtres pendant qu'elles me sont fermées. Don Manrique, qui était appuyé contre une muraille et que quelques personnes soutenaient, parce qu'on voyait bien qu'il n'en pouvait plus, me regarda avec des yeux trempés de larmes. Je suis bien malheureux, me dit-il, de vous donner toujours de l'inquiétude ; la cruauté de ma destinée me console de la perte de la vie que vous m'ôtez ! Je me meurs, ajouta-t-il, et l'état où je suis vous doit persuader de la vérité de mes paroles. Je vous jure que je n'ai jamais eu de pensée pour Bélasire qui vous ait pu déplaire ; l'amour que j'ai pour une autre, et que je ne vous ai pas caché, m'a fait sortir cette nuit ; j'ai cru être épié, j'ai cru être suivi ; j'ai marché fort vite, j'ai tourné dans plusieurs rues ; enfin je me suis arrêté où vous m'avez trouvé, sans savoir que ce fût le logis de Bélasire. Voilà la vérité, mon cher Alphonse ; je vous conjure de ne vous affliger pas de ma mort ; je vous la pardonne de tout mon cœur, continua-t-il en me tendant les bras pour m'embrasser. Alors les forces lui manquèrent et il tomba sur les personnes qui le soutenaient.

Les paroles, seigneur, ne peuvent représenter ce que je devins et la rage où je fus contre moi-même ; je voulus vingt fois me passer mon épée au travers du corps, et surtout lorsque je vis expirer don Manrique. On m'ôta d'auprès de lui. Le comte de Guevarre, père de Bélasire, qui était sorti au nom de don Manrique et au mien, me conduisit chez moi et me remit entre les mains de mon père. On ne me quittait point à cause du désespoir où j'étais ; mais le soin de me garder aurait été inutile si ma religion m'eût laissé la liberté de m'ôter la vie. La douleur que je savais que recevait Bélasire de l'accident qui était arrivé pour elle et le bruit qu'il faisait dans la cour, achevaient de me désespérer. Quand je pensais que tout le mal qu'elle souffrait, et tout celui dont j'étais accablé n'était arrivé que par ma faute, j'étais dans une fureur qui ne peut être imaginée. Le comte de Guevarre, qui avait conservé beaucoup d'amitié pour moi, me venait voir très souvent et pardonnait à la passion que j'avais pour sa fille l'éclat que j'avais fait. J'appris par lui qu'elle était inconsolable et que sa douleur passait les bornes de la raison. Je connaissais assez son humeur et sa délicatesse sur sa réputation pour savoir, sans qu'on me le dît, tout ce qu'elle pouvait sentir dans une si fâcheuse aventure. Quelques jours après cet accident, on me dit qu'un écuyer de Bélasire demandait à me parler de sa part. Je fus transporté au nom de Bélasire, qui m'était si cher; je fis entrer celui qui me demandait : il me donna une lettre où je trouvai ces paroles :

« Notre séparation m'avait rendu le monde si insupportable que je ne pouvais plus y vivre avec plaisir, et l'accident qui vient d'arriver blesse si fort ma réputation que je ne puis y demeurer avec honneur. Je vais me retirer dans un lieu où je n'aurait point la honte de voir les divers jugements qu'on fait de moi. Ceux que vous en avait faits ont causé tous mes malheurs; cependant je n'ai pu me résoudre à partir sans vous dire adieu et sans vous avouer que je vous aime encore, quelque déraisonnable que vous soyez. Ce sera tout ce que j'aurai à sacrifier à Dieu, en me donnant à lui, que l'attachement que j'ai pour vous et le souvenir de celui que vous avez eu pour moi. La vie austère que je vais entreprendre me paraîtra douce : on ne peut trouver rien de fâcheux quand on a éprouvé la douleur de s'arracher à ce qui nous aime et à ce qu'on aimait plus que toutes choses. Je veux bien vous avouer encore que le seul parti que je prends me pouvait mettre en sûreté contre l'inclination que j'ai pour vous et que, depuis notre séparation, vous n'êtes jamais venu dans ce lieu, où vous avez fait tant de désordre, que je n'aie été prête à vous parler et à vous dire que je ne pouvais vivre sans vous. Je ne sais même si je ne vous l'aurais point dit le soir que vous attaquâtes don Manrique et que vous me donnâtes de nouvelles marques de ces soupçons qui ont fait tous nos malheurs. Adieu, Alphonse; souvenez-vous quelquefois de moi, et souhaitez, pour mon repos, que je ne me souvienne jamais de vous. »

Il ne manquait plus à mon malheur que d'apprendre que Bélasire m'aimait encore, qu'elle se fût peut-être redonnée à moi sans le dernier effet de mon extravagance et que le même accident qui m'avait fait tuer mon meilleur ami me faisait perdre ma maîtresse et la contraignait de se rendre malheureuse pour tout le reste de sa vie.

Je demandai à celui qui m'avait apporté cette lettre où était Bélasire; il me dit qu'il l'avait conduite dans un monastère de religieuses fort austères qui étaient venues de France depuis peu; qu'en y entrant elle lui avait donné une lettre pour son père et une autre pour moi : je courus à ce monastère; je demandai à la voir, mais inutilement. Je trouvai le comte de Guevarre qui en sortait; toute son autorité et toutes ses prières avaient été inutiles pour la faire changer de résolution. Elle prit l'habit quelque temps après.

Pendant l'année qu'elle pouvait encore sortir, son père et moi fîmes tous nos efforts pour l'y obliger. Je ne voulus point quitter la Navarre, comme j'en avais fait le dessein, que je n'eusse entièrement perdu l'espérance de revoir Bélasire; mais le jour que je sus qu'elle était engagée pour jamais, je partis sans rien dire. Mon père était mort, et je n'avais personne qui me pût retenir. Je m'en vins en Catalogne, dans le dessein de m'embarquer et d'aller finir mes jours dans les déserts de l'Afrique. Je couchai par hasard dans cette maison; elle me plut, je la trouvai solitaire et telle que je la pouvais désirer; je l'achetai. J'y mène depuis cinq ans une vie aussi triste que doit faire un homme qui a tué son ami, qui a rendu malheureuse la plus estimable personne du monde et qui a perdu, par sa faute, le plaisir de passer sa vie avec elle. Croirez-vous encore, seigneur, que vos malheurs soient comparables aux miens ?

Alphonse se tut à ses mots et il parut si accablé de tristesse par le renouvellement de douleur que lui apportait le souvenir de ses malheurs que Consalve crut plusieurs fois qu'il allait expirer. Il lui dit tout ce qu'il crut capable de lui donner quelque consolation; mais il ne put s'empêcher d'avouer en lui-même que les malheurs qu'il venait d'entendre pouvaient au moins entrer en comparaison avec ceux qu'il avait soufferts.

Cependant la douleur qu'il sentait de la perte de Zaïde augmentait tous les jours ; il dit à Alphonse qu'il voulait sortir de l'Espagne et aller servir l'empereur dans la guerre qu'il avait contre les Sarrasins qui, s'étant rendus maîtres de la Sicile, faisaient de continuelles courses en Italie. Alphonse fut sensiblement touché de cette résolution ; il fit tous ses efforts pour l'en détourner mais ses efforts furent inutiles.

L'inquiétude que donne l'amour ne pouvait laisser Consalve dans cette solitude et il était pressé d'en sortir, par une secrète espérance, qu'il ne connaissait pas lui-même, de pouvoir retrouver Zaïde. Il résolut donc de partir et de quitter Alphonse ; il n'y eut jamais une plus triste séparation ; ils parlèrent de tous les malheurs de leur vie ; ils y ajoutèrent celui de ne se plus voir ; et, après s'être promis de se donner de leurs nouvelles, Alphonse demeura dans sa solitude et Consalve s'en alla coucher à Tortose.

Il se logea proche d'une maison dont les jardins faisaient une des plus grandes beautés de la ville ; il se promena tout le soir et même pendant une partie de la nuit sur les bords de l'Èbre. S'étant lassé de se promener, il s'assit au pied d'une terrasse de ces beaux jardins ; elle était si basse qu'il entendit parler des personnes qui s'y promenaient. Ce bruit ne le détourna pas d'abord de sa rêverie ; mais enfin il en fut détourné par un son de voix qui lui parut semblable à celui de Zaïde et qui lui donna, malgré lui, de l'attention et de la curiosité. Il se leva pour être plus proche du haut de la terrasse ; d'abord il n'entendit rien, parce que l'allée où se promenaient ces personnes finissait au bord de la terrasse où il était et que, lorsqu'elles étaient à ce bord, elles retournaient sur leurs pas et s'éloignaient de lui. Il demeura au même lieu pour voir si elles ne reviendraient point. Elles revinrent comme il l'avait espéré et il entendit cette même voix qui l'avait surpris. Il y a trop d'opposition, disait-elle, dans les choses qui pourraient faire mon bonheur. Je ne puis espérer d'être heureuse ; mais je serais moins à plaindre si j'avais pu lui faire connaître mes sentiments et si j'étais assurée des siens. Après ces paroles, Consalve n'en entendit plus de bien distinctes, parce que celle qui parlait commençait à s'éloigner. Elle revint une seconde fois, parlant encore. Il est vrai, disait-elle, que le pouvoir des premières inclinations peut excuser celle que j'ai laissée naître dans mon cœur; mais quel bizarre effet du hasard s'il arrive que cette inclination, qui semble s'accorder avec ma destinée, ne serve peut-être quelque jour qu'à me la faire suivre avec douleur ! Ce fut tout ce que Consalve put entendre. La grande ressemblance de cette voix avec celle de Zaïde lui causa de l'étonnement, et peut-être aurait-il soupçonné que c'était elle-même, sans que cette personne parlait espagnol. Quoiqu'il eût trouvé quelque chose d'étranger dans l'accent, il n'y fit pas de réflexion, parce qu'il était dans une extrémité de l'Espagne où l'on ne parle pas comme en Castille; il eut seulement pitié de celle qui avait parlé, et ces paroles lui firent juger qu'il y avait quelque chose d'extraordinaire dans sa fortune.

Le lendemain il partit de Tortose pour s'aller embarquer. Après avoir marché quelque temps, il vit au milieu de l'Èbre une barque fort ornée, couverte d'un pavillon magnifique relevé de tous les côtés, et dessous, plusieurs femmes, parmi lesquelles il reconnut Zaïde : elle était debout, comme pour mieux voir la beauté de la rivière et il paraissait néanmoins qu'elle rêvait profondément. Il faudrait, comme Consalve, avoir perdu une maîtresse sans espérance de la revoir pour pouvoir exprimer ce qu'il sentit en revoyant Zaïde. Sa surprise et sa joie furent si grandes qu'il ne savait où il était, ni ce qu'il voyait; il la regardait attentivement et, reconnaissant tous ses traits, il craignait de se méprendre. Il ne pouvait s'imaginer que cette personne, dont il se croyait séparé par tant de mers, ne le fût que par une rivière. Il voulait pourtant aller à elle, il voulait lui parler, il voulait qu'elle le vît; il craignait de lui déplaire et n'osait se faire remarquer ni témoigner sa joie devant ceux qui étaient avec elle. Un bonheur si imprévu et tant de pensées différentes ne lui laissaient pas la liberté de prendre une résolution; mais enfin, après s'être un peu remis et s'être assuré qu'il ne se trompait pas, il se détermina à ne se point faire connaître à Zaïde et à suivre sa barque jusques au port. Il espéra d'y trouver quelque moyen de parler à elle en particulier; il crut qu'il apprendrait le lieu de sa naissance et celui où elle allait; il s'imagina même qu'il pourrait juger, en voyant ceux qui étaient dans la barque, si ce rival, à qui il croyait ressembler, était avec elle : enfin, il pensa qu'il allait sortir de toutes ses incertitudes, et qu'il pourrait au moins témoigner à Zaïde l'amour qu'il avait pour elle. Il eût bien souhaité que ses yeux eussent été tournés de son côté; mais elle rêvait si profondément que ses regards demeuraient toujours attachés sur la rivière. Au milieu de sa joie, il se souvint de la personne qu'il avait entendue dans le jardin de Tortose et, quoiqu'elle eût parlé espagnol, l'accent étranger qu'il avait remarqué et la vue de Zaïde si proche de ce même lieu, lui fi[rent] [27] croire que ce pouvait être elle-même. Cette pensée troubla le plaisir qu'il avait de la revoir; il se souvint de ce qu'il lui avait ouï dire d'une première inclination et, quelque disposition qu'on ait à se flatter, il était trop persuadé que Zaïde avait pleuré un amant qu'elle aimait, pour croire qu'il pût prendre part à cette première inclination; mais les autres paroles qu'elle avait dites et qu'il avait retenues lui laissaient de l'espérance. Il s'imaginait qu'il n'était pas impossible qu'il n'y eût quelque chose d'avantageux pour lui; il revint ensuite à douter que ce fût Zaïde qu'il eût entendue et il trouvait peu d'apparence qu'elle eût appris l'espagnol en si peu de temps.

Le trouble que lui causaient ses incertitudes se dissipa; il s'abandonna enfin à la joie d'avoir retrouvé Zaïde; et, sans penser davantage s'il était aimé ou s'il ne l'était pas, il pensa seulement au plaisir qu'il allait avoir d'être encore regardé par ses beaux yeux. Cependant il marchait toujours le long de la rivière en suivant la barque; et, quoiqu'il allât assez vite, des gens à cheval qui venaient derrière lui le passèrent. Il se détourna de quelques pas pour empêcher qu'ils ne le vissent; mais comme il y en avait un qui venait seul un peu après les autres, la curiosité d'apprendre quelque chose de Zaïde lui fit oublier le soin de ne se pas faire voir; et il demanda à ce cavalier s'il ne savait point qui étaient ces personnes qu'il voyait dans cette barque. Ce sont, lui répondit-il, des personnes considérables parmi les Maures, qui sont à Tortose il y a déjà quelques jours, et qui s'en vont prendre un grand vaisseau pour s'en retourner en leur pays. En parlant ainsi, il regarda Consalve avec beaucoup d'attention et prit le galop pour rejoindre ses compagnons. Consalve demeura fort surpris de ce qu'il venait d'apprendre et il ne douta plus, puisque Zaïde avait couché à Tortose, que ce ne fût elle-même qu'il eût entendue parler dans ce jardin. Un tour que la rivière faisait en cet endroit et un chemin escarpé qui se trouva sur le bord, lui fi[rent] [28] perdre la vue de Zaïde. Dans ce moment, tous ces hommes à cheval, qui l'avaient passé, revinrent à lui. Il ne douta point alors qu'ils ne l'eussent reconnu; il voulut se détourner; mais ils l'environnèrent d'une manière qui lui fit voir qu'il ne pouvait les éviter. Il reconnut celui qui était à leur tête pour Oliban, un des principaux officiers de la garde du prince de Léon et il eut une douleur sensible de voir qu'il le reconnaissait aussi. Sa douleur augmenta de beaucoup lorsque cet officier lui dit qu'il y avait plusieurs jours qu'il le cherchait et qu'il avait ordre du prince de le conduire à la cour. Quoi! s'écria Consalve, le prince n'est pas content du traitement qu'il m'a fait, il veut encore m'ôter la liberté! C'est le seul bien qui me reste et je périrai plutôt que de souffrir qu'on me le ravisse. A ces mots, il mit l'épée à la main, et, sans considérer le nombre de ceux qui l'environnaient, il les attaqua avec une valeur si extraordinaire que deux ou trois étaient déjà hors de combat avant qu'il leur eût donné le loisir de se reconnaître. Oliban commanda aux gardes de ne penser qu'à l'arrêter et de conserver sa vie. Ils lui obéissaient avec peine, et Consalve fondait sur eux avec tant de furie qu'ils ne pouvaient plus se défendre sans l'attaquer. Enfin leur chef, étonné des actions incroyables de Consalve et craignant de ne pouvoir exécuter l'ordre du prince de Léon, mit pied à terre et tua d'un coup d'épée le cheval de Consalve. Ce cheval, en tombant, embarrassa tellement son maître dans sa chute qu'il lui fut impossible de se dégager; son épée se rompit; tous ceux qui l'attaquaient l'environnèrent et Oliban lui représenta avec beaucoup de civilité le grand nombre qu'ils étaient contre lui seul et l'impossibilité de ne pas obéir. Consalve ne le voyait que trop ; mais il trouvait un si grand malheur d'être conduit à Léon qu'il ne pouvait s'y résoudre. Zaïde, qu'il venait de retrouver et qu'il allait perdre, était le comble de son désespoir ; et il parut en un si étrange état que l'officier de don Garcie s'imagina que la pensée des mauvais traitements qu'il attendait de ce prince lui donnait cette grande répugnance à l'aller trouver. Il faut, seigneur, lui dit-il, que vous ignoriez ce qui s'est passé à Léon depuis quelque temps pour craindre, autant que vous le faites, d'y retourner. J'ignore toutes choses, répondit Consalve ; je sais seulement que vous me feriez plus de plaisir de m'ôter la vie que de me conduire au prince de Léon. Je vous en dirais davantage, répliqua Oliban, si ce prince ne me l'avait expressément défendu ; mais je me contente de vous assurer que vous n'avez rien à craindre. J'espère, répondit Consalve, que la douleur d'être conduit à Léon m'empêchera d'y arriver en état de satisfaire la cruauté de don Garcie. Comme il achevait ces paroles, il revit la barque de Zaïde, mais il ne vit plus son visage : elle était assise et tournée du côté opposé au sien. Quelle destinée que la mienne ! dit-il en lui-même. Je perds Zaïde dans le même moment que je la retrouve ! Quand je la voyais et que je lui parlais dans la maison d'Alphonse, elle ne pouvait m'entendre. Lorsque je l'ai rencontrée à Tortose et que j'en pouvais être entendu, je ne l'ai pas reconnue ; et maintenant que je la vois, que je la reconnais et qu'elle pourrait m'entendre, je ne saurais lui parler et je n'espère plus de la revoir. Il demeura quelque temps dans ces diverses pensées ; puis tout à coup, se tournant vers ceux qui le conduisaient : Je ne crois pas, leur dit-il, que vous craigniez que je vous puisse échapper ; je vous demande la grâce de me laisser approcher du bord de la rivière pour parler pendant quelques moments à des personnes que je vois dans cette barque. Je suis très fâché, lui répondit Oliban, d'avoir des ordres contraires à ce que vous désirez ; mais il m'est défendu de vous laisser parler à qui que ce soit et vous me permettrez d'exécuter ce qui m'a été ordonné. Consalve sentit si vivement ce refus que cet officier, qui remarqua la violence de ses sentiments et qui craignit qu'il n'appelât à son secours ceux qui étaient dans la barque, ordonna à ses gens de l'éloigner de la rivière. Ils s'en éloignèrent à l'heure même et conduisirent Consalve au lieu le plus commode pour passer la nuit. Le lendemain ils prirent le chemin de Léon et marchèrent avec tant de diligence qu'ils y arrivèrent en peu de jours. Oliban envoya un des siens avertir le prince de leur arrivée et attendit son retour à deux cents pas de la ville. Celui qu'il avait envoyé apporta l'ordre de conduire Consalve dans le palais par un chemin détourné et de le faire entrer dans le cabinet de don Garcie. Consalve était si affligé qu'il se laissait conduire sans demander seulement en quel lieu on le voulait mener.

SECONDE PARTIE

Lorsque Consalve se trouva dans le palais de Léon, la vue d'un lieu où il avait été si heureux lui redonna les idées de sa fortune et renouvela sa haine pour don Garcie. La douleur d'avoir perdu Zaïde céda pour quelques moments aux sentiments impétueux de la colère et il ne fut occupé que du désir de faire connaître à ce prince qu'il méprisait tous les mauvais traitements qu'il pouvait recevoir de lui.

Comme il était dans ces pensées, il vit entrer Hermenesilde, suivie seulement du prince de Léon. La vue de ces deux personnes ensemble dans un lieu si particulier, et au milieu de la nuit, lui causa une telle surprise qu'il lui fut impossible de la cacher. Il recula quelques pas et son étonnement fit si bien voir sur son visage toutes les pensées qui se présentaient en foule à son imagination que don Garcie, prenant la parole : Ne me trompé-je point, mon cher Consalve, lui dit-il, ne sauriez-vous point encore les changements qui sont arrivés dans cette cour ? et douteriez-vous que je ne fusse légitime possesseur d'Hermenesilde ? Je le suis, ajouta-t-il, et il ne manque rien à mon bonheur, sinon que vous y consentiez et que vous en soyez le témoin. Il l'embrassa en disant ces paroles; Hermenesilde fit la même chose, et l'un et l'autre le prièrent de leur pardonner les malheurs qu'ils lui avaient causés. C'est à moi, seigneur, dit Consalve en se jetant aux pieds du prince, c'est à moi à vous demander pardon d'avoir laissé paraître des soupçons dont j'avoue que je n'ai pu me défendre; mais j'espère que vous accorderez ce pardon au premier mouvement d'une surprise si extraordinaire et au peu d'apparence que je voyais à la grâce que vous avez faite à ma sœur. Vous pouviez tout espérer de sa beauté et de mon amour, répliqua don Garcie; et je vous conjure d'oublier ce qu'elle a fait, sans votre aveu, pour un prince dont elle connaissait les sentiments. Le succès, seigneur, a si bien justifié sa conduite, répondit Consalve, que c'est à elle à se plaindre de l'obstacle que je voulais apporter à son bonheur.

Après ces paroles, don Garcie dit à Hermenesilde qu'il était déjà si tard qu'elle serait peut-être bien aise de se retirer et qu'il serait bien aise aussi de demeurer encore quelques moments avec Consalve.

Lorsqu'ils furent seuls, il l'embrassa avec beaucoup de témoignages d'amitié. Je n'oserais espérer, lui dit-il, que vous oubliiez les choses passées; je vous conjure seulement de vous souvenir de l'amitié qui a été entre nous et de penser que je n'ai manqué à celle que je vous devais que par une passion qui ôte la raison à ceux qui en sont possédés. Je suis si surpris, seigneur, repartit Consalve, que je ne puis vous répondre; je doute de ce que je vois et je ne puis croire que je sois assez heureux pour retrouver en vous cette même bonté que j'y ai vue autrefois. Mais, seigneur, permettez-moi de vous demander à qui je dois cet heureux retour. Vous me demandez bien des choses, répondit le prince et, bien que j'eusse besoin d'un plus long temps pour vous les apprendre, je vous les dirai en peu de paroles et je ne veux pas retarder d'un moment ce qui peut servir à me justifier auprès de vous.

Alors il voulut lui raconter le commencement de sa passion pour Hermenesilde et la part qu'y avait eue don Ramire; mais, pour lui en épargner la peine, Consalve lui dit qu'il avait appris tout ce qui s'était passé jusques au jour qu'il était parti de Léon et qu'il ne lui restait à savoir que ce qui était arrivé depuis son départ.

Histoire de don Garcie et d'Hermenesilde

Vous partîtes sans doute, reprit don Garcie, sur la connaissance que vous eûtes que j'avais eu la faiblesse de consentir à votre éloignement; et la méprise que fit Nugna Bella de vous envoyer une lettre qu'elle écrivait à don Ramire vous apprit ce qu'on vous avait caché avec tant de soin. Don Ramire reçut la lettre qui s'adressait à vous et ne douta point que vous n'eussiez reçu celle qui s'adressait à lui. Il en fut extrêmement troublé; je ne le fus pas moins; nos fautes étaient communes, quoiqu'elles fussent différentes. Votre départ lui donna de la joie; j'en eus aussi d'abord; mais quand je fis réflexion à l'état où vous étiez, quand je considérai que j'en étais la cause, je pensai mourir de douleur. Je trouvais que j'avais perdu la raison de vous avoir caché si soigneusement l'amour que j'avais pour Hermenesilde; il me semblait que les sentiments que j'avais pour elle étaient d'une nature à n'être pas désapprouvés; j'eus plusieurs fois envie de faire courir après vous et je l'aurais fait si j'eusse été le seul coupable; mais l'intérêt de Nugna Bella et de don Ramire était des obstacles invincibles à votre retour. Je leur cachai mes sentiments et j'essayai, autant qu'il me fut possible, de vous oublier. Votre éloignement fit beaucoup de bruit et chacun en parla selon son caprice. Sitôt que je ne fus plus retenu par vos conseils et que je suivis ceux de don Ramire, qui souhaitait, par son intérêt, de me voir de l'autorité, je me brouillai entièrement avec le roi; et il connut alors qu'il s'était trompé quand il avait cru que vous me portiez à faire les choses qui lui étaient désagréables. Notre mésintelligence éclata; les soins de la reine ma mère furent inutiles; et les choses vinrent à un tel point que l'on ne douta plus que je n'eusse dessein de former un parti. Je ne crois pas néanmoins que j'en eusse pris la résolution, si le comte votre père (qui sut, par des personnes qu'il avait mises auprès de sa fille, l'amour que j'avais pour elle) ne m'eût fait dire que, si je voulais l'épouser, il m'offrait une armée considérable, des places et de l'argent, et enfin ce qui m'était nécessaire pour obliger le roi à me faire part de sa couronne. Vous savez ce que les passions peuvent sur moi et à quel point l'amour et l'ambition régnaient dans mon âme. L'une et l'autre étaient satisfaites par les offres qu'on me faisait; ma vertu était trop faible pour y résister et je ne vous avais plus pour la soutenir. J'acceptai ses offres avec joie, mais, avant que de m'engager entièrement, je voulus savoir qui entrait dans ce parti dont je me faisais le chef. J'appris qu'il y avait plusieurs personnes considérables, entre autres le père de Nugna Bella, un des comtes de Castille, et je trouvai que Nugnez Fernando et lui demandaient que je les reconnusse pour souverains. Cette proposition me surprit et j'eus quelque honte de faire une chose si préjudiciable à l'État, par une impatience précipitée de régner; mais don Ramire aida, par son intérêt, à me déterminer. Il promit à ceux qui traitaient pour les comtes de Castille de me porter à faire ce qu'ils désiraient pourvu qu'on lui promît de lui donner Nugna Bella. Il m'engagea à la demander; je le fis avec joie; on me l'accorda et notre traité fut conclu en peu de temps. Je ne pus me résoudre à attendre la fin de la guerre pour être possesseur d'Hermenesilde et je fis dire à Nugnez Fernando que j'étais résolu d'enlever sa fille en me retirant de la cour. Il y consentit et il ne me resta plus qu'à trouver les moyens de cet enlèvement. Don Ramire y avait le même intérêt que moi, parce que Diégo Porcellos trouvait bon qu'on enlevât Nugna Bella avec Hermenesilde. Nous résolûmes de prendre un jour que la reine irait se promener hors de la ville, d'obliger celui qui conduirait le chariot où seraient Nugna Bella et Hermenesilde à s'éloigner de celui de la reine, de les enlever et de les mener à Palence, qui était en ma disposition et où Nugnez Fernando se devait trouver.

Tout ce que je viens de vous dire s'exécuta plus heureusement que nous ne l'avions espéré [29]. J'épousai Hermenesilde dès le soir même que nous fûmes arrivés : la bienséance et mon amour le voulaient ainsi; et je le devais faire pour engager entièrement le comte de Castille dans mes intérêts. Au milieu de la joie que nous avions l'un et l'autre, nous parlâmes de vous avec beaucoup de douleur. Je lui avouai ce qui avait causé votre éloignement; nous plaignîmes ensemble le malheur où nous étions de ne savoir en quel lieu du monde vous étiez allé. Je ne pouvais me consoler de votre perte et je regardais don Ramire avec horreur, comme la cause de ma faute. Son mariage fut retardé, parce que Nugna Bella voulut qu'on attendît Diégo Porcellos, qui était demeuré en Castille pour rassembler les troupes qu'on avait levées.

Cependant la plus grande partie du royaume se déclara pour moi. Le roi ne laissa pas d'avoir une armée considérable et de s'opposer à la mienne; il y eut plusieurs combats et, dans l'un des premiers, don Ramire fut tué sur la place. Nugna Bella en parut très affligée; votre sœur fut témoin de son affliction et prit le soin de la consoler. Je fis en moins de deux mois des progrès si considérables que la reine ma mère, connaissant qu'il était impossible de me résister, porta le roi à un accommodement et lui en fit savoir la nécessité. Elle avança vers le lieu où j'étais; elle me dit que le roi était résolu de chercher du repos; qu'il se démettrait de la couronne en ma faveur et qu'il se réserverait seulement la souveraineté de Zamora pour y finir ses jours et celle d'Oviédo pour la donner à mon frère. Il eût été difficile de refuser des offres si avantageuses; je les acceptai; on fit tout ce qui était nécessaire pour l'exécution de ce traité. Je vins à Léon; je vis le roi; il se démit de sa couronne et partit le même jour pour s'en aller à Zamora [30].

Permettez-moi, seigneur, interrompit Consalve, de vous faire paraître mon étonnement. Attendez encore, reprit don Garcie, que je vous aie appris ce qui regarde Nugna Bella. Je ne sais si ce que je vais vous dire vous donnera de la joie ou de la douleur, car j'ignore quels sentiments vous conservez pour elle. Ceux de l'indifférence, seigneur, répondit Consalve. Vous m'écouterez donc sans peine, répliqua le roi. Incontinent après la paix elle vint à Léon avec la reine; il me parut qu'elle souhaitait votre retour; je lui parlai de vous, et je lui vis de violents repentirs de l'infidélité qu'elle vous avait faite. Nous résolûmes de vous faire chercher, quoiqu'il fût assez difficile, ne sachant en quel endroit du monde vous étiez allé. Elle me dit que si quelqu'un le pouvait savoir c'était don Olmond [31]. Je l'envoyai chercher à l'heure même; je le conjurai de m'apprendre de vos nouvelles; il me répondit que, depuis mon mariage et la mort de don Ramire, il avait eu plusieurs fois la pensée de me parler de vous, jugeant bien que les raisons qui avaient causé votre éloignement étaient cessées ; mais qu'ignorant où vous étiez, il avait cru que c'était une chose inutile ; qu'enfin il venait de recevoir une de vos lettres ; que vous ne lui mandiez point le lieu de votre séjour, mais que vous le priiez de vous écrire à Tarragone, ce qui lui faisait juger que vous n'étiez pas hors de l'Espagne. Je fis partir à l'heure même plusieurs officiers de mes gardes pour vous aller chercher. J'avais jugé, par la lettre que vous aviez écrite à don Olmond, que vous ignoriez les changements qui étaient arrivés ; je leur donnai ordre de ne vous rien dire de l'état de la cour et de mes sentiments, et j'imaginai un plaisir extrême à vous apprendre l'un et l'autre. Quelques jours après, don Olmond partit aussi pour vous aller chercher et il crut qu'il vous trouverait plus tôt que ceux que j'y avais déjà envoyés. Nugna Bella me parut touchée d'une grande joie, par l'espérance de vous revoir ; mais son père, que j'avais reconnu pour souverain aussi bien que le vôtre, envoya demander à la reine la permission de la rappeler auprès de lui. Quelque douleur qu'elles eussent de cette séparation, Nugna Bella ne put l'éviter : elle partit et, sitôt qu'elle a été arrivée en Castille, son père l'a mariée, contre son gré, à un prince allemand que la dévotion a attiré en Espagne. Il a cru voir dans cet étranger un mérite extraordinaire et l'a choisi pour lui donner sa fille ; peut-être a-t-il de la valeur et de la sagesse, mais son humeur et sa personne ne sont pas agréables et Nugna Bella est très malheureuse.

Voilà, dit le roi en finissant son discours, ce qui s'est passé depuis votre éloignement ; si vous n'aimez plus Nugna Bella et que vous m'aimiez encore, je n'ai rien à souhaiter, puisque vous serez aussi heureux que vous l'avez été et que je le serai entièrement par le retour de votre amitié. Je suis confus, seigneur, de toutes vos bontés, répondit Consalve ; je crains de ne vous pas faire assez paraître ma reconnaissance et ma joie ; mais l'habitude que mes malheurs et la solitude m'ont donnée à la tristesse m'en laissent encore une impression qui cache les sentiments de mon cœur.

Après ces paroles, don Garcie se retira, et l'on conduisit Consalve dans un appartement qu'on lui avait préparé dans le palais. Lorsqu'il se vit seul et qu'il fit réflexion sur le peu de joie que lui donnait un changement si avantageux, quels reproches ne se fit-il point de s'être si entièrement abandonné à l'amour!

C'est vous seule, Zaïde, dit-il, qui m'empêchez de jouir du retour de ma fortune et d'une fortune encore au-dessus de celle que j'avais perdue. Mon père est souverain, ma sœur est reine, et je suis vengé de tous ceux qui m'avaient trahi. Cependant je suis malheureux et je rachèterais, de tous les avantages que je possède, l'occasion que j'ai perdue de vous suivre et de vous revoir.

Le lendemain toute la cour sut le retour de Consalve. Le roi ne pouvait se lasser de faire voir l'amitié qu'il avait pour lui et il prenait soin d'en donner des témoignages publics, pour réparer en quelque sorte les choses qui s'étaient passées. Une si éclatante faveur ne consolait point cet amant de la perte de Zaïde; il n'était pas en son pouvoir de cacher son affliction. Le roi s'en aperçut et le pressa si fortement de lui en avouer la cause que Consalve ne put s'en défendre. Après lui avoir raconté sa passion pour Zaïde et tout ce qui lui était arrivé depuis son départ de Léon: Voilà, seigneur, lui dit-il, comme j'ai été puni d'avoir osé soutenir, contre vous, qu'on ne devait aimer qu'après une longue connaissance. J'ai été trompé par une personne que je croyais connaître; cette expérience ne m'a pas pu défendre contre Zaïde que je ne connaissais pas, que je ne connais point encore et qui cependant trouble l'heureux état où vous me mettez. Le roi était trop sensible à l'amour et trop sensible à ce qui regardait Consalve pour n'être pas touché de son malheur. Il examina avec lui ce qu'on pouvait faire pour apprendre des nouvelles de Zaïde. Ils résolurent d'envoyer à Tortose, dans cette maison où il l'avait entendue parler, pour tâcher au moins de s'instruire de sa patrie et du lieu où elle était allée. Consalve, qui avait dessein de faire savoir à Alphonse tout ce qui lui était arrivé depuis qu'il était sorti de sa solitude, se servit de cette occasion pour lui écrire et pour lui renouveler les assurances de son amitié.

Cependant les Maures avaient profité des désordres
du royaume de Léon : ils avaient surpris plusieurs villes
et continuaient encore à étendre leurs limites, sans
avoir néanmoins déclaré la guerre. Don Garcie, poussé
par son ambition naturelle et se trouvant fortifié par la
valeur de Consalve, résolut d'entrer dans leur pays et de
reprendre tout ce qu'ils avaient usurpé. Don Ordogno [32],
son frère, se joignit à lui, et ils mirent une puissante
armée en campagne. Consalve en fut le général. Il fit
en peu de temps des progrès considérables, il prit des
villes, il eut l'avantage en plusieurs combats, et enfin
il assiégea Talavera, qui était une place importante par
sa situation et par sa grandeur. Abdérame, roi de Cordoue, successeur d'Abdallah, vint lui-même s'opposer
au roi de Léon [33]. Il s'approcha de Talavera dans l'espérance de faire lever le siège. Don Garcie, avec le prince
Ordogno son frère, prit la plus grande partie de l'armée,
pour l'aller combattre, et laissa Consalve avec le reste
pour continuer le siège. Consalve s'en chargea avec
joie ; et l'assurance d'y réussir ou d'y trouver la mort
ne lui laissa pas appréhender de mauvais succès. Il
n'avait point eu de nouvelles de Zaïde ; il était plus
tourmenté que jamais de la passion qu'il avait pour elle
et du désir de la revoir ; de sorte qu'au travers de sa
fortune et de sa gloire il n'envisageait qu'une vie si
désagréable qu'il courait avec ardeur aux occasions de
la finir. Le roi marcha contre Abdérame ; il le trouva
campé dans un poste avantageux, à une journée de
Talavera. Quelques jours se passèrent sans qu'ils en
vinssent aux mains ; les Maures ne voulaient pas sortir
de leur poste et don Garcie se trouvait trop faible
pour les y attaquer. Cependant Consalve jugea qu'il
était impossible de continuer le siège, parce que, n'ayant
pas assez de troupes pour enfermer toute la place, il y
entrait du secours toutes les nuits et que ce secours
pouvait enfin mettre les assiégés en état de faire des
sorties qu'il ne pourrait soutenir. Comme il avait déjà
fait une brèche considérable, il résolut de hasarder un
assaut général et d'essayer, par une action si hardie,
de réussir dans une chose qu'il croyait désespérée. Il
exécuta ce qu'il avait résolu ; et, après avoir donné tous

les ordres nécessaires, il attaqua la ville avant que le jour parût, mais avec tant de courage et d'espérance de vaincre qu'il inspira ces mêmes sentiments aux soldats. Ils firent des actions incroyables et enfin, en moins de deux heures, Consalve se rendit maître de Talavera. Il fit tous ses efforts pour empêcher le pillage; mais il était impossible d'arrêter des troupes qui avaient été animées par l'espérance du butin.

Comme il allait lui-même par la ville pour prévenir le désordre, il vit un homme qui se défendait seul contre plusieurs autres avec une valeur admirable et qui, en se retirant, tâchait de gagner un château qui ne s'était pas encore rendu. Ceux qui attaquaient cet homme le pressaient si vivement qu'ils l'allaient percer de plusieurs coups si Consalve ne fût jeté au milieu d'eux et ne leur eût commandé de se retirer. Il leur fit honte de l'action qu'ils voulaient faire; ils s'en excusèrent en lui disant que celui qu'ils attaquaient était le prince Zuléma [34], qui venait de tuer un nombre infini des leurs et qui voulait se jeter dans le château. Ce nom était trop célèbre par la grandeur de ce prince et par le commandement général qu'il avait dans les armées des Maures, pour n'être pas connu de Consalve. Il s'avança vers lui, et ce vaillant homme, voyant bien qu'il ne pouvait plus se défendre, rendit son épée avec un air si noble et si hardi que Consalve ne douta point qu'il ne fût digne de la grande réputation qu'il avait acquise. Il le donna en garde à des officiers qui le suivaient et marcha vers ce château pour le sommer de se rendre. Il promit la vie à ceux qui étaient dedans; on lui en ouvrit les portes; il apprit, en y entrant, qu'il y avait beaucoup de dames arabes qui s'y étaient retirées. On le conduisit au lieu où elles étaient : il entra dans un appartement superbe orné avec toute la politesse des Maures. Plusieurs dames, à demi couchées sur des carreaux, ne faisaient voir que par un triste silence la douleur qu'elles avaient d'être captives. Elles étaient un peu éloignées, comme par respect, d'une personne magnifiquement habillée et assise sur un lit de repos. Sa tête était appuyée sur une de ses mains; de l'autre elle essuyait ses larmes et cachait son visage, comme si elle eût voulu retarder de quel-

ques moments la vue de ses ennemis. Enfin, au bruit
que firent ceux dont Consalve était suivi, elle se tourna
et lui fit reconnaître Zaïde, mais Zaïde plus belle qu'il
ne l'avait jamais vue, malgré la douleur et le trouble
qui paraissaient sur son visage. Consalve fut si surpris qu'il parut plus troublé que Zaïde, et Zaïde sembla
se rassurer et perdre une partie de ses craintes à la vue
de Consalve. Ils s'avancèrent l'un vers l'autre et, prenant tous deux la parole, Consalve se servit de la langue
grecque pour lui demander pardon de paraître devant
elle comme un ennemi, dans le même moment que Zaïde
lui disait en espagnol qu'elle ne craignait plus les malheurs qu'elle avait appréhendés et que ce ne serait
pas le premier péril dont il l'aurait garantie. Ils furent
si étonnés de s'entendre parler leurs langues, et leur
surprise leur jeta si vivement dans l'esprit les raisons
qui les avaient obligés de les apprendre qu'ils en rougirent et demeurèrent quelque temps dans un profond
silence. Enfin, Consalve reprit la parole et, continuant
de se servir de la langue grecque : Je ne sais, madame,
lui dit-il, si j'ai eu raison de souhaiter, autant que je l'ai
fait, que vous me pussiez entendre; peut-être n'en
serai-je pas moins malheureux; mais quoi qu'il puisse
m'arriver, puisque j'ai la joie de vous revoir après en
avoir tant de fois perdu l'espérance, je ne me plaindrai
plus de ma fortune. Zaïde parut embarrassée de ce que
lui disait Consalve et le regardant avec ses beaux yeux
où il ne paraissait néanmoins que de la tristesse : Je ne
sais encore, (lui dit-elle en sa langue, ne voulant plus
lui parler espagnol), si mon père a pu échapper des périls
où il s'est exposé dans cette journée; vous me permettrez bien de ne vous pas répondre pour demander de ses
nouvelles. Consalve appela ceux qui se trouvèrent proche
de lui pour s'enquérir de ce qu'elle voulait savoir. Il
eut le plaisir d'apprendre que ce prince à qui il venait
de sauver la vie était le père de Zaïde; et elle parut
avoir beaucoup de joie de savoir par quel bonheur son
père avait été garanti de la mort. Ensuite Consalve fut
obligé de faire des civilités à toutes les autres dames qui
étaient dans le château. Il fut fort surpris d'y trouver
don Olmond, dont on n'avait point eu de nouvelles

depuis qu'il était parti de Léon pour le chercher. Après avoir satisfait à ce qu'il devait à un ami si fidèle, il revint dans le lieu où était Zaïde. Comme il commençait à lui parler, on le vint avertir que le désordre était si grand dans la ville que sa présence seule pouvait l'arrêter. Il fut contraint d'aller où son devoir l'appelait. Il donna tous les ordres qu'il jugea nécessaires pour apaiser le tumulte que faisaient naître l'avarice des soldats et la terreur des habitants ; ensuite il dépêcha un courrier au roi pour lui donner avis de la prise de la ville et revint avec impatience auprès de Zaïde. Toutes les dames qui étaient auprès d'elle s'éloignèrent par hasard ; il voulut profiter des moments où il pouvait l'entretenir ; mais, comme il avait dessein de lui parler de sa passion, il sentit un trouble extraordinaire et il connut bien que ce n'était pas toujours assez de pouvoir être entendu pour se déterminer à se vouloir faire entendre. Il craignit néanmoins de perdre une occasion qu'il avait tant souhaitée ; et, après avoir admiré quelque temps la bizarrerie de leur aventure, d'avoir été si longtemps ensemble sans se connaître et sans se parler : Nous sommes bien éloignés, dit Zaïde, de retomber dans le même embarras, puisque j'entends la langue espagnole et que vous entendez la mienne. Je m'étais trouvé si malheureux de ne la pas entendre, répondit Consalve, que je l'ai apprise sans espérer même qu'elle pût me servir à réparer ce que j'avais souffert de ne la pas savoir. Pour moi, reprit Zaïde en rougissant, j'ai appris l'espagnol, parce qu'il est difficile de n'apprendre pas la langue du pays où l'on demeure et que l'on est dans une peine continuelle lorsqu'on ne peut se faire entendre. Je vous entendais souvent, madame, répliqua Consalve, et quoique je ne susse pas votre langue, il y a eu bien des heures où j'aurais pu rendre un compte exact de vos sentiments, et je suis persuadé que vous voyiez encore mieux les miens que je ne voyais les vôtres. Je vous assure, répondit Zaïde, que je suis moins habile que vous ne pensez et que, tout ce que j'ai pu juger, c'est que vous aviez quelquefois beaucoup de tristesse. Je vous en disais la cause, répondit Consalve, et je crois que, sans savoir ce que signifiaient mes paroles, vous

n'avez pas laissé de m'entendre. Ne vous en défendez
point, madame; vous m'avez répondu, sans me parler,
avec une sévérité dont vous devez être satisfaite; mais
puisque j'ai pu connaître votre indifférence, comment
n'auriez-vous pas connu des sentiments qui paraissent
plus aisément que l'indifférence et qui s'expliquent souvent
malgré nous ? J'avoue néanmoins que j'ai vu quelquefois
vos beaux yeux tournés sur moi d'une manière
qui m'aurait donné de la joie si je n'avais cru devoir ce
qu'ils avaient de favorable à la ressemblance de quelque
autre. Je ne vous désavouerai pas, reprit Zaïde, que je
n'aie trouvé que vous ressembliez à quelqu'un; mais vous
n'auriez pas sujet de vous plaindre, si je vous disais que
j'ai souvent souhaité que vous puissiez être celui à qui
vous ressemblez. Je ne sais, madame, répondit Consalve,
si ce que vous me dites m'est favorable et je ne puis vous
en rendre grâce si vous ne me l'expliquez mieux. Je vous
en ai trop dit pour vous l'expliquer, répliqua Zaïde, et
mes dernières paroles m'engagent à vous en faire un
secret. Je suis bien destiné au malheur de ne vous pas
entendre, reprit Consalve, puisque, même en me parlant
espagnol, je ne sais ce que vous me dites. Mais, madame,
avez-vous la cruauté d'ajouter encore des incertitudes à
celles où je vis depuis si longtemps ? Il faut que je
meure à vos pieds, ou que vous me disiez qui vous avez
pleuré dans la solitude d'Alphonse, et qui est celui à qui
mon malheur ou mon bonheur veulent que je ressemble.
Ma curiosité ne s'arrêterait pas sans doute à ces deux
choses, si le respect que j'ai pour vous ne la retenait;
mais j'attendrai que le temps et votre bonté me permettent
de vous en demander davantage.

Comme Zaïde allait répondre, les dames arabes qui
étaient dans le château demandèrent à parler à Consalve;
et il vint ensuite tant d'autres personnes qu'avec
le soin qu'apporta cette princesse à éviter de l'entretenir
en particulier, il lui fut impossible d'en retrouver l'occasion.

Il se renferma seul pour s'abandonner au plaisir
d'avoir retrouvé Zaïde et de l'avoir retrouvée dans un
lieu dont il était le maître; il croyait même avoir remarqué
dans ses yeux quelque joie de le revoir; il était bien

aise qu'elle eût appris l'espagnol, et elle s'était servie de cette langue avec tant de promptitude, sitôt qu'elle l'avait vu, qu'il se flattait d'avoir eu quelque part au soin qu'elle avait eu de l'apprendre. Enfin la vue de Zaïde et l'espérance de n'en être pas haï faisaient sentir à Consalve ce qu'un amant, qui n'est pas assuré d'être aimé, peut sentir de plus agréable.

Don Olmond revint du château, où il l'avait envoyé pour y faire entrer des troupes, et interrompit sa rêverie. Comme il l'avait trouvé dans le même lieu que Zaïde, il crut qu'il pourrait l'instruire de la naissance et des aventures de cette belle princesse. Il appréhenda néanmoins qu'il n'en fût amoureux et la crainte de trouver encore un rival en un homme qu'il croyait son ami arrêta longtemps sa curiosité; mais il ne put en être le maître et, après avoir demandé à don Olmond quelle aventure l'avait conduit à Talavera et avoir su qu'il avait été pris prisonnier en allant le chercher à Tarragone, il lui parla de Zuléma pour lui parler ensuite de Zaïde.

Vous savez, lui dit don Olmond, qu'il est neveu du calife Osman et qu'il serait à la place du caïma[can] [35] qui règne aujourd'hui, s'il avait eu autant de bonheur qu'il méritait d'en avoir. Il tient un rang considérable parmi les Arabes; il est venu en Espagne pour être général des armées du roi de Cordoue et il y vit avec une grandeur et une dignité dont j'ai été surpris. Je trouvai ici, en y arrivant, une cour très agréable. Bellénie, femme du prince Osmin, frère de Zuléma, y était alors. Cette princesse n'est pas moins révérée par sa vertu que par sa naissance. Elle avait avec elle la princesse Félime, sa fille, dont l'esprit et le visage sont pleins de charmes, bien qu'il y ait dans l'un et dans l'autre beaucoup de langueur et de mélancolie. Vous avez vu l'incomparable beauté de Zaïde et vous pouvez juger quel fut mon étonnement de trouver à Talavera tant de personnes dignes d'admiration. Il est vrai, répondit Consalve, que Zaïde est la plus parfaite beauté que j'aie jamais vue et je ne doute point qu'elle n'ait ici un grand nombre d'amants attachés à elle. Alamir, prince de Tharse, en est passionnément amoureux, répliqua don Olmond; il a commencé à l'aimer en Chypre et il en était parti avec elle. Zuléma fit naufrage aux côtes de Catalogne ; il est venu depuis en Espagne, et Alamir est venu à Talavera chercher Zaïde.

Les paroles de don Olmond donnèrent un coup mortel à Consalve : il y trouva la confirmation de ses soupçons et il vit en un moment que tout ce qu'il s'était imaginé était véritable. L'espérance de s'être trompé, dont il s'était flatté tant de fois, l'abandonna entièrement et la joie que lui avait donnée la conversation qu'il venait d'avoir avec Zaïde ne servit qu'à augmenter sa douleur. Il ne douta plus que les larmes qu'elle avait répandues chez Alphonse ne fussent pour Alamir, que ce ne fût à lui à qui il ressemblait et que ce ne fût par lui qu'elle eût été enlevée des côtes de la Catalogne. Ces pensées lui donnèrent une si cruelle douleur que don Olmond crut qu'il était malade et lui en témoigna de l'inquiétude. Consalve ne voulut pas lui apprendre le sujet de son affliction ; il trouva de la honte à lui avouer qu'il était encore amoureux après avoir été si maltraité par l'amour ; il lui dit que son mal se passerait bientôt, et il lui demanda s'il avait vu Alamir, s'il était digne de Zaïde et s'il en était aimé. Je ne l'ai point vu, reprit don Olmond : il était allé joindre Abdérame avant que l'on m'eût conduit en cette ville. Sa réputation est grande ; je ne sais s'il est aimé de Zaïde, mais je crois qu'il est difficile qu'elle méprise un prince aussi aimable que j'ai ouï dépeindre Alamir ; et il paraît si attaché à elle qu'il est difficile de croire qu'il en soit entièrement dédaigné. La princesse Félime, avec qui j'ai fait une amitié particulière, malgré la retraite où vivent les personnes de sa nation et de sa naissance, m'a souvent parlé d'Alamir ; et, à en juger par ce qu'elle m'en a dit, on ne peut être ni plus honnête homme ni plus amoureux. Si Consalve eût suivi ses sentiments il eût fait encore plusieurs questions à don Olmond, mais il était retenu par la crainte de découvrir ce qu'il lui voulait cacher. Il lui demanda seulement ce qu'était devenue Félime ; don Olmond lui répondit qu'elle avait suivi la princesse sa mère à Oropèze, où Osmin commandait un corps d'armée.

Consalve se retira ensuite sur le prétexte de chercher du repos, mais ce ne fut en effet que pour être en liberté de s'affliger et de faire réflexion sur l'opiniâtreté de son malheur. Pourquoi ai-je retrouvé Zaïde, disait-il, avant que d'apprendre qu'Alamir en est aimé ! Si j'en eusse été assuré dans le temps que je l'avais perdue, j'aurais moins souffert de son absence; je me serais moins abandonné à la joie de la revoir et je ne sentirais pas la cruelle douleur de perdre les espérances qu'elle me vient de donner. Quelle destinée est la mienne, que même la douceur de Zaïde ne serve qu'à me rendre malheureux ! Pourquoi témoigner qu'elle souffre mon amour, si elle approuve celui d'Alamir ? Et que veut dire ce souhait que je puisse être celui à qui je ressemble ?

De pareilles réflexions augmentaient encore sa tristesse; et, le jour suivant, qu'il devait attendre avec tant d'impatience et qui lui devait être si agréable, puisqu'il était assuré de voir Zaïde et de lui parler, lui parut le plus affreux de sa vie quand il pensa qu'en la voyant il n'avait rien à espérer que la confirmation de son malheur.

Sur le milieu de la nuit, celui qui était allé porter au roi la nouvelle de la prise de la ville revint avec un ordre pour Consalve de partir à l'heure même et d'aller joindre l'armée avec toute la cavalerie. Don Garcie savait que les Maures attendaient un secours considérable et, quand il eut appris que Consalve avait emporté Talavera, il crut qu'il fallait profiter de cette victoire et rassembler toutes ses troupes pour attaquer les ennemis avant qu'ils fussent fortifiés par ce nouveau secours. Quelque difficulté que Consalve trouvât à exécuter l'ordre du roi, par l'embarras de faire marcher des soldats qui étaient encore fatigués du travail de la nuit précédente, le désir d'être à la bataille le fit agir avec tant d'ardeur qu'il les mit en peu de temps en état de partir, et il se fit la cruelle violence de quitter Zaïde sans lui dire adieu. Il ordonna que l'on conduisît Zuléma dans le château où était cette princesse et il commanda à celui qui la gardait de lui dire les raisons qui l'obligeaient à quitter Talavera avec tant de précipitation.

A la pointe du jour, il se mit à la tête de la cavalerie et commença à marcher avec une tristesse proportionnée au sujet qu'il en croyait avoir. En approchant du camp, il rencontra le roi qui venait au-devant de lui : il mit

pied à terre et alla lui rendre compte de ce qui s'était
passé à la prise de Talavera. Après lui avoir parlé de ce
qui regardait la guerre, il lui parla de ce qui regardait
son amour. Il lui apprit qu'il avait retrouvé Zaïde, mais
qu'il avait aussi trouvé ce rival dont la seule idée lui
avait donné tant d'inquiétude. Le roi lui témoigna combien il s'intéressait dans toutes les choses qui le touchaient et combien il était satisfait de la victoire qu'il
venait de remporter. Consalve alla ensuite faire camper
ses troupes et les mettre en état, par quelques heures
de repos, de se préparer à la bataille que l'on avait dessein de donner. La résolution n'en était pas encore prise;
le poste avantageux des ennemis, leur nombre, et le
chemin qu'il fallait faire pour aller à eux, rendaient
cette résolution difficile à prendre et périlleuse à exécuter. Consalve néanmoins opina à la donner; et, l'espérance de trouver Alamir dans le combat, lui fit soutenir
son opinion avec tant de force que la bataille fut
résolue pour le lendemain.

Les Arabes étaient campés dans une plaine à la vue
d'Almaras; leur camp était environné d'un grand bois,
en sorte que l'on ne pouvait aller à eux que par un
défilé si dangereux à passer qu'il ne semblait pas qu'on
dût l'entreprendre. Toutefois Consalve, à la tête de la
cavalerie, commença le premier à traverser ce bois et
parut dans la plaine, suivi de quelques escadrons. Les
Arabes, surpris de voir leurs ennemis si proches, employèrent à prendre leur résolution le temps qu'ils
devaient employer à combattre et donnèrent le loisir
aux Espagnols de passer toutes leurs troupes et de se
ranger en bataille. Consalve marcha droit à eux avec
l'aile gauche, enfonça leurs escadrons et les mit en fuite.
Il ne s'abandonna pas à poursuivre les fuyards et, cherchant partout le prince de Tharse et de nouvelles victoires, il tourna tout court sur l'infanterie des Arabes.
Cependant l'aile droite n'avait pas eu un succès si favorable; les Arabes l'avaient rompue et poussée jusques au
corps de réserve que commandait le roi de Léon; mais ce
roi avait arrêté leur victoire et les avait repoussés jusques aux portes d'Almaras, en sorte qu'il ne restait de
leur armée que l'infanterie, où était Abdérame et que

Consalve venait d'attaquer. Cette infanterie l'attendit de pied ferme et, ouvrant ses bataillons, les gens de trait firent un effet si prodigieux que les troupes espagnoles ne les purent soutenir. Consalve les remit en ordre et recommença la même attaque jusques à trois fois. Enfin il enveloppa cette infanterie de tous côtés et, touché de voir périr de si braves gens, il cria qu'on leur fit quartier. Ils mirent tous les armes bas et, se jetant en foule autour de lui, ils semblaient n'avoir d'autre application qu'à admirer sa clémence, après avoir éprouvé sa valeur. Dans ce moment, le roi de Léon vint rejoindre Consalve et lui donna toutes les louanges que méritait sa valeur. Ils surent que le roi Abdérame s'était dégagé pendant le dernier combat et s'était retiré dans Almaras [36].

La gloire que Consalve avait acquise dans cette journée devait lui donner quelque joie; mais il ne sentit que la douleur de n'y avoir pas laissé la vie et de n'avoir pu trouver Alamir.

Il sut des prisonniers que ce prince n'était pas dans l'armée; qu'il commandait le secours que les ennemis attendaient et que c'était l'espérance de ce secours qui leur avait fait essayer de retarder la bataille.

Comme les Arabes avaient ramassé une partie de leur armée; qu'ils étaient fortifiés par les troupes qu'Alamir avait amenées et qu'ils avaient devant eux une grande ville que l'on n'osait assiéger à leur vue, le roi de Léon ne pouvait espérer d'autre avantage de sa victoire que la gloire de l'avoir remportée. Néanmoins, Abdérame, sous le prétexte d'enterrer les morts, demanda une trêve de quelques jours, dans le dessein de commencer une négociation pour la paix.

Pendant cette trêve, un jour que Consalve passait d'un quartier à l'autre, il vit sur une petite éminence deux cavaliers de l'armée ennemie qui se défendaient contre plusieurs cavaliers espagnols et qui, malgré leur résistance, étaient près d'être accablés par le nombre de ceux qui les attaquaient. Il fut étonné de voir ce combat pendant la trêve et de le voir si inégal. Il envoya quelqu'un des siens à toute bride pour le faire cesser et pour en savoir la cause. On lui vint dire que ces deux cavaliers arabes avaient voulu passer auprès des gardes avancées ; qu'on les avait arrêtés avec insolence ; qu'ils avaient mis l'épée à la main et que la cavalerie, qui s'était trouvée en ce lieu, les avait attaqués. Consalve commanda à un officier d'aller de sa part faire des excuses à ces deux cavaliers et de les conduire jusque hors du camp, du côté qu'ils voudraient aller. Il continua ensuite la visite des quartiers et alla passer à celui du roi, en sorte qu'il ne revint que fort tard à son logement. Le lendemain, l'officier qui avait conduit ces deux cavaliers arabes le vint trouver. Seigneur, lui dit-il, un de ceux que vous nous aviez donné ordre d'escorter nous a chargés de vous dire qu'il est bien fâché qu'une affaire importante, qui n'a rien de commun avec la guerre, l'empêche de vous venir remercier et qu'il est bien aise de vous apprendre que c'est le prince Alamir qui vous est redevable de la vie. Lorsque Consalve entendit le nom d'Alamir et qu'il pensa que ce rival, qu'il avait eu tant d'envie d'aller chercher par toute la terre, lors même qu'il n'en connaissait ni le nom ni la patrie, venait de passer dans le camp et à sa vue pour aller sans doute trouver Zaïde, il demeura comme accablé, et il ne lui resta de force que pour demander quel chemin avait pris Alamir. Quand on lui eut répondu que c'était celui de Talavera, il congédia tous ceux qui étaient dans sa tente et demeura abandonné au désespoir de n'avoir pas connu le prince de Tharse.

Quoi ! disait-il, non seulement il échappe à ma vengeance, mais je lui ouvre encore les chemins pour aller voir Zaïde ! A l'heure que je parle, il la voit, il est auprès d'elle, il lui apprend son passage dans ce camp ; et ce n'est que pour insulter à mon malheur qu'il a voulu que je susse qu'il était Alamir. Peut-être ne jouira-t-il pas longtemps de mon infortune et je soulagerai ma douleur par le plaisir de me venger.

Il prit dans ce moment la résolution de se dérober de l'armée, de s'en aller à Tavalera troubler par sa présence l'entrevue d'Alamir et de Zaïde, et d'ôter la vie à son rival ou de mourir aux yeux de cette princesse. Comme il cherchait les moyens d'exécuter ce qu'il avait résolu, on lui vint dire qu'il paraissait des troupes ennemies à quelques lieues du camp et que le roi lui ordonnait de les aller reconnaître. Il fut contraint d'obéir et de retarder l'exécution de son dessein. Il monta à cheval, mais, quand il eut marché quelque temps, il apprit, en sortant d'un bois, que les troupes qu'on avait vues n'étaient composées que de quelques Arabes qui revenaient d'escorter un convoi. Il fit prendre le chemin du camp à la cavalerie qui était avec lui et, suivi seulement de quelqu'un des siens, il commença à marcher lentement, afin de demeurer dans le bois et de prendre le chemin de Talavera, sitôt que les troupes seraient un peu éloignées. Comme il fut au milieu d'une grande route, il rencontra un cavalier arabe de fort bonne mine qui suivait assez tristement le même chemin. Ceux qui accompagnaient Consalve prononcèrent son nom par hasard. A ce nom de Consalve, ce cavalier revint de la rêverie où il paraissait plongé et leur demanda si celui qui marchait seul était Consalve. Sitôt qu'on lui eut répondu que c'était lui-même : Je serai bien aise, dit-il assez haut, de voir un homme d'un mérite si extraordinaire et de le pouvoir remercier de la grâce que j'en ai reçue. En disant ces paroles, il avança vers Consalve, en portant la main à la visière de son casque pour le saluer; mais lorsqu'il eut jeté ses yeux sur son visage : O dieux ! s'écria-t-il, est-il possible que ce soit Consalve ? Et, le regardant attentivement, il demeura immobile, comme un homme frappé d'une grande surprise et combattu par des sentiments bien différents. Après avoir demeuré quelque temps en cet état : Alamir, s'écria-t-il tout d'un coup, ne doit pas laisser vivre celui à qui Zaïde est destinée ou celui à qui elle se destine elle-même. Consalve, qui avait paru étonné de l'action et des premières paroles de ce cavalier, et qui néanmoins en attendait la suite avec tranquillité, fut frappé, à son tour, d'une surprise extraordinaire, lorsqu'il entendit les noms de Zaïde et d'Alamir, et qu'il jugea qu'il avait devant lui ce redoutable rival qu'il allait chercher avec tant de haine et de désir de vengeance. Je ne sais, lui répondit-il, si Zaïde m'est destinée; mais si vous êtes le prince de Tharse, comme vous me donnez lieu de croire, n'espérez pas d'en être possesseur que par ma mort. Vous ne le serez aussi que par la mienne, répliqua

Alamir ; et je ne vois que trop, par vos paroles, que vous êtes celui qui cause mon infortune. Consalve n'entendit ces derniers mots que confusément ; il se retira de quelques pas et retint l'impatience qui l'emportait à combattre. Pour empêcher que leur combat ne fût interrompu, il ordonna à ceux qui le suivaient de s'éloigner ; et il le leur ordonna avec tant d'autorité qu'ils n'osèrent lui désobéir ; mais ils s'en allèrent en diligence, pour faire revenir quelques-uns des principaux officiers de l'armée qui venaient de quitter Consalve et qui ne pouvaient encore être fort éloignés. En même temps Consalve et Alamir commencèrent un combat où la valeur et le courage firent paraître tout ce qu'ils ont jamais eu de grand et d'admirable. Alamir fut blessé en tant d'endroits que les forces commencèrent à lui manquer ; et, bien que Consalve le fût aussi, la vue d'une prochaine victoire lui donnait une nouvelle ardeur qui le rendait maître de la vie de ce prince. Le roi, qui s'était trouvé proche du bois, attiré par les cris de ceux que Consalve avait fait éloigner, arriva dans cet endroit et sépara les combattants. Il apprit par l'écuyer d'Alamir, qui survint dans ce moment, le nom de son maître ; et Consalve, voyant que ce prince perdait des ruisseaux de sang, commanda qu'on le secourût.

Si le roi eût suivi ses sentiments, il aurait donné des ordres contraires ; il se contenta néanmoins d'ordonner qu'on lui répondît de la personne du prince de Tharse et tourna toutes ses pensées à la conservation de son favori. Il le fit transporter au camp. Alamir n'était pas en état d'être porté si loin et on le mit dans un château qui se trouva assez proche. Sitôt que Consalve fut arrivé, le roi voulut voir le jugement des médecins sur ses blessures ; ils l'assurèrent qu'il n'y avait rien à craindre pour sa vie. Don Garcie ne le put quitter sans apprendre de sa bouche la cause de ce combat. Consalve, qui ne lui cachait rien, lui en avoua la vérité ; et le roi, craignant de nuire à sa santé par une trop longue conversation, voulut le laisser en repos. Mais Consalve, le retenant : Ne m'abandonnez pas, seigneur, lui dit-il, au désordre et à la confusion de mes pensées ; aidez-moi à démêler le nouvel embarras où me mettent les actions et les paroles d'Alamir. Il me rencontre sans qu'il paraisse me chercher ; il m'aborde comme un homme qui veut me faire des remercîments et, tout d'un coup, je le vois surpris, troublé et prêt à mettre l'épée à la main. Qu'a-t-il appris, en me voyant, qui lui ai fait changer de sentiments ? Qui lui fait imaginer que Zaïde m'est destinée ou par Zuléma, ou par elle-même ? Il ne peut avoir appris que de sa propre bouche que je suis son rival et, si elle lui a rendu compte de mon amour, ce n'est pas d'une manière qui lui puisse donner lieu de me craindre. Il sait bien aussi qu'elle ne m'est pas destinée par Zuléma, qui ne me connaît point, qui ignore les sentiments que j'ai pour sa fille et dont la religion est si opposée à la mienne. Quel fondement peuvent donc avoir ses paroles ? et par quelle raison mon visage attire-t-il sa colère plutôt que mon nom ? Il est difficile, mon cher Consalve, répondit le roi, de démêler cette aventure ; j'y pense avec attention, mais je n'imagine rien où je me puisse arrêter. Ne serait-ce point, reprit-il tout d'un coup, qu'Alamir vous aurait vu dans la solitude d'Alphonse lorsque vous portiez le nom de Théodoric et que ce n'est qu'à votre visage qu'il vous a reconnu pour son rival ? Ah ! seigneur, répliqua Consalve, j'ai déjà eu la même pensée ; mais je l'ai trouvée si cruelle que je n'ai pu m'y arrêter. Serait-il possible qu'Alamir eût été caché dans ce désert ? Serait-il possible que la joie, qui me paraissait quelquefois dans les yeux de Zaïde et qui faisait tout mon bonheur, n'eût été que les restes de ce qu'avait produit la vue d'Alamir ? Mais, seigneur, continua-t-il, je ne quittais quasi point Zaïde ; j'aurais vu ce prince s'il était venu chez Alphonse et, de plus, cette princesse sait qui je suis ; il vient de la voir, il ne faut pas douter qu'elle ne le lui ait appris ; ainsi il connaissait Consalve pour l'amant de Zaïde lorsqu'il m'a rencontré. Je ne puis comprendre qui a causé un changement si prompt et je trouve de l'impossibilité à tout ce que j'imagine. Êtes-vous bien assuré, repartit le roi, qu'Alamir ait vu Zaïde ? Il passa hier assez tard dans le camp ; vous l'avez rencontré ce matin ; il me semble qu'il est difficile d'avoir été à Talavera et d'en être revenu en si peu de temps. Mais il m'est aisé de m'en éclaircir, ajouta-t-il ; deux officiers de mes troupes ont dit qu'ils avaient passé la nuit en même lieu que ce prince et nous saurons d'eux où ils l'ont rencontré. Le roi commanda à l'heure même qu'on lui fît venir ces officiers et, lorsqu'ils furent venus, il leur ordonna de dire en quel lieu et à quelle heure ils avaient trouvé Alamir.

Seigneur, répondit l'un des deux, nous revenions hier d'Ariobisbe, où l'on nous avait envoyés ; nous passâmes le soir dans un grand bois, qui est à trois ou quatre lieues du camp ; nous mîmes pied à terre et nous nous endormîmes dans ce bois. J'entendis du bruit, je m'éveillai et je vis d'assez loin, au travers des arbres, ce prince arabe qui parlait à une femme magnifiquement habillée. Après une longue conversation, cette femme le quitta et vint s'asseoir avec une autre, proche du lieu où j'étais. Elles parlaient assez haut, mais je n'entendais pas ce qu'elles disaient, parce qu'elles parlaient une langue que je ne connais point et qui n'est pas celle des Arabes. Elles nommèrent plusieurs fois Alamir et, quoiqu'elles fussent tournées en sorte que je ne pouvais voir leur visage, il me sembla que celle qui avait parlé à ce prince pleurait extrêmement. Enfin elles s'en allèrent ; j'entendis marcher des chariots et beaucoup de chevaux du côté de Talavera. J'éveillai mon camarade ; nous reprîmes notre chemin et nous vîmes de loin Alamir couché au pied d'un arbre, comme un homme qui se trouvait mal. Son écuyer me demanda s'il pourrait arriver de jour au camp des Arabes ; je lui dis que non et ils ont passé la nuit dans le même village que nous.

Le roi se repentit d'avoir fait parler ces officiers et, sitôt qu'ils furent retirés : Vous voyez, seigneur, dit Consalve, si j'ai eu tort de croire qu'Alamir avait vu Zaïde. Mais trouvez-vous possible qu'elle soit sortie de Talavera, répondit le roi, puisqu'elle y est prisonnière ? Mon malheur, répliqua Consalve, ne me laisse pas manquer aux choses qui me peuvent nuire. J'ai donné ordre, en partant, que Zaïde eût la liberté de se promener hors de la ville toutes les fois qu'elle le voudrait : elle attendait Alamir dans ce bois. Il avait raison de me mander qu'une affaire importante, qui ne regardait point la guerre, l'empêchait de s'arrêter dans ce camp. Il la vit donc hier, elle pleurait après l'avoir quitté; il est donc vrai que Zaïde aime Alamir et il ne me reste plus d'incertitude. Laissez-moi mourir, seigneur; abandonnez le soin d'un homme qui est trop persécuté de la fortune pour mériter vos bontés; je suis honteux d'être aimé de vous et d'être misérable.

Don Garcie était sensiblement touché de l'état où il voyait Consalve et il essayait de lui faire trouver quelque consolation dans les témoignages de son amitié.

Le lendemain on sut que le prince de Tharse était très dangereusement blessé et, les jours suivants, la fièvre lui prit si violente qu'on désespéra quasi de sa vie. Consalve s'imagina que Zaïde ne pourrait savoir le danger où était ce prince sans envoyer apprendre de ses nouvelles; il donna charge à un de ses gens, à qui il se fiait, d'aller tous les jours au château où l'on gardait Alamir et de découvrir s'il ne venait personne pour essayer de le voir. Il eût bien voulu aussi s'éclaircir de cette ressemblance qui lui avait donné tant de curiosité; mais l'extrémité où était ce prince ne laissait pas son visage en état de distinguer aucun de ses traits.

Celui qui avait été chargé d'aller à ce château s'acquitta de sa commission avec soin; il apprit à Consalve que, depuis qu'Alamir était malade, on n'avait point demandé à lui parler; mais que des gens inconnus venaient tous les jours savoir l'état de sa santé, sans dire le nom de ceux qui les y envoyaient. Quoique Consalve ne doutât point qu'Alamir ne fût aimé de Zaïde, toutes les choses qui l'en assuraient lui donnaient une nouvelle douleur. Le roi entra dans sa tente, qu'il était encore agité de l'affliction qu'il venait de recevoir; et, craignant que tant de déplaisirs ne missent enfin sa vie en danger, il défendit à ceux qui l'approchaient de lui parler d'Alamir et de la princesse Zaïde.

Cependant la trêve était finie et les deux armées ne demeuraient pas inutiles. Abdérame assiégea une petite place dont la faiblesse ne lui faisait pas appréhender de résistance; néanmoins il arriva que le prince de Galice, proche parent de don Garcie, qui s'était retiré dans cette place pour se guérir de quelques blessures qu'il avait reçues à la bataille, entreprit de la défendre, par une résolution où il y avait plus de témérité que de courage. Abdérame s'en trouva si indigné que, lorsque cette ville fut contrainte de se rendre, il fit trancher la tête à ce prince. Ce n'était pas la première fois que les Maures avaient abusé de leur victoire et traité les plus grands seigneurs d'Espagne avec une inhumanité sans exemple. Don Garcie fut extrêmement irrité de la mort du prince de Galice. Les troupes espagnoles ne le furent pas moins ; elles aimaient ce prince et, déjà lassées de tant de cruautés dont on n'avait point tiré de vengeance, elles s'assemblèrent en tumulte et demandèrent au roi qu'on traitât Alamir de la même manière qu'on avait traité le prince de Galice. Le roi y consentit ; il aurait été dangereux de refuser des troupes aussi animées. Il manda au roi de Cordoue qu'il ferait trancher la tête au prince de Tharse, sitôt qu'il serait en meilleur état et que ses blessures permettraient d'en faire un spectacle public et de lui ôter la vie, sans qu'il parût qu'on n'eût fait que hâter sa mort.

Consalve ignorait, par les ordres que le roi avait donnés, ce qui se passait sur le sujet de ce prince. Quelques jours après, on lui vint dire qu'un écuyer de don Olmond demandait à le voir. Il commanda qu'on le fît entrer et cet écuyer, après lui avoir dit que son maître était bien fâché que les ordres du roi le retinssent à Baragel et l'empêchassent de venir apprendre de ses nouvelles, lui remit plusieurs lettres entre les mains. Consalve ouvrit celle qui s'adressait à lui, et il y lut ces paroles :

LETTRE DE D'OLMOND A CONSALVE

« Si je ne savais combien vous aimez à faire de grandes actions, je ne vous enverrais pas la lettre que je vous envoie et je croirais faire une chose inutile de vous parler en faveur de votre ennemi ; mais je vous connais trop pour douter que vous ne receviez avec joie la prière que l'on m'oblige de vous faire. Quelque justice qu'il y ait à traiter le prince de Tharse comme on a traité le prince de Galice, ce sera une action digne de vous de conserver un homme du mérite et de la qualité d'Alamir. Il me semble aussi que vous devez accorder quelque pitié à une passion qui ne vous est pas inconnue. »

Le nom d'Alamir et la fin de cette lettre causèrent un trouble extraordinaire à Consalve; il demanda à l'écuyer de don Olmond l'explication de ce que son maître lui mandait du prince de Galice et, quoique cet écuyer ne dût pas croire qu'il ignorât ce qui s'était passé, il ne laissa pas de[le] lui apprendre en peu de mots. Consalve lut la lettre que don Olmond lui envoyait; elle ne contenait que ces paroles :

Lettre de Félime a d'Olmond

« Vous pouvez tout sur Consalve; faites qu'il sauve Alamir de la colère du roi de Léon. En le garantissant de la mort qu'on lui prépare, il ne lui sauvera pas la vie; ses blessures la lui ôteront bientôt; et Consalve est déjà assez vengé de ce malheureux prince, puisqu'on est contraint de recourir à lui pour sa conservation. Travaillez-y, je vous en conjure : vous sauverez plus d'une vie en sauvant celle d'Alamir. »

Ah ! Zaïde, s'écria Consalve, Félime n'écrit que par vos ordres et vous m'ordonnez par cette lettre de vous conserver Alamir. Quelle inhumanité est la vôtre ! et à quelle extrémité me réduisez-vous ? N'est-ce pas assez que je supporte mes malheurs ? Faut-il encore que je travaille à conserver celui qui les cause ? Dois-je m'opposer à la résolution du roi ? Elle est juste; il a été contraint de la prendre et je n'y ai point eu de part. Je devrais laisser périr Alamir, si je ne savais point qu'il est mon rival et qu'il est aimé de Zaïde; mais je le sais, et cette raison, toute cruelle qu'elle est, ne me permet pas de consentir à sa perte. Quelle loi, reprit-il, me veux-je imposer et quelle générosité m'oblige à conserver Alamir ? Parce que je sais qu'il m'ôte Zaïde, faut-il que je lui sauve la vie ? Dois-je prétendre que, pour me l'accorder, le roi se mette au hasard de faire révolter son armée ? Abandonnerai-je les intérêts de don Garcie pour m'arracher les douces espérances dont la mort d'Alamir vient me flatter ? Ce prince seul me dispute Zaïde et, quelque prévenue qu'elle soit en sa faveur, si elle ne devait jamais le revoir, je pourrais m'assurer d'être heureux.

Après ces paroles, il demeura longtemps dans un silence où il paraissait enseveli; ensuite il se leva tout d'un coup et, quoiqu'il fût dans une faiblesse extraordinaire, il se fit conduire chez le roi. Ce prince fut très surpris de le voir et il le fut encore davantage lorsqu'il sut ce qu'il venait lui demander.

Seigneur, lui dit Consalve, si vous avez quelque considération pour moi, il faut m'accorder la vie d'Alamir; je ne puis vivre si vous consentez à sa mort. Que dites-vous, Consalve ? lui repartit le roi; et par quelle aventure la vie d'un homme qui fait votre malheur devient-elle nécessaire à votre repos ? Zaïde, seigneur, m'ordonne de la conserver, répliqua-t-il ; je dois répondre à la bonne opinion qu'elle a de moi. Elle sait que je l'adore et que je dois haïr ce prince; cependant elle m'estime assez pour croire que, loin de consentir à sa perte, je travaillerai à le garantir de la mort qu'on lui prépare. Elle veut bien tenir de moi la vie de son amant; je vous la demande par toutes vos bontés. Je ne dois pas écouter, lui repartit le roi, les sentiments que vous inspirent une générosité aveugle et un amour qui ne vous laisse plus de raison. Je dois agir selon mes intérêts et selon les vôtres. Le prince de Tharse doit mourir pour apprendre au roi de Cordoue à mieux user des droits de la guerre, pour apaiser mes troupes qui sont prêtes à se révolter, et il doit mourir pour vous laisser possesseur de Zaïde et pour ne plus troubler votre repos. Ah ! seigneur, reprit Consalve, trouverais-je du repos à voir Zaïde irritée contre moi et désespérée de la mort de son amant ? Je ne dois plus penser à disputer Zaïde à Alamir vivant ni à Alamir mort. Il ne faut pas se rendre digne du mauvais traitement de la fortune par une opiniâtreté déraisonnable. Je veux que Zaïde me plaigne de ne m'avoir pas aimé et je ne veux pas qu'elle puisse me mépriser ni me haïr. Prenez du temps, lui dit le roi, pour examiner ce que vous me demandez et résolvez avec vous-même si vous le devez vouloir. Non, seigneur, répondit Consalve, je ne veux point avoir le loisir de changer de sentiments et m'exposer à combattre une seconde fois les fausses et flatteuses espérances que la pensée de la mort d'Alamir m'a déjà données. Je ne veux pas même que Zaïde puisse croire que je sois irrésolu sur le parti que je dois prendre, et je vous demande la grâce de publier dès aujourd'hui que vous m'accordez la vie de ce prince. Je vous promets, lui répondit le roi, de vous en laisser le maître, mais attendez encore à le publier. Vous savez l'entreprise qui est faite sur Oropèze; les habitants doivent cette nuit nous en ouvrir les portes. Si ce dessein réussit, la joie d'un heureux succès mettra peut-être l'armée dans une disposition dont nous aurons moins à craindre. Félime sera entre nos mains; sachez par elle si Alamir est aimé. Éclaircissez votre destinée avant que de décider de celle de ce prince et mettez-vous en état de prendre une résolution dont vous ne puissiez vous repentir. Mais, seigneur, répliqua Consalve, peut-être que Félime ne voudra pas m'apprendre les sentiments de Zaïde. Pour l'obliger à vous en instruire, interrompit le roi, mandez à don Olmond que vous ne ferez pas ce qu'elle désire, si vous ne savez les véritables raisons qui lui font prendre tant de part à la conservation d'Alamir. C'est don Olmond qui est commandé pour entrer dans Oropèze et vous saurez par lui tout ce qu'il vous est important de savoir. J'y consens, seigneur, répondit Consalve, à condition que vous me permettrez d'obliger les soldats à vous venir demander eux-mêmes la conservation d'Alamir, dans le même moment que l'on saura la prise d'Oropèze. Comme Félime sera prisonnière, don Olmond pourra lui cacher la grâce que vous m'aurez accordée, jusques à ce qu'elle lui ait appris tout ce qui regarde ce prince. Zaïde saura que j'ai obéi à ses ordres dans le moment que je les ai reçus; et elle jugera, par cette obéissance aveugle, que si je renonce aux prétentions que j'avais sur son cœur, je n'étais pas indigne de le posséder.

Le roi consentit à tout ce que voulait Consalve ; mais en même temps il l'obligea d'écrire à don Olmond de la manière dont il l'avait résolu. Ce prince passa une partie de la nuit avec son favori, qui succombait sous l'effort qu'il venait de se faire et qui sacrifiait à une exacte générosité, dont il n'attendait point de gloire, toutes les espérances d'une passion dont son âme était possédée.

Le lendemain don Garcie reçut des nouvelles de l'entreprise d'Oropèze, qui avait réussi comme on l'avait espéré. Il le fit savoir à Consalve, il lui manda en même temps qu'il lui donnait la liberté de travailler à la conservation d'Alamir. Consalve, avec la même ardeur que si le succès de son dessein lui eût assuré la conquête de Zaïde, se fit porter dans le camp ; et, avec ce même visage et cette même voix dont il s'était servi en tant d'occasions pour inspirer aux soldats le courage de le suivre, il leur fit voir quelle honte ils attireraient sur lui en voulant ôter la vie à un prince qui n'était entre leurs mains que pour l'avoir attaqué. Il leur dit que, par cette mort dont on le croirait à jamais la cause, ils lui faisaient perdre l'honneur qu'il avait acquis avec eux en tant de combats ; qu'il allait à l'heure même se démettre du commandement de l'armée et quitter l'Espagne ; qu'ils choisissent de lui voir prendre congé du roi, ou d'aller dans ce moment lui demander la vie du prince de Tharse. Les soldats lui laissèrent à peine achever ce qu'il avait résolu de leur dire, se jetant en foule autour de lui, comme pour empêcher qu'il ne les quittât, ils le suivirent chez don Garcie, si animés par les paroles de leur général, qu'il eût été aussi dangereux de leur refuser alors la conservation d'Alamir, qu'il l'aurait été quelques jours auparavant de leur refuser sa mort.

Cependant don Olmond, parmi tous les soins que lui donnait une place dont il venait de se rendre maître, ne laissa pas de penser que l'intérêt de Consalve l'obligeait à entretenir Félime. Il demanda à la voir avec autant de respect que si le droit de la guerre ne lui en eût pas donné une entière liberté. Il la trouva dans une tristesse profonde : ce qui s'était passé pendant cette journée et une maladie considérable que sa mère avait depuis quelques jours, paraissaient le sujet de cette tristesse.

Sitôt qu'ils purent se parler sans être entendus : Eh bien! lui dit-elle, don Olmond, avez-vous travaillé auprès de Consalve et sauverez-vous Alamir ? La destinée de ce prince est entre vos mains, madame, lui répondit-il. Entre mes mains ? s'écria-t-elle; hélas! et par quelle aventure pourrais-je quelque chose pour le salut d'Alamir ? Je vous réponds de sa vie, repartit-il; mais, pour me mettre en pouvoir de tenir ma parole, il faut m'apprendre les raisons qui vous font prendre un intérêt si vif à sa conservation, et il faut me les apprendre avec une vérité exacte, aussi bien que tout ce qui regarde les aventures de ce prince. Ah! don Olmond, que me demandez-vous ? répondit Félime. A ces mots, elle demeura quelque temps sans parler, puis tout d'un coup reprenant la parole : Mais ne savez-vous pas, lui dit-elle, qu'il est parent d'Osmin et de Zuléma; que nous le connaissons il y a longtemps; que son mérite est extraordinaire; et n'est-ce pas assez pour avoir soin de sa vie ? Le soin que vous en prenez, madame, répliqua don Olmond, a des raisons plus pressantes; s'il vous coûte trop de me les apprendre, il dépend de vous de ne le faire pas; mais vous trouverez bon aussi que je me dégage de ce que je vous viens de promettre. Quoi! don Olmond, répliqua-t-elle, la vie d'Alamir n'est qu'à ce prix! Et que vous importe de savoir ce que vous me demandez ? Je suis bien fâché de ne vous le pouvoir dire, reprit don Olmond; mais, madame, encore une fois, je ne puis rien autrement et c'est à vous de choisir. Félime demeura longtemps les yeux baissés, dans un si profond silence que don Olmond en était surpris. Enfin, se déterminant tout d'un coup : Je vais faire, lui dit-elle, la chose du monde que j'aurais le moins cru pouvoir obtenir de moi-même. La bonne opinion que j'ai de vous et la confiance que j'ai en votre amitié, aident sans doute à me déterminer, aussi bien que la conservation d'Alamir. Gardez-moi un secret inviolable, ajouta-t-elle, et écoutez avec patience le récit que j'ai à vous faire, qui ne peut être qu'un peu long.

Histoire de Zaide et de Félime

Cid Rahis, frère du calife Osman, et qui lui pouvait disputer l'empire par le droit de la naissance, se trouva si malheureux et si abandonné de tous ceux qui lui avaient fait espérer de se déclarer pour lui qu'il fut contraint de renoncer à ses prétentions et de consentir à être relégué dans l'île de Chypre, sous le prétexte d'y commander. Zuléma et Osmin, que vous connaissez, étaient ses enfants; ils étaient jeunes, bien faits et avaient donné plusieurs marques de leur valeur. Ils devinrent amoureux de deux personnes d'une beauté extraordinaire et d'une grande qualité; elles étaient sœurs et sortaient de plusieurs princes qui avaient gouverné cette île, avant qu'elle fût sous l'obéissance des Arabes. L'une s'appelait Alasinthe et l'autre Bélénie. Comme Osmin et Zuléma savaient bien la langue grecque, ils se firent aisément entendre de celles qu'ils aimaient. Elles étaient chrétiennes; mais la différence de leur religion n'en apporta point dans leurs sentiments; ils s'aimèrent et, sitôt que la mort de Cid Rahis leur en eut laissé la liberté, Zuléma épousa Alasinthe, et Osmin épousa Bélénie. Ils consentirent à laisser élever leurs enfants dans la religion chrétienne et firent espérer alors que, dans peu de temps, ils l'embrasseraient eux-mêmes. Je naquis d'Osmin et de Bélénie et Zaïde de Zuléma et d'Alasinthe. La passion de Zuléma et celle d'Osmin les obligea de passer quelques années dans l'île de Chypre; mais enfin le désir de trouver quelques conjonctures favorables pour renouveler les prétentions de leur père les rappela en Afrique. Ils eurent d'abord de grandes espérances et, contre les règles de la politique, le calife qui succéda à Osman leur donna des emplois si considérables qu'Alasinthe et Bélénie ne se pouvaient plaindre de leur éloignement; mais, après cinq ou six années d'absence, elles commencèrent à s'en plaindre et à s'en affliger. Elles surent qu'ils avaient d'autres occupations que celles de la guerre; elles avaient de leurs nouvelles; mais, comme ils ne revenaient point, elles se crurent abandonnées. Alasinthe ne songea plus qu'à Zaïde, qui méritait déjà toute son application, et Bélénie ne pensa qu'à m'élever avec beaucoup de soin.

Lorsque nous commençâmes à sortir de l'enfance, Alasinthe et Bélénie se retirèrent dans un château sur le bord de la mer; elles y faisaient une vie conforme à leur tristesse; le soin qu'elles avaient de Zaïde et de moi les obligeait néanmoins à vivre avec une grandeur et une magnificence qu'elles auraient peut-être abandonnées par leur propre inclination. Nous avions auprès de nous plusieurs jeunes personnes de qualité et rien ne manquait à ce qui pouvait contribuer à notre éducation et aux divertissements conformes à la retraite où l'on nous élevait. Zaïde et moi n'étions pas moins liées par l'amitié que par le sang. J'avais deux années plus qu'elle; il y avait aussi quelque différence dans nos humeurs : la mienne penchait moins à la joie; il était aisé de le connaître en nous voyant, aussi bien que l'avantage que la beauté de Zaïde avait sur la mienne.

Peu de temps avant que l'empereur Léon envoyât attaquer l'île de Chypre, nous étions un jour sur le rivage. La mer était tranquille; nous priâmes Alasinthe et Bélénie de trouver bon que nous entrassions dans des barques pour nous promener. Nous prîmes plusieurs jeunes personnes avec nous et nous fîmes tourner vers de grands vaisseaux qui étaient à la rade. Comme nous approchâmes de ces vaisseaux, nous en vîmes détacher des chaloupes et nous jugeâmes que c'étaient des Arabes qui venaient prendre terre. Ces chaloupes venaient vers nous comme nous allions vers elles. Il y avait dans la première plusieurs hommes magnifiquement habillés, et un, entre autres, qui, par son air noble et la beauté de sa taille, se faisait distinguer de tous ceux qui l'environnaient. Cette rencontre nous surprit; nous trouvâmes que nous ne devions pas avancer davantage et qu'il ne fallait pas donner lieu de croire à ceux qui étaient dans cette chaloupe que la curiosité de les voir nous eût conduites de leur côté. Nous fîmes tourner notre barque sur la main droite; la chaloupe que nous voulions éviter tourna comme nous; les autres allèrent droit à terre; celle-là nous suivit et nous approcha assez pour nous faire voir que cet homme que nous avions distingué des autres était attaché à nous regarder et qu'il était même bien aise de nous faire remarquer qu'il prenait plaisir à nous suivre. Zaïde trouva notre aventure agréable et fit encore tourner notre barque pour voir s'il nous suivrait toujours; pour moi, j'en étais embarrassée sans en pouvoir dire la cause. Je regardai avec attention celui qui paraissait le maître des autres et, en le voyant de plus près, je lui trouvai dans le visage quelque chose de si fin et de si agréable que je crus n'avoir jamais vu personne si capable de plaire. Je dis à Zaïde qu'il fallait retourner auprès d'Alasinthe et de Bélénie et que, sans doute, lorsqu'elles nous avaient permis de nous promener, elles n'avaient pas cru que nous dussions trouver une pareille aventure. Elle fut de mon avis. Nous fîmes tourner vers la terre; la barque qui nous suivait passa devant nous et alla débarquer proche des autres chaloupes qui étaient déjà arrivées.

Lorsque nous abordâmes, celui que nous avions remarqué, suivi d'un grand nombre des siens, s'avança pour nous donner la main avec un air qui nous fit juger qu'il avait déjà appris qui nous étions, de ceux qui étaient sur le rivage. Mon étonnement et celui de Zaïde étaient extrêmes; nous n'étions pas accoutumées à nous voir aborder avec tant de liberté, et surtout par les Arabes, pour lesquels on nous avait inspiré une grande aversion. Nous crûmes que celui qui nous venait parler serait bien surpris lorsqu'il trouverait que nous n'entendions point sa langue; mais nous fûmes bien surprises nous-mêmes de l'entendre parler la nôtre avec toute la politesse de l'ancienne Grèce.

Je sais, madame, dit-il en s'adressant à Zaïde, qui marchait la première, qu'un Arabe ne devrait pas être assez hardi pour vous approcher sans vous en avoir demandé la permission; mais je crois que ce qui serait un crime à un autre est pardonnable à un homme qui a l'honneur d'être allié des princes Zuléma et Osmin. Touché du désir de voir ce qu'il y a de plus beau dans la Grèce, j'ai cru ne pouvoir mieux satisfaire ma curiosité qu'en commençant par l'île de Chypre; et mon bonheur me fait trouver, en y arrivant, ce que j'aurais cherché en vain dans toutes les autres parties du monde.

En disant ces paroles, il attachait ses regards tantôt sur Zaïde et tantôt sur moi, mais avec tant de marques d'une véritable admiration que nous ne pouvions quasi douter qu'il ne pensât ce qu'il venait de nous dire. Je ne sais si j'étais prévenue ou si la solitude où nous vivions servit à me rendre cette aventure plus agréable; mais j'avoue que je n'ai rien vu de si surprenant. Alasinthe et Bélénie, qui étaient assez éloignées, s'avancèrent vers nous et envoyèrent en même temps demander le nom de celui qui venait d'arriver. Elles surent que c'était Alamir, prince de Tharse, fils de cet Alamir qui prenait la qualité de calife et dont la puissance était si redoutable aux chrétiens. Elles savaient l'alliance qui était entre ce prince et Zuléma; de sorte que, le respect qui lui était dû par sa naissance se joignant à la curiosité d'apprendre de leurs nouvelles, elles le reçurent avec moins de répugnance qu'elles n'en avaient d'ordinaire pour les Arabes. Alamir augmenta, par ses paroles, la disposition qu'elles avaient à le recevoir favorablement; il leur parla de Zuléma et d'Osmin, qu'il avait vus il n'y avait pas longtemps, et il les blâma d'être capables d'abandonner deux personnes si dignes de les retenir. La conversation fut si longue sur le bord de la mer et Alamir parut si agréable aux yeux même d'Alasinthe et de Bélénie que, contre l'habitude qu'elles avaient prises de fuir tout le monde, elles ne purent s'empêcher de lui offrir une retraite dans le lieu qu'elles habitaient. Alamir fit voir qu'il savait bien que la civilité le devait empêcher d'accepter ce qu'on lui offrait; mais il fit voir aussi qu'il ne s'en pouvait défendre, par le plaisir de ne se pas séparer sitôt d'une compagnie qui lui donnait tant d'admiration. Il vint donc avec nous et nous présenta un homme de qualité pour qui il avait beaucoup de considération, qui s'appelait Mulziman. Le soir, Alamir continua à nous paraître tel que nous l'avions trouvé d'abord; j'étais surprise à tous les moments de l'agrément de son esprit et de sa personne; et cet étonnement m'occupait si fort, que je devais bien soupçonner dès lors qu'il y avait quelque chose de plus que de la surprise. Il me sembla qu'il me regardait avec beaucoup d'attention et qu'il me donnait de certaines louanges qui me faisaient voir que ma personne lui plaisait pour le moins autant que celle de Zaïde.

Le lendemain, au lieu de partir, comme vraisemblablement il le devait faire, il engagea Alasinthe et Bélénie à le retenir. Il envoya quérir des chevaux admirables qu'il avait amenés; il les fit monter par plusieurs personnes qui étaient à lui et les monta lui-même avec cette adresse si particulière à ceux de sa nation. Il trouva le moyen de passer trois ou quatre jours avec nous et de gagner si bien l'esprit d'Alasinthe et de Bélénie qu'elles consentirent qu'il vînt les revoir pendant le séjour qu'il ferait en Chypre. En nous quittant, il me fit entendre que si j'avais été importunée de sa présence et que si je l'étais encore à l'avenir, je devais n'en accuser que moi-même. J'avais néanmoins remarqué que ses regards avaient souvent été attachés sur Zaïde; mais souvent aussi je les avais vus attachés sur moi d'une manière qui m'avait paru si naturelle que, joignant le langage de ses yeux à plusieurs choses qu'il m'avait dites, j'étais demeurée persuadée que j'avais fait quelque impression sur son cœur. O Dieu! que celle qu'il fit dans le mien fut véritable! Sitôt que je l'eus perdu de vue, je me sentis une tristesse que je ne connaissais point. Je quittai Zaïde, j'allai rêver; je ne me trouvai que des pensées confuses; je m'ennuyai avec moi-même; je revins trouver Zaïde et il me sembla que j'allais la chercher pour parler d'Alamir. Je la trouvai occupée avec ses filles à faire des festons de fleurs; et il ne me parut pas qu'elle se souvînt d'avoir vu ce prince. Je me sentis de l'étonnement de la voir si attachée à ses fleurs et je me trouvai si incapable de m'y amuser que je l'en arrachai malgré elle. Nous allâmes nous promener. Je lui parlai d'Alamir; je lui dis qu'il me paraissait qu'il l'avait fort regardée; elle me répondit qu'elle ne s'en était pas aperçue. J'essayai de démêler si elle avait remarqué l'attachement qu'il m'avait témoigné; mais il me sembla qu'elle n'y avait pas seulement pensé, et je demeurai si étonnée et si confuse de la différence de ce qu'avait produit en Zaïde la vue d'Alamir et de ce qu'elle avait produit en moi que je m'en fis des reproches qui n'étaient déjà que trop justes.

Quelques jours après, Alamir vint nous revoir. Le jour qu'il y revint, Alasinthe et Bélénie étaient allées à un lieu dont elles ne devaient revenir que le soir. Alamir me parut plus aimable qu'il n'avait encore fait. Comme Zaïde n'y était pas, mon malheur voulut que je le visse sans qu'il eût d'autre attention que celle de me regarder; et il me fit paraître tant d'inclination que celle que j'avais pour lui acheva de me persuader que je lui plaisais, comme il me plaisait. Il nous quitta devant l'heure que Zaïde devait revenir et d'une manière qui me donna lieu de me flatter qu'il ne songeait pas à la voir. Elle revint longtemps après et je fus bien étonnée lors qu'Alasinthe et elles nous dirent qu'elles l'avaient trouvé assez proche du château et qu'il était venu les conduire jusques à la porte. Il me sembla que, par le temps qu'il était parti, il devait être déjà bien éloigné lorsqu'elles étaient arrivées et que, s'il ne les eût attendues, il ne les aurait pas rencontrées. J'eus quelque inquiétude de cette pensée; néanmoins je crus que le hasard seul pouvait avoir fait ce que je m'imaginais et je demeurai à attendre le temps de revoir Alamir, avec une impatience que je n'avais jamais sentie. Il vint, quelques jours après, porter à Alasinthe la nouvelle de la guerre que l'empereur Léon avait dessein de faire dans l'île de Chypre. Cette nouvelle, qui était si importante, lui servit plusieurs fois de prétexte pour nous revoir et, lorsqu'il nous revit, il continua à me témoigner les mêmes sentiments qu'il m'avait déjà fait paraître. Il fallait que je me servisse de toute ma raison pour ne lui pas laisser voir les dispositions que j'avais pour lui. Peut-être que ma raison aurait été inutile, si les soins que je lui voyais quelquefois pour Zaïde n'eussent aidé à me retenir. Je n'attribuais pourtant qu'à une politesse naturelle ce qu'il faisait pour lui plaire, et son adresse savait me cacher ce qui m'aurait pu donner d'autres pensées.

Nous fûmes averties que l'armée navale de l'empereur était proche de nos côtes. Alamir persuada Alasinthe et Bélénie de quitter le lieu où nous étions; et, quoique notre religion ne nous fît pas appréhender les troupes de l'empereur, l'alliance que nous avions avec les Arabes et les désordres que cause la guerre, nous obligèrent à suivre le conseil d'Alamir et d'aller à Famago[u]ste [37]. J'en eus de la joie, parce que je pensai que je serais dans le même lieu qu'Alamir, et que Zaïde et moi ne serions plus logées ensemble. Sa beauté m'était si redoutable que j'étais bien aise qu'Alamir me vît sans la voir. Je crus que je m'assurerais entièrement des sentiments qu'il avait pour moi et que je verrais si je devais m'abandonner à ceux que j'avais pour lui; mais il y avait déjà longtemps qu'il n'était plus en mon pouvoir de disposer de mon cœur. Je suis néanmoins persuadée que, si j'eusse eu alors la même connaissance de l'humeur d'Alamir, que celle que j'ai eue depuis, j'aurais pu me défendre de l'inclination qui m'entraînait vers lui; mais comme je ne connaissais que les qualités agréables de son esprit et de sa personne, et qu'il paraissait attaché à moi, il était difficile de résister à cette inclination qui était si violente et si naturelle.

Le jour que nous arrivâmes à Famagouste, il vint au-devant de nous. Zaïde était ce jour-là d'une beauté si admirable qu'elle parut aux yeux d'Alamir ce qu'Alamir paraissait aux miens, c'est-à-dire la seule personne que l'on pût aimer. Je m'aperçus de l'attention extraordinaire qu'il avait à la regarder. Lorsque nous fûmes arrivées, Alasinthe et Bélénie se séparèrent; Alamir suivit Zaïde sans chercher même un prétexte à me quitter. Je demeurai pénétrée de la plus grande douleur que j'eusse jamais sentie. Je connus, par sa violence, le véritable attachement que j'avais pour ce prince. Cette connaissance augmenta ma tristesse; j'envisageai l'horrible malheur où j'étais plongée par ma faute, mais, après m'être bien affligée, il me revint quelque rayon d'espérance; je me flattai, comme toutes les personnes qui aiment, et je m'imaginai que des raisons que j'ignorais avaient causé ce qui venait de me déplaire. Je ne fus pas longtemps dans cette faible espérance. Alamir avait voulu pendant quelque temps nous laisser croire, à Zaïde et à moi, qu'il nous aimait, pour se déterminer ensuite selon la manière dont il serait traité de l'une et de l'autre; mais la beauté de Zaïde, sans le secours de l'espérance, l'entraîna entièrement. Il oublia même qu'il avait voulu me persuader qu'il s'était attaché à moi; je ne le vis presque plus; il ne me chercha que pour chercher Zaïde; il l'aima avec une passion ardente et, enfin, je le vis pour elle comme j'eusse été pour lui, si la bienséance m'eût permis de faire voir mes sentiments.

Je ne sais s'il est nécessaire que je vous dise ce que je souffrais et les divers mouvements dont mon cœur était combattu; je ne pouvais supporter de le voir auprès de Zaïde, et de l'y voir si amoureux; et d'un autre côté je ne pouvais vivre sans lui. J'aimais mieux le voir avec Zaïde que de le ne point voir. Cependant, au lieu que ce qu'il faisait pour elle diminuât ma passion, il ne servait qu'à l'augmenter. Toutes ses paroles et toutes ses actions étaient tellement propres à me plaire que, si j'eusse pu inspirer une conduite à ceux qui m'auraient aimée, je l'aurais prescrite telle qu'Alamir l'avait pour Zaïde. Il est vrai aussi que l'amour est si dangereux à voir qu'il ne laisse pas d'enflammer, lors même qu'il ne s'adresse pas à nous. Zaïde me rendait compte des sentiments qu'il avait pour elle et de l'éloignement qu'elle avait pour lui. Quand elle m'en parlait ainsi, j'étais quelquefois prête à lui avouer l'état où j'étais, afin de l'engager, par cet aveu, à ne pas souffrir la continuation de l'amour de ce prince; mais je craignais de le lui faire paraître plus aimable en lui montrant combien il était aimé. Néanmoins je me fis une loi de ne point rendre de mauvais offices à Alamir. Je connaissais si bien l'horrible malheur de n'être pas aimée que je ne voulais pas contribuer à le faire sentir à un homme que j'aimais si véritablement. Peut-être que ce qui m'aida à soutenir ce que j'avais résolu, ce fut le peu d'inclination que Zaïde avait pour lui.

Les troupes de l'empereur étaient si considérables que l'on ne douta point que Chypre ne fût bientôt en sa puissance. Sur le bruit de ce siège, Zuléma et Osmin sortirent enfin du profond oubli où ils étaient depuis si longtemps. Le calife commençait à les craindre et paraissait dans le dessein de les éloigner. Ils voulurent le prévenir ; ils demandèrent le commandement des troupes que l'on envoyait au secours de Chypre et nous les vîmes arriver lorsque nous les attendions le moins. Ce fut une joie sensible pour Alasinthe et pour Bélénie ; c'en aurait été une pour moi si j'en avais été capable ; mais j'étais accablée de tristesse et l'arrivée de Zuléma m'en donna une nouvelle par la crainte qu'il ne favorisât les desseins d'Alamir. Ce que j'appréhendais arriva. Zuléma, que son séjour en Afrique avait attaché plus fortement que jamais à sa religion, souhaitait avec ardeur que Zaïde quittât la sienne. Il était parti de Tunis dans le dessein de l'y mener et de la faire épouser au prince de Fez, de la maison des Ydris ; mais le prince de Tharse lui parut si digne de sa fille qu'il approuva les sentiments qu'il avait pour elle. Je sentis bien alors que, si je ne voulais pas contribuer à empêcher Zaïde d'aimer Alamir, c'était pourtant la chose du monde que je craignais le plus que de le voir heureux par elle.

La passion de ce prince était devenue si violente que tous ceux qui le connaissaient ne pouvaient assez s'en étonner. Mulziman, dont je vous ai parlé, et que j'entretenais quelquefois, parce qu'il était aimé d'Alamir, m'en paraissait dans un étonnement qui me fit juger qu'il fallait que ce prince eût été bien éloigné jusques alors d'avoir des passions violentes. Alamir fit connaître à Zuléma les sentiments qu'il avait pour Zaïde, et Zuléma fit entendre à Zaïde qu'il souhaitait qu'elle épousât Alamir. Sitôt qu'elle eut appris une chose qu'elle avait tant appréhendée, elle me le vint dire avec beaucoup de marques d'inquiétude. J'avoue que j'avais peine à comprendre sa douleur et qu'il me paraissait difficile d'avoir tant d'affliction pour être destinée à passer sa vie avec Alamir. Cet infidèle avait si bien oublié les sentiments qu'il m'avait fait paraître qu'ayant appris par Zuléma la répugnance que Zaïde avait témoignée pour lui, il vint m'en faire ses plaintes et implorer mon secours. Toute ma raison et toute ma constance furent prêtes à m'abandonner ; je sentis un trouble et une émotion dont il se serait aperçu s'il n'eût été troublé lui-même par la même passion qui m'agitait. Enfin, après un silence qui ne parlait peut-être que trop : Je suis plus étonnée que personne, lui dis-je, de la répugnance que Zaïde témoigne aux volontés de Zuléma ; mais je suis aussi moins propre que personne à la faire changer. Je parlerais contre mes propres sentiments ; et le malheur d'être attachée à une personne de votre nation m'est si connu que je ne puis conseiller à Zaïde de s'y exposer. Bélénie m'a fait connaître ce malheur depuis que je suis née ; et je crois qu'Alasinthe en a si bien instruit sa fille qu'il sera difficile de la faire consentir à ce que vous souhaitez ; et, pour moi, je vous assure encore une fois que j'en suis moins capable que personne.

Alamir fut très affligé de me trouver dans des dispositions qui lui étaient si peu favorables ; il espéra de me gagner en me laissant voir toute sa douleur et toute la passion qu'il avait pour Zaïde. J'étais au désespoir de tout ce qu'il me disait ; mais je ne laissais pas de le plaindre par la conformité de nos malheurs. Je n'avais pas un sentiment qui ne fût combattu par un autre ; l'éloignement que Zaïde avait pour lui me donnait quelque joie par le plaisir de la vengeance que je goûtais pleinement et néanmoins ma gloire était blessée de voir mépriser un homme que j'adorais.

Je résolus d'avouer à Zaïde l'état de mon cœur ; et, devant que de le faire, je la pressai d'examiner avec elle-même si elle était capable de résister toujours au dessein qu'avait Zuléma de lui faire épouser Alamir. Elle me dit qu'il n'y avait point d'extrémité où elle ne se portât plutôt que de se résoudre à épouser un homme d'une religion si opposée à la sienne et dont la loi permettait de prendre autant de femmes qu'on en trouvait d'agréables ; mais qu'elle ne croyait pas que Zuléma la voulût contraindre et que, quand il le voudrait, Alasinthe trouverait les moyens de l'en empêcher. Ce que me dit Zaïde me donna toute la joie dont j'étais capable et je commençai à lui vouloir dire ce que j'avais résolu de lui avouer ; mais j'y trouvai plus de peine et plus d'embarras que je ne l'avais pensé. Enfin, je surmontai tous les mouvements d'orgueil et de honte qui s'opposaient à ma résolution et je lui appris, avec beaucoup de larmes, l'état où j'étais. Elle en fut dans un étonnement extrême et me parut aussi touchée de mon malheur que je le pouvais désirer. Mais pourquoi, me dit-elle, avez-vous caché si soigneusement vos sentiments à celui qui les a fait naître ? Je ne doute point que, s'il les avait découverts d'abord, il ne vous eût aimée ; et je crois que, s'il en savait quelque chose, l'espérance d'être aimé de vous et les traitements qu'il reçoit de moi, l'obligeraient bientôt à me quitter. Ne voulez-vous point, ajouta-t-elle en m'embrassant, que j'essaye à lui faire entendre qu'il doit s'attacher à vous plutôt qu'à moi ? Ah ! Zaïde, repris-je, ne m'ôtez pas la seule chose qui m'empêche de mourir de douleur ; je ne survivrais pas à celle que j'aurais si Alamir avait appris mes sentiments ; j'en serais inconsolable par le seul intérêt de ma gloire ; mais je le serais encore par l'intérêt de ma passion. Je puis me flatter qu'il m'aimerait s'il savait que je l'aimasse. Je sais bien néanmoins que l'on n'est pas aimé pour aimer, mais enfin c'est une espérance ; et, quelque faible qu'elle soit, je ne veux pas me l'ôter, puisque c'est la seule qui me reste. Je dis encore tant d'autres raisons à Zaïde pour lui faire voir que je ne devais pas découvrir mes sentiments à Alamir qu'elle en demeura d'accord avec moi ; et je trouvai beaucoup de soulagement à lui avoir ouvert mon cœur et à me plaindre avec elle.

Cependant la guerre continuait toujours et l'on voyait bien qu'il était impossible de la soutenir encore longtemps. Tout le plat pays était conquis, et Famagouste était la seule ville qui ne se fût pas rendue. Alamir s'exposait tous les jours avec une valeur où il paraissait du désespoir. Mulziman m'en parlait avec une affliction extrême. Il me fit voir si souvent combien il était surpris de l'attachement que ce prince avait pour Zaïde que je ne pus m'empêcher de lui en demander la cause et de le presser de me dire si Alamir n'avait jamais été amoureux avant que d'avoir vu Zaïde. Il eut quelque peine à m'avouer ce qui faisait son étonnement ; mais je l'en conjurai si fortement qu'enfin il me conta les aventures de ce prince. Je ne vous en dirai pas tout le détail, parce qu'il serait trop long ; je vous apprendrai seulement ce qui est nécessaire pour vous faire connaître Alamir et mon malheur.

Histoire d'Alamir, prince de Tharse.

Je vous ai déjà appris la naissance de ce prince; ce que je vous ai dit de sa personne et de mes sentiments vous a dû persuader qu'il est aussi aimable qu'un homme le peut être. Aussi, avait-il pensé, dès sa première jeunesse, à se faire aimer et, quoique la manière dont vivent les femmes arabes soit entièrement opposée à la galanterie, l'adresse d'Alamir et le plaisir de surmonter des difficultés, lui avaient rendu facile ce qui aurait été impossible à un autre. Comme ce prince n'est point marié et que sa religion permet d'avoir plusieurs femmes, il n'y avait point à Tharse de jeune personne qui ne se flattât de l'espérance de l'épouser. Il était bien aise que cette espérance servît à le faire traiter plus favorablement; mais il était bien éloigné, par son inclination, de prendre un engagement qu'il ne pût rompre. Il ne cherchait que le plaisir d'être aimé; celui d'aimer lui était inconnu. Il n'avait jamais eu de véritable passion; mais, sans en ressentir, il savait si bien l'art d'en faire paraître qu'il avait persuadé son amour à toutes celles qu'il en avait trouvées dignes. Il est vrai aussi que, dans le temps qu'il songeait à plaire, le désir de se faire aimer lui donnait une sorte d'ardeur qu'on pouvait prendre pour de la passion; mais sitôt qu'il était aimé, comme il n'avait plus rien à désirer et qu'il n'était pas assez amoureux pour trouver du plaisir dans l'amour seul, séparé des difficultés et les mystères, il ne songeait qu'à rompre avec celle qu'il avait aimée et à se faire aimer d'une autre.

Un de ses favoris, appelé Sélémin, était le confident de toutes ses passions et en avait lui-même d'aussi légères. Les Arabes célèbrent de certaines fêtes en divers temps de l'année : c'est le seul temps qui donne quelque liberté aux femmes; il leur est permis alors de se promener dans les villes et dans les jardins; elles assistent, mais toujours voilées, à des jeux publics qui se font durant quelques jours. Alamir et Sélémin attendaient ce temps avec impatience; il ne se passait jamais sans qu'ils eussent découvert quelques beautés qui leur étaient inconnues et qu'ils n'eussent trouvé le moyen de leur parler et d'avoir quelque intelligence avec elles.

A une de ces fêtes, Alamir vit une jeune veuve, appelée Naria, dont la beauté, la richesse et la vertu étaient extraordinaires. Le hasard la lui fit voir dévoilée, comme elle parlait à une de ses esclaves. Il fut surpris des charmes de son visage; elle fut troublée de la vue de ce prince et demeura quelque temps à le regarder. Il s'en aperçut, il la suivit et essaya de lui faire remarquer qu'il la suivait; enfin, il avait vu une belle personne et en avait été regardé; c'était assez pour lui donner de l'amour et de l'espérance. Ce qu'il apprit de la vertu et de l'esprit de Naria lui redoubla l'envie de s'en faire aimer et le désir de la revoir. Il la chercha avec soin; il passait incessamment autour de chez elle sans l'apercevoir, ni sans croire en être vu; il se trouvait sur son chemin lorsqu'elle allait aux bains. Deux ou trois fois il fut assez heureux pour voir son visage et, toutes les fois qu'il le vit, il le trouva si beau et en fut si touché qu'il crut que Naria était destinée pour arrêter toutes ses inconstances.

Plusieurs jours se passèrent sans que ce prince reçût aucune marque qui lui pût faire juger que Naria approuvait son amour, et il commençait à en avoir un chagrin qui troublait sa joie ordinaire. Néanmoins il n'abandonnait pas le dessein de se faire aimer de deux ou trois autres belles personnes, et surtout d'une fille appelée Zoromade, très considérable par le rang de son père et par sa beauté. Les difficultés de la voir surpassaient encore, s'il était possible, celles de voir Naria; mais il était persuadé que cette belle fille les aurait surmontées, si elle n'eût pas été en la puissance d'une mère qui la gardait avec un soin extrême. Ainsi, il n'était pas si pressé du désir de vaincre ces obstacles que la résistance de Naria, qui ne venait que d'elle seule. Il avait tenté plusieurs fois, mais inutilement, de gagner ses esclaves pour savoir les jours qu'elle sortait et les lieux où il la pouvait voir; enfin, un de ceux qui lui avaient résisté avec plus d'opiniâtreté lui promit de l'avertir de tout ce qu'elle ferait. Deux jours après, il lui dit qu'elle allait à un jardin admirable qu'elle avait hors de la ville et que, s'il voulait se promener autour des murailles de ce jardin, il y avait des lieux élevés d'où il pourrait la voir. Alamir ne manqua pas de se servir de cet avis; il sortit de Tharse déguisé et passa toute l'après-dînée autour de ces jardins.

Sur le soir, comme il était près de s'en retourner, il vit ouvrir une porte : il vit l'esclave, qu'il avait gagné, qui lui faisait signe de s'approcher. Il crut que Naria se promenait et qu'il la verrait de cette porte; il s'avança et se trouva dans un cabinet superbe et rempli de tous les ornements qui pouvaient l'embellir; mais aucun ne le frappa si vivement que la vue de Naria assise sur des carreaux, sous un pavillon magnifique, comme on représente la déesse des Amours; deux ou trois de ses femmes étaient dans un coin du cabinet. Alamir ne put s'empêcher de s'aller jeter à ses pieds, avec un air si rempli de transport et d'étonnement, qu'il augmenta le trouble modeste qui paraissait sur le visage de cette belle personne.

Je ne sais, lui dit-elle en l'obligeant de se relever, si je devais vous montrer tout d'un coup l'inclination que j'ai eue pour vous, après vous l'avoir cachée si longtemps. Je crois que je vous l'aurais cachée toute ma vie, si vous aviez pris moins de soins de me faire voir celle que vous avez eue pour moi; mais j'avoue que je n'ai pu résister à une passion soutenue par si peu d'espérance. Vous m'avez paru aimable dans le premier moment que je vous ai vu; j'ai cherché à vous voir sans que vous me vissiez avec plus de soin que vous ne m'avez cherchée, enfin je voulus mieux connaître la passion que vous avez pour moi, et m'en assurer par vos paroles comme vous m'en avez assurée par vos actions.

Quelles assurances, grand Dieu! cherchait Naria dans les paroles d'Alamir! Elle n'en connaissait guère le charme trompeur et inévitable. Il surpassa les espérances qu'elle avait conçues de son amour et, par son esprit flatteur et insinuant, il acheva de se rendre maître du cœur de cette belle personne. Elle lui promit de le revoir au même lieu. Il s'en revint à Tharse, persuadé qu'il était l'homme du monde le plus amoureux et il s'en fallut peu qu'il ne le persuadât à Mulziman et à Sélémin. Il revit plusieurs fois Naria, qui lui fit voir la plus grande inclination et le plus véritable attachement que l'on ait jamais eus; mais elle lui apprit qu'elle savait la disposition qu'il avait au changement; qu'elle était incapable de partager son cœur avec quelque autre; que, s'il voulait conserver le sien, il fallait qu'il ne pensât qu'à elle seule et qu'elle romprait avec lui sur le premier sujet de jalousie qu'il lui donnerait. Alamir répondit avec tant de serments et tant d'adresse qu'il persuada Naria d'une fidélité éternelle; mais il fut blessé de la seule pensée d'un engagement si exact; et, comme il n'y avait plus d'obstacles ni de difficultés à la voir, son amour commença à se ralentir; néanmoins il lui témoigna toujours la même passion. Comme elle n'avait point eu d'autre pensée que de l'épouser, elle croyait qu'il n'y avait point d'obstacles, puisqu'elle l'aimait et qu'elle en était aimée; si bien qu'elle commença à lui parler de leur mariage. Alamir fut surpris de ce discours; mais son adresse empêcha sa surprise de paraître, et Naria crut que dans peu de jours elle épouserait ce prince.

Depuis que l'amour qu'il avait pour elle avait commencé à diminuer, il avait redoublé ses soins pour Zoromade; et, par le secours d'une tante de Sélémin, que la faveur de son neveu rendait complaisante aux passions du prince, il avait trouvé le moyen de lui écrire. L'impossibilité de la voir était toujours pareille et, par là, sa passion était toujours augmentée.

Il n'avait d'espérance qu'en une fête qui se fait au commencement de l'année. La coutume a établi de se faire des présents magnifiques pendant cette fête; et l'on ne voit dans les rues que des esclaves chargés de tout ce qu'il y a de plus rare. Alamir envoya des présents à plusieurs personnes. Comme Naria avait de la fierté et de la grandeur, elle n'en voulait point recevoir de considérables. Il lui donna des parfums d'Arabie, qui étaient si rares qu'il n'y avait que ce prince qui en eût; et il les lui envoya avec tous les ornements qui pouvaient les rendre agréables.

Jamais Naria n'avait été plus vivement touchée de passion pour ce prince et, si elle eût suivi les mouvements de son cœur, elle serait demeurée chez elle à penser à lui et aurait renoncé à tous les divertissements où elle ne l'aurait pu voir. Néanmoins, comme elle était priée par la mère de Zoromade d'aller chez elle à une sorte de festin qui se faisait pendant la fête, elle ne put s'en dispenser; elle y alla, et, en entrant dans un grand cabinet, elle fut surprise de sentir les mêmes parfums qu'Alamir lui avait envoyés. Elle s'arrêta avec étonnement pour demander d'où venait une senteur si agréable. Zoromade, qui était fort jeune et peu accoutumée à cacher quelque chose, rougit et fut embarrassée. Sa mère, voyant qu'elle ne répondait point, prit la parole et dit, comme elle le pensait en effet, que c'était la tante de Sélémin qui les avait envoyés à sa fille. Cette réponse ne laissa plus de doute à Naria que ces présents ne vinssent du prince; elle les vit avec les mêmes ornements qu'elle avait reçu les siens, et même avec quelque chose de plus. Cette connaissance lui donna une douleur si vive qu'elle feignit de se trouver mal et s'en alla chez elle aussi malade en effet qu'elle le voulait paraître. Elle était fière et sensible : l'idée d'être trompée par un homme qu'elle adorait la mettait dans un état pitoyable; mais, avant que de s'abandonner au désespoir, elle résolut de s'éclaircir de l'infidélité de ce prince.

Elle lui manda qu'elle était malade et qu'elle ne pourrait aller, pendant la fête, à aucun des divertissements publics. Alamir la vint voir; il l'assura qu'il abandonnerait aussi tous ces divertissements, puisqu'elle ne s'y trouverait pas; enfin il lui parla d'une manière qui la persuada quasi qu'elle lui faisait injustice de le soupçonner. Néanmoins, sitôt qu'il fut sorti, elle se leva et se déguisa d'une sorte qu'il ne pouvait la reconnaître. Elle alla dans les lieux où elle crut le pouvoir trouver et le premier objet qui s'offrit à sa vue fut Alamir déguisé; mais il ne le pouvait être pour elle; elle le reconnut qui suivait Zoromade et, pendant les jeux qui se faisaient, elle le vit toujours attaché auprès de cette belle fille. Le lendemain, elle le suivit encore; mais, au lieu de le voir chercher Zoromade, elle le vit déguisé

d'une autre sorte et attaché auprès d'une autre personne.
D'abord sa douleur fut moindre, et elle eut de la joie de
penser qu'Alamir n'avait parlé à Zoromade que par
occasion ou par divertissement. Elle se mêla parmi les
femmes qui étaient avec cette jeune personne qu'Alamir
suivait et elle s'en approcha de si près qu'au tournant
d'une place où cette jeune personne était arrêtée, elle
entendit Alamir lui parler avec ce même air et ces mêmes
paroles qui lui avaient si bien persuadé son amour.
Jugez de ce que devint Naria, et la cruelle douleur qu'elle
sentit. Elle se serait trouvée heureuse dans ce moment si
elle avait pu croire que Zoromade eût été le seul attachement d'Alamir; elle aurait cru au moins que l'inclination qu'il aurait eue pour cette belle personne aurait
causé son changement; elle aurait pu se flatter d'avoir
été aimée de lui devant qu'il se fût attaché à Zoromade;
mais, en voyant qu'il était capable de donner les mêmes
soins et de dire les mêmes paroles à deux ou trois en
même temps, elle voyait qu'elle n'avait occupé que son
esprit, et non pas son cœur et qu'elle n'avait fait que son
amusement sans faire sa félicité.

C'était une aventure si cruelle pour une personne de
son humeur qu'elle n'avait pas la force de la supporter.
Elle s'en retourna chez elle, accablée de douleur et
d'affliction; elle y trouva une lettre d'Alamir, qui l'assurait qu'il était renfermé chez lui et qu'il ne pouvait rien
voir, puisqu'il ne la voyait pas. Cette tromperie lui faisait
juger de quel prix avaient été toutes les actions passées
d'Alamir et elle mourait de honte d'avoir fait si longtemps
son bonheur d'un attachement qui n'avait été qu'une
trahison. Elle se détermina bientôt à ce qu'elle devait
faire; elle lui écrivit tout ce que la douleur, la tendresse
et le désespoir peuvent faire penser de plus vif et de
plus passionné et, sans lui apprendre ce qu'elle devenait,
elle lui disait un éternel adieu. Il fut surpris de cette
lettre et même il en fut affligé. La beauté et l'esprit de
Naria étaient à un si haut point qu'ils rendaient sa perte
fâcheuse, même à l'humeur inconstante d'Alamir.

Il alla conter son aventure à Mulziman, qui lui fit
quelque honte de son procédé. Vous vous trompez, lui
dit-il, si vous êtes persuadé que la manière dont vous

en usez avec les femmes ne soit pas contraire aux véritables sentiments d'un honnête homme. Alamir fut touché de ce reproche. Je veux me justifier auprès de vous, lui répondit-il, et je vous estime trop pour vouloir vous laisser une si méchante opinion de moi. Croyez-vous que je fusse assez déraisonnable pour ne pas aimer avec fidélité une personne qui m'aimerait véritablement ? Mais croyez-vous vous justifier, interrompit Mulziman, en accusant celles que vous avez aimées ! Y en a-t-il quelqu'une qui vous ait trompé ? Et Naria ne vous aimait-elle pas avec une passion sincère et véritable ? Naria croyait m'aimer, répliqua Alamir; mais elle aimait mon rang et celui où je pouvais l'élever. Je n'ai trouvé que de la vanité et de l'ambition dans toutes les femmes : elles ont aimé le prince et non pas Alamir. L'envie de faire une conquête éclatante et le désir de s'élever et de sortir de cette vie ennuyeuse où elles sont assujetties, a fait en elles ce que vous appelez de l'amour, comme le plaisir d'être aimé et l'envie de surmonter des difficultés fait en moi ce qui leur paraît de la passion. Je crois que vous faites injustice à Naria, dit Mulziman, et qu'elle aimait véritablement votre personne. Naria m'a parlé de m'épouser aussi bien que les autres, répondit Alamir, et je ne sais si sa passion était plus véritable. Quoi ! reprit Mulziman, vous voulez qu'on vous aime et qu'on ne pense pas à vous épouser ? Non, dit Alamir, je ne veux pas qu'on pense à m'épouser, quand je suis au-dessus de celles qui y prétendent. Je voudrais qu'on y pensât si l'on ne me connaissait pas pour ce que je suis et qu'on crût faire une faute en m'épousant. Mais, tant qu'on me regardera comme un prince qui peut donner de l'élévation et quelque liberté, je ne me croirai pas obligé à une grande reconnaissance du dessein qu'on aura de m'épouser et je ne le prendrai jamais pour de l'amour. Vous verrez, ajouta-t-il, que je ne serais pas incapable d'aimer fidèlement, si je pouvais trouver une personne qui m'aimât sans connaître ce que je suis. Vous voulez une chose impossible pour faire voir votre fidélité, repartit Mulziman et, si vous étiez capable de constance, vous en auriez, sans attendre des occasions si extraordinaires.

L'impatience de savoir ce qu'était devenue Naria fit

finir cette conversation. Alamir alla chez elle : il apprit qu'elle était partie pour aller à la Mecque et que l'on ne savait ni le chemin qu'elle avait pris, ni le temps qu'elle reviendrait.

C'était assez pour lui faire oublier Naria ; il ne pensa plus qu'à Zoromade, qui était gardée avec un soin qui rendait quasi toute son adresse inutile. Ne sachant plus ce qu'il pouvait faire pour la voir, il se résolut de hasarder la chose du monde la plus hardie, qui était de se cacher dans une des maisons où les femmes vont se baigner.

Les bains sont des palais magnifiques ; les femmes y vont trois ou quatre fois la semaine ; elles prennent plaisir à faire paraître leur magnificence, en faisant marcher devant et après elles un nombre infini d'esclaves qui portent toutes les choses qui leur sont nécessaires. L'entrée de ces maisons est défendue aux hommes sur peine de la vie ; et il n'y a point de puissance qui pût les sauver, s'ils y étaient trouvés. La qualité d'Alamir le garantissait de la rigueur des lois ordinaires ; mais son rang l'exposait à une révolte et à une sédition dont il n'aurait pu sauver ni sa vie ni son état.

Des raisons si considérables ne le purent retenir ; il écrivit à Zoromade ; il lui manda ce qu'il était résolu de hasarder pour la voir et il la pria de l'instruire de ce qu'il devait faire pour lui parler. Zoromade eut de la peine à consentir au hasard où Alamir se voulait exposer ; mais enfin, emportée par la passion qu'elle avait pour lui et forcée par cette contrainte insupportable où vivent les femmes arabes, elle lui manda que, s'il trouvait le moyen d'entrer dans la maison des bains, il fallait qu'il sût l'appartement où elle avait accoutumé d'aller ; que dans cet appartement il y avait un cabinet où il pourrait se cacher ; qu'elle ne se baignerait point, et que, pendant que sa mère irait dans les bains, elle pourrait l'entretenir. Alamir sentit un plaisir sensible d'avoir une si difficile entreprise à exécuter. Il gagna le maître des bains par des présents considérables ; il sut le jour que Zoromade y devait aller ; il entra pendant la nuit ; il se fit conduire dans l'appartement où était ce cabinet et y attendit le matin avec toute l'impatience qu'aurait pu avoir un homme véritablement amoureux.

A peu près à l'heure que Zoromade devait venir, il entendit dans la chambre le bruit que font plusieurs personnes qui y entrent; quelque temps après, ce bruit diminua et on ouvrit la porte de ce cabinet. Il s'attendait de voir entrer Zoromade; mais, au lieu d'elle, il vit une personne qu'il ne connaissait point, magnifiquement habillée, d'une beauté qui avait toute la fleur et toute la naïveté de la première jeunesse. Cette personne fut aussi surprise de la vue d'Alamir qu'Alamir l'était de la sienne; il n'était pas moins propre qu'elle à donner de l'étonnement, par l'agrément de sa personne et par la beauté de ses habits; et c'était une chose si extraordinaire de voir un homme en ce lieu que, si Alamir n'eût fait signe à cette jeune personne de ne rien dire, elle se fût écriée d'une manière qui aurait fait venir à elle ceux qui étaient dans la chambre. Elle s'approcha d'Alamir, qui était charmé de cette aventure et lui demanda par quel hasard il s'était trouvé en ce lieu. Il lui répondit que ce serait une chose trop longue à lui raconter; mais qu'il la conjurait de ne vouloir rien dire et de ne pas perdre un homme qui ne comptait pour rien le péril où il se trouvait, puisqu'il devait à ce péril le plaisir de voir la plus belle personne du monde. Elle rougit avec un air d'innocence et de modestie propre à toucher un cœur moins sensible que celui d'Alamir. Je serais bien fâchée, lui répondit-elle, de rien faire qui vous pût nuire; mais vous avez bien hasardé en entrant ici et je ne sais si vous savez le danger où vous vous êtes exposé. Oui, madame, repartit Alamir, je le sais et ce n'est pas le plus grand dont je sois menacé aujourd'hui. Après ces paroles, dont il jugea bien qu'elle entendrait le sens, il la supplia de lui dire qui elle était et comment elle était entrée dans ce cabinet. Je m'appelle Elsibery, lui répondit-elle; je suis fille du gouverneur de Lemnos; ma mère n'est à Tharse que depuis deux jours où elle n'était jamais venue non plus que moi; elle se baigne présentement; je n'ai pas voulu me baigner et le hasard m'a fait entrer dans ce cabinet. Mais je vous conjure, ajouta-t-elle, de m'apprendre aussi qui vous êtes. Alamir fut bien aise de trouver une jeune personne qui ne le connût pas ; il lui dit qu'il s'appelait Sélémin (ce fut le nom qui s'offrit le premier à son esprit). Comme il parlait, il entendit du bruit ; Elsibery s'avança vers la porte du cabinet, pour empêcher qu'on entrât. Alamir la suivit de quelques pas oubliant le péril où il se mettait. Ne saurait-on espérer de vous revoir, madame ? lui dit-il. Je ne sais, repartit-elle avec un air plein de trouble, mais il me semble qu'il n'est pas impossible. En disant ces mots, elle sortit et ferma la porte.

Alamir demeura charmé de son aventure ; il n'avait jamais rien vu de si beau ni de si aimable qu'Elsibery ; il croyait avoir remarqué qu'il ne lui déplaisait pas. Elle ne le connaissait point pour le prince de Tharse ; enfin il y trouvait tout ce qui le pouvait toucher et il demeura jusques à la nuit dans ce cabinet, sans songer qu'il y était venu pour voir Zoromade, tant il était rempli de l'idée d'Elsibery.

Zoromade n'était pas si tranquille ; elle aimait véritablement Alamir ; le péril où elle savait qu'il était exposé lui donnait une inquiétude mortelle et un déplaisir sensible de n'avoir pu en profiter. Sa mère s'était trouvée mal, elle n'avait pas voulu aller aux bains et l'on avait donné l'appartement, où elle allait d'ordinaire, à la mère d'Elsibery. Alamir trouva à son retour une lettre de Zoromade, qui lui apprenait ce que je viens de vous dire et qui lui apprenait aussi qu'on parlait de la marier ; mais qu'elle n'en avait pas d'inquiétude, puisqu'il pouvait empêcher ce mariage en découvrant à son père les intentions qu'il avait pour elle. Il montra cette lettre à Mulziman pour lui faire voir que toutes les femmes n'étaient touchées que du désir de l'épouser. Il lui conta l'aventure qui lui était arrivée aux bains ; il lui exagéra les charmes d'Elsibery et la joie qu'il avait de croire que, sans le connaître pour le prince, elle avait de l'inclination pour lui. Il l'assura qu'il avait enfin trouvé ce qui méritait d'engager son cœur et qu'on verrait s'il n'aurait pas un véritable attachement pour Elsibery. En effet, il résolut d'abandonner toutes les autres galanteries pour ne penser plus qu'à se faire aimer de cette belle personne. Il lui était quasi impossible de la voir, surtout étant résolu de ne se pas faire connaître pour le prince de Tharse. La première chose qui lui vint dans l'esprit fut de se cacher encore dans la maison des bains; mais il apprit que la mère d'Elsibery était malade et que sa fille ne sortait point sans elle.

Cependant le mariage de Zoromade s'avançait et le désespoir de se voir abandonné du prince l'obligea d'y consentir. Comme son père était un homme très considérable et que celui qu'elle épousait ne l'était pas moins, on résolut de faire de grandes cérémonies à ses noces. Alamir apprit qu'Elsibery s'y devait trouver. La manière dont les noces se font chez les Arabes ne lui donnait aucune espérance de l'y voir, parce que les femmes sont entièrement séparées des hommes, et dans les mosquées, et dans les festins. Il résolut néanmoins de hasarder une chose aussi périlleuse que celle qu'il avait hasardée pour Zoromade. Il feignit de se trouver mal le jour de la cérémonie, afin de se dispenser d'y assister publiquement; il s'habilla en femme, mit un grand voile sur sa tête, comme en ont toutes celles qui sortent, et s'en alla à la mosquée avec la tante de Sélémin. Il vit arriver Elsibery et, bien qu'elle fût voilée, sa taille avait quelque chose de si particulier et son habillement était si différent de ceux de Tharse qu'il ne craignait pas de s'y méprendre. Il la suivit jusques auprès du lieu où se faisait la cérémonie, et il se trouva si proche de Zoromade que, poussé par un reste de son humeur naturelle, il ne put s'empêcher de se faire connaître à elle et de lui parler comme s'il ne se fût déguisé que pour la voir. Cette vue apporta un si grand trouble à Zoromade qu'elle fut contrainte de reculer quelques pas; et, se tournant du côté d'Alamir : Il y a de l'inhumanité, lui dit-elle, à venir troubler mon repos par une action qui me devrait persuader que vous m'aimez, si je ne savais trop bien le contraire, mais j'espère que je ne souffrirai pas longtemps les maux où vous m'avez plongée. Elle n'en put dire davantage et Alamir ne put répondre. La cérémonie s'acheva et toutes les femmes se remirent à leur place.

Alamir ne pensa pas seulement à la douleur où il avait vu Zoromade et ne fut occupé que du soin de parler à Elsibery. Il se mit à genoux auprès d'elle et commença à faire ses prières assez haut, selon la manière des Arabes. Ce murmure confus de ce grand nombre de personnes qui parlent en même temps fait qu'il est difficile d'être entendu que de ceux de qui l'on est fort proche. Alamir, sans tourner la tête du côté d'Elsibery et sans changer le ton de ses prières, l'appela plusieurs fois. Elle se tourna vers lui : comme il vit qu'elle le regardait, il laissa tomber un livre et, en le ramassant, il releva un peu son voile, en sorte qu'Elsibery seule le pouvait remarquer et il lui fit voir un visage dont la beauté et la jeunesse ne démentaient point l'habillement de femme. Il vit bien que ce déguisement ne l'avait pas rendu méconnaissable à Elsibery; il lui demanda néanmoins s'il était assez heureux pour être reconnu. Elsibery, dont le voile n'était pas entièrement baissé, tournant les yeux du côté d'Alamir, sans tourner la tête : Je ne vous connais que trop, lui dit-elle, mais je tremble pour le péril où vous êtes. Il n'y en a point où je ne m'expose, lui répondit-il, plutôt que de ne vous point voir. Ce n'était pas pour me voir, lui dit-elle, que vous vous étiez exposé dans la maison des bains et peut-être n'est-ce pas encore pour moi que vous êtes ici. C'est pour vous seule, madame, répliqua-t-il, et vous me verrez tous les jours dans ce même hasard, si vous ne me donnez quelque moyen de vous parler. Je vais demain avec ma mère au palais du calife, reprit-elle, trouvez-vous-y avec le prince; mon voile sera levé parce que c'est la première fois que j'y entre. Elle se tut et ne voulut plus rien dire, de peur d'être entendue des femmes qui étaient proche d'elle.

Alamir demeura bien embarrassé sur le rendez-vous qu'elle lui donnait. Il savait bien que la première fois que l'on mène les femmes de qualité au palais du calife, si le calife ou les princes leurs enfants entrent dans le lieu où elles sont, elles ne baissent point leur voile; et, hors cette première fois, on ne les y revoit jamais que voilées. Ainsi, Alamir était assuré de voir Elsibery; mais, pour la voir, il fallait se faire connaître pour le prince de Tharse et c'était à quoi il ne pouvait se résoudre. Le plaisir d'être aimé par le seul agrément de sa personne le touchait si fort qu'il ne voulait pas s'en priver. C'était aussi une chose fâcheuse de perdre une occasion de voir Elsibery et une occasion qu'elle lui donnait elle-même. Cette légère jalousie qu'elle lui avait témoignée de l'avoir trouvé dans la maison des bains, où il n'était pas pour elle, l'engageait encore à ne manquer à rien de ce qui la pouvait persuader d'un véritable attachement. Cet embarras le fit demeurer longtemps sans lui répondre; enfin il lui demanda s'il ne pourrait point lui écrire. Je n'oserais me fier à personne, lui dit-elle; mais gagnez, s'il vous est possible, un esclave qui s'appelle Zabelec.

Alamir demeura satisfait de ces paroles. On sortit du temple; il alla changer d'habit et penser à ce qu'il devait faire le lendemain. Quelque difficulté qui lui parût à cacher sa qualité à Elsibery et quelque peine que cette entreprise lui donnât, parce qu'elle l'obligeait à fuir la personne du monde qu'il avait le plus d'envie de rencontrer, il résolut de l'exécuter; et il voulut voir s'il serait véritablement aimé sans le secours de sa naissance. Après avoir résolu de quelle manière il se devait conduire, il écrivit cette lettre à Elsibery :

Lettre d'Alamir a Elsibery.

« Si j'avais déjà mérité quelque chose auprès de vous ou si vous m'aviez donné quelque espérance, peut-être que je ne vous demanderais pas ce que je vais vous demander, quoiqu'il semblât que j'eusse plus de raison de le prétendre. Mais, madame, à peine me connaissez-vous; je n'oserais me flatter d'avoir fait quelque impression dans votre cœur; vous n'êtes engagée ni par vos sentiments, ni par vos paroles, et vous allez demain dans un lieu où vous verrez un prince qui n'a jamais rien vu de beau qu'il n'ait aimé. Que ne dois-je point craindre, madame, de cette entrevue? Je ne puis douter qu'Alamir ne vous aime et, quoiqu'il y ait peut-être du caprice à craindre autant que je le crains que vous ne voyiez ce prince, et qu'il ne soit assez heureux pour vous plaire, je ne puis m'empêcher de vous supplier de

ne le voir pas. Pourquoi me refuseriez-vous, madame ?
Ce n'est point une faveur que je vous demande et je
suis peut-être le seul homme du monde qui ait jamais
souhaité une pareille chose. Je sais bien qu'elle vous
doit paraître bizarre ; elle me le paraît encore plus qu'à
vous ; mais ne refusez pas cette grâce à un homme qui
vient d'exposer sa vie pour vous pouvoir dire seulement qu'il vous aime. »

Après avoir écrit cette lettre, il se déguisa, afin
d'aller lui-même, avec des gens à qui il se fiait, tâcher
d'apprendre qui était celui dont Elsibery lui avait parlé.
Il fit tant de diligence autour de la maison du gouverneur de Lemnos qu'enfin un vieil esclave, qu'il gagna,
lui alla chercher Zabelec. Il vit de loin venir ce jeune
esclave ; il fut surpris de la beauté de sa taille et de la
délicatesse de son visage. Alamir se cachait dans l'enfoncement d'un portique où il faisait assez obscur et
ce jeune esclave, en s'approchant, regardait Alamir
comme s'il eût été de sa connaissance. Enfin, lorsqu'il
fut près de lui, ce prince, sans se faire voir, commença
à lui parler d'Elsibery. L'esclave, entendant cette voix
qu'il ne connaissait point, changea tout d'un coup de
visage et, après avoir fait un grand soupir, il baissa
les yeux et demeura sans parler, avec une tristesse si
profonde qu'Alamir ne put s'empêcher de lui en demander la cause. Je croyais connaître celui qui me demandait, lui répondit-il, et je ne croyais pas que ce fût
d'Elsibery dont on me voulût parler ; mais achevez :
tout ce qui regarde Elsibery me touche sensiblement.
Alamir fut surpris et embarrassé de la manière dont
cet esclave lui parlait. Il acheva néanmoins ce qu'il
avait commencé et lui donna une lettre, ne se faisant
connaître que sous le nom de Sélémin. La tristesse et
la beauté de cet esclave firent imaginer à ce prince que
c'était quelque amant d'Elsibery qui s'était déguisé pour
être auprès d'elle. Le trouble qu'il lui avait vu lorsqu'il
lui avait parlé de lui donner des lettres ne l'en laissait
pas douter ; mais il pensait aussi que, si Elsibery eût
connu cet esclave pour son amant, elle ne l'aurait pas
choisi pour lui donner des lettres d'un rival ; enfin cette
aventure l'embarrassait et, de quelque manière qu'elle

pût être, l'esclave lui paraissait trop aimable et d'un air trop au-dessus de sa condition pour le souffrir sans peine auprès d'Elsibery.

Il attendit le lendemain avec diverses sortes d'inquiétudes; il alla de bonne heure chez la princesse sa mère. Jamais amant n'a eu tant d'impatience de voir sa maîtresse qu'Alamir avait de désir de ne pas voir la sienne; et jamais un amant n'a eu tant de raison de souhaiter de ne pas la voir. Il pensait que, si Elsibery ne venait point au palais, c'était lui accorder la grâce qu'il lui avait demandée; que c'était aussi une marque qu'elle avait reçu la lettre qu'il avait mise entre les mains de Zabelec et que, si cet esclave la lui avait rendue, il fallait qu'il ne fût pas son rival. Enfin, en ne voyant point arriver Elsibery avec sa mère, il apprenait qu'il avait un commerce établi avec elle, qu'il n'avait point de rival et qu'il pouvait espérer d'être aimé. Il était occupé de ces pensées, lorsqu'on le vint avertir que la mère d'Elsibery arrivait et il eut le plaisir de voir qu'elle n'était pas suivie de sa fille. Jamais transport n'a été pareil au sien. Il se retira, ne voulant pas même que son visage fût connu de la mère de sa maîtresse et s'en alla attendre chez lui l'heure qu'il avait prise pour parler à Zabelec.

Le bel esclave revint le trouver, avec autant de tristesse sur le visage qu'il en avait le jour précédent, et lui apporta la réponse d'Elsibery. Ce prince fut charmé de cette lettre; il y trouva de la modestie mêlée avec beaucoup d'inclination. Elle l'assurait qu'elle aurait pour lui la complaisance de ne point voir le prince de Tharse et qu'elle n'aurait jamais de répugnance à lui accorder de pareilles grâces; elle le priait aussi de ne rien hasarder pour lui parler, parce que sa timidité naturelle et la manière dont elle était gardée rendraient inutile tout ce qu'il pourrait entreprendre. Alamir, quoique très satisfait de cette lettre, ne pouvait s'accoutumer à la beauté et à la tristesse de l'esclave; il lui fit plusieurs questions sur les moyens dont il pourrait se servir pour voir Elsibery, mais l'esclave n'y répondit qu'avec beaucoup de froideur. Ce procédé augmenta les soupçons du prince et, comme il se trouvait plus touché de la beauté d'Elsibery qu'il ne l'avait jamais été d'aucune autre, il

craignait d'entrer dans le même état où il avait mis
toutes celles qu'il avait aimées et de s'engager avec
une personne qui aurait d'autres attachements. Cependant il lui écrivait tous les jours ; il l'obligeait à lui
apprendre les lieux où elle allait et son amour lui donnait autant de soin de la fuir dans les lieux publics où
elle le pouvait connaître pour le prince qu'il avait
d'application à chercher les moyens de la voir en particulier. Il considéra si bien tous les environs de la
maison où elle logeait qu'il remarqua que le haut, qui
était couvert en terrasse, avait une espèce de balcon
avancé sur une petite rue si étroite que l'on pouvait
se parler de la maison qui était de l'autre côté. Il trouva
bientôt le moyen de se rendre maître de cette maison ;
il écrivit à Elsibery qu'il la conjurait de venir la nuit
sur sa terrasse et qu'il pourrait l'y entretenir : elle y vint.
Alamir pouvait facilement lui parler sans être entendu ;
et l'obscurité n'était pas si grande qu'il n'eût le plaisir
de distinguer cette beauté dont il était si touché.

Ils entrèrent dans une longue conversation sur les
sentiments qu'ils avaient l'un pour l'autre. Elsibery
voulut être éclaircie de l'aventure qui l'avait conduit
dans la maison des bains. Il lui avoua la vérité et lui
conta tout ce qui s'était passé entre Zoromade et lui.
Les jeunes personnes sont trop touchées de ces sortes
de sacrifices pour en craindre les conséquences pour
elles-mêmes. Elsibery avait une inclination violente
pour Alamir ; elle s'engagea entièrement dans cette
conversation, et ils résolurent de se revoir dans le même
lieu. Comme il était près de se retirer, il tourna la tête
par hasard et fut bien surpris de voir dans un coin de
la terrasse ce bel esclave qui lui avait déjà donné tant
d'inquiétude.

Il ne put cacher son chagrin et, prenant la parole :
Si je vous ai témoigné de la jalousie, dit-il à Elsibery,
la première fois que je vous ai écrit, oserai-je, madame,
vous en témoigner encore la première fois que je vous
parle ? Je sais que les personnes de votre qualité ont
toujours des esclaves auprès d'elles ; mais il me semble
qu'ils ne sont point de l'âge et de l'air de celui que je
vois auprès de vous ; j'avoue que ce que je connais de

la personne et de l'esprit de Zabelec me le rend aussi redoutable que me le pourrait être le prince de Tharse. Elsibery sourit de ce discours et, appelant le bel esclave : Venez, Zabelec, lui dit-elle, venez guérir Sélémin de la jalousie que vous lui donnez; je ne l'oserais faire sans votre consentement. Je voudrais, madame, lui répondit Zabelec, que vous eussiez la force de lui laisser de la jalousie. Ce n'est pas par mon intérêt que je le souhaite, c'est par le vôtre et par la crainte des malheurs où je vois bien que vous vous plongez. Mais, seigneur, continua l'esclave en s'adressant au prince qu'elle ne connaissait que par Sélémin, il n'est pas juste de vous laisser soupçonner la vertu d'Elsibery.

Je suis une malheureuse que le hasard a mise à son service; je suis chrétienne, grecque et d'une naissance fort au-dessus de la condition où vous me voyez. Quelque beauté, dont il ne paraît peut-être plus de marques, m'avait attiré plusieurs amants pendant ma première jeunesse; je trouvai en eux si peu de fidélité et tant de trahisons que je ne les regardai qu'avec mépris. Un, plus infidèle que les autres, mais qui savait mieux se déguiser, se fit aimer de moi. Je rompis, à cause de lui, un mariage très considérable pour ma fortune. Mes parents nous persécutèrent; il fut obligé de se retirer; il m'épousa. Je me déguisai en homme, et je le suivis. Nous nous embarquâmes; il se trouva dans notre vaisseau une personne assez aimable que quelque aventure extraordinaire obligeait, aussi bien que moi, à passer en Asie. Mon mari en devint amoureux. Nous fûmes attaqués et pris par les Arabes; ils partagèrent les esclaves; on donna le choix à mon mari et à un de ses parents d'être du nombre des esclaves qui appartenaient au lieutenant du navire ou de ceux qui appartenaient au capitaine. Le sort m'avait donnée à ce dernier et, par une ingratitude sans exemple, je vis mon mari choisir d'aller avec le lieutenant pour suivre cette personne qu'il aimait. Ma présence, mes larmes, ni ce que j'avais fait pour lui, et l'état où il me laissait, ne le purent toucher. Jugez de ma douleur! On me conduisit ici; ma bonne fortune me donna au père d'Elsibery. Quoi que j'aie vu de l'infidélité de mon mari, je ne saurais perdre entièrement l'espérance de son retour et ce fut ce qui causa les changements que vous remarquâtes à mon visage le premier jour que j'allai parler à vous. J'avais espéré que c'était lui qui me demandait et, quelque mal fondé que fût cet espoir, je ne pus le perdre sans douleur. Je ne m'oppose point à l'inclination qu'Elsibery a pour vous; je sais, par une cruelle expérience, combien il est inutile de s'opposer à ces sortes de sentiments; mais je la plains, et je prévois les vives douleurs que vous lui causerez. Elle n'a jamais eu de passion, elle va avoir pour vous un attachement sincère et véritable qu'aucun homme qui a déjà aimé ne peut mériter.

Quand elle eut cessé de parler, Elsibery dit à Alamir que son père et sa mère connaissaient sa qualité, son sexe et son mérite; mais que des raisons qu'elle avait de demeurer inconnue faisaient qu'on la traitait en apparence comme un esclave. Ce prince demeura surpris de l'esprit et de la vertu de Zabelec et il eut beaucoup de joie de connaître combien la jalousie qu'il en avait eue avait été mal fondée. Il trouva dans la suite tant de charmes et tant de sincérité dans les sentiments d'Elsibery qu'il était persuadé qu'il n'avait jamais été aimé que par elle. Elle l'aimait sans autre dessein que de l'aimer et sans penser quelle fin aurait sa passion; elle ne s'informait ni de sa fortune ni de ses intentions; elle hasardait toutes choses pour le voir et faisait aveuglément tout ce qu'il pouvait souhaiter. Une autre personne aurait trouvé de la contrainte dans la conduite qu'il désirait d'elle; car, comme il voulait toujours qu'elle le crût Sélémin, il était forcé de l'empêcher de se trouver à de certaines fêtes publiques où il était obligé de paraître pour le prince; mais elle ne trouvait rien de difficile pour lui plaire.

Alamir se trouva heureux pendant quelque temps d'être aimé pour l'amour de lui-même; mais enfin il lui vint dans l'esprit qu'encore qu'Elsibery l'eût aimé sans savoir qu'il était le prince de Tharse, peut-être ne laisserait-elle pas de l'abandonner pour un homme qui aurait cette qualité. Il résolut de mettre son cœur à cette épreuve, de lui faire passer le véritable Sélémin pour le prince de Tharse, de faire en sorte qu'il lui témoignât de l'amour et de voir de ses propres yeux, de quelle manière elle le traiterait. Il apprit son intention à Sélémin et ils trouvèrent ensemble les moyens de l'exécuter. Alamir fit une course de chevaux et dit à Elsibery que, pour lui donner quelque part de ce divertissement, il obligerait le prince à passer avec toute sa troupe devant ses fenêtres; qu'ils auraient les mêmes habits; qu'il marcherait à côté de lui et que, bien qu'il eût toujours appréhendé qu'elle ne vît Alamir, il se croyait trop assuré de son cœur pour craindre que ce prince n'attirât ses regards, surtout dans un lieu où il serait assez proche pour les partager. Elsibery demeura persuadée que celui qu'elle verrait auprès de son amant serait le prince de Tharse; et, le lendemain, voyant le véritable Sélémin auprès d'Alamir, elle ne douta point que ce ne fût ce prince; elle trouva même que son amant avait tort de lui avoir dépeint Alamir comme un homme si redoutable et il lui parut qu'il n'était pas si agréable que celui qu'elle croyait son favori. Elle n'oublia pas de dire à Alamir le jugement qu'elle avait fait; mais ce n'était pas assez pour le satisfaire; il voulut encore éprouver si ce faux prince ne lui plairait point lorsqu'il lui paraîtrait amoureux d'elle et qu'il lui proposerait de l'épouser.

A une de ces fêtes des Arabes, où le prince n'était point obligé de paraître en public, il dit à Elsibery qu'il se déguiserait pour se trouver auprès d'elle. Il se déguisa, en effet, et mena Sélémin avec lui. Ils se mirent proche d'Elsibery et Sélémin l'appela deux ou trois fois. Comme elle avait Alamir dans l'esprit, elle ne douta point que ce ne fût lui et, prenant un temps où personne ne la regardait, elle leva son voile pour se faire voir et pour lui parler; mais elle fut bien surprise de trouver auprès d'elle celui qu'elle croyait le prince de Tharse. Sélémin témoigna être surpris et touché de sa beauté; il voulut lui parler; mais elle ne l'écouta point et, troublée de cette aventure, elle se rapprocha de sa mère, en sorte que Sélémin ne pût l'aborder de tout le reste du jour. La nuit, Alamir vint lui parler sur la terrasse : elle lui conta ce qui lui était arrivé, avec une vérité si exacte et une si grande crainte qu'il ne la soupçonnât d'y avoir

contribué, qu'il devait en être satisfait. Néanmoins il ne
s'en contenta pas ; il fit gagner le vieil esclave qu'il avait
déjà trouvé sensible aux présents, pour donner une
lettre à Elsibery de la part du prince. Lorsque cet
esclave voulut la lui donner, elle la refusa et lui fit une
sévère réprimande. Elle en rendit compte à Alamir, qui
le savait déjà et qui jouissait du plaisir de sa tromperie.
Pour achever ce qu'il avait résolu, il mena Sélémin sur
la terrasse où il avait accoutumé de parler à Elsibery
et se cacha en sorte qu'elle ne le pouvait voir, mais
qu'il pouvait entendre toutes leurs paroles. La surprise
d'Elsibery fut extrême, lorsqu'elle vit sur la terrasse celui
qu'elle croyait le prince. Son premier mouvement fut
de s'en aller, mais le soupçon que son amant la sacrifiait
au prince et l'envie de s'en éclaircir, la retinrent pour
quelques moments. Je ne vous dirai point, madame,
lui dit Sélémin, si c'est par mon adresse ou du consentement de celui que vous croyiez trouver ici, que j'occupe
la place qui lui était destinée ; je ne vous dirai pas même
s'il ignore les sentiments que j'ai pour vous ; vous en
jugerez par la vraisemblance et par le pouvoir que la
qualité de prince me peut donner ; je veux seulement
vous apprendre que, d'une seule vue, vous avez fait en
moi ce que de longs attachements n'avaient pu faire. Je
n'ai jamais voulu m'engager et je ne regarde présentement d'autre bonheur que celui de vous faire accepter
la dignité où je me trouve. Vous êtes la seule à qui je l'aie
offerte et vous serez la seule à qui je l'offrirai. Songez
plus d'une fois, madame, à me refuser ; et pensez qu'en
refusant le prince de Tharse vous refusez la seule chose
qui vous peut retirer de cette captivité éternelle où vous
êtes destinée.

Elsibery n'entendit plus tout ce que lui dit celui qu'elle
croyait le prince. Sitôt qu'il lui eut donné lieu de croire
que son amant la sacrifiait à son ambition et, sans
répondre à ce qu'il lui venait de dire : Je ne sais, seigneur,
lui dit-elle, par quelle aventure vous vous trouvez ici ;
mais, de quelque manière que ce puisse être, je ne dois
pas avoir de plus longue conversation avec vous et je
vous supplie de trouver bon que je me retire. En disant
ces paroles, elle quitta la terrasse avec Zabelec, qui l'avait

suivie, et s'en alla dans sa chambre avec autant d'inquiétude qu'Alamir avait de joie et de tranquillité. Il voyait avec plaisir qu'elle méprisait les offres d'une si grande fortune dans le même moment qu'elle avait lieu de croire qu'il l'avait trompée; et il ne pouvait plus douter qu'elle ne fût à l'épreuve des sentiments d'ambition qu'il avait appréhendés. Le lendemain il essaya encore de lui faire donner une lettre de la part du prince, pour voir si le dépit ne l'aurait point fait changer; mais le vieil esclave qui la voulut donner fut aussi maltraité qu'il l'avait été la première fois.

Elsibery avait passé la nuit avec une douleur incroyable; toutes les apparences étaient que son amant l'avait trahie; lui seul pouvait avoir appris leur intelligence et le lieu où ils se parlaient. Néanmoins la tendresse qu'elle avait pour lui ne lui permettait pas de le condamner sans l'entendre. Elle le revit le jour suivant et il sut si bien lui persuader qu'il avait été trahi par un de ses gens et que le calife, à la prière de son fils, l'avait retenu une partie de la nuit pour l'empêcher de venir sur la terrasse qu'il se justifia entièrement auprès d'Elsibery et lui persuada même qu'il avait un déplaisir sensible de la passion que le prince avait pour elle. La belle esclave n'était pas si aisée à persuader qu'Elsibery et son expérience de la tromperie des hommes ne lui permettait pas d'ajouter foi aux paroles du faux Sélémin. Elle tâcha en vain de faire voir à Elsibery qu'il la trompait; mais, peu de temps après, le hasard lui donna lieu de l'en convaincre.

Le véritable Sélémin n'était pas si occupé des galanteries du prince qu'il n'en eût pour lui-même. La personne qu'il aimait alors avait pour confidente une jeune esclave qui était touchée d'une passion violente pour Zabelec, qu'elle prenait pour un homme. Elle lui conta l'amour de Sélémin et de sa maîtresse et la manière dont ils se voyaient. Zabelec, qui ne connaissait Alamir que sous le nom de Sélémin, se fit instruire par cette esclave de tout ce qui pouvait faire voir à Elsibery l'infidélité de son amant et alla le lui apprendre à l'heure même. On ne peut être plus sensiblement affligé que le fut cette belle personne; mais elle s'abandonna à son affliction sans s'emporter contre celui qui la causait. Zabelec fit tous ses efforts pour lui persuader de cesser entièrement de voir Alamir et de n'écouter plus des justifications qui ne pouvaient être que de nouvelles tromperies. Elsibery eût bien voulu suivre ses conseils, mais elle n'en avait pas la force.

Alamir vint le soir même sur la terrasse et il fut bien étonné lorsque Elsibery commença leur conversation par un torrent de larmes, et ensuite par des reproches si tendres que ceux même qui ne l'auraient pas aimée en auraient été touchés. Il ne pouvait comprendre de quoi on pouvait l'accuser, ni par quel bizarre effet du hasard, n'ayant jamais été fidèle que pour Elsibery, elle fût quasi la seule qui l'eût accusé d'infidélité. Il se défendit avec toute la force que donne la vérité; mais, malgré la disposition qu'avait Elsibery à le croire innocent, elle ne pouvait ajouter de foi à ses paroles. Il la pressa de lui nommer celle qu'elle l'accusait d'aimer; elle le fit et lui conta toutes les circonstances de leur commerce. Alamir fut bien surpris lorsqu'il vit que c'était le nom de Sélémin qui le faisait paraître coupable et il fut bien embarrassé sur la manière dont il devait se justifier. Il ne put se déterminer sur l'heure et il se contenta de faire de nouveaux serments de son innocence, sans entrer dans d'autres justifications. Son embarras, et des paroles si générales, ne laissèrent plus douter Elsibery de son infidélité.

Cependant ce prince vint conter son malheur à Sélémin et chercher avec lui les moyens de faire paraître son innocence. Je romprais pour l'amour de vous, lui dit Sélémin, avec la personne que j'aime, si vous en pouviez tirer quelque avantage, mais quand je cesserais de la voir, Elsibery croirait toujours qu'au moins il y a eu un temps où vous lui avez été infidèle et ainsi elle ne pourrait plus avoir de confiance en vos paroles. Si vous voulez la guérir entièrement de ses soupçons, je crois que vous lui devez avouer qui vous êtes et qui je suis. Elle vous a aimé sans que votre qualité ait contribué à sa passion; elle m'a cru le prince de Tharse et m'a méprisé pour l'amour de vous : il me semble que c'est tout ce que vous aviez à souhaiter. Vous avez raison, mon cher

Sélémin, s'écria le prince; mais je ne saurais me résoudre à apprendre ma naissance à Elsibery; je perdrai, en la lui apprenant, ce qui a fait le charme de mon amour. Je hasarderai le seul véritable plaisir que j'aie jamais eu et je ne sais si je ne perdrai point la passion que j'ai pour elle. Songez aussi, seigneur, répondit Sélémin, qu'en paraissant encore sous mon nom vous perdrez le cœur d'Elsibery et qu'en le perdant vous perdrez, en effet, tous les plaisirs qu'une fausse imagination vous fait craindre de ne trouver plus.

Sélémin parla avec tant de force à Alamir qu'enfin il le fit résoudre à déclarer la vérité à Elsibery. Il le fit dès le même soir, et jamais personne n'a passé en un moment d'un état si déplorable à un état si heureux. Elle trouvait des marques d'une passion très sincère et très délicate dans tout ce qui lui avait paru des tromperies; elle avait le plaisir d'avoir persuadé son attachement à Alamir sans le connaître pour le prince; enfin, elle était dans une joie que son cœur était à peine capable de contenir. Elle la laissa voir tout entière à Alamir, mais cette joie lui fut suspecte; il crut que le prince de Tharse y avait part, et qu'Elsibery était touchée du plaisir de l'avoir pour amant. Néanmoins il ne le lui témoigna pas et continua de la voir avec soin. Zabelec était surprise de s'être trompée en se défiant de la passion des hommes et elle enviait le bonheur d'Elsibery d'en avoir trouvé un si fidèle. Elle n'eut pas longtemps sujet de l'envier. Il était impossible que des choses aussi extraordinaires que celles qu'Alamir avait faites pour Elsibery n'apportassent une nouvelle vivacité à la passion qu'elle avait pour lui. Ce prince s'en aperçut : ce redoublement d'amour lui parut une infidélité et lui causa le même chagrin que la diminution lui en aurait dû causer. Enfin, il se persuada si bien que le prince de Tharse était plus aimé qu'Alamir ne l'avait été sous le nom de Sélémin que sa passion commença à diminuer sans qu'il prît même de nouvel attachement. Il en avait déjà eu de tant de sortes et celui qu'il venait d'avoir avait eu d'abord quelque chose de si piquant qu'il se trouva insensible à tous les autres. Elsibery vit finir insensiblement l'amour et les soins qu'il avait pour elle; et, quoiqu'elle tâchât de se tromper elle-même, elle ne put douter de son malheur, lorsqu'elle apprit que le prince s'en allait voyager par toute la Grèce ; et elle l'apprit avant qu'il lui en eût parlé. L'ennui qu'il trouvait à Tharse lui avait inspiré ce dessein et il l'exécuta, sans que les prières et les larmes d'Elsibery le pussent retenir.

La belle esclave trouva alors que sa destinée n'était pas plus malheureuse que celle d'Elsibery, et Elsibery chercha toute sa consolation à se plaindre avec elle. Son mari fut tué ; elle le sut et en eut une vive douleur, malgré l'horrible infidélité qu'il lui avait faite. Comme sa mort faisait cesser les raisons qu'elle avait eues de se cacher, elle pria le père d'Elsibery de lui donner la liberté qu'il lui avait offerte tant de fois. Il la lui accorda et elle se résolut de s'en retourner passer le reste de sa vie dans son pays, éloignée du commerce de tous les hommes. Elle avait parlé plusieurs fois à Elsibery de la religion chrétienne ; et cette belle personne, touchée de ce qu'elle lui en avait dit et de l'inconstance d'Alamir, dont elle n'espérait point de se consoler, se résolut de se faire chrétienne, de suivre Zabelec et d'aller vivre avec elle dans un profond oubli de tous les attachements de la terre. Elle partit sans en avertir ses parents que par une lettre qu'elle leur laissa.

Alamir avait déjà commencé ses voyages ; et ce ne fut que par une lettre de Sélémin qu'il apprit ce que je viens de vous dire d'Elsibery. En quelque lieu qu'elle soit, peut-être trouverait-elle de la consolation, si elle avait pu apprendre combien elle fut vengée de l'infidélité d'Alamir par la passion violente que lui donna la beauté de Zaïde.

Il arriva en Chypre et aima cette princesse, comme je vous l'ai dit, après avoir balancé quelque temps entre elle et moi ; mais il l'aima avec une passion si différente de toutes celles qu'il avait eues qu'il ne se reconnaissait pas lui-même. Il avait toujours déclaré son amour aussitôt qu'il l'avait senti ; il n'avait jamais appréhendé d'offenser celles à qui il le déclarait et à peine osait-il le laisser deviner à Zaïde. Il fut surpris de ce changement ; mais lorsque, forcé par sa passion, il l'eut déclarée à Zaïde et qu'il trouva que l'indifférence qu'elle avait pour lui ne faisait qu'augmenter l'amour qu'il avait pour elle ; quand il vit qu'il était désespéré du traitement qu'il en recevait sans cesser d'en être amoureux et sans croire qu'il pût cesser de l'être, il sentit une douleur qui ne se peut représenter.

Quoi ! disait-il à Mulziman, l'amour n'a jamais eu de pouvoir sur moi qu'autant que j'ai voulu lui en donner ; quand il m'aurait surmonté entièrement, il ne m'aurait donné que de la joie dans tous les lieux où j'ai aimé ; et il faut que, par la seule personne du monde en qui j'aie trouvé de la résistance, il me domine avec un empire si absolu qu'il ne me reste aucun pouvoir de me dégager. Je n'ai pu aimer toutes celles qui m'ont aimé : Zaïde me méprise et je l'adore. Est-ce son admirable beauté qui produit un effet si extraordinaire ? ou serait-il possible que le seul moyen de m'attacher fût de ne m'aimer pas ? Ah ! Zaïde, ne me mettrez-vous jamais en état de connaître que ce ne sont pas vos rigueurs qui m'attachent à vous ?

Mulziman ne savait que lui répondre, tant il était surpris de l'état où il le voyait. Il tâchait néanmoins de le consoler et d'adoucir ses inquiétudes. Depuis que le père de Zaïde était arrivé et qu'elle s'était si fortement déclarée sur la résolution de ne vouloir pas épouser ce prince, son désespoir était encore augmenté et le portait à chercher la mort avec joie.

Voilà à peu près ce que j'appris de Mulziman, continua Félime ; peut-être ne vous l'ai-je raconté qu'avec trop de soin ; mais pardonnez aux charmes que trouvent celles qui ont de la passion à parler des personnes qu'elles aiment, quoique ce soit même sur des sujets désagréables. Don Olmond témoigna à cette princesse que, bien loin qu'elle lui dût faire des excuses de la longueur de son récit, il lui devait des remerciements de l'avoir instruit des aventures d'Alamir. Il la conjura d'achever ce qu'elle avait commencé à lui dire, et elle reprit ainsi son discours :

Vous pouvez juger que ce que je sus des aventures et de l'humeur d'Alamir ne me donna pas d'espérance, puisque j'appris que le seul moyen d'être aimée de lui était de ne l'aimer pas. Cependant je ne l'en aimai pas moins. Les dangers où il s'exposait tous les jours me donnaient des inquiétudes mortelles ; je croyais que tous les coups devaient tomber sur sa tête et qu'il n'y avait de péril que pour lui. J'étais si accablée, qu'il me semblait que mes maux ne pouvaient plus augmenter ; mais la fortune m'exposa à une sorte de douleur plus cruelle que tout ce que j'avais encore senti.

Quelques jours après que Mulziman m'eut raconté les aventures d'Alamir, j'en parlais avec Zaïde et je faisais de si tristes réflexions sur la cruauté de ma destinée que mon visage était tout baigné de mes larmes. Une des femmes de Zaïde passa dans le lieu où nous étions et laissa la porte ouverte, sans que je m'en aperçusse. Il faut avouer que je suis bien malheureuse, disais-je à Zaïde, de m'être attachée à un homme si indigne en toutes façons des sentiments que j'ai pour lui. Comme j'achevais ces paroles, j'entendis quelqu'un dans la chambre ; je crus que c'était cette même femme qui venait de passer ; mais à quel point fus-je surprise et troublée, quand je vis que c'était Alamir et qu'il était si près de moi que je ne pus douter qu'il n'eût entendu mes dernières paroles ! Mon trouble et les larmes qui coulaient sur mon visage m'ôtaient tous les moyens de lui cacher que ce que je venais de dire ne fût véritable. Les forces me manquèrent ; je perdis la parole ; je souhaitai la mort, enfin je me sentis dans le plus violent état où une personne se soit jamais trouvée. Pour achever la cruauté de mon aventure, la princesse Alasinthe arriva, suivie de plusieurs dames qui se mirent à parler avec Zaïde ; en sorte que je demeurai seule avec Alamir.

Ce prince me regarda avec un air qui témoignait de la crainte d'augmenter l'embarras où il me voyait. J'ai bien du déplaisir, madame, me dit-il, d'être arrivé dans un temps où apparemment vous ne vouliez être entendue que de Zaïde ; mais, madame, puisque le hasard en a disposé autrement, trouvez bon que je vous demande s'il est possible qu'un homme qui a été assez heureux pour ne vous pas déplaire puisse vous obliger à dire qu'il est indigne en toutes façons de l'attachement que vous avez pour lui. Je sais bien qu'il n'y a point d'homme qui puisse être digne de la moindre de vos bontés ; mais y en a-t-il quelqu'un qui puisse vous donner lieu de vous plaindre de ses sentiments ? Ne soyez point fâchée, madame, que j'aie quelque part à votre confiance : vous ne m'en trouverez pas indigne ; et, avec quelque soin que vous m'ayez caché ce que je viens d'apprendre, j'aurai néanmoins une extrême reconnaissance d'une chose que je ne devrai qu'au hasard.

Alamir eût encore parlé longtemps, s'il eût attendu que j'eusse eu la force de l'interrompre. J'étais si hors de moi-même et si combattue de la crainte de lui faire connaître qu'il était celui dont je me plaignais et de la douleur de le voir persuadé que j'en aimais un autre qu'il m'était impossible de lui répondre. Vous croirez peut-être que, lui ayant caché avec tant de soin la passion que j'avais pour lui et le voyant si attaché à Zaïde, il me devait être indifférent qu'il s'imaginât que quelque autre eût pu me plaire ; mais l'amour se fait déjà une si grande violence de se cacher à la personne qui l'a fait naître qu'il ne se peut faire encore la cruelle douleur de lui laisser croire qu'il ait été allumé par un autre. Alamir attribuait tout mon embarras au chagrin de le voir persuadé que j'avais quelque attachement. Je vois bien, madame, reprit-il, que vous souffrez avec peine que je sois votre confident, mais il y a de l'injustice au chagrin que vous en avez. Peut-on avoir plus de respect pour vous que j'en ai et plus d'intérêt à vous plaire ? Vous avez un pouvoir absolu sur cette belle princesse de qui dépend ma destinée ; apprenez-moi, madame, qui est celui dont vous vous plaignez et, si j'ai autant de pouvoir sur lui que vous en avez sur celle que j'adore, vous verrez si je ne saurai pas lui faire connaître son bonheur et le rendre digne de vos bontés.

Les paroles d'Alamir augmentaient mon trouble et mon agitation : il me pressa encore de lui dire de qui je me plaignais ; mais que toutes les raisons qui lui donnaient envie de le savoir me le faisaient paraître indigne de l'apprendre ! Enfin, Zaïde, qui jugea de l'embarras où j'étais, vint nous interrompre sans qu'il eût été en mon pouvoir de dire une seule parole à Alamir. Je m'en allai sans jeter les yeux sur lui ; mon corps ne put soutenir l'agitation de mon esprit ; je tombai malade dès la même nuit, et ma maladie fut très longue.

Dans le nombre de gens de qualité qui demeuraient dans l'île de Chypre, il était difficile que quelqu'un ne se fût attaché à moi et ne prît intérêt à la conservation de ma vie. J'apprenais les soins qu'ils avaient de savoir de mes nouvelles ; je considérais le peu d'effet que leur amour avait produit et quand je pensais que, si Alamir avait connu mon attachement, il n'aurait pas fait plus d'impression sur lui qu'en faisait sur moi la passion de ceux qui m'aimaient, je me trouvais heureuse d'être assurée qu'il ignorait mes sentiments. Mais il faut pourtant avouer que c'était un bonheur qui n'était goûté que de ma raison et à quoi mon cœur ne prenait aucune part. Quand je commençai à me porter assez bien pour être vue, je retardai, autant que je pus, les occasions de voir Alamir et, lorsque je le revis, je remarquai qu'il m'observait avec beaucoup de soin, afin d'apprendre par mes actions qui était celui dont je me plaignais. Plus je voyais qu'il m'observait, plus je maltraitais ceux qui s'étaient attachés à moi. Quoiqu'il y en eût plusieurs dont le mérite et la qualité ne me dussent point faire de honte, il n'y en avait aucun dont je ne trouvasse ma gloire blessée. Je ne pouvais supporter qu'il crût que j'aimais sans être aimée ; et il me semblait que j'en paraissais moins digne de lui.

Les troupes de l'empereur pressèrent si fort Famagouste que tous les Arabes jugèrent qu'il fallait l'abandonner. Zuléma et Osmin résolurent de nous faire embarquer avec les princesses Alasinthe et Bélénie. Alamir prit aussi la résolution de quitter Chypre, et pour suivre Zaïde, et pour sortir d'un lieu où sa valeur ne pouvait plus être utile. Il avait conservé une extrême curiosité de savoir qui était celui dont il m'avait ouï parler ; et, lorsque nous fûmes prêts à partir et qu'il vit que ma tristesse n'augmentait point : Quoique vous abandonniez Chypre, me dit-il, sans qu'il paraisse en vous de nouvelles marques d'affliction, il n'est pas impossible, madame, que vous ne sentiez ce départ ; faites-moi la grâce de m'apprendre qui est celui à qui vous prenez intérêt. Il n'y a point d'homme, de tous ceux qui sont ici, que je n'engage aisément à faire le voyage d'Afrique, et vous aurez le plaisir de le voir sans qu'il sache même que vous l'avez désiré. Je n'ai point voulu m'opiniâtrer, lui répondis-je, à vous ôter une opinion que vous avez prise sur des apparences assez vraisemblables; mais je vous assure néanmoins que ces apparences sont trompeuses. Je ne laisse personne à Famagouste à qui je prenne intérêt et ce n'est point par aucun changement qui soit arrivé dans mon cœur. Je vous entends, madame, repartit Alamir; celui qui a été assez heureux pour vous plaire n'est point ici; je le cherchais inutilement parmi ceux qui vous adorent et il était sans doute parti de Chypre devant que j'eusse l'honneur de vous voir. Ce n'est ni devant que vous m'eussiez vue, ni depuis que vous êtes ici, lui répliquai-je assez brusquement, que quelqu'un a été assez heureux pour me plaire et je vous supplie de ne me parler plus d'une chose qui m'offense.

Alamir, voyant bien que je lui avais répondu avec colère, ne m'en dit pas davantage et m'assura qu'il ne m'en parlerait jamais. Je fus bien aise d'avoir fini des conversations où j'étais toujours en hasard de laisser voir ce que je souhaitais si ardemment de cacher. Enfin, nous nous embarquâmes et notre navigation fut d'abord si heureuse que nous ne devions pas croire qu'elle finît par un naufrage aussi malheureux que celui que nous fîmes aux côtes d'Espagne, comme je vous le dirai bientôt.

Félime allait continuer son récit, lorsqu'on la vint avertir que sa mère se trouvait plus mal que de coutume. Quoique j'eusse encore beaucoup de choses à vous apprendre, dit-elle à don Olmond en le quittant, je vous en ai assez appris pour vous faire juger que ma vie est attachée à celle d'Alamir et pour vous engager à me tenir la parole que vous m'avez donnée. Je vous la tiendrai exactement, madame, lui répondit-il; mais je vous supplie de vous souvenir aussi que vous devez m'instruire du reste de vos aventures.

Le lendemain il alla trouver le roi. Sitôt que ce prince le vit, il voulut satisfaire l'impatience et l'inquiétude qui paraissaient sur le visage de Consalve et, les emmenant

tous deux dans son cabinet, il ordonna à don Olmond
de lui dire s'il avait vu Félime et si elle lui avait appris
quel intérêt elle prenait à la conservation d'Alamir.
Don Olmond, sans faire paraître qu'il pénétrât dans les
raisons qui donnaient au roi tant de curiosité pour les
aventures de ce prince, fit un récit exact de tout ce qu'il
avait su par Félime de sa passion pour Alamir, de celle
d'Alamir pour Zaïde et de tout ce qui leur était arrivé
jusques à leur départ de Chypre. Lorsqu'il eut achevé,
il jugea bien que la conversation n'était pas aussi libre
entre le roi et Consalve que s'il n'eût pas été
présent et, pour les laisser en liberté, il feignit d'être obligé de
s'en retourner à Oropèze.

Sitôt qu'il fut parti, le roi, regardant son favori avec
un air qui témoignait les sentiments qu'il avait pour lui :
Croyez-vous encore, lui dit-il, qu'Alamir soit aimé de
Zaïde ? Croyez-vous que ce soit elle qui ait fait écrire
Félime ? Et ne voyez-vous pas combien vos craintes ont
été mal fondées ? Non, seigneur, reprit tristement Consalve,
tout ce que don Olmond vient de raconter ne me
persuade pas encore que je n'aie point de sujet de
craindre. Zaïde n'a peut-être pas d'abord aimé Alamir,
ou elle l'a caché à Félime, voyant l'amour qu'elle avait
pour ce prince. Mais qui pleurait Zaïde, lorsqu'elle fit
naufrage aux côtes d'Espagne, si ce n'était Alamir,
qu'elle croyait mort ? A qui puis-je ressembler, si ce
n'est à ce prince ? Félime n'a parlé que de lui dans son
récit; Zaïde l'a trompée, seigneur, ou Zaïde ne lui a
avoué les sentiments qu'elle avait pour lui que depuis
qu'elle a été chez Alphonse. Tout ce que j'ai appris
ne détruit point les opinions que j'ai eues; et je crains
bien que ce qui me reste encore à apprendre ne les
confirme plutôt que de les détruire.

Il était si tard, lorsque Consalve quitta le roi, qu'il ne
devait penser qu'à chercher du repos, mais son inquiétude
ne lui permit pas d'en trouver. Le récit de Félime
augmentait sa curiosité, et le laissait encore dans cette
cruelle incertitude où il était depuis si longtemps. Sur
le matin, un officier de l'armée, qui revenait d'Oropèze,
lui apporta un billet de don Olmond; il l'ouvrit et y
trouva ces mots :

Lettre de d'Olmond a Consalve.

« Félime m'a tenu sa parole et m'a conté le reste de ses aventures. Le seul amour qu'elle a pour Alamir a causé les soins qu'elle a eus de sa vie. Zaïde n'y prend point d'intérêt et, si quelqu'un en prenait à Zaïde, ce n'est pas d'Alamir qu'il devrait être jaloux. »

Ce billet jeta Consalve dans un nouvel embarras et lui fit penser qu'il s'était trompé seulement lorsqu'il avait cru qu'Alamir était aimé, mais qu'il ne s'était pas trompé lorsqu'il avait cru que Zaïde avait quelque passion. La lettre qu'il lui avait vu écrire chez Alphonse, ce qu'il lui avait ouï dire à Tortose d'une première inclination et le billet qu'il venait de recevoir de don Olmond, ne lui permettaient pas d'en douter. Il lui parut qu'il devait être également malheureux, puisque le cœur de Zaïde avait été touché. Néanmoins, par un sentiment dont il ne pouvait démêler la cause, il sentit quelque soulagement en apprenant que ce n'était pas par le prince de Tharse.

Cependant les Maures firent des propositions pour la paix; et elles étaient si avantageuses qu'il semblait difficile de les refuser. On nomma des députés de part et d'autre pour en régler les articles, et on accorda une nouvelle trêve. Consalve avait part à tous les conseils; mais, quelque occupé qu'il pût être par l'importance des affaires dont le roi lui laissait le soin, il l'était encore davantage par l'impatience de savoir qui était ce rival dont il n'avait jamais ouï parler. Il attendait don Olmond avec une inquiétude qui ne lui laissait point de repos; et enfin il supplia le roi de le faire venir au camp ou de permettre qu'il l'allât trouver à Oropèze. Don Garcie, qui avait de la curiosité pour la suite des aventures de Zaïde, voulut être présent au récit qu'en ferait don Olmond, et il lui envoya commander de venir à l'heure même. Lorsque Consalve le vit arriver et qu'il le regarda comme un homme qui allait lui apprendre les véritables sentiments de Zaïde, il fut quasi prêt à l'empêcher de parler, tant il craignait la certitude de son malheur, bien qu'il souhaitât d'en être éclairci. Don Olmond, avec la même discrétion qu'il avait déjà eue, et sans faire voir à Consalve qu'il remarquait son embarras, raconta ainsi ce qu'il avait appris de Félime, dans leur dernière conversation, après que le roi lui en eut fait le commandement.

Suite de l'histoire de Félime et de Zaide

Le prince Zuléma et Osmin avaient quitté Chypre dans le dessein de s'en aller en Afrique et de débarquer à Tunis. Alamir les avait suivis et leur navigation avait été assez heureuse, lorsqu'un vent impétueux les repoussa vers Alexandrie. Comme Zuléma s'en vit proche, il voulut y aborder pour voir Albumazar, ce grand astrologue si célèbre dans toute l'Afrique, qu'il connaissait depuis longtemps. Les princesses, qui n'étaient pas accoutumées à la fatigue de la mer, furent bien aises de descendre à terre et de se reposer. Le vent demeura si contraire qu'ils ne purent sitôt se remettre à la voile.

Un jour que Zuléma montrait à Albumazar plusieurs choses rares qu'il avait rapportées de ses voyages, Zaïde vit dans une cassette le portrait d'un jeune homme d'une beauté extraordinaire et d'une physionomie très agréable. L'habillement, qui était pareil à celui des princes arabes, lui fit imaginer que ce portrait était celui d'un des fils du calife. Elle demanda à son père si elle ne se trompait pas; il lui répondit qu'il ne savait point pour qui ce portrait avait été fait, qu'il l'avait acheté de quelques soldats et qu'il le conservait pour sa beauté. Zaïde parut surprise de l'agrément de cette peinture. Albumazar remarqua l'attention qu'elle avait à la regarder; il lui en fit la guerre, et il lui dit qu'il voyait bien qu'un homme qui ressemblerait à ce portrait pourrait espérer de lui plaire. Comme les Grecs ont une grande opinion de l'astrologie et que les jeunes personnes ont une grande curiosité de l'avenir, Zaïde pria plusieurs fois ce fameux astrologue de lui dire quelque chose de sa destinée; mais il s'en défendait toujours; il passait avec

Zuléma le peu de temps qu'il dérobait à l'étude et semblait éviter de faire paraître son savoir extraordinaire. Enfin, un jour qu'elle le trouva dans la chambre de son père, elle le pressa plus fortement qu'elle n'avait encore fait de consulter les astres sur sa fortune. Il n'est pas nécessaire que je les consulte, lui dit-il en souriant, pour vous assurer, madame, que vous êtes destinée à celui dont Zuléma vous a fait voir le portrait. Peu de princes dans l'Afrique peuvent s'égaler à lui. Vous serez heureuse si vous l'épousez; prenez garde de laisser engager votre cœur à quelque autre. Zaïde ne reçut les paroles d'Albumazar que comme un reproche de l'attention qu'elle avait eue à regarder ce portrait; mais Zuléma lui dit, avec toute l'autorité d'un père, qu'elle ne devait point douter de la vérité de cette prédiction; qu'il n'en doutait pas lui-même et que, de son consentement, elle n'épouserait jamais que celui pour qui cette peinture avait été faite.

Zaïde et Félime avaient peine à croire que Zuléma parlât selon ses véritables sentiments; mais elles n'en doutèrent pas, lorsqu'il dit à la princesse sa fille qu'il ne pensait plus à lui faire épouser le prince de Tharse. Félime ne sentit pas une médiocre joie de savoir que Zaïde n'était pas destinée pour Alamir; elle s'imagina un plaisir sensible à l'apprendre à ce prince et elle se flatta de l'espérance qu'il reviendrait à elle, s'il n'espérait plus que Zaïde pût être à lui. Elle pria cette belle personne de lui permettre de dire à Alamir la prédiction d'Albumazar et les sentiments de Zuléma. Cette permission n'était pas difficile à obtenir; Zaïde consentait sans peine à tout ce qui pouvait guérir le prince de Tharse de la passion qu'il avait pour elle.

Félime chercha les occasions de parler à ce prince et, sans faire paraître de joie de ce qu'elle avait à lui dire, elle lui conseilla de se détacher de Zaïde, puisqu'elle était destinée pour un autre, et que Zuléma ne lui était plus favorable. Elle lui apprit ensuite ce qui avait fait changer les sentiments de ce prince et lui montra ce portrait qui devait décider de la fortune de Zaïde. Alamir parut accablé des paroles de Félime et, surpris de la beauté du portrait qu'on lui faisait voir, il demeura longtemps sans parler ; enfin, levant les yeux avec un air où sa douleur était peinte : Je le crois, madame, lui dit-il, celui que je vois est destiné pour Zaïde ; il est digne d'elle par sa beauté ; mais il ne la possédera jamais et je lui ôterai la vie avant qu'il puisse prétendre à m'enlever Zaïde. Mais si vous entreprenez, lui répondit Félime, d'attaquer tous les hommes qui pourraient ressembler à ce portrait, vous en attaqueriez peut-être un grand nombre sans trouver celui pour qui il a été fait. Je ne suis pas assez heureux, repartit Alamir, pour être au hasard de me méprendre. Il y a une beauté si grande et si particulière dans ce portrait que peu de gens lui peuvent ressembler. Mais, madame, ajouta-t-il, cette physionomie agréable peut cacher un esprit si fâcheux et des mœurs si opposées à celles qui doivent plaire à Zaïde que, quelque beauté qu'ait ce prétendu rival, peut-être ne sera-t-il pas aimé d'elle ; et, quelque favorables que lui puissent être et la fortune et Zuléma, s'il ne touche point l'inclination de Zaïde, je ne me trouverai pas entièrement malheureux. Je serai moins désespéré de la voir possédée par un homme qu'elle n'aimera pas que de lui en voir aimer un autre à qui elle ne pourrait jamais être. Cependant, madame, continua-t-il, quoique ce portrait ait fait une impression dans mon esprit qui se peut difficilement effacer, je vous conjure de me le laisser quelque temps, afin que je le considère avec loisir et que l'idée s'en imprime plus fortement dans ma mémoire.

Félime était si troublée de voir que ce qu'elle venait de dire n'avait pu diminuer les espérances d'Alamir qu'elle lui laissa emporter ce portrait ; et ce prince le lui rendit quelques jours après, malgré l'envie qu'il eût eue de l'ôter pour jamais des yeux de Zaïde.

Après quelque séjour dans Alexandrie, le vent leur permit d'en partir. Alamir reçut des nouvelles de son père qui l'obligèrent de quitter Zaïde pour retourner à Tharse ; mais, comme il ne s'y croyait nécessaire que pour peu de jours, il dit à Zuléma qu'il serait quasi dans le même temps que lui à Tunis. Félime fut aussi affligée de leur séparation que si elle eût été aimée de lui. Elle était accoutumée à toutes les douleurs que l'amour peut donner ; mais elle n'avait point eu celle de l'absence et elle la sentit si vivement qu'elle connut bien que le seul plaisir de voir celui qu'elle aimait lui avait donné la force de supporter le malheur de n'en pas être aimée.

Alamir s'en alla à Tharse et Zuléma et Osmin, sur de différents vaisseaux, prirent la route de Tunis. Zaïde et Félime ne voulurent pas se quitter et demeurèrent ensemble dans le vaisseau de Zuléma. Après quelques jours de navigation, il survint une tempête épouvantable; tous les vaisseaux furent séparés; celui où était Zaïde perdit son grand mât, et Zuléma jugea qu'il n'y avait plus d'espérance. Comme il connut qu'ils étaient assez proche de terre, il se résolut de se jeter dans la chaloupe. Il y fit descendre sa femme, sa fille et Félime, et prit avec lui ce qu'il avait de plus précieux; mais, comme il y voulait entrer aussi, un coup de vent rompit la corde qui la tenait attachée au vaisseau et la chaloupe vint se briser contre le rivage. Zaïde fut jetée sur la côte de Catalogne à demi morte et Félime, qui s'était soutenue sur une planche, fut poussée sur la même côte, après avoir vu périr la princesse Alasinthe. Lorsque Zaïde revint de l'état où elle était, elle fut bien étonnée de se voir parmi des personnes qu'elle ne connaissait point et dont elle n'entendait pas la langue.

Deux Espagnols, qui demeuraient sur le bord de la mer, l'avaient trouvée évanouie et l'avaient fait porter chez eux. Des pêcheurs y amenèrent Félime. Zaïde eut beaucoup de joie de la revoir; mais elle fut très affligée d'apprendre par elle la mort de la princesse sa mère. Après avoir donné beaucoup de larmes à cette perte, elle pensa à sortir du lieu où elle était et fit entendre qu'elle désirait d'aller à Tunis, où elle espérait de trouver Osmin et Bélénie.

En regardant le plus jeune de ces Espagnols, qui s'appelait Théodoric, elle s'aperçut qu'il ressemblait à ce portrait qu'elle avait trouvé si agréable. Cette ressemblance la surprit et le lui fit regarder avec plus d'attention. Elle alla chercher le long du rivage, pour voir si elle ne trouverait point une cassette où était ce portrait, et qu'elle croyait avoir vu mettre dans la chaloupe lorsqu'elles avaient fait naufrage. Sa peine fut inutile;

elle sentit un chagrin extraordinaire de ne pouvoir trouver ce qu'elle cherchait. Il lui parut, pendant quelques jours, que Théodoric avait de la passion pour elle; quoiqu'elle n'en pût juger par ses paroles, il y avait un air dans ses actions qui le lui faisait soupçonner et ses soupçons ne lui étaient pas désagréables.

Quelque temps après, elle crut s'être trompée; elle le vit triste, sans qu'elle lui donnât sujet de l'être; elle vit qu'il la quittait souvent pour aller rêver; enfin elle s'imagina qu'il avait quelque autre passion qui le rendait malheureux. Cette pensée lui donna un trouble et un chagrin qui la surprirent et qui la rendirent aussi mélancolique que Théodoric le lui paraissait. Quoique Félime fût assez occupée de ses propres pensées, elle connaissait trop bien l'amour pour ne se pas apercevoir de celui que Théodoric avait pour Zaïde et de l'inclination que Zaïde avait pour Théodoric. Elle lui en parla plusieurs fois et, quelque répugnance qu'eût cette belle princesse à se l'avouer à elle-même, elle ne put s'empêcher de l'avouer à Félime.

Il est vrai, lui dit-elle, j'ai des sentiments pour Théodoric dont je ne suis pas la maîtresse; mais, Félime, n'est-ce point de lui dont Albumazar m'a voulu parler? et ce portrait que nous avons vu ne serait-il point fait pour lui? Il n'y a pas d'apparence, répondit Félime; la fortune et la patrie de Théodoric n'ont rien qui se puisse rapporter aux paroles d'Albumazar. Considérez, madame, que, n'ayant jamais cru à cette prédiction, vous commencez à y croire par vous imaginer que Théodoric peut être celui qui vous est destiné et jugez par là quels sont les sentiments que vous avez pour lui. Jusques ici, répliqua Zaïde, je n'avais point pris les paroles d'Albumazar pour une véritable prédiction; mais je vous avoue que, depuis que j'ai vu Théodoric, elles ont commencé à me faire de l'impression dans l'esprit. Il m'a paru extraordinaire d'avoir trouvé un homme qui ressemble à ce portrait et d'avoir senti de l'inclination pour lui. Je suis surprise quand je pense qu'Albumazar m'a défendu de laisser engager mon cœur; il me semble qu'il prévoyait les sentiments que j'ai pour Théodoric; et sa personne me plaît d'une telle sorte que, si je suis destinée à un homme qui lui ressemble, ce qui devrait faire mon bonheur va faire le malheur de ma vie. Mon inclination se trompe à cette ressemblance; elle me porte à celui à qui je ne dois pas être et me prévient peut-être d'une telle sorte que je ne pourrai plus aimer celui qu'il faudra que j'aime. Il n'y a point de remède, continua-t-elle, pour éviter tous ces malheurs, que d'abandonner un lieu où je cours tant de périls et où même la bienséance ne nous permet pas de demeurer. Il ne dépend pas de nous d'en sortir, reprit Félime; nous sommes dans un pays qui nous est inconnu et où notre langue n'est pas seulement entendue. Il faut que nous attendions les vaisseaux; mais souvenez-vous que, quelque soin que vous apportiez à quitter Théodoric, vous n'effacerez pas aisément l'impression qu'il a faite en votre cœur. Je vois en vous les mêmes choses que j'ai senties lorsque j'ai commencé à aimer Alamir et plût au ciel que j'eusse vu en lui les mêmes choses que vous voyez en Théodoric! Vous vous trompez, dit Zaïde, lorsque vous croyez qu'il a de l'inclination pour moi; il en a sans doute pour quelque autre; et la tristesse que je lui vois vient d'une passion dont je ne suis pas la cause. J'ai au moins la consolation, dans mon malheur, que l'impossibilité de lui parler m'empêche d'avoir la faiblesse de lui dire que je l'aime.

Peu de temps après cette conversation, Zaïde vit de loin Théodoric qui regardait avec attention quelque chose qu'il tenait entre ses mains. La jalousie lui fit imaginer que c'était un portrait; elle résolut de s'en éclaircir et s'approcha de lui le plus doucement qu'il lui fut possible. Ce ne put être avec si peu de bruit qu'il ne l'entendît. Il se tourna et cacha ce qu'il tenait; en sorte qu'elle vit seulement briller des pierreries. Elle ne douta plus que ce ne fût une boîte de portrait; quoiqu'elle l'eût déjà soupçonné, la certitude qu'elle en crut avoir lui donna tant de douleur qu'elle ne put cacher sa tristesse, ni regarder Théodoric; et elle demeura pénétrée de douleur de sentir une inclination si vive pour un homme qui soupirait pour un[e] autre. Le hasard voulut que Théodoric laissât tomber ce qu'il avait caché : elle vit que c'était une attache de diamants qui tenait à un bracelet de ses cheveux qu'elle avait perdu quelques jours auparavant. La joie qu'elle eut de s'être trompée ne lui permit pas de témoigner de la colère ; elle prit son bracelet et rendit les pierreries à Théodoric, qui les jeta dans la mer à l'heure même, pour lui faire entendre qu'il les méprisait lorsqu'[elles] [38] étaient séparées de ses cheveux. Cette action persuada à Zaïde l'amour et la magnificence de cet Espagnol et ne fit pas un médiocre effet dans son cœur.

Ensuite il lui fit entendre, par le moyen d'un tableau où il avait fait représenter une belle personne qui pleurait un homme mort, qu'il était persuadé que les rigueurs qu'elle avait pour lui venaient de l'attachement qu'elle avait pour cet homme qu'elle regrettait. Ce fut une douleur sensible à Zaïde de voir que Théodoric croyait qu'elle en aimât un autre ; elle ne doutait quasi plus de son amour et elle l'aimait avec une tendresse qu'elle n'essayait plus de surmonter.

Le temps qu'elle devait partir s'approchait et, ne pouvant se résoudre à le quitter qu'il ne sût au moins qu'elle l'avait aimé, elle dit à Félime qu'elle était résolue de lui écrire tous ses sentiments et de ne lui donner ce qu'elle aurait écrit que dans le moment qu'elle s'embarquerait. Je ne veux lui apprendre, ajouta-t-elle, l'inclination que j'ai eue pour lui que dans un temps où je serai assurée de ne le voir jamais. Ce me sera une consolation qu'il sache que je ne pensais qu'à lui lorsqu'il croyait que je n'étais occupée que du souvenir d'un autre. Je trouverai une douceur infinie à lui expliquer toutes mes actions et à m'abandonner à lui dire combien je l'ai aimé. J'aurai cette douceur, sans manquer à mon devoir. Il ne sait qui je suis ; il ne me verra jamais ; et, qu'importe qu'il sache qu'il a touché le cœur de cette étrangère qu'il a sauvée du naufrage ? Vous avez oublié, lui dit Félime, que Théodoric n'entend pas votre langue, en sorte que ce que vous lui écrirez lui sera inutile. Ah ! madame, reprit Zaïde, s'il a de la passion pour moi, il trouvera à la fin les moyens de se faire expliquer ce que je lui aurai écrit ; s'il n'en a pas, je serai consolée qu'il ignore que je l'aime, et je suis résolue de lui laisser avec ma lettre le bracelet de mes cheveux que je lui ôtai si cruellement et qu'il ne mérite que trop.

Zaïde commença dès le lendemain à écrire ce qu'elle voulait laisser à Théodoric. Il la surprit comme elle écrivait et elle jugea aisément que cette lettre lui donnait de la jalousie. Si elle eût suivi les mouvements de son cœur, elle lui aurait fait entendre, à l'heure même, qu'elle n'écrivait que pour lui; mais sa sagesse et le peu de connaissance qu'elle avait de la qualité et de la fortune de cet inconnu, l'obligeaient à ne rien faire qu'il pût prendre pour des engagements et à lui cacher ce qu'elle souhaitait qu'il sût lorsqu'il ne la verrait plus.

Peu de temps avant qu'elle dût partir, Théodoric la quitta et lui fit comprendre qu'il reviendrait le lendemain. Le jour suivant, elle s'alla promener avec Félime sur le bord de la mer. Ce n'était pas sans impatience pour le retour de Théodoric. Cette impatience la rendait plus rêveuse qu'à l'ordinaire, en sorte que, voyant aborder une chaloupe sur le rivage, au lieu d'avoir de la curiosité pour ceux qui étaient dedans, elle tourna ses pas d'un autre côté; mais elle fut bien surprise de s'entendre appeler et de reconnaître la voix du prince son père. Elle courut à lui avec beaucoup de joie et il en eut une extrême de la revoir. Après qu'elle lui eut appris comme elle était échappée du naufrage, il lui dit en peu de mots que son vaisseau était allé échouer aux côtes de France, dont il n'avait pu partir que depuis quelques jours et qu'il était venu à Tarragone attendre les vaisseaux qui devaient faire voile pour l'Afrique; que, cependant, il avait voulu parcourir la côte où Alasinthe, Félime et elle avaient fait naufrage, pour voir si par hasard quelqu'une ne serait point sauvée. Au nom d'Alasinthe, Zaïde ne put s'empêcher de pleurer. Ses larmes firent connaître à Zuléma la perte qu'il avait faite et, après avoir employé quelque temps à la regretter, il commanda à ces jeunes princesses de passer dans sa chaloupe pour s'en aller avec lui à Tarragone. Zaïde se trouva bien embarrassée pour persuader à son père de ne l'emmener pas à l'heure même. Elle lui dit les obligations qu'elle avait aux Espagnols qui l'avaient reçue chez eux, pour le faire consentir qu'elle leur allât dire adieu ; mais, quelque raison dont elle se pût servir, il ne jugea pas à propos de la remettre au pouvoir de ces Espagnols et il la fit embarquer malgré toute sa résistance. Elle fut si touchée de l'opinion qu'aurait Théodoric de l'ingratitude avec laquelle elle le quittait ou, pour mieux dire, elle fut si touchée de le quitter sans espérance de le revoir jamais que, n'étant pas maîtresse de sa douleur, elle fut contrainte de dire qu'elle était malade. Le seul soulagement qu'elle eut, dans son affliction, fut de voir que son père avait sauvé du naufrage le portrait qu'elle avait trouvé si agréable et qui était devenu celui de son amant. Mais cette consolation ne fut pas assez forte pour lui aider à soutenir l'absence de Théodoric ; elle ne put y résister ; elle tomba dangereusement malade et Zuléma fut longtemps dans la crainte de voir mourir une personne si parfaite dans les premières années de sa jeunesse et de sa beauté. Enfin l'on cessa de craindre pour sa vie ; mais elle demeura dans une langueur qui ne permettait pas de l'exposer à la fatigue de la mer. Elle fit toute son occupation d'apprendre la langue espagnole et, comme elle avait des truchements et qu'elle ne voyait que des Espagnols, elle l'apprit aisément pendant l'hiver qu'elle passa en Catalogne. Elle voulut aussi que Félime la sût et elle trouvait quelque plaisir à ne parler que cette langue.

Cependant les grands vaisseaux étaient partis de Tarragone pour l'Afrique et, quoique Zuléma ignorât ce qu'était devenu Osmin lorsque la tempête les avait séparés, il lui avait écrit pour lui apprendre son naufrage et la raison qui le retenait en Catalogne. Les vaisseaux furent revenus d'Afrique avant que Zaïde eût recouvert sa santé. Osmin manda au prince son frère qu'il était arrivé heureusement ; qu'il avait trouvé le calife dans le dessein de les tenir toujours éloignés et que le roi Abdérame, lui ayant demandé des généraux, il les avait destinés pour passer en Espagne et qu'il lui en envoyait les ordres. Zuléma jugea aisément qu'il serait dangereux de ne pas obéir au calife ; il résolut de prendre un brigantin pour aller par mer jusques à Valence joindre le roi de Cordoue ; et, sitôt que la princesse sa fille se porta mieux, il la fit conduire à Tortose. Il y demeura quelques jours pour lui donner encore du repos; mais elle était bien éloignée d'en trouver. Pendant le temps de sa maladie, et depuis qu'elle commençait à se mieux porter, l'envie de faire savoir de ses nouvelles à Théodoric et la difficulté de le pouvoir, lui avaient donné et lui donnaient encore une cruelle inquiétude. Elle ne pouvait se consoler d'avoir eu sur elle, le jour de son départ, la lettre qu'elle lui avait écrite et de ne l'avoir pas laissée dans un lieu où le hasard l'eût pu faire tomber entre ses mains. Enfin, la veille de son départ de Tortose, elle ne put résister à l'envie de la lui envoyer; elle la confia à un des écuyers de Zuléma et lui fit entendre le lieu où demeurait Théodoric, en lui nommant le port qui en était proche. Elle lui défendit de dire qui l'avait chargé de cette lettre et de prendre garde qu'on ne le suivît et qu'on ne le pût reconnaître. Quoiqu'elle n'eût pas espéré de voir Théodoric, elle sentit néanmoins un renouvellement de douleur d'abandonner le pays qu'il habitait et elle passa une partie de la nuit dans les beaux jardins de la maison où elle était logée, à s'en plaindre avec Félime. Le lendemain, comme elle était prête [à] s'embarquer, cet écuyer, qui était parti devant que le soleil commençât à paraître, revint lui dire qu'il avait été au lieu qu'elle lui avait marqué; mais qu'il avait appris que Théodoric en était parti le jour d'auparavant et qu'il n'y devait plus retourner. Zaïde sentit vivement cette bizarrerie du hasard, qui la privait de la seule consolation qu'elle avait cherchée et qui privait son amant de la seule faveur qu'elle lui eût jamais faite. Elle s'embarqua avec une tristesse mortelle et arriva à Cordoue dans peu de jours. Osmin et Bélénie l'y attendaient; le prince de Tharse y était aussi et, ayant su à Tunis qu'elle était en Espagne, il s'était servi du prétexte de la guerre pour la venir chercher. Félime ne sentit point, en revoyant Alamir, que l'absence l'eût guérie de la passion qu'elle avait pour lui. Alamir ne trouva que de l'augmentation aux rigueurs de Zaïde, et Zaïde ne sentit qu'un redoublement d'aversion pour Alamir.

Le roi de Cordoue mit entre les mains de Zuléma le commandement général de ses troupes, avec le gouvernement de Talavera, et celui d'Oropèze à Osmin. Ces deux princes, peu de temps après, eurent quelque sujet de se plaindre d'Abdérame et, ne voulant pas le faire paraître, ils se retirèrent dans leurs gouvernements, sous prétexte d'en visiter les fortifications. Alamir suivit Zuléma, pour être auprès de Zaïde; mais, peu après, la guerre l'appela auprès d'Abdérame. Je partis dans ce même temps pour aller chercher Consalve; je fus pris prisonnier par les Arabes, et on me conduisit à Talavera. Bélénie et Félime s'en allèrent à Oropèze et Zaïde ne voulut point quitter le prince son père.

Après que Consalve eut pris Talavera, et pendant qu'on proposait la dernière trêve, Alamir fit savoir à Zuléma qu'il profiterait de la liberté de cette trêve pour l'aller voir et qu'en y allant il passerait à Oropèze. Zaïde, ayant su du prince son père ce que je viens de vous dire, écrivit à Félime et lui manda qu'elle avait retrouvé Théodoric; qu'elle ne voulait pas qu'il pût croire que le prince de Tharse fût celui qu'il l'avait soupçonnée de pleurer chez Alphonse et qu'elle la priait de défendre de sa part à ce prince d'aller à Talavera.

Félime n'eut pas de peine à se résoudre à faire ce commandement à Alamir. Le lendemain de la trêve, Bélénie, qui se trouvait mal, voulut profiter de la liberté qu'elle avait de sortir de la ville et s'alla promener dans un grand bois qui n'en était pas fort éloigné. Comme elle s'y promenait avec Osmin et Félime, ils virent arriver le prince de Tharse; ils en eurent beaucoup de joie et, après qu'ils eurent parlé longtemps ensemble, Félime trouva le moyen d'entretenir Alamir en particulier.

Je suis bien fâchée, lui dit-elle, d'avoir à vous apprendre une chose qui empêchera le voyage que vous avez dessein de faire; mais Zaïde vous prie de ne point aller à Talavera et elle vous en prie d'une manière qui peut passer pour un commandement. Par quel excès de cruauté, madame, s'écria Alamir, Zaïde veut-elle m'ôter la seule joie que ses rigueurs m'aient laissée, qui est celle de la voir ? Je crois, lui répondit Félime, qu'elle veut faire finir la passion que vous lui témoignez. Vous connaissez sa répugnance pour épouser un homme de votre religion; vous savez même qu'elle a lieu de croire qu'elle ne vous est pas destinée et vous savez aussi que Zuléma a changé de sentiment. Tous ces obstacles, repartit Alamir, ne me feront pas changer, non plus que la continuation des rigueurs de Zaïde; et malgré la destinée et la manière dont elle me traite, je n'abandonnerai jamais l'espérance d'en être aimé. Félime, plus touchée que de coutume de voir l'opiniâtreté de la passion d'Alamir, disputa longtemps contre lui sur les raisons qui devaient le guérir; mais, voyant que tout ce qu'elle lui disait était inutile, le dépit s'alluma dans son âme et, cessant, pour la première fois, d'être maîtresse d'elle-même : Si les ordonnances du ciel et les rigueurs de Zaïde, lui dit-elle, ne vous font point perdre l'espérance, je ne sais pas ce qui vous la pourrait ôter. Ce serait, madame, répondit le prince de Tharse, de voir qu'un autre eût touché son inclination. N'espérez donc plus, répliqua Félime; Zaïde a trouvé un homme qui a su lui plaire, et dont elle est aimée. Et qui est ce bienheureux, madame ? s'écria Alamir. Un Espagnol, répondit-elle, qui ressemble au portrait que vous avez vu. Ce n'est pas apparemment celui pour qui il a été fait et celui dont Albumazar a prétendu parler; mais, comme vous ne craigniez que ceux qui peuvent plaire à Zaïde, et non pas ceux qui la doivent épouser, il vous suffit d'apprendre qu'elle l'aime et que c'est la crainte de lui donner de la jalousie qui fait qu'elle ne veut pas vous voir. Ce que vous dites ne peut être, répliqua Alamir; le cœur de Zaïde ne se touche pas si aisément. Si quelqu'un l'avait touché, vous ne me le diriez pas; Zaïde vous aurait engagée au secret et vous n'avez point de raison qui vous pût obliger à me l'apprendre. Je n'en ai que trop, répliqua-t-elle, emportée par sa passion, et vous... Elle allait continuer, mais tout d'un coup la raison lui revint; elle vit avec étonnement tout ce qu'elle venait de dire; elle en fut troublée; elle sentit son trouble; cette connaissance redoubla son embarras; elle demeura quelque temps sans parler et quasi hors d'elle-même; enfin elle jeta les yeux sur Alamir et, croyant voir dans les siens qu'il démêlait une partie de la vérité, elle fit un effort et reprit un visage où il paraissait plus de tranquillité qu'il n'y en avait dans son âme.

Vous avez raison de croire, lui dit-elle, que, si Zaïde
aimait quelque chose, je ne le vous dirais pas ; j'ai voulu
seulement vous le faire craindre. Il est vrai que nous
avons trouvé un Espagnol qui est amoureux de Zaïde
et qui ressemble au portrait que vous avez vu ; mais vous
m'avez fait apercevoir que j'ai peut-être fait une faute de
vous l'avoir dit et j'ai une inquiétude extrême que Zaïde
n'en soit offensée.

Il y eut quelque chose de si naturel à ce que dit
Félime qu'elle crut que ses paroles avaient fait une
partie de l'effet qu'elle pouvait souhaiter ; néanmoins
son embarras avait été si grand, et ce qu'elle avait dit
avait été si remarquable que, sans le trouble où elle
voyait le prince de Tharse, elle n'eût pu se flatter de
l'espérance que ses paroles n'eussent pas découvert ses
sentiments. Osmin, qui vint dans ce moment, interrompit leur conversation. Félime, pressée par ses soupirs
et par ses larmes qu'elle ne pouvait retenir, entra dans
le bois pour cacher sa douleur et pour la soulager en
la contant à une personne en qui elle se confi[ait] [39]
entièrement. La princesse sa mère la fit rappeler pour
retourner à Oropèze : elle n'osa jeter les yeux sur Alamir,
de peur d'y voir trop de douleur de ce qu'elle lui avait
dit de Zaïde ou trop d'intelligence de ce qu'elle lui
avait dit d'elle-même. Elle remarqua néanmoins qu'il
reprenait le chemin du camp et elle eut quelque joie
de penser qu'il n'allait pas voir Zaïde.

Le roi ne put s'empêcher d'interrompre en cet endroit
le récit de don Olmond. Je ne m'étonne plus, dit-il à
Consalve, de la tristesse où vous parut Alamir lorsque
vous le rencontrâtes après qu'il eut quitté Félime.
C'était à elle à qui ces cavaliers l'avaient vu parler dans
le bois ; ce qu'elle lui venait de dire fut cause qu'il vous
reconnut et nous entendons présentement les paroles
que vous dit ce prince en mettant l'épée à la main, qui
vous parurent si obscures et qui nous donnèrent tant
de curiosité. Consalve ne répondit que des yeux au roi
de Léon et don Olmond reprit ainsi son discours :

Il est aisé de juger en quel état Félime passa la nuit
et de combien de sortes de douleurs son esprit était
partagé. Elle trouvait qu'elle avait trahi Zaïde ; elle

craignait d'avoir désespéré Alamir et, malgré sa jalousie, elle était affligée de l'avoir rendu si malheureux. Elle souhaitait néanmoins qu'il sût que Zaïde était touchée par une autre inclination; elle craignait de lui avoir trop bien ôté l'opinion qu'elle lui en avait donnée et elle appréhendait, plus que toutes choses, de lui avoir fait connaître la passion qu'elle avait pour lui. Le lendemain une nouvelle douleur effaça toutes les autres : elle sut le combat d'Alamir contre Consalve et elle ne sentit que la crainte de le perdre. Elle envoya tous les jours savoir de ses nouvelles au château où il était et, quand elle commença à avoir quelque espérance de sa guérison, elle apprit ce que le roi avait ordonné de sa vie pour se venger de la mort du prince de Galice. Vous avez vu la lettre qu'elle m'écrivit ces jours passés pour m'obliger à travailler à sa conservation. Je lui ai appris ce qu'a fait Consalve à sa prière et il ne me reste rien à vous dire, sinon que je n'ai jamais vu en une même personne tant d'amour, tant de raison et tant de douleur.

Don Olmond finit ainsi son récit et, tant qu'il dura, il fit sentir à Consalve ce qui ne se peut exprimer. Apprendre qu'il était aimé de Zaïde, trouver des marques de tendresse dans tout ce qu'il avait jugé des marques d'indifférence, c'était un excès de bonheur qui l'emportait hors de lui-même et qui lui faisait goûter dans un moment tous les plaisirs que les autres amants ne goûtent qu'interrompus et séparés. Le roi allait découvrir à don Olmond que Consalve était Théodoric lorsqu'on le vint avertir que les députés qui traitaient la paix demandaient à lui parler. Il laissa ces deux amis ensemble; et don Olmond, prenant la parole : Je pourrais me plaindre avec justice, dit-il à Consalve, de ne devoir qu'à moi seul la connaissance de Théodoric et notre amitié m'avait mis en état d'espérer de le connaître par vous-même. Je m'étonne que vous ayez pu croire qu'il fût possible de me le cacher, en me laissant voir tant de curiosité pour ce qui regardait Zaïde. Je connus que vous l'aimiez le premier jour que vous me parlâtes d'elle et je fus étonné que ce que je croyais une première vue eût produit en vous une passion qui me paraissait déjà si violente. Ce que j'ai appris de Félime

m'a fait voir, depuis, qu'un homme tel qu'elle m'a
dépeint Théodoric, ne pouvait être que Consalve. Je n'ai
point voulu d'autre vengeance du secret que vous m'en
aviez fait que le billet que je vous ai écrit, avec quelque
intention de vous donner de l'inquiétude : ma vengeance
est satisfaite et le plaisir que je viens de vous donner
par mon récit me fait oublier tout ce qui m'avait pu
déplaire. Mais je ne veux pas, ajouta-t-il, vous laisser
prendre plus de joie que vous n'en devez avoir et je
dois vous dire qu'à moins que votre dernière vue n'ait
produit un grand changement dans l'esprit de Zaïde,
elle est résolue à combattre l'inclination qu'elle a pour
vous et à suivre les volontés du prince son père.

Consalve avait abandonné son âme à une joie trop
sensible pour être en état de concevoir de la crainte. Ce
que lui dit don Olmond ne lui en put donner et, après
l'avoir assuré que la honte seule l'avait obligé à lui
cacher son amour, il s'en alla penser à tout ce qu'il avait
appris et le rapporter aux actions de Zaïde. Il n'eut plus
de peine à comprendre ce qu'il lui avait ouï dire à Tortose sur la bizarrerie de sa destinée et il vit qu'il avait
raison d'être content qu'elle eût souhaité qu'il pût être
celui à qui il ressemblait.

La certitude d'être aimé lui inspira un si violent désir
de voir cette princesse qu'il supplia le roi de lui permettre d'aller à Talavera. Don Garcie le lui permit avec
joie; et Consalve partit, dans l'espérance de recevoir du
moins des beaux yeux de Zaïde la confirmation de tout ce
qu'il avait appris de don Olmond. Il sut, en arrivant
dans le château, que Zuléma se trouvait mal; Zaïde le
vint recevoir à l'entrée de l'appartement du prince son
père et lui témoigner la douleur qu'il avait été de n'être pas
en état de le voir. Consalve demeura si surpris et si
ébloui de l'éclatante beauté de cette princesse qu'il
s'arrêta, et ne put s'empêcher de faire paraître son
étonnement. Elle le remarqua, elle en rougit et demeura
dans un embarras de modestie qui lui donna de nouveaux charmes. Il la conduisit chez elle et lui parla de
son amour avec moins de crainte qu'il n'avait fait dans
sa première conversation; mais, comme il vit qu'elle
lui répondait avec une sagesse et une retenue qui lui

auraient ôté la connaissance des dispositions de son cœur, s'il ne les avait apprises par don Olmond, il se résolut de lui faire entendre qu'il savait une partie de ses sentiments.

Ne m'expliquerez-vous jamais, madame, lui dit-il, les raisons qui vous ont fait souhaiter que je pusse être celui à qui je ressemble ? Ne savez-vous pas, lui répondit-elle, que c'est un secret que je ne puis vous apprendre ? Est-il possible, madame, reprit-il en la regardant, que la passion que j'ai pour vous et les obstacles que vous voyez à mon bonheur, ne vous fassent pas assez de pitié pour me laisser voir que vous souhaiteriez au moins que ma destinée fût heureuse ? Ce n'est que ce simple souhait de mon bonheur que vous me cachez avec tant de soin. Ah ! madame, est-ce trop pour un homme qui vous a adorée du moment qu'il vous a vue que de le préférer seulement par des souhaits à quelque Africain que vous n'avez jamais vu ? Zaïde demeura si surprise du discours de Consalve qu'elle ne put y répondre. Ne soyez point étonnée, madame, lui dit-il, craignant qu'elle n'accusât Félime d'avoir découvert ses sentiments; ne soyez point étonnée que le hasard m'ait appris ce que je viens de vous dire; je vous entendis dans le jardin où vous étiez la veille que vous partîtes de Tortose et je sus par vous-même ce que vous avez la cruauté de me cacher. Quoi ! Consalve, s'écria Zaïde, vous m'entendîtes dans les jardins de Tortose ! Vous étiez proche de moi et vous ne me parlâtes point ! Ah ! madame, répondit Consalve en se jetant à ses genoux, quelle joie me donnez-vous par ce reproche et quels charmes ne trouvé-je point à vous voir oublier que je vous ai écoutée, pour vous souvenir que je ne vous ai pas parlé ! Ne vous repentez point, madame, continua-t-il en voyant combien elle était troublée d'avoir laissé voir les sentiments de son cœur; ne vous repentez point de me donner quelque joie et laissez-moi croire que je ne vous suis pas tout à fait indifférent. Mais, pour me justifier de ce reproche que vous venez de me faire, il faut vous dire, madame, que je vous entendis à Tortose sans vous connaître et que mon imagination était si frappée d'être séparé de vous par des mers, qu'encore que j'entendisse votre voix, comme il était nuit, que je ne vous voyais pas et que vous parliez la langue espagnole, je ne soupçonnai jamais que je fusse si proche de vous. Je vous vis le lendemain dans une barque; mais, quand je vous vis et que je vous connus, je n'étais plus en état de vous parler et j'étais au pouvoir de ceux que le roi avait envoyés pour me chercher. Puisque vous m'avez entendue, répondit Zaïde, il serait inutile de vouloir donner un autre sens à mes paroles; mais je vous supplie de ne m'en demander pas davantage et de souffrir que je vous quitte; car j'avoue que la honte de ce que vous avez entendu sans que je le susse et la honte de ce que je viens de vous dire sans en avoir eu le dessein, me donnent une telle confusion que, si j'ai quelque pouvoir sur vous, je vous conjure de vous retirer. Consalve était si content de ce qu'il venait de voir qu'il ne voulut pas presser Zaïde de lui faire un aveu plus sincère de ses sentiments. Il la quitta, comme elle le souhaitait, et revint au camp, rempli de l'espérance de lui faire bientôt changer les résolutions qu'elle avait prises.

Les forces de don Garcie et la valeur de Consalve s'étaient rendues si redoutables que les Maures accordèrent tous les articles de la paix comme le roi de Léon le souhaitait. Le traité fut signé de part et d'autre; et, comme ils devaient remettre de certaines places éloignées, on résolut que don Garcie, pour sa sûreté, garderait les prisonniers qu'il avait entre les mains jusques à l'entière exécution de ce traité. Cependant il voulut séjourner quelque temps dans les places qu'il avait conquises et il alla à Almaras, que les Maures lui avaient cédé. La reine, qui aimait passionnément le roi son mari, l'avait presque toujours suivi depuis que la guerre était commencée. Pendant le siège de Talavera, elle était demeurée à un lieu qui n'en était pas fort éloigné; une légère indisposition l'y retenait encore; mais elle devait bientôt se rendre auprès de lui. Consalve, impatient de voir Zaïde, pria don Garcie de mander à la reine de passer à Talavera, sur le prétexte de voir cette nouvelle conquête, et d'amener avec elle toutes les dames arabes qui y étaient prisonnières. La reine savait l'intérêt que son frère prenait à Zaïde et elle fut bien aise de réparer dans cette passion les traverses qu'elle lui avait causées dans celle de Nugna Bella. Elle alla à Talavera et toutes les dames consentirent avec joie de passer auprès d'elle le temps qu'elles devaient être en Espagne. Zuléma, qui demeurait prisonnier à Talavera, eut quelque peine à se résoudre que Zaïde le quittât; et le rang qu'il avait toujours tenu lui faisait voir avec douleur que la princesse sa fille fût obligée à suivre la reine, comme les autres dames. Il s'y résolut néanmoins et Consalve eut la joie de savoir qu'il verrait bientôt cette admirable beauté qui lui avait donné tant d'amour. Le jour que la reine arriva le roi alla deux lieues au-devant d'elle : il la trouva à cheval avec toutes les dames de sa suite. Sitôt qu'elle fut assez proche, elle lui présenta Zaïde, dont la beauté était encore augmentée par le soin de se parer, que lui avait peut-être inspiré le désir de paraître aux yeux de Consalve avec tous ses charmes. Les grâces de sa personne, l'agrément de son esprit et sa modestie surprirent tout le monde. Elle fut traitée comme le devait être une princesse de sa naissance, de son mérite et de sa beauté; et elle se vit en peu de jours les délices et l'admiration de la cour de Léon. Consalve ne la regardait qu'avec transport; et l'assurance d'en être aimé ne lui laissait pas envisager les obstacles qui s'opposaient à son bonheur. S'il l'avait aimée par la seule vue de sa beauté, la connaissance de son esprit et de sa vertu lui donnait de l'adoration. Il cherchait avec autant de soin les occasions de lui parler en particulier qu'elle en prenait de les éviter. Enfin, l'ayant trouvée un soir dans le cabinet de la reine, où il y avait peu de monde, il la conjura avec tant d'ardeur et de respect de lui apprendre les dispositions où elle était pour lui qu'elle ne put le refuser.

S'il m'était possible de vous les cacher, lui dit-elle, je le ferais, quelque estime que j'aie pour vous et je m'épargnerais la honte de laisser voir de l'inclination à un homme à qui je ne suis pas destinée. Mais puisque, malgré moi, vous avez su mes sentiments, je veux bien vous les avouer et vous expliquer ce que vous n'avez pu savoir que confusément. Alors elle lui dit tout ce qu'il avait déjà appris par don Olmond des prédictions d'Albumazar et des résolutions de Zuléma. Vous voyez, ajouta-t-elle, que tout ce que je puis est de vous plaindre et de m'affliger ; et vous êtes trop raisonnable pour me demander de ne pas suivre les volontés de mon père. Laissez-moi croire au moins, madame, lui dit-il, que, s'il était capable de changer, vous ne vous y opposeriez pas. Je ne saurais vous dire si je m'y opposerais, répondit-elle ; mais je crois que je le devrais faire, puisqu'il y va du bonheur de toute ma vie. Si vous croyez, madame, repartit Consalve, être malheureuse en me rendant heureux, vous avez raison de demeurer dans les résolutions que vous avez prises ; mais j'ose vous dire que, si vous aviez les sentiments dont vous voulez bien que je me flatte, il n'y aurait rien qui vous pût persuader que vous puissiez être malheureuse. Vous vous trompez, madame, lorsque vous pensez avoir quelque bonté pour moi ; et je me suis trompé chez Alphonse lorsque j'ai cru voir en vous des dispositions qui m'étaient favorables. Ne parlons point, reprit Zaïde, de ce que nous avons eu lieu de croire l'un et l'autre pendant que nous étions dans cette solitude et ne me faites pas souvenir de tout ce qui m'a dû persuader que vous étiez occupé par d'autres chagrins que par ceux que je pouvais vous donner ; j'ai appris, depuis que je vous ai vu à Talavera, ce qui vous avait obligé à quitter la cour ; et je ne doute point que vous ne donnassiez au souvenir de Nugna Bella tout le temps que vous ne passiez pas auprès de moi. Consalve fut bien aise que Zaïde lui donnât lieu de la rassurer sur tous les doutes qu'elle avait eus de sa passion ; il lui apprit le véritable état où était son cœur lorsqu'il l'avait connue ; il lui dit ensuite tout ce qu'il avait souffert de ne la point entendre et tout ce qu'il s'était imaginé de son affliction. Je ne m'étais pas néanmoins entièrement trompé, madame, ajouta-t-il, lorsque j'avais cru avoir un rival et j'ai su depuis la passion que le prince de Tharse avait pour vous. Il est vrai, répondit Zaïde, qu'Alamir m'en a témoigné et que mon père avait résolu de me donner à lui avant qu'il eût vu ce portrait qu'il conserve avec un soin si extraordinaire, tant il est persuadé que mon bonheur dépend de me faire épouser celui pour qui il a été fait ! Hé bien, madame, reprit Consalve, vous êtes résolue d'y consentir et de vous donner à celui à qui vous trouvez que je ressemble. S'il est vrai que vous n'ayez pas d'aversion pour moi, vous devez croire que vous n'en aurez pas pour lui. Ainsi, madame, l'assurance que j'ai que je ne vous déplais pas m'est une certitude que vous épouserez mon rival sans répugnance. C'est une sorte de malheur que nul autre que moi n'a jamais éprouvé et je ne sais comment l'état où je suis ne vous fait point de pitié. Ne vous plaignez point de moi, lui dit-elle, plaignez-vous d'être né Espagnol; quand je serais pour vous, comme vous le pouvez désirer, et quand mon père ne serait point prévenu, votre patrie serait toujours un obstacle invincible à ce que vous souhaitez et Zuléma ne consentirait jamais que je fusse à vous. Permettez-moi au moins, madame, répliqua Consalve, de lui faire savoir mes sentiments. La répugnance que vous avez témoignée pour Alamir lui a dû ôter l'espérance de vous faire épouser un homme de sa religion; peut-être n'est-il pas si attaché aux paroles d'Albumazar que vous le pensez; enfin, madame, permettez-moi de tenter toutes choses pour parvenir à un bonheur sans lequel il m'est impossible de vivre. Je consens à ce que vous voulez, dit Zaïde, et je veux bien même que vous croyiez que je crains que tout ce que vous tenterez ne soit inutile.

Consalve s'en alla à l'heure même trouver le roi, pour le supplier de lui aider dans le dessein qu'il avait de savoir les sentiments de Zuléma et d'essayer de se les rendre favorables. Ils résolurent de donner cette commission à don Olmond, que son adresse et son amitié pour Consalve rendaient plus capable qu'aucun autre d'y réussir. Le roi écrivit par lui à Zuléma et lui demanda Zaïde pour Consalve, de la même manière qu'il l'aurait demandée pour lui-même. Le voyage de don Olmond et la lettre de don Garcie furent inutiles. Zuléma répondit que le roi lui faisait trop d'honneur, qu'il avait sa fille entre les mains, qu'il en pouvait disposer; mais que, de son consentement, elle n'épouserait jamais un homme d'une religion contraire à la sienne. Cette réponse donna à Consalve toute la douleur qu'il pouvait sentir ; étant aimé de Zaïde, il ne voulut pas la lui apprendre aussi fâcheuse qu'elle était, de peur que la certitude de ne pouvoir être à lui ne l'obligeât à changer les sentiments qu'elle lui faisait paraître ; il lui dit seulement qu'il ne désespérait pas de gagner Zuléma et d'obtenir de lui ce qu'il souhaitait avec tant d'ardeur.

La princesse Bélénie, mère de Félime, qui était demeurée malade à Oropèze, mourut quelque temps après la paix. On envoya Osmin à Talavera avec Zuléma, en attendant le temps que l'on avait arrêté pour rendre les prisonniers et l'on conduisit Félime à la cour. Elle n'y parut pas avec tous ses charmes. Les maux de son esprit avaient tellement abattu son corps que sa beauté en était diminuée ; mais il était aisé de s'apercevoir que le mauvais état de sa santé était cause de ce changement. Cette princesse fut bien surprise de trouver que ce Consalve qu'elle croyait ne pas connaître et qu'elle ne pouvait entendre nommer sans douleur, à cause de l'état où il avait mis le prince de Tharse, était le même Théodoric qu'elle avait vu chez Alphonse, et qui avait su plaire à Zaïde. Son affliction redoubla par la pensée que ce qu'elle avait dit à Alamir dans le bois d'Oropèze lui avait fait connaître Consalve pour son rival et avait été la cause de leur combat.

On avait transporté ce prince à Almaras ; elle avait la consolation d'apprendre tous les jours de ses nouvelles et de ne point cacher son affliction, que l'on attribuait à la mort de sa mère. Alamir, dont la jeunesse avait soutenu la vie pendant quelque temps, se trouva enfin si affaibli que les médecins désespérèrent de sa guérison. Félime était avec Zaïde et Consalve lorsqu'on leur vint dire qu'un écuyer de ce malheureux prince demandait à parler à Zaïde. Elle rougit et, après avoir été quelque temps embarrassée, elle le fit entrer et lui demanda tout haut ce que souhaitait le prince de Tharse. Mon maître est près d'expirer, madame, répondit-il ; il vous demande l'honneur de vous voir avant que de mourir et il espère que l'état où il est vous empêchera de lui refuser cette grâce. Zaïde fut touchée et surprise du discours de cet écuyer ; elle demeura quelque temps sans répondre ; enfin elle tourna les yeux du côté de

Consalve, comme pour lui demander ce qu'il désirait qu'elle fît ; mais, voyant qu'il ne parlait point et jugeant même par l'air de son visage, qu'il appréhendait qu'elle ne vît Alamir : Je suis très fâchée, dit-elle à son écuyer, de ne pouvoir accorder au prince de Tharse ce qu'il souhaite de moi. Si je croyais que ma présence pût contribuer à sa guérison, je le verrais avec joie ; mais, comme je suis persuadée qu'elle lui serait inutile, je le supplie de trouver bon que je ne le voie pas et je vous conjure de l'assurer que j'ai beaucoup de déplaisir de l'état où il est. L'écuyer se retira après cette réponse. Félime demeura abîmée dans une douleur dont elle ne donnait néanmoins d'autres marques que son silence. Zaïde avait de la tristesse de celle de Félime, et elle avait aussi quelque pitié de la misérable destinée du prince de Tharse. Consalve était combattu entre la joie d'avoir vu la complaisance de Zaïde pour des sentiments qu'il ne lui avait pas même expliqués et entre la peine d'avoir privé ce prince mourant de la vue de cette princesse.

Comme toutes ces personnes étaient occupées de ces divers sentiments, l'écuyer d'Alamir revint et dit à Félime que son maître demandait à la voir et qu'il n'y avait point de moments à perdre si elle voulait lui accorder cette grâce. Félime se leva du lieu où elle était assise ; il ne lui resta rien d'une personne vivante que la force de marcher ; elle donna la main à cet écuyer, et, suivie de ses femmes, elle s'en alla au lieu où était le prince de Tharse. Elle s'assit auprès de son lit et, sans lui rien dire, elle demeura immobile à le regarder : Je suis bien heureux, madame, lui dit ce prince, que l'exemple de Zaïde ne vous ait pas inspiré la cruauté de me refuser la consolation de vous voir ; c'est la seule que je pouvais espérer, puisque j'ai été privé de celle que j'avais osé prétendre. Je vous supplie, madame, de lui vouloir dire que c'est avec raison qu'elle m'a jugé indigne de l'honneur que Zuléma m'avait voulu faire. Mon cœur avait brûlé de tant de flammes et s'était profané par tant de fausses adorations qu'il ne méritait pas de toucher le sien ; mais si une inconstance, qui a fini en la voyant, pouvait avoir été réparée par une passion qui m'a rendu entièrement opposé à ce que j'étais et par un attachement le plus respectueux qu'on ait jamais eu, je crois, madame, que j'aurais expié tous les crimes de ma vie. Assurez-la, je vous conjure, que j'ai eu pour elle l'adoration qu'on a pour les dieux et que je meurs, bien moins des blessures que j'ai reçues de Consalve, que de la douleur de savoir qu'il est aimé d'elle. Vous m'aviez dit la vérité dans le bois d'Oropèze, lorsque vous m'apprîtes que son cœur avait été touché ; je ne le crus que trop, quoique je vous dis[se] d'abord que je ne le croyais pas. Je venais de vous quitter et je n'étais rempli que de l'idée de cet heureux Espagnol, quand je rencontrai Consalve. Sa ressemblance avec le portrait que j'avais vu et ce que vous veniez de me dire, me frappa d'abord, et je ne balançai point à croire qu'il ne fût celui dont vous m'aviez parlé. Je lui fis connaître que j'étais Alamir ; il m'attaqua avec l'animosité d'un homme qui savait que j'étais son rival. J'ai su depuis que je ne m'étais pas trompé en le croyant celui qui avait su plaire à Zaïde. Il mérite de toucher son cœur ; j'envie son bonheur sans l'en trouver indigne. Je meurs accablé de mes malheurs sans en murmurer et, si j'osais, je me plaindrais seulement de l'inhumanité de Zaïde, d'avoir privé de sa vue un homme qui la va perdre pour jamais. On peut juger de combien de douleurs mortelles les paroles d'Alamir percèrent le cœur de Félime. Elle voulut parler deux ou trois fois ; mais ses sanglots et ses larmes lui empêchèrent la parole ; enfin, avec une voix entrecoupée de soupirs et emportée par une tendresse qu'elle ne put retenir : Croyez, lui dit-elle, que, si j'avais été à la place de Zaïde, nul autre n'aurait été préféré au prince de Tharse. Malgré sa douleur, elle sentit la force de ses paroles et elle tourna la tête pour cacher l'abondance de ses larmes et pour éviter les yeux d'Alamir. Hélas ! madame, reprit ce prince mourant, serait-il possible que ce que vous me laissez voir fût véritable ? Je vous avoue que, le jour que je vous parlai dans le bois, je crus une partie de ce que j'ose croire présentement ; mais j'étais si troublé et vous sûtes si bien donner un autre sens à vos paroles, qu'il ne m'en resta qu'une légère impression. Pardonnez-moi, madame, ce que j'ose penser, et pardonnez-moi d'avoir causé un malheur qui a été plus grand pour moi que pour vous. Je ne méritais pas d'être heureux; je l'aurais trop été, si...

Une faiblesse l'empêcha de continuer; il perdit la parole et tourna les yeux vers Félime, comme pour lui dire adieu; ensuite il les ferma pour jamais et mourut quasi dans le même moment. Les larmes de Félime s'arrêtèrent : elle demeura saisie de douleur et elle regarda mourir ce prince avec des yeux qui n'avaient plus de mouvement. Ses femmes, voyant qu'elle demeurait dans la place où elle était assise, l'emmenèrent d'un lieu où il ne restait que des objets funestes. Elle se laissa conduire sans prononcer une seule parole; mais, lorsqu'elle fut dans sa chambre, la vue de Zaïde aigrit sa douleur et lui donna la force de parler : Vous êtes contente, madame, lui dit-elle d'une voix assez faible, Alamir est mort. Alamir est mort, continua-t-elle; et, comme si elle se l'eût appris à elle-même : Je ne le verrai donc plus ! J'ai donc perdu pour jamais l'espérance d'en être aimée ! Il n'est plus au pouvoir de l'amour de faire qu'il soit attaché à moi; mes yeux ne trouveront plus les siens; sa présence, qui adoucissait tous mes malheurs, n'est plus un bien que je puisse recouvrer. Ah ! madame, dit-elle à Zaïde, est-il possible que quelqu'un vous pût plaire et qu'Alamir ne vous ait pas plu ? Quelle inhumanité a été la vôtre ! Pourquoi ne l'aimiez-vous pas ? Il vous adorait; que lui manquait-il pour être aimable ? Mais, reprit doucement Zaïde, vous savez bien que j'eusse augmenté vos souffrances si je l'eusse aimé et que c'était la chose du monde que vous craigniez le plus. Il est vrai, madame, répliqua-t-elle, il est vrai, je ne voulais pas que vous le rendissiez heureux; mais je ne voulais pas que vous lui ôtassiez la vie. Ah ! pourquoi lui ai-je si soigneusement caché la passion que j'avais pour lui ! reprit-elle; peut-être l'aurait-elle touché; peut-être aurait-elle fait quelque diversion de ce fatal amour qu'il a eu pour vous ! Que craignais-je ? Pourquoi ne voulais-je pas qu'il sût que je l'adorais ? La seule consolation qui me reste, c'est qu'il en ait deviné quelque chose. Hé bien ! quand il l'aurait su, il aurait feint de m'aimer et m'aurait trompée : qu'importe qu'il m'eût trompée comme il avait commencé ? Ils sont encore chers à mon souvenir ces moments précieux où il voulut bien me laisser croire qu'il m'aimait. Est-il possible qu'après tant de maux que j'ai soufferts il m'en restât encore de si grands à souffrir ? J'espère au moins que j'aurai assez de douleur pour n'avoir pas la force de la supporter.

Comme elle parlait ainsi, Consalve parut à la porte de sa chambre qui, croyant qu'elle était dans une autre, venait savoir en quel état elle était revenue de chez Alamir. Il se retira à l'heure même pour ne pas irriter sa douleur par sa présence ; mais ce ne put être si promptement qu'elle ne le vît et que cette vue ne lui fît faire des cris si douloureux que les cœurs les plus durs en auraient été touchés. Faites en sorte, madame, dit-elle à Zaïde, que je ne voie point Consalve ; je ne saurais supporter la vue d'un homme par qui Alamir a reçu la mort et qui lui a ôté ce qu'il préférait à sa vie.

La violence de sa douleur lui fit perdre la parole et la connaissance ; et, comme sa santé était déjà fort affaiblie, on jugea aisément qu'elle était dans un grand péril. Le roi et la reine, avertis de son mal, vinrent la voir et envoyèrent quérir tous ceux qui la pouvaient soulager. Après cinq ou six heures d'une espèce de léthargie, la quantité des remèdes la fit revenir. De tout ce qui s'offrit à sa vue, elle ne reconnut que Zaïde, qui pleurait auprès d'elle avec beaucoup de douleur : Ne me regrettez point, lui dit-elle si bas qu'à peine pouvait-on l'entendre ; je n'aurais plus été digne de votre amitié et je n'aurais pu aimer une personne qui aurait causé la mort d'Alamir. Elle n'en put dire davantage ; elle retomba dans les accidents dont on venait de la tirer et, le lendemain, à la même heure qu'elle avait vu mourir le prince de Tharse, elle finit une vie que l'amour avait rendue si malheureuse.

La mort de deux personnes d'un mérite si extraordinaire parut si digne de compassion que toute la cour de Léon en fut affligée. Zaïde demeura dans une douleur inconcevable : elle aimait tendrement Félime et la manière dont elle était morte redoublait encore son affliction. Plusieurs jours se passèrent sans que les soins et les prières de Consalve pussent apporter quelque modération à sa tristesse. Mais enfin la crainte de partir d'Espagne et d'abandonner Consalve fit faire quelque trêve à ses larmes et lui donna une autre sorte de douleur. Le roi s'en retourna à Léon et il restait si peu de choses à faire pour l'entière exécution de la paix, que, selon les apparences, Zuléma devait bientôt repasser en Afrique. Il n'était pas néanmoins en état de partir; il avait été dangereusement malade dans le même temps que Félime était morte, et l'on avait caché à Zaïde l'extrémité de sa maladie pour ne l'accabler pas de tant de déplaisirs à la fois. Consalve était dans des inquiétudes mortelles et ne songeait qu'aux moyens de faire consentir ce prince à son bonheur ou d'obtenir de Zaïde de demeurer en Espagne auprès de la reine, puisque la bienséance lui permettait de ne pas suivre un père qui paraissait résolu à la faire changer de religion. Quelques jours après qu'on fut arrivé à Léon, Consalve entra un soir dans le cabinet de la reine; Zaïde y était, mais si attachée à regarder un portrait de Consalve qu'elle ne le vit point entrer. Je suis bien destiné, madame, lui dit-il, à être jaloux d'un portrait, puisque je le suis même du mien et que j'envie l'attention que vous avez à le regarder. De votre portrait? répondit Zaïde avec un étonnement extrême. Oui, madame, de mon portrait, reprit Consalve. Je vois bien que vous avez peine à le croire, par sa beauté; mais je vous assure néanmoins qu'il a été fait pour moi. Consalve, lui dit-elle, n'a-t-on point fait pour vous quelque autre portrait semblable à celui que je vois? Ah! madame, s'écria-t-il avec ce trouble que donnent les joies incertaines, puis-je croire ce que vous me laissez deviner et ce que je n'ose même vous dire? Oui, madame, continua-t-il, d'autres portraits, pareils à celui que vous voyez, ont été faits pour moi; mais je n'oserais m'abandonner à croire ce que je vois bien que vous pensez et ce que j'aurais pensé il y a longtemps si je m'étais cru digne des prédictions qu'on vous a faites et si vous ne m'aviez pas toujours dit que le portrait à qui je ressemblais était celui d'un Africain. Je l'avais cru à l'habillement, répondit Zaïde, et les paroles d'Albumazar m'en avaient persuadée. Vous savez, ajouta-t-elle, combien j'ai souhaité que vous pussiez être celui à qui vous ressembliez ; mais ce qui m'étonne est que, l'ayant tant souhaité, la préoccupation m'ait empêchée de le croire. J'en parlai à Félime sitôt que je vous vis chez Alphonse. Lorsque je vous revis à Talavera et que je sus votre naissance, cette pensée me revint dans l'esprit, et je ne le regardai pourtant que comme un effet de mes souhaits. Mais qu'il sera difficile, reprit-elle en soupirant, de persuader mon père de cette vérité et que je crains que ces prédictions, qui lui ont paru véritables, quand il a cru qu'elles regardaient un homme de sa religion, ne lui paraissent fausses lorsqu'elles regarderont un Espagnol ! Comme elle parlait, la reine entra dans le cabinet ; Consalve lui fit part de sa joie ; elle ne voulut pas retarder d'un moment celle qu'en aurait le roi. Elle alla lui dire ce qu'ils venaient de découvrir, et le roi vint à l'heure même savoir de Consalve ce qui restait à faire pour rendre son bonheur accompli. Après avoir examiné assez longtemps par quelle manière on pourrait gagner Zuléma, ils résolurent de le faire venir à Léon. On dépêcha aussitôt à Talavera, pour lui faire savoir que le roi souhaitait qu'il fût conduit à la cour et, comme sa santé était entièrement rétablie, il y arriva en peu de temps. Le roi le reçut avec beaucoup de témoignages d'estime et le fit entrer dans son cabinet : Vous ne m'avez pas voulu accorder Zaïde, lui dit-il, pour l'homme que je considère le plus ; mais j'espère que vous ne la refuserez pas pour celui dont voilà le portrait et à qui je sais qu'elle est destinée par les prédictions d'Albumazar. A ces mots, il lui fit voir le portrait de Consalve et lui présenta Consalve même, qui s'était un peu retiré. Zuléma les regardait l'un et l'autre et paraissait enseveli dans une profonde rêverie. Le roi crut que son silence venait de son incertitude. Si vous n'étiez pas assez persuadé par la ressemblance, lui dit-il, que ce portrait ne soit celui de Consalve, on vous en donnerait tant d'autres marques que vous n'en pourriez douter. Le portrait que vous avez, et qui est pareil à celui-ci, ne peut être tombé entre vos mains que depuis la bataille que perdit Nugnez Fernando, père de Consalve, contre les Maures. Il le fit faire par un excellent peintre qui avait voyagé par tout le monde et à qui les habillements d'Afrique avaient paru si beaux qu'il les donnait à tous ses portraits. Il est vrai, seigneur, répartit Zuléma, que je n'ai ce portrait que depuis le temps que vous me marquez; il est vrai aussi que, par ce que vous me faites l'honneur de [me] [40] dire, et par la grande ressemblance, je ne puis douter que ce ne soit celui de Consalve. Mais ce n'est pas ce qui cause mon silence et mon étonnement : j'admire les décrets du ciel et les effets de sa providence. On ne m'a point fait de prédiction, seigneur, et les paroles d'Albumazar, dont je vois bien que vous avez entendu parler, ont été prises par ma fille dans un autre sens qu'elles ne doivent l'être. Mais, puisque vous avez la bonté de vous intéresser dans sa fortune, trouvez bon, seigneur, que je vous informe de ce que vous ne pouvez savoir que par moi et que je vous apprenne les commencements d'une vie dont vous seul pouvez présentement faire le bonheur.

Les justes prétentions de mon père sur l'empire du calife le firent reléguer en Chypre; j'y allai avec lui; j'y devins amoureux d'Alasinthe et je l'épousai. Elle était chrétienne; je résolus d'embrasser sa religion, qui me paraissait la seule que l'on dût suivre; néanmoins l'austérité m'en fit peur et retarda l'exécution de mon dessein. Je m'en retournai en Afrique; les délices et la corruption des mœurs me rengagèrent plus que jamais dans ma religion et me donnèrent une nouvelle aversion pour les chrétiens. J'oubliai Alasinthe pendant plusieurs années; mais enfin, touché du désir de la revoir et de revoir Zaïde que j'avais laissée dans la première enfance, je résolus de l'aller quérir en Chypre pour lui faire changer de religion et pour la faire épouser au prince de Fez, de la maison des Itris. Il avait entendu parler d'elle; il la désirait avec passion et son père avait pour moi une amitié particulière. La guerre, qui était en Chypre, me fit hâter mon dessein : lorsque j'y arrivai, j'y trouvai le prince de Tharse amoureux de Zaïde; il me parut aimable; je ne doutai point qu'il n'en fût aimé. Je crus que ma fille se résoudrait aisément à l'épouser. Je n'étais pas entièrement engagé au prince de Fez. Sa mère était chrétienne et je craignais qu'elle ne fût un obstacle au dessein que j'avais que Zaïde changeât de religion. Je consentis donc aux sentiments qu'Alamir avait pour elle; mais je fus fort surpris de la répugnance qu'elle me témoigna pour lui; et, tant que le siège de Famagouste dura, quelques efforts que je fisse, je ne pus l'obliger à recevoir ce prince pour son mari. Je pensai que je ne devais pas m'opiniâtrer à vaincre une aversion qui me paraissait naturelle et je résolus de la donner au prince de Fez sitôt que nous serions en Afrique. Il m'avait écrit depuis que j'étais en Chypre; j'avais su que sa mère était morte; ainsi je n'avais rien à désirer pour ce mariage. Nous quittâmes Famagouste; nous abordâmes en Alexandrie et j'y trouvai Albumazar, que je connaissais il y avait longtemps. Il remarqua que ma fille regardait avec attention et avec plaisir un portrait pareil à celui que je viens de voir. Le lendemain, comme je parlais à ce savant homme de l'aversion qu'elle avait témoignée pour Alamir, je lui dis la résolution où j'étais de lui faire épouser le prince de Fez, quelque répugnance qu'elle y pût avoir.

Je doute qu'elle en ait pour sa personne, me répondit Albumazar. Ce portrait, qui lui a paru si agréable, ressemble si fort à ce prince, que je crois qu'il a été fait pour lui. Je n'en saurais juger, repartis-je, parce que je ne l'ai jamais vu. Il n'est pas impossible que ce ne soit son portrait; mais j'ignore pour qui il a été fait et je ne le tiens que du hasard. Je souhaite que ce prince plaise à Zaïde; et, quand il lui déplairait, je n'aurais pas pour elle la même complaisance que j'ai eue sur le sujet du prince de Tharse. Peu de jours après, ma fille pria Albumazar de lui dire quelque chose de sa fortune; comme il savait mes intentions, et qu'il croyait que le portrait qu'elle avait vu était celui du prince de Fez, il lui dit, sans aucun dessein de faire passer ses paroles pour une prédiction, qu'elle était destinée à celui dont elle avait vu le portrait. Je feignis de croire qu'Albumazar parlait par une connaissance particulière des choses à venir et j'ai toujours paru à Zaïde dans ce même sentiment. Lorsque je quittai Alexandrie, Albumazar m'assura que je ne réussirais pas dans les desseins que j'avais pour elle; néanmoins je n'en pouvais perdre l'espérance. Pendant la maladie dont je viens de sortir, les pensées que j'avais eues autrefois d'embrasser la véritable religion me sont revenues si fortement dans l'esprit que je n'ai songé, depuis ma guérison, qu'à me confirmer dans ce dessein. J'avoue toutefois que cette heureuse résolution n'était pas encore aussi ferme qu'elle le devait être; mais je me rends à ce que le ciel fait en ma faveur : il me conduit, par les mêmes moyens dont j'ai prétendu me servir pour faire épouser à ma fille un homme de ma religion, à lui en faire épouser un de la sienne. Les paroles d'Albumazar, qu'il a dites sans dessein, et sur une ressemblance où il s'est mépris, se trouvent une véritable prédiction; et cette prédiction s'accomplit entièrement par le bonheur que trouve ma fille à épouser un homme qui est l'admiration de son siècle. Il me reste seulement, seigneur, à vous demander la grâce de me vouloir recevoir au nombre de vos sujets et de me permettre de finir mes jours dans votre royaume.

Le roi et Consalve furent si surpris et si touchés du discours de Zuléma qu'ils l'embrassèrent sans lui rien dire, ne pouvant trouver de paroles qui expliquassent leurs sentiments. Enfin, après lui avoir témoigné leur joie, ils admirèrent longtemps toutes les circonstances d'une si étrange aventure. Néanmoins Consalve ne fut pas surpris qu'Albumazar se fût trompé à la ressemblance du prince de Fez; il savait que plusieurs personnes s'y étaient trompées et il apprit à Zuléma que la mère de ce prince était sœur de Nugnez Fernando, son père et, qu'ayant été prise dans une irruption des Maures, elle fut conduite en Afrique où sa beauté la rendit femme légitime du père du prince de Fez.

Zuléma s'en alla apprendre à sa fille ce qui se venait de passer, et il lui fut facile de juger, par la manière dont elle reçut cette nouvelle, qu'elle n'était pas insensible au mérite de Consalve. Peu de jours après, Zuléma embrassa publiquement la religion chrétienne; on ne songea ensuite qu'aux préparatifs des noces, qui se firent avec toute la galanterie des Maures et toute la politesse d'Espagne.

LA PRINCESSE DE CLÈVES

(1678)

LE LIBRAIRE AU LECTEUR

Q<small>UELQUE</small> *approbation qu'ai[t] eu[e] cette Histoire dans les lectures qu'on en a faites, l'auteur n'a pu se résoudre à se déclarer ; il a craint que son nom ne diminuât le succès de son livre. Il sait par expérience que l'on condamne quelquefois les ouvrages sur la médiocre opinion qu'on a de l'auteur et il sait aussi que la réputation de l'auteur donne souvent du prix aux ouvrages. Il demeure donc dans l'obscurité où il est, pour laisser les jugements plus libres et plus équitables, et il se montrera néanmoins si cette Histoire est aussi agréable au public que je l'espère.*

LA PRINCESSE DE CLÈVES [1]

TOME PREMIER

La magnificence et la galanterie n'ont jamais paru en France avec tant d'éclat que dans les dernières années du règne de Henri second. Ce prince était galant, bien fait et amoureux [2]; quoique sa passion pour Diane de Poitiers, duchesse de Valentinois [3], eût commencé il y avait plus de vingt ans, elle n'en était pas moins violente, et il n'en donnait pas des témoignages moins éclatants.

Comme il réussissait admirablement dans tous les exercices du corps, il en faisait une de ses plus grandes occupations. C'étai[en]t tous les jours des parties de chasse et de paume, des ballets, des courses de bagues, ou de semblables divertissements; les couleurs et les chiffres de Mme de Valentinois paraissaient partout, et elle paraissait elle-même avec tous les ajustements que pouvait avoir Mlle de la Marck [4], sa petite-fille, qui était alors à marier [5].

La présence de la reine [6] autorisait la sienne. Cette princesse était belle, quoiqu'elle eût passé la première jeunesse; elle aimait la grandeur, la magnificence et les plaisirs. Le roi l'avait épousée lorsqu'il était encore duc d'Orléans, et qu'il avait pour aîné le dauphin, qui mourut à Tournon, prince que sa naissance et ses grandes qualités destinaient à remplir dignement la place du roi François premier, son père [7].

L'humeur ambitieuse de la reine lui faisait trouver une grande douceur à régner; il semblait qu'elle souffrît sans peine l'attachement du roi pour la duchesse de Valentinois, et elle n'en témoignait aucune jalousie, mais elle avait une si profonde dissimulation qu'il était difficile de juger de ses sentiments, et la politique l'obligeait d'approcher cette duchesse de sa personne, afin d'en approcher aussi le roi. Ce prince aimait le commerce des femmes, même de celles dont il n'était pas amoureux : il demeurait tous les jours chez la reine à l'heure du cercle, où tout ce qu'il y avait de plus beau et de mieux fait, de l'un et de l'autre sexe, ne manquait pas de se trouver [8].

Jamais cour n'a eu tant de belles personnes et d'hommes admirablement bien faits; et il semblait que la nature eût pris plaisir à placer ce qu'elle donne de plus beau dans les plus grandes princesses et dans les plus grands princes. Mme Élisabeth de France, qui fut depuis reine d'Espagne [9], commençait à faire paraître un esprit surprenant et cette incomparable beauté qui lui a été si funeste. Marie Stuart, reine d'Écosse, qui venait d'épouser M. le dauphin [10], et qu'on appelait la reine dauphine, était une personne parfaite pour l'esprit et pour le corps; elle avait été élevée à la cour de France, elle en avait pris toute la politesse, et elle était née avec tant de dispositions pour toutes les belles choses que, malgré sa grande jeunesse, elle les aimait et s'y connaissait mieux que personne [11]. La reine, sa belle-mère, et Madame, sœur du roi [12], aimaient aussi les vers, la comédie et la musique. Le goût que le roi François premier avait eu pour la poésie et pour les lettres, régnait encore en France; et le roi son fils, aimant les exercices du corps, tous les plaisirs étaient à la cour; mais ce qui rendait cette cour belle et majestueuse, était le nombre infini de princes et de grands seigneurs d'un mérite extraordinaire. Ceux que je vais nommer étaient, en des manières différentes, l'ornement et l'admiration de leur siècle.

Le roi de Navarre [13] attirait le respect de tout le monde par la grandeur de son rang et par celle qui paraissait en sa personne. Il excellait dans la guerre, et le duc de Guise [14] lui donnait une émulation qui l'avait porté plusieurs fois à quitter sa place de général, pour aller combattre auprès de lui comme un simple soldat, dans les lieux les plus périlleux. Il est vrai aussi que ce duc avait donné des marques d'une valeur si admirable et avait eu de si heureux succès qu'il n'y avait point de grand capitaine qui ne dût le regarder avec envie. Sa valeur était soutenue de toutes les autres grandes qualités : il avait un esprit vaste et profond, une âme noble et élevée, et une égale capacité pour la guerre et pour les affaires. Le cardinal de Lorraine, son frère [15], était né avec une ambition démesurée, avec un esprit vif et une éloquence admirable, et il avait acquis une science profonde, dont il se servait pour se rendre considérable en défendant la religion catholique qui commençait d'être attaquée. Le chevalier de Guise [16], que l'on appela depuis le grand prieur, était un prince aimé de tout le monde, bien fait, plein d'esprit, plein d'adresse, et d'une valeur célèbre par toute l'Europe. Le prince de Condé [17], dans un petit corps peu favorisé de la nature, avait une âme grande et hautaine, et un esprit qui le rendait aimable aux yeux même des plus belles femmes. Le duc de Nevers [18], dont la vie était glorieuse par la guerre et par les grands emplois qu'il avait eus, quoique dans un âge un peu avancé, faisait les délices de la cour. Il avait trois fils parfaitement bien faits : le second, qu'on appelait le prince de Clèves [19], était digne de soutenir la gloire de son nom; il était brave et magnifique, et il avait une prudence qui ne se trouve guère avec la jeunesse. Le vidame de Chartres, descendu de cette ancienne maison de Vendôme, dont les princes du sang n'ont point dédaigné de porter le nom, était également distingué dans la guerre et dans la galanterie. Il était beau, de bonne mine, vaillant, hardi, libéral; toutes ces bonnes qualités étaient vives et éclatantes [20]; enfin, il était seul digne d'être comparé au duc de Nemours [21], si quelqu'un lui eût pu être comparable. Mais ce prince était un chef-d'œuvre de la nature; ce qu'il avait de moins admirable, c'était d'être l'homme du monde le mieux fait et le plus beau. Ce qui le mettait au-dessus des autres était une valeur incomparable, et un agrément dans son esprit, dans son visage et dans ses actions que l'on n'a jamais vu qu'à lui seul; il avait un enjouement qui plaisait également aux hommes et aux femmes, une adresse extraordinaire dans tous ses exercices, une manière de s'habiller qui était toujours suivie de tout le monde, sans pouvoir être imitée, et enfin un air dans toute sa personne qui faisait qu'on ne pouvait regarder que lui dans tous les lieux où il paraissait. Il n'y avait aucune dame dans la cour dont la gloire n'eût été flattée de le voir attaché à elle; peu de celles à qui il s'était attaché, se pouvaient vanter de lui avoir résisté, et même plusieurs à qui il n'avait point témoigné de passion, n'avaient pas laissé d'en avoir pour lui. Il avait tant de douceur et tant de disposition à la galanterie qu'il ne pouvait refuser quelques soins à celles qui tâchaient de lui plaire : ainsi il avait plusieurs maîtresses, mais il était difficile de deviner celle qu'il aimait véritablement. Il allait souvent chez la reine dauphine; la beauté de cette princesse, sa douceur, le soin qu'elle avait de plaire à tout le monde et l'estime particulière qu'elle témoignait à ce prince, avaient souvent donné lieu de croire qu'il levait les yeux jusqu'à elle. MM. de Guise [22], dont elle était nièce, avaient beaucoup augmenté leur crédit et leur considération par son mariage; leur ambition les faisait aspirer à s'égaler aux princes du sang et à partager le pouvoir du connétable de Montmorency [23]. Le roi se reposait sur lui de la plus grande partie du gouvernement des affaires et traitait le duc de Guise et le maréchal de Saint-André [24] comme ses favoris; mais ceux que la faveur ou les affaires approchaient de sa personne, ne s'y pouvaient maintenir qu'en se soumettant à la duchesse de Valentinois; et, quoiqu'elle n'eût plus de jeunesse ni de beauté, elle le gouvernait avec un empire si absolu que l'on peut dire qu'elle était maîtresse de sa personne et de l'État.

Le roi avait toujours aimé le connétable, et sitôt qu'il avait commencé à régner, il l'avait rappelé de l'exil où le roi François premier l'avait envoyé. La cour était partagée entre MM. de Guise et le connétable, qui était soutenu des princes du sang. L'un et l'autre parti[s] avai[ent] toujours songé à gagner la duchesse de Valentinois. Le duc d'Aumale [25], frère du duc de Guise, avait épousé une de ses filles; le connétable aspirait à la même alliance. Il ne se contentait pas d'avoir marié son fils aîné avec Mme Diane, fille du roi et d'une dame de Piémont, qui se fit religieuse aussitôt qu'elle fut accouchée [26]. Ce mariage avait eu beaucoup d'obstacles, par les promesses que M. de Montmorency avait faites à Mlle de Piennes, une des filles d'honneur de la reine [27]; et, bien que le roi les eût surmontés avec une patience et une bonté extrêmes, ce connétable ne se trouvait pas encore assez appuyé s'il ne s'assurait de Mme de Valentinois, et s'il ne la séparait de MM. de Guise, dont la grandeur commençait à donner de l'inquiétude à cette duchesse. Elle avait retardé, autant qu'elle avait pu, le mariage du dauphin avec la reine d'Écosse : la beauté et l'esprit capable et avancé de cette jeune reine, et l'élévation que ce mariage donnait à MM. de Guise, lui étaient insupportables. Elle haïssait particulièrement le cardinal de Lorraine; il lui avait parlé avec aigreur, et même avec mépris. Elle voyait qu'il prenait des liaisons avec la reine; de sorte que le connétable la trouva disposée à s'unir avec lui, et à entrer dans son alliance par le mariage de Mlle de la Marck, sa petite-fille, avec M. d'Anville, son second fils [28], qui succéda depuis à sa charge sous le règne de Charles IX. Le connétable ne crut pas trouver d'obstacles dans l'esprit de M. d'Anville pour un mariage, comme il en avait trouvé dans l'esprit de M. de Montmorency; mais, quoique les raisons lui en fussent cachées, les difficultés n'en furent guère moindres. M. d'Anville était éperdument amoureux de la reine dauphine [29] et, quelque peu d'espérance qu'il eût dans cette passion, il ne pouvait se résoudre à prendre un engagement qui partagerait ses soins. Le maréchal de Saint-André était le seul dans la cour qui n'eût point pris de parti. Il était un des favoris, et sa faveur ne tenait qu'à sa personne : le roi l'avait aimé dès le temps qu'il était dauphin; et depuis, il l'avait fait maréchal de France, dans un âge où l'on n'a pas encore accoutumé de prétendre aux moindres dignités. Sa faveur lui donnait un éclat qu'il soutenait par son mérite et par l'agrément de sa personne, par une grande délicatesse pour sa table et pour ses meubles et par la plus grande magnificence qu'on eût jamais vue en un particulier. La libéralité du roi fournissait à cette dépense; ce prince allait jusqu'à la prodigalité pour ceux qu'il aimait; il n'avait pas toutes les grandes qualités, mais il en avait plusieurs, et surtout celle d'aimer la guerre et de l'entendre; aussi avait-il eu d'heureux succès, et, si on en excepte la bataille de Saint-Quentin, son règne n'avait été qu'une suite de victoires. Il avait gagné en personne la bataille de Renty; le Piémont avait été conquis; les Anglais avaient été chassés de France, et l'empereur Charles-Quint avait vu finir sa bonne fortune devant la ville de Metz, qu'il avait assiégée inutilement avec toutes les forces de l'Empire et de l'Espagne. Néanmoins, comme le malheur de Saint-Quentin avait diminué l'espérance de nos conquêtes [30], et que, depuis, la fortune avait semblé se partager entre les deux rois, ils se trouvèrent insensiblement disposés à la paix [31].

La duchesse douairière de Lorraine avait commencé à en faire des propositions dans le temps du mariage de M. le dauphin; il y avait toujours eu depuis quelque négociation secrète. Enfin, Cercamp, dans le pays d'Artois, fut choisi pour le lieu où l'on devait s'assembler. Le cardinal de Lorraine, le connétable de Montmorency et le maréchal de Saint-André s'y trouvèrent pour le roi; le duc d'Albe [32] et le prince d'Orange [33], pour Philippe II; et le duc et la duchesse de Lorraine furent les médiateurs [34]. Les principaux articles étaient le mariage de Mme Élisabeth de France avec Don Carlos, infant d'Espagne [35], et celui de Madame, sœur du roi, avec M. de Savoie [36].

Le roi demeura cependant sur la frontière et il y reçut la nouvelle de la mort de Marie, reine d'Angleterre [37]. Il envoya le comte de Randan [38] à Élisabeth [39], [pour la complimenter] [40] sur son avènement à la couronne; elle le reçut avec joie. Ses droits étaient si mal établis qu'il lui était avantageux de se voir reconnue par le roi. Ce comte la trouva instruite des intérêts de la cour de France et du mérite de ceux qui la composaient; mais surtout il la trouva si remplie de la réputation du duc de Nemours, elle lui parla tant de fois de ce prince, et avec tant d'empressement que, quand

M. de Randan fut revenu, et qu'il rendit compte au roi de son voyage, il lui dit qu'il n'y avait rien que M. de Nemours ne pût prétendre auprès de cette princesse, et qu'il ne doutait point qu'elle ne fût capable de l'épouser. Le roi en parla à ce prince dès le soir même; il lui fit conter par M. de Randan toutes ses conversations avec Élisabeth et lui conseilla de tenter cette grande fortune. M. de Nemours crut d'abord que le roi ne lui parlait pas sérieusement, mais comme il vit le contraire :

— Au moins, Sire, lui dit-il, si je m'embarque dans une entreprise chimérique par le conseil et pour le service de Votre Majesté, je la supplie de me garder le secret jusqu'à ce que le succès me justifie vers le public, et de vouloir bien ne me pas faire paraître rempli d'une assez grande vanité pour prétendre qu'une reine, qui ne m'a jamais vu, me veuille épouser par amour.

Le roi lui promit de ne parler qu'au connétable de ce dessein, et il jugea même le secret nécessaire pour le succès. M. de Randan conseillait à M. de Nemours d'aller en Angleterre sur le simple prétexte de voyager, mais ce prince ne put s'y résoudre. Il envoya Lignerolles [41] qui était un jeune homme d'esprit, son favori, pour voir les sentiments de la reine, et pour tâcher de commencer quelque liaison. En attendant l'événement de ce voyage, il alla voir le duc de Savoie, qui était alors à Bruxelles avec le roi d'Espagne. La mort de Marie d'Angleterre apporta de grands obstacles à la paix; l'assemblée se rompit à la fin de novembre, et le roi revint à Paris [42].

Il parut alors une beauté à la cour, qui attira les yeux de tout le monde, et l'on doit croire que c'était une beauté parfaite, puisqu'elle donna de l'admiration dans un lieu où l'on était si accoutumé à voir de belles personnes. Elle était de la même maison que l[a] vidame de Chartres [43] et une des plus grandes héritières de France. Son père était mort jeune, et l'avait laissée sous la conduite de Mme de Chartres, sa femme, dont le bien, la vertu et le mérite étaient extraordinaires. Après avoir perdu son mari, elle avait passé plusieurs années sans revenir à la cour. Pendant cette absence, elle avait donné ses soins à l'éducation de sa fille ; mais elle ne travailla pas seulement à cultiver son esprit et sa beauté, elle songea aussi à lui donner de la vertu et à la lui rendre aimable. La plupart des mères s'imaginent qu'il suffit de ne parler jamais de galanterie devant les jeunes personnes pour les en éloigner. Mme de Chartres avait une opinion opposée ; elle faisait souvent à sa fille des peintures de l'amour ; elle lui montrait ce qu'il a d'agréable pour la persuader plus aisément sur ce qu'elle lui en apprenait de dangereux ; elle lui contait le peu de sincérité des hommes, leurs tromperies et leur infidélité, les malheurs domestiques où plongent les engagements ; et elle lui faisait voir, d'un autre côté, quelle tranquillité suivait la vie d'une honnête femme, et combien la vertu donnait d'éclat et d'élévation à une personne qui avait de la beauté et de la naissance ; mais elle lui faisait voir aussi combien il était difficile de conserver cette vertu, que par une extrême défiance de soi-même et par un grand soin de s'attacher à ce qui seul peut faire le bonheur d'une femme, qui est d'aimer son mari et d'en être aimée.

Cette héritière était alors un des grands partis qu'il y eût en France ; et quoiqu'elle fût dans une extrême jeunesse, l'on avait déjà proposé plusieurs mariages. Mme de Chartres, qui était extrêmement glorieuse, ne trouvait presque rien digne de sa fille ; la voyant dans sa seizième année, elle voulut la mener à la cour. Lorsqu'elle arriva, le vidame alla au-devant d'elle ; il fut surpris de la grande beauté de Mlle de Chartres, et il en fut surpris avec raison. La blancheur de son teint et ses cheveux blonds lui donnaient un éclat que l'on n'a jamais vu qu'à elle ; tous ses traits étaient réguliers, et son visage et sa personne étaient pleins de grâce et de charmes.

Le lendemain qu'elle fut arrivée, elle alla pour assortir des pierreries chez un Italien qui en trafiquait par tout le monde. Cet homme était venu de Florence avec la reine, et s'était tellement enrichi dans son trafic que sa maison paraissait plutôt celle d'un grand seigneur que d'un marchand. Comme elle y était, le prince de Clèves [44] y arriva. Il fut tellement surpris de sa beauté qu'il ne put cacher sa surprise; et Mlle de Chartres ne put s'empêcher de rougir en voyant l'étonnement qu'elle lui avait donné. Elle se remit néanmoins, sans témoigner d'autre attention aux actions de ce prince que celle que la civilité lui devait donner pour un homme tel qu'il paraissait. M. de Clèves la regardait avec admiration, et il ne pouvait comprendre qui était cette belle personne qu'il ne connaissait point. Il voyait bien par son air, et par tout ce qui était à sa suite, qu'elle devait être d'une grande qualité. Sa jeunesse lui faisait croire que c'était une fille, mais, ne lui voyant point de mère, et l'Italien qui ne la connaissait point l'appelant madame, il ne savait que penser, et il la regardait toujours avec étonnement. Il s'aperçut que ses regards l'embarrassaient, contre l'ordinaire des jeunes personnes qui voient toujours avec plaisir l'effet de leur beauté; il lui parut même qu'il était cause qu'elle avait de l'impatience de s'en aller, et en effet elle sortit assez promptement. M. de Clèves se consola de la perdre de vue dans l'espérance de savoir qui elle était; mais il fut bien surpris quand il sut qu'on ne la connaissait point. Il demeura si touché de sa beauté et de l'air modeste qu'il avait remarqué dans ses actions qu'on peut dire qu'il conçut pour elle dès ce moment une passion et une estime extraordinaires. Il alla le soir chez Madame, sœur du roi.

Cette princesse était dans une grande considération par le crédit qu'elle avait sur le roi, son frère; et ce crédit était si grand que le roi, en faisant la paix, consentait à rendre le Piémont pour lui faire épouser le duc de Savoie. Quoiqu'elle eût désiré toute sa vie de se marier, elle n'avait jamais voulu épouser qu'un souverain, et elle avait refusé pour cette raison le roi de Navarre lorsqu'il était duc de Vendôme, et avait toujours souhaité M. de Savoie; elle avait conservé de l'inclination pour lui depuis qu'elle l'avait vu à Nice à l'entrevue du roi François premier et du pape Paul troisième. Comme elle avait beaucoup d'esprit et un grand discernement pour les belles choses, elle attirait tous les honnêtes gens, et il y avait de certaines heures où toute la cour était chez elle [45].

M. de Clèves y vint comme à l'ordinaire; il était si rempli de l'esprit et de la beauté de Mlle de Chartres qu'il ne pouvait parler d'autre chose. Il conta tout haut son aventure, et ne pouvait se lasser de donner des louanges à cette personne qu'il avait vue, qu'il ne connaissait point. Madame lui dit qu'il n'y avait point de personne comme celle qu'il dépeignait et que, s'il y en avait quelqu'une, elle serait connue de tout le monde. Mme de Dampierre [46], qui était sa dame d'honneur et amie de Mme de Chartres, entendant cette conversation, s'approcha de cette princesse et lui dit tout bas que c'était sans doute Mlle de Chartres que M. de Clèves avait vue. Madame se retourna vers lui et lui dit que, s'il voulait revenir chez elle le lendemain, elle lui ferait voir cette beauté dont il était si touché. Mlle de Chartres parut en effet le jour suivant; elle fut reçue des reines avec tous les agréments qu'on peut s'imaginer, et avec une telle admiration de tout le monde qu'elle n'entendait autour d'elle que des louanges. Elle les recevait avec une modestie si noble qu'il ne semblait pas qu'elle les entendît ou, du moins, qu'elle en fût touchée. Elle alla ensuite chez Madame, sœur du roi. Cette princesse, après avoir loué sa beauté, lui conta l'étonnement qu'elle avait donné à M. de Clèves. Ce prince entra un moment après :

— Venez, lui dit-elle, voyez si je ne vous tiens pas ma parole et si, en vous montrant Mlle de Chartres, je ne vous fais pas voir cette beauté que vous cherchiez; remerciez-moi au moins de lui avoir appris l'admiration que vous aviez déjà pour elle.

M. de Clèves sentit de la joie de voir que cette personne, qu'il avait trouvée si aimable, était d'une qualité proportionnée à sa beauté; il s'approcha d'elle et il la supplia de se souvenir qu'il avait été le premier à l'admirer et que, sans la connaître, il avait eu pour elle tous les sentiments de respect et d'estime qui lui étaient dus.

Le chevalier de Guise et lui, qui étaient amis, sortirent ensemble de chez Madame. Ils louèrent d'abord Mlle de Chartres sans se contraindre. Ils trouvèrent enfin qu'ils la louaient trop, et ils cessèrent l'un et l'autre de dire ce qu'ils en pensaient ; mais ils furent contraints d'en parler les jours suivants partout où ils se rencontrèrent. Cette nouvelle beauté fut longtemps le sujet de toutes les conversations. La reine lui donna de grandes louanges et eut pour elle une considération extraordinaire ; la reine dauphine en fit une de ses favorites et pria Mme de Chartres de la mener souvent chez elle. Mesdames, filles du roi, l'envoyaient chercher pour être de tous leurs divertissements. Enfin, elle était aimée et admirée de toute la cour, excepté de Mme de Valentinois. Ce n'est pas que cette beauté lui donnât de l'ombrage : une trop longue expérience lui avait appris qu'elle n'avait rien à craindre auprès du roi ; mais elle avait tant de haine pour le vidame de Chartres qu'elle avait souhaité d'attacher à elle par le mariage d'une de ses filles, et qui s'était attaché à la reine, qu'elle ne pouvait regarder favorablement une personne qui portait son nom et pour qui il faisait paraître une grande amitié.

Le prince de Clèves devint passionnément amoureux de Mlle de Chartres et souhaitait ardemment l'épouser ; mais il craignait que l'orgueil de Mme de Chartres ne fût blessé de donner sa fille à un homme qui n'était pas l'aîné de sa maison. Cependant cette maison était si grande, et le comte d'Eu [47], qui en était l'aîné, venait d'épouser une personne si proche de la maison royale que c'était plutôt la timidité que donne l'amour que de véritables raisons, qui causaient les craintes de M. de Clèves. Il avait un grand nombre de rivaux : le chevalier de Guise lui paraissait le plus redoutable par sa naissance, par son mérite et par l'éclat que la faveur donnait à sa maison. Ce prince était devenu amoureux de Mlle de Chartres le premier jour qu'il l'avait vue ; il s'était aperçu de la passion de M. de Clèves, comme M. de Clèves s'était aperçu de la sienne. Quoiqu'ils fussent amis, l'éloignement que donnent les mêmes prétentions ne leur avait pas permis de s'expliquer ensemble ; et leur amitié s'était refroidie sans qu'ils eussent eu la force de s'éclaircir. L'aventure qui était arrivée à M. de Clèves, d'avoir vu le premier Mlle de Chartres, lui paraissait un heureux présage et semblait lui donner quelque avantage sur ses rivaux; mais il prévoyait de grands obstacles par le duc de Nevers, son père. Ce duc avait d'étroites liaisons avec la duchesse de Valentinois : elle était ennemie du vidame, et cette raison était suffisante pour empêcher le duc de Nevers de consentir que son fils pensât à sa nièce.

Mme de Chartres, qui avait eu tant d'application pour inspirer la vertu à sa fille, ne discontinua pas de prendre les mêmes soins dans un lieu où ils étaient si nécessaires et où il y avait tant d'exemples si dangereux. L'ambition et la galanterie étaient l'âme de cette cour, et occupaient également les hommes et les femmes. Il y avait tant d'intérêts et tant de cabales différentes, et les dames y avaient tant de part que l'amour était toujours mêlé aux affaires et les affaires à l'amour. Personne n'était tranquille, ni indifférent; on songeait à s'élever, à plaire, à servir ou à nuire; on ne connaissait ni l'ennui, ni l'oisiveté, et on était toujours occupé des plaisirs ou des intrigues. Les dames avaient des attachements particuliers pour la reine, pour la reine dauphine, pour la reine de Navarre [48], pour Madame, sœur du roi, ou pour la duchesse de Valentinois. Les inclinations, les raisons de bienséance ou le rapport d'humeur faisaient ces différents attachements. Celles qui avaient passé la première jeunesse et qui faisaient profession d'une vertu plus austère, étaient attachées à la reine. Celles qui étaient plus jeunes et qui cherchaient la joie et la galanterie, faisaient leur cour à la reine dauphine. La reine de Navarre avait ses favorites; elle était jeune et elle avait du pouvoir sur le roi son mari : il était joint au connétable, et avait par là beaucoup de crédit. Madame, sœur du roi, conservait encore de la beauté et attirait plusieurs dames auprès d'elle. La duchesse de Valentinois avait toutes celles qu'elle daignait regarder; mais peu de femmes lui étaient agréables; et excepté quelques-unes, qui avaient sa familiarité et sa confiance, et dont l'humeur avait du rapport avec la sienne, elle n'en recevait chez elle que les jours où elle prenait plaisir à avoir une cour comme celle de la reine.

Toutes ces différentes cabales avaient de l'émulation et de l'envie les unes contre les autres : les dames qui les composaient avaient aussi de la jalousie entre elles, ou pour la faveur, ou pour les amants; les intérêts de grandeur et d'élévation se trouvaient souvent joints à ces autres intérêts moins importants, mais qui n'étaient pas moins sensibles. Ainsi il y avait une sorte d'agitation sans désordre dans cette cour, qui la rendait très agréable, mais aussi très dangereuse pour une jeune personne. Mme de Chartres voyait ce péril et ne songeait qu'aux moyens d'en garantir sa fille. Elle la pria, non pas comme sa mère, mais comme son amie, de lui faire confidence de toutes les galanteries qu'on lui dirait, et elle lui promit de lui aider à se conduire dans des choses où l'on était souvent embarrassée quand on était jeune.

Le chevalier de Guise fit tellement paraître les sentiments et les desseins qu'il avait pour Mlle de Chartres qu'ils ne furent ignorés de personne. Il ne voyait néanmoins que de l'impossibilité dans ce qu'il désirait; il savait bien qu'il n'était point un parti qui convînt à Mlle de Chartres, par le peu de biens qu'il avait pour soutenir son rang; et il savait bien aussi que ses frères n'approuveraient pas qu'il se mariât, par la crainte de l'abaissement que les mariages des cadets apportent d'ordinaire dans les grandes maisons. Le cardinal de Lorraine lui fit bientôt voir qu'il ne se trompait pas; il condamna l'attachement qu'il témoignait pour Mlle de Chartres avec une chaleur extraordinaire; mais il ne lui en dit pas les véritables raisons. Ce cardinal avait une haine pour le vidame, qui était secrète alors, et qui éclata depuis. Il eût plutôt consenti à voir son frère entrer dans toute autre alliance que dans celle de ce vidame; et il déclara si publiquement combien il en était éloigné que Mme de Chartres en fut sensiblement offensée. Elle prit de grands soins de faire voir que le cardinal de Lorraine n'avait rien à craindre, et qu'elle ne songeait pas à ce mariage. Le vidame prit la même conduite et sentit, encore plus que Mme de Chartres, celle du cardinal de Lorraine, parce qu'il en savait mieux la cause.

Le prince de Clèves n'avait pas donné des marques moins publiques de sa passion qu'avait fait le chevalier de Guise. Le duc de Nevers apprit cet attachement avec chagrin; il crut néanmoins qu'il n'avait qu'à parler à son fils pour le faire changer de conduite; mais il fut bien surpris de trouver en lui le dessein formé d'épouser Mlle de Chartres. Il blâma ce dessein, il s'emporta et cacha si peu son emportement que le sujet s'en répandit bientôt à la cour et alla jusqu'à Mme de Chartres. Elle n'avait pas mis en doute que M. de Nevers ne regardât le mariage de sa fille comme un avantage pour son fils; elle fut bien étonnée que la maison de Clèves et celle de Guise craignissent son alliance, au lieu de la souhaiter. Le dépit qu'elle eut lui fit penser à trouver un parti pour sa fille, qui la mît au-dessus de ceux qui se croyaient au-dessus d'elle. Après avoir tout examiné, elle s'arrêta au prince dauphin, fils du duc de Montpensier [49]. Il était lors à marier, et c'était ce qu'il y avait de plus grand à la cour. Comme Mme de Chartres avait beaucoup d'esprit, qu'elle était aidée du vidame qui était dans une grande considération, et qu'en effet sa fille était un parti considérable, elle agit avec tant d'adresse et tant de succès que M. de Montpensier parut souhaiter ce mariage, et il semblait qu'il ne s'y pouvait trouver de difficultés.

Le vidame, qui savait l'attachement de M. d'Anville pour la reine dauphine, crut néanmoins qu'il fallait employer le pouvoir que cette princesse avait sur lui pour l'engager à servir Mlle de Chartres auprès du roi et auprès du prince de Montpensier, dont il était ami intime. Il en parla à cette reine, et elle entra avec joie dans une affaire où il s'agissait de l'élévation d'une personne qu'elle aimait beaucoup; elle le témoigna au vidame, et l'assura que, quoiqu'elle sût bien qu'elle ferait une chose désagréable au cardinal de Lorraine, son oncle, elle passerait avec joie par-dessus cette considération parce qu'elle avait sujet de se plaindre de lui et qu'il prenait tous les jours les intérêts de la reine contre les siens propres.

Les personnes galantes sont toujours bien aises qu'un prétexte leur donne lieu de parler à ceux qui les aiment. Sitôt que le vidame eut quitté Mme la dauphine, elle ordonna à Chastelart, qui était favori de

M. d'Anville, et qui savait la passion qu'il avait pour elle, de lui aller dire, de sa part, de se trouver le soir chez la reine. Chastelart reçut cette commission avec beaucoup de joie et de respect. Ce gentilhomme était d'une bonne maison de Dauphiné; mais son mérite et son esprit le mettaient au-dessus de sa naissance. Il était reçu et bien traité de tout ce qu'il y avait de grands seigneurs à la cour, et la faveur de la maison de Montmorency l'avait particulièrement attaché à M. d'Anville. Il était bien fait de sa personne, adroit à toutes sortes d'exercices; il chantait agréablement, il faisait des vers, et avait un esprit galant et passionné qui plut si fort à M. d'Anville qu'il le fit confident de l'amour qu'il avait pour la reine dauphine. Cette confidence l'approchait de cette princesse, et ce fut en la voyant souvent qu'il prit le commencement de cette malheureuse passion qui lui ôta la raison et qui lui coûta enfin la vie [50].

M. d'Anville ne manqua pas d'être le soir chez la reine; il se trouva heureux que Mme la dauphine l'eût choisi pour travailler à une chose qu'elle désirait, et il lui promit d'obéir exactement à ses ordres; mais Mme de Valentinois, ayant été avertie du dessein de ce mariage, l'avait traversé avec tant de soin, et avait tellement prévenu le roi que, lorsque M. d'Anville lui en parla, il lui fit paraître qu'il ne l'approuvait pas et lui ordonna même de le dire au prince de Montpensier. L'on peut juger ce que sentit Mme de Chartres par la rupture d'une chose qu'elle avait tant désirée, dont le mauvais succès donnait un si grand avantage à ses ennemis et faisait un si grand tort à sa fille.

La reine dauphine témoigna à Mlle de Chartres, avec beaucoup d'amitié, le déplaisir qu'elle avait de lui avoir été inutile :

— Vous voyez, lui dit-elle, que j'ai un médiocre pouvoir; je suis si haïe de la reine et de la duchesse de Valentinois qu'il est difficile que, par elles ou par ceux qui sont dans leur dépendance, elles ne traversent toujours toutes les choses que je désire. Cependant, ajouta-t-elle, je n'ai jamais pensé qu'à leur plaire; aussi elles ne me haïssent qu'à cause de la reine ma mère [51], qui leur a donné autrefois de l'inquiétude et de la jalousie. Le roi en avait été amoureux avant qu'il le fût de Mme de Valentinois; et dans les premières années de son mariage, qu'il n'avait point encore d'enfants, quoiqu'il aimât cette duchesse, il parut quasi résolu de se démarier pour épouser la reine ma mère. Mme de Valentinois qui craignait une femme qu'il avait déjà aimée, et dont la beauté et l'esprit pouvaient diminuer sa faveur, s'unit au connétable, qui ne souhaitait pas aussi que le roi épousât une sœur de MM. de Guise. Ils mirent le feu roi dans leurs sentiments, et quoiqu'il haït mortellement la duchesse de Valentinois, comme il aimait la reine, il travailla avec eux pour empêcher le roi de se démarier; mais, pour lui ôter absolument la pensée d'épouser la reine ma mère, ils firent son mariage avec le roi d'Ecosse, qui était veuf de Mme Magdeleine, sœur du roi, et ils le firent parce qu'il était le plus prêt à conclure, et manquèrent aux engagements qu'on avait avec le roi d'Angleterre, qui la souhaitait ardemment. Il s'en fallait peu même que ce manquement ne fît une rupture entre les deux rois. Henri VIII ne pouvait se consoler de n'avoir pas épousé la reine ma mère; et, quelque autre princesse française qu'on lui proposât, il disait toujours qu'elle ne remplacerait jamais celle qu'on lui avait ôtée. Il est vrai aussi que la reine, ma mère, était une parfaite beauté, et que c'est une chose remarquable que, veuve d'un duc de Longueville, trois rois aient souhaité de l'épouser; son malheur l'a donnée au moindre et l'a mise dans un royaume où elle ne trouve que des peines [52]. On dit que je lui ressemble; je crains de lui ressembler aussi par sa malheureuse destinée et, quelque bonheur qui semble se préparer pour moi, je ne saurais croire que j'en jouisse. Mlle de Chartres dit à la reine que ces tristes pressentiments étaient si mal fondés qu'elle ne les conserverait pas longtemps, et qu'elle ne devait point douter que son bonheur ne répondît aux apparences.

Personne n'osait plus penser à Mlle de Chartres, par la crainte de déplaire au roi ou par la pensée de ne pas réussir auprès d'une personne qui avait espéré un prince du sang. M. de Clèves ne fut retenu par aucune de ces considérations. La mort du duc de Nevers, son père, qui arriva alors [53], le mit dans une entière liberté de suivre son inclination et, sitôt que le temps de la bienséance du deuil fut passé, il ne songea plus qu'aux moyens d'épouser Mlle de Chartres. Il se trouvait heureux d'en faire la proposition dans un temps où ce qui s'était passé avait éloigné les autres partis et où il était quasi assuré qu'on ne la lui refuserait pas. Ce qui troublait sa joie, était la crainte de ne lui être pas agréable, et il eût préféré le bonheur de lui plaire à la certitude de l'épouser sans en être aimé.

Le chevalier de Guise lui avait donné quelque sorte de jalousie; mais comme elle était plutôt fondée sur le mérite de ce prince que sur aucune des actions de Mlle de Chartres, il songea seulement à tâcher de découvrir s'il était assez heureux pour qu'elle approuvât la pensée qu'il avait pour elle. Il ne la voyait que chez les reines ou aux assemblées; il était difficile d'avoir une conversation particulière. Il en trouva pourtant les moyens et il lui parla de son dessein et de sa passion avec tout le respect imaginable; il la pressa de lui faire connaître quels étaient les sentiments qu'elle avait pour lui et il lui dit que ceux qu'il avait pour elle étaient d'une nature qui le rendrait éternellement malheureux si elle n'obéissait que par devoir aux volontés de madame sa mère.

Comme Mlle de Chartres avait le cœur très noble et très bien fait, elle fut véritablement touchée de reconnaissance du procédé du prince de Clèves. Cette reconnaissance donna à ses réponses et à ses paroles un certain air de douceur qui suffisait pour donner de l'espérance à un homme aussi éperdument amoureux que l'était ce prince; de sorte qu'il se flatta d'une partie de ce qu'il souhaitait.

Elle rendit compte à sa mère de cette conversation, et Mme de Chartres lui dit qu'il y avait tant de grandeur et de bonnes qualités dans M. de Clèves et qu'il faisait paraître tant de sagesse pour son âge que, si elle sentait son inclination portée à l'épouser, elle y consentirait avec joie. Mlle de Chartres répondit qu'elle lui remarquait les mêmes bonnes qualités; qu'elle l'épouserait même avec moins de répugnance qu'un autre, mais qu'elle n'avait aucune inclination particulière pour sa personne.

Dès le lendemain, ce prince fit parler à Mme de Chartres; elle reçut la proposition qu'on lui faisait et elle ne craignit point de donner à sa fille un mari qu'elle ne pût aimer en lui donnant le prince de Clèves. Les articles furent conclus; on parla au roi, et ce mariage fut su de tout le monde.

M. de Clèves se trouvait heureux sans être néanmoins entièrement content. Il voyait avec beaucoup de peine que les sentiments de Mlle de Chartres ne passaient pas ceux de l'estime et de la reconnaissance et il ne pouvait se flatter qu'elle en cachât de plus obligeants, puisque l'état où ils étaient lui permettait de les faire paraître sans choquer son extrême modestie. Il ne se passait guère de jours qu'il ne lui en fît ses plaintes.

— Est-il possible, lui disait-il, que je puisse n'être pas heureux en vous épousant? Cependant il est vrai que je ne le suis pas. Vous n'avez pour moi qu'une sorte de bonté qui ne me peut satisfaire; vous n'avez ni impatience, ni inquiétude, ni chagrin; vous n'êtes pas plus touchée de ma passion que vous le seriez d'un attachement qui ne serait fondé que sur les avantages de votre fortune et non pas sur les charmes de votre personne.

— Il y a de l'injustice à vous plaindre, lui répondit-elle; je ne sais ce que vous pouvez souhaiter au delà de ce que je fais, et il me semble que la bienséance ne permet pas que j'en fasse davantage.

— Il est vrai, lui répliqua-t-il, que vous me donnez de certaines apparences dont je serais content s'il y avait quelque chose au delà; mais, au lieu que la bienséance vous retienne, c'est elle seule qui vous fait faire ce que vous faites. Je ne touche ni votre inclination, ni votre cœur, et ma présence ne vous donne ni de plaisir, ni de trouble.

— Vous ne sauriez douter, reprit-elle, que je n'aie de la joie de vous voir, et je rougis si souvent en vous voyant que vous ne sauriez douter aussi que votre vue ne me donne du trouble.

— Je ne me trompe pas à votre rougeur, répondit-il; c'est un sentiment de modestie, et non pas un mouvement de votre cœur, et je n'en tire que l'avantage que j'en dois tirer.

Mlle de Chartres ne savait que répondre, et ces distinctions étaient au-dessus de ses connaissances. M. de Clèves ne voyait que trop combien elle était éloignée d'avoir pour lui des sentiments qui le pouvaient satisfaire, puisqu'il lui paraissait même qu'elle ne les entendait pas.

Le chevalier de Guise revint d'un voyage peu de jours avant les noces. Il avait vu tant d'obstacles insurmontables au dessein qu'il avait eu d'épouser Mlle de Chartres qu'il n'avait pu se flatter d'y réussir; et néanmoins il fut sensiblement affligé de la voir devenir la femme d'un autre. Cette douleur n'éteignit pas sa passion et il ne demeura pas moins amoureux. Mlle de Chartres n'avait pas ignoré les sentiments que ce prince avait eus pour elle. Il lui fit connaître, à son retour, qu'elle était cause de l'extrême tristesse qui paraissait sur son visage; et il avait tant de mérite et tant d'agréments qu'il était difficile de le rendre malheureux sans en avoir quelque pitié. Aussi ne se pouvait-elle défendre d'en avoir; mais cette pitié ne la conduisait pas à d'autres sentiments : elle contait à sa mère la peine que lui donnait l'affection de ce prince.

Mme de Chartres admirait la sincérité de sa fille, et elle l'admirait avec raison, car jamais personne n'en a eu une si grande et si naturelle; mais elle n'admirait pas moins que son cœur ne fût point touché, et d'autant plus qu'elle voyait bien que le prince de Clèves ne l'avait touchée, non plus que les autres. Cela fut cause qu'elle prit de grands soins de l'attacher à son mari et de lui faire comprendre ce qu'elle devait à l'inclination qu'il avait eue pour elle avant que de la connaître et à la passion qu'il lui avait témoignée en la préférant à tous les autres partis, dans un temps où personne n'osait plus penser à elle.

Ce mariage s'acheva, la cérémonie s'en fit au Louvre; et le soir, le roi et les reines vinrent souper chez Mme de Chartres avec toute la cour, où ils furent reçus avec une magnificence admirable. Le chevalier de Guise n'osa se distinguer des autres et ne pas assister à cette cérémonie; mais il y fut si peu maître de sa tristesse qu'il était aisé de la remarquer.

M. de Clèves ne trouva pas que Mlle de Chartres eût changé de sentiment en changeant de nom. La qualité de mari lui donna de plus grands privilèges; mais elle ne lui donna pas une autre place dans le cœur de sa femme. Cela fit aussi que, pour être son mari, il ne laissa pas d'être son amant, parce qu'il avait toujours quelque chose à souhaiter au delà de sa possession; et, quoiqu'elle vécût parfaitement bien avec lui, il n'était pas entièrement heureux. Il conservait pour elle une passion violente et inquiète qui troublait sa joie; la jalousie n'avait point de part à ce trouble : jamais mari n'a été si loin d'en prendre et jamais femme n'a été si loin d'en donner. Elle était néanmoins exposée au milieu de la cour; elle allait tous les jours chez les reines et chez Madame. Tout ce qu'il y avait d'hommes jeunes et galants la voyait chez elle et chez le duc de Nevers [54], son beau-frère, dont la maison était ouverte à tout le monde; mais elle avait un air qui inspirait un si grand respect et qui paraissait si éloigné de la galanterie que le maréchal de Saint-André, quoique audacieux et soutenu de la faveur du roi, était touché de sa beauté, sans oser le lui faire paraître que par des soins et des devoirs. Plusieurs autres étaient dans le même état; et Mme de Chartres joignait à la sagesse de sa fille une conduite si exacte pour toutes les bienséances qu'elle achevait de la faire paraître une personne où l'on ne pouvait atteindre.

La duchesse de Lorraine, en travaillant à la paix, avait aussi travaillé pour le mariage du duc de Lorraine, son fils. Il avait été conclu avec Mme Claude de France, seconde fille du roi [55]. Les noces en furent résolues pour le mois de février.

Cependant le duc de Nemours était demeuré à Bruxelles, entièrement rempli et occupé de ses desseins pour l'Angleterre. Il en recevait ou y envoyait continuellement des courriers : ses espérances augmentaient tous les jours, et enfin Lignerolles lui manda qu'il était temps que sa présence vînt achever ce qui était si bien commencé. Il reçut cette nouvelle avec toute la joie que peut avoir un jeune homme ambitieux qui se voit porté au trône par sa seule réputation. Son esprit s'était insensiblement accoutumé à la grandeur de cette fortune et, au lieu qu'il l'avait rejetée d'abord comme une chose où il ne pouvait parvenir, les difficultés s'étaient effacées de son imagination et il ne voyait plus d'obstacles.

Il envoya en diligence à Paris donner tous les ordres nécessaires pour faire un équipage magnifique, afin de paraître en Angleterre avec un éclat proportionné au dessein qui l'y conduisait, et il se hâta lui-même de venir à la cour pour assister au mariage de M. de Lorraine.

Il arriva la veille des fiançailles [56]; et, dès le même soir qu'il fut arrivé, il alla rendre compte au roi de l'état de son dessein et recevoir ses ordres et ses conseils pour ce qu'il lui restait à faire. Il alla ensuite chez les reines. Mme de Clèves n'y était pas, de sorte qu'elle ne le vit point et ne sut pas même qu'il fût arrivé. Elle avait ouï parler de ce prince à tout le monde comme de ce qu'il y avait de mieux fait et de plus agréable à la cour; et surtout Mme la dauphine le lui avait dépeint d'une sorte et lui en avait parlé tant de fois qu'elle lui avait donné de la curiosité, et même de l'impatience de le voir.

Elle passa tout le jour des fiançailles chez elle à se parer, pour se trouver le soir au bal et au festin royal qui se faisait au Louvre. Lorsqu'elle arriva, l'on admira sa beauté et sa parure; le bal commença et, comme elle dansait avec M. de Guise, il se fit un assez grand bruit vers la porte de la salle, comme de quelqu'un qui entrait et à qui on faisait place. Mme de Clèves acheva de danser et, pendant qu'elle cherchait des yeux quelqu'un qu'elle avait dessein de prendre, le roi lui cria de prendre celui qui arrivait. Elle se tourna et vit un homme qu'elle crut d'abord ne pouvoir être que M. de Nemours, qui passait par-dessus quelques sièges pour arriver où l'on dansait. Ce prince était fait d'une sorte qu'il était difficile de n'être pas surprise de le voir quand on ne l'avait jamais vu, surtout ce soir-là, où le soin qu'il avait pris de se parer augmentait encore l'air brillant qui était dans sa personne; mais il était difficile aussi de voir Mme de Clèves pour la première fois sans avoir un grand étonnement.

M. de Nemours fut tellement surpris de sa beauté que, lorsqu'il fut proche d'elle, et qu'elle lui fit la révérence, il ne put s'empêcher de donner des marques de son admiration. Quand ils commencèrent à danser, il s'éleva dans la salle un murmure de louanges. Le roi et les reines se souvinrent qu'ils ne s'étaient jamais vus, et trouvèrent quelque chose de singulier de les voir danser ensemble sans se connaître. Ils les appelèrent quand ils eurent fini sans leur donner le loisir de parler à personne et leur demandèrent s'ils n'avaient pas bien envie de savoir qui ils étaient, et s'ils ne s'en doutaient point.

— Pour moi, madame, dit M. de Nemours, je n'ai pas d'incertitude; mais comme Mme de Clèves n'a pas les mêmes raisons pour deviner qui je suis que celles que j'ai pour la reconnaître, je voudrais bien que Votre Majesté eût la bonté de lui apprendre mon nom.

— Je crois, dit Mme la dauphine, qu'elle le sait aussi bien que vous savez le sien.

— Je vous assure, madame, reprit Mme de Clèves, qui paraissait un peu embarrassée, que je ne devine pas si bien que vous pensez.

— Vous devinez fort bien, répondit Mme la dauphine; et il y a même quelque chose d'obligeant pour M. de Nemours à ne vouloir pas avouer que vous le connaissez sans l'avoir jamais vu.

La reine les interrompit pour faire continuer le bal; M. de Nemours prit la reine dauphine. Cette princesse était d'une parfaite beauté et avait paru telle aux yeux de M. de Nemours avant qu'il allât en Flandre; mais, de tout le soir, il ne put admirer que Mme de Clèves.

Le chevalier de Guise, qui l'adorait toujours, était à ses pieds, et ce qui se venait de passer lui avait donné une douleur sensible. Il [le] [57] prit comme un présage que la fortune destinait M. de Nemours à être amoureux de Mme de Clèves; et, soit qu'en effet il eût paru quelque trouble sur son visage, ou que la jalousie fît voir au chevalier de Guise au delà de la vérité, il crut qu'elle avait été touchée de la vue de ce prince, et il ne put s'empêcher de lui dire que M. de Nemours était bien heureux de commencer à être connu d'elle par une aventure qui avait quelque chose de galant et d'extraordinaire.

Mme de Clèves revint chez elle, l'esprit si rempli de tout ce qui s'était passé au bal que, quoiqu'il fût fort tard, elle alla dans la chambre de sa mère pour lui en rendre compte; et elle lui loua M. de Nemours avec un certain air qui donna à Mme de Chartres la même pensée qu'avait eue le chevalier de Guise.

Le lendemain, la cérémonie des noces se fit. Mme de Clèves y vit le duc de Nemours avec une mine et une grâce si admirables qu'elle en fut encore plus surprise.

Les jours suivants, elle le vit chez la reine dauphine, elle le vit jouer à la paume avec le roi, elle le vit courre la bague, elle l'entendit parler; mais elle le vit toujours surpasser de si loin tous les autres et se rendre tellement maître de la conversation dans tous les lieux où il était, par l'air de sa personne et par l'agrément de son esprit, qu'il fit, en peu de temps, une grande impression dans son cœur.

Il est vrai aussi que, comme M. de Nemours sentait pour elle une inclination violente, qui lui donnait cette douceur et cet enjouement qu'inspirent les premiers désirs de plaire, il était encore plus aimable qu'il n'avait accoutumé de l'être; de sorte que, se voyant souvent, et se voyant l'un et l'autre ce qu'il y avait de plus parfait à la cour, il était difficile qu'ils ne se plussent infiniment.

La duchesse de Valentinois était de toutes les parties de plaisir, et le roi avait pour elle la même vivacité et les mêmes soins que dans les commencements de sa passion. Mme de Clèves, qui était dans cet âge où l'on ne croit pas qu'une femme puisse être aimée quand elle a passé vingt-cinq ans, regardait avec un extrême étonnement l'attachement que le roi avait pour cette duchesse, qui était grand'mère, et qui venait de marier sa petite-fille. Elle en parlait souvent à Mme de Chartres :

— Est-il possible, madame, lui disait-elle, qu'il y ait si longtemps que le roi en soit amoureux ? Comment s'est-il pu attacher à une personne qui était beaucoup plus âgée que lui, qui avait été maîtresse de son père, et qui l'est encore de beaucoup d'autres, à ce que j'ai ouï dire [58] ?

— Il est vrai, répondit-elle, que ce n'est ni le mérite, ni la fidélité de Mme de Valentinois qui a fait naître la passion du roi, ni qui l'a conservée, et c'est aussi en quoi il n'est pas excusable; car si cette femme avait eu de la jeunesse et de la beauté jointes à sa naissance, qu'elle eût eu le mérite de n'avoir jamais rien aimé, qu'elle eût aimé le roi avec une fidélité exacte, qu'elle l'eût aimé par rapport à sa seule personne sans intérêt de grandeur, ni de fortune, et sans se servir de son pouvoir que pour des choses honnêtes ou agréables au roi même, il faut avouer qu'on aurait eu de la peine à s'empêcher de louer ce prince du grand attachement qu'il a pour elle. Si je ne craignais, continua Mme de Chartres, que vous dis[s]iez de moi ce que l'on dit de toutes les femmes de mon âge, qu'elles aiment à conter les histoires de leur temps, je vous apprendrais le commencement de la passion du roi pour cette duchesse, et plusieurs choses de la cour du feu roi qui ont même beaucoup de rapport avec celles qui se passent encore présentement.

— Bien loin de vous accuser, reprit Mme de Clèves, de redire les histoires passées, je me plains, madame, que vous ne m'ayez pas instruite des présentes et que vous ne m'ayez point appris les divers intérêts et les diverses liaisons de la cour. Je les ignore si entièrement que je croyais, il y a peu de jours, que M. le connétable était fort bien avec la reine.

— Vous aviez une opinion bien opposée à la vérité, répondit Mme de Chartres. La reine hait M. le connétable, et si elle a jamais quelque pouvoir, il ne s'en apercevra que trop. Elle sait qu'il a dit plusieurs fois au roi que, de tous ses enfants, il n'y avait que les naturels qui lui ressemblassent.

— Je n'eusse jamais soupçonné cette haine, interrompit Mme de Clèves, après avoir vu le soin que la reine avait d'écrire à M. le connétable pendant sa prison, la joie qu'elle a témoignée à son retour, et comme elle l'appelle toujours mon compère, aussi bien que le roi.

— Si vous jugez sur les apparences en ce lieu-ci, répondit Mme de Chartres, vous serez souvent trompée : ce qui paraît n'est presque jamais la vérité.

Mais, pour revenir à Mme de Valentinois, vous savez qu'elle s'appelle Diane de Poitiers; sa maison est très illustre, elle vient des anciens ducs Aquitaine, son aïeule était fille naturelle de Louis XI, et enfin il n'y a rien que de grand dans sa naissance. Saint-Vallier, son père, se trouva embarrassé dans l'affaire du connétable de Bourbon, dont vous avez ouï parler. Il fut condamné à avoir la tête tranchée et conduit sur l'échafaud. Sa fille, dont la beauté était admirable, et qui avait déjà plu au feu roi, fit si bien (je ne sais par quels moyens) qu'elle obtint la vie de son père. On lui porta sa grâce comme il n'attendait que le coup de la mort; mais la peur l'avait tellement saisi qu'il n'avait plus de connaissance, et il mourut peu de jours après. Sa fille parut à la cour comme la maîtresse du roi. Le voyage d'Italie et la prison de ce prince interrompirent cette passion. Lorsqu'il revint d'Espagne et que madame la régente alla au-devant de lui à Bayonne, elle mena toutes ses filles, parmi lesquelles était Mlle de Pisseleu, qui a été depuis la duchesse d'Étampes [59]. Le roi en devint amoureux. Elle était inférieure en naissance, en esprit et en beauté à Mme de Valentinois, et elle n'avait au-dessus d'elle que l'avantage de la grande jeunesse. Je lui ai ouï dire plusieurs fois qu'elle était née le jour que Diane de Poitiers avait été mariée; la haine le lui faisait dire, et non pas la vérité : car je suis bien trompée si la duchesse de Valentinois n'épousa M. de Brézé, grand sénéchal de Normandie, dans le même temps que le roi devint amoureux de Mme d'Étampes. Jamais il n'y a eu une si grande haine que l'a été celle de ces deux femmes. La duchesse de Valentinois ne pouvait pardonner à Mme d'Étampes de lui avoir ôté le titre de maîtresse du roi. Mme d'Étampes avait une jalousie violente contre Mme de Valentinois parce que le roi conservait un commerce avec elle. Ce prince n'avait pas une fidélité exacte pour ses maîtresses; il y en avait toujours une qui avait le titre et les honneurs; mais les dames que l'on appelait de la petite bande le partageaient tour à tour. La perte du dauphin, son fils, qui mourut à Tournon, et que l'on crut empoisonné, lui donna une sensible affliction. Il n'avait pas la même tendresse, ni le même goût pour son second fils, qui règne présentement; il ne lui trouvait pas assez de hardiesse, ni assez de vivacité. Il s'en plaignit un jour à Mme de Valentinois, et elle lui dit qu'elle voulait le faire devenir amoureux d'elle pour le rendre plus vif et plus agréable. Elle y réussit comme vous le voyez; il y a plus de vingt ans que cette passion dure sans qu'elle ait été altérée ni par le temps, ni par les obstacles.

Le feu roi s'y opposa d'abord, et soit qu'il eût encore assez d'amour pour Mme de Valentinois pour avoir de la jalousie, ou qu'il fût poussé par la duchesse d'Étampes, qui était au désespoir que M. le dauphin fût attaché à son ennemie, il est certain qu'il vit cette passion avec une colère et un chagrin dont il donnait tous les jours des marques. Son fils ne craignit ni sa colère, ni sa haine, et rien ne put l'obliger à diminuer son attachement, ni à le cacher; il fallut que le roi s'accoutumât à le souffrir. Aussi cette opposition à ses volontés l'éloigna encore de lui et l'attacha davantage au duc d'Orléans, son troisième fils [60]. C'était un prince bien fait, beau, plein de feu et d'ambition, d'une jeunesse fougueuse, qui avait besoin d'être modéré, mais qui eût fait aussi un prince d'une grande élévation si l'âge eût mûri son esprit.

Le rang d'aîné qu'avait le dauphin, et la faveur du roi qu'avait le duc d'Orléans, faisaient entre eux une sorte d'émulation qui allait jusqu'à la haine. Cette émulation avait commencé dès leur enfance et s'était toujours conservée. Lorsque l'Empereur passa en France, il donna une préférence entière au duc d'Orléans sur M. le dauphin, qui la ressentit si vivement que, comme cet Empereur était à Chantilly, il voulut obliger M. le connétable à l'arrêter sans attendre le commandement du roi. M. le connétable ne le voulut pas; le roi le blâma dans la suite de n'avoir pas suivi le conseil de son fils; et lorsqu'il l'éloigna de la cour, cette raison y eut beaucoup de part.

La division des deux frères donna la pensée à la duchesse d'Étampes de s'appuyer de M. le duc d'Orléans pour la soutenir auprès du roi contre Mme de Valentinois. Elle y réussit : ce prince, sans être amoureux d'elle, n'entra guère moins dans ses intérêts que le dauphin était dans ceux de Mme de Valentinois. Cela fit deux cabales dans la cour, telles que vous pouvez vous les imaginer; mais ces intrigues ne se bornèrent pas seulement à des démêlés de femmes.

L'Empereur, qui avait conservé de l'amitié pour le duc d'Orléans, avait offert plusieurs fois de lui remettre le duché de Milan. Dans les propositions qui se firent depuis pour la paix, il faisait espérer de lui donner les dix-sept provinces et de lui faire épouser sa fille. M. le dauphin ne souhaitait ni la paix, ni ce mariage. Il se servit de M. le connétable, qu'il a toujours aimé, pour faire voir au roi de quelle importance il était de ne pas donner à son successeur un frère aussi puissant que le serait un duc d'Orléans avec l'alliance de l'Empereur et les dix-sept provinces. M. le connétable entra d'autant mieux dans les sentiments de M. le dauphin qu'il s'opposait par là à ceux de Mme d'Étampes, qui était son ennemie déclarée, et qui souhaitait ardemment l'élévation de M. le duc d'Orléans.

M. le dauphin commandait alors l'armée du roi en Champagne et avait réduit celle de l'Empereur en une telle extrémité qu'elle eût péri entièrement si la duchesse d'Étampes, craignant que de trop grands avantages ne nous fissent refuser la paix et l'alliance de l'Empereur pour M. le duc d'Orléans, n'eût fait secrètement avertir les ennemis de surprendre Épernay et Château-Thierry qui étaient pleins de vivres. Ils le firent et sauvèrent par ce moyen toute leur armée.

Cette duchesse ne jouit pas longtemps du succès de sa trahison. Peu après, M. le duc d'Orléans mourut, à Farmoutier, d'une espèce de maladie contagieuse. Il aimait une des plus belles femmes de la cour et en était aimé. Je ne vous la nommerai pas, parce qu'elle a vécu depuis avec tant de sagesse et qu'elle a même caché avec tant de soin la passion qu'elle avait pour ce prince qu'elle a mérité que l'on conserve sa réputation. Le hasard fit qu'elle reçut la nouvelle de la mort de son mari le même jour qu'elle apprit celle de M. d'Orléans; de sorte qu'elle eut ce prétexte pour cacher sa véritable affliction, sans avoir la peine de se contraindre.

Le roi ne survécut guère le prince son fils; il mourut deux ans après. Il recommanda à M. le dauphin de se servir du cardinal de Tournon [61] et de l'amiral d'Annebauld [62], et ne parla point de M. le connétable, qui était pour lors relégué à Chantilly. Ce fut néanmoins la première chose que fit le roi, son fils, de le rappeler, et de lui donner le gouvernement des affaires.

Mme d'Étampes fut chassée et reçut tous les mauvais traitements qu'elle pouvait attendre d'une ennemie toute puissante; la duchesse de Valentinois se vengea alors pleinement, et de cette duchesse, et de tous ceux qui lui avaient déplu. Son pouvoir parut plus absolu sur l'esprit du roi qu'il ne paraissait encore pendant qu'il était dauphin. Depuis douze ans que ce prince règne, elle est maîtresse absolue de toutes choses; elle dispose des charges et des affaires; elle a fait chasser le cardinal de Tournon, le chancelier Olivier [63], et Villeroy [64]. Ceux qui ont voulu éclairer le roi sur sa conduite ont péri dans cette entreprise. Le comte de Taix, grand maître de l'artillerie [65], qui ne l'aimait pas, ne put s'empêcher de parler de ses galanteries et surtout de celle du comte de Brissac, dont le roi avait déjà eu beaucoup de jalousie; néanmoins elle fit si bien que le comte de Taix fut disgracié; on lui ôta sa charge; et, ce qui est presque incroyable, elle la fit donner au comte de Brissac [66] et l'a fait ensuite maréchal de France. La jalousie du roi augmenta néanmoins d'une telle sorte qu'il ne put souffrir que ce maréchal demeurât à la cour; mais la jalousie, qui est aigre et violente en tous les autres, est douce et modérée en lui par l'extrême respect qu'il a pour sa maîtresse; en sorte qu'il n'osa éloigner son rival que sur le prétexte de lui donner le gouvernement de Piémont. Il y a passé plusieurs années; il revint, l'hiver dernier, sur le prétexte de demander des troupes et d'autres choses nécessaires pour l'armée qu'il commande. Le désir de revoir Mme de Valentinois, et la crainte d'en être oublié, avaient peut-être beaucoup de part à ce voyage. Le roi le reçut avec une grande froideur. Messieurs de Guise qui ne l'aiment pas, mais qui n'osent le témoigner à cause de Mme de Valentinois, se servirent de monsieur le vidame, qui est son ennemi déclaré, pour empêcher qu'il n'obtînt aucune des choses qu'il était venu demander. Il n'était pas difficile de lui nuire : le roi le haïssait, et sa présence lui donnait de l'inquiétude; de sorte qu'il fut contraint de s'en retourner sans remporter aucun fruit de son voyage, que d'avoir peut-être rallumé dans le cœur de Mme de Valentinois des sentiments que l'absence commençait d'éteindre. Le roi a bien eu d'autres sujets de jalousie; mais ou il ne les a pas connus, ou il n'a osé s'en plaindre.

Je ne sais, ma fille, ajouta Mme de Chartres, si vous ne trouverez point que je vous ai plus appris de choses que vous n'aviez envie d'en savoir.

— Je suis très éloignée, madame, de faire cette plainte, répondit Mme de Clèves; et, sans la peur de vous importuner, je vous demanderais encore plusieurs circonstances que j'ignore.

La passion de M. de Nemours pour Mme de Clèves fut d'abord si violente qu'elle lui ôta le goût et même le souvenir de toutes les personnes qu'il avait aimées et avec qui il avait conservé des commerces pendant son absence. Il ne prit pas seulement le soin de chercher des prétextes pour rompre avec elles; il ne put se donner la patience d'écouter leurs plaintes et de répondre à leurs reproches. Mme la dauphine, pour qui il avait eu des sentiments assez passionnés, ne put tenir dans son cœur contre Mme de Clèves. Son impatience pour le voyage d'Angleterre commença même à se ralentir et il ne pressa plus avec tant d'ardeur les choses qui étaient nécessaires pour son départ. Il allait souvent chez la reine dauphine, parce que Mme de Clèves y allait souvent, et il n'était pas fâché de laisser imaginer ce que l'on avait cru de ses sentiments pour cette reine. Mme de Clèves lui paraissait d'un si grand prix qu'il se résolut de manquer plutôt à lui donner des marques de sa passion que de hasarder de la faire connaître au public. Il n'en parla pas même au vidame de Chartres, qui était son ami intime, et pour qui il n'avait rien de caché. Il prit une conduite si sage et s'observa avec tant de soin que personne ne le soupçonna d'être amoureux de Mme de Clèves, que le chevalier de Guise; et elle aurait eu peine à s'en apercevoir elle-même, si l'inclination qu'elle avait pour lui ne lui eût donné une attention particulière pour ses actions, qui ne lui permit pas d'en douter.

Elle ne se trouva pas la même disposition à dire à sa mère ce qu'elle pensait des sentiments de ce prince qu'elle avait eue à lui parler de ses autres amants; sans avoir un dessein formé de lui cacher, elle ne lui en parla point. Mais Mme de Chartres ne le voyait que trop, aussi bien que le penchant que sa fille avait pour lui. Cette connaissance lui donna une douleur sensible; elle jugeait bien le péril où était cette jeune personne, d'être aimée d'un homme fait comme M. de Nemours pour qui elle avait de l'inclination. Elle fut entièrement confirmée dans les soupçons qu'elle avait de cette inclination par une chose qui arriva peu de jours après.

Le maréchal de Saint-André, qui cherchait toutes les occasions de faire voir sa magnificence, supplia le roi, sur le prétexte de lui montrer sa maison, qui ne venait que d'être achevée, de lui vouloir faire l'honneur d'y aller souper avec les reines. Ce maréchal était bien aise aussi de faire paraître, aux yeux de Mme de Clèves, cette dépense éclatante qui allait jusqu'à la profusion.

Quelques jours avant celui qui avait été choisi pour ce souper, le roi dauphin [67], dont la santé était assez mauvaise, s'était trouvé mal, et n'avait vu personne. La reine, sa femme, avait passé tout le jour auprès de lui. Sur le soir, comme il se portait mieux, il fit entrer toutes les personnes de qualité qui étaient dans son antichambre. La reine dauphine s'en alla chez elle; elle y trouva Mme de Clèves et quelques autres dames qui étaient les plus dans sa familiarité.

Comme il était déjà assez tard, et qu'elle n'était point habillée, elle n'alla pas chez la reine ; elle fit dire qu'on ne la voyait point, et fit apporter ses pierreries afin d'en choisir pour le bal du maréchal de Saint-André et pour en donner à Mme de Clèves, à qui elle en avait promis. Comme elles étaient dans cette occupation, le prince de Condé arriva. Sa qualité lui rendait toutes les entrées libres. La reine dauphine lui dit qu'il venait sans doute de chez le roi son mari et lui demanda ce que l'on y faisait.

— L'on dispute contre M. de Nemours, madame, répondit-il ; et il défend avec tant de chaleur la cause qu'il soutient qu'il faut que ce soit la sienne. Je crois qu'il a quelque maîtresse qui lui donne de l'inquiétude quand elle est au bal, tant il trouve que c'est une chose fâcheuse, pour un amant, que d'y voir la personne qu'il aime.

— Comment ! reprit Mme la dauphine, M. de Nemours ne veut pas que sa maîtresse aille au bal ? J'avais bien cru que les maris pouvaient souhaiter que leurs femmes n'y allassent pas ; mais, pour les amants, je n'avais jamais pensé qu'ils pussent être de ce sentiment.

— M. de Nemours trouve, répliqua le prince de Condé, que le bal est ce qu'il y a de plus insupportable pour les amants, soit qu'ils soient aimés ou qu'ils ne le soient pas. Il dit que, s'ils sont aimés, ils ont le chagrin de l'être moins pendant plusieurs jours ; qu'il n'y a point de femme que le soin de sa parure n'empêche de songer à son amant ; qu'elles en sont entièrement occupées ; que ce soin de se parer est pour tout le monde aussi bien que pour celui qu'elles aiment ; que, lorsqu'elles sont au bal, elles veulent plaire à tous ceux qui les regardent ; que, quand elles sont contentes de leur beauté, elles en ont une joie dont leur amant ne fait pas la plus grande partie. Il dit aussi que, quand on n'est point aimé, on souffre encore davantage de voir sa maîtresse dans une assemblée ; que, plus elle est admirée du public, plus on se trouve malheureux de n'en être point aimé ; que l'on craint toujours que sa beauté ne fasse naître quelque amour plus heureux que le sien. Enfin il trouve qu'il n'y a point de souffrance pareille à celle de voir sa maîtresse au bal, si ce n'est de savoir qu'elle y est et de n'y être pas.

Mme de Clèves ne faisait pas semblant d'entendre ce que disait le prince de Condé; mais elle l'écoutait avec attention. Elle jugeait aisément quelle part elle avait à l'opinion que soutenait M. de Nemours, et surtout à ce qu'il disait du chagrin de n'être pas au bal où était sa maîtresse, parce qu'il ne devait pas être à celui du maréchal de Saint-André, et que le roi l'envoyait au-devant du duc de Ferrare [68].

La reine dauphine riait avec le prince de Condé et n'approuvait pas l'opinion de M. de Nemours.

— Il n'y a qu'une occasion, madame, lui dit ce prince, où M. de Nemours consente que sa maîtresse aille au bal, alors c'est que c'est lui qui le donne [69]; et il dit que, l'année passée qu'il en donna un à Votre Majesté, il trouva que sa maîtresse lui faisait une faveur d'y venir, quoiqu'elle ne semblât que vous y suivre; que c'est toujours faire une grâce à un amant que d'aller prendre sa part à un plaisir qu'il donne; que c'est aussi une chose agréable pour l'amant, que sa maîtresse le voie le maître d'un lieu où est toute la cour, et qu'elle le voie se bien acquitter d'en faire les honneurs.

— M. de Nemours avait raison, dit la reine dauphine en souriant, d'approuver que sa maîtresse allât au bal. Il y avait alors un si grand nombre de femmes à qui il donnait cette qualité que, si elles n'y fussent point venues, il y aurait eu peu de monde.

Sitôt que le prince de Condé avait commencé à conter les sentiments de M. de Nemours sur le bal, Mme de Clèves avait senti une grande envie de ne point aller à celui du maréchal de Saint-André. Elle entra aisément dans l'opinion qu'il ne fallait pas aller chez un homme dont on était aimée, et elle fut bien aise d'avoir une raison de sévérité pour faire une chose qui était une faveur pour M. de Nemours; elle emporta néanmoins la parure que lui avait donnée la reine dauphine; mais, le soir, lorsqu'elle la montra à sa mère, elle lui dit qu'elle n'avait pas dessein de s'en servir, que le maréchal de Saint-André prenait tant de soin de faire voir qu'il était attaché à elle qu'elle ne doutait point qu'il ne voulût aussi faire croire qu'elle aurait part au divertissement qu'il devait donner au roi et que, sous prétexte de faire l'honneur de chez lui, il lui rendrait des soins dont peut-être elle serait embarrassée.

Mme de Chartres combattit quelque temps l'opinion de sa fille, comme la trouvant particulière; mais, voyant qu'elle s'y opiniâtrait, elle s'y rendit, et lui dit qu'il fallait donc qu'elle fît la malade pour avoir un prétexte de n'y pas aller, parce que les raisons qui l'en empêchaient ne seraient pas approuvées et qu'il fallait même empêcher qu'on ne les soupçonnât. Mme de Clèves consentit volontiers à passer quelques jours chez elle pour ne point aller dans un lieu où M. de Nemours ne devrait pas être; et il partit sans avoir le plaisir de savoir qu'elle n'irait pas.

Il revint le lendemain du bal, il sut qu'elle ne s'y était pas trouvée; mais comme il ne savait pas que l'on eût redit devant elle la conversation de chez le roi dauphin, il était bien éloigné de croire qu'il fût assez heureux pour l'avoir empêchée d'y aller.

Le lendemain, comme il était chez la reine et qu'il parlait à Mme la dauphine, Mme de Chartres et Mme de Clèves y vinrent et s'approchèrent de cette princesse. Mme de Clèves était un peu négligée, comme une personne qui s'était trouvée mal; mais son visage ne répondait pas à son habillement.

— Vous voilà si belle, lui dit Mme la dauphine, que je ne saurais croire que vous ayez été malade. Je pense que M. le prince de Condé, en vous contant l'avis de M. de Nemours sur le bal, vous a persuadée que vous feriez une faveur au maréchal de Saint-André d'aller chez lui et que c'est ce qui vous a empêchée d'y venir.

Mme de Clèves rougit de ce que Mme la dauphine devinait si juste et de ce qu'elle disait devant M. de Nemours ce qu'elle avait deviné.

Mme de Chartres vit dans ce moment pourquoi sa fille n'avait pas voulu aller au bal; et, pour empêcher que M. de Nemours ne le jugeât aussi bien qu'elle,

elle prit la parole avec un air qui semblait être appuyé
sur la vérité.

— Je vous assure, madame, dit-elle à Mme la dauphine, que Votre Majesté fait plus d'honneur à ma
fille qu'elle n'en mérite. Elle était véritablement malade;
mais je crois que, si je ne l'en eusse empêchée, elle
n'eût pas laissé de vous suivre et de se montrer aussi
changée qu'elle était, pour avoir le plaisir de voir tout
ce qu'il y a eu d'extraordinaire au divertissement d'hier
au soir.

Mme la dauphine crut ce que disait Mme de Chartres,
M. de Nemours fut bien fâché d'y trouver de l'apparence; néanmoins la rougeur de Mme de Clèves lui fit
soupçonner que ce que Mme la dauphine avait dit
n'était pas entièrement éloigné de la vérité. Mme de
Clèves avait d'abord été fâchée que M. de Nemours
eût eu lieu de croire que c'était lui qui l'avait empêchée
d'aller chez le maréchal de Saint-André; mais ensuite
elle sentit quelque espèce de chagrin que sa mère lui
en eût entièrement ôté l'opinion.

Quoique l'assemblée de Cercamp eût été rompue,
les négociations pour la paix avaient toujours continué
et les choses s'y disposèrent d'une telle sorte que, sur
la fin de février, on se rassembla à Cateau-Cambrésis.
Les mêmes députés y retournèrent; et l'absence du
maréchal de Saint-André défit M. de Nemours du rival
qui lui était plus redoutable, [tant] par l'attention qu'il
avait à observer ceux qui approchaient Mme de Clèves
que par le progrès qu'il pouvait faire auprès d'elle.

Mme de Chartres n'avait pas voulu laisser voir à
sa fille qu'elle connaissait ses sentiments pour ce prince,
de peur de se rendre suspecte sur les choses qu'elle
avait envie de lui dire. Elle se mit un jour à parler de
lui; elle lui en dit du bien et y mêla beaucoup de louanges
empoisonnées sur la sagesse qu'il avait d'être incapable
de devenir amoureux et sur ce qu'il ne se faisait qu'un
plaisir et non pas un attachement sérieux du commerce
des femmes. Ce n'est pas, ajouta-t-elle, que l'on ne
l'ait soupçonné d'avoir une grande passion pour la reine
dauphine; je vois même qu'il y va très souvent, et je
vous conseille d'éviter, autant que vous pourrez, de

lui parler, et surtout en particulier, parce que, M*me* la dauphine vous traitant comme elle fait, on dirait bientôt que vous êtes leur confidente, et vous savez combien cette réputation est désagréable. Je suis d'avis, si ce bruit continue, que vous alliez un peu moins chez M*me* la dauphine, afin de ne vous pas trouver mêlée dans des aventures de galanterie.

M*me* de Clèves n'avait jamais ouï parler de M. de Nemours et de M*me* la dauphine; elle fut si surprise de ce que lui dit sa mère, et elle crut si bien voir combien elle s'était trompée dans tout ce qu'elle avait pensé des sentiments de ce prince, qu'elle en changea de visage. M*me* de Chartres s'en aperçut : il vint du monde dans ce moment, M*me* de Clèves s'en alla chez elle et s'enferma dans son cabinet.

L'on ne peut exprimer la douleur qu'elle sentit de connaître, par ce que lui venait de dire sa mère, l'intérêt qu'elle prenait à M. de Nemours : elle n'avait encore osé se l'avouer à elle-même. Elle vit alors que les sentiments qu'elle avait pour lui étaient ceux que M. de Clèves lui avait tant demandés; elle trouva combien il était honteux de les avoir pour un autre que pour un mari qui les méritait. Elle se sentit blessée et embarrassée de la crainte que M. de Nemours ne la voulût faire servir de prétexte à M*me* la dauphine et cette pensée la détermina à conter à M*me* de Chartres ce qu'elle ne lui avait point encore dit.

Elle alla le lendemain matin dans sa chambre pour exécuter ce qu'elle avait résolu; mais elle trouva que M*me* de Chartres avait un peu de fièvre, de sorte qu'elle ne voulut pas lui parler. Ce mal paraissait néanmoins si peu de chose que M*me* de Clèves ne laissa pas d'aller l'après-dînée chez M*me* la dauphine : elle était dans son cabinet avec deux ou trois dames qui étaient le plus avant dans sa familiarité.

— Nous parlions de M. de Nemours, lui dit cette reine en la voyant, et nous admirions combien il est changé depuis son retour de Bruxelles. Devant que d'y aller il avait un nombre infini de maîtresses, et c'était même un défaut en lui; car il ménageait également celles qui avaient du mérite et celles qui n'en

avaient pas. Depuis qu'il est revenu, il ne connaît
ni les unes ni les autres ; il n'y a jamais eu un si grand
changement ; je trouve même qu'il y en a dans son
humeur, et qu'il est moins gai que de coutume.

Mme de Clèves ne répondit rien ; et elle pensait avec
honte qu'elle aurait pris tout ce que l'on disait du changement de ce prince pour des marques de sa passion
si elle n'avait point été détrompée. Elle se sentait
quelque aigreur contre Mme la dauphine de lui voir
chercher des raisons et s'étonner d'une chose dont
apparemment elle savait mieux la vérité que personne.
Elle ne put s'empêcher de lui en témoigner quelque
chose ; et, comme les autres dames s'éloignèrent, elle
s'approcha d'elle et lui dit tout bas :

— Est-ce aussi pour moi, madame, que vous venez
de parler, et voudriez-vous me cacher que vous fussiez
celle qui a fait changer de conduite à M. de Nemours ?

— Vous êtes injuste, lui dit Mme la dauphine, vous
savez que je n'ai rien de caché pour vous. Il est vrai
que M. de Nemours, devant que d'aller à Bruxelles, a
eu, je crois, intention de me laisser entendre qu'il ne
me haïssait pas ; mais, depuis qu'il est revenu, il ne m'a
pas même paru qu'il se souvînt des choses qu'il avait
faites, et j'avoue que j'ai de la curiosité de savoir ce qui
l'a fait changer. Il sera bien difficile que je ne le démêle,
ajouta-t-elle ; le vidame de Chartres, qui est son ami
intime, est amoureux d'une personne sur qui j'ai quelque
pouvoir et je saurai par ce moyen ce qui a fait ce changement.

Mme la dauphine parla d'un air qui persuada Mme de
Clèves, et elle se trouva, malgré elle, dans un état
plus calme et plus doux que celui où elle était auparavant.

Lorsqu'elle revint chez sa mère, elle sut qu'elle était
beaucoup plus mal qu'elle ne l'avait laissée. La fièvre
lui avait redoublé et, les jours suivants, elle augmenta
de telle sorte qu'il parut que ce serait une maladie
considérable. Mme de Clèves était dans une affliction
extrême, elle ne sortait point de la chambre de sa mère ;
M. de Clèves y passait aussi presque tous les jours et,
par l'intérêt qu'il prenait à Mme de Chartres, et pour
empêcher sa femme de s'abandonner à la tristesse, mais

pour avoir aussi le plaisir de la voir; sa passion n'était point diminuée.

M. de Nemours, qui avait toujours eu beaucoup d'amitié pour lui, n'avait pas cessé de lui en témoigner depuis son retour de Bruxelles. Pendant la maladie de Mme de Chartres, ce prince trouva le moyen de voir plusieurs fois Mme de Clèves en faisant semblant de chercher son mari ou de le venir prendre pour le mener promener. Il le cherchait même à des heures où il savait bien qu'il n'y était pas et, sous le prétexte de l'attendre, il demeurait dans l'antichambre de Mme de Chartres où il y avait toujours plusieurs personnes de qualité. Mme de Clèves y venait souvent et, pour être affligée, elle n'en paraissait pas moins belle à M. de Nemours. Il lui faisait voir combien il prenait d'intérêt à son affliction et il lui en parlait avec un air si doux et si soumis qu'il la persuadait aisément que ce n'était pas de Mme la dauphine dont il était amoureux.

Elle ne pouvait s'empêcher d'être troublée de sa vue, et d'avoir pourtant du plaisir à le voir; mais quand elle ne le voyait plus et qu'elle pensait que ce charme qu'elle trouvait dans sa vue était le commencement des passions, il s'en fallait peu qu'elle ne crût le haïr par la douleur que lui donnait cette pensée.

Mme de Chartres empira si considérablement que l'on commença à désespérer de sa vie; elle reçut ce que les médecins lui dirent du péril où elle était avec un courage digne de sa vertu et de sa piété. Après qu'ils furent sortis, elle fit retirer tout le monde et appeler Mme de Clèves.

— Il faut nous quitter, ma fille, lui dit-elle, en lui tendant la main; le péril où je vous laisse et le besoin que vous avez de moi augmentent le déplaisir que j'ai de vous quitter. Vous avez de l'inclination pour M. de Nemours; je ne vous demande point de me l'avouer : je ne suis plus en état de me servir de votre sincérité pour vous conduire. Il y a déjà longtemps que je me suis aperçue de cette inclination; mais je ne vous en ai pas voulu parler d'abord, de peur de vous en faire apercevoir vous-même. Vous ne la connaissez que trop présentement; vous êtes sur le bord du précipice : il faut de grands efforts et de grandes violences pour vous retenir. Songez ce que vous devez à votre mari; songez ce que vous vous devez à vous-même, et pensez que vous allez perdre cette réputation que vous vous êtes acquise et que je vous ai tant souhaitée. Ayez de la force et du courage, ma fille, retirez-vous de la cour, obligez votre mari de vous emmener; ne craignez point de prendre des partis trop rudes et trop difficiles, quelque affreux qu'ils vous paraissent d'abord : ils seront plus doux dans les suites que les malheurs d'une galanterie. Si d'autres raisons que celles de la vertu et de votre devoir vous pouvaient obliger à ce que je souhaite, je vous dirais que, si quelque chose était capable de troubler le bonheur que j'espère en sortant de ce monde, ce serait de vous voir tomber comme les autres femmes; mais, si ce malheur vous doit arriver, je reçois la mort avec joie, pour n'en être pas le témoin.

Mme de Clèves fondait en larmes sur la main de sa mère, qu'elle tenait serrée entre les siennes, et Mme de Chartres se sentant touchée elle-même :

— Adieu, ma fille, lui dit-elle, finissons une conversation qui nous attendrit trop l'une et l'autre, et souvenez-vous, si vous pouvez, de tout ce que je viens de vous dire.

Elle se tourna de l'autre côté en achevant ces paroles et commanda à sa fille d'appeler ses femmes, sans vouloir l'écouter, ni parler davantage. Mme de Clèves sortit de la chambre de sa mère en l'état que l'on peut s'imaginer, et Mme de Chartres ne songea plus qu'à se préparer à la mort. Elle vécut encore deux jours, pendant lesquels elle ne voulut plus revoir sa fille, qui était la seule chose à quoi elle se sentait attachée.

Mme de Clèves était dans une affliction extrême; son mari ne la quittait point et, sitôt que Mme de Chartres fut expirée, il l'emmena à la campagne, pour l'éloigner d'un lieu qui ne faisait qu'aigrir sa douleur. On n'en a jamais vu de pareille; quoique la tendresse et la reconnaissance y eussent la plus grande part, le besoin qu'elle sentait qu'elle avait de sa mère, pour se défendre contre M. de Nemours ne laissait pas d'y en avoir beaucoup. Elle se trouvait malheureuse d'être abandonnée à elle-même, dans un temps où elle était si peu maîtresse de ses sentiments et où elle eût tant souhaité d'avoir quelqu'un qui pût la plaindre et lui donner de la force. La manière dont M. de Clèves en usait pour elle, lui faisait souhaiter plus fortement que jamais de ne manquer à rien de ce qu'elle lui devait. Elle lui témoignait aussi plus d'amitié et plus de tendresse qu'elle n'avait encore fait; elle ne voulait point qu'il la quittât, et il lui semblait qu'à force de s'attacher à lui, il la défendrait contre M. de Nemours.

Ce prince vint voir M. de Clèves à la campagne. Il fit ce qu'il put pour rendre aussi une visite à Mme de Clèves; mais elle ne le voulut point recevoir et, sentant bien qu'elle ne pouvait s'empêcher de le trouver aimable, elle avait fait une forte résolution de s'empêcher de le voir et d'en éviter toutes les occasions qui dépendraient d'elle.

M. de Clèves vint à Paris pour faire sa cour et promit à sa femme de s'en retourner le lendemain; il ne revint néanmoins que le jour d'après.

— Je vous attendis tout hier, lui dit Mme de Clèves, lorsqu'il arriva; et je vous dois faire des reproches de n'être pas venu comme vous me l'aviez promis. Vous savez que si je pouvais sentir une nouvelle affliction en l'état où je suis, ce serait la mort de Mme de Tournon, que j'ai apprise ce matin. J'en aurais été touchée quand je ne l'aurais point connue; c'est toujours une chose digne de pitié qu'une femme jeune et belle comme celle-là soit morte en deux jours; mais, de plus, c'était une des personnes du monde qui me plaisait davantage et qui paraissait avoir autant de sagesse [que] [70] de mérite.

— Je fus très fâché de ne pas revenir hier, répondit M. de Clèves; mais j'étais si nécessaire à la consolation d'un malheureux qu'il m'était impossible de le quitter. Pour Mme de Tournon, je ne vous conseille pas d'en être affligée, si vous la regrettez comme une femme pleine de sagesse et digne de votre estime.

— Vous m'étonnez, reprit Mme de Clèves, et je vous ai ouï dire plusieurs fois qu'il n'y avait point de femme à la cour que vous estimassiez davantage.

— Il est vrai, répondit-il, mais les femmes sont incompréhensibles et, quand je les vois toutes, je me trouve si heureux de vous avoir que je ne saurais assez admirer mon bonheur.

— Vous m'estimez plus que je ne vaux, répliqua Mme de Clèves en soupirant, et il n'est pas encore temps de me trouver digne de vous. Apprenez-moi, je vous en supplie, ce qui vous a détrompé de Mme de Tournon.

— Il y a longtemps que je le suis, répliqua-t-il, et que je sais qu'elle aimait le comte de Sancerre [71], à qui elle donnait des espérances de l'épouser.

— Je ne saurais croire, interrompit Mme de Clèves, que Mme de Tournon, après cet éloignement si extraordinaire qu'elle a témoigné pour le mariage depuis qu'elle est veuve, et après les déclarations publiques qu'elle a faites de ne se remarier jamais, ait donné des espérances à Sancerre.

— Si elle n'en eût donné qu'à lui, répliqua M. de Clèves, il ne faudrait pas s'étonner; mais ce qu'il y a de surprenant, c'est qu'elle en donnait aussi à Estouteville dans le même temps, et je vais vous apprendre toute cette histoire.

TOME DEUXIÈME

Vous savez l'amitié qu'il y a entre Sancerre et moi; néanmoins il devint amoureux de Mme de Tournon, il y a environ deux ans, et me le cacha avec beaucoup de soin, aussi bien qu'à tout le reste du monde. J'étais bien éloigné de le soupçonner. Mme de Tournon paraissait encore inconsolable de la mort de son mari et vivait dans une retraite austère. La sœur de Sancerre était quasi la seule personne qu'elle vît, et c'était chez elle qu'il en était devenu amoureux.

Un soir qu'il devait y avoir une comédie au Louvre et que l'on n'attendait plus que le roi et Mme de Valentinois pour commencer, l'on vint dire qu'elle s'était trouvée mal, et que le roi ne viendrait pas. On jugea aisément que le mal de cette duchesse était quelque démêlé avec le roi. Nous savions les jalousies qu'il avait eues du maréchal de Bris[s]ac pendant qu'il avait été à la cour; mais il était retourné en Piémont depuis quelques jours, et nous ne pouvions imaginer le sujet de cette brouillerie.

Comme j'en parlais avec Sancerre, M. d'Anville arriva dans la salle et me dit tout bas que le roi était dans une affliction et dans une colère qui faisaient pitié; qu'en un raccommodement, qui s'était fait entre lui et Mme de Valentinois, il y avait quelques jours, sur des démêlés qu'ils avaient eus pour le maréchal de Bris[s]ac, le roi lui avait donné une bague et l'avait priée de la porter; que, pendant qu'elle s'habillait pour venir à la comédie, il avait remarqué qu'elle n'avait point cette bague, et lui en avait demandé la raison; qu'elle avait paru étonnée de ne la pas avoir, qu'elle l'avait demandée à ses femmes, lesquelles, par malheur, ou faute d'être bien instruites, avaient répondu qu'il y avait quatre ou cinq jours qu'elles ne l'avaient vue.

Ce temps est précisément celui du départ du maréchal de Bri[s]sac, continua M. d'Anville; le roi n'a point douté qu'elle ne lui ait donné la bague en lui disant adieu. Cette pensée a réveillé si vivement toute cette jalousie, qui n'était pas encore bien éteinte, qu'il s'est emporté contre son ordinaire et lui a fait mille reproches. Il vient de rentrer chez lui très affligé; mais je ne sais s'il l'est davantage de l'opinion que Mme de Valentinois a sacrifié sa bague que de la crainte de lui avoir déplu par sa colère.

Sitôt que M. d'Anville eut achevé de me conter cette nouvelle, je me rapprochai de Sancerre pour la lui apapprendre; je la lui dis comme un secret que l'on venait de me confier et dont je lui défendais d'en parler.

Le lendemain matin, j'allai d'assez bonne heure chez ma belle-sœur; je trouvai Mme de Tournon au chevet de son lit. Elle n'aimait pas Mme de Valentinois, et elle savait bien que ma belle-sœur n'avait pas sujet de s'en louer. Sancerre avait été chez elle au sortir de la comédie. Il lui avait appris la brouillerie du roi avec cette duchesse, et Mme de Tournon était venue la conter à ma belle-sœur, sans savoir ou sans faire réflexion que c'était moi qui l'avai[s] apprise à son amant.

Sitôt que je m'approchai de ma belle-sœur, elle dit à Mme de Tournon que l'on pouvait me confier ce qu'elle venait de lui dire et, sans attendre la permission de Mme de Tournon, elle me conta mot pour mot tout ce que j'avais dit à Sancerre le soir précédent. Vous pouvez juger comme j'en fus étonné. Je regardai Mme de Tournon, elle me parut embarrassée. Son embarras me donna du soupçon; je n'avais dit la chose qu'à Sancerre, il m'avait quitté au sortir de la comédie sans m'en dire la raison; je me souvins de lui avoir ouï extrêmement louer Mme de Tournon. Toutes ces choses m'ouvrirent les yeux, et je n'eus pas de peine à démêler qu'il avait une galanterie avec elle et qu'il l'avait vue depuis qu'il m'avait quitté.

Je fus si piqué de voir qu'il me cachait cette aventure que je dis plusieurs choses qui firent connaître à Mme de Tournon l'imprudence qu'elle avait faite; je la remis à son carrosse et je l'assurai, en la quittant, que j'enviais le bonheur de celui qui lui avait appris la brouillerie du roi et de Mme de Valentinois.

Je m'en allai à l'heure même trouver Sancerre, je lui fis des reproches et je lui dis que je savais sa passion pour Mme de Tournon, sans lui dire comment je l'avais découverte. Il fut contraint de me l'avouer; je lui contai ensuite ce qui me l'avait apprise, et il m'apprit aussi le détail de leur aventure; il me dit que, quoiqu'il fût cadet de sa maison, et très éloigné de pouvoir prétendre un aussi bon parti, que néanmoins elle était résolue de [l'épouser][72]. L'on ne peut être plus surpris que je le fus. Je dis à Sancerre de presser la conclusion de son mariage, et qu'il n'y avait rien qu'il ne dût craindre d'une femme qui avait l'artifice de soutenir, aux yeux du public, un personnage si éloigné de la vérité. Il me répondit qu'elle avait été véritablement affligée, mais que l'inclination qu'elle avait eue pour lui avait surmonté cette affliction, et qu'elle n'avait pu laisser paraître tout d'un coup un si grand changement. Il me dit encore plusieurs autres raisons pour l'excuser, qui me firent voir à quel point il en était amoureux; il m'assura qu'il la ferait consentir que je susse la passion qu'il avait pour elle, puisque aussi bien c'était elle-même qui me l'avait apprise. Il l'y obligea en effet, quoique avec beaucoup de peine, et je fus ensuite très avant dans leur confidence.

Je n'ai jamais vu une femme avoir une conduite si honnête et si agréable à l'égard de son amant; néanmoins j'étais toujours choqué de son affectation à paraître encore affligée. Sancerre était si amoureux et si content de la manière dont elle en usait pour lui qu'il n'osait quasi la presser de conclure leur mariage, de peur qu'elle ne crût qu'il le souhaitait plutôt par intérêt que par une véritable passion. Il lui en parla toutefois, et elle lui parut résolue à l'épouser; elle commença même à quitter cette retraite où elle vivait et à se remettre dans le monde. Elle venait chez ma belle-sœur à des heures où une partie de la Cour s'y trouvait. Sancerre n'y venait que rarement, mais ceux qui y étaient tous les soirs et qui l'y voyaient souvent, la trouvaient très aimable.

Peu de temps après qu'elle eut commencé à quitter sa solitude, Sancerre crut voir quelque refroidissement dans la passion qu'elle avait pour lui. Il m'en parla plusieurs fois sans que je fisse aucun fondement sur ses plaintes ; mais, à la fin, comme il me dit qu'au lieu d'achever leur mariage, elle semblait l'éloigner, je commençai à croire qu'il n'avait pas de tort d'avoir de l'inquiétude. Je lui répondis que, quand la passion de Mme de Tournon diminuerait après avoir duré deux ans, il ne faudrait pas s'en étonner ; que quand même, sans être diminuée, elle ne serait pas assez forte pour l'obliger à l'épouser, qu'il ne devrait pas s'en plaindre ; que ce mariage, à l'égard du public, lui ferait un extrême tort, non seulement parce qu'il n'était pas un assez bon parti pour elle, mais par le préjudice qu'il apporterait à sa réputation ; qu'ainsi tout ce qu'il pouvait souhaiter, était qu'elle ne le trompât point et qu'elle ne lui donnât pas de fausses espérances. Je lui dis encore que, si elle n'avait pas la force de l'épouser ou qu'elle lui avouât qu'elle en aimait quelque autre, il ne fallait point qu'il s'emportât, ni qu'il se plaignît ; mais qu'il devrait conserver pour elle de l'estime et de la reconnaissance.

Je vous donne, lui dis-je, le conseil que je prendrais pour moi-même ; car la sincérité me touche d'une telle sorte que je crois que si ma maîtresse, et même ma femme, m'avouait que quelqu'un lui plût, j'en serais affligé sans en être aigri. Je quitterais le personnage d'amant ou de mari, pour la conseiller et pour la plaindre.

Ces paroles firent rougir Mme de Clèves, et elle y trouva un certain rapport avec l'état où elle était, qui la surprit et qui lui donna un trouble dont elle fut longtemps à se remettre.

Sancerre parla à Mme de Tournon, continua M. de Clèves, il lui dit tout ce que je lui avais conseillé ; mais elle le rassura avec tant de soin et parut si offensée de ses soupçons qu'elle les lui ôta entièrement. Elle remit néanmoins leur mariage après un voyage qu'il allait faire et qui devait être assez long ; mais elle se conduisit si bien jusqu'à son départ et en parut si affligée que je crus, aussi bien que lui, qu'elle l'aimait véritablement. Il partit il y a environ trois mois ; pendant son absence, j'ai peu vu Mme de Tournon : vous m'avez entièrement occupé et je savais seulement qu'il devait bientôt revenir.

Avant-hier, en arrivant à Paris, j'appris qu'elle était morte; j'envoyai savoir chez lui si on n'avait point eu de ses nouvelles. On me manda qu'il était arrivé dès la veille, qui était précisément le jour de la mort de Mme de Tournon. J'allai le voir à l'heure même, me doutant bien de l'état où je le trouverais; mais son affliction passait de beaucoup ce que je m'en étais imaginé.

Je n'ai jamais vu une douleur si profonde et si tendre; dès le moment qu'il me vit, il m'embrassa, fondant en larmes : Je ne la verrai plus, me dit-il, je ne la verrai plus, elle est morte! Je n'en étais pas digne; mais je la suivrai bientôt !

Après cela il se tut; et puis, de temps en temps, redisant toujours : elle est morte, et je ne la verrai plus ! il revenait aux cris et aux larmes, et demeurait comme un homme qui n'avait plus de raison. Il me dit qu'il n'avait pas reçu souvent de ses lettres pendant son absence, mais qu'il ne s'en était pas étonné, parce qu'il la connaissait et qu'il savait la peine qu'elle avait à hasarder de ses lettres. Il ne doutait point qu'il ne l'eût épousée à son retour; il la regardait comme la plus aimable et la plus fidèle personne qui eût jamais été; il s'en croyait tendrement aimé; il la perdait dans le moment qu'il pensait s'attacher à elle pour jamais. Toutes ces pensées le plongeaient dans une affliction violente dont il était entièrement accablé; et j'avoue que je ne pouvais m'empêcher d'en être touché.

Je fus néanmoins contraint de le quitter pour aller chez le roi; je lui promis que je reviendrais bientôt. Je revins en effet, et je ne fus jamais si surpris que de le trouver tout différent de ce que je l'avais quitté. Il était debout dans sa chambre, avec un visage furieux, marchant et s'arrêtant comme s'il eût été hors de lui-même. Venez, venez, me dit-il, venez voir l'homme du monde le plus désespéré; je suis plus malheureux mille fois que je n'étais tantôt, et ce que je viens d'apprendre de Mme de Tournon est pire que sa mort.

Je crus que la douleur le troublait entièrement et je ne pouvais m'imaginer qu'il y eût quelque chose de pire que la mort d'une maîtresse que l'on aime et dont on est aimé. Je lui dis que tant que son affliction avait eu des bornes, je l'avais approuvée, et que j'y étais entré ; mais que je ne le plaindrais plus s'il s'abandonnait au désespoir et s'il perdait la raison.

Je serais trop heureux de l'avoir perdue, et la vie aussi, s'écria-t-il : Mme de Tournon m'était infidèle et j'apprends son infidélité et sa trahison le lendemain que j'ai appris sa mort, dans un temps où mon âme est remplie et pénétrée de la plus vive douleur et de la plus tendre amour que l'on ait jamais senties ; dans un temps où son idée est dans mon cœur comme la plus parfaite chose qui ait jamais été, et la plus parfaite à mon égard, je trouve que je me suis trompé et qu'elle ne mérite pas que je la pleure ; cependant j'ai la même affliction de sa mort que si elle m'était fidèle et je sens son infidélité comme si elle n'était point morte. Si j'avais appris son changement devant sa mort, la jalousie, la colère, la rage m'auraient rempli et m'auraient endurci en quelque sorte contre la douleur de sa perte ; mais je suis dans un état où je ne puis ni m'en consoler, ni la haïr.

Vous pouvez juger si je fus surpris de ce que me disait Sancerre ; je lui demandai comment il avait su ce qu'il venait de me dire. Il me conta qu'un moment après que j'étais sorti de sa chambre, Estouteville, qui est son ami intime, mais qui ne savait pourtant rien de son amour pour Mme de Tournon, l'était venu voir ; que, d'abord qu'il avait été assis, il avait commencé à pleurer et qu'il lui avait dit qu'il lui demandait pardon de lui avoir caché ce qu'il lui allait apprendre ; qu'il le priait d'avoir pitié de lui ; qu'il venait lui ouvrir son cœur et qu'il voyait l'homme du monde le plus affligé de la mort de Mme de Tournon.

Ce nom, me dit Sancerre, m'a tellement surpris que, quoique mon premier mouvement ait été de lui dire que j'en étais plus affligé que lui, je n'ai pas eu néanmoins la force de parler. Il a continué, et m'a dit qu'il était amoureux d'elle depuis six mois ; qu'il avait toujours voulu me le dire, mais qu'elle le lui avait défendu expressément et avec tant d'autorité qu'il n'avait osé lui désobéir ; qu'il lui avait plu quasi dans le même temps qu'il l'avait aimée ; qu'ils avaient caché leur passion à tout le monde ; qu'il n'avait jamais été

chez elle publiquement ; qu'il avait eu le plaisir de la
consoler de la mort de son mari ; et qu'enfin il l'allait
épouser dans le temps qu'elle était morte ; mais que ce
mariage, qui était un effet de passion, aurait paru un
effet de devoir et d'obéissance ; qu'elle avait gagné son
père pour se faire commander de l'épouser, afin qu'il
n'y eût pas un trop grand changement dans sa conduite,
qui avait été si éloignée de se remarier.

Tant qu'Estouteville m'a parlé, me dit Sancerre,
j'ai ajouté foi à ses paroles, parce que j'y ai trouvé de
la vraisemblance et que le temps où il m'a dit qu'il
avait commencé à aimer Mme de Tournon est précisément celui où elle m'a paru changée ; mais un moment
après, je l'ai cru un menteur ou du moins un visionnaire. J'ai été prêt à le lui dire, j'ai passé ensuite à vouloir m'éclaircir, je l'ai questionné, je lui ai fait paraître
des doutes ; enfin j'ai tant fait pour m'assurer de mon
malheur qu'il m'a demandé si je connaissais l'écriture
de Mme de Tournon. Il a mis sur mon lit quatre de ses
lettres et son portrait ; mon frère est entré dans ce
moment. Estouteville avait le visage si plein de larmes
qu'il a été contraint de sortir pour ne se pas laisser voir ;
il m'a dit qu'il reviendrait ce soir requérir ce qu'il me
laissait ; et moi je chassai mon frère, sur le prétexte de
me trouver mal, par l'impatience de voir ces lettres que
l'on m'avait laissées, et espérant d'y trouver quelque
chose qui ne me persuaderait pas tout ce qu'Estouteville venait de me dire. Mais hélas ! que n'y ai-je point
trouvé ? Quelle tendresse ! quels serments ! quelles
assurances de l'épouser ! quelles lettres ! Jamais elle ne
m'en a écrit de semblables. Ainsi, ajouta-t-il, j'éprouve
à la fois la douleur de la mort et celle de l'infidélité ; ce
sont deux maux que l'on a souvent comparés, mais qui
n'ont jamais été sentis en même temps par la même
personne. J'avoue, à ma honte, que je sens encore plus
sa perte que son changement ; je ne puis la trouver assez
coupable pour consentir à sa mort. Si elle vivait, j'aurais le plaisir de lui faire des reproches et de me venger
d'elle en lui faisant connaître son injustice ; mais je ne
la verrai plus, reprenait il, je ne la verrai plus ; ce mal
est le plus grand de tous les maux. Je souhaiterais de

lui rendre la vie aux dépens de la mienne. Quel souhait ! si elle revenait elle vivrait pour Estouteville. Que j'étais heureux hier ! s'écriait il, que j'étais heureux ! j'étais l'homme du monde le plus affligé ; mais mon affliction était raisonnable, et je trouvais quelque douceur à penser que je ne devais jamais me consoler. Aujourd'hui, tous mes sentiments sont injustes. Je paye à une passion feinte qu'elle a eue pour moi, le même tribut de douleur que je croyais devoir à une passion véritable. Je ne puis ni haïr, ni aimer sa mémoire ; je ne puis me consoler ni m'affliger. Du moins, me dit-il, en se retournant tout d'un coup vers moi, faites, je vous en conjure, que je ne voie jamais Estouteville ; son nom seul me fait horreur. Je sais bien que je n'ai nul sujet de m'en plaindre ; c'est ma faute de lui avoir caché que j'aimais Mme de Tournon ; s'il l'eût su il ne s'y serait peut-être pas attaché, elle ne m'aurait pas été infidèle ; il est venu me chercher pour me confier sa douleur ; il me fait pitié. Eh ! c'est avec raison, s'écriait-il ; il aimait Mme de Tournon, il en était aimé et il ne la verra jamais ; je sens bien néanmoins que je ne saurais m'empêcher de le haïr. Et encore une fois, je vous conjure de faire en sorte que je ne le voie point.

Sancerre se remit ensuite à pleurer, à regretter Mme de Tournon, à lui parler et à lui dire les choses du monde les plus tendres ; il repassa ensuite à la haine, aux plaintes, aux reproches et aux imprécations contre elle. Comme je le vis dans un état si violent, je connus bien qu'il me fallait quelque secours pour m'aider à calmer son esprit. J'envoyai quérir son frère que je venais de quitter chez le roi ; j'allai lui parler dans l'antichambre avant qu'il entrât et je lui contai l'état où était Sancerre. Nous donnâmes des ordres pour empêcher qu'il ne vît Estouteville et nous employâmes une partie de la nuit à tâcher de le rendre capable de raison. Ce matin je l'ai encore trouvé plus affligé ; son frère est demeuré auprès de lui, et je suis revenu auprès de vous.

— L'on ne peut être plus surprise que je le suis, dit alors Mme de Clèves, et je croyais Mme de Tournon incapable d'amour et de tromperie.

— L'adresse et la dissimulation, reprit M. de Clèves,

ne peuvent aller plus loin qu'elle les a portées. Remarquez que, quand Sancerre crut qu'elle était changée pour lui, elle l'était véritablement et qu'elle commençait à aimer Estouteville. Elle disait à ce dernier qu'il la consolait de la mort de son mari et que c'était lui qui était cause qu'elle quittait cette grande retraite; et il paraissait à Sancerre que c'était parce que nous avions résolu qu'elle ne témoignerait plus d'être si affligée. Elle faisait valoir à Estouteville de cacher leur intelligence et de paraître obligée à l'épouser par le commandement de son père, comme un effet du soin qu'elle avait de sa réputation; et c'était pour abandonner Sancerre sans qu'il eût sujet de s'en plaindre. Il faut que je m'en retourne, continua M. de Clèves, pour voir ce malheureux et je crois qu'il faut que vous reveniez aussi à Paris. Il est temps que vous voy[i]ez le monde, et que vous receviez ce nombre infini de visites dont aussi bien vous ne sauriez vous dispenser.

Mme de Clèves consentit à son retour et elle revint le lendemain. Elle se trouva plus tranquille sur M. de Nemours qu'elle n'avait été; tout ce que lui avait dit Mme de Chartres en mourant, et la douleur de sa mort, avaient fait une suspension à ses sentiments, qui lui faisait croire qu'ils étaient entièrement effacés.

Dès le même soir qu'elle fut arrivée, Mme la Dauphine la vint voir, et après lui avoir témoigné la part qu'elle avait prise à son affliction, elle lui dit que, pour la détourner de ces tristes pensées, elle voulait l'instruire de tout ce qui s'était passé à la cour en son absence; elle lui conta ensuite plusieurs choses particulières.

— Mais ce que j'ai le plus d'envie de vous apprendre, ajouta-t-elle, c'est qu'il est certain que M. de Nemours est passionnément amoureux et que ses amis les plus intimes, non seulement ne sont point dans sa confidence, mais qu'ils ne peuvent deviner qui est la personne qu'il aime. Cependant cet amour est assez fort pour lui faire négliger ou abandonner, pour mieux dire, les espérances d'une couronne.

Mme la Dauphine conta ensuite tout ce qui s'était passé sur l'Angleterre.

— J'ai appris ce que je viens de vous dire, continuat-elle, de M. d'Anville ; et il m'a dit ce matin que le roi envoya quérir, hier au soir, M. de Nemours, sur des lettres de Lignerolles, qui demande à revenir, et qui écrit au roi qu'il ne peut plus soutenir auprès de la reine d'Angleterre les retardements de M. de Nemours ; qu'elle commence à s'en offenser, et qu'encore qu'elle n'eût point donné de parole positive, elle en avait assez dit pour faire hasarder un voyage. Le roi lut cette lettre à M. de Nemours qui, au lieu de parler sérieusement, comme il avait fait dans les commencements, ne fit que rire, que badiner et se moquer des espérances de Lignerolles. Il dit que toute l'Europe condamnerait son imprudence s'il hasardait d'aller en Angleterre comme un prétendu mari de la reine sans être assuré du succès. — Il me semble aussi, ajouta-t-il, que je prendrais mal mon temps de faire ce voyage présentement que le roi d'Espagne fait de si grandes instances pour épouser cette reine. Ce ne serait peut-être pas un rival bien redoutable dans une galanterie ; mais je pense que dans un mariage Votre Majesté ne me conseillerait pas de lui disputer quelque chose. — Je vous le conseillerais en cette occasion, reprit le roi ; mais vous n'aurez rien à lui disputer ; je sais qu'il a d'autres pensées ; et, quand il n'en aurait pas, la reine Marie s'est trop mal trouvée du joug de l'Espagne pour croire que sa sœur le veuille reprendre et qu'elle se laisse éblouir à l'éclat de tant de couronnes jointes ensemble. — Si elle ne s'en laisse pas éblouir, repartit M. de Nemours, il y a apparence qu'elle voudra se rendre heureuse par l'amour. Elle a aimé le milord Courtenay [73], il y a déjà quelques années ; il était aussi aimé de la reine Marie, qui l'aurait épousé, du consentement de toute l'Angleterre, sans qu'elle connût que la jeunesse et la beauté de sa sœur Élisabeth le touchaient davantage que l'espérance de régner. Votre Majesté sait que les violentes jalousies qu'elle en eut la portèrent à les mettre l'un et l'autre en prison, à exiler ensuite le milord Courtenay, et la déterminèrent enfin à épouser le roi d'Espagne. Je crois qu'Élisabeth, qui est présentement sur le trône, rappellera bientôt ce milord, et qu'elle choisira un homme qu'elle a aimé, qui est fort aimable, qui a tant souffert pour elle, plutôt qu'un autre qu'elle n'a jamais vu.

— Je serais de votre avis, repartit le roi, si Courtenay vivait encore; mais j'ai su, depuis quelques jours, qu'il est mort à Padoue, où il était relégué. Je vois bien, ajouta-t-il en quittant M. de Nemours, qu'il faudrait faire votre mariage comme on ferait celui de M. le Dauphin, et envoyer épouser la reine d'Angleterre par des ambassadeurs.

M. d'Anville et M. le vidame, qui étaient chez le roi avec M. de Nemours, sont persuadés que c'est cette même passion dont il est occupé, qui le détourne d'un si grand dessein. Le vidame, qui le voit de plus près que personne, a dit à Mme de Martigues [74] que ce prince est tellement changé qu'il ne le reconnaît plus; et ce qui l'étonne davantage, c'est qu'il ne lui voit aucun commerce, ni aucunes heures particulières où il se dérobe, en sorte qu'il croit qu'il n'a point d'intelligence avec la personne qu'il aime; et c'est ce qui fait méconnaître M. de Nemours de lui voir aimer une femme qui ne répond point à son amour.

Quel poison, pour Mme de Clèves, que le discours de Mme la Dauphine ! Le moyen de ne se pas reconnaître pour cette personne dont on ne savait point le nom et le moyen de n'être pas pénétrée de reconnaissance et de tendresse, en apprenant, par une voie qui ne lui pouvait être suspecte, que ce prince, qui touchait déjà son cœur, cachait sa passion à tout le monde et négligeait pour l'amour d'elle les espérances d'une couronne ? Aussi ne peut-on représenter ce qu'elle sentit, et le trouble qui s'éleva dans son âme. Si Mme la Dauphine l'eût regardée avec attention, elle eût aisément remarqué que les choses qu'elle venait de dire ne lui étaient pas indifférentes; mais, comme elle n'avait aucun soupçon de la vérité, elle continua de parler, sans y faire de réflexion.

— M. d'Anville, ajouta-t-elle, qui, comme je vous viens de dire, m'a appris tout ce détail, m'en croit mieux instruite que lui; et il a une si grande opinion de mes charmes qu'il est persuadé que je suis la seule personne qui puisse faire de si grands changements en M. de Nemours.

Ces dernières paroles de Mme la Dauphine donnèrent une autre sorte de trouble, à Mme de Clèves, que celui qu'elle avait eu quelques moments auparavant.

— Je serais aisément de l'avis de M. d'Anville, répondit-elle ; et il y a beaucoup d'apparence, madame, qu'il ne faut pas moins qu'une princesse telle que vous pour faire mépriser la reine d'Angleterre.

— Je vous l'avouerais si je le savais, repartit Mme la Dauphine, et je le saurais s'il était véritable. Ces sortes de passions n'échappent point à la vue de celles qui les causent ; elles s'en aperçoivent les premières. M. de Nemours ne m'a jamais témoigné que de légères complaisances, mais il y a néanmoins une si grande différence de la manière dont il a vécu avec moi à celle dont il y vit présentement que je puis vous répondre que je ne suis pas la cause de l'indifférence qu'il a pour la couronne d'Angleterre.

Je m'oublie avec vous, ajouta Mme la Dauphine, et je ne me souviens pas qu'il faut que j'aille voir Madame. Vous savez que la paix est quasi conclue ; mais vous ne savez pas que le roi d'Espagne n'a voulu passer aucun article qu'à condition d'épouser cette princesse, au lieu du prince don Carlos, son fils. Le roi a eu beaucoup de peine à s'y résoudre ; enfin il y a consenti, et il est allé tantôt annoncer cette nouvelle à Madame. Je crois qu'elle sera inconsolable ; ce n'est pas une chose qui puisse plaire d'épouser un homme de l'âge et de l'humeur du roi d'Espagne, surtout à elle qui a toute la joie que donne la première jeunesse jointe à la beauté et qui s'attendait d'épouser un jeune prince pour qui elle a de l'inclination sans l'avoir vu. Je ne sais si le roi trouvera en elle toute l'obéissance qu'il désire [75] ; il m'a chargée de la voir parce qu'il sait qu'elle m'aime et qu'il croit que j'aurai quelque pouvoir sur son esprit. Je ferai ensuite une autre visite bien différente : j'irai me réjouir avec Madame, sœur du roi. Tout est arrêté pour son mariage avec M. de Savoie ; et il sera ici dans peu de temps. Jamais personne de l'âge de cette princesse n'a eu une joie si entière de se marier [76]. La cour va être plus belle et plus grosse qu'on ne l'a jamais vue ; et, malgré votre affliction, il faut que vous veniez

LA PRINCESSE DE CLÈVES

nous aider à faire voir aux étrangers que nous n'avons pas de médiocres beautés.

Après ces paroles, Mme la Dauphine quitta Mme de Clèves et, le lendemain, le mariage de Madame fut su de tout le monde. Les jours suivants, le roi et les reines allèrent voir Mme de Clèves. M. de Nemours, qui avait attendu son retour avec une extrême impatience et qui souhaitait ardemment de lui pouvoir parler sans témoins, attendit pour aller chez elle l'heure que tout le monde en sortirait et qu'apparemment il ne reviendrait plus personne. Il réussit dans son dessein et il arriva comme les dernières visites en sortaient.

Cette princesse était sur son lit, il faisait chaud, et la vue de M. de Nemours acheva de lui donner une rougeur qui ne diminuait pas sa beauté. Il s'assit vis-à-vis d'elle, avec cette crainte et cette timidité que donnent les véritables passions. Il demeura quelque temps sans pouvoir parler. Mme de Clèves n'était pas moins interdite, de sorte qu'ils gardèrent assez longtemps le silence. Enfin M. de Nemours prit la parole et lui fit des compliments sur son affliction; Mme de Clèves, étant bien aise de continuer la conversation sur ce sujet, parla assez longtemps de la perte qu'elle avait faite; et enfin, elle dit que, quand le temps aurait diminué la violence de sa douleur, il lui en demeurerait toujours une si forte impression que son humeur en serait changée.

— Les grandes afflictions et les passions violentes, repartit M. de Nemours, font de grands changements dans l'esprit; et, pour moi, je ne me reconnais pas depuis que je suis revenu de Flandre. Beaucoup de gens ont remarqué ce changement, et même Mme la Dauphine m'en parlait encore hier.

— Il est vrai, repartit Mme de Clèves, qu'elle l'a remarqué, et je crois lui en avoir ouï dire quelque chose.

— Je ne suis pas fâché, madame, répliqua M. de Nemours, qu'elle s'en soit aperçue; mais je voudrais qu'elle ne fût pas seule à s'en apercevoir. Il y a des personnes à qui on n'ose donner d'autres marques de la passion qu'on a pour elles que par les choses qui ne les regardent point; et, n'osant leur faire paraître qu'on les aime, on voudrait du moins qu'elles vissent que l'on ne veut être aimé de personne. L'on voudrait qu'elles sussent qu'il n'y a point de beauté, dans quelque rang qu'elle pût être, que l'on ne regardât avec indifférence, et qu'il n'y a point de couronne que l'on voulût acheter au prix de ne les voir jamais. Les femmes jugent d'ordinaire de la passion qu'on a pour elles, continua-t-il, par le soin qu'on prend de leur plaire et de les chercher; mais ce n'est pas une chose difficile pour peu qu'elles soient aimables; ce qui est difficile, c'est de ne s'abandonner pas au plaisir de les suivre; c'est de les éviter, par la peur de laisser paraître au public, et quasi à elles-mêmes, les sentiments que l'on a pour elles. Et ce qui marque encore mieux un véritable attachement, c'est de devenir entièrement opposé à ce que l'on était, et de n'avoir plus d'ambition, ni de plaisir, après avoir été toute sa vie occupé de l'un et de l'autre.

Mme de Clèves entendait aisément la part qu'elle avait à ces paroles. Il lui semblait qu'elle devait y répondre et ne les pas souffrir. Il lui semblait aussi qu'elle ne devait pas les entendre, ni témoigner qu'elle les prît pour elle. Elle croyait devoir parler et croyait ne devoir rien dire. Le discours de M. de Nemours lui plaisait et l'offensait quasi également; elle y voyait la confirmation de tout ce que lui avait fait penser Mme la Dauphine; elle y trouvait quelque chose de galant et de respectueux, mais aussi quelque chose de hardi et de trop intelligible. L'inclination qu'elle avait pour ce prince lui donnait un trouble dont elle n'était pas maîtresse. Les paroles les plus obscures d'un homme qui plaît donnent plus d'agitation que des déclarations ouvertes d'un homme qui ne plaît pas. Elle demeurait donc sans répondre, et M. de Nemours se fût aperçu de son silence, dont il n'aurait peut être pas tiré de mauvais présages, si l'arrivée de M. de Clèves n'eût fini la conversation et sa visite.

Ce prince venait conter à sa femme des nouvelles de Sancerre; mais elle n'avait pas une grande curiosité pour la suite de cette aventure. Elle était si occupée de ce qui se venait de passer qu'à peine pouvait-elle cacher la distraction de son esprit. Quand elle fut en liberté de rêver, elle connut bien qu'elle s'était trompée lorsqu'elle avait cru n'avoir plus que de l'indifférence pour M. de

Nemours. Ce qu'il lui avait dit avait fait toute l'impression qu'il pouvait souhaiter et l'avait entièrement persuadée de sa passion. Les actions de ce prince s'accordaient trop bien avec ses paroles pour laisser quelque doute à cette princesse. Elle ne se flatta plus de l'espérance de ne le pas aimer; elle songea seulement à ne lui en donner jamais aucune marque. C'était une entreprise difficile, dont elle connaissait déjà les peines; elle savait que le seul moyen d'y réussir était d'éviter la présence de ce prince; et, comme son deuil lui donnait lieu d'être plus retirée que de coutume, elle se servit de ce prétexte pour n'aller plus dans les lieux où il la pouvait voir. Elle était dans une tristesse profonde; la mort de sa mère en paraissait la cause, et l'on n'en cherchait point d'autre.

M. de Nemours était désespéré de ne la voir presque plus; et, sachant qu'il ne la trouverait dans aucune assemblée et dans aucun des divertissements où était toute la Cour, il ne pouvait se résoudre d'y paraître; il feignit une grande passion [77] pour la chasse et il en faisait des parties les mêmes jours qu'il y avait des assemblées chez les reines. Une légère maladie lui servit longtemps de prétexte pour demeurer chez lui et pour éviter d'aller dans tous les lieux où il savait bien que Mme de Clèves ne serait pas.

M. de Clèves fut malade à peu près dans le même temps. Mme de Clèves ne sortit point de sa chambre pendant son mal; mais, quand il se porta mieux, qu'il vit du monde, et entre autres M. de Nemours qui, sur le prétexte d'être encore faible, y passait la plus grande partie du jour, elle trouva qu'elle n'y pouvait plus demeurer; elle n'eut pas néanmoins la force d'en sortir les premières fois qu'il y vint. Il y avait trop longtemps qu'elle ne l'avait vu, pour se résoudre à ne le voir pas. Ce prince trouva le moyen de lui faire entendre par des discours qui ne semblaient que généraux, mais qu'elle entendait néanmoins parce qu'ils avaient du rapport à ce qu'il lui avait dit chez elle, qu'il allait à la chasse pour rêver et qu'il n'allait point aux assemblées parce qu'elle n'y était pas.

Elle exécuta enfin la résolution qu'elle avait prise de sortir de chez son mari lorsqu'il y serait; ce fut toutefois en se faisant une extrême violence. Ce prince vit bien qu'elle le fuyait, et en fut sensiblement touché.

M. de Clèves ne prit pas garde d'abord à la conduite de sa femme ; mais enfin il s'aperçut qu'elle ne voulait pas être dans sa chambre lorsqu'il y avait du monde. Il lui en parla, et elle lui répondit qu'elle ne croyait pas que la bienséance voulût qu'elle fût tous les soirs avec ce qu'il y avait de plus jeune à la cour ; qu'elle le suppliait de trouver bon qu'elle fît une vie plus retirée qu'elle n'avait accoutumé ; que la vertu et la présence de sa mère autorisaient beaucoup de choses qu'une femme de son âge ne pouvait soutenir.

M. de Clèves, qui avait naturellement beaucoup de douceur et de complaisance pour sa femme, n'en eut pas en cette occasion, et il lui dit qu'il ne voulait pas absolument qu'elle changeât de conduite. Elle fut prête de lui dire que le bruit était dans le monde que M. de Nemours était amoureux d'elle ; mais elle n'eut pas la force de le nommer. Elle sentit aussi de la honte de se vouloir servir d'une fausse raison et de déguiser la vérité à un homme qui avait si bonne opinion d'elle.

Quelques jours après, le roi était chez la reine à l'heure du cercle ; l'on parla des horoscopes et des prédictions. Les opinions étaient partagées sur la croyance que l'on y devait donner. La reine y ajoutait beaucoup de foi ; elle soutint qu'après tant de choses qui avaient été prédites, et que l'on avait vu arriver, on ne pouvait douter qu'il n'y eût quelque certitude dans cette science. D'autres soutenaient que, parmi ce nombre infini de prédictions, le peu qui se trouvaient véritables faisait bien voir que ce n'était qu'un effet du hasard.

— J'ai eu autrefois beaucoup de curiosité pour l'avenir, dit le roi ; mais on m'a dit tant de choses fausses et si peu vraisemblables que je suis demeuré convaincu que l'on ne peut rien savoir de véritable. Il y a quelques années qu'il vint ici un homme d'une grande réputation dans l'astrologie. Tout le monde l'alla voir ; j'y allai comme les autres, mais sans lui dire qui j'étais, et je menai M. de Guise et d'Escars[78] ; je les fis passer les premiers. L'astrologue néanmoins s'adressa d'abord à moi, comme s'il m'eût jugé le maître des autres. Peut-être qu'il me connaissait; cependant il me dit une chose qui ne me convenait pas s'il m'eût connu. Il me prédit que je serais tué en duel. Il dit ensuite à M. de Guise qu'il serait tué par derrière et à d'Escars qu'il aurait la tête cassée d'un coup de pied de cheval. M. de Guise s'offensa quasi de cette prédiction, comme si on l'eût accusé de devoir fuir. D'Escars ne fut guère satisfait de trouver qu'il devait finir par un accident si malheureux. Enfin nous sortîmes tous très mal contents de l'astrologue. Je ne sais ce qui arrivera à M. de Guise et à d'Escars; mais il n'y a guère d'apparence que je sois tué en duel. Nous venons de faire la paix, le roi d'Espagne et moi; et, quand nous ne l'aurions pas faite, je doute que nous nous battions, et que je le fisse appeler comme le roi mon père fit appeler Charles-Quint.

Après le malheur que le roi conta qu'on lui avait prédit, ceux qui avaient soutenu l'astrologie en abandonnèrent le parti et tombèrent d'accord qu'il n'y fallait donner aucune croyance.

— Pour moi, dit tout haut M. de Nemours, je suis l'homme du monde qui dois le moins y en avoir; et, se tournant vers Mme de Clèves, auprès de qui il était : « On m'a prédit, lui dit-il tout bas, que je serais heureux par les bontés de la personne du monde pour qui j'aurais la plus violente et la plus respectueuse passion. Vous pouvez juger, madame, si je dois croire aux prédictions. »

Mme la Dauphine qui crut, par ce que M. de Nemours avait dit tout haut, que ce qu'il disait tout bas était quelque fausse prédiction qu'on lui avait faite, demanda à ce prince ce qu'il disait à Mme de Clèves. S'il eût eu moins de présence d'esprit, il eût été surpris de cette demande. Mais prenant la parole sans hésiter.

— Je lui disais, madame, répondit-il, que l'on m'a prédit que je serais élevé à une si haute fortune que je n'oserais même y prétendre.

— Si l'on ne vous a fait que cette prédiction, repartit Mme la Dauphine en souriant, et pensant à l'affaire d'Angleterre, je ne vous conseille pas de décrier l'astrologie, et vous pourriez trouver des raisons pour la soutenir.

Mme de Clèves comprit bien ce que voulait dire

Mme la Dauphine ; mais elle entendait bien aussi que la fortune dont M. de Nemours voulait parler, n'était pas d'être roi d'Angleterre.

Comme il y avait déjà assez longtemps de la mort de sa mère, il fallait qu'elle commençât à paraître dans le monde et à faire sa cour comme elle avait accoutumé. Elle voyait M. de Nemours chez Mme la Dauphine ; elle le voyait chez M. de Clèves, où il venait souvent avec d'autres personnes de qualité de son âge, afin de ne se pas faire remarquer ; mais elle ne le voyait plus qu'avec un trouble dont il s'apercevait aisément.

Quelque application qu'elle eût à éviter ses regards et à lui parler moins qu'à un autre, il lui échappait de certaines choses qui partaient d'un premier mouvement, qui faisaient juger à ce prince qu'il ne lui était pas indifférent. Un homme moins pénétrant que lui ne s'en fût peut-être pas aperçu ; mais il avait déjà été aimé tant de fois qu'il était difficile qu'il ne connût pas quand on l'aimait. Il voyait bien que le chevalier de Guise était son rival, et ce prince connaissait que M. de Nemours était le sien. Il était le seul homme de la Cour qui eût démêlé cette vérité ; son intérêt l'avait rendu plus clairvoyant que les autres ; la connaissance qu'il[s] avaient de leurs sentiments leur donnait une aigreur qui paraissait en toutes choses sans éclater néanmoins par aucun démêlé ; mais ils étaient opposés en tout. Ils étaient toujours de différent parti dans les courses de bague, dans les combats, à la barrière et dans tous les divertissements où le roi s'occupait ; et leur émulation était si grande qu'elle ne se pouvait cacher.

L'affaire d'Angleterre revenait souvent dans l'esprit de Mme de Clèves : il lui semblait que M. de Nemours ne résisterait point aux conseils du roi et aux instances de Lignerolles. Elle voyait avec peine que ce dernier n'était point encore de retour, et elle l'attendait avec impatience. Si elle eût suivi ses mouvements, elle se serait informée avec soin de l'état de cette affaire ; mais le même sentiment qui lui donnait de la curiosité, l'obligeait à la cacher et elle s'enquérait seulement de la beauté, de l'esprit et de l'humeur de la reine Elisabeth. On apporta un de ses portraits chez le roi, qu'elle trouva plus beau qu'elle n'avait envie de le trouver; et elle ne put s'empêcher de dire qu'il était flatté.

— Je ne le crois pas, reprit Mme la Dauphine qui était présente; cette princesse a la réputation d'être belle et d'avoir un esprit fort au-dessus du commun, et je sais bien qu'on me l'a proposée toute ma vie pour exemple. Elle doit être aimable, si elle ressemble à Anne de Boulen, sa mère [79]. Jamais femme n'a eu tant de charmes et tant d'agrément dans sa personne et dans son humeur. J'ai ouï dire que son visage avait quelque chose de vif et de singulier, et qu'elle n'avait aucune ressemblance avec les autres beautés anglaises.

— Il me semble aussi, reprit Mme de Clèves, que l'on dit qu'elle était née en France.

— Ceux qui l'ont cru se sont trompés, répondit Mme la Dauphine, et je vais vous conter son histoire en peu de mots.

Elle était d'une bonne maison d'Angleterre. Henri VIII avait été amoureux de sa sœur et de sa mère, et l'on a même soupçonné qu'elle était sa fille. Elle vint ici avec la sœur de Henri VII, qui épousa le roi Louis XII. Cette princesse, qui était jeune et galante, eut beaucoup de peine à quitter la Cour de France après la mort de son mari; mais Anne de Boulen, qui avait les mêmes inclinations que sa maîtresse, ne se put résoudre à en partir. Le feu roi en était amoureux, et elle demeura fille d'honneur de la reine Claude. Cette reine mourut, et Mme Marguerite, sœur du roi, duchesse d'Alençon, et depuis reine de Navarre, dont vous avez vu les contes [80], la prit auprès d'elle, et elle prit auprès de cette princesse les teintures de la religion nouvelle. Elle retourna ensuite en Angleterre et y charma tout le monde; elle avait les manières de France qui plaisent à toutes les nations; elle chantait bien, elle dansait admirablement; on la mit fille de la reine Catherine d'Aragon, et le roi Henri VIII en devint éperdument amoureux.

Le cardinal de Wolsey, son favori et son premier ministre, avait prétendu au pontificat et, mal satisfait de l'Empereur, qui ne l'avait pas soutenu dans cette prétention, il résolut de s'en venger, et d'unir le roi, son maître, à la France. Il mit dans l'esprit de Henri VIII que son mariage avec la tante de l'Empereur était nul et lui proposa d'épouser la duchesse d'Alençon, dont le mari venait de mourir. Anne de Boulen, qui avait de l'ambition, regarda ce divorce comme un chemin qui la pouvait conduire au trône. Elle commença à donner au roi d'Angleterre des impressions de la religion de Luther et engagea le feu roi à favoriser à Rome le divorce de Henri, sur l'espérance du mariage de Mme d'Alençon. Le cardinal de Wolsey se fit député en France sur d'autres prétextes pour traiter cette affaire ; mais son maître ne put se résoudre à souffrir qu'on en fît seulement la proposition et il lui envoya un ordre, à Calais, de ne point parler de ce mariage.

Au retour de France, le cardinal de Wolsey fut reçu avec des honneurs pareils à ceux que l'on rendait au roi même ; jamais favori n'a porté l'orgueil et la vanité à un si haut point. Il ménagea une entrevue entre les deux rois, qui se fit à Boulogne. François Ier donna la main à Henri VIII, qui ne la voulait point recevoir. Ils se traitèrent tour à tour avec une magnificence extraordinaire, et se donnèrent des habits pareils à ceux qu'ils avaient fait faire pour eux-mêmes. Je me souviens d'avoir ouï-dire que ceux que le feu roi envoya au roi d'Angleterre étaient de satin cramoisi, chamarré en triangle, avec des perles et des diamants, et la robe de velours blanc brodé d'or. Après avoir été quelques jours à Boulogne, ils allèrent encore à Calais. Anne de Boulen était logée chez Henri VIII avec le train d'une reine, et François Ier lui fit les mêmes présents et lui rendit les mêmes honneurs que si elle l'eût été. Enfin, après une passion de neuf années, Henri l'épousa sans attendre la dissolution de son premier mariage, qu'il demandait à Rome depuis longtemps. Le pape prononça les fulminations contre lui avec précipitation et Henri en fut tellement irrité qu'il se déclara chef de la religion et entraîna toute l'Angleterre dans le malheureux changement où vous la voyez.

Anne de Boulen ne jouit pas longtemps de sa grandeur ; car, lorsqu'elle la croyait plus assurée par la mort de Catherine d'Aragon, un jour qu'elle assistait avec toute la Cour à des courses de bague que faisait le vicomte de Rochefort, son frère, le roi en fut frappé d'une telle jalousie qu'il quitta brusquement le spectacle, s'en vint à Londres et laissa ordre d'arrêter la reine, le vicomte de Rochefort et plusieurs autres, qu'il croyait amants ou confidents de cette princesse. Quoique cette jalousie parût née dans ce moment, il y avait déjà quelque temps qu'elle lui avait été inspirée par la vicomtesse de Rochefort qui, ne pouvant souffrir la liaison étroite de son mari avec la reine, la fit regarder au roi comme une amitié criminelle; en sorte que ce prince qui, d'ailleurs, était amoureux de Jeanne Seymour [81], ne songea qu'à se défaire d'Anne de Boulen. En moins de trois semaines, il fit faire le procès à cette reine et à son frère, leur fit couper la tête et épousa Jeanne Seymour. Il eut ensuite plusieurs femmes, qu'il répudia ou qu'il fit mourir, et entre autres Catherine Howard [82], dont la comtesse de Rochefort était confidente, et qui eut la tête coupée avec elle. Elle fut ainsi punie des crimes qu'elle avait supposés à Anne de Boulen, et Henri VIII mourut, étant devenu d'une grosseur prodigieuse.

Toutes les dames, qui étaient présentes au récit de Mme la Dauphine, la remercièrent de les avoir si bien instruites de la cour d'Angleterre, et entre autres Mme de Clèves, qui ne put s'empêcher de lui faire encore plusieurs questions sur la reine Élisabeth.

La reine dauphine faisait faire des portraits en petit de toutes les belles personnes de la Cour pour les envoyer à la reine sa mère. Le jour qu'on achevait celui de Mme de Clèves, Mme la Dauphine vint passer l'après-dînée chez elle. M. de Nemours ne manqua pas de s'y trouver; il ne laissait échapper aucune occasion de voir Mme de Clèves sans laisser paraître néanmoins qu'il les cherchât. Elle était si belle, ce jour-là, qu'il en serait devenu amoureux quand il ne l'aurait pas été. Il n'osait pourtant avoir les yeux attachés sur elle pendant qu'on la peignait, et il craignait de laisser trop voir le plaisir qu'il avait à l[a] [83] regarder.

Mme la Dauphine demanda à M. de Clèves un petit portrait qu'il avait de sa femme, pour le voir auprès de celui que l'on achevait; tout le monde dit son sentiment de l'un et de l'autre; et Mme de Clèves ordonna au peintre de raccommoder quelque chose à la coiffure de celui que l'on venait d'apporter. Le peintre, pour lui obéir, ôta le portrait de la boîte où il était et, après y avoir travaillé, il le remit sur la table.

Il y avait longtemps que M. de Nemours souhaitait d'avoir le portrait de Mme de Clèves. Lorsqu'il vit celui qui était à M. de Clèves, il ne put résister à l'envie de le dérober à un mari qu'il croyait tendrement aimé; et il pensa que, parmi tant de personnes qui étaient dans ce même lieu, il ne serait pas soupçonné plutôt qu'un autre.

Mme la Dauphine était assise sur le lit et parlait bas à Mme de Clèves, qui était debout devant elle. Mme de Clèves aperçut par un des rideaux, qui n'était qu'à demi fermé, M. de Nemours, le dos contre la table, qui était au pied du lit, et elle vit que, sans tourner la tête, il prenait adroitement quelque chose sur cette table. Elle n'eut pas de peine à deviner que c'était son portrait, et elle en fut si troublée que Mme la Dauphine remarqua qu'elle ne l'écoutait pas et lui demanda tout haut ce qu'elle regardait. M. de Nemours se tourna à ces paroles; il rencontra les yeux de Mme de Clèves, qui étaient encore attachés sur lui, et il pensa qu'il n'était pas impossible qu'elle eût vu ce qu'il venait de faire.

Mme de Clèves n'était pas peu embarrassée. La raison voulait qu'elle demandât son portrait; mais, en le demandant publiquement, c'était apprendre à tout le monde les sentiments que ce prince avait pour elle, et, en le lui demandant en particulier, c'était quasi l'engager à lui parler de sa passion. Enfin elle jugea qu'il valait mieux le lui laisser, et elle fut bien aise de lui accorder une faveur qu'elle lui pouvait faire sans qu'il sût même qu'elle la lui faisait. M. de Nemours, qui remarquait son embarras, et qui en devinait quasi la cause, s'approcha d'elle et lui dit tout bas :

— Si vous avez vu ce que j'ai osé faire, ayez la bonté, madame, de me laisser croire que vous l'ignorez; je n'ose vous en demander davantage. Et il se retira après ces paroles et n'attendit point sa réponse.

Mme la Dauphine sortit pour s'aller promener, suivie de toutes les dames, et M. de Nemours alla se renfermer chez lui, ne pouvant soutenir en public la joie d'avoir un portrait de Mme de Clèves. Il sentait tout ce que la passion peut faire sentir de plus agréable; il aimait la plus aimable personne de la Cour; il s'en faisait aimer malgré elle, et il voyait dans toutes ses actions cette sorte de trouble et d'embarras que cause l'amour dans l'innocence de la première jeunesse.

Le soir, on chercha ce portrait avec beaucoup de soin; comme on trouvait la boîte où il devait être, l'on ne soupçonna point qu'il eût été dérobé, et l'on crut qu'il était tombé par hasard. M. de Clèves était affligé de cette perte et, après qu'on eut encore cherché inutilement, il dit à sa femme, mais d'une manière qui faisait voir qu'il ne le pensait pas, qu'elle avait sans doute quelque amant caché à qui elle avait donné ce portrait ou qui l'avait dérobé, et qu'un autre qu'un amant ne se serait pas contenté de la peinture sans la boîte.

Ces paroles, quoique dites en riant, firent une vive impression dans l'esprit de Mme de Clèves. Elles lui donnèrent des remords; elle fit réflexion à la violence de l'inclination qui l'entraînait vers M. de Nemours; elle trouva qu'elle n'était plus maîtresse de ses paroles et de son visage; elle pensa que Lignerolles était revenu; qu'elle ne craignait plus l'affaire d'Angleterre; qu'elle n'avait plus de soupçons sur Mme la Dauphine; qu'enfin il n'y avait plus rien qui la pût défendre et qu'il n'y avait de sûreté pour elle qu'en s'éloignant. Mais, comme elle n'était pas maîtresse de s'éloigner, elle se trouvait dans une grande extrémité et prête à tomber dans ce qui lui paraissait le plus grand des malheurs, qui était de laisser voir à M. de Nemours l'inclination qu'elle avait pour lui. Elle se souvenait de tout ce que Mme de Chartres lui avait dit en mourant et des conseils qu'elle lui avait donnés de prendre toutes sortes de partis, quelque difficiles qu'ils pussent être, plutôt que de s'embarquer dans une galanterie. Ce que M. de Clèves lui avait dit sur la sincérité, en parlant de Mme de Tournon, lui revint dans l'esprit; il lui sembla qu'elle lui devait avouer l'inclination qu'elle avait pour M. de Nemours [84]. Cette pensée l'occupa longtemps; ensuite elle fut étonnée de l'avoir eue, elle y trouva de la folie, et retomba dans l'embarras de ne savoir quel parti prendre.

La paix était signée [85]; Mme Elisabeth, après beaucoup de répugnance, s'était résolue à obéir au roi son père [86]. Le duc d'Albe avait été nommé pour venir l'épouser au nom du roi catholique, et il devait bientôt arriver. L'on attendait le duc de Savoie, qui venait épouser Madame, sœur du roi, et dont les noces se devaient faire en même temps [87]. Le roi ne songeait qu'à rendre ces noces célèbres par des divertissements où il pût faire paraître l'adresse et la magnificence de sa cour. On proposa tout ce qui se pouvait faire de plus grand pour des ballets et des comédies, mais le roi trouva ces divertissements trop particuliers, et il en voulut d'un plus grand éclat. Il résolut de faire un tournoi, où les étrangers seraient reçus, et dont le peuple pourrait être spectateur. Tous les princes et les jeunes seigneurs entrèrent avec joie dans le dessein du roi, et surtout le duc de Ferrare, M. de Guise et M. de Nemours, qui surpassaient tous les autres dans ces sortes d'exercices. Le roi les choisit pour être avec lui les quatre tenants du tournoi.

L'on fit publier, par tout le royaume, qu'en la ville de Paris le pas était ouvert, au quinzième juin, par Sa Majesté Très Chrétienne et par les princes Alphonse d'Este, duc de Ferrare, François de Lorraine, duc de Guise et Jacques de Savoie, duc de Nemours, pour être tenu contre tous venants, à commencer le premier combat, à cheval en lice, en double pièce, quatre coups de lance et un pour les dames; le deuxième combat, à coups d'épée, un à un ou deux à deux, à la volonté des maîtres du camp; le troisième combat à pied, trois coups de pique et six coups d'épée; que les tenants fourniraient de lances, d'épées et de piques, au choix des assaillants; et que, si en courant on donnait au cheval, on serait mis hors des rangs; qu'il y aurait quatre maîtres de camp pour donner les ordres et que ceux des assaillants qui auraient le plus rompu et le mieux fait, auraient un prix dont la valeur serait à la discrétion des juges; que tous les assaillants, tant français qu'étrangers, seraient tenus de venir toucher à l'un des écus qui seraient pendus au perron au bout de la lice, ou à plusieurs, selon leur choix ; que là ils trouveraient un officier d'armes, qui les recevrait pour les enrôler selon leur rang et selon les écus qu'ils auraient touchés ; que les assaillants seraient tenus de faire apporter par un gentilhomme leur écu, avec leurs armes, pour le pendre au perron trois jours avant le commencement du tournoi ; qu'autrement, ils n'y seraient point reçus sans le congé des tenants [88].

On fit faire une grande lice proche de la Bastille qui venait du château des Tournelles, qui traversait la rue Saint-Antoine et qui allait rendre aux écuries royales. Il y avait des deux côtés des échafauds et des amphithéâtres, avec des loges couvertes qui formaient des espèces de galeries qui faisaient un très bel effet à la vue et qui pouvaient contenir un nombre infini de personnes. Tous les princes et seigneurs ne furent plus occupés que du soin d'ordonner ce qui leur était nécessaire pour paraître avec éclat et pour mêler, dans leurs chiffres ou dans leurs devises, quelque chose de galant qui eût rapport aux personnes qu'ils aimaient.

Peu de jours avant l'arrivée du duc d'Albe, le roi fit une partie de paume avec M. de Nemours, le chevalier de Guise et le vidame de Chartres. Les reines les allèrent voir jouer, suivies de toutes les dames et, entre autres, de Mme de Clèves. Après que la partie fut finie, comme l'on sortait du jeu de paume, Chastelart s'approcha de la reine dauphine et lui dit que le hasard lui venait de mettre entre les mains une lettre de galanterie qui était tombée de la poche de M. de Nemours. Cette reine, qui avait toujours de la curiosité pour ce qui regardait ce prince, dit à Chastelart de la lui donner ; elle la prit et suivit la reine, sa belle-mère, qui s'en allait avec le roi voir travailler à la lice. Après que l'on y eut été quelque temps, le roi fit amener des chevaux qu'il avait fait venir depuis peu. Quoiqu'ils ne fussent pas encore dressés, il les voulut monter, et en fit donner à tous ceux qui l'avaient suivi. Le roi et M. de Nemours se trouvèrent sur les plus fougueux ; ces chevaux se voulurent jeter l'un à l'autre. M. de Nemours, par la crainte de blesser le roi, recula brusquement et porta son cheval contre un pilier du manège, avec tant de violence que la secousse le fit chanceler. On courut à lui, et on le crut considérablement blessé. Mme de Clèves le crut encore plus blessé que les autres. L'intérêt qu'elle y prenait lui donna une appréhension et un trouble qu'elle ne songea pas à cacher; elle s'approcha de lui avec les reines et, avec un visage si changé qu'un homme moins intéressé que le chevalier de Guise s'en fût aperçu; aussi le remarqua-t-il aisément, et il eut bien plus d'attention à l'état où était Mme de Clèves qu'à celui où était M. de Nemours. Le coup que ce prince s'était donné lui causa un si grand éblouissement qu'il demeura quelque temps la tête penchée sur ceux qui le soutenaient. Quand il la releva, il vit d'abord Mme de Clèves; il connut sur son visage la pitié qu'elle avait de lui et il la regarda d'une sorte qui put lui faire juger combien il en était touché. Il fit ensuite des remerciements aux reines de la bonté qu'elles lui témoignaient et des excuses de l'état où il avait été devant elles. Le roi lui ordonna de s'aller reposer.

Mme de Clèves, après être remise de la frayeur qu'elle avait eue, fit bientôt réflexion aux marques qu'elle en avait données. Le chevalier de Guise ne la laissa pas longtemps dans l'espérance que personne ne s'en serait aperçu; il lui donna la main pour la conduire hors de la lice.

— Je suis plus à plaindre que M. de Nemours, madame, lui dit-il; pardonnez-moi si je sors de ce profond respect que j'ai toujours eu pour vous, et si je vous fais paraître la vive douleur que je sens de ce que je viens de voir : c'est la première fois que j'ai été assez hardi pour vous parler et ce sera aussi la dernière. La mort, ou du moins un éloignement éternel, m'ôteront d'un lieu où je ne puis plus vivre puisque je viens de perdre la triste consolation de croire que tous ceux qui osent vous regarder sont aussi malheureux que moi.

Mme de Clèves ne répondit que quelques paroles mal arrangées, comme si elle n'eût pas entendu ce que signifiaient celles du chevalier de Guise. Dans un autre temps elle aurait été offensée qu'il lui eût parlé des sentiments qu'il avait pour elle; mais dans ce moment elle ne sentit que l'affliction de voir qu'il s'était aperçu de ceux qu'elle avait pour M. de Nemours. Le chevalier de Guise en fut si convaincu et si pénétré de douleur que, dès ce jour, il prit la résolution de ne penser jamais à être aimé de Mme de Clèves. Mais pour quitter cette entreprise, qui lui avait paru si difficile et si glorieuse, il en fallait quelque autre dont la grandeur pût l'occuper. Il se mit dans l'esprit de prendre Rhodes, dont il avait déjà eu quelque pensée; et, quand la mort l'ôta du monde dans la fleur de sa jeunesse et dans le temps qu'il avait acquis la réputation d'un des plus grands princes de son siècle, le seul regret qu'il témoigna de quitter la vie, fut de n'avoir pu exécuter une si belle résolution, dont il croyait le succès infaillible par tous les soins qu'il en avait pris.

Mme de Clèves, en sortant de la lice, alla chez la reine, l'esprit bien occupé de ce qui s'était passé. M. de Nemours y vint peu de temps après, habillé magnifiquement et comme un homme qui ne se sentait pas de l'accident qui lui était arrivé. Il paraissait même plus gai que de coutume; et la joie de ce qu'il croyait avoir vu, lui donnait un air qui augmentait encore son agrément. Tout le monde fut surpris lorsqu'il entra, et il n'y eut personne qui ne lui demandât de ses nouvelles, excepté Mme de Clèves qui demeura auprès de la cheminée sans faire semblant de le voir. Le roi sortit d'un cabinet où il était et, le voyant parmi les autres, il l'appela pour lui parler de son aventure. M. de Nemours passa auprès de Mme de Clèves et lui dit tout bas :

— J'ai reçu aujourd'hui des marques de votre pitié, madame; mais ce n'est pas de celles dont je suis le plus digne.

Mme de Clèves s'était bien doutée que ce prince s'était aperçu de la sensibilité qu'elle avait eue pour lui et ses paroles lui firent voir qu'elle ne s'était pas trompée. Ce lui était une grande douleur de voir qu'elle n'était plus maîtresse de cacher ses sentiments et de les avoir laissés paraître au chevalier de Guise. Elle en avait aussi beaucoup que M. de Nemours les connût; mais cette dernière douleur n'était pas si entière et elle était mêlée de quelque sorte de douceur.

La reine dauphine, qui avait une extrême impatience de savoir ce qu'il y avait dans la lettre que Chastelart lui avait donnée, s'approcha de Mme de Clèves :

— Allez lire cette lettre, lui dit-elle; elle s'adresse à M. de Nemours et, selon les apparences, elle est de cette maîtresse pour qui il a quitté toutes les autres. Si vous ne la pouvez lire présentement, gardez-la; venez ce soir à mon coucher pour me la rendre et pour me dire si vous en connaissez l'écriture.

Mme la Dauphine quitta Mme de Clèves après ces paroles et la laissa si étonnée et dans un si grand saisissement qu'elle fut quelque temps sans pouvoir sortir de sa place. L'impatience et le trouble où elle était ne lui permirent pas de demeurer chez la reine; elle s'en alla chez elle, quoiqu'il ne fût pas l'heure où elle avait accoutumé de se retirer. Elle tenait cette lettre avec une main tremblante; ses pensées étaient si confuses qu'elle n'en avait aucune distincte; et elle se trouvait dans une sorte de douleur insupportable, qu'elle ne connaissait point et qu'elle n'avait jamais sentie. Sitôt qu'elle fut dans son cabinet, elle ouvrit cette lettre, et la trouva telle :

LETTRE

Je vous ai trop aimé pour vous laisser croire que le changement qui vous paraît en moi soit un effet de ma légèreté; je veux vous apprendre que votre infidélité en est la cause. Vous êtes bien surpris que je vous parle de votre infidélité; vous me l'aviez cachée avec tant d'adresse, et j'ai pris tant de soin de vous cacher que je la savais, que vous avez raison d'être étonné qu'elle me soit connue. Je suis surprise moi-même que j'aie pu ne vous en rien faire paraître. Jamais douleur n'a été pareille à la mienne. Je croyais que vous aviez pour moi une passion violente; je ne vous cachais plus celle que j'avais pour vous et, dans le temps que je vous la laissais voir tout entière, j'appris que vous me trompiez, que vous en aimiez une autre et que, selon toutes les apparences, vous me sacrifiez à cette nouvelle maîtresse. Je le sus le jour de la course de bague ; c'est ce qui fit que je n'y allai point. Je feignis d'être malade pour cacher le désordre de mon esprit ; mais je le devins en effet et mon corps ne put supporter une si violente agitation. Quand je commençai à me porter mieux, je feignis encore d'être fort mal, afin d'avoir un prétexte de ne vous point voir et de ne vous point écrire. Je voulus avoir du temps pour résoudre de quelle sorte j'en devais user avec vous ; je pris et je quittai vingt fois les mêmes résolutions ; mais enfin je vous trouvai indigne de voir ma douleur et je résolus de ne vous la point faire paraître. Je voulus blesser votre orgueil en vous faisant voir que ma passion s'affaiblissait d'elle-même. Je crus diminuer par là le prix du sacrifice que vous en faisiez ; je ne voulus pas que vous eussiez le plaisir de montrer combien je vous aimais pour en paraître plus aimable. Je résolus de vous écrire des lettres tièdes et languissantes pour jeter dans l'esprit de celle à qui vous les donniez que l'on cessait de vous aimer. Je ne voulus pas qu'elle eût le plaisir d'apprendre que je savais qu'elle triomphait de moi, ni augmenter son triomphe par mon désespoir et par mes reproches. Je pensai que je ne vous punirais pas assez en rompant avec vous et que je ne vous donnerais qu'une légère douleur si je cessais de vous aimer lorsque vous ne m'aimiez plus. Je trouvai qu'il fallait que vous m'aimassiez pour sentir le mal de n'être point aimé, que j'éprouvais si cruellement. Je crus que si quelque chose pouvait rallumer les sentiments que vous aviez eus pour moi, c'était de vous faire voir que les miens étaient changés ; mais de vous le faire voir en feignant de vous le cacher, et comme si je n'eusse pas eu la force de vous l'avouer. Je m'arrêtai à cette résolution ; mais qu'elle me fut difficile à prendre, et qu'en vous revoyant elle me parut impossible à exécuter ! Je fus prête cent fois à éclater par mes reproches et par mes pleurs ; l'état où j'étais encore par ma santé me servit à vous déguiser mon trouble et mon affliction. Je fus soutenue ensuite par le plaisir de dissimuler avec vous, comme vous dissimuliez avec moi ; néanmoins, je me faisais une si grande violence pour vous dire et pour vous écrire que je vous aimais que vous vîtes plus tôt que je n'avais eu dessein de vous laisser voir que mes

*sentiments étaient changés. Vous en fûtes blessé ; vous vous
en plaignîtes. Je tâchais de vous rassurer ; mais c'était d'une
manière si forcée que vous en étiez encore mieux persuadé
que je ne vous aimais plus. Enfin, je fis tout ce que j'avais eu
intention de faire. La bizarrerie de votre cœur vous fit revenir
vers moi, à mesure que vous voyiez que je m'éloignais de vous.
J'ai joui de tout le plaisir que peut donner la vengeance ; il
m'a paru que vous m'aimiez mieux que vous n'aviez jamais
fait et je vous ai fait voir que je ne vous aimais plus. J'ai
eu lieu de croire que vous aviez entièrement abandonné celle
pour qui vous m'aviez quittée. J'ai eu aussi des raisons pour
être persuadée que vous ne lui aviez jamais parlé de moi ; mais
votre retour et votre discrétion n'ont pu réparer votre légèreté.
Votre cœur a été partagé entre moi et une autre, vous m'avez
trompée ; cela suffit pour m'ôter le plaisir d'être aimée de
vous, comme je croyais mériter de l'être, et pour me laisser
dans cette résolution que j'ai prise de ne vous voir jamais et
dont vous êtes si surpris.*

Mme de Clèves lut cette lettre et la relut plusieurs
fois, sans savoir néanmoins ce qu'elle avait lu. Elle
voyait seulement que M. de Nemours ne l'aimait pas
comme elle l'avait pensé et qu'il en aimait d'autres
qu'il trompait comme elle. Quelle vue et quelle connaissance pour une personne de son humeur, qui avait une
passion violente, qui venait d'en donner des marques
à un homme qu'elle en jugeait indigne et à un autre
qu'elle maltraitait pour l'amour de lui ! Jamais affliction
n'a été si piquante et si vive : il lui semblait que ce qui
faisait l'aigreur de cette affliction était ce qui s'était
passé dans cette journée et que, si M. de Nemours n'eût
point eu lieu de croire qu'elle l'aimait, elle ne se fût
pas souciée qu'il en eût aimé une autre. Mais elle se trompait elle-même ; et ce mal, qu'elle trouvait si insupportable, était la jalousie avec toutes les horreurs dont elle
peut être accompagnée. Elle voyait par cette lettre que
M. de Nemours avait une galanterie depuis longtemps.
Elle trouvait que celle qui avait écrit la lettre avait de
l'esprit et du mérite ; elle lui paraissait digne d'être

aimée; elle lui trouvait plus de courage qu'elle ne s'en trouvait à elle-même et elle enviait la force qu'elle avait eue de cacher ses sentiments à M. de Nemours. Elle voyait, par la fin de la lettre, que cette personne se croyait aimée; elle pensait que la discrétion que ce prince lui avait fait paraître, et dont elle avait été si touchée, n'était peut-être que l'effet de la passion qu'il avait pour cette autre personne à qui il craignait de déplaire. Enfin elle pensait tout ce qui pouvait augmenter son affliction et son désespoir. Quels retours ne fit-elle point sur elle-même! quelles réflexions sur les conseils que sa mère lui avait donnés! Combien se repentit-elle de ne s'être pas opiniâtrée à se séparer du commerce du monde, malgré M. de Clèves, ou de n'avoir pas suivi la pensée qu'elle avait eue de lui avouer l'inclination qu'elle avait pour M. de Nemours! Elle trouvait qu'elle aurait mieux fait de la découvrir à un mari dont elle connaissait la bonté, et qui aurait eu intérêt à la cacher, que de la laisser voir à un homme qui en était indigne, qui la trompait, qui la sacrifiait peut-être et qui ne pensait à être aimé d'elle que par un sentiment d'orgueil et de vanité. Enfin, elle trouva que tous les maux qui lui pouvaient arriver, et toutes les extrémités où elle se pouvait porter, étaient moindres que d'avoir laissé voir à M. de Nemours qu'elle l'aimait et de connaître qu'il en aimait une autre. Tout ce qui la consolait était de penser au moins, qu'après cette connaissance, elle n'avait plus rien à craindre d'elle-même, et qu'elle serait entièrement guérie de l'inclination qu'elle avait pour ce prince.

Elle ne pensa guère à l'ordre que Mme la Dauphine lui avait donné de se trouver à son coucher; elle se mit au lit et feignit de se trouver mal, en sorte que, quand M. de Clèves revint de chez le roi, on lui dit qu'elle était endormie; mais elle était bien éloignée de la tranquillité qui conduit au sommeil. Elle passa la nuit sans faire autre chose que s'affliger et relire la lettre qu'elle avait entre les mains.

Mme de Clèves n'était pas la seule personne dont cette lettre troublait le repos. Le vidame de Chartres, qui l'avait perdue, et non pas M. de Nemours, en était dans une extrême inquiétude; il avait passé tout le soir chez M. de Guise, qui avait donné un grand souper au duc de Ferrare, son beau-frère, et à toute la jeunesse de la cour. Le hasard fit qu'en soupant on parla de jolies lettres. Le vidame de Chartres dit qu'il en avait une sur lui, plus jolie que toutes celles qui avaient jamais été écrites. On le pressa de la montrer : il s'en défendit. M. de Nemours lui soutint qu'il n'en avait point et qu'il ne parlait que par vanité. Le vidame lui répondit qu'il poussait sa discrétion à bout, que néanmoins il ne montrerait pas la lettre, mais qu'il en lirait quelques endroits, qui feraient juger que peu d'hommes en recevaient de pareilles. En même temps, il voulut prendre cette lettre, et ne la trouva point; il la chercha inutilement, on lui en fit la guerre; mais il parut si inquiet que l'on cessa de lui en parler. Il se retira plus tôt que les autres, et s'en alla chez lui avec impatience, pour voir s'il n'y avait point laissé la lettre qui lui manquait. Comme il la cherchait encore, un premier valet de chambre de la reine le vint trouver, pour lui dire que la vicomtesse d'Uzès avait cru nécessaire de l'avertir en diligence que l'on avait dit chez la reine qu'il était tombé une lettre de galanterie de sa poche pendant qu'il était au jeu de paume; que l'on avait r[a]conté[89] une grande partie de ce qui était dans la lettre; que la reine avait témoigné beaucoup de curiosité de la voir; qu'elle l'avait envoyé demander à un de ses gentilshommes servants, mais qu'il avait répondu qu'il l'avait laissée entre les mains de Chastelart.

Le premier valet de chambre dit encore beaucoup d'autres choses au vidame de Chartres, qui achevèrent de lui donner un grand trouble. Il sortit à l'heure même pour aller chez un gentilhomme qui était ami intime de Chastelart; il le fit lever, quoique l'heure fût extraordinaire, pour aller demander cette lettre, sans dire qui était celui qui la demandait et qui l'avait perdue. Chastelart, qui avait l'esprit prévenu qu'elle était à M. de Nemours et que ce prince était amoureux de Mme la Dauphine, ne douta point que ce ne fût lui qui la faisait redemander. Il répondit, avec une maligne joie, qu'il avait remis la lettre entre les mains de la reine dauphine.

LA PRINCESSE DE CLÈVES

Le gentilhomme vint faire cette réponse au vidame de Chartres. Elle augmenta l'inquiétude qu'il avait déjà, et y en joignit encore de nouvelles ; après avoir été longtemps irrésolu sur ce qu'il devait faire, il trouva qu'il n'y avait que M. de Nemours qui pût lui aider à sortir de l'embarras où il était.

Il s'en alla chez lui et entra dans sa chambre que le jour ne commençait qu'à paraître. Ce prince dormait d'un sommeil tranquille ; ce qu'il avait vu, le jour précédent, de Mme de Clèves, ne lui avait donné que des idées agréables. Il fut bien surpris de se voir éveillé par le vidame de Chartres ; et il lui demanda si c'était pour se venger de ce qu'il lui avait dit pendant le souper qu'il venait troubler son repos. Le vidame lui fit bien juger, par son visage, qu'il n'y avait rien que de sérieux au sujet qui l'amenait.

— Je viens vous confier la plus importante affaire de ma vie, lui dit-il. Je sais bien que vous ne m'en devez pas être obligé, puisque c'est dans un temps où j'ai besoin de votre secours ; mais je sais bien aussi que j'aurais perdu de votre estime si je vous avais appris tout ce que je vais vous dire, sans que la nécessité m'y eût contraint. J'ai laissé tomber cette lettre dont je parlais hier au soir ; il m'est d'une conséquence extrême que personne ne sache qu'elle s'adresse à moi. Elle a été vue de beaucoup de gens qui étaient dans le jeu de paume où elle tomba hier ; vous y étiez aussi et je vous demande en grâce de vouloir bien dire que c'est vous qui l'avez perdue.

— Il faut que vous croyiez que je n'ai point de maîtresse, reprit M. de Nemours en souriant, pour me faire une pareille proposition et pour vous imaginer qu'il n'y ait personne avec qui je me puisse brouiller en laissant croire que je reçois de pareilles lettres.

— Je vous prie, dit le vidame, écoutez-moi sérieusement. Si vous avez une maîtresse, comme je n'en doute point, quoique je ne sache pas qui elle est, il vous sera aisé de vous justifier et je vous en donnerai les moyens infaillibles ; quand vous ne vous justifieriez pas auprès d'elle, il ne vous en peut coûter que d'être brouillé pour quelques moments. Mais moi, par cette aventure, je déshonore une personne qui m'a passionnément aimé et qui est une des plus estimables femmes du monde; et, d'un autre côté, je m'attire une haine implacable, qui me coûtera ma fortune et peut-être quelque chose de plus.

— Je ne puis entendre tout ce que vous me dites, répondit M. de Nemours; mais vous me faites entrevoir que les bruits qui ont couru de l'intérêt qu'une grande princesse prenait à vous, ne sont pas entièrement faux.

— Ils ne le sont pas aussi, repartit le vidame de Chartres; et plût à Dieu qu'ils le fussent, je ne me trouverais pas dans l'embarras où je me trouve; mais il faut vous raconter tout ce qui s'est passé, pour vous faire voir tout ce que j'ai à craindre.

Depuis que je suis à la cour, la reine m'a toujours traité avec beaucoup de distinction et d'agrément, et j'avais eu lieu de croire qu'elle avait de la bonté pour moi [90]; néanmoins, il n'y avait rien de particulier, et je n'avais jamais songé à avoir d'autres sentiments pour elle que ceux du respect. J'étais même fort amoureux de Mme de Thémines; il est aisé de juger en la voyant qu'on peut avoir beaucoup d'amour pour elle quand on en est aimé, et je l'étais. Il y a près de deux ans que, comme la cour était à Fontainebleau, je me trouvai deux ou trois fois en conversation avec la reine, à des heures où il y avait très peu de monde. Il me parut que mon esprit lui plaisait et qu'elle entrait dans tout ce que je disais. Un jour, entre autres, on se mit à parler de la confiance. Je dis qu'il n'y avait personne en qui j'en eusse une entière; que je trouvais que l'on se repentait toujours d'en avoir et que je savais beaucoup de choses dont je n'avais jamais parlé. La reine me dit qu'elle m'en estimait davantage; qu'elle n'avait trouvé personne en France qui eût du secret et que c'était ce qui l'avait le plus embarrassée, parce que cela lui avait ôté le plaisir de donner sa confiance; que c'était une chose nécessaire, dans la vie, que d'avoir quelqu'un à qui on pût parler, et surtout pour les personnes de son rang. Les jours suivants, elle reprit encore plusieurs fois la même conversation; elle m'apprit même des choses assez particulières qui se passaient. Enfin, il me sembla qu'elle souhaitait de s'assurer de mon secret et qu'elle avait envie de me confier les siens. Cette pensée m'attacha à elle, je fus touché de cette distinction et je lui fis ma cour avec beaucoup plus d'assiduité que je n'avais accoutumé. Un soir que le roi et toutes les dames s'étaient allés promener à cheval dans la forêt, où elle n'avait pas voulu aller parce qu'elle s'était trouvée un peu mal, je demeurai auprès d'elle; elle descendit au bord de l'étang et quitta la main de ses écuyers pour marcher avec plus de liberté. Après qu'elle eut fait quelques tours, elle s'approcha de moi, et m'ordonna de la suivre. — Je veux vous parler, me dit-elle; et vous verrez, par ce que je veux vous dire, que je suis de vos amies. Elle s'arrêta à ces paroles, et me regardant fixement : Vous êtes amoureux, continua-t-elle, et, parce que vous ne vous fiez peut-être à personne, vous croyez que votre amour n'est pas su; mais il est connu, et même des personnes intéressées. On vous observe, on sait les lieux où vous voyez votre maîtresse, on a dessein de vous y surprendre. Je ne sais qui elle est; je ne vous le demande point et je veux seulement vous garantir des malheurs où vous pouvez tomber. Voyez, je vous prie, quel piège me tendait la reine et combien il était difficile de n'y pas tomber. Elle voulait savoir si j'étais amoureux; et en ne me demandant point de qui je l'étais et, en ne me laissant voir que la seule intention de me faire plaisir, elle m'ôtait la pensée qu'elle me parlât par curiosité ou par dessein.

Cependant, contre toutes sortes d'apparences, je démêlai la vérité. J'étais amoureux de Mme de Thémines [91]; mais, quoiqu'elle m'aimât, je n'étais pas assez heureux pour avoir des lieux particuliers à la voir et pour craindre d'y être surpris; et ainsi je vis bien que ce ne pouvait être elle dont la reine voulait parler. Je savais bien aussi que j'avais un commerce de galanterie avec une autre femme moins belle et moins sévère que Mme de Thémines, et qu'il n'était pas impossible que l'on eût découvert le lieu où je la voyais; mais, comme je m'en souciais peu, il m'était aisé de me mettre à couvert de toutes sortes de périls en cessant de la voir. Ainsi je pris le parti de ne rien avouer à la reine et de l'assurer, au contraire, qu'il y avait très longtemps que j'avais abandonné le désir de me faire aimer des femmes dont je pouvais espérer de l'être, parce que je les trouvais quasi toutes indignes d'attacher un honnête homme et qu'il n'y avait que quelque chose fort au-dessus d'elles qui pût m'engager. — Vous ne me répondez pas sincèrement, répliqua la reine; je sais le contraire de ce que vous me dites. La manière dont je vous parle vous doit obliger à ne me rien cacher. Je veux que vous soyez de mes amis, continua-t-elle; mais je ne veux pas, en vous donnant cette place, ignorer quels sont vos attachements. Voyez si vous la voulez acheter au prix de me les apprendre : je vous donne deux jours pour y penser; mais, après ce temps-là, songez bien à ce que vous me direz, et souvenez-vous que si, dans la suite, je trouve que vous m'ayez trompée, je ne vous le pardonnerai de ma vie.

La reine me quitta après m'avoir dit ces paroles, sans attendre ma réponse. Vous pouvez croire que je demeurai l'esprit bien rempli de ce qu'elle me venait de dire. Les deux jours qu'elle m'avait donnés pour y penser ne me parurent pas trop longs pour me déterminer. Je voyais qu'elle voulait savoir si j'étais amoureux et qu'elle ne souhaitait pas que je le fusse. Je voyais les suites et les conséquences du parti que j'allais prendre; ma vanité n'était pas peu flattée d'une liaison particulière avec une reine, et une reine dont la personne est encore extrêmement aimable. D'un autre côté, j'aimais Mme de Thémines et, quoique je lui fisse une espèce d'infidélité pour cette autre femme dont je vous ai parlé, je ne me pouvais résoudre à rompre avec elle. Je voyais aussi le péril où je m'exposais en trompant la reine et combien il était difficile de la tromper; néanmoins, je ne pus me résoudre à refuser ce que la fortune m'offrait et je pris le hasard de tout ce que ma mauvaise conduite pouvait m'attirer. Je rompis avec cette femme dont on pouvait découvrir le commerce et j'espérai de cacher celui que j'avais avec Mme de Thémines.

Au bout des deux jours que la reine m'avait donnés, comme j'entrais dans la chambre où toutes les dames étaient au cercle, elle me dit tout haut, avec un air grave qui me surprit : Avez-vous pensé à cette affaire dont je vous ai chargé et en savez-vous la vérité ? — Oui, madame, lui répondis-je, et elle est comme je l'ai dite à Votre Majesté. — Venez ce soir à l'heure que je dois écrire, répliqua-t-elle, et j'achèverai de vous donner mes ordres. Je fis une profonde révérence sans rien répondre et ne manquai pas de me trouver à l'heure qu'elle m'avait marquée. Je la trouvai dans la galerie où était son secrétaire et quelqu'une de ses femmes. Sitôt qu'elle me vit, elle vint à moi et me mena à l'autre bout de la galerie. — Eh bien ! me dit-elle, est-ce après y avoir bien pensé que vous n'avez rien à me dire, et la manière dont j'en use avec vous ne mérite-t-elle pas que vous me parliez sincèrement ? — C'est parce que je vous parle sincèrement, madame, lui répondis-je, que je n'ai rien à vous dire ; et je jure à Votre Majesté, avec tout le respect que je lui dois, que je n'ai d'attachement pour aucune femme de la cour. — Je le veux croire, repartit la reine, parce que je le souhaite ; et je le souhaite, parce que je désire que vous soyez entièrement attaché à moi, et qu'il serait impossible que je fusse contente de votre amitié si vous étiez amoureux. On ne peut se fier à ceux qui le sont ; on ne peut s'assurer de leur secret. Ils sont trop distraits et trop partagés, et leur maîtresse leur fait une première occupation qui ne s'accorde point avec la manière dont je veux que vous soyez attaché à moi. Souvenez-vous donc que c'est sur la parole que vous me donnez, que vous n'avez aucun engagement, que je vous choisis pour vous donner toute ma confiance. Souvenez-vous que je veux la vôtre tout entière ; que je veux que vous n'ayez ni ami, ni amie, que ceux qui me seront agréables, et que vous abandonniez tout autre soin que celui de me plaire. Je ne vous ferai pas perdre celui de votre fortune ; je la conduirai avec plus d'application que vous-même et, quoi que je fasse pour vous, je m'en tiendrai trop bien récompensée, si je vous trouve pour moi tel que je l'espère. Je vous choisis pour vous confier tous mes chagrins et pour m'aider à les adoucir. Vous pouvez juger qu'ils ne sont pas médiocres. Je souffre en apparence, sans beaucoup de peine, l'attachement du roi pour la duchesse de Valentinois ; mais il m'est insupportable. Elle gouverne le roi, elle le trompe, elle me méprise, tous mes gens sont à elle. La reine, ma belle-fille, fière de sa beauté et du crédit de ses oncles, ne me rend aucun devoir. Le connétable de Montmorency est maître du roi et du royaume; il me hait, et m'a donné des marques de sa haine que je ne puis oublier. Le maréchal de Saint-André est un jeune favori audacieux, qui n'en use pas mieux avec moi que les autres. Le détail de mes malheurs vous ferait pitié; je n'ai osé jusqu'ici me fier à personne, je me fie à vous; faites que je ne m'en repente point et soyez ma seule consolation. » Les yeux de la reine rougirent en achevant ces paroles; je pensai me jeter à ses pieds tant je fus véritablement touché de la bonté qu'elle me témoignait. Depuis ce jour-là, elle eut en moi une entière confiance; elle ne fit plus rien sans m'en parler et j'ai conservé une liaison qui dure encore.

TOME TROISIÈME

Cependant, quelque rempli et quelque occupé que je fusse de cette nouvelle liaison avec la reine, je tenais à Mme de Thémines par une inclination naturelle que je ne pouvais vaincre. Il me parut qu'elle cessait de m'aimer et, au lieu que, si j'eusse été sage, je me fusse servi du changement qui paraissait en elle pour aider à me guérir, mon amour en redoubla et je me conduisais si mal que la reine eut quelque connaissance de cet attachement. La jalousie est naturelle aux personnes de sa nation, et peut-être que cette princesse a pour moi des sentiments plus vifs qu'elle ne pense elle-même. Mais enfin le bruit que j'étais amoureux lui donna de si grandes inquiétudes et de si grands chagrins que je me crus cent fois perdu auprès d'elle. Je la rassurai enfin à force de soins, de soumissions et de faux serments; mais je n'aurais pu la tromper longtemps si le changement de Mme de Thémines ne m'avait détaché d'elle malgré moi. Elle me fit voir qu'elle ne m'aimait plus; et j'en fus si persuadé que je fus contraint de ne la pas tourmenter davantage et de la laisser en repos. Quelque temps après, elle m'écrivit cette lettre que j'ai perdue. J'appris par là qu'elle avait su le commerce que j'avais eu avec cette autre femme dont je vous ai parlé et que c'était la cause de son changement. Comme je n'avais plus rien alors qui me partageât, la reine était assez contente de moi; mais comme les sentiments que j'ai pour elle ne sont pas d'une nature à me rendre incapable de tout autre attachement et que l'on n'est pas amoureux par sa volonté, je le suis devenu de Mme de Martigues[92], pour qui j'avais déjà eu beaucoup d'inclination pendant qu'elle était Villemontais, fille de la reine dauphine. J'ai lieu de croire que je n'en suis pas haï; la discrétion que je lui fais paraî-

tre et dont elle ne sait pas toutes les raisons, lui est
agréable. La reine n'a aucun soupçon sur son sujet;
mais elle en a un autre qui n'est guère moins fâcheux.
Comme Mme de Martigues est toujours chez la reine
dauphine, j'y vais aussi beaucoup plus souvent que de
coutume. La reine s'est imaginé que c'est de cette princesse que je suis amoureux. Le rang de la reine dauphine,
qui est égal au sien, et la beauté et la jeunesse qu'elle a
au-dessus d'elle, lui donnent une jalousie qui va jusques à la fureur et une haine contre sa belle-fille qu'elle ne
saurait plus cacher. Le cardinal de Lorraine, qui me
paraît depuis longtemps aspirer aux bonnes grâces de la
reine et qui voit bien que j'occupe une place qu'il voudrait remplir, sous prétexte de raccommoder Mme la
Dauphine avec elle, est entré dans les différends qu'elles
ont eus ensemble. Je ne doute pas qu'il n'ait démêlé le
véritable sujet de l'aigreur de la reine et je crois qu'il
me rend toutes sortes de mauvais offices, sans lui laisser
voir qu'il a dessein de me les rendre. Voilà l'état où
sont les choses à l'heure que je vous parle. Jugez quel
effet peut produire la lettre que j'ai perdue, et que mon
malheur m'a fait mettre dans ma poche pour la rendre à
Mme de Thémines. Si la reine voit cette lettre, elle con-
naîtra que je l'ai trompée et que presque dans le temps
que je la trompais pour Mme de Thémines, je trompais
Mme de Thémines pour une autre; jugez quelle idée cela
lui peut donner de moi et si elle peut jamais se fier à
mes paroles. Si elle ne voit point cette lettre, que lui
dirai-je? Elle sait qu'on l'a remise entre les mains de
Mme la Dauphine; elle croira que Chastelart a reconnu
l'écriture de cette reine et que la lettre est d'elle; elle
s'imaginera que la personne dont on témoigne de la jalousie est peut-être elle-même; enfin, il n'y a rien qu'elle
n'ait lieu de penser et il n'y a rien que je ne doive craindre de ses pensées. Ajoutez à cela que je suis vivement
touché de Mme de Martigues; qu'assurément Mme la
Dauphine lui montrera cette lettre qu'elle croira écrite
depuis peu; ainsi je serai également brouillé, et avec la
personne du monde que j'aime le plus, et avec la personne
du monde que je dois le plus craindre. Voyez après
cela si je n'ai pas raison de vous conjurer de dire que la

lettre est à vous, et de vous demander, en grâce, de l'aller retirer des mains de Mme la Dauphine.

— Je vois bien, dit M. de Nemours, que l'on ne peut être dans un plus grand embarras que celui où vous êtes, et il faut avouer que vous le méritez. On m'a accusé de n'être pas un amant fidèle et d'avoir plusieurs galanteries à la fois; mais vous me passez de si loin que je n'aurais seulement osé imaginer les choses que vous avez entreprises. Pouviez-vous prétendre de conserver Mme de Thémines en vous engageant avec la reine et espériez-vous de vous engager avec la reine et de la pouvoir tromper? Elle est italienne et reine, et par conséquent pleine de soupçons, de jalousie et d'orgueil; quand votre bonne fortune, plutôt que votre bonne conduite, vous a ôté des engagements où vous étiez, vous en avez pris de nouveaux et vous vous êtes imaginé qu'au milieu de la cour, vous pourriez aimer Mme de Martigues sans que la reine s'en aperçût. Vous ne pouviez prendre trop de soins de lui ôter la honte d'avoir fait les premiers pas. Elle a pour vous une passion violente; votre discrétion vous empêche de me le dire et la mienne de vous le demander; mais enfin elle vous aime, elle a de la défiance, et la vérité est contre vous.

— Est-ce à vous à m'accabler de réprimandes, interrompit le vidame, et votre expérience ne vous doit-elle pas donner de l'indulgence pour mes fautes? Je veux pourtant bien convenir que j'ai tort; mais songez, je vous conjure, à me tirer de l'abîme où je suis. Il me paraît qu'il faudrait que vous vissiez la reine dauphine sitôt qu'elle sera éveillée pour lui redemander cette lettre, comme l'ayant perdue.

— Je vous ai déjà dit, reprit monsieur de Nemours, que la proposition que vous me faites est un peu extraordinaire et que mon intérêt particulier m'y peut faire trouver des difficultés; mais, de plus, si l'on a vu tomber cette lettre de votre poche, il me paraît difficile de persuader qu'elle soit tombée de la mienne.

— Je croyais vous avoir appris, répondit le vidame, que l'on a dit à la reine dauphine que c'était de la vôtre qu'elle était tombée,

— Comment ! reprit brusquement M. de Nemours, qui vit dans ce moment les mauvais offices que cette méprise lui pouvait faire auprès de Mme de Clèves, l'on a dit à la reine dauphine que c'est moi qui ai laissé tomber cette lettre ?

— Oui, reprit le vidame, on le lui a dit. Et ce qui a fait cette méprise, c'est qu'il y avait plusieurs gentilshommes des reines dans une des chambres du jeu de paume où étaient nos habits et que vos gens et les miens les ont été quérir. En même temps la lettre est tombée; ces gentilshommes l'ont ramassée et l'ont lue tout haut. Les uns ont cru qu'elle était à vous et les autres à moi. Chastelart, qui l'a prise et à qui je viens de la faire demander, a dit qu'il l'avait donnée à la reine dauphine, comme une lettre qui était à vous; et ceux qui en ont parlé à la reine ont dit par malheur qu'elle était à moi; ainsi vous pouvez faire aisément ce que je souhaite et m'ôter de l'embarras où je suis.

M. de Nemours avait toujours fort aimé le vidame de Chartres, et ce qu'il était à Mme de Clèves le lui rendait encore plus cher. Néanmoins il ne pouvait se résoudre à prendre le hasard qu'elle entendît parler de cette lettre comme d'une chose où il avait intérêt. Il se mit à rêver profondément et le vidame, se doutant à peu près du sujet de sa rêverie :

— Je vois bien [93], lui dit-il, que vous craignez de vous brouiller avec votre maîtresse, et même vous me donneriez lieu de croire que c'est avec la reine dauphine si le peu de jalousie que je vous vois de M. d'Anville ne m'en ôtait la pensée; mais, quoi qu'il en soit, il est juste que vous ne sacrifiiez pas votre repos au mien et je veux bien vous donner les moyens de faire voir à celle que vous aimez que cette lettre s'adresse à moi et non pas à vous : voilà un billet de Mme d'Amboise [94], qui est amie de Mme de Thémines et à qui elle s'est fiée de tous les sentiments qu'elle a eus pour moi. Par ce billet elle me redemande cette lettre de son amie, que j'ai perdue; mon nom est sur le billet; et ce qui est dedans prouve sans aucun doute que la lettre que l'on me redemande est la même que l'on a trouvée. Je vous remets ce billet entre les mains et je consens que vous le montriez à votre maîtresse pour vous justifier. Je vous conjure de ne perdre pas un moment et d'aller, dès ce matin, chez Mme la Dauphine.

M. de Nemours le promit au vidame de Chartres et prit le billet de Mme d'Amboise; néanmoins son dessein n'était pas de voir la reine dauphine et il trouvait qu'il avait quelque chose de plus pressé à faire. Il ne doutait pas qu'elle n'eût déjà parlé de la lettre à Mme de Clèves et il ne pouvait supporter qu'une personne qu'il aimait si éperdument, eût lieu de croire qu'il eût quelque attachement pour un[e] autre.

Il alla chez elle à l'heure qu'il crut qu'elle pouvait être éveillée et lui fit dire qu'il ne demanderait pas à avoir l'honneur de la voir, à une heure si extraordinaire, si une affaire de conséquence ne l'y obligeait. Mme de Clèves était encore au lit, l'esprit aigri et agité de tristes pensées qu'elle avait eues pendant la nuit. Elle fut extrêmement surprise lorsqu'on lui dit que M. de Nemours la demandait; l'aigreur où elle était ne la fit pas balancer à répondre qu'elle était malade et qu'elle ne pouvait lui parler.

Ce prince ne fut pas blessé de ce refus : une marque de froideur, dans un temps où elle pouvait avoir de la jalousie, n'était pas un mauvais augure. Il alla à l'appartement de M. de Clèves, et lui dit qu'il venait de celui de madame sa femme, qu'il était bien fâché de ne la pouvoir entretenir, parce qu'il avait à lui parler d'une affaire importante pour le vidame de Chartres. Il fit entendre en peu de mots à M. de Clèves la conséquence de cette affaire, et M. de Clèves le mena à l'heure même dans la chambre de sa femme. Si elle n'eût point été dans l'obscurité, elle eût eu peine à cacher son trouble et son étonnement de voir entrer M. de Nemours conduit par son mari. M. de Clèves lui dit qu'il s'agissait d'une lettre, où l'on avait besoin de son secours pour les intérêts du vidame, qu'elle verrait avec M. de Nemours ce qu'il y avait à faire, et que, pour lui, il s'en allait chez le roi qui venait de l'envoyer quérir.

M. de Nemours demeura seul auprès de Mme de Clèves, comme il le pouvait souhaiter.

— Je viens vous demander, madame, lui dit-il, si

Mme la Dauphine ne vous a point parlé d'une lettre que Chastelart lui remit hier entre les mains.

— Elle m'en a dit quelque chose, répondit Mme de Clèves; mais je ne vois pas ce que cette lettre a de commun avec les intérêts de mon oncle et je vous puis assurer qu'il n'y est pas nommé.

— Il est vrai, madame, répliqua M. de Nemours, il n'y est pas nommé; néanmoins elle s'adresse à lui et il lui est très important que vous la retiriez des mains de Mme la Dauphine.

— J'ai peine à comprendre, reprit Mme de Clèves, pourquoi il lui importe que cette lettre soit vue et pourquoi il faut la redemander sous son nom.

— Si vous voulez vous donner le loisir de m'écouter, madame, dit M. de Nemours, je vous ferai bientôt voir la vérité et vous apprendrez des choses si importantes pour M. le Vidame que je ne les aurais pas même confiées à M. le prince de Clèves, si je n'avais eu besoin de son secours pour avoir l'honneur de vous voir.

— Je pense que tout ce que vous prendriez la peine de me dire serait inutile, répondit Mme de Clèves avec un air assez sec, et il vaut mieux que vous alliez trouver la reine dauphine et que, sans chercher de détours, vous lui disiez l'intérêt que vous avez à cette lettre, puisque aussi bien on lui a dit qu'elle vient de vous.

L'aigreur que M. de Nemours voyait dans l'esprit de Mme de Clèves lui donnait le plus sensible plaisir qu'il eût jamais eu et balançait son impatience de se justifier.

— Je ne sais, madame, reprit-il, ce qu'on peut avoir dit à Mme la Dauphine; mais je n'ai aucun intérêt à cette lettre et elle s'adresse à M. le Vidame.

— Je le crois, répliqua Mme de Clèves; mais on a dit le contraire à la reine dauphine et il ne lui paraîtra pas vraisemblable que les lettres de M. le Vidame tombent de vos poches. C'est pourquoi, à moins que vous n'ayez quelque raison que je ne sais point, à cacher la vérité à la reine dauphine, je vous conseille de la lui avouer.

— Je n'ai rien à lui avouer, reprit-il; la lettre ne s'adresse pas à moi et, s'il y a quelqu'un que je souhaite d'en persuader, ce n'est pas Mme la Dauphine. Mais, madame, comme il s'agit en ceci de la fortune de M. le

Vidame, trouvez bon que je vous apprenne des choses qui sont même dignes de votre curiosité.

Mme de Clèves témoigna par son silence qu'elle était prête à l'écouter, et M. de Nemours lui conta, le plus succinctement qu'il lui fut possible, tout ce qu'il venait d'apprendre du vidame. Quoique ce fussent des choses propres à donner de l'étonnement et à être écoutées avec attention, Mme de Clèves les entendit avec une froideur si grande qu'il semblait qu'elle ne les crût pas véritables ou qu'elles lui fussent indifférentes. Son esprit demeura dans cette situation jusqu'à ce que M. de Nemours lui parlât du billet de Mme d'Amboise, qui s'adressait au vidame de Chartres et qui était la preuve de tout ce qu'il lui venait de dire. Comme Mme de Clèves savait que cette femme était amie de Mme de Thémines, elle trouva une apparence de vérité à ce que lui disait M. de Nemours, qui lui fit penser que la lettre ne s'adressait peut-être pas à lui. Cette pensée la tira tout d'un coup, et malgré elle, de la froideur qu'elle avait eue jusqu'alors. Ce prince, après lui avoir lu ce billet qui faisait sa justification, le lui présenta pour le lire et lui dit qu'elle en pouvait connaître l'écriture; elle ne put s'empêcher de le prendre, de regarder le dessus pour voir s'il s'adressait au vidame de Chartres et de le lire tout entier pour juger si la lettre que l'on redemandait était la même qu'elle avait entre les mains. M. de Nemours lui dit encore tout ce qu'il crut propre à la persuader; et, comme on persuade aisément une vérité agréable, il convainquit Mme de Clèves qu'il n'avait point de part à cette lettre.

Elle commença alors à raisonner avec lui sur l'embarras et le péril où était le vidame, à le blâmer de sa méchante conduite, à chercher les moyens de le secourir; elle s'étonna du procédé de la reine, elle avoua à M. de Nemours qu'elle avait la lettre, enfin sitôt qu'elle le crut innocent, elle entra avec un esprit ouvert et tranquille dans les mêmes choses qu'elle semblait d'abord ne daigner pas entendre. Ils convinrent qu'il ne fallait point rendre la lettre à la reine dauphine, de peur qu'elle ne la montrât à Mme de Martigues, qui connaissait l'écriture de Mme de Thémines et qui aurait aisément deviné par l'intérêt qu'elle prenait au vidame, qu'elle s'adressait à lui. Ils trouvèrent aussi qu'il ne fallait pas confier à la reine dauphine tout ce qui regardait la reine, sa belle-mère. Mme de Clèves, sous le prétexte des affaires de son oncle, entrait avec plaisir à garder tous les secrets que M. de Nemours lui confiait.

Ce prince ne lui eût pas toujours parlé des intérêts du vidame, et la liberté où il se trouvait de l'entretenir lui eût donné une hardiesse qu'il n'avait encore osé prendre, si l'on ne fût venu dire à Mme de Clèves que la reine dauphine lui ordonnait de l'aller trouver. M. de Nemours fut contraint de se retirer; il alla trouver le vidame pour lui dire qu'après l'avoir quitté, il avait pensé qu'il était plus à propos de s'adresser à Mme de Clèves qui était sa nièce que d'aller droit à Mme la Dauphine. Il ne manqua pas de raisons pour faire approuver ce qu'il avait fait et pour en faire espérer un bon succès.

Cependant Mme de Clèves s'habilla en diligence pour aller chez la reine. A peine parut-elle dans sa chambre, que cette princesse la fit approcher, [et] lui dit tout bas :

— Il y a deux heures que je vous attends, et jamais je n'ai été si embarrassée à déguiser la vérité que je l'ai été ce matin. La reine a entendu parler de la lettre que je vous donnai hier; elle croit que c'est le vidame de Chartres qui l'a laissée tomber. Vous savez qu'elle y prend quelque intérêt; elle a fait chercher cette lettre, elle l'a fait demander à Chastelart; il a dit qu'il me l'avait donnée; on me l'est venu demander sur le prétexte que c'était une jolie lettre qui donnait de la curiosité à la reine. Je n'ai osé dire que vous l'aviez; je crus qu'elle s'imaginerait que je vous l'avais mise entre les mains à cause du vidame votre oncle, et qu'il y aurait une grande intelligence entre lui et moi. Il m'a déjà paru qu'elle souffrait avec peine qu'il me vît souvent, de sorte que j'ai dit que la lettre était dans les habits que j'avais hier et que ceux qui en avaient la clef étaient sortis. Donnez-moi promptement cette lettre, ajouta-t-elle, afin que je la lui envoie et que je la lise avant que de l'envoyer pour voir si je n'en connaîtrai point l'écriture.

Mme de Clèves se trouva encore plus embarrassée qu'elle n'avait pensé.

— Je ne sais, madame, comment vous ferez, répondit-elle ; car M. de Clèves, à qui je l'avais donnée à lire, l'a rendue à M. de Nemours qui est venu dès ce matin le prier de vous la redemander. M. de Clèves a eu l'imprudence de lui dire qu'il l'avait et il a eu la faiblesse de céder aux prières que M. de Nemours lui a faites de la lui rendre.

— Vous me mettez dans le plus grand embarras où je puisse jamais être, repartit Mme la Dauphine, et vous avez tort d'avoir rendu cette lettre à M. de Nemours ; puisque c'était moi qui vous l'avais donnée, vous ne deviez point la rendre sans ma permission. Que voulez-vous que je dise à la reine et que pourra-t-elle s'imaginer ? Elle croira, et avec apparence, que cette lettre me regarde et qu'il y a quelque chose entre le vidame et moi. Jamais on ne lui persuadera que cette lettre soit à M. de Nemours.

— Je suis très affligée, répondit Mme de Clèves, de l'embarras que je vous cause. Je le crois aussi grand qu'il est ; mais c'est la faute de M. de Clèves et non pas la mienne.

— C'est la vôtre, répliqua Mme la Dauphine, de lui avoir donné la lettre, et il n'y a que vous de femme au monde qui fasse confidence à son mari de toutes les choses qu'elle sait.

— Je crois que j'ai tort, madame, répliqua Mme de Clèves ; mais songez à réparer ma faute et non pas à l'examiner.

— Ne vous souvenez-vous point, à peu près, de ce qui est dans cette lettre ? dit alors la [reine] [95] dauphine.

— Oui, madame, répondit-elle, je m'en souviens et l'ai relue plus d'une fois.

— Si cela est, reprit Mme la Dauphine, il faut que vous alliez tout à l'heure la faire écrire d'une main inconnue. Je l'enverrai à la reine : elle ne la montrera pas à ceux qui l'ont vue. Quand elle le ferait, je soutiendrai toujours que c'est celle que Chastelart m'a donnée et il n'oserait dire le contraire.

Mme de Clèves entra dans cet expédient, et d'autant plus qu'elle pensa qu'elle enverrait quérir M. de Nemours pour ravoir la lettre même, afin de la faire copier mot à mot et d'en faire à peu près imiter l'écriture, et elle crut que la reine y serait infailliblement trompée. Sitôt qu'elle fut chez elle, elle conta à son mari l'embarras de Mme la Dauphine et le pria d'envoyer chercher M. de Nemours. On le chercha; il vint en diligence. Mme de Clèves lui dit tout ce qu'elle avait déjà appris à son mari et lui demanda la lettre; mais M. de Nemours répondit qu'il l'avait déjà rendue au vidame de Chartres, qui avait eu tant de joie de la ravoir et de se trouver hors du péril qu'il aurait couru qu'il l'avait renvoyée à l'heure même à l'amie de Mme de Thémines. Mme de Clèves se retrouva dans un nouvel embarras; et enfin, après avoir bien consulté, ils résolurent de faire la lettre de mémoire. Ils s'enfermèrent pour y travailler; on donna ordre à la porte de ne laisser entrer personne et on renvoya tous les gens de M. de Nemours. Cet air de mystère et de confidence n'était pas d'un médiocre charme pour ce prince et même pour Mme de Clèves. La présence de son mari et les intérêts du vidame de Chartres la rassuraient en quelque sorte sur ses scrupules. Elle ne sentait que le plaisir de voir M. de Nemours, elle en avait une joie pure et sans mélange qu'elle n'avait jamais sentie : cette joie lui donnait une liberté et un enjouement dans l'esprit que M. de Nemours ne lui avait jamais vus et qui redoublaient son amour. Comme il n'avait point eu encore de si agréables moments, sa vivacité en était augmentée; et quand Mme de Clèves voulut commencer à se souvenir de la lettre et à l'écrire, ce prince, au lieu de lui aider sérieusement, ne faisait que l'interrompre et lui dire des choses plaisantes. Mme de Clèves entra dans le même esprit de gaieté, de sorte qu'il y avait déjà longtemps qu'ils étaient enfermés, et on était déjà venu deux fois de la part de la reine dauphine pour dire à Mme de Clèves de se dépêcher, qu'ils n'avaient pas encore fait la moitié de la lettre.

M. de Nemours était bien aise de faire durer un temps qui lui était si agréable et oubliait les intérêts de son ami. Mme de Clèves ne s'ennuyait pas et oubliait aussi les intérêts de son oncle. Enfin à peine, à quatre heures, la lettre était-elle achevée, et elle était si mal, et l'écriture dont on la fit copier ressemblait si peu à celle que l'on avait eu dessein d'imiter qu'il eût fallu que la reine n'eût guère pris de soin d'éclaircir la vérité pour ne la pas connaître. Aussi n'y fut-elle pas trompée, quelque soin que l'on prît de lui persuader que cette lettre s'adressait à M. de Nemours. Elle demeura convaincue, non seulement qu'elle était au vidame de Chartres, mais elle crut que la reine dauphine y avait part et qu'il y avait quelque intelligence entre eux. Cette pensée augmenta tellement la haine qu'elle avait pour cette princesse qu'elle ne lui pardonna jamais et qu'elle la persécuta jusqu'à ce qu'elle l'eût fait sortir de France.

Pour le vidame de Chartres, il fut ruiné auprès d'elle, et, soit que le cardinal de Lorraine se fût déjà rendu maître de son esprit, ou que l'aventure de cette lettre qui lui fit voir qu'elle était trompée, lui aidât à démêler les autres tromperies que le vidame lui avait déjà faites, il est certain qu'il ne put jamais se raccommoder sincèrement avec elle. Leur liaison se rompit, et elle le perdit ensuite à la conjuration d'Amboise où il se trouva embarrassé [96].

Après qu'on eut envoyé la lettre à Mme la Dauphine, M. de Clèves et M. de Nemours s'en allèrent. Mme de Clèves demeura seule, et sitôt qu'elle ne fut plus soutenue par cette joie que donne la présence de ce que l'on aime, elle revint comme d'un songe; elle regarda avec étonnement la prodigieuse différence de l'état où elle était le soir d'avec celui où elle se trouvait alors; elle se remit devant les yeux l'aigreur et la froideur qu'elle avait fait paraître à M. de Nemours, tant qu'elle avait cru que la lettre de Mme de Thémines s'adressait à lui; quel calme et quelle douceur avaient succédé à cette aigreur, sitôt qu'il l'avait persuadée que cette lettre ne le regardait pas. Quand elle pensait qu'elle s'était reproché comme un crime, le jour précédent, de lui avoir donné des marques de sensibilité que la seule compassion pouvait avoir fait naître et que, par son aigreur, elle lui avait fait paraître des sentiments de jalousie qui étaient des preuves certaines de passion, elle ne se reconnaissait plus elle-même. Quand elle pensait encore que M. de Nemours voyait bien qu'elle connaissait son amour, qu'il voyait bien aussi que, malgré cette connaissance

elle ne l'en traitait pas plus mal en présence même de
son mari, qu'au contraire elle ne l'avait jamais regardé
si favorablement, qu'elle était cause que M. de Clèves
l'avait envoyé quérir et qu'ils venaient de passer une
après-dînée ensemble en particulier, elle trouvait qu'elle
était d'intelligence avec M. de Nemours, qu'elle trompait le mari du monde qui méritait le moins d'être
trompé, et elle était honteuse de paraître si peu digne
d'estime aux yeux même de son amant. Mais, ce qu'elle
pouvait moins supporter que tout le reste, était le souvenir de l'état où elle avait passé la nuit, et les cuisantes
douleurs que lui avait causées la pensée que M. de
Nemours aimait ailleurs et qu'elle était trompée.

Elle avait ignoré jusqu'alors les inquiétudes mortelles
de la défiance et de la jalousie ; elle n'avait pensé qu'à se
défendre d'aimer M. de Nemours et elle n'avait point
encore commencé à craindre qu'il en aimât une autre.
Quoique les soupçons que lui avait donnés cette lettre
fussent effacés, ils ne laissèrent pas de lui ouvrir les yeux
sur le hasard d'être trompée et de lui donner des impressions de défiance et de jalousie qu'elle n'avait jamais
eues. Elle fut étonnée de n'avoir point encore pensé
combien il était peu vraisemblable qu'un homme comme
M. de Nemours, qui avait toujours fait paraître tant de
légèreté parmi les femmes, fût capable d'un attachement sincère et durable. Elle trouva qu'il était presque
impossible qu'elle pût être contente de sa passion. Mais
quand je le pourrais être, disait-elle, qu'en veux-je
faire ? Veux-je la souffrir ? Veux-je y répondre ? Veux-je
m'engager dans une galanterie ? Veux-je manquer à
M. de Clèves ? Veux-je me manquer à moi-même ? Et
veux-je enfin m'exposer aux cruels repentirs et aux mortelles douleurs que donne l'amour ? Je suis vaincue et
surmontée par une inclination qui m'entraîne malgré
moi. Toutes mes résolutions sont inutiles ; je pensai
hier tout ce que je pense aujourd'hui et je fais aujourd'hui tout le contraire de ce que je résolus hier.
Il faut m'arracher de la présence de M. de Nemours ; il
faut m'en aller à la campagne, quelque bizarre que puisse
paraître mon voyage ; et si M. de Clèves s'opiniâtre à
l'empêcher où à en vouloir savoir les raisons, peut-être

lui ferai-je le mal, et à moi-même aussi, de les lui apprendre. Elle demeura dans cette résolution et passa tout le soir chez elle, sans aller savoir de Mme la Dauphine ce qui était arrivé de la fausse lettre du vidame.

Quand M. de Clèves fut revenu, elle lui dit qu'elle voulait aller à la campagne, qu'elle se trouvait mal et qu'elle avait besoin de prendre l'air. M. de Clèves, à qui elle paraissait d'une beauté qui ne lui persuadait pas que ses maux fussent considérables, se moqua d'abord de la proposition de ce voyage et lui répondit qu'elle oubliait que les noces des princesses et le tournoi s'allaient faire, et qu'elle n'avait pas trop de temps pour se préparer à y paraître avec la même magnificence que les autres femmes. Les raisons de son mari ne la firent pas changer de dessein; elle le pria de trouver bon que, pendant qu'il irait à Compiègne avec le roi, elle allât à Coulommiers, qui était une belle maison à une journée de Paris, qu'ils faisaient bâtir avec soin. M. de Clèves y consentit; elle y alla dans le dessein de n'en pas revenir sitôt, et le roi partit pour Compiègne où il ne devait être que peu de jours.

M. de Nemours avait eu bien de la douleur de n'avoir point revu Mme de Clèves depuis cette après-dînée qu'il avait passée avec elle si agréablement et qui avait augmenté ses espérances. Il avait une impatience de la revoir qui ne lui donnait point de repos, de sorte que, quand le roi revint à Paris, il résolut d'aller chez sa sœur, la duchesse de Mercœur [97], qui était à la campagne assez près de Coulommiers. Il proposa au vidame d'y aller avec lui, qui accepta aisément cette proposition; et M. de Nemours la fit dans l'espérance de voir Mme de Clèves et d'aller chez elle avec le vidame.

Mme de Mercœur les reçut avec beaucoup de joie et ne pensa qu'à les divertir et à leur donner tous les plaisirs de la campagne. Comme ils étaient à la chasse à courir le cerf, M. de Nemours s'égara dans la forêt. En s'enquérant du chemin qu'il devait tenir pour s'en retourner, il sut qu'il était proche de Coulommiers. A ce mot de Coulommiers, sans faire aucune réflexion et sans savoir quel était son dessein, il alla à toute bride du côté qu'on le lui montrait. Il arriva dans la forêt et se laissa conduire au hasard par des routes faites avec soin, qu'il jugea bien qui conduisaient vers le château. Il trouva au bout de ces routes un pavillon, dont le dessous était un grand salon accompagné de deux cabinets, dont l'un était ouvert sur un jardin de fleurs, qui n'était séparé de la forêt que par des palissades, et le second donnait sur une grande allée du parc. Il entra dans le pavillon, et il se serait arrêté à en regarder la beauté, sans qu'il vît venir par cette allée du parc M. et Mme de Clèves, accompagnés d'un grand nombre de domestiques. Comme il ne s'était pas attendu à trouver M. de Clèves qu'il avait laissé auprès du roi, son premier mouvement le porta à se cacher : il entra dans le cabinet qui donnait sur le jardin de fleurs, dans la pensée d'en ressortir par une porte qui était ouverte sur la forêt; mais, voyant que Mme de Clèves et son mari s'étaient assis sous le pavillon, que leurs domestiques demeuraient dans le parc et qu'ils ne pouvaient venir à lui sans passer dans le lieu où étaient M. et Mme de Clèves, il ne put se refuser le plaisir de voir cette princesse, ni résister à la curiosité d'écouter sa conversation avec un mari qui lui donnait plus de jalousie qu'aucun de ses rivaux.

Il entendit que M. de Clèves disait à sa femme :

— Mais pourquoi ne voulez-vous point revenir à Paris ? Qui vous peut retenir à la campagne ? Vous avez depuis quelque temps un goût pour la solitude qui m'étonne et qui m'afflige parce qu'il nous sépare. Je vous trouve même plus triste que de coutume et je crains que vous n'ayez quelque sujet d'affliction.

— Je n'ai rien de fâcheux dans l'esprit, répondit-elle avec un air embarrassé; mais le tumulte de la cour est si grand et il y a toujours un si grand monde chez vous qu'il est impossible que le corps et l'esprit ne se lassent et que l'on ne cherche du repos.

— Le repos, répliqua-t-il, n'est guère propre pour une personne de votre âge. Vous êtes, chez vous et dans la cour, d'une sorte à ne vous pas donner de lassitude et je craindrais plutôt que vous ne fussiez bien aise d'être séparée de moi.

— Vous me feriez une grande injustice d'avoir cette

pensée, reprit-elle avec un embarras qui augmentait toujours; mais je vous supplie de me laisser ici. Si vous y pouviez demeurer, j'en aurais beaucoup de joie, pourvu que vous y demeurassiez seul, et que vous voulussiez bien n'y avoir point ce nombre infini de gens qui ne vous quittent quasi jamais.

— Ah ! madame ! s'écria M. de Clèves, votre air et vos paroles me font voir que vous avez des raisons pour souhaiter d'être seule, que je ne sais point, et je vous conjure de me les dire.

Il la pressa longtemps de les lui apprendre sans pouvoir l'y obliger ; et, après qu'elle se fut défendue d'une manière qui augmentait toujours la curiosité de son mari, elle demeura dans un profond silence, les yeux baissés; puis tout d'un coup prenant la parole et le regardant :

— Ne me contraignez point, lui dit-elle, à vous avouer une chose que je n'ai pas la force de vous avouer, quoique j'en aie eu plusieurs fois le dessein. Songez seulement que la prudence ne veut pas qu'une femme de mon âge, et maîtresse de sa conduite, demeure exposée au milieu de la cour.

— Que me faites-vous envisager, madame, s'écria M. de Clèves. Je n'oserais vous le dire de peur de vous offenser.

Mme de Clèves ne répondit point; et son silence achevant de confirmer son mari dans ce qu'il avait pensé :

— Vous ne me dites rien, reprit-il, et c'est me dire que je ne me trompe pas.

— Eh bien, monsieur, lui répondit-elle en se jetant à ses genoux, je vais vous faire un aveu que l'on n'a jamais fait à son mari; mais l'innocence de ma conduite et de mes intentions m'en donne la force. Il est vrai que j'ai des raisons de m'éloigner de la cour et que je veux éviter les périls où se trouvent quelquefois les personnes de mon âge. Je n'ai jamais donné nulle marque de faiblesse et je ne craindrais pas d'en laisser paraître si vous me laissiez la liberté de me retirer de la cour ou si j'avais encore Mme de Chartres pour aider à me conduire. Quelque dangereux que soit le parti que je prends, je le prends avec joie pour me conserver digne d'être à vous. Je vous demande mille pardons, si j'ai des sentiments qui vous déplaisent, du moins je ne vous déplairai jamais par mes actions. Songez que pour faire ce que je fais, il faut avoir plus d'amitié et plus d'estime pour un mari que l'on en a jamais eu ; conduisez-moi, ayez pitié de moi, et aimez-moi encore, si vous pouvez [98].

M. de Clèves était demeuré, pendant tout ce discours, la tête appuyée sur ses mains, hors de lui-même, et il n'avait pas songé à faire relever sa femme. Quand elle eut cessé de parler, qu'il jeta les yeux sur elle, qu'il la vit à ses genoux le visage couvert de larmes et d'une beauté si admirable, il pensa mourir de douleur, et l'embrassant en la relevant :

— Ayez pitié de moi vous-même, madame, lui dit-il, j'en suis digne ; et pardonnez si, dans les premiers moments d'une affliction aussi violente qu'est la mienne, je ne réponds pas, comme je dois, à un procédé comme le vôtre. Vous me paraissez plus digne d'estime et d'admiration que tout ce qu'il y a jamais eu de femmes au monde ; mais aussi je me trouve le plus malheureux homme qui ait jamais été. Vous m'avez donné de la passion dès le premier moment que je vous ai vue ; vos rigueurs et votre possession n'ont pu l'éteindre : elle dure encore ; je n'ai jamais pu vous donner de l'amour, et je vois que vous craignez d'en avoir pour un autre. Et qui est-il, madame, cet homme heureux qui vous donne cette crainte ? Depuis quand vous plaît-il ? Qu'a-t-il fait pour vous plaire ? Quel chemin a-t-il trouvé pour aller à votre cœur ? Je m'étais consolé en quelque sorte de ne l'avoir pas touché par la pensée qu'il était incapable de l'être. Cependant un autre fait ce que je n'ai pu faire. J'ai tout ensemble la jalousie d'un mari et celle d'un amant ; mais il est impossible d'avoir celle d'un mari après un procédé comme le vôtre. Il est trop noble pour ne me pas donner une sûreté entière ; il me console même comme votre amant. La confiance et la sincérité que vous avez pour moi sont d'un prix infini : vous m'estimez assez pour croire que je n'abuserai pas de cet aveu. Vous avez raison, madame, je n'en abuserai pas et je ne vous en aimerai pas moins. Vous me rendez malheureux par la plus grande marque de fidélité que jamais une femme ait donnée à son mari. Mais, madame, achevez et apprenez-moi qui est celui que vous voulez éviter.

— Je vous supplie de ne me le point demander, répondit-elle ; je suis résolue de ne vous le pas dire et je crois que la prudence ne veut pas que je vous le nomme.

— Ne craignez point, madame, reprit M. de Clèves, je connais trop le monde pour ignorer que la considération d'un mari n'empêche pas que l'on ne soit amoureux de sa femme. On doit haïr ceux qui le sont et non pas s'en plaindre ; et encore une fois, madame, je vous conjure de m'apprendre ce que j'ai envie de savoir.

— Vous m'en presseriez inutilement, répliqua-t-elle ; j'ai de la force pour taire ce que je crois ne pas devoir dire. L'aveu que je vous ai fait n'a pas été par faiblesse, et il faut plus de courage pour avouer cette vérité que pour entreprendre de la cacher.

M. de Nemours ne perdait pas une parole de cette conversation ; et ce que venait de dire Mme de Clèves ne lui donnait guère moins de jalousie qu'à son mari. Il était si éperdument amoureux d'elle qu'il croyait que tout le monde avait les mêmes sentiments. Il était véritable aussi qu'il avait plusieurs rivaux ; mais il s'en imaginait encore davantage, et son esprit s'égarait à chercher celui dont Mme de Clèves voulait parler. Il avait cru bien des fois qu'il ne lui était pas désagréable et il avait fait ce jugement sur des choses qui lui parurent si légères dans ce moment qu'il ne put s'imaginer qu'il eût donné une passion qui devait être bien violente pour avoir recours à un remède si extraordinaire. Il était si transporté qu'il ne savait quasi ce qu'il voyait, et il ne pouvait pardonner à M. de Clèves de ne pas assez presser sa femme de lui dire ce nom qu'elle lui cachait.

M. de Clèves faisait néanmoins tous ses efforts pour le savoir ; et, après qu'il l'en eut pressée inutilement :

— Il me semble, répondit-elle, que vous devez être content de ma sincérité ; ne m'en demandez pas davantage et ne me donnez point lieu de me repentir de ce que je viens de faire. Contentez-vous de l'assurance que je vous donne encore, qu'aucune de mes actions n'a fait paraître mes sentiments et que l'on ne m'a jamais rien dit dont j'aie pu m'offenser.

— Ah ! madame, reprit tout d'un coup M. de Clèves,

je ne vous saurais croire. Je me souviens de l'embarras
où vous fûtes le jour que votre portrait se perdit. Vous
avez donné, madame, vous avez donné ce portrait qui
m'était si cher et qui m'appartenait si légitimement.
Vous n'avez pu cacher vos sentiments; vous aimez, on
le sait; votre vertu vous a jusqu'ici garantie du reste.

— Est-il possible, s'écria cette princesse, que vous
puissiez penser qu'il y ait quelque déguisement dans un
aveu comme le mien, qu'aucune raison ne m'obligeait
à vous faire ? Fiez-vous à mes paroles; c'est par un assez
grand prix que j'achète la confiance que je vous demande.
Croyez, je vous en conjure, que je n'ai point donné mon
portrait : il est vrai que je le vis prendre; mais je ne voulus pas faire paraître que je le voyais, de peur de m'exposer à me faire dire des choses que l'on ne m'a encore
osé dire.

— Par où vous a-t-on donc fait voir qu'on vous
aimait, reprit M. de Clèves, et quelles marques de passion vous a-t-on données ?

— Épargnez-moi la peine, répliqua-t-elle, de vous
redire des détails qui me font honte à moi-même de les
avoir remarqués et qui ne m'ont que trop persuadée de
ma faiblesse.

— Vous avez raison, madame, reprit-il, je suis injuste.
Refusez-moi toutes les fois que je vous demanderai de
pareilles choses; mais ne vous offensez pourtant pas si je
vous les demande.

Dans ce moment plusieurs de leurs gens, qui étaient
demeurés dans les allées, vinrent avertir M. de Clèves
qu'un gentilhomme venait le chercher, de la part du roi,
pour lui ordonner de se trouver le soir à Paris. M. de
Clèves fut contraint de s'en aller et il ne put rien dire à sa
femme, sinon qu'il la suppliait de venir le lendemain,
et qu'il la conjurait de croire que, quoiqu'il fût affligé,
il avait pour elle une tendresse et une estime dont elle
devait être satisfaite.

Lorsque ce prince fut parti, que Mme de Clèves
demeura seule, qu'elle regarda ce qu'elle venait de faire,
elle en fut si épouvantée qu'à peine put-elle s'imaginer
que ce fût une vérité. Elle trouva qu'elle s'était ôté
elle-même le cœur et l'estime de son mari et qu'elle

s'était creusé un abîme dont elle ne sortirait jamais. Elle se demandait pourquoi elle avait fait une chose si hasardeuse, et elle trouvait qu'elle s'y était engagée sans en avoir presque eu le dessein. La singularité d'un pareil aveu, dont elle ne trouvait point d'exemple, lui en faisait voir tout le péril.

Mais quand elle venait à penser que ce remède, quelque violent qu'il fût, était le seul qui la pouvait défendre contre M. de Nemours, elle trouvait qu'elle ne devait point se repentir et qu'elle n'avait point trop hasardé. Elle passa toute la nuit, pleine d'incertitude, de trouble et de crainte, mais enfin le calme revint dans son esprit. Elle trouva même de la douceur à avoir donné ce témoignage de fidélité à un mari qui le méritait si bien, qui avait tant d'estime et tant d'amitié pour elle, et qui venait de lui en donner encore des marques par la manière dont il avait reçu ce qu'elle lui avait avoué.

Cependant M. de Nemours était sorti du lieu où il avait entendu une conversation qui le touchait si sensiblement et s'était enfoncé dans la forêt. Ce qu'avait dit Mme de Clèves de son portrait lui avait redonné la vie en lui faisant connaître que c'était lui qu'elle ne haïssait pas. Il s'abandonna d'abord à cette joie; mais elle ne fut pas longue, quand il fit réflexion que la même chose qui lui venait d'apprendre qu'il avait touché le cœur de Mme de Clèves, le devait persuader aussi qu'il n'en recevrait jamais nulle marque et qu'il était impossible d'engager une personne qui avait recours à un remède si extraordinaire. Il sentit pourtant un plaisir sensible de l'avoir réduite à cette extrémité. Il trouva de la gloire à s'être fait aimer d'une femme si différente de toutes celles de son sexe; enfin, il se trouva cent fois heureux et malheureux tout ensemble. La nuit le surprit dans la forêt, et il eut beaucoup de peine à retrouver le chemin de chez Mme de Mercœur. Il y arriva à la pointe du jour. Il fut assez embarrassé de rendre compte de ce qui l'avait retenu; il s'en démêla le mieux qu'il lui fut possible et revint ce jour même à Paris avec le vidame.

Ce prince était si rempli de sa passion, et si surpris de ce qu'il avait entendu, qu'il tomba dans une imprudence assez ordinaire, qui est de parler en termes généraux de ses sentiments particuliers et de conter ses propres aventures sous des noms empruntés. En revenant il tourna la conversation sur l'amour, il exagéra le plaisir d'être amoureux d'une personne digne d'être aimée. Il parla des effets bizarres de cette passion et enfin ne pouvant renfermer en lui-même l'étonnement que lui donnait l'action de Mme de Clèves, il la conta au vidame, sans lui nommer la personne et sans lui dire qu'il y eût aucune part; mais il la conta avec tant de chaleur et avec tant d'admiration que le vidame soupçonna aisément que cette histoire regardait ce prince. Il le pressa extrêmement de le lui avouer. Il lui dit qu'il connaissait depuis longtemps qu'il avait quelque passion violente et qu'il y avait de l'injustice de se défier d'un homme qui lui avait confié le secret de sa vie. M. de Nemours était trop amoureux pour avouer son amour; il l'avait toujours caché au vidame, quoique ce fût l'homme de la cour qu'il aimât le mieux. Il lui répondit qu'un de ses amis lui avait conté cette aventure et lui avait fait promettre de n'en point parler, et qu'il le conjurait aussi de garder ce secret. Le vidame l'assura qu'il n'en parlerait point; néanmoins M. de Nemours se repentit de lui en avoir tant appris.

Cependant, M. de Clèves était allé trouver le roi, le cœur pénétré d'une douleur mortelle. Jamais mari n'avait eu une passion si violente pour sa femme et ne l'avait tant estimée. Ce qu'il venait d'apprendre ne lui ôtait pas l'estime; mais elle lui en donnait d'une espèce différente de celle qu'il avait eue jusqu'alors. Ce qui l'occupait le plus, était l'envie de deviner celui qui avait su lui plaire. M. de Nemours lui vint d'abord dans l'esprit, comme ce qu'il y avait de plus aimable à la cour; et le chevalier de Guise, et le maréchal de Saint-André, comme deux hommes qui avaient pensé à lui plaire et qui lui rendaient encore beaucoup de soins; de sorte qu'il s'arrêta à croire qu'il fallait que ce fût l'un des trois. Il arriva au Louvre, et le roi le mena dans son cabinet pour lui dire qu'il l'avait choisi pour conduire Madame en Espagne [99]; qu'il avait cru que personne ne s'acquitterait mieux que lui de cette commission et que personne aussi ne ferait tant d'honneur à la France que Mme de

Clèves. M. de Clèves reçut l'honneur de ce choix comme il le devait, et le regarda même comme une chose qui éloignerait sa femme de la cour sans qu'il parût de changement dans sa conduite. Néanmoins le temps de ce départ était encore trop éloigné pour être un remède à l'embarras où il se trouvait. Il écrivit à l'heure même à Mme de Clèves, pour lui apprendre ce que le roi venait de lui dire, et il lui manda encore qu'il voulait absolument qu'elle revînt à Paris. Elle y revint comme il l'ordonnait et lorsqu'ils se virent, ils se trouvèrent tous deux dans une tristesse extraordinaire.

M. de Clèves lui parla comme le plus honnête homme du monde et le plus digne de ce qu'elle avait fait.

— Je n'ai nulle inquiétude de votre conduite, lui dit-il; vous avez plus de force et plus de vertu que vous ne pensez. Ce n'est point aussi la crainte de l'avenir qui m'afflige. Je ne suis affligé que de vous voir pour un autre des sentiments que je n'ai pu vous donner.

— Je ne sais que vous répondre, lui dit-elle; je meurs de honte en vous en parlant. Épargnez-moi, je vous en conjure, de si cruelles conversations; réglez ma conduite; faites que je ne voie personne. C'est tout ce que je vous demande. Mais trouvez bon que je ne vous parle plus d'une chose qui me fait paraître si peu digne de vous et que je trouve si indigne de moi.

— Vous avez raison, madame, répliqua-t-il; j'abuse de votre douceur et de votre confiance; mais aussi ayez quelque compassion de l'état où vous m'avez mis, et songez que, quoi que vous m'ayez dit, vous me cachez un nom qui me donne une curiosité avec laquelle je ne saurais vivre. Je ne vous demande pourtant pas de la satisfaire; mais je ne puis m'empêcher de vous dire que je crois que celui que je dois envier est le maréchal de Saint-André, le duc de Nemours ou le chevalier de Guise.

— Je ne vous répondrai rien, lui dit-elle en rougissant, et je ne vous donnerai aucun lieu, par mes réponses, de diminuer ni de fortifier vos soupçons; mais si vous essayez de les éclaircir en m'observant, vous me donnerez un embarras qui paraîtra aux yeux de tout le monde. Au nom de Dieu, continua-t-elle, trouvez bon que, sur le prétexte de quelque maladie, je ne voie personne.

— Non, madame, répliqua-t-il, on démêlerait bientôt que ce serait une chose supposée; et, de plus, je ne me veux fier qu'à vous-même : c'est le chemin que mon cœur me conseille de prendre, et la raison me le conseille aussi. De l'humeur dont vous êtes, en vous laissant votre liberté, je vous donne des bornes plus étroites que je ne pourrais vous en prescrire.

M. de Clèves ne se trompait pas : la confiance qu'il témoignait à sa femme la fortifiait davantage contre M. de Nemours et lui faisait prendre des résolutions plus austères qu'aucune contrainte n'aurait pu faire. Elle alla donc au Louvre et chez la reine dauphine à son ordinaire; mais elle évitait la présence et les yeux de M. de Nemours avec tant de soin qu'elle lui ôta quasi toute la joie qu'il avait de se croire aimé d'elle. Il ne voyait rien dans ses actions qui ne lui persuadât le contraire. Il ne savait quasi si ce qu'il avait entendu n'était point un songe, tant il y trouvait peu de vraisemblance. La seule chose qui l'assurait qu'il ne s'était pas trompé était l'extrême tristesse de Mme de Clèves, quelque effort qu'elle fît pour la cacher : peut-être que des regards et des paroles obligeantes n'eussent pas tant augmenté l'amour de M. de Nemours que faisait cette conduite austère.

Un soir que M. et Mme de Clèves étaient chez la reine, quelqu'un dit que le bruit courait que le roi [nomme]rait [100] encore un grand seigneur de la cour pour aller conduire Madame en Espagne. M. de Clèves avait les yeux sur sa femme dans le temps que l'on ajouta que ce serait peut-être le chevalier de Guise ou le maréchal de Saint-André. Il remarqua qu'elle n'avait point été émue de ces deux noms, ni de la proposition qu'ils fissent ce voyage avec elle. Cela lui fit croire que pas un des deux n'était celui dont elle craignait la présence et, voulant s'éclaircir de ses soupçons, il entra dans le cabinet de la reine, où était le roi. Après y avoir demeuré quelque temps, il revint auprès de sa femme et lui dit tout bas qu'il venait d'apprendre que ce serait M. de Nemours qui irait avec eux en Espagne.

Le nom de M. de Nemours et la pensée d'être exposée à le voir tous les jours pendant un long voyage, en présence de son mari, donna un tel trouble à Mme de Clèves qu'elle ne le put cacher; et, voulant y donner d'autres raisons :

— C'est un choix bien désagréable pour vous, répondit-elle, que celui de ce prince. Il partagera tous les honneurs et il me semble que vous devriez essayer de faire choisir quelque autre.

— Ce n'est pas la gloire, madame, reprit M. de Clèves, qui vous fait appréhender que M. de Nemours ne vienne avec moi. Le chagrin que vous en avez vient d'une autre cause. Ce chagrin m'apprend ce que j'aurais appris d'une autre femme, par la joie qu'elle en aurait eue. Mais ne craignez point; ce que je viens de vous dire n'est pas véritable, et je l'ai inventé pour m'assurer d'une chose que je ne croyais déjà que trop.

Il sortit après ces paroles, ne voulant pas augmenter par sa présence l'extrême embarras où il voyait sa femme.

M. de Nemours entra dans cet instant et remarqua d'abord l'état où était Mme de Clèves. Il s'approcha d'elle et lui dit tout bas qu'il n'osait, par respect, lui demander ce qui la rendait plus rêveuse que de coutume. La voix de M. de Nemours la fit revenir, et le regardant, sans avoir entendu ce qu'il venait de lui dire, pleine de ses propres pensées et de la crainte que son mari ne le vît auprès d'elle :

— Au nom de Dieu, lui dit-elle, laissez-moi en repos !

— Hélas ! madame, répondit-il, je ne vous y laisse que trop; de quoi pouvez-vous vous plaindre ? Je n'ose vous parler, je n'ose même vous regarder; je ne vous approche qu'en tremblant. Par où me suis-je attiré ce que vous venez de me dire, et pourquoi me faites-vous paraître que j'ai quelque part au chagrin où je vous vois ?

Mme de Clèves fut bien fâchée d'avoir donné lieu à M. de Nemours de s'expliquer plus clairement qu'il n'avait fait en toute sa vie. Elle le quitta, sans lui répondre, et s'en revint chez elle, l'esprit plus agité

qu'elle ne l'avait jamais eu. Son mari s'aperçut aisément
de l'augmentation de son embarras. Il vit qu'elle craignait qu'il ne lui parlât de ce qui s'était passé. Il la
suivit dans un cabinet où elle était entrée.

— Ne m'évitez point, madame, lui dit-il, je ne vous
dirai rien qui puisse vous déplaire; je vous demande
pardon de la surprise que je vous ai faite tantôt. J'en
suis assez puni par ce que j'ai appris. M. de Nemours
était de tous les hommes celui que je craignais le plus.
Je vois le péril où vous êtes; ayez du pouvoir sur vous
pour l'amour de vous-même et, s'il est possible, pour
l'amour de moi. Je ne vous le demande point comme un
mari, mais comme un homme dont vous faites tout le
bonheur, et qui a pour vous une passion plus tendre
et plus violente que celui que votre cœur lui préfère.

M. de Clèves s'attendrit en prononçant ces dernières
paroles et eut peine à les achever. Sa femme en fut
pénétrée et, fondant en larmes, elle l'embrassa avec une
tendresse et une douleur qui le mit dans un état peu
différent du sien. Ils demeurèrent quelque temps sans
se rien dire et se séparèrent sans avoir la force de se
parler.

Les préparatifs pour le mariage de Madame étaient
achevés [101]. Le duc d'Albe arriva pour l'épouser. Il fut
reçu avec toute la magnificence et toutes les cérémonies
qui se pouvaient faire dans une pareille occasion. Le
roi envoya au-devant de lui le prince de Condé, les
cardinaux de Lorraine et de Guise, les ducs de Lorraine, de Ferrare, d'Aumale, de Bouillon, de Guise et
de Nemours. Ils avaient plusieurs gentilshommes et
grand nombre de pages vêtus de leurs livrées. Le roi
attendit lui-même le duc d'Albe à la première porte du
Louvre, avec les deux cents gentilshommes servants et
le connétable à leur tête. Lorsque ce duc fut proche
du roi, il voulut lui embrasser les genoux; mais le roi
l'en empêcha et le fit marcher à son côté jusque chez
la reine et chez Madame, à qui le duc d'Albe apporta
un présent magnifique de la part de son maître. Il alla
ensuite chez Mme Marguerite, sœur du roi, lui faire
les compliments de M. de Savoie et l'assurer qu'il
arriverait dans peu de jours. L'on fit de grandes assem-

blées au Louvre pour faire voir au duc d'Albe, et au prince d'Orange qui l'avait accompagné, les beautés de la cour.

Mme de Clèves n'osa se dispenser de s'y trouver, quelque envie qu'elle en eût, par la crainte de déplaire à son mari qui lui commanda absolument d'y aller. Ce qui l'y déterminait encore davantage était l'absence de M. de Nemours. Il était allé au-devant de M. de Savoie et, après que ce prince fut arrivé, il fut obligé de se tenir presque toujours auprès de lui pour lui aider à toutes les choses qui regardaient les cérémonies de ses noces. Cela fit que Mme de Clèves ne rencontra pas ce prince aussi souvent qu'elle avait accoutumé; et elle s'en trouvait dans quelque sorte de repos.

Le vidame de Chartres n'avait pas oublié la conversation qu'il avait eue avec M. de Nemours. Il lui était demeuré dans l'esprit que l'aventure que ce prince lui avait contée était la sienne propre, et il l'observait avec tant de soin que peut-être aurait-il démêlé la vérité, sans que l'arrivée du duc d'Albe et celle de M. de Savoie firent un changement et une occupation dans la cour qui l'empêcha de voir ce qui aurait pu l'éclairer. L'envie de s'éclaircir, ou plutôt la disposition naturelle que l'on a de conter tout ce que l'on sait à ce que l'on aime, fit qu'il redit à Mme de Martigues l'action extraordinaire de cette personne, qui avait avoué à son mari la passion qu'elle avait pour un autre. Il l'assura que M. de Nemours était celui qui avait inspiré cette violente passion et il la conjura de lui aider à observer ce prince. Mme de Martigues fut bien aise d'apprendre ce que lui dit le vidame; et la curiosité qu'elle avait toujours vue à Mme la Dauphine, pour ce qui regardait M. de Nemours, lui donnait encore plus d'envie de pénétrer cette aventure.

Peu de jours avant celui que l'on avait choisi pour la cérémonie du mariage, la reine dauphine donnait à souper au roi son beau-père et à la duchesse de Valentinois. Mme de Clèves, qui était occupée à s'habiller, alla au Louvre plus tard que de coutume. En y allant, elle trouva un gentilhomme qui la venait quérir de la part de Mme la Dauphine. Comme elle entra dans la chambre, cette princesse lui cria, de dessus son lit où elle était, qu'elle l'attendait avec une grande impatience,

— Je crois, madame, lui répondit-elle, que je ne dois pas vous remercier de cette impatience et qu'elle est sans doute causée par quelque autre chose que par l'envie de me voir.

— Vous avez raison, lui répliqua la reine dauphine; mais néanmoins vous devez m'en être obligée, car je veux vous apprendre une aventure que je suis assurée que vous serez bien aise de savoir.

Mme de Clèves se mit à genoux devant son lit et, par bonheur pour elle, elle n'avait pas le jour au visage.

— Vous savez, lui dit cette reine, l'envie que nous avions de deviner ce qui causait le changement qui paraît au duc de Nemours : je crois le savoir, et c'est une chose qui vous surprendra. Il est éperdument amoureux et fort aimé d'une des plus belles personnes de la cour.

Ces paroles, que Mme de Clèves ne pouvait s'attribuer puisqu'elle ne croyait pas que personne sût qu'elle aimait ce prince, lui causèrent une douleur qu'il est aisé de s'imaginer.

— Je ne vois rien en cela, répondit-elle, qui doive surprendre d'un homme de l'âge de M. de Nemours et fait comme il est.

— Ce n'est pas aussi, reprit Mme la Dauphine, ce qui vous doit étonner; mais c'est de savoir que cette femme qui aime M. de Nemours, ne lui en a jamais donné aucune marque et que la peur qu'elle a eue de n'être pas toujours maîtresse de sa passion, a fait qu'elle l'a avouée à son mari, afin qu'il l'ôtât de la cour. Et c'est M. de Nemours lui-même qui a conté ce que je vous dis.

Si Mme de Clèves avait eu d'abord de la douleur par la pensée qu'elle n'avait aucune part à cette aventure, les dernières paroles de Mme la Dauphine lui donnèrent du désespoir, par la certitude de n'y en avoir que trop. Elle ne put répondre et demeura la tête penchée sur le lit pendant que la reine continuait de parler, si occupée de ce qu'elle disait qu'elle ne prenait pas garde à cet embarras. Lorsque Mme de Clèves fut un peu remise :

— Cette histoire ne me paraît guère vraisemblable, madame, répondit-elle, et je voudrais bien savoir qui vous l'a contée.

— C'est Mme de Martigues, répliqua Mme la Dauphine, qui l'a apprise du vidame de Chartres. Vous savez qu'il en est amoureux ; il la lui a confiée comme un secret et il la sait du duc de Nemours lui-même. Il est vrai que le duc de Nemours ne lui a pas dit le nom de la dame et ne lui a pas même avoué que ce fût lui qui en fût aimé ; mais le vidame de Chartres n'en doute point.

Comme la reine dauphine achevait ces paroles, quelqu'un s'approcha du lit. Mme de Clèves était tournée d'une sorte qui l'empêchait de voir qui c'était ; mais elle n'en douta pas, lorsque Mme la Dauphine se récria avec un air de gaieté et de surprise :

— Le voilà lui-même, et je veux lui demander ce qui en est.

Mme de Clèves connut bien que c'était le duc de Nemours, comme ce l'était en effet, sans se tourner de son côté. Elle s'avança avec précipitation vers Mme la Dauphine, et lui dit tout bas qu'il fallait bien se garder de lui parler de cette aventure ; qu'il l'avait confiée au vidame de Chartres ; et que ce serait une chose capable de les brouiller. Mme la Dauphine lui répondit, en riant, qu'elle était trop prudente et se retourna vers M. de Nemours. Il était paré pour l'assemblée du soir et, prenant la parole avec cette grâce qui lui était si naturelle :

— Je crois, madame, dit-il, que je puis penser, sans témérité, que vous parliez de moi quand je suis entré, que vous aviez dessein de me demander quelque chose et que Mme de Clèves s'y oppose.

— Il est vrai, répondit Mme la Dauphine ; mais je n'aurai pas pour elle la complaisance que j'ai accoutumé d'avoir. Je veux savoir de vous si une histoire que l'on m'a contée est véritable et si vous n'êtes pas celui qui êtes amoureux et aimé d'une femme de la cour qui vous cache sa passion avec soin et qui l'a avouée à son mari.

Le trouble et l'embarras de Mme de Clèves était au delà de tout ce que l'on peut s'imaginer, et, si la mort se fût présentée pour la tirer de cet état, elle l'aurait trouvée agréable. Mais M. de Nemours était encore plus embarrassé, s'il est possible. Le discours de Mme la Dauphine, dont il avait eu lieu de croire qu'il n'était pas haï, en présence de Mme de Clèves, qui était la personne de la cour en qui elle avait le plus de confiance, et qui en avait aussi le plus en elle, lui donnait une si grande confusion de pensées bizarres qu'il lui fut impossible d'être maître de son visage. L'embarras où il voyait Mme de Clèves par sa faute, et la pensée du juste sujet qu'il lui donnait de le haïr, lui causa un saisissement qui ne lui permit pas de répondre. Mme la Dauphine voyant à quel point il était interdit :

— Regardez-le, regardez-le, dit-elle à Mme de Clèves, et jugez si cette aventure n'est pas la sienne.

Cependant M. de Nemours, revenant de son premier trouble, et voyant l'importance de sortir d'un pas si dangereux, se rendît maître tout d'un coup de son esprit et de son visage :

— J'avoue, madame, dit-il, que l'on ne peut être plus surpris et plus affligé que je le suis de l'infidélité que m'a faite le vidame de Chartres, en racontant l'aventure d'un de mes amis que je lui avais confiée. Je pourrai m'en venger, continua-t-il en souriant avec un air tranquille qui ôta quasi à Mme la Dauphine les soupçons qu'elle venait d'avoir. Il m'a confié des choses qui ne sont pas d'une médiocre importance ; mais je ne sais, madame, poursuivit-il, pourquoi vous me faites l'honneur de me mêler à cette aventure. Le vidame ne peut pas dire qu'elle me regarde, puisque je lui ai dit le contraire. La qualité d'un homme amoureux me peut convenir ; mais, pour celle d'un homme aimé, je ne crois pas, madame, que vous puissiez me la donner.

Ce prince fut bien aise de dire quelque chose à Mme la Dauphine, qui eût du rapport à ce qu'il lui avait fait paraître en d'autres temps, afin de lui détourner l'esprit des pensées qu'elle a[ur]ait [102] pu avoir. Elle crut bien aussi entendre ce qu'il disait ; mais, sans y répondre, elle continua à lui faire la guerre de son embarras.

— J'ai été troublé, madame, lui répondit-il, pour

l'intérêt de mon ami et par les justes reproches qu'il me pourrait faire d'avoir redit une chose qui lui est plus chère que la vie. Il ne me l'a néanmoins confiée qu'à demi, et il ne m'a pas nommé la personne qu'il aime. Je sais seulement qu'il est l'homme du monde le plus amoureux et le plus à plaindre.

— Le trouvez-vous si à plaindre, répliqua Mme la Dauphine, puisqu'il est aimé ?

— Croyez-vous qu'il le soit, madame, reprit-il et qu'une personne qui aurait une véritable passion, pût la découvrir à son mari ? Cette personne ne connaît pas sans doute l'amour, et elle a pris pour lui une légère reconnaissance de l'attachement que l'on a pour elle. Mon ami ne se peut flatter d'aucune espérance; mais, tout malheureux qu'il est, il se trouve heureux d'avoir du moins donné la peur de l'aimer et il ne changerait pas son état contre celui du plus heureux amant du monde.

— Votre ami a une passion bien aisée à satisfaire, dit Mme la Dauphine, et je commence à croire que ce n'est pas de vous dont vous parlez. Il ne s'en faut guère, continua-t-elle, que je ne sois de l'avis de Mme de Clèves, qui soutient que cette aventure ne peut être véritable.

— Je ne crois pas en effet qu'elle le puisse être, reprit Mme de Clèves qui n'avait point encore parlé; et quand il serait possible qu'elle le fût, par où l'aurait-on pu savoir ? Il n'y a pas d'apparence qu'une femme, capable d'une chose si extraordinaire, eût la faiblesse de la raconter; apparemment son mari ne l'aurait pas r[a]contée [103] non plus, ou ce serait un mari bien indigne du procédé que l'on aurait eu avec lui.

M. de Nemours, qui vit les soupçons de Mme de Clèves sur son mari, fut bien aise de les lui confirmer. Il savait que c'était le plus redoutable rival qu'il eût à détruire.

— La jalousie, répondit-il, et la curiosité d'en savoir peut-être davantage que l'on ne lui en a dit, peuvent faire faire bien des imprudences à un mari.

Mme de Clèves était à la dernière épreuve de sa force et de son courage et, ne pouvant plus soutenir la conversation, elle allait dire qu'elle se trouvait mal, lorsque, par bonheur pour elle, la duchesse de Valentinois entra, qui dit à Mme la Dauphine que le roi allait arriver. Cette reine passa dans son cabinet pour s'habiller. M. de Nemours s'approcha de Mme de Clèves, comme elle la voulait suivre.

— Je donnerais ma vie, madame, lui dit-il, pour vous parler un moment; mais de tout ce que j'aurais d'important à vous dire, rien ne me le paraît davantage que de vous supplier de croire que si j'ai dit quelque chose où Mme la Dauphine puisse prendre part, je l'ai fait par des raisons qui ne la regardent pas.

Mme de Clèves ne fit pas semblant d'entendre M. de Nemours; elle le quitta sans le regarder, et se mit à suivre le roi qui venait d'entrer. Comme il y avait beaucoup de monde, elle s'embarrassa dans sa robe et fit un faux pas : elle se servit de ce prétexte pour sortir d'un lieu où elle n'avait pas la force de demeurer et, feignant de ne se pouvoir soutenir, elle s'en alla chez elle.

M. de Clèves vint au Louvre et fut étonné de n'y pas trouver sa femme : on lui dit l'accident qui lui était arrivé. Il s'en retourna à l'heure même pour apprendre de ses nouvelles; il la trouva au lit et il sut que son mal n'était pas considérable. Quand il eut été quelque temps auprès d'elle, il s'aperçut qu'elle était dans une tristesse si excessive qu'il en fut surpris.

— Qu'avez-vous, madame, lui dit-il. Il me paraît que vous avez quelque autre douleur que celle dont vous vous plaignez ?

— J'ai la plus sensible affliction que je pouvais jamais avoir, répondit-elle; quel usage avez-vous fait de la confiance extraordinaire ou, pour mieux dire, folle que j'ai eue en vous ? Ne méritais-je pas le secret, et quand je ne l'aurais pas mérité, votre propre intérêt ne vous y engageait-il pas ? Fallait-il que la curiosité de savoir un nom que je ne dois pas vous dire, vous obligeât à vous confier à quelqu'un pour tâcher de le découvrir ? Ce ne peut être que cette seule curiosité qui vous ait fait faire une si cruelle imprudence, les suites en sont aussi fâcheuses qu'elles pouvaient l'être. Cette aventure est sue, et on me la vient de conter, ne sachant pas que j'y eusse le principal intérêt.

— Que me dites-vous, madame, lui répondit-il. Vous m'accusez d'avoir conté ce qui s'est passé entre vous et moi, et vous m'apprenez que la chose est sue ? Je ne me justifie pas de l'avoir redite; vous ne le sauriez croire, et il faut sans doute que vous ayez pris pour vous ce que l'on vous a dit de quelque autre.

— Ah ! monsieur, reprit-elle. il n'y a pas dans le monde une autre aventure pareille à la mienne; il n'y a point une autre femme capable de la même chose. Le hasard ne peut l'avoir fait inventer; on ne l'a jamais imaginée et cette pensée n'est jamais tombée dans un autre esprit que le mien. Mme la Dauphine vient de me conter toute cette aventure; elle l'a sue par le vidame de Chartres qui la sait de M. de Nemours.

— M. de Nemours ! s'écria M. de Clèves avec une action qui marquait du transport et du désespoir. Quoi ! M. de Nemours sait que vous l'aimez, et que je le sais ?

— Vous voulez toujours choisir M. de Nemours plutôt qu'un autre, répliqua-t-elle : je vous ai dit que je ne vous répondrais jamais sur vos soupçons. J'ignore si M. de Nemours sait la part que j'ai dans cette aventure et celle que vous lui avez donnée; mais il l'a contée au vidame de Chartres et lui a dit qu'il la savait d'un de ses amis, qui ne lui avait pas nommé la personne. Il faut que cet ami de M. de Nemours soit des vôtres et que vous vous soyez fié à lui pour tâcher de vous éclaircir.

— A-t-on un ami au monde à qui on voulût faire une telle confidence, reprit M. de Clèves, et voudrait-on éclaircir ses soupçons au prix d'apprendre à quelqu'un ce que l'on souhaiterait de se cacher à soi-même ? Songez plutôt, madame, à qui vous avez parlé. Il est plus vraisemblable que ce soit par vous que par moi que ce secret soit échappé. Vous n'avez pu soutenir toute seule l'embarras où vous vous êtes trouvée et vous avez cherché le soulagement de vous plaindre avec quelque confidente qui vous a trahie.

— N'achevez point de m'accabler, s'écria-t-elle, et n'ayez point la dureté de m'accuser d'une faute que vous avez faite. Pouvez-vous m'en soupçonner, et puisque j'ai été capable de vous parler, suis-je capable de parler à quelque autre ?

L'aveu que Mme de Clèves avait fait à son mari était une si grande marque de sa sincérité et elle niait si fortement de s'être confiée à personne que M. de Clèves ne savait que penser. D'un autre côté, il était assuré de n'avoir rien redit ; c'était une chose que l'on ne pouvait avoir devinée, elle était sue ; ainsi il fallait que ce fût par l'un des deux, mais ce qui lui causait une douleur violente était de savoir que ce secret était entre les mains de quelqu'un et qu'apparemment il serait bientôt divulgué.

Mme de Clèves pensait à peu près les mêmes choses, elle trouvait également impossible que son mari eût parlé et qu'il n'eût pas parlé. Ce qu'avait dit M. de Nemours que la curiosité pouvait faire faire des imprudences à un mari, lui paraissait se rapporter si juste à l'état de M. de Clèves qu'elle ne pouvait croire que ce fût une chose que le hasard eût fait dire ; et cette vraisemblance la déterminait à croire que M. de Clèves avait abusé de la confiance qu'elle avait en lui. Ils étaient si occupés l'un et l'autre de leurs pensées qu'ils furent longtemps sans parler, et ils ne sortirent de ce silence que pour redire les mêmes choses qu'ils avaient déjà dites plusieurs fois, et demeurèrent le cœur et l'esprit plus éloignés et plus altérés qu'ils ne l'avaient encore eu.

Il est aisé de s'imaginer en quel état ils passèrent la nuit. M. de Clèves avait épuisé toute sa constance à soutenir le malheur de voir une femme qu'il adorait, touchée de passion pour un autre. Il ne lui restait plus de courage ; il croyait même n'en devoir pas trouver dans une chose où sa gloire et son honneur étaient si vivement blessés. Il ne savait plus que penser de sa femme ; il ne voyait plus quelle conduite il lui devait faire prendre, ni comment il se devait conduire lui-même ; et il ne trouvait de tous côtés que des précipices et des abîmes. Enfin, après une agitation et une incertitude très longue, voyant qu'il devait bientôt s'en aller en Espagne, il prit le parti de ne rien faire qui pût augmenter les soupçons ou la connaissance de son malheureux état. Il alla trouver Mme de Clèves et lui dit qu'il ne s'agissait pas de démêler entre eux qui avait manqué au secret ; mais qu'il s'agissait de faire voir que l'histoire que l'on avait contée était une fable où elle n'avait aucune part ; qu'il dépendait d'elle de le persuader à M. de Nemours et aux autres ; qu'elle n'avait qu'à agir avec lui avec la sévérité et la froideur qu'elle devait avoir pour un homme qui lui témoignait de l'amour ; que, par ce procédé, elle lui ôterait aisément l'opinion qu'elle eût de l'inclination pour lui ; qu'ainsi il ne fallait point s'affliger de tout ce qu'il aurait pu penser, parce que si, dans la suite, elle ne faisait paraître aucune faiblesse, toutes ses pensées se détruiraient aisément, et que surtout il fallait qu'elle allât au Louvre et aux assemblées comme à l'ordinaire.

Après ces paroles, M. de Clèves quitta sa femme sans attendre sa réponse. Elle trouva beaucoup de raison dans tout ce qu'il lui dit, et la colère où elle était contre M. de Nemours lui fit croire qu'elle trouverait aussi beaucoup de facilité à l'exécuter ; mais il lui parut difficile de se trouver à toutes les cérémonies du mariage et d'y paraître avec un visage tranquille et un esprit libre ; néanmoins, comme elle devait porter la robe de Mme la Dauphine et que c'était une chose où elle avait été préférée à plusieurs autres princesses, il n'y avait pas moyen d'y renoncer sans faire beaucoup de bruit et sans en faire chercher des raisons. Elle se résolut donc de faire un effort sur elle-même ; mais elle prit le reste du jour pour s'y préparer et pour s'abandonner à tous les sentiments dont elle était agitée. Elle s'enferma seule dans son cabinet. De tous ses maux, celui qui se présentait à elle avec le plus de violence, était d'avoir sujet de se plaindre de M. de Nemours et de ne trouver aucun moyen de le justifier. Elle ne pouvait douter qu'il n'eût conté cette aventure au vidame de Chartres ; il l'avait avoué, et elle ne pouvait douter aussi, par la manière dont il avait parlé, qu'il ne sût que l'aventure la regardait. Comment excuser une si grande imprudence, et qu'était devenue l'extrême discrétion de ce prince, dont elle avait été si touchée ?

Il a été discret, disait-elle, tant qu'il a cru être malheureux ; mais une pensée d'un bonheur, même incertain, a fini sa discrétion. Il n'a pu s'imaginer qu'il était aimé sans vouloir qu'on le sût. Il a dit tout ce qu'il pouvait dire ; je n'ai pas avoué que c'était lui que j'aimais, il l'a soupçonné et il a laissé voir ses soupçons. S'il eût

eu des certitudes, il en aurait usé de la même sorte. J'ai
eu tort de croire qu'il y eût un homme capable de cacher
ce qui flatte sa gloire. C'est pourtant pour cet homme,
que j'ai cru si différent du reste des hommes, que je me
trouve, comme les autres femmes, étant si éloignée de
leur ressembler. J'ai perdu le cœur et l'estime d'un mari
qui devait faire ma félicité. Je serai bientôt regardée de
tout le monde comme une personne qui a une folle et
violente passion. Celui pour qui je l'ai ne l'ignore plus ;
et c'est pour éviter ces malheurs que j'ai hasardé tout
mon repos et même ma vie.

Ces tristes réflexions étaient suivies d'un torrent de
larmes ; mais quelque douleur dont elle se trouvât
accablée, elle sentait bien qu'elle aurait eu la force de les
supporter si elle avait été satisfaite de M. de Nemours.

Ce prince n'était pas dans un état plus tranquille.
L'imprudence qu'il avait faite d'avoir parlé au vidame
de Chartres et les cruelles suites de cette imprudence
lui donnaient un déplaisir mortel. Il ne pouvait se représenter, sans être accablé, l'embarras, le trouble et l'affliction où il avait vu Mme de Clèves. Il était inconsolable
de lui avoir dit des choses sur cette aventure qui, bien
que galantes par elles-mêmes, lui paraissaient, dans
ce moment, grossières et peu polies, puisqu'elles avaient
fait entendre à Mme de Clèves qu'il n'ignorait pas
qu'elle était cette femme qui avait une passion violente
et qu'il était celui pour qui elle l'avait. Tout ce qu'il eût
pu souhaiter, eût été une conversation avec elle ; mais
il trouvait qu'il la devait craindre plutôt que de la désirer.

Qu'aurais-je à lui dire ? s'écriait-il. Irais-je encore lui
montrer ce que je ne lui ai déjà que trop fait connaître ?
Lui ferai-je voir que je sais qu'elle m'aime, moi qui
n'ai jamais seulement osé lui dire que je l'aimais ? Commencerai-je à lui parler ouvertement de ma passion,
afin de lui paraître un homme devenu hardi par des
espérances ? Puis-je penser seulement à l'approcher
et oserais-je lui donner l'embarras de soutenir ma vue ?
Par où pourrais-je me justifier ? Je n'ai point d'excuse,
je suis indigne d'être regardé de Mme de Clèves et je
n'espère pas aussi qu'elle me regarde jamais. Je ne lui
ai donné par ma faute de meilleurs moyens pour se défen-

dre contre moi que tous ceux qu'elle cherchait et qu'elle eût peut-être cherchés inutilement. Je perds par mon imprudence le bonheur et la gloire d'être aimé de la plus aimable et de la plus estimable personne du monde; mais, si j'avais perdu ce bonheur sans qu'elle en eût souffert et sans lui avoir donné une douleur mortelle, ce me serait une consolation; et je sens plus dans ce moment le mal que je lui ai fait que celui que je me suis fait auprès d'elle.

M. de Nemours fut longtemps à s'affliger et à penser les mêmes choses. L'envie de parler à Mme de Clèves lui venait toujours dans l'esprit. Il songea à en trouver les moyens, il pensa à lui écrire; mais enfin il trouva qu'après la faute qu'il avait faite, et de l'humeur dont elle était, le mieux qu'il pût faire était de lui témoigner un profond respect par son affliction et par son silence, de lui faire voir même qu'il n'osait se présenter devant elle et d'attendre ce que le temps, le hasard et l'inclination qu'elle avait pour lui, pourraient faire en sa faveur. Il résolut aussi de ne point faire de reproches au vidame de Chartres de l'infidélité qu'il lui avait faite, de peur de fortifier ses soupçons.

Les fiançailles de Madame, qui se faisaient le lendemain, et le mariage qui se faisait le jour suivant, occupaient tellement toute la cour que Mme de Clèves et M. de Nemours cachèrent aisément au public leur tristesse et leur trouble. Mme la Dauphine ne parla même qu'en passant à Mme de Clèves de la conversation qu'elles avaient eue avec M. de Nemours, et [M.][104] de Clèves affecta de ne plus parler à sa femme de tout ce qui s'était passé, de sorte qu'elle ne se trouva pas dans un aussi grand embarras qu'elle l'avait imaginé.

Les fiançailles se firent au Louvre [105] et, après le festin et le bal, toute la maison royale alla coucher à l'évêché comme c'était la coutume. Le matin, le duc d'Albe, qui n'était jamais vêtu que fort simplement, mit un habit de drap d'or mêlé de couleur de feu, de jaune et de noir, tout couvert de pierreries, et il avait une couronne fermée sur la tête. Le prince d'Orange, habillé aussi magnifiquement avec ses livrées, et tous les Espagnols suivis des leurs, vinrent prendre le duc d'Albe à l'hôtel de Villeroi où il était logé, et partirent, marchant quatre à quatre, pour venir à l'évêché. Sitôt qu'il fut arrivé, on alla par ordre à l'église : le roi menait Madame qui avait aussi une couronne fermée et sa robe portée par Mlles de Montpensier et de Longueville. La reine marchait ensuite, mais sans couronne. Après elle, venait la reine dauphine, Madame, sœur du roi, Mme de Lorraine et la reine de Navarre, leurs robes portées par des princesses. Les reines et les princesses avaient toutes leurs filles magnifiquement habillées des mêmes couleurs qu'elles étaient vêtues : en sorte que l'on connaissait à qui étaient les filles par la couleur de leurs habits. On monta sur l'échafaud qui était préparé dans l'église et l'on fit la cérémonie des mariages. On retourna ensuite dîner à l'évêché et, sur les cinq heures, on en partit pour aller au palais, où se faisait le festin et où le Parlement, les Cours souveraines et la maison de ville étaient priés d'assister. Le roi, les reines, les princes et princesses mangèrent sur la table de marbre dans la grande salle du palais, le duc d'Albe assis auprès de la nouvelle reine d'Espagne. Au-dessous des degrés de la table de marbre et à la main droite du roi, était une table pour les ambassadeurs, les archevêques et les chevaliers de l'ordre et, de l'autre côté, une table pour MM. du Parlement.

Le duc de Guise, vêtu d'une robe de drap d'or frisé, servait le roi de grand-maître, M. le prince de Condé, de panetier, et le duc de Nemours, d'échanson. Après que les tables furent levées, le bal commença ; il fut interrompu par les ballets et par des machines extraordinaires. On le reprit ensuite ; et enfin, après minuit, le roi et toute la cour s'en retourna au Louvre. Quelque triste que fût Mme de Clèves, elle ne laissa pas de paraître aux yeux de tout le monde, et surtout aux yeux de M. de Nemours, d'une beauté incomparable. Il n'osa lui parler, quoique l'embarras de cette cérémonie lui en donnât plusieurs moyens ; mais il lui fit voir tant de tristesse et une crainte si respectueuse de l'approcher qu'elle ne le trouva plus si coupable, quoiqu'il ne lui eût rien dit pour se justifier. Il eut la même conduite les jours suivants et cette conduite fit aussi le même effet sur le cœur de Mme de Clèves.

LA PRINCESSE DE CLÈVES

Enfin, le jour du tournoi arriva. Les reines se rendirent dans les galeries et sur les échafauds qui leur avaient été destinés. Les quatre tenants parurent au bout de la lice, avec une quantité de chevaux et de livrées qui faisaient le plus magnifique spectacle qui eût jamais paru en France.

Le roi n'avait point d'autres couleurs que le blanc et le noir, qu'il portait toujours à cause de Mme de Valentinois qui était veuve. M. de Ferrare et toute sa suite avaient du jaune et du rouge; M. de Guise parut avec de l'incarnat et du blanc : on ne savait d'abord par quelle raison il avait ces couleurs; mais on se souvint que c'étaient celles d'une belle personne qu'il avait aimée pendant qu'elle était fille, et qu'il aimait encore, quoiqu'il n'osât plus le lui faire paraître. M. de Nemours avait du jaune et du noir; on en chercha inutilement la raison. Mme de Clèves n'eut pas de peine à la deviner : elle se souvint d'avoir dit devant lui qu'elle aimait le jaune, et qu'elle était fâchée d'être blonde, parce qu'elle n'en pouvait mettre. Ce prince crut pouvoir paraître avec cette couleur, sans indiscrétion, puisque, Mme de Clèves n'en mettant point, on ne pouvait soupçonner que ce fût la sienne.

Jamais on n'a fait voir tant d'adresse que les quatre tenants en firent paraître. Quoique le roi fût le meilleur homme de cheval de son royaume, on ne savait à qui donner l'avantage. M. de Nemours avait un agrément dans toutes ses actions qui pouvait faire pencher en sa faveur des personnes moins intéressées que Mme de Clèves. Sitôt qu'elle le vit paraître au bout de la lice, elle sentit une émotion extraordinaire et, à toutes les courses de ce prince, elle avait de la peine à cacher sa joie, lorsqu'il avait heureusement fourni sa carrière.

Sur le soir comme tout était presque fini et que l'on était près de se retirer, le malheur de l'Etat fit que le roi voulut encore rompre une lance. Il manda au comte de Montgomery [106], qui était extrêmement adroit, qu'il se mît sur la lice. Le comte supplia le roi de l'en dispenser et allégua toutes les excuses dont il put s'aviser, mais le roi, quasi en colère, lui fit dire qu'il le voulait absolument. La reine manda au roi qu'elle le conjurait de ne plus courir; qu'il avait si bien fait qu'il devait être content et qu'elle le suppliait de revenir auprès d'elle. Il répondit que c'était pour l'amour d'elle qu'il allait courir encore et entra dans la barrière. Elle lui renvoya M. de Savoie pour le prier une seconde fois de revenir; mais tout fut inutile. Il courut; les lances se brisèrent, et un éclat de celle du comte de Montgomery lui donna dans l'œil et y demeura. Ce prince tomba du coup, ses écuyers et M. de Montmorency, qui était un des maréchaux du camp, coururent à lui. Ils furent étonnés de le voir si blessé; mais le roi ne s'étonna point. Il dit que c'était peu de chose, et qu'il pardonnait au comte de Montgomery. On peut juger quel trouble et quelle affliction apporta un accident si funeste dans une journée destinée à la joie. Sitôt que l'on eut porté le roi dans son lit, et que les chirurgiens eurent visité sa plaie, ils la trouvèrent très considérable. Monsieur le Connétable se souvint, dans ce moment, de la prédiction que l'on avait faite au roi, qu'il serait tué dans un combat singulier; et il ne douta point que la prédiction ne fût accomplie [107].

Le roi d'Espagne qui était lors à Bruxelles, étant averti de cet accident, envoya son médecin, qui était un homme d'une grande réputation; mais il jugea le roi sans espérance.

Une cour, aussi partagée et aussi remplie d'intérêts opposés, n'était pas dans une médiocre agitation à la veille d'un si grand événement; néanmoins, tous les mouvements étaient cachés et l'on ne paraissait occupé que de l'unique inquiétude de la santé du roi. Les reines, les princes et les princesses ne sortaient presque point de son antichambre.

Mme de Clèves sachant qu'elle était obligée d'y être, qu'elle y verrait M. de Nemours, qu'elle ne pourrait cacher à son mari l'embarras que lui causait cette vue, connaissant aussi que la seule présence de ce prince le justifiait à ses yeux et détruisait toutes ses résolutions, prit le parti de feindre d'être malade. La cour était trop occupée pour avoir de l'attention à sa conduite et pour démêler si son mal était faux ou véritable. Son mari seul pouvait en connaître la vérité; mais elle n'était pas fâchée qu'il la connût. Ainsi elle demeura chez elle, peu occupée du grand changement qui se préparait ; et, remplie de ses propres pensées, elle avait toute la liberté de s'y abandonner. Tout le monde était chez le roi. M. de Clèves venait à de certaines heures lui en dire des nouvelles. Il conservait avec elle le même procédé qu'il avait toujours eu, hors que, quand ils étaient seuls, il y avait quelque chose d'un peu plus froid et de moins libre. Il ne lui avait point reparlé de tout ce qui s'était passé ; et elle n'avait pas eu la force et n'avait pas même jugé à propos de reprendre cette conversation.

M. de Nemours, qui s'était attendu à trouver quelques moments à parler à Mme de Clèves, fut bien surpris et bien affligé de n'avoir pas seulement le plaisir de la voir. Le mal du roi se trouva si considérable que, le septième jour, il fut désespéré des médecins. Il reçut la certitude de sa mort avec une fermeté extraordinaire et d'autant plus admirable qu'il perdait la vie par un accident si malheureux, qu'il mourait à la fleur de son âge, heureux, adoré de ses peuples et aimé d'une maîtresse qu'il aimait éperdument. La veille de sa mort, il fit faire le mariage de Madame, sa sœur, avec M. de Savoie, sans cérémonie. L'on peut juger en quel état était la duchesse de Valentinois. La reine ne permit point qu'elle vît le roi et lui envoya demander les cachets de ce prince et les pierreries de la couronne qu'elle avait en garde. Cette duchesse s'enquit si le roi était mort ; et comme on lui eut répondu que non :

— Je n'ai donc point encore de maître, répondit-elle, et personne ne peut m'obliger à rendre ce que sa confiance m'a mis entre les mains [108].

Sitôt qu'il fut expiré au château des Tournelles, le duc de Ferrare, le duc de Guise et le duc de Nemours conduisirent au Louvre la reine mère, le roi [109] et la reine sa femme. M. de Nemours menait la reine mère. Comme ils commençaient à marcher, elle se recula de quelques pas et dit à la reine, sa belle-fille, que c'était à elle à passer la première ; mais il fut aisé de voir qu'il y avait plus d'aigreur que de bienséance dans ce compliment [110].

TOME QUATRIÈME

Le cardinal de Lorraine s'était rendu maître absolu de l'esprit de la reine mère [111]; le vidame de Chartres n'avait plus aucune part dans ses bonnes grâces et l'amour qu'il avait pour Mme de Martigues et pour la liberté l'avait même empêché de sentir cette perte autant qu'elle méritait d'être sentie. Ce cardinal, pendant les dix jours de la maladie du roi, avait eu le loisir de former ses desseins et de faire prendre à la reine des résolutions conformes à ce qu'il avait projeté; de sorte que, sitôt que le roi fut mort, la reine ordonna au connétable de demeurer aux Tournelles auprès du corps du feu roi, pour faire les cérémonies ordinaires. Cette commission l'éloignait de tout et lui ôtait la liberté d'agir. Il envoya un courrier au roi de Navarre pour le faire venir en diligence, afin de s'opposer ensemble à la grande élévation où il voyait que MM. de Guise allaient parvenir. On donna le commandement des armées au duc de Guise et les finances au cardinal de Lorraine. La duchesse de Valentinois fut chassée de la cour; on fit revenir le cardinal de Tournon, ennemi déclaré du connétable, et le chancelier Olivier, ennemi déclaré de la duchesse de Valentinois. Enfin, la cour changea entièrement de face. Le duc de Guise prit le même rang que les princes du sang à porter le manteau du roi aux cérémonies des funérailles; lui et ses frères furent entièrement les maîtres, non seulement par le crédit du cardinal sur l'esprit de la reine, mais parce que cette princesse crut qu'elle pourrait les éloigner s'ils lui donnaient de l'ombrage et qu'elle ne pourrait éloigner le connétable, qui était appuyé des princes du sang.

Lorsque les cérémonies du deuil furent achevées, le connétable vint au Louvre et fut reçu du roi avec beaucoup de froideur. Il voulut lui parler en particulier;

mais le roi appela MM. de Guise et lui dit, devant eux, qu'il lui conseillait de se reposer; que les finances et le commandement des armées étaient donnés et que, lorsqu'il aurait besoin de ses conseils, il l'appellerait auprès de sa personne. Il fut reçu de la reine mère encore plus froidement que du roi, et elle lui fit même des reproches de ce qu'il avait dit au feu roi que ses enfants ne lui ressemblaient point. Le roi de Navarre arriva et ne fut pas mieux reçu. Le prince de Condé, moins endurant que son frère, se plaignit hautement; ses plaintes furent inutiles, on l'éloigna de la cour sous le prétexte de l'envoyer en Flandre signer la ratification de la paix. On fit voir au roi de Navarre une fausse lettre du roi d'Espagne qui l'accusait de faire des entreprises sur ses places; on lui fit craindre pour ses terres; enfin, on lui inspira le dessein de s'en aller en Béarn. La reine lui en fournit un moyen en lui donnant la conduite de Mme Elisabeth et l'obligea même à partir devant cette princesse; et ainsi il ne demeura personne à la cour qui pût balancer le pouvoir de la maison de Guise.

Quoique ce fût une chose fâcheuse pour M. de Clèves de ne pas conduire Mme Elisabeth, néanmoins il ne put s'en plaindre par la grandeur de celui qu'on lui préférait; mais il regrettait moins cet emploi par l'honneur qu'il en eût reçu que parce que c'était une chose qui éloignait sa femme de la cour sans qu'il parût qu'il eût dessein de l'en éloigner.

Peu de jours après la mort du roi, on résolut d'aller à Reims pour le sacre. Sitôt qu'on parla de ce voyage, Mme de Clèves, qui avait toujours demeuré chez elle, feignant d'être malade, pria son mari de trouver bon qu'elle ne suivît point la cour et qu'elle s'en allât à Coulommiers prendre l'air et songer à sa santé. Il lui répondit qu'il ne voulait point pénétrer si c'était la raison de sa santé qui l'obligeait à ne pas faire le voyage, mais qu'il consentait qu'elle ne le fît point. Il n'eut pas de peine à consentir à une chose qu'il avait déjà résolue : quelque bonne opinion qu'il eût de la vertu de sa femme, il voyait bien que la prudence ne voulait pas qu'il l'exposât plus longtemps à la vue d'un homme qu'elle aimait.

M. de Nemours sut bientôt que Mme de Clèves ne

devait pas suivre la cour ; il ne put se résoudre à partir sans la voir et, la veille du départ, il alla chez elle aussi tard que la bienséance le pouvait permettre, afin de la trouver seule. La fortune favorisa son intention. Comme il entra dans la cour, il trouva Mme de Nevers [1,2] et Mme de Martigues qui en sortaient et qui lui dirent qu'elles l'avaient laissée seule. Il monta avec une agitation et un trouble qui ne se peut comparer qu'à celui qu'eut Mme de Clèves, quand on lui dit que M. de Nemours venait pour la voir. La crainte qu'elle eut qu'il ne lui parlât de sa passion, l'appréhension de lui répondre trop favorablement, l'inquiétude que cette visite pouvait donner à son mari, la peine de lui en rendre compte ou de lui cacher toutes ces choses, se présentèrent en un moment à son esprit et lui firent un si grand embarras qu'elle prit la résolution d'éviter la chose du monde qu'elle souhaitait peut-être le plus. Elle envoya une de ses femmes à M. de Nemours, qui était dans son antichambre, pour lui dire qu'elle venait de se trouver mal et qu'elle était bien fâchée de ne pouvoir recevoir l'honneur qu'il lui voulait faire. Quelle douleur pour ce prince de ne pas voir Mme de Clèves et de ne la pas voir parce qu'elle ne voulait pas qu'il la vît ! Il s'en allait le lendemain ; il n'avait plus rien à espérer du hasard. Il ne lui avait rien dit depuis cette conversation de chez Mme la Dauphine, et il avait lieu de croire que la faute d'avoir parlé au vidame avait détruit toutes ses espérances ; enfin il s'en allait avec tout ce qui peut aigrir une vive douleur.

Sitôt que Mme de Clèves fut un peu remise du trouble que lui avait donné la pensée de la visite de ce prince, toutes les raisons qui la lui avaient fait refuser disparurent ; elle trouva même qu'elle avait fait une faute et, si elle eût osé ou qu'il eût encore été assez à temps, elle l'aurait fait rappeler.

Mmes de Nevers et de Martigues, en sortant de chez elle, allèrent chez la reine dauphine ; M. de Clèves y était. Cette princesse leur demanda d'où elles venaient ; elles lui dirent qu'elles venaient de chez [Mme] [113] de Clèves où elles avaient passé une partie de l'après-dînée avec beaucoup de monde et qu'elles n'y avaient laissé que

M. de Nemours. Ces paroles, qu'elles croyaient si indifférentes, ne l'étaient pas pour M. de Clèves. Quoiqu'il dût bien s'imaginer que M. de Nemours pouvait trouver souvent des occasions de parler à sa femme; néanmoins la pensée qu'il était chez elle, qu'il y était seul et qu'il lui pouvait parler de son amour lui parut dans ce moment une chose si nouvelle et si insupportable que la jalousie s'alluma dans son cœur avec plus de violence qu'elle n'avait encore fait. Il lui fut impossible de demeurer chez la reine; il s'en revint, ne sachant pas même pourquoi il revenait et s'il avait dessein d'aller interrompre M. de Nemours. Sitôt qu'il approcha de chez lui, il regarda s'il ne verrait rien qui lui pût faire juger si ce prince y était encore; il sentit du soulagement en voyant qu'il n'y était plus et il trouva de la douceur à penser qu'il ne pouvait y avoir demeuré longtemps. Il s'imagina que ce n'était peut-être pas M. de Nemours, dont il devait être jaloux et, quoiqu'il n'en doutât point, il cherchait à en douter; mais tant de choses l'en auraient persuadé qu'il ne demeurait pas longtemps dans cette incertitude qu'il désirait. Il alla d'abord dans la chambre de sa femme et, après lui avoir parlé quelque temps de choses indifférentes, il ne put s'empêcher de lui demander ce qu'elle avait fait et qui elle avait vu; elle lui en rendit compte. Comme il vit qu'elle ne lui nommait point M. de Nemours, il lui demanda, en tremblant, si c'était tout ce qu'elle avait vu, afin de lui donner lieu de nommer ce prince et de n'avoir pas la douleur qu'elle lui en fît une finesse. Comme elle ne l'avait point vu, elle ne le lui nomma point, et M. de Clèves reprenant la parole avec un ton qui marquait son affliction :

— Et monsieur de Nemours, lui dit-il, ne l'avez-vous point vu ou l'avez-vous oublié ?

— Je ne l'ai point vu, en effet, répondit-elle; je me trouvais mal et j'ai envoyé une de mes femmes lui faire des excuses.

— Vous ne vous trouviez donc mal que pour lui, reprit M. de Clèves. Puisque vous avez vu tout le monde, pourquoi des distinctions pour M. de Nemours ? Pourquoi ne vous est-il pas comme un autre ? Pourquoi faut-il que vous craigniez sa vue ? Pourquoi lui laissez-vous voir que vous la craignez ? Pourquoi lui faites-vous connaître que vous vous servez du pouvoir que sa passion vous donne sur lui ? Oseriez-vous refuser de le voir si vous ne saviez bien qu'il distingue vos rigueurs de l'incivilité ? Mais pourquoi faut-il que vous ayez des rigueurs pour lui ? D'une personne comme vous, madame, tout est des faveurs hors l'indifférence.

— Je ne croyais pas, reprit Mme de Clèves, quelque soupçon que vous ayez sur M. de Nemours, que vous pussiez me faire des reproches de ne l'avoir pas vu.

— Je vous en fais pourtant, madame, répliqua-t-il, et ils sont bien fondés. Pourquoi ne le pas voir s'il ne vous a rien dit ? Mais, madame, il vous a parlé; si son silence seul vous avait témoigné sa passion, elle n'aurait pas fait en vous une si grande impression. Vous n'avez pu me dire la vérité tout entière, vous m'en avez caché la plus grande partie; vous vous êtes repentie même du peu que vous m'avez avoué et vous n'avez pas eu la force de continuer. Je suis plus malheureux que je ne l'ai cru et je suis le plus malheureux de tous les hommes. Vous êtes ma femme, je vous aime comme ma maîtresse et je vous en vois aimer un autre. Cet autre est le plus aimable de la cour et il vous voit tous les jours, il sait que vous l'aimez. Eh ! j'ai pu croire, s'écria-t-il, que vous surmonteriez la passion que vous avez pour lui. Il faut que j'aie perdu la raison pour avoir cru qu'il fût possible.

— Je ne sais, reprit tristement Mme de Clèves, si vous avez eu tort de juger favorablement d'un procédé aussi extraordinaire que le mien; mais je ne sais si je ne me suis trompée d'avoir cru que vous me feriez justice ?

— N'en doutez pas, madame, répliqua M. de Clèves, vous vous êtes trompée; vous avez attendu de moi des choses aussi impossibles que celles que j'attendais de vous. Comment pouviez-vous espérer que je conservasse de la raison ? Vous aviez donc oublié que je vous aimais éperdument et que j'étais votre mari ? L'un des deux peut porter aux extrémités : que ne peuvent point les deux ensemble ? Eh ! que ne sont-ils point aussi, continua-t-il; je n'ai que des sentiments violents et incertains dont je ne suis pas le maître. Je ne me trouve plus digne de vous; vous ne me paraissez plus digne de moi. Je vous adore, je vous hais, je vous offense, je vous demande pardon; je vous admire, j'ai honte de vous admirer. Enfin il n'y a plus en moi ni de calme, ni de raison. Je ne sais comment j'ai pu vivre depuis que vous me parlâtes à Coulommiers et depuis le jour que vous apprîtes de Mme la Dauphine que l'on savait votre aventure. Je ne saurais démêler par où elle a été sue, ni ce qui se passa entre M. de Nemours et vous sur ce sujet; vous ne me l'expliquerez jamais et je ne vous demande point de me l'expliquer. Je vous demande seulement de vous souvenir que vous m'avez rendu le plus malheureux homme du monde.

M. de Clèves sortit de chez sa femme après ces paroles et partit le lendemain sans la voir; mais il lui écrivit une lettre pleine d'affliction, d'honnêteté et de douceur. Elle y fit une réponse si touchante et si remplie d'assurances de sa conduite passée et de celle qu'elle aurait à l'avenir que, comme ses assurances étaient fondées sur la vérité et que c'étai[ent] en effet ses sentiments, cette lettre fit de l'impression sur M. de Clèves et lui donna quelque calme; oint que M. de Nemours, allant trouver le roi aussi bien que lui, il avait le repos de savoir qu'il ne serait pas au même lieu que Mme de Clèves. Toutes les fois que cette princesse parlait à son mari, la passion qu'il lui témoignait, l'honnêteté de son procédé, l'amitié qu'elle avait pour lui et ce qu'elle lui devait, faisaient des impressions dans son cœur qui affaiblissaient l'idée de M. de Nemours; mais ce n'était que pour quelque temps; et cette idée revenait bientôt plus vive et plus présente qu'auparavant.

Les premiers jours du départ de ce prince, elle ne sentit quasi pas son absence; ensuite elle lui parut cruelle. Depuis qu'elle l'aimait, il ne s'était point passé de jour qu'elle n'eût craint ou espéré de le rencontrer et elle trouva une grande peine à penser qu'il n'était plus au pouvoir du hasard de faire qu'elle le rencontrât.

Elle s'en alla à Coulommiers; et, en y allant, elle eut soin d'y faire porter de grands tableaux qu'elle avait fait copier sur des originaux qu'avait fait faire Mme de Valentinois pour sa belle maison d'Anet. Toutes les actions remarquables, qui s'étaient passées du règne du roi, étaient dans ces tableaux. Il y avait entre autres le siège de Metz, et tous ceux qui s'y étaient distingués étaient peints fort ressemblants. M. de Nemours était de ce nombre et c'était peut-être ce qui avait donné envie à Mme de Clèves d'avoir ces tableaux.

Mme de Martigues, qui n'avait pu partir avec la cour, lui promit d'aller passer quelques jours à Coulommiers. La faveur de la reine qu'elles partageaient ne leur avait point donné d'envie, ni d'éloignement l'une de l'autre; elles étaient amies sans néanmoins se confier leurs sentiments. Mme de Clèves savait que Mme de Martigues aimait le vidame; mais Mme de Martigues ne savait pas que Mme de Clèves aimât M. de Nemours, ni qu'elle en fût aimée. La qualité de nièce du vidame rendait Mme de Clèves plus chère à Mme de Martigues; et Mme de Clèves l'aimait aussi comme une personne qui avait une passion aussi bien qu'elle et qui l'avait pour l'ami intime de son amant.

Mme de Martigues vint à Coulommiers, comme elle l'avait promis à Mme de Clèves; elle la trouva dans une vie fort solitaire. Cette princesse avait même cherché le moyen d'être dans une solitude entière et de passer les soirs dans les jardins sans être accompagnée de ses domestiques. Elle venait dans ce pavillon où M. de Nemours l'avait écoutée; elle entrait dans le cabinet qui était ouvert sur le jardin. Ses femmes et ses domestiques demeuraient dans l'autre cabinet, ou sous le pavillon, et ne venaient point à elle qu'elle ne les appelât. Mme de Martigues n'avait jamais vu Coulommiers; elle fut surprise de toutes les beautés qu'elle y trouva et surtout de l'agrément de ce pavillon. Mme de Clèves et elle y passaient tous les soirs. La liberté de se trouver seules, la nuit, dans le plus beau lieu du monde, ne laissait pas finir [l]a [114] conversation entre deux jeunes personnes, qui avaient des passions violentes dans le cœur; et, quoiqu'elles ne s'en fissent point de confidence, elles trouvaient un grand plaisir à se parler. Mme de Martigues aurait eu de la peine à quitter Coulommiers si, en le quittant elle n'eût dû aller dans un lieu où était le vidame. Elle partit pour aller à Chambord, où la cour était alors.

Le sacre avait été fait à Reims par le cardinal de Lorraine, et l'on devait passer le reste de l'été dans le château de Chambord, qui était nouvellement bâti. La reine témoigna une grande joie de revoir Mme de Martigues; et, après lui en avoir donné plusieurs marques, elle lui demanda des nouvelles de Mme de Clèves et de ce qu'elle faisait à la campagne. M. de Nemours et M. de Clèves étaient alors chez cette reine. Mme de Martigues, qui avait trouvé Coulommiers admirable, en conta toutes les beautés, et elle s'étendit extrêmement sur la description de ce pavillon de la forêt et sur le plaisir qu'avait Mme de Clèves de s'y promener seule une partie de la nuit. M. de Nemours, qui connaissait assez le lieu pour entendre ce qu'en disait Mme de Martigues, pensa qu'il n'était pas impossible qu'il y pût voir Mme de Clèves sans être vu que d'elle. Il fit quelques questions à Mme de Martigues pour s'en éclaircir encore; et M. de Clèves, qui l'avait toujours regardé pendant que Mme de Martigues avait parlé, crut voir dans ce moment ce qui lui passait dans l'esprit. Les questions que fit ce prince le confirmèrent encore dans cette pensée; en sorte qu'il ne douta point qu'il n'eût dessein d'aller voir sa femme. Il ne se trompait pas dans ses soupçons. Ce dessein entra si fortement dans l'esprit de M. de Nemours qu'après avoir passé la nuit à songer aux moyens de l'exécuter, dès le lendemain matin, il demanda congé au roi pour aller à Paris, sur quelque prétexte qu'il inventa.

M. de Clèves ne douta point du sujet de ce voyage; mais il résolut de s'éclaircir de la conduite de sa femme et de ne pas demeurer dans une cruelle incertitude. Il eut envie de partir en même temps que M. de Nemours et de venir lui-même caché découvrir quel succès aurait ce voyage; mais, craignant que son départ ne parût extraordinaire, et que M. de Nemours, en étant averti, ne prît d'autres mesures, il résolut de se fier à un gentilhomme qui était à lui, dont il connaissait la fidélité et l'esprit. Il lui conta dans quel embarras il se trouvait. Il lui dit quelle avait été jusqu'alors la vertu de Mme de Clèves et lui ordonna de partir sur les pas de M. de Nemours, de l'observer exactement, de voir s'il n'irait point à Coulommiers et s'il n'entrerait point la nuit dans le jardin.

Le gentilhomme, qui était très capable d'une telle commission, s'en acquitta avec toute l'exactitude imaginable. Il suivit M. de Nemours jusqu'à un village, à une demi-lieue de Coulommiers, où ce prince s'arrêta, et le gentilhomme devina aisément que c'était pour y attendre la nuit. Il ne crut pas à propos de l'y attendre aussi; il passa le village et alla dans la forêt, à l'endroit par où il jugeait que M. de Nemours pouvait passer; il ne se trompa point dans tout ce qu'il avait pensé. Sitôt que la nuit fut venue, il entendit marcher, et quoiqu'il fît obscur, il reconnut aisément M. de Nemours. Il le vit faire le tour du jardin, comme pour écouter s'il n'y entendrait personne et pour choisir le lieu par où il pourrait passer le plus aisément. Les palissades étaient fort hautes, et il y en avait encore derrière, pour empêcher qu'on ne pût entrer; en sorte qu'il était assez difficile de se faire passage. M. de Nemours en vint à bout néanmoins; sitôt qu'il fut dans ce jardin, il n'eut pas de peine à démêler où était Mme de Clèves. Il vit beaucoup de lumières dans le cabinet; toutes les fenêtres en étaient ouvertes et, en se glissant le long des palissades, il s'en approcha avec un trouble et une émotion qu'il est aisé de se représenter. Il se rangea derrière une des fenêtres, qui servaient de porte, pour voir ce que faisait Mme de Clèves. Il vit qu'elle était seule; mais il la vit d'une si admirable beauté qu'à peine fut-il maître du transport que lui donna cette vue. Il faisait chaud, et elle n'avait rien, sur sa tête et sur sa gorge, que ses cheveux confusément rattachés. Elle était sur un lit de repos, avec une table devant elle, où il y avait plusieurs corbeilles pleines de rubans; elle en choisit quelques-uns, et M. de Nemours remarqua que c'étaient des mêmes couleurs qu'il avait portées au tournoi. Il vit qu'elle en faisait des nœuds à une canne des Indes, fort extraordinaire, qu'il avait portée quelque temps et qu'il avait donnée à sa sœur, à qui [Mme] [115] de Clèves l'avait prise sans faire semblant de la reconnaître pour avoir été à M. de Nemours. Après qu'elle eut achevé son ouvrage avec une grâce et une douceur que répandai[ent] sur son visage les sentiments qu'elle avait dans le cœur, elle prit un flambeau et s'en alla, proche d'une grande table, vis-à-vis du tableau du siège de Metz, où était le portrait de M. de Nemours; elle s'assit et se mit à regarder ce portrait avec une attention et une rêverie que la passion seule peut donner.

On ne peut exprimer ce que sentit M. de Nemours dans ce moment. Voir au milieu de la nuit, dans le plus beau lieu du monde, une personne qu'il adorait, la voir sans qu'elle sût qu'il la voyait, et la voir tout occupée de choses qui avaient du rapport à lui et à la passion qu'elle lui cachait, c'est ce qui n'a jamais été goûté ni imaginé par nul autre amant.

Ce prince était aussi tellement hors de lui-même qu'il demeurait immobile à regarder Mme de Clèves, sans songer que les moments lui étaient précieux. Quand il fut un peu remis, il pensa qu'il devait attendre à lui parler qu'elle allât dans le jardin; il crut qu'il le pourrait faire avec plus de sûreté, parce qu'elle serait plus éloignée de ses femmes; mais, voyant qu'elle demeurait dans le cabinet, il prit la résolution d'y entrer. Quand il voulut l'exécuter, quel trouble n'eut-il point ! Quelle crainte de lui déplaire ! Quelle peur de faire changer ce visage où il y avait tant de douceur et de le voir devenir plein de sévérité et de colère !

Il trouva qu'il y avait eu de la folie, non pas à venir voir Mme de Clèves sans [en] [116] être vu, mais à penser de s'en faire voir; il vit tout ce qu'il n'avait point encore envisagé. Il lui parut de l'extravagance dans sa hardiesse de venir surprendre, au milieu de la nuit, une personne à qui il n'avait encore jamais parlé de son amour. Il pensa qu'il ne devait pas prétendre qu'elle le voulût écouter, et qu'elle aurait une juste colère du péril où il l'exposait par les accidents qui pouvaient arriver. Tout son courage l'abandonna, et il fut prêt plusieurs fois à prendre la résolution de s'en retourner sans se faire voir. Poussé néanmoins par le désir de lui parler, et rassuré par les espérances que lui donnait tout ce qu'il avait vu, il avança quelques pas, mais avec tant de trouble qu'une écharpe qu'il avait s'embarrassa dans la fenêtre, en sorte qu'il fit du bruit. Mme de Clèves tourna la tête, et, soit qu'elle eût l'esprit rempli de ce prince, ou qu'il fût dans un lieu où la lumière donnait assez pour qu'elle le pût distinguer, elle crut le reconnaître et sans balancer ni se retourner du côté où il était, elle entra dans le lieu où étaient ses femmes. Elle y entra avec tant de trouble qu'elle fut contrainte, pour le cacher, de dire qu'elle se trouvait mal; et elle le dit aussi pour occuper tous ses gens et pour donner le temps à M. de Nemours de se retirer. Quand elle eut fait quelque réflexion, elle pensa qu'elle s'était trompée et que c'était un effet de son imagination d'avoir cru voir M. de Nemours. Elle savait qu'il était à Chambord, elle ne trouvait nulle apparence qu'il eût entrepris une chose si hasardeuse; elle eut envie plusieurs fois de rentrer dans le cabinet et d'aller voir dans le jardin s'il y avait quelqu'un. Peut-être souhaitait-elle, autant qu'elle le craignait, d'y trouver M. de Nemours; mais enfin la raison et la prudence l'emportèrent sur tous ses autres sentiments, et elle trouva qu'il valait mieux demeurer dans le doute où elle était que de prendre le hasard de s'en éclaircir. Elle fut longtemps à se résoudre à sortir d'un lieu dont elle pensait que ce prince était peut-être si proche, et il était quasi jour quand elle revint au château.

M. de Nemours était demeuré dans le jardin tant qu'il avait vu de la lumière; il n'avait pu perdre l'espérance de revoir Mme de Clèves, quoiqu'il fût persuadé qu'elle l'avait reconnu et qu'elle n'était sortie que pour l'éviter; mais voyant qu'on fermait les portes, il jugea bien qu'il n'avait plus rien à espérer. Il vint reprendre son cheval tout proche du lieu où attendait le gentilhomme de M. de Clèves. Ce gentilhomme le suivit jusqu'au même village, d'où il était parti le soir. M. de Nemours se résolut d'y passer tout le jour, afin de retourner la nuit à Coulommiers, pour voir si Mme de Clèves aurait encore la cruauté de le fuir, ou celle de ne se pas exposer à être vue; quoiqu'il eût une joie sensible de l'avoir trouvée si remplie de son idée, il était néanmoins très affligé de lui avoir vu un mouvement si naturel de le fuir.

La passion n'a jamais été si tendre et si violente qu'elle l'était alors en ce prince. Il s'en alla sous des saules, le long d'un petit ruisseau qui coulait derrière la maison où il était caché. Il s'éloigna le plus qu'il lui fut possible, pour n'être vu ni entendu de personne; il s'abandonna aux transports de son amour et son cœur en fut tellement pressé qu'il fut contraint de laisser couler quelques larmes ; mais ces larmes n'étaient pas de celles que la douleur seule fait répandre, elles étaient mêlées de douceur et de ce charme qui ne se trouve que dans l'amour.

Il se mit à repasser toutes les actions de Mme de Clèves depuis qu'il en était amoureux ; quelle rigueur honnête et modeste elle avait toujours eue pour lui, quoiqu'elle l'aimât. Car, enfin, elle m'aime, disait-il ; elle m'aime, je n'en saurais douter ; les plus grands engagements et les plus grandes faveurs ne sont pas des marques si assurées que celles que j'en ai eues. Cependant je suis traité avec la même rigueur que si j'étais haï ; j'ai espéré au temps, je n'en dois plus rien attendre ; je la vois toujours se défendre également contre moi et contre elle-même. Si je n'étais point aimé, je songerais à plaire ; mais je plais, on m'aime, et on me le cache. Que puis-je donc espérer, et quel changement dois-je attendre dans ma destinée ? Quoi ! je serai aimé de la plus aimable personne du monde et je n'aurai cet excès d'amour que donnent les premières certitudes d'être aimé que pour mieux sentir la douleur d'être maltraité ! Laissez-moi voir que vous m'aimez, belle princesse, s'écria-t-il, laissez-moi voir vos sentiments ; pourvu que je les connaisse par vous une fois en ma vie, je consens que vous repreniez pour toujours ces rigueurs dont vous m'accabliez. Regardez-moi du moins avec ces mêmes yeux dont je vous ai vue cette nuit regarder mon portrait ; pouvez-vous l'avoir regardé avec tant de douceur et m'avoir fui moi-même si cruellement ? Que craignez-vous ? Pourquoi mon amour vous est-il si redoutable ? Vous m'aimez, vous me le cachez inutilement ; vous-même m'en avez donné des marques involontaires. Je sais mon bonheur ; laissez-m'en jouir, et cessez de me rendre malheureux. Est-il possible, reprenait-il, que je sois aimé de Mme de Clèves et que je sois malheureux ? Qu'elle était belle cette nuit ! Comment ai-je pu résister à l'envie de me jeter à ses pieds ? Si je l'avais fait, je l'aurais peut-être empêchée de me fuir, mon respect l'aurait rassurée ; mais peut-être elle ne m'a pas reconnu ; je m'afflige plus que je ne dois, et la vue d'un homme, à une heure si extraordinaire, l'a effrayée.

Ces mêmes pensées occupèrent tout le jour M. de Nemours ; il attendit la nuit avec impatience ; et, quand elle fut venue, il reprit le chemin de Coulommiers. Le gentilhomme de M. de Clèves, qui s'était déguisé afin d'être moins remarqué, le suivit jusqu'au lieu où il l'avait suivi le soir d'auparavant et le vit entrer dans le même jardin. Ce prince connut bientôt que Mme de Clèves n'avait pas voulu hasarder qu'il essayât encore de la voir ; toutes les portes étaient fermées. Il tourna de tous les côtés pour découvrir s'il ne verrait point de lumières ; mais ce fut inutilement.

Mme de Clèves, s'étant doutée que M. de Nemours pourrait revenir, était demeurée dans sa chambre ; elle avait appréhendé de n'avoir pas toujours la force de le fuir, et elle n'avait pas voulu se mettre au hasard de lui parler d'une manière si peu conforme à la conduite qu'elle avait eue jusqu'alors.

Quoique M. de Nemours n'eût aucune espérance de la voir, il ne put se résoudre à sortir si tôt d'un lieu où elle était si souvent. Il passa la nuit entière dans le jardin et trouva quelque consolation à voir du moins les mêmes objets qu'elle voyait tous les jours. Le soleil était levé devant qu'il pensât à se retirer ; mais enfin la crainte d'être découvert l'obligea à s'en aller.

Il lui fut impossible de s'éloigner sans voir Mme de Clèves ; et il alla chez Mme de Mercœur, qui était alors dans cette maison qu'elle avait proche de Coulommiers. Elle fut extrêmement surprise de l'arrivée de son frère. Il inventa une cause de son voyage, assez vraisemblable pour la tromper, et enfin il conduisit si habilement son dessein qu'il l'obligea à lui proposer d'elle-même d'aller chez Mme de Clèves. Cette proposition fut exécutée dès le même jour, et M. de Nemours dit à sa sœur qu'il la quitterait à Coulommiers pour s'en retourner en diligence trouver le roi. Il fit ce dessein de la quitter à Coulommiers dans la pensée de l'en laisser partir la première ; et il crut avoir trouvé un moyen infaillible de parler à Mme de Clèves.

Comme ils arrivèrent, elle se promenait dans une grande allée qui borde le parterre. La vue de M. de Nemours ne lui causa pas un médiocre trouble et ne lui laissa plus de douter que ce ne fût lui qu'elle avait vu la nuit précédente. Cette certitude lui donna quelque mouvement de colère, par la hardiesse et l'imprudence qu'elle trouvait dans ce qu'il avait entrepris. Ce prince remarqua une impression de froideur sur son visage qui lui donna une sensible douleur. La conversation fut de choses indifférentes ; et, néanmoins, il trouva l'art d'y faire paraître tant d'esprit, tant de complaisance et tant d'admiration pour Mme de Clèves qu'il dissipa, malgré elle, une partie de la froideur qu'elle avait eue d'abord.

Lorsqu'il se sentit rassuré de sa première crainte, il témoigna une extrême curiosité d'aller voir le pavillon de la forêt. Il en parla comme du plus agréable lieu du monde et en fit même une description si particulière que Mme de Mercœur lui dit qu'il fallait qu'il y eût été plusieurs fois pour en connaître si bien toutes les beautés.

— Je ne crois pourtant pas, reprit Mme de Clèves, que M. de Nemours y ait jamais entré ; c'est un lieu qui n'est achevé que depuis peu.

— Il n'y a pas longtemps aussi que j'y ai été, reprit M. de Nemours en la regardant, et je ne sais si je ne dois point être bien aise que vous ayez oublié de m'y avoir vu.

Mme de Mercœur, qui regardait la beauté des jardins, n'avait point d'attention à ce que disait son frère. Mme de Clèves rougit et, baissant les yeux sans regarder M. de Nemours :

— Je ne me souviens point, lui dit-elle, de vous y avoir vu ; et, si vous y avez été, c'est sans que [je] [117] l'aie su.

— Il est vrai, madame, répliqua M. de Nemours, que j'y ai été sans vos ordres, et j'y ai passé les plus doux et les plus cruels moments de ma vie.

Mme de Clèves entendait trop bien tout ce que disait ce prince, mais elle n'y répondit point ; elle songea à empêcher Mme de Mercœur d'aller dans ce cabinet, parce que le portrait de M. de Nemours y était et qu'elle ne voulait pas qu'elle l'y vît. Elle fit si bien que le temps se passa insensiblement, et Mme de Mercœur parla de s'en retourner. Mais quand Mme de Clèves vit que

M. de Nemours et sa sœur ne s'en allaient pas ensemble, elle jugea bien à quoi elle allait être exposée; elle se trouva dans le même embarras où elle s'était trouvée à Paris et elle prit aussi le même parti. La crainte que cette visite ne fût encore une confirmation des soupçons qu'avait son mari ne contribua pas peu à la déterminer; et, pour éviter que M. de Nemours ne demeurât seul avec elle, elle dit à Mme de Mercœur qu'elle l'allait conduire jusques au bord de la forêt, et elle ordonna que son carrosse la suivît. La douleur qu'eut ce prince de trouver toujours cette même continuation des rigueurs en Mme de Clèves fut si violente qu'il en pâlit dans le même moment. Mme de Mercœur lui demanda s'il se trouvait mal; mais il regarda Mme de Clèves, sans que personne s'en aperçût, et il lui fit juger par ses regards qu'il n'avait d'autre mal que son désespoir. Cependant il fallut qu'il les laissât partir sans oser les suivre, et, après ce qu'il avait dit, il ne pouvait plus retourner avec sa sœur; ainsi, il revint à Paris, et en partit le lendemain.

Le gentilhomme de M. de Clèves l'avait toujours observé : il revint aussi à Paris et, comme il vit M. de Nemours parti pour Chambord, il prit la poste afin d'y arriver devant lui et de rendre compte de son voyage. Son maître attendait son retour, comme ce qui allait décider du malheur de toute sa vie.

Sitôt qu'il le vit, il jugea, par son visage et par son silence, qu'il n'avait que des choses fâcheuses à lui apprendre. Il demeura quelque temps saisi d'affliction, la tête baissée sans pouvoir parler; enfin, il lui fit signe de la main de se retirer :

— Allez, lui dit-il, je vois ce que vous avez à me dire; mais je n'ai pas la force de l'écouter.

— Je n'ai rien à vous apprendre, lui répondit le gentilhomme, sur quoi on puisse faire de jugement assuré. Il est vrai que M. de Nemours a entré deux nuits de suite dans le jardin de la forêt, et qu'il a été le jour d'après à Coulommiers avec Mme de Mercœur.

— C'est assez, répliqua M. de Clèves c'est assez, en lui faisant encore signe de se retirer, et je n'ai pas besoin d'un plus grand éclaircissement.

LA PRINCESSE DE CLÈVES

Le gentilhomme fut contraint de laisser son maître abandonné à son désespoir. Il n'y en a peut-être jamais eu un plus violent, et peu d'hommes d'un aussi grand courage et d'un cœur aussi passionné que M. de Clèves, ont ressenti en même temps la douleur que cause l'infidélité d'une maîtresse et la honte d'être trompé par une femme.

M. de Clèves ne put résister à l'accablement où il se trouva. La fièvre lui prit dès la nuit même, et avec de si grands accidents que, dès ce moment, sa maladie parut très dangereuse. On en donna avis à Mme de Clèves; elle vint en diligence. Quand elle arriva, il était encore plus mal, elle lui trouva quelque chose de si froid et de si glacé pour elle qu'elle en fut extrêmement surprise et affligée. Il lui parut même qu'il recevait avec peine les services qu'elle lui rendait; mais enfin, elle pensa que c'était peut-être un effet de sa maladie.

D'abord qu'elle fut à Blois, où la cour était alors, M. de Nemours ne put s'empêcher d'avoir de la joie de savoir qu'elle était dans le même lieu que lui. Il essaya de la voir et alla tous les jours chez M. de Clèves, sur le prétexte de savoir de ses nouvelles; mais ce fut inutilement. Elle ne sortait point de la chambre de son mari et avait une douleur violente de l'état où elle le voyait. M. de Nemours était désespéré qu'elle fût si affligée; il jugeait aisément combien cette affliction renouvelait l'amitié qu'elle avait pour M. de Clèves, et combien cette amitié faisait une diversion dangereuse à la passion qu'elle avait dans le cœur. Ce sentiment lui donna un chagrin mortel pendant quelque temps; mais, l'extrémité du mal de M. de Clèves lui ouvrit de nouvelles espérances. Il vit que Mme de Clèves serait peut-être en liberté de suivre son inclination et qu'il pourrait trouver dans l'avenir une suite de bonheur et de plaisirs durables. Il ne pouvait soutenir cette pensée, tant elle lui donnait de trouble et de transports, et il en éloignait son esprit par la crainte de se trouver trop malheureux, s'il venait à perdre ses espérances.

Cependant M. de Clèves était presque abandonné des médecins. Un des derniers jours de son mal, après avoir passé une nuit très fâcheuse, il dit sur le matin qu'il voulait reposer. Mme de Clèves demeura seule dans sa chambre ; il lui parut qu'au lieu de reposer, il avait beaucoup d'inquiétude. Elle s'approcha et se vint mettre à genoux devant son lit, le visage tout couvert de larmes. M. de Clèves avait résolu de ne lui point témoigner le violent chagrin qu'il avait contre elle ; mais, les soins qu'elle lui rendait, et son affliction, qui lui paraissait quelquefois véritable et qu'il regardait aussi quelquefois comme des marques de dissimulation et de perfidie, lui causaient des sentiments si opposés et si douloureux qu'il ne les put renfermer en lui-même.

— Vous versez bien des pleurs, madame, lui dit-il, pour une mort que vous causez et qui ne vous peut donner la douleur que vous faites paraître. Je ne suis plus en état de vous faire des reproches, continua-t-il avec une voix affaiblie par la maladie et par la douleur ; mais je meurs du cruel déplaisir que vous m'avez donné. Fallait-il qu'une action aussi extraordinaire que celle que vous aviez faite de me parler à Coulommiers eût si peu de suite ? Pourquoi m'éclairer sur la passion que vous aviez pour M. de Nemours, si votre vertu n'avait pas plus d'étendue pour y résister ? Je vous aimais jusqu'à être bien aise d'être trompé, je l'avoue à ma honte ; j'ai regretté ce faux repos dont vous m'avez tiré. Que ne me laissiez-vous dans cet aveuglement tranquille dont jouissent tant de maris ? J'eusse, peut-être, ignoré toute ma vie que vous aimiez M. de Nemours. Je mourrai, ajouta-t-il ; mais sachez que vous me rendez la mort agréable, et qu'après m'avoir ôté l'estime et la tendresse que j'avais pour vous, la vie me ferait horreur. Que ferais-je de la vie, reprit-il, pour la passer avec une personne que j'ai tant aimée, et dont j'ai été si cruellement trompé, ou pour vivre séparé de cette même personne, et en venir à un éclat et à des violences si opposées à mon humeur et à la passion que j'avais pour vous ? Elle a été au delà de ce que vous en avez vu, madame ; je vous en ai caché la plus grande partie, par la crainte de vous importuner, ou de perdre quelque chose de votre estime, par des manières qui ne convenaient pas à un mari. Enfin je méritais votre cœur ; encore une fois, je meurs sans regret, puisque je n'ai pu l'avoir, et que je ne puis plus le désirer. Adieu, madame, vous regretterez quelque jour un homme qui vous aimait d'une passion véritable et légitime. Vous sentirez le chagrin que trouvent les personnes raisonnables dans ces engagements, et vous connaîtrez la différence d'être aimée, comme je vous aimais, à l'être par des gens qui, en vous témoignant de l'amour, ne cherchent que l'honneur de vous séduire. Mais ma mort vous laissera en liberté, ajouta-t-il, et vous pourrez rendre M. de Nemours heureux, sans qu'il vous en coûte des crimes. Qu'importe, reprit-il, ce qui arrivera quand je ne serai plus, et faut-il que j'aie la faiblesse d'y jeter les yeux !

Mme de Clèves était si éloignée de s'imaginer que son mari pût avoir des soupçons contre elle qu'elle écouta toutes ces paroles sans les comprendre, et sans avoir d'autre idée, sinon qu'il lui reprochait son inclination pour M. de Nemours; enfin, sortant tout d'un coup de son aveuglement :

— Moi, des crimes ! s'écria-t-elle; la pensée même m'en est inconnue. La vertu la plus austère ne peut inspirer d'autre conduite que celle que j'ai eue; et je n'ai jamais fait d'action dont je n'eusse souhaité que vous eussiez été témoin.

— Eussiez-vous souhaité, répliqua M. de Clèves, en la regardant avec dédain, que je l'eusse été des nuits que vous avez passées avec M. de Nemours ? Ah ! madame, est-ce de vous dont je parle, quand je parle d'une femme qui a passé des nuits avec un homme ?

— Non, monsieur, reprit-elle; non, ce n'est pas de moi dont vous parlez. Je n'ai jamais passé ni de nuits ni de moments avec M. de Nemours. Il ne m'a jamais vue en particulier; je ne l'ai jamais souffert, ni écouté, et j'en ferais tous les serments...

— N'en dites pas davantage, interrompit M. de Clèves; de faux serments ou un aveu me feraient peut-être une égale peine.

Mme de Clèves ne pouvait répondre; ses larmes et sa douleur lui ôtaient la parole; enfin, faisant un effort :

— Regardez-moi du moins; écoutez-moi, lui dit-elle. S'il n'y allait que de mon intérêt, je souffrirais ces reproches; mais il y va de votre vie. Écoutez-moi, pour l'amour de vous-même : il est impossible qu'avec tant de vérité, je ne vous persuade mon innocence.

— Plût à Dieu que vous me la puissiez persuader! s'écria-t-il; mais que me pouvez-vous dire? M. de Nemours n'a-t-il pas été à Coulommiers avec sa sœur? Et n'avait-il pas passé les deux nuits précédentes avec vous dans le jardin de la forêt?

— Si c'est là mon crime, répliqua-t-elle, il m'est aisé de me justifier. Je ne vous demande point de me croire; mais croyez tous vos domestiques, et sachez si j'allai dans le jardin de la forêt la veille que M. de Nemours vint à Coulommiers, et si je n'en sortis pas le soir d'auparavant deux heures plus tôt que je n'avais accoutumé.

Elle lui conta ensuite comme elle avait cru voir quelqu'un dans ce jardin. Elle lui avoua qu'elle avait cru que c'était M. de Nemours. Elle lui parla avec tant d'assurance, et la vérité se persuade si aisément lors même qu'elle n'est pas vraisemblable, que M. de Clèves fut presque convaincu de son innocence.

— Je ne sais, lui dit-il, si je me dois laisser [aller] [118] à vous croire. Je me sens si proche de la mort que je ne veux rien voir de ce qui me pourrait faire regretter la vie. Vous m'avez éclairci trop tard; mais ce me sera toujours un soulagement d'emporter la pensée que vous êtes digne de l'estime que j'ai eue pour vous. Je vous prie que je puisse encore avoir la consolation de croire que ma mémoire vous sera chère et que, s'il eût dépendu de vous, vous eussiez eu pour moi les sentiments que vous avez pour un autre.

Il voulut continuer; mais une faiblesse lui ôta la parole. Mme de Clèves fit venir les médecins; ils le trouvèrent presque sans vie. Il languit néanmoins encore quelques jours et mourut enfin avec une constance admirable [119].

Mme de Clèves demeura dans une affliction si violente qu'elle perdit quasi l'usage de la raison. La reine la vint voir avec soin et la mena dans un couvent sans qu'elle sût où on la conduisait. Ses belles-sœurs la ramenèrent à Paris, qu'elle n'était pas encore en état de sentir distinctement sa douleur. Quand elle commença d'avoir la force de l'envisager et qu'elle vit quel mari elle avait perdu, qu'elle considéra qu'elle était la cause de sa mort, et que c'était par la passion qu'elle avait eue pour un autre qu'elle en était cause, l'horreur qu'elle eut pour elle-même et pour M. de Nemours ne se peut représenter.

Ce prince n'osa, dans ces commencements, lui rendre d'autres soins que ceux que lui ordonnait la bienséance. Il connaissait assez Mme de Clèves pour croire qu'un plus grand empressement lui serait désagréable; mais ce qu'il apprit ensuite lui fit bien voir qu'il devait avoir longtemps la même conduite.

Un écuyer qu'il avait lui conta que le gentilhomme de M. de Clèves, qui était son ami intime, lui avait dit, dans sa douleur de la perte de son maître, que le voyage de M. de Nemours à Coulommiers était cause de sa mort. M. de Nemours fut extrêmement surpris de ce discours; mais après y avoir fait réflexion, il devina une partie de la vérité, et il jugea bien quels seraient d'abord les sentiments de Mme de Clèves et quel éloignement elle aurait de lui, si elle croyait que le mal de son mari eût été causé par la jalousie. Il crut qu'il ne fallait pas même la faire sitôt souvenir de son nom; et il suivit cette conduite, quelque pénible qu'elle lui parût.

Il fit un voyage à Paris et ne put s'empêcher néanmoins d'aller à sa porte pour apprendre de ses nouvelles. On lui dit que personne ne la voyait et qu'elle avait même défendu qu'on lui rendît compte de ceux qui l'iraient chercher. Peut-être que ces ordres si exacts étaient donnés en vue de ce prince, et pour ne point entendre parler de lui. M. de Nemours était trop amoureux pour pouvoir vivre si absolument privé de la vue de Mme de Clèves. Il résolut de trouver des moyens, quelque difficiles qu'ils pussent être, de sortir d'un état qui lui paraissait si insupportable.

La douleur de cette princesse passait les bornes de la raison. Ce mari mourant, et mourant à cause d'elle et avec tant de tendresse pour elle, ne lui sortait point de l'esprit. Elle repassait incessamment tout ce qu'elle lui devait, et elle se faisait un crime de n'avoir pas eu de la passion pour lui, comme si c'eût été une chose qui eût été en son pouvoir. Elle ne trouvait de consolation qu'à penser qu'elle le regrettait autant qu'il méritait d'être regretté et qu'elle ne ferait dans le reste de sa vie que ce qu'il aurait été bien aise qu'elle eût fait s'il avait vécu.

Elle avait pensé plusieurs fois comment il avait su que M. de Nemours était venu à Coulommiers; elle ne soupçonnait pas ce prince de l'avoir conté, et il lui paraissait même indifférent qu'il l'eût redit, tant elle se croyait guérie et éloignée de la passion qu'elle avait eue pour lui. Elle sentait néanmoins une douleur vive de s'imaginer qu'il était cause de la mort de son mari, et elle se souvenait avec peine de la crainte que M. de Clèves lui avait témoignée en mourant qu'elle ne l'épousât; mais toutes ces douleurs se confondaient dans celle de la perte de son mari, et elle croyait n'en avoir point d'autre.

Après que plusieurs mois furent passés, elle sortit de cette violente affliction où elle était et passa dans un état de tristesse et de langueur. Mme de Martigues fit un voyage à Paris, et la vit avec soin pendant le séjour qu'elle y fit. Elle l'entretint de la cour et de tout ce qui s'y passait; et, quoique Mme de Clèves ne parût pas y prendre intérêt, Mme de Martigues ne laissait pas de lui en parler pour la divertir.

Elle lui conta des nouvelles du vidame, de M. de Guise et de tous les autres qui étaient distingués par leur personne ou par leur mérite.

— Pour M. de Nemours, dit-elle, je ne sais si les affaires ont pris dans son cœur la place de la galanterie; mais il a bien moins de joie qu'il n'avait accoutumé d'en avoir, il paraît fort retiré du commerce des femmes. Il fait souvent des voyages à Paris et je crois même qu'il y est présentement.

Le nom de M. de Nemours surprit Mme de Clèves et la fit rougir. Elle changea de discours, et Mme de Martigues ne s'aperçut point de son trouble.

Le lendemain, cette princesse, qui cherchait des occupations conformes à l'état où elle était, alla proche de chez elle voir un homme qui faisait des ouvrages de soie d'une façon particulière; et elle y fut dans le dessein d'en faire de semblables. Après qu'on les lui eut montrés, elle vit la porte d'une chambre où elle crut qu'il y en avait encore ; elle dit qu'on la lui ouvrît. Le maître répondit qu'il n'en avait pas la clef et qu'elle était occupée par un homme qui y venait quelquefois pendant le jour pour dessiner de belles maisons et des jardins que l'on voyait de ses fenêtres.

— C'est l'homme du monde le mieux fait, ajouta-t-il ; il n'a guère la mine d'être réduit à gagner sa vie. Toutes les fois qu'il vient céans, je le vois toujours regarder les maisons et les jardins ; mais je ne le vois jamais travailler.

Mme de Clèves écoutait ce discours avec une grande attention. Ce que lui avait dit Mme de Martigues, que M. de Nemours était quelquefois à Paris, se joignit, dans son imagination, à cet homme bien fait qui venait proche de chez elle, et lui fit une idée de M. de Nemours, et de M. de Nemours appliqué à la voir, qui lui donna un trouble confus, dont elle ne savait pas même la cause. Elle alla vers les fenêtres pour voir où elles donnaient ; elle trouva qu'elles voyaient tout son jardin et la face de son appartement. Et, lorsqu'elle fut dans sa chambre, elle remarqua aisément cette même fenêtre où l'on lui avait dit que venait cet homme. La pensée que c'était M. de Nemours changea entièrement la situation de son esprit ; elle ne se trouva plus dans un certain triste repos qu'elle commençait à goûter, elle se sentit inquiète et agitée. Enfin ne pouvant demeurer avec elle-même, elle sortit et alla prendre l'air dans le jardin hors des faubourgs, où elle pensait être seule. Elle crut en y arrivant qu'elle ne s'était pas trompée ; elle ne vit aucune apparence qu'il y eût quelqu'un et elle se promena assez longtemps.

Après avoir traversé un petit bois, elle aperçut, au bout d'une allée, dans l'endroit le plus reculé du jardin, une manière de cabinet ouvert de tous côtés, où elle adressa ses pas. Comme elle en fut proche, elle vit un homme couché sur des bancs, qui paraissait enseveli dans une rêverie profonde, et elle reconnut que c'était M. de Nemours. Cette vue l'arrêta tout court. Mais ses gens qui la suivaient firent quelque bruit, qui tira M. de

Nemours de sa rêverie. Sans regarder qui avait causé le bruit qu'il avait entendu, il se leva de sa place pour éviter la compagnie qui venait vers lui et tourna dans une autre allée, en faisant une révérence fort basse qui l'empêcha même de voir ceux qu'il saluait.

S'il eût su ce qu'il évitait, avec quelle ardeur serait-il retourné sur ses pas; mais il continua à suivre l'allée, et Mme de Clèves le vit sortir par une porte de derrière où l'attendait son carrosse. Quel effet produisit cette vue d'un moment dans le cœur de Mme de Clèves ! Quelle passion endormie se ralluma dans son cœur, et avec quelle violence ! Elle s'alla asseoir dans le même endroit d'où venait de sortir M. de Nemours; elle y demeura comme accablée. Ce prince se présenta à son esprit, aimable au-dessus de tout ce qui était au monde, l'aimant depuis longtemps avec une passion pleine de respect et de fidélité, méprisant tout pour elle, respectant jusqu'à sa douleur, songeant à la voir sans songer à en être vu, quittant la cour, dont il faisait les délices, pour aller regarder les murailles qui la renfermaient, pour venir rêver dans des lieux où il ne pouvait prétendre de la rencontrer; enfin un homme digne d'être aimé par son seul attachement, et pour qui elle avait une inclination si violente qu'elle l'aurait aimé quand il ne l'aurait pas aimée; mais, de plus, un homme d'une qualité élevée et convenable à la sienne. Plus de devoir, plus de vertu qui s'opposassent à ses sentiments; tous les obstacles étaient levés, et il ne restait de leur état passé que la passion de M. de Nemours pour elle et que celle qu'elle avait pour lui.

Toutes ces idées furent nouvelles à cette princesse. L'affliction de la mort de M. de Clèves l'avait assez occupée pour avoir empêché qu'elle n'y eût jeté les yeux. La présence de M. de Nemours les amena en foule dans son esprit; mais, quand il en eut été pleinement rempli et qu'elle se souvint aussi que ce même homme, qu'elle regardait comme pouvant l'épouser, était celui qu'elle avait aimé du vivant de son mari et qui était la cause de sa mort; que même, en mourant, il lui avait témoigné de la crainte qu'elle ne l'épousât, son austère vertu était si blessée de cette imagination qu'elle ne trouvait guère moins de crime à épouser M. de Nemours qu'elle en avait trouvé à l'aimer pendant la vie de son mari. Elle s'abandonna à ces réflexions si contraires à son bonheur; elle les fortifia encore de plusieurs raisons qui regardaient son repos et les maux qu'elle prévoyait en épousant ce prince. Enfin, après avoir demeuré deux heures dans le lieu où elle était, elle s'en revint chez elle, persuadée qu'elle devait fuir sa vue comme une chose entièrement opposée à son devoir.

Mais cette persuasion, qui était un effet de sa raison et de sa vertu, n'entraînait pas son cœur. Il demeurait attaché à M. de Nemours avec une violence qui la mettait dans un état digne de compassion et qui ne lui laissa plus de repos; elle passa une des plus cruelles nuits qu'elle eût jamais passées. Le matin, son premier mouvement fut d'aller voir s'il n'y aurait personne à la fenêtre qui donnait chez elle; elle y alla, elle y vit M. de Nemours. Cette vue la surprit, et elle se retira avec une promptitude qui fit juger à ce prince qu'il avait été reconnu. Il avait souvent désiré de l'être, depuis que sa passion lui avait fait trouver ces moyens de voir Mme de Clèves; et, lorsqu'il n'espérait pas d'avoir ce plaisir, il allait rêver dans le même jardin où elle l'avait trouvé.

Lassé enfin d'un état si malheureux et si incertain, il résolut de tenter quelque voie d'éclaircir sa destinée. Que veux-je attendre? disait-il; il y a longtemps que je sais que j'en suis aimé; elle est libre, elle n'a plus de devoir à m'opposer. Pourquoi me réduire à la voir sans en être vu et sans lui parler? Est-il possible que l'amour m'ait si absolument ôté la raison et la hardiesse et qu'il m'ait rendu si différent de ce que j'ai été dans les autres passions de ma vie? J'ai dû respecter la douleur de Mme de Clèves; mais je la respecte trop longtemps et je lui donne le loisir d'éteindre l'inclination qu'elle a pour moi.

Après ces réflexions, il songea aux moyens dont il devait se servir pour la voir. Il crut qu'il n'y avait plus rien qui l'obligeât à cacher sa passion au vidame de Chartres. Il résolut de lui en parler et de lui dire le dessein qu'il avait pour sa nièce.

Le vidame était alors à Paris : tout le monde y était

venu donner ordre à son équipage et à ses habits, pour suivre le roi qui devait conduire la reine d'Espagne. M. de Nemours alla donc chez le vidame et lui fit un aveu sincère de tout ce qu'il lui avait caché jusqu'alors, à la réserve des sentiments de Mme de Clèves, dont il ne voulut pas paraître instruit.

Le vidame reçut tout ce qu'il lui dit avec beaucoup de joie et l'assura que, sans savoir ses sentiments, il avait souvent pensé, depuis que Mme de Clèves était veuve, qu'elle était la seule personne digne de lui. M. de Nemours le pria de lui donner les moyens de lui parler et de savoir quelles étaient ses dispositions.

Le vidame lui proposa de le mener chez elle; mais M. de Nemours crut qu'elle en serait choquée, parce qu'elle ne voyait encore personne. Ils trouvèrent qu'il fallait que M. le vidame la priât de venir chez lui, sur quelque prétexte, et que M. de Nemours y vînt par un escalier dérobé, afin de n'être vu de personne. Cela s'exécuta comme ils l'avaient résolu : Mme de Clèves vint, le vidame l'alla recevoir et la conduisit dans un grand cabinet, au bout de son appartement. Quelque temps après, M. de Nemours entra, comme si le hasard l'eût conduit. Mme de Clèves fut extrêmement surprise de le voir; elle rougit, et essaya de cacher sa rougeur. Le vidame parla d'abord de choses différentes et sortit, supposant qu'il avait quelque ordre à donner. Il dit à Mme de Clèves qu'il la priait de faire les honneurs de chez lui et qu'il allait rentrer dans un moment.

L'on ne peut exprimer ce que sentirent M. de Nemours et Mme de Clèves de se trouver seuls et en état de se parler pour la première fois. Ils demeurèrent quelque temps sans rien dire; enfin, M. de Nemours, rompant le silence :

— Pardonnerez-vous à M. de Chartres, madame, lui dit-il, de m'avoir donné l'occasion de vous voir et de vous entretenir, que vous m'avez toujours si cruellement ôtée ?

— Je ne lui dois pas pardonner, répondit-elle, d'avoir oublié l'état où je suis et à quoi il expose ma réputation.

En prononçant ces paroles, elle voulut s'en aller; et M. de Nemours, la retenant :

— Ne craignez rien, madame, répliqua-t-il, personne ne sait que je suis ici et aucun hasard n'est à craindre. Écoutez-moi, madame, écoutez-moi ; si ce n'est par bonté, que ce soit du moins pour l'amour de vous-même, et pour vous délivrer des extravagances où m'emporterait infailliblement une passion dont je ne suis plus le maître.

M*me* de Clèves céda pour la première fois au penchant qu'elle avait pour M. de Nemours et, le regardant avec des yeux pleins de douceur et de charmes :

— Mais qu'espérez-vous, lui dit-elle, de la complaisance que vous me demandez ? Vous vous repentirez, peut-être, de l'avoir obtenue et je me repentirai infailliblement de vous l'avoir accordée. Vous méritez une destinée plus heureuse que celle que vous avez eue jusques ici et que celle que vous pouvez trouver à l'avenir, à moins que vous ne la cherchiez ailleurs !

— Moi, madame, lui dit-il, chercher du bonheur ailleurs ! Et y en a-t-il d'autre que d'être aimé de vous ? Quoique je ne vous aie jamais parlé, je ne saurais croire, madame, que vous ignoriez ma passion et que vous ne la connaissiez pour la plus véritable et la plus violente qui sera jamais. A quelle épreuve a-t-elle été par des choses qui vous sont inconnues ? Et à quelle épreuve l'avez-vous mise par vos rigueurs ?

— Puisque vous voulez que je vous parle et que je m'y résous, répondit M*me* de Clèves en s'asseyant, je le ferai avec une sincérité que vous trouverez malaisément dans les personnes de mon sexe. Je ne vous dirai point que je n'ai pas vu l'attachement que vous avez eu pour moi ; peut-être ne me croiriez-vous pas quand je vous le dirais. Je vous avoue donc, non seulement que je l'ai vu, mais que je l'ai vu tel que vous pouvez souhaiter qu'il m'ait paru.

— Et si vous l'avez vu, madame, interrompit-il, est-il possible que vous n'en ayez point été touchée ? Et oserais-je vous demander s'il n'a fait aucune impression dans votre cœur ?

— Vous en avez dû juger par ma conduite, lui répliqua-t-elle ; mais je voudrais bien savoir ce que vous en avez pensé.

— Il faudrait que je fusse dans un état plus heureux pour vous l'oser dire, répondit-il; et ma destinée a trop peu de rapport à ce que je vous dirais. Tout ce que je puis vous apprendre, madame, c'est que j'ai souhaité ardemment que vous n'eussiez pas avoué à M. de Clèves ce que vous me cachiez et que vous lui eussiez caché ce que vous m'eussiez laissé voir.

— Comment avez-vous pu découvrir, reprit-elle en rougissant, que j'aie avoué quelque chose à M. de Clèves ?

— Je l'ai su par vous-même, madame, répondit-il; mais, pour me pardonner la hardiesse que j'ai eue de vous écouter, souvenez-vous si j'ai abusé de ce que j'ai entendu, si mes espérances en ont augmenté et si j'ai eu plus de hardiesse à vous parler ?

Il commença à lui conter comme il avait entendu sa conversation avec M. de Clèves; mais elle l'interrompit avant qu'il eût achevé.

— Ne m'en dites pas davantage, lui dit-elle; je vois présentement par où vous avez été si bien instruit. Vous ne me le parûtes déjà que trop chez Mme la Dauphine, qui avait su cette aventure par ceux à qui vous l'aviez confiée.

M. de Nemours lui apprit alors de quelle sorte la chose était arrivée.

— Ne vous excusez point, reprit-elle; il y a longtemps que je vous ai pardonné sans que vous m'ayez dit de raison. Mais puisque vous avez appris par moi-même ce que j'avais eu dessein de vous cacher toute ma vie, je vous avoue que vous m'avez inspiré des sentiments qui m'étaient inconnus devant que de vous avoir vu, et dont j'avais même si peu d'idée qu'ils me donnèrent d'abord une surprise qui augmentait encore le trouble qui les suit toujours. Je vous fais cet aveu avec moins de honte, parce que je le fais dans un temps où je le puis faire sans crime et que vous avez vu que ma conduite n'a pas été réglée par mes sentiments.

— Croyez-vous, madame, lui dit M. de Nemours, en se jetant à ses genoux, que je n'expire pas à vos pieds de joie et de transport ?

— Je ne vous apprends, lui répondit-elle en souriant, que ce que vous ne saviez déjà que trop.

— Ah! madame, répliqua-t-il, quelle différence de le savoir par un effet du hasard ou de l'apprendre par vous-même, et de voir que vous voulez bien que je le sache!

— Il est vrai, lui dit-elle, que je veux bien que vous le sachiez et que je trouve de la douceur à vous le dire. Je ne sais même si je ne vous le dis point, plus pour l'amour de moi que pour l'amour de vous. Car enfin cet aveu n'aura point de suite et je suivrai les règles austères que mon devoir m'impose.

— Vous n'y songez pas, madame, répondit M. de Nemours; il n'y a plus de devoir qui vous lie, vous êtes en liberté; et si j'osais, je vous dirais même qu'il dépend de vous de faire en sorte que votre devoir vous oblige un jour à conserver les sentiments que vous avez pour moi.

— Mon devoir, répliqua-t-elle, me défend de penser jamais à personne, et moins à vous qu'à qui que ce soit au monde, par des raisons qui vous sont inconnues.

— Elles ne me le sont peut-être pas, madame, reprit-il; mais ce ne sont point de véritables raisons. Je crois savoir que M. de Clèves m'a cru plus heureux que je n'étais et qu'il s'est imaginé que vous aviez approuvé des extravagances que la passion m'a fait entreprendre sans votre aveu.

— Ne parlons point de cette aventure, lui dit-elle, je n'en saurais soutenir la pensée; elle me fait honte et elle m'est aussi trop douloureuse par les suites qu'elle a eues. Il n'est que trop véritable que vous êtes cause de la mort de M. de Clèves; les soupçons que lui a donnés votre conduite inconsidérée lui ont coûté la vie, comme si vous la lui aviez ôtée de vos propres mains. Voyez ce que je devrais faire, si vous en étiez venus ensemble à ces extrémités, et que le même malheur en fût arrivé. Je sais bien que ce n'est pas la même chose à l'égard du monde; mais au mien il n'y a aucune différence, puisque je sais que c'est par vous qu'il est mort et que c'est à cause de moi.

— Ah! madame, lui dit M. de Nemours, quel fantôme de devoir opposez-vous à mon bonheur? Quoi! madame, une pensée vaine et sans fondement vous

empêchera de rendre heureux un homme que vous ne
haïssez pas ? Quoi ! j'aurais pu concevoir l'espérance
de passer ma vie avec vous ; ma destinée m'aurait conduit à aimer la plus estimable personne du monde ;
j'aurais vu en elle tout ce qui peut faire une adorable
maîtresse ; elle ne m'aurait pas haï et je n'aurais trouvé
dans sa conduite que tout ce qui peut être à désirer
dans une femme ? Car enfin, madame, vous êtes peut-
être la seule personne en qui ces deux choses se soient
jamais trouvées au degré qu'elles sont en vous. Tous
ceux qui épousent des maîtresses dont ils sont aimés,
tremblent en les épousant, et regardent avec crainte,
par rapport aux autres, la conduite qu'elles ont eue
avec eux ; mais en vous, madame, rien n'est à craindre,
et on ne trouve que des sujets d'admiration. N'aurai-je
envisagé, dis-je, une si grande félicité que pour vous y
voir apporter vous-même des obstacles ? Ah ! madame,
vous oubliez que vous m'avez distingué du reste des
hommes, ou plutôt vous ne m'en avez jamais distingué :
vous vous êtes trompée et je me suis flatté.

— Vous ne vous êtes point flatté, lui répondit-elle ;
les raisons de mon devoir ne me paraîtraient peut-être
pas si fortes sans cette distinction dont vous vous
doutez, et c'est elle qui me fait envisager des malheurs
à m'attacher à vous.

— Je n'ai rien à répondre, madame, reprit-il, quand
vous me faites voir que vous craignez des malheurs ;
mais je vous avoue qu'après tout ce que vous avez bien
voulu me dire, je ne m'attendais pas à trouver une si
cruelle raison.

— Elle est si peu offensante pour vous, reprit Mme de
Clèves, que j'ai même beaucoup de peine à vous l'apprendre.

— Hélas ! madame, répliqua-t-il, que pouvez-vous
craindre qui me flatte trop, après ce que vous venez
de me dire ?

— Je veux vous parler encore, avec la même sincérité
que j'ai déjà commencé, reprit-elle, et je vais passer
par-dessus toute la retenue et toutes les délicatesses
que je devrais avoir dans une première conversation ;
mais je vous conjure de m'écouter sans m'interrompre.

Je crois devoir à votre attachement la faible récompense de ne vous cacher aucun de mes sentiments et de vous les laisser voir tels qu'ils sont. Ce sera apparemment la seule fois de ma vie que je me donnerai la liberté de vous les faire paraître; néanmoins je ne saurais vous avouer, sans honte, que la certitude de n'être plus aimée de vous, comme je le suis, me paraît un si horrible malheur que, quand je n'aurais point des raisons de devoir insurmontables, je doute si je pourrais me résoudre à m'exposer à ce malheur. Je sais que vous êtes libre, que je le suis, et que les choses sont d'une sorte que le public n'aurait peut-être pas sujet de vous blâmer, ni moi non plus, quand nous nous engagerions ensemble pour jamais. Mais les hommes conservent-ils de la passion dans ces engagements éternels ? Dois-je espérer un miracle en ma faveur et puis-je me mettre en état de voir certainement finir cette passion dont je ferais toute ma félicité ? M. de Clèves était peut-être l'unique homme du monde capable de conserver de l'amour dans le mariage. Ma destinée n'a pas voulu que j'aie pu profiter de ce bonheur; peut-être aussi que sa passion n'avait subsisté que parce qu'il n'en aurait pas trouvé en moi. Mais je n'aurais pas le même moyen de conserver la vôtre : je crois même que les obstacles ont fait votre constance. Vous en avez assez trouvé pour vous animer à vaincre et mes actions involontaires, ou les choses que le hasard vous a appris[es], vous ont donné assez d'espérance pour ne vous pas rebuter.

— Ah! madame, reprit M. de Nemours, je ne saurais garder le silence que vous m'imposez; vous me faites trop d'injustice et vous me faites trop voir combien vous êtes éloignée d'être prévenue en ma faveur.

— J'avoue, répondit-elle, que les passions peuvent me conduire; mais elles ne sauraient m'aveugler. Rien ne me peut empêcher de connaître que vous êtes né avec toutes les dispositions pour la galanterie et toutes les qualités qui sont propres à y donner des succès heureux. Vous avez déjà eu plusieurs passions, vous en auriez encore; je ne ferais plus votre bonheur; je vous verrais pour une autre comme vous auriez été pour moi. J'en aurais une douleur mortelle et je ne serais pas même assurée de n'avoir point le malheur de la jalousie. Je vous en ai trop dit pour vous cacher que vous me l'avez fait connaître et que je souffris de si cruelles peines le soir que la reine me donna cette lettre de Mme de Thémines, que l'on disait qui s'adressait à vous, qu'il m'en est demeuré une idée qui me fait croire que c'est le plus grand de tous les maux.

Par vanité ou par goût, toutes les femmes souhaitent de vous attacher. Il y en a peu à qui vous ne plaisiez; mon expérience me ferait croire qu'il n'y en a point à qui vous ne puissiez plaire. Je vous croirais toujours amoureux et aimé et je ne me tromperais pas souvent. Dans cet état néanmoins, je n'aurais d'autre parti à prendre que celui de la souffrance; je ne sais même si j'oserais me plaindre. On fait des reproches à un amant; mais en fait-on à un mari, quand on n'a [qu']à lui reprocher de n'avoir plus d'amour [120] ? Quand je pourrais m'accoutumer à cette sorte de malheur, pourrais-je m'accoutumer à celui de croire voir toujours M. de Clèves vous accuser de sa mort, me reprocher de vous avoir aimé, de vous avoir épousé et me faire sentir la différence de son attachement au vôtre ? Il est impossible, continua-t-elle, de passer par-dessus des raisons si fortes : il faut que je demeure dans l'état où je suis et dans les résolutions que j'ai prises de n'en sortir jamais.

— Hé ! croyez-vous le pouvoir, madame ? s'écria M. de Nemours. Pensez-vous que vos résolutions tiennent contre un homme qui vous adore et qui est assez heureux pour vous plaire ? Il est plus difficile que vous ne pensez, madame, de résister à ce qui nous plaît et à ce qui nous aime. Vous l'avez fait par une vertu austère, qui n'a presque point d'exemple; mais cette vertu ne s'oppose plus à vos sentiments et j'espère que vous les suivrez malgré vous.

— Je sais bien qu'il n'y a rien de plus difficile que ce que j'entreprends, répliqua Mme de Clèves; je me défie de mes forces au milieu de mes raisons. Ce que je crois devoir à la mémoire de M. de Clèves serait faible s'il n'était soutenu par l'intérêt de mon repos; et les raisons de mon repos ont besoin d'être soutenues de celles de mon devoir. Mais, quoique je me défie de moi-même, je crois que je ne vaincrai jamais mes scrupules et je n'espère pas aussi de surmonter l'inclination que j'ai pour vous. Elle me rendra malheureuse et je me priverai de votre vue, quelque violence qu'il m'en coûte. Je vous conjure, par tout le pouvoir que j'ai sur vous, de ne chercher aucune occasion de me voir. Je suis dans un état qui me fait des crimes de tout ce qui pourrait être permis dans un autre temps, et la seule bienséance interdit tout commerce entre nous.

M. de Nemours se jeta à ses pieds, et s'abandonna à tous les divers mouvements dont il était agité. Il lui fit voir, et par ses paroles, et par ses pleurs, la plus vive et la plus tendre passion dont un cœur ait jamais été touché. Celui de Mme de Clèves n'était pas insensible et, regardant ce prince avec des yeux un peu grossis par les larmes :

— Pourquoi faut-il, s'écria-t-elle, que je vous puisse accuser de la mort de M. de Clèves ? Que n'ai-je commencé à vous connaître depuis que je suis libre, ou pourquoi ne vous ai-je pas connu devant que d'être engagée ? Pourquoi la destinée nous sépare-t-elle par un obstacle si invincible ?

— Il n'y a point d'obstacle, madame, reprit M. de Nemours. Vous seule vous opposez à mon bonheur; vous seule vous imposez une loi que la vertu et la raison ne vous sauraient imposer.

— Il est vrai, répliqua-t-elle, que je sacrifie beaucoup à un devoir qui ne subsiste que dans mon imagination. Attendez ce que le temps pourra faire. M. de Clèves ne fait encore que d'expirer, et cet objet funeste est trop proche pour me laisser des vues claires et distinctes. Ayez cependant le plaisir de vous être fait aimer d'une personne qui n'aurait rien aimé, si elle ne vous avait jamais vu; croyez que les sentiments que j'ai pour vous seront éternels et qu'ils subsisteront également, quoi que je fasse. Adieu, lui dit-elle; voici une conversation qui me fait honte : rendez-en compte à M. le vidame; j'y consens, et je vous en prie.

Elle sortit en disant ces paroles, sans que M. de Nemours pût la retenir. Elle trouva M. le vidame dans la chambre la plus proche. Il la vit si troublée qu'il n'osa lui parler et il la remit en son carrosse sans lui rien dire. Il revint trouver M. de Nemours, qui était si plein de joie, de tristesse, d'étonnement et d'admiration, enfin, de tous les sentiments que peut donner une passion pleine de crainte et d'espérance, qu'il n'avait pas l'usage de la raison. Le vidame fut longtemps à obtenir qu'il lui rendît compte de sa conversation. Il le fit enfin; et M. de Chartres, sans être amoureux, n'eut pas moins d'admiration pour la vertu, l'esprit et le mérite de Mme de Clèves que M. de Nemours en avait lui-même. Ils examinèrent ce que ce prince devait espérer de sa destinée; et, quelques craintes que son amour lui pût donner, il demeura d'accord avec M. le vidame qu'il était impossible que Mme de Clèves demeurât dans les résolutions où elle était. Ils convinrent, néanmoins, qu'il fallait suivre ses ordres, de crainte que, si le public s'apercevait de l'attachement qu'il avait pour elle, elle ne fît des déclarations et ne prît des engagements vers le monde, qu'elle soutiendrait dans la suite, par la peur qu'on ne crût qu'elle l'eût aimé du vivant de son mari.

M. de Nemours se détermina à suivre le roi. C'était un voyage dont il ne pouvait aussi bien se dispenser, et il résolut à s'en aller, sans tenter même de revoir Mme de Clèves, du lieu où il l'avait vue quelquefois. Il pria M. le vidame de lui parler. Que ne lui dit-il point pour lui dire ? Quel nombre infini de raisons pour la persuader de vaincre ses scrupules ! Enfin, une partie de la nuit était passée devant que M. de Nemours songeât à le laisser en repos.

Mme de Clèves n'était pas en état d'en trouver; ce lui était une chose si nouvelle d'être sortie de cette contrainte qu'elle s'était imposée, d'avoir souffert, pour la première fois de sa vie, qu'on lui dît qu'on était amoureux d'elle, et d'avoir dit elle-même qu'elle aimait, qu'elle ne se connaissait plus. Elle fut étonnée de ce qu'elle avait fait; elle s'en repentit; elle en eut de la joie : tous ses sentiments étaient pleins de trouble et de passion. Elle examina encore les raisons de son devoir qui s'opposaient à son bonheur; elle sentit de la douleur de les trouver si fortes et elle se repentit de les avoir si bien montrées à M. de Nemours. Quoique la pensée de l'épouser lui fût venue dans l'esprit sitôt qu'elle l'avait revu dans ce jardin, elle ne lui avait pas fait la même impression que venait de faire la conversation qu'elle avait eue avec lui; et il y avait des moments où elle avait de la peine à comprendre qu'elle pût être malheureuse en l'épousant. Elle eût bien voulu se pouvoir dire qu'elle était mal fondée, et dans ses scrupules du passé, et dans ses craintes de l'avenir. La raison et son devoir lui montraient, dans d'autres moments, des choses tout opposées, qui l'emportaient rapidement à la résolution de ne se point remarier et de ne voir jamais M. de Nemours. Mais c'était une résolution bien violente à établir dans un cœur aussi touché que le sien et aussi nouvellement abandonné aux charmes de l'amour. Enfin, pour se donner quelque calme, elle pensa qu'il n'était point encore nécessaire qu'elle se fît la violence de prendre des résolutions; la bienséance lui donnait un temps considérable à se déterminer; mais elle résolut de demeurer ferme à n'avoir aucun commerce avec M. de Nemours. Le vidame la vint voir et servit ce prince avec tout l'esprit et l'application imaginable[s]; il ne la put faire changer sur sa conduite, ni sur celle qu'elle avait imposée à M. de Nemours. Elle lui dit que son dessein était de demeurer dans l'état où elle se trouvait; qu'elle connaissait que ce dessein était difficile à exécuter; mais qu'elle espérait d'en avoir la force. Elle lui fit si bien voir à quel point elle était touchée de l'opinion que M. de Nemours avait causé la mort à son mari, et combien elle était persuadée qu'elle ferait une action contre son devoir en l'épousant, que le vidame craignit qu'il ne fût malaisé de lui ôter cette impression. Il ne dit pas à ce prince ce qu'il pensait et, en lui rendant compte de sa conversation, il lui laissa toute l'espérance que la raison doit donner à un homme qui est aimé.

Ils partirent le lendemain et allèrent joindre le roi. M. le vidame écrivit à Mme de Clèves, à la prière de M. de Nemours, pour lui parler de ce prince; et, dans une seconde lettre qui suivit bientôt la première, M. de Nemours y mit quelques lignes de sa main. Mais Mme de Clèves, qui ne voulait pas sortir des règles qu'elle s'était imposées et qui craignait les accidents qui peuvent arriver par les lettres, manda au vidame qu'elle ne recevrait plus les siennes, s'il continuait à lui parler de M. de Nemours; et elle lui manda si fortement que ce prince le pria même de ne le plus nommer.

La cour alla conduire la reine d'Espagne jusqu'en Poitou. Pendant cette absence, Mme de Clèves demeura à elle-même et, à mesure qu'elle était éloignée de M. de Nemours et de tout ce qui l'en pouvait faire souvenir, elle rappelait la mémoire de M. de Clèves, qu'elle se faisait un honneur de conserver. Les raisons qu'elle avait de ne point épouser M. de Nemours lui paraissaient fortes du côté de son devoir et insurmontables du côté de son repos. La fin de l'amour de ce prince, et les maux de la jalousie qu'elle croyait infaillibles dans un mariage, lui montraient un malheur certain où elle s'allait jeter; mais elle voyait aussi qu'elle entreprenait une chose impossible, que de résister en présence au plus aimable homme du monde qu'elle aimait et dont elle était aimée, et de lui résister sur une chose qui ne choquait ni la vertu, ni la bienséance. Elle jugea que l'absence seule et l'éloignement pouvait[en] [121] lui donner quelque force; elle trouva qu'elle en avait besoin, non seulement pour soutenir la résolution de ne se pas engager, mais même pour se défendre de voir M. de Nemours; et elle résolut de faire un assez long voyage, pour passer tout le temps que la bienséance l'obligeait à vivre dans la retraite. De grandes terres qu'elle avait vers les Pyrénées lui parurent le lieu le plus propre qu'elle pût choisir. Elle partit peu de jours avant que la cour revînt; et, en partant, elle écrivit à M. le vidame, pour le conjurer que l'on ne songeât point à avoir de ses nouvelles, ni à lui écrire.

M. de Nemours fut affligé de ce voyage, comme un autre l'aurait été de la mort de sa maîtresse. La pensée d'être privé pour longtemps de la vue de Mme de Clèves lui était une douleur sensible, et surtout dans un temps où il avait senti le plaisir de la voir et de la voir touchée de sa passion. Cependant il ne pouvait faire autre chose que s'affliger, mais son affliction augmenta considérablement. Mme de Clèves, dont l'esprit avait été si agité, tomba dans une maladie violente sitôt qu'elle fut arrivée chez elle; cette nouvelle vint à la cour. M. de Nemours était inconsolable; sa douleur allait au désespoir et à l'extravagance. Le vidame eut beaucoup de peine à l'empêcher de faire voir sa passion au public; il en eut beaucoup aussi à le retenir et à lui ôter le dessein d'aller lui-même apprendre de ses nouvelles. La parenté et l'amitié de M. le vidame fut un prétexte à y envoyer plusieurs courriers; on sut enfin qu'elle était hors de cet extrême péril où elle avait été; mais elle demeura dans une maladie de langueur, qui ne laissait guère d'espérance de sa vie.

Cette vue si longue et si prochaine de la mort fit paraître à Mme de Clèves les choses de cette vie de cet œil si différent dont on les voit dans la santé. La nécessité de mourir, dont elle se voyait si proche, l'accoutuma à se détacher de toutes choses et la longueur de sa maladie lui en fit une habitude. Lorsqu'elle revint de cet état, elle trouva néanmoins que M. de Nemours n'était pas effacé de son cœur; mais elle appela à son secours, pour se défendre contre lui, toutes les raisons qu'elle croyait avoir pour ne l'épouser jamais. Il se passa un assez grand combat en elle-même. Enfin, elle surmonta les restes de cette passion qui était affaiblie par les sentiments que sa maladie lui avait donnés. Les pensées de la mort lui avaient [rap]proché [122] la mémoire de M. de Clèves. Ce souvenir, qui s'accordait à son devoir, s'imprima fortement dans son cœur. Les passions et les engagements du monde lui parurent tels qu'ils paraissent aux personnes qui ont des vues plus grandes et plus éloignées. Sa santé, qui demeura considérablement affaiblie, lui aida à conserver ses sentiments; mais comme elle connaissait ce que peuvent les occasions sur les résolutions les plus sages, elle ne voulut pas s'exposer à détruire les siennes, ni revenir dans les lieux où était ce qu'elle avait aimé. Elle se retira, sur le prétexte de changer d'air, dans une maison religieuse, sans faire paraître un dessein arrêté de renoncer à la cour.

A la première nouvelle qu'en eut M. de Nemours, il sentit le poids de cette retraite, et il en vit l'importance. Il crut, dans ce moment, qu'il n'avait plus rien à espérer ; la perte de ses espérances ne l'empêcha pas de mettre tout en usage pour faire revenir Mme de Clèves. Il fit écrire la reine, il fit écrire le vidame, il l'y fit aller ; mais tout fut inutile. Le vidame la vit : elle ne lui dit point qu'elle eût pris de résolution. Il jugea néanmoins qu'elle ne reviendrait jamais. Enfin M. de Nemours y alla lui-même, sur le prétexte d'aller à des bains. Elle fut extrêmement troublée et surprise d'apprendre sa venue. Elle lui fit dire, par une personne de mérite qu'elle aimait et qu'elle avait alors auprès d'elle, qu'elle le priait de ne pas trouver étrange si elle ne s'exposait point au péril de le voir et de détruire, par sa présence, des sentiments qu'elle devait conserver ; qu'elle voulait bien qu'il sût, qu'ayant trouvé que son devoir et son repos s'opposaient au penchant qu'elle avait d'être à lui, les autres choses du monde lui avaient paru si indifférentes qu'elle y avait renoncé pour jamais ; qu'elle ne pensait plus qu'à celles de l'autre vie et qu'il ne lui restait aucun sentiment que le désir de le voir dans les mêmes dispositions où elle était.

M. de Nemours pensa expirer de douleur en présence de celle qui lui parlait. Il la pria vingt fois de retourner à Mme de Clèves, afin de faire en sorte qu'il la vît ; mais cette personne lui dit que Mme de Clèves lui avait non seulement défendu de lui aller redire aucune chose de sa part, mais même de lui rendre compte de leur conversation. Il fallut enfin que ce prince repartît, aussi accablé de douleur que le pouvait être un homme qui perdait toutes sortes d'espérances de revoir jamais une personne qu'il aimait d'une passion la plus violente, la plus naturelle et la mieux fondée qui ait jamais été. Néanmoins il ne se rebuta point encore, et il fit tout ce qu'il put imaginer de capable de la faire changer de dessein. Enfin, des années entières s'étant passées, le temps et l'absence ralentirent sa douleur et éteignirent sa passion [123]. Mme de Clèves vécut d'une sorte qui ne laissa pas d'apparence qu'elle pût jamais revenir. Elle passait une partie de l'année dans cette maison religieuse et l'autre chez elle; mais dans une retraite et dans des occupations plus saintes que celles des couvents les plus austères; et sa vie, qui fut assez courte, laissa des exemples de vertu inimitables.

LA COMTESSE DE TENDE

(1724)

LA COMTESSE
DE TENDE

NOUVELLE HISTORIQUE

Mademoiselle de Strozzi [1], fille du maréchal et proche parente de Catherine de Médicis, épousa, la première année de la Régence de cette reine, le comte de Tende [2], de la maison de Savoie, riche, bien fait, le seigneur de la cour qui vivait avec le plus d'éclat et plus propre à se faire estimer qu'à plaire. Sa femme néanmoins l'aima d'abord avec passion. Elle était fort jeune ; il ne la regarda que comme une enfant, et il fut bientôt amoureux d'une autre. La comtesse de Tende, vive, et d'une race italienne, devint jalouse ; elle ne se donnait point de repos ; elle n'en laissait point à son mari ; il évita sa présence et ne vécut plus avec elle comme l'on vit avec sa femme.

La beauté de la comtesse augmenta ; elle fit paraître beaucoup d'esprit ; le monde la regarda avec admiration ; elle fut occupée d'elle-même et guérit insensiblement de sa jalousie et de sa passion.

Elle devint l'amie intime de la princesse de Neufchâtel [3], jeune, belle et veuve du prince de ce nom, qui lui avait laissé en mourant cette souveraineté qui la rendait le parti de la cour le plus élevé et le plus brillant.

Le chevalier de Navarre [4], descendu des anciens souverains de ce royaume, était aussi alors jeune, beau, plein d'esprit et d'élévation ; mais la fortune ne lui avait donné d'autre bien que la naissance. Il jeta les yeux sur la princesse de Neufchâtel, dont il connaissait l'esprit, comme sur une personne capable d'un attachement violent et propre à faire la fortune d'un homme comme lui. Dans cette vue, il s'attacha à elle sans en être amoureux et attira son inclination : il en fut souffert, mais il se trouva encore bien éloigné du succès qu'il désirait. Son dessein était ignoré de tout le monde ; un seul de ses amis en avait la confidence et cet ami était aussi intime ami du comte de Tende. Il fait consentir le chevalier de Navarre à confier son secret au comte, dans la vue qu'il l'obligerait à le servir auprès de la princesse de Neufchâtel. Le comte de Tende aimait déjà le chevalier de Navarre ; il en parla à sa femme, pour qui il commençait à avoir plus de considération et l'obligea, en effet, de faire ce qu'on désirait.

La princesse de Neufchâtel lui avait déjà fait confidence de son inclination pour le chevalier de Navarre ; cette comtesse la fortifia. Le chevalier la vint voir, il prit des liaisons et des mesures avec elle ; mais, en la voyant, il prit aussi pour elle une passion violente. Il ne s'y abandonna pas d'abord ; il vit les obstacles que ces sentiments partagés entre l'amour et l'ambition apporteraient à son dessein ; il résista ; mais, pour résister, il ne fallait pas voir souvent la comtesse de Tende et il la voyait tous les jours en cherchant la princesse de Neufchâtel ; ainsi il devint éperdument amoureux de la comtesse. Il ne put lui cacher entièrement sa passion ; elle s'en aperçut ; son amour-propre en fut flatté et elle se sentit un amour violent pour lui.

Un jour, comme elle lui parlait de la grande fortune d'épouser la princesse de Neufchâtel, il lui dit en la regardant d'un air où sa passion était entièrement déclarée : Et croyez-vous, madame, qu'il n'y ait point de fortune que je préférasse à celle d'épouser cette princesse ? La comtesse de Tende fut frappée des regards et des paroles du chevalier ; elle le regarda des mêmes yeux dont il la regardait, et il y eut un trouble et un silence entre eux, plus parlant que les paroles. Depuis ce temps, la comtesse fut dans une agitation qui lui ôta le repos ; elle sentit le remords d'ôter à son amie le cœur d'un homme qu'elle allait épouser uniquement pour en être aimée, qu'elle épousait avec l'improbation de tout le monde, et aux dépens de son élévation.

Cette trahison lui fit horreur. La honte et les malheurs d'une galanterie se présentèrent à son esprit ; elle vit l'abîme où elle se précipitait et elle résolut de l'éviter.

Elle tint mal ses résolutions. La princesse était presque déterminée à épouser le chevalier de Navarre ; néanmoins elle n'était pas contente de la passion qu'il avait pour elle et, au travers de celle qu'elle avait pour lui et du soin qu'il prenait de la tromper, elle démêlait la tiédeur de ses sentiments. Elle s'en plaignit à la comtesse de Tende ; cette comtesse la rassura ; mais les plaintes de Mme de Neufchâtel achevèrent de troubler la comtesse ; elles lui firent voir l'étendue de sa trahison, qui coûterait peut-être la fortune de son amant. La comtesse l'avertit des défiances de la princesse. Il lui témoigna de l'indifférence pour tout, hors d'être aimé d'elle ; néanmoins il se contraignit par ses ordres et rassura si bien la princesse de Neufchâtel qu'elle fit voir à la comtesse de Tende qu'elle était entièrement satisfaite du chevalier de Navarre.

La jalousie se saisit alors de la comtesse. Elle craignit que son amant n'aimât véritablement la princesse ; elle vit toutes les raisons qu'il avait de l'aimer ; leur mariage, qu'elle avait souhaité, lui fit ho[rr]eur [5] ; elle ne voulait pourtant pas qu'il le rompît, et elle se trouvait dans une cruelle incertitude. Elle laissa voir au chevalier tous ses remords sur la princesse de Neufchâtel ; elle résolut seulement de lui cacher sa jalousie et crut en effet la lui avoir cachée.

La passion de la princesse surmonta enfin toutes ses irrésolutions ; elle se détermina à son mariage et se résolut de le faire secrètement et de ne le déclarer que quand il serait fait.

La comtesse de Tende était prête à expirer de douleur. Le même jour qui fut pris pour le mariage, il y avait une cérémonie publique ; son mari y assista. Elle y envoya toutes ses femmes ; elle fit dire qu'on ne la voyait pas et s'enferma dans son cabinet, couchée sur un lit de repos et abandonnée à tout ce que les remords, l'amour et la jalousie peuvent faire sentir de plus cruel.

Comme elle était dans cet état, elle entendit ouvrir une porte dérobée de son cabinet et vit paraître le chevalier de Navarre, paré et d'une grâce au-dessus de ce qu'elle ne l'avait jamais vu : Chevalier, où allez-vous ? s'écria-t-elle, que cherchez-vous ? Avez-vous perdu la raison ? Qu'est devenu votre mariage, et songez-vous à ma réputation ? Soyez en repos de votre réputation, madame, lui répondit-il ; personne ne le peut savoir; il n'est pas question de mon mariage; il ne s'agit plus de ma fortune, il ne s'agit que de votre cœur, madame, et d'être aimé de vous; je renonce à tout le reste. Vous m'avez laissé voir que vous ne me haïssiez pas, mais vous m'avez voulu cacher que je suis assez heureux pour que mon mariage vous fasse de la peine. Je viens vous dire, madame, que j'y renonce, que ce mariage me serait un supplice et que je ne veux vivre que pour vous. L'on m'attend à l'heure que je vous parle, tout est prêt, mais je vais tout rompre, si, en le rompant, je fais une chose qui vous soit agréable et qui vous prouve ma passion.

La comtesse se laissa tomber sur un lit de repos, dont elle s'était relevée à demi et, regardant le chevalier avec des yeux pleins d'amour et de larmes : Vous voulez donc que je meure ? lui dit-elle. Croyez-vous qu'un cœur puisse contenir tout ce que vous me faites sentir ? Quitter à cause de moi la fortune qui vous attend ! je n'en puis seulement supporter la pensée. Allez à Mme la princesse de Neufchâtel, allez à la grandeur qui vous est destinée; vous aurez mon cœur en même temps. Je ferai de mes remords, de mes incertitudes et de ma jalousie, puisqu'il faut vous l'avouer, tout ce que ma faible raison me conseillera; mais je ne vous verrai jamais si vous n'allez tout à l'heure achever votre mariage. Allez, ne demeurez pas un moment, mais, pour l'amour de moi et pour l'amour de vous-même, renoncez à une passion aussi déraisonnable que celle que vous me témoignez et qui nous conduira peut-être à d'horribles malheurs.

Le chevalier fut d'abord transporté de joie de se voir si véritablement aimé de la comtesse de Tende; mais l'horreur de se donner à une autre lui revint devant les yeux. Il pleura, il s'affligea, il lui promit tout ce qu'elle voulut, à condition qu'il la reverrait encore dans ce même lieu. Elle voulut savoir, avant qu'il sortît, comment il y était entré. Il lui dit qu'il s'était fié à un écuyer qui était à elle, et qui avait été à lui, qu'il l'avait fait passer par la cour des écuries où répondait le petit degré qui menait à ce cabinet et qui répondait aussi à la chambre de l'écuyer.

Cependant, l'heure du mariage approchait et le chevalier, pressé par la comtesse de Tende, fut enfin contraint de s'en aller. Mais il alla, comme au supplice, à la plus grande et à la plus agréable fortune où un cadet sans bien eût été jamais élevé. La comtesse de Tende passa la nuit, comme on se le peut imaginer, agitée par ses inquiétudes; elle appela ses femmes sur le matin et, peu de temps après que sa chambre fut ouverte, elle vit son écuyer s'approcher de son lit et mettre une lettre dessus, sans que personne s'en aperçût. La vue de cette lettre la troubla et, parce qu'elle la reconnut être du chevalier de Navarre, et parce qu'il était si peu vraisemblable que, pendant cette nuit qui devait avoir été celle de ses noces, il eût eu le loisir de lui écrire, qu'elle craignit qu'il n'eût apporté, ou qu'il ne fût arrivé quelques obstacles à son mariage. Elle ouvrit la lettre avec beaucoup d'émotion et y trouva à peu près ces paroles :

« *Je ne pense qu'à vous, madame, je ne suis occupé que de vous ; et dans les premiers moments de la possession légitime du plus grand parti de France, à peine le jour commence à paraître que je quitte la chambre où j'ai passé la nuit, pour vous dire que je me suis déjà repenti mille fois de vous avoir obéi et de n'avoir pas tout abandonné pour ne vivre que pour vous.* »

Cette lettre, et les moments où elle était écrite, touchèrent sensiblement la comtesse de Tende; elle alla dîner chez la princesse de Neufchâtel, qui l'en avait priée. Son mariage était déclaré. Elle trouva un nombre infini de personnes dans la chambre; mais, sitôt que cette princesse la vit, elle quitta tout le monde et la pria de passer dans son cabinet. A peine étaient-elles assises, que le visage de la princesse se couvrit de larmes. La comtesse crut que c'était l'effet de la déclaration de son mariage et qu'elle la trouvait plus difficile à supporter qu'elle ne l'avait imaginé ; mais elle vit bientôt qu'elle se trompait. Ah ! madame, lui dit la princesse, qu'ai-je fait ? J'ai épousé un homme par passion ; j'ai fait un mariage inégal, désapprouvé, qui m'abaisse ; et celui que jai préféré à tout en aime une autre ! La comtesse de Tende pensa s'évanouir à ces paroles ; elle crut que la princesse ne pouvait avoir pénétré la passion de son mari sans en avoir aussi démêlé la cause ; elle ne put répondre. La princesse de Navarre (on l'appela ainsi depuis son mariage) n'y prit pas garde et, continuant : M. le prince de Navarre, lui dit-elle, madame, bien loin d'avoir l'impatience que lui devait donner la conclusion de notre mariage, se fit attendre hier au soir. Il vint sans joie, l'esprit occupé et embarrassé ; il est sorti de ma chambre à la pointe du jour sur je ne sais quel prétexte. Mais il venait d'écrire ; je l'ai connu à ses mains. A qui pouvait-il écrire qu'à une maîtresse ? Pourquoi se faire attendre, et de quoi avait-il l'esprit embarrassé ?

L'on vint dans le moment interrompre cette conversation, parce que la princesse de Condé [6] arrivait ; la princesse de Navarre alla la recevoir et la comtesse de Tende demeura hors d'elle-même. Elle écrivit dès le soir au prince de Navarre pour lui donner avis des soupçons de sa femme et pour l'obliger à se contraindre. Leur passion ne se ralentit pas par les périls et par les obstacles ; la comtesse de Tende n'avait point de repos et le sommeil ne venait plus adoucir ses chagrins. Un matin, après qu'elle eut appelé ses femmes, son écuyer s'approcha d'elle et lui dit tout bas que le prince de Navarre était dans son cabinet et qu'il la conjurait qu'il lui pût dire une chose qu'il était absolument nécessaire qu'elle sût. L'on cède aisément à ce qui plaît ; la comtesse savait que son mari était sorti ; elle dit qu'elle voulait dormir et dit à ses femmes de refermer ses portes et de ne point revenir qu'elle ne les appelât.

Le prince de Navarre entra par ce cabinet et se jeta à genoux devant son lit. Qu'avez-vous à me dire ? lui dit-elle. Que je vous aime, madame, que je vous adore, que je ne saurais vivre avec Mme de Navarre. Le désir de vous voir s'est saisi de moi ce matin avec une telle violence que je n'ai pu y résister. Je suis venu ici au hasard de tout ce qui pourrait en arriver et sans espérer même de vous entretenir. La comtesse le gronda d'abord de la commettre si légèrement et ensuite leur passion les conduisit à une conversation si longue que le comte de Tende revint de la ville. Il alla à l'appartement de sa femme; on lui dit qu'elle n'était pas éveillée. Il était tard; il ne laissa pas d'entrer dans sa chambre et trouva le prince de Navarre à genoux devant son lit, comme il s'était mis d'abord. Jamais étonnement ne fut pareil à celui du comte de Tende, et jamais trouble n'égala celui de sa femme; le prince de Navarre conserva seul de la présence d'esprit et, sans se troubler ni se lever de la place : Venez, venez, dit-il au comte de Tende, m'aider à obtenir une grâce que je demande à genoux et que l'on me refuse.

Le ton et l'air du prince de Navarre suspendit l'étonnement du comte de Tende. Je ne sais, lui répondit-il du même ton qu'avait parlé le prince, si une grâce que vous demandez à genoux à ma femme, quand on dit qu'elle dort et que je vous trouve seul avec elle, et sans carrosse à ma porte, sera de celles que je souhaiterais qu'elle vous accorde. Le prince de Navarre, rassuré et hors de l'embarras du premier moment, se leva, s'assit avec une liberté entière, et la comtesse de Tende, tremblante et éperdue, cacha son trouble par l'obscurité du lieu où elle était. Le prince de Navarre prit la parole et dit au comte :

— Je vais vous surprendre, vous m'allez blâmer, mais il faut néanmoins me secourir. Je suis amoureux et aimé de la plus aimable personne de la cour; je me dérobai hier au soir de chez la princesse de Navarre et de tous mes gens pour aller à un rendez-vous où cette personne m'attendait. Ma femme, qui a déjà démêlé que je suis occupé d'autre chose que d'elle, et qui a de l'attention à ma conduite, a su par mes gens que je les avais quittés; elle est dans une jalousie et un désespoir dont rien n'approche. Je lui ai dit que j'avais passé les heures qui lui donnaient de l'inquiétude, chez la maréchale [de] Saint-André [7], qui est incommodée et qui ne voit presque personne; je lui ai dit que Mme la comtesse de Tende y était seule et qu'elle pouvait lui demander si elle ne m'y avait pas vu tout le soir. J'ai pris le parti de venir me confier à Mme la comtesse. Je suis allé chez la Châtre, qui n'est qu'à trois pas d'ici ; j'en suis sorti sans que mes gens m'aient vu et on m'a dit que madame était éveillée. Je n'ai trouvé personne dans son antichambre et je suis entré hardiment. Elle me refuse de mentir en ma faveur ; elle dit qu'elle ne veut pas trahir son amie et me fait des réprimandes très sages : je me les suis faites à moi-même inutilement. Il faut ôter à Mme la princesse de Navarre l'inquiétude et la jalousie où elle est, et me tirer du mortel embarras de ses reproches.

La comtesse de Tende ne fut guère moins surprise de la présence d'esprit du prince qu'elle l'avait été de la venue de son mari ; elle se rassura et il ne demeura pas le moindre doute au comte. Il se joignit à sa femme pour faire voir au prince l'abîme des malheurs où il s'allait plonger et ce qu'il devait à cette princesse ; la comtesse promit de lui dire tout ce que voulait son mari.

Comme il allait sortir, le comte l'arrêta : Pour récompense du service que nous vous allons rendre aux dépens de la vérité, apprenez-nous du moins quelle est cette aimable maîtresse. Il faut que ce ne soit pas une personne fort estimable de vous aimer et de conserver avec vous un commerce, vous voyant embarqué avec une personne aussi belle que Mme la princesse de Navarre, vous la voyant épouser et voyant ce que vous lui devez. Il faut que cette personne n'ait ni esprit, ni courage, ni délicatesse et, en vérité, elle ne mérite pas que vous troubliez un aussi grand bonheur que le vôtre et que vous vous rendiez si ingrat et si coupable. Le prince ne sut que répondre ; il feignit d'avoir hâte. Le comte de Tende le fit sortir lui-même afin qu'il ne fût pas vu.

La comtesse demeura éperdue du hasard qu'elle avait couru, des réflexions que faisaient faire les paroles de son mari et de la vue des malheurs où sa passion l'exposait ; mais elle n'eut pas la force de s'en dégager. Elle continua son commerce avec le prince ; elle le voyait quelquefois par l'entremise de La Lande, son écuyer. Elle se trouvait et était en effet une des plus malheureuses personnes du monde. La princesse de Navarre lui faisait tous les jours confidence d'une jalousie dont elle était la cause; cette jalousie la pénétrait de remords et, quand la princesse de Navarre était contente de son mari, elle-même était pénétrée de jalousie à son tour.

Il se joignit un nouveau tourment à ceux qu'elle avait déjà : le comte de Tende devint aussi amoureux d'elle que si elle n'eût point été sa femme; il ne la quittait plus et voulait reprendre tous ses droits méprisés.

La comtesse s'y opposa avec une force et une aigreur qui allai[ent] jusqu'au mépris : prévenue pour le prince de Navarre, elle était blessée et offensée de toute autre passion que de la sienne. Le comte de Tende sentit son procédé dans toute sa dureté et, piqué jusqu'au vif, il l'assura qu'il ne l'importunerait de sa vie et, en effet, il la laissa avec beaucoup de sécheresse.

La campagne s'approchait; le prince de Navarre devait partir pour l'armée. La comtesse de Tende commença à sentir les douleurs de son absence et la crainte des périls où il serait exposé; elle résolut de se dérober à la contrainte de cacher son affliction et prit le parti d'aller passer la belle saison dans une terre qu'elle avait à trente lieues de Paris.

Elle exécuta ce qu'elle avait projeté; leur adieu fut si douloureux qu'ils en devaient tirer l'un et l'autre un mauvais augure. Le comte de Tende demeura auprès du roi, où il était attaché par sa charge.

La cour devait s'approcher de l'armée; la maison de Mme de Tende n'en était pas bien loin; son mari lui dit qu'il y ferait un voyage d'une nuit seulement pour des ouvrages qu'il avait commencés. Il ne voulut pas qu'elle pût croire que c'était pour la voir; il avait contre elle tout le dépit que donnent les passions. Mme de Tende avait trouvé dans les commencements le prince de Navarre si plein de respect et elle s'était senti tant de vertu qu'elle ne s'était défiée ni de lui, ni d'elle-même. Mais le temps et les occasions avaient triomphé de sa vertu et du respect et, peu de temps après qu'elle fut chez elle, elle s'aperçut qu'elle était grosse. Il ne faut que faire réflexion à la réputation qu'elle avait acquise et conservée et à l'état où elle était avec son mari, pour juger de son désespoir. Elle fut pressée plusieurs fois d'attenter à sa vie; cependant elle conçut quelque légère espérance sur le voyage que son mari devait faire auprès d'elle, et résolut d'en attendre le succès. Dans cet accablement, elle eut encore la douleur d'apprendre que La Lande, qu'elle avait laissé à Paris pour les lettres de son amant et les siennes, était mort en peu de jours, et elle se trouvait dénuée de tout secours, dans un temps où elle en avait tant de besoin.

Cependant l'armée avait entrepris un siège. Sa passion pour le prince de Navarre lui donnait de continuelles craintes, même au travers des mortelles horreurs dont elle était agitée.

Ses craintes ne se trouvèrent que trop bien fondées; elle reçut des lettres de l'armée; elle y apprit la fin du siège, mais elle apprit aussi que le prince de Navarre avait été tué le dernier jour. Elle perdit la connaissance et la raison; elle fut plusieurs fois privée de l'une et de l'autre. Cet excès de malheur lui paraissait dans des moments une espèce de consolation. Elle ne craignait plus rien pour son repos, pour sa réputation, ni pour sa vie; la mort seule lui paraissait désirable : elle l'espérait de sa douleur ou était résolue de se la donner. Un reste de honte l'obligea à dire qu'elle sentait des douleurs excessives, pour donner un prétexte à ses cris et à ses larmes. Si mille adversités la firent retourner sur elle-même, elle vit qu'elle les avait méritées, et la nature et le christianisme la détournèrent d'être homicide d'elle-même et suspendirent l'exécution de ce qu'elle avait résolu.

Il n'y avait pas longtemps qu'elle était dans ces violentes douleurs, lorsque le comte de Tende arriva. Elle croyait connaître tous les sentiments que son malheureux état lui pouvait inspirer; mais l'arrivée de son mari lui donna encore un trouble et une confusion qui lui fut nouvelle. Il sut en arrivant qu'elle était malade et, comme il avait toujours conservé des mesures d'honnêteté aux yeux du public et de son domestique, il vint d'abord dans sa chambre. Il la trouva comme une personne hors d'elle-même, comme une personne égarée et elle ne put retenir ses larmes, qu'elle attribuait toujours aux douleurs qui la tourmentaient. Le comte de Tende, touché de l'état où il la voyait, s'attendrit pour elle et, croyant faire quelque diversion à ses douleurs, il lui parla de la mort du prince de Navarre et de l'affliction de sa femme.

Celle de Mme de Tende ne put résister à ce discours ; ses larmes redoublèrent d'une telle sorte que le comte de Tende en fut surpris et presque éclairé ; il sortit de la chambre plein de trouble et d'agitation ; il lui sembla que sa femme n'était pas dans l'état que causent les douleurs du corps ; ce redoublement de larmes, lorsqu'il lui avait parlé de la mort du prince de Navarre, l'avait frappé et, tout d'un coup, l'aventure de l'avoir trouvé à genoux devant son lit se présenta à son esprit. Il se souvint du procédé qu'elle avait eu avec lui, lorsqu'il avait voulu retourner à elle, et enfin il crut voir la vérité ; mais il lui restait néanmoins ce doute que l'amour-propre nous laisse toujours pour les choses qui coûtent trop cher à croire.

Son désespoir fut extrême, et toutes ses pensées furent violentes ; mais comme il était sage, il retint ses premiers mouvements et résolut de partir le lendemain à la pointe du jour sans voir sa femme, remettant au temps à lui donner plus de certitude et à prendre ses résolutions.

Quelque abîmée que fût Mme de Tende dans sa douleur, elle n'avait pas laissé de s'apercevoir du peu de pouvoir qu'elle avait eu sur elle-même et de l'air dont son mari était sorti de sa chambre ; elle se douta d'une partie de la vérité et, n'ayant plus que de l'horreur pour sa vie, elle se résolut de la perdre d'une manière qui ne lui ôtât pas l'espérance de l'autre.

Après avoir examiné ce qu'elle allait faire, avec des agitations mortelles, pénétrée de ses malheurs et du repentir de sa vie, elle se détermina enfin à écrire ces mots à son mari :

« *Cette lettre me va coûter la vie ; mais je mérite la mort et je la désire. Je suis grosse. Celui qui est la cause de mon malheur n'est plus au monde, aussi bien que le seul homme qui savait notre commerce ; le public ne l'a jamais soupçonné. J'avais résolu de finir ma vie par mes mains, mais je l'offre à Dieu et à vous pour l'expiation de mon crime. Je n'ai pas voulu me déshonorer aux yeux du monde, parce que ma répu-*

tation vous regarde ; conservez-la pour l'amour de vous. Je vais faire paraître l'état où je suis ; cachez-en la honte et faites-moi périr quand vous voudrez et comme vous le voudrez. »

Le jour commençait à paraître lorsqu'elle eut écrit cette lettre, la plus difficile à écrire qui ait peut-être jamais été écrite; elle la cacheta, se mit à la fenêtre et, comme elle vit le comte de Tende dans la cour, prêt à monter en carrosse, elle envoya une de ses femmes la lui porter et lui dire qu'il n'y avait rien de pressé et qu'il la lût à loisir. Le comte de Tende fut surpris de cette lettre; elle lui donna une sorte de pressentiment, non pas de tout ce qu'il y devait trouver, mais de quelque chose qui avait rapport à ce qu'il avait pensé la veille. Il monta seul en carrosse, plein de trouble et n'osant même ouvrir la lettre, quelque impatience qu'il eût de la lire; il la lut enfin et apprit son malheur; mais que ne pensa-t-il point après l'avoir lue ! S'il eût eu des témoins, le violent état où il était l'aurait fait croire privé de raison ou prêt de perdre la vie. La jalousie et les soupçons bien fondés préparent d'ordinaire les maris à leurs malheurs; ils ont même toujours quelques doutes, mais ils n'ont pas cette certitude que donne l'aveu, qui est au-dessus de nos lumières.

Le comte de Tende avait toujours trouvé sa femme très aimable, quoiqu'il ne l'eût pas également aimée; mais elle lui avait toujours paru la plus estimable femme qu'il eût jamais vue; ainsi, il n'avait pas moins d'étonnement que de fureur et, au travers de l'un et de l'autre, il sentait encore, malgré lui, une douleur où la tendresse avait quelque part.

Il s'arrêta dans une maison qui se trouva sur son chemin, où il passa plusieurs jours, agité et affligé, comme on peut se l'imaginer. Il pensa d'abord tout ce qu'il était naturel de penser en cette occasion; il ne songea qu'à faire mourir sa femme, mais la mort du prince de Navarre et celle de La Lande, qu'il reconnut aisément pour le confident, ralentit un peu sa fureur. Il ne douta pas que sa femme ne lui eût dit vrai, en lui disant que son commerce n'avait jamais été soupçonné; il jugea que le mariage du prince de Navarre pouvait avoir trompé tout le monde, puisqu'il avait été trompé lui-même. Après une conviction si grande que celle qui s'était présentée à ses yeux, cette ignorance entière du public pour son malheur lui fut un adoucissement; mais les circonstances, qui lui faisaient voir à quel point et de quelle manière il avait été trompé, lui perçaient le cœur, et il ne respirait que la vengeance. Il pensa néanmoins que, s'il faisait mourir sa femme et que l'on s'aperçût qu'elle fût grosse, l'on soupçonnerait aisément la vérité. Comme il était l'homme du monde le plus glorieux, il prit le parti qui convenait le mieux à sa gloire et résolut de ne rien laisser voir au public. Dans cette pensée, il envoya un gentilhomme à la comtesse de Tende, avec ce billet :

« *Le désir d'empêcher l'éclat de ma honte l'emporte présentement sur ma vengeance ; je verrai, dans la suite, ce que j'ordonnerai de votre indigne destinée. Conduisez-vous comme si vous aviez toujours été ce que vous deviez être.* »

La comtesse reçut ce billet avec joie; elle le croyait l'arrêt de sa mort et, quand elle vit que son mari consentait qu'elle laissât paraître sa grossesse, elle sentit bien que la honte est la plus violente de toutes les passions. Elle se trouva dans une sorte de calme de se croire assurée de mourir et de voir sa réputation en sûreté; elle ne songea plus qu'à se préparer à la mort; et, comme c'était une personne dont tous les sentiments étaient vifs, elle embrassa la vertu et la pénitence avec la même ardeur qu'elle avait suivi sa passion. Son âme était, d'ailleurs, détrompée et noyée dans l'affliction; elle ne pouvait arrêter les yeux sur aucune chose de cette vie qui ne lui fût plus rude que la mort même; de sorte qu'elle ne voyait de remède à ses malheurs que par la fin de sa malheureuse vie. Elle passa quelque temps en cet état, paraissant plutôt une personne morte qu'une personne vivante. Enfin, vers le sixième mois de sa grossesse, son corps succomba, la fièvre continue lui prit et elle accoucha par la violence de son mal. Elle eut la consolation de voir son enfant en vie, d'être assurée qu'il ne pouvait vivre et qu'elle ne donnait pas un héritier illégitime à son mari.

Elle expira elle-même peu de jours après et reçut la mort avec une joie que personne n'a jamais ressentie; elle chargea son confesseur d'aller porter à son mari la nouvelle de sa mort, de lui demander pardon de sa part et de le supplier d'oublier sa mémoire, qui ne lui pouvait être qu'odieuse [8].

Le comte de Tende reçut cette nouvelle sans inhumanité, et même avec quelques sentiments de pitié, mais néanmoins avec joie. Quoiqu'il fût fort jeune, il ne voulut jamais se remarier, et il a vécu jusqu'à un âge fort avancé.

NOTES

LA PRINCESSE DE MONTPENSIER

1. Le premier ouvrage de M*me* de Lafayette parut en 1662. Voici la collation de l'édition originale dont nous n'avons pas trouvé d'exemplaire sous la marque d'Augustin Courbé :

LA | PRINCESSE | DE | MONPENSIER | A PARIS, | chez THOMAS JOLLY, au Palais | dans la petite Salle, aux Armes | d'Hollande et à la Palme. | M. DC. LXII. | *Avec Privilège du Roy.* | In-12.

4 feuillets non chiffrés pour le titre, Le Libraire au Lecteur, le Privilège accordé, pour 7 ans, à Augustin Courbé, le 27 juillet 1662, et cédé par lui à Thomas Jolly et Louis Billaine, lesquels se sont associés Charles de Sercy. P. 1 à 142. Achevé d'imprimer du 20 août 1662 (Bibliothèque nationale, Y² 6613). En vertu du Privilège, on trouve des exemplaires sous les marques de Louis Billaine et de Charles de Sercy.

2. Nicolas d'Anjou, marquis de Mézières, comte de Saint-Fargeau, issu d'une branche bâtarde de la maison d'Anjou, fils de René d'Anjou et d'Antoinette de Chabannes, né à Saint-Fargeau, le 29 septembre 1518, marié par contrat du 29 septembre 1541 à Gabrielle de Mareuil. De cette union naquirent : Henriette en 1543; Antoinette, le 16 août 1544; Nicolas, le 9 février 1545; Renée d'Anjou, demoiselle de Mézières, le 21 octobre 1550. Cette dernière seule semble avoir survécu de cette lignée; c'est pourquoi M*me* de Lafayette la présente comme fille unique dans son récit. Elle épousa, en 1566, François de Bourbon, prince de Montpensier. On ignore la date de sa mort.

3. Charles de Lorraine, duc de Mayenne, souvent appelé, dans les écrits du temps, duc du Maine, bien qu'il n'ait jamais possédé la comté-pairie de ce nom, était fils cadet de François de Lorraine, duc de Guise, et d'Anne d'Este. Né à Alençon le 26 mars 1554, marié par contrat du 23 juillet 1576 à Henriette de Savoie, il mourut, après avoir joué un rôle important dans les guerres de la Ligue, le 4 octobre 1611. On a de lui des *Lettres* publiées, en 1860, par Loriquet.

4. Henri Ier de Lorraine, duc de Guise, fils aîné de François de Lorraine et d'Anne d'Este, né le 31 décembre 1550, marié en 1570 à Catherine de Clèves, comtesse d'Eu, veuve d'Antoine de Croy,

prince de Portien, assassiné au château de Blois le 23 décembre 1588. Il porta, comme son père, le surnom de *Balafré*, après avoir reçu, en 1575, dans un combat, près de Dormans, contre les Allemands alliés aux huguenots, une blessure à la face. Il fut le chef de la Ligue.

5. Mlle de Mézières avait seize ans au moment où commence la nouvelle de Mme de Lafayette, par conséquent l'âge de se marier; par contre, le duc du Maine ou de Mayenne, de quatre ans plus jeune qu'elle, était encore un enfant.

6. Charles de Guise, cardinal de Lorraine, deuxième fils de Claude de Lorraine, duc de Guise, et d'Antoinette de Bourbon, né à Joinville le 17 février 1524, mort le 26 décembre 1574. Il fut ministre du roi François II. Il était frère puîné de François de Lorraine, duc de Guise. Après la mort de ce dernier, tué devant Orléans, le 24 février 1563, par Poltrot de Méré, il servit de père à son neveu.

7. François de Bourbon, fils de Louis de Bourbon, duc de Montpensier, et de Jacqueline de Longwic, né vers 1542. Il devint duc de Montpensier en 1582, à la mort de son père et disparut de ce monde le 4 juin 1592. On le désignait, comme on le verra plus loin, sous la qualité de « prince dauphin », le dauphiné d'Auvergne ayant été attribué à son père en février 1543.

8. Claude de Lorraine, duc d'Aumale, troisième fils de Claude de Lorraine, duc de Guise, et d'Antoinette de Bourbon, frère de François et de Charles de Lorraine, cités précédemment, oncle du jeune duc de Guise, né le 1er août 1526. Gouverneur de Bourgogne, il s'illustra en diverses batailles du temps et périt, le 14 mars 1573, au siège de La Rochelle.

9. Le mariage de Mlle de Mézières avec le duc de Montpensier fut célébré en l'an 1566, comme nous le disons plus haut. La jeune femme prit dès lors le titre de « princesse dauphine », sous lequel Mme de Lafayette la désigne. H. C. Davila : *L'Histoire des guerres civiles de France contenant tout ce qui s'est passé de mémorable sous les règnes de quatre rois, François II, Charles IX, Henri III et Henri IV, ... mise en françois par I. Baudoin*, 1644, in-fol., tome I, p. 184, fait mention de ce mariage. Voir aussi, *Œuvres complètes de Pierre de Bourdeille, seigneur de Brantôme*, publiées... par Ludovic Lalanne, 1873. VI, 498.

10. Champigny-sur-Veude, arrondissement de Chinon (Indre-et-Loire), où se dressait un château bâti par la famille de Bourbon-Montpensier.

11. La seconde guerre civile commença en septembre 1567. A l'armée du prince de Condé, chef des protestants, qui vint bloquer Paris, Montmorency opposa ses troupes. La bataille dite de Saint-Denis resta indécise. Le vieux connétable y fut tué.

NOTES

12. Bien que des Chabannes figurent dans les écrits du XVIe siècle, aucun comte de ce nom ne paraît dans l'intimité des Montpensier. Mme de Lafayette semble avoir donné ce confident imaginaire à son héroïne pour les besoins de son récit. Selon ce que nous avons conjecturé dans notre ouvrage : *Le Cœur et l'Esprit de Madame de Lafayette*, 1927, p. 20 et s., la comtesse peignit malicieusement, sous le nom de Chabannes, son ami Gilles Ménage, lequel, épris d'elle, fut, en même temps, son conseiller littéraire et son souffre-douleur.

13. Mme de Lafayette commet, en cet endroit, une erreur de temps. La seconde guerre civile ne dura, en effet, qu'une année. Elle fut terminée par la paix de Longjumeau, 23 mars 1568.

14. Troisième guerre civile, terminée par la paix de Saint-Germain, 8 août 1570.

15. Dans ce passage concernant la guerre civile, Mme de Lafayette suit, à peu de détails près, romançant, de-ci de-là, quelques menus faits, les données de l'histoire, du moins de l'histoire contée par Davila, son guide (tome I, p. 233 et s.). André Beaunier qui a fait, dans la préface de son édition de la *Princesse de Montpensier* (p. 44-45) des rapprochements entre le texte du roman et le texte de Davila, montre que Mme de Lafayette se livre, sur le terrain historique, à du démarquage pur et simple. Le prince de Condé, dont il est question dans le susdit passage, était Louis de Bourbon, fils de Charles de Bourbon, duc de Vendôme, né en 1530, tué à la bataille de Jarnac, par Montesquiou, capitaine des gardes du duc d'Anjou, le 13 mars 1568.

16. En cet endroit de son texte, Mme de Lafayette anticipe sur les événements. Voir la note suivante.

17. C'est par sa défense de Poitiers contre les attaques de l'amiral de Coligny que le duc de Guise s'acquit grande renommée martiale. Voir Davila : *op. cit.*, t. I, p. 273 et s.; Tavannes : *Mémoires*, édit. Michaud et Poujoulat, 1838, VIII, 330 et s.

18. Bataille de Moncontour, gagnée par le duc d'Anjou, le 3 octobre 1569, suivie de la paix de Saint-Germain, ci-dessus datée, note 14.

19. « Qui lui attirât » dans le texte original.

20. Nous suivons, pour ce passage entre crochets, la version donnée par André Beaunier dans son édition de la *Princesse de Montpensier*, d'après des manuscrits du temps. Cette version réduit à une phrase les deux phrases portées dans l'édition de 1662. Elle nous a semblé rectifier logiquement « la faute épouvantable » de la 58e page de cette édition de 1662, faute que Mme de Lafayette signalait dans une lettre à Ménage. Voir *Lettres de Marie-Madeleine Pioche de La Vergne, comtesse de La Fayette et de Gilles Ménage*,

édit. H. Ashton, 1924, p. 108. V. aussi André Beaunier : *op. cit.*, p. 19.

21. Marguerite de Valois, fille de Henri II, roi de France, et de Catherine de Médicis, née le 14 mai 1553, mariée le 18 août 1572 à Henri de Bourbon, prince de Navarre, plus tard roi de France, morte le 27 mars 1615. On la désignait à la cour sous le nom de *Madame* que Mme de Lafayette lui donne dans la suite de son récit.

22. Cela ne semble pas ressortir de ses *Mémoires*, 1628, p. 34 et s., où l'on voit que le duc de Guise la recherchait plus qu'elle ne le recherchait. Cependant les mémorialistes et les historiens du temps confirment le texte de Mme de Lafayette. Voir François-Eudes de Mézeray : *Histoire de France où sont contenus les règnes de Charles VII, Louis XI, Charles VIII, Louis XII, François Ier, Henri II, François II et Charles IX*, 1646, II, 1068 et s.; Davila : *op. cit.*, I. 309 et s.

23. Louis de Bourbon, prince de Montpensier, beau-père de la princesse de Montpensier, épousa, en secondes noces, en février 1570, Catherine de Lorraine, fille de François de Lorraine, duc de Guise, et d'Anne d'Este, sœur du duc de Guise. Voir Mézeray : *op. cit.*, II, 822, qui mentionne la mort de sa première épouse, Jacqueline de Longwic. Voir aussi Davila : *op. cit.*, I, 313.

24. Charles IX épousa Élisabeth d'Autriche, fille cadette de l'empereur Maximilien II et de Marie d'Autriche, par contrat du 14 janvier 1570. Le mariage par procuration fut célébré à Spire le 22 octobre 1570; le mariage réel fut « consommé », dit le R. P. Anselme, à Mézières, en Champagne, le 27 novembre.

25. Henry de Bourbon, fils d'Antoine de Bourbon, duc de Vendôme, et de Jeanne d'Albret, reine de Navarre, né le 13 décembre 1553 au château de Pau, roi de Navarre en 1572. Il épousa Marguerite de Valois le 18 août 1570 et monta sur le trône de France, sous le nom d'Henri IV, le 21 septembre 1589.

26. Selon Mézeray : *op. cit.*, II, 1068, Charles IX « ne pouvait souffrir qu'un cadet de la maison de Lorraine eût cette hardiesse de prétendre à une fille de France » dont lui-même « se voulait servir, comme d'un leurre » pour « attraper les Huguenots en la donnant au prince de Navarre ».

27. Mme de Lafayette suit assez étroitement, dans tout ce qui précède, le texte de Davila : *op. cit.*, I, 310. Le duc de Guise épousa Catherine de Clèves, comtesse d'Eu, veuve d'Antoine de Croy, prince de Portien en 1570. Voir Brantôme : *Œuvres* précitées, édit. Ludovic Lalanne, VI, 493.

28. « Elle ne lui avait pas fait », dans le texte original.

29. Gaspard de Coligny, seigneur de Châtillon-sur-Loing, que Mme de Lafayette nomme l'amiral de Châtillon, fils de Gaspard Ier de Coligny, né à Châtillon-sur-Loing le 16 février 1516, marié en 1547 à Charlotte de Laval, fut assassiné dans la nuit du 23 au 24 août 1572.

30. Le massacre de la Saint-Barthélemy, 24 août 1572.

31. François de Lorraine, duc de Guise, père de Henri de Lorraine, duc de Guise, avait été tué, en 1563, comme nous l'avons dit plus haut, d'un coup de pistolet, par le protestant Poltrot de Méré. Voir, sur les sentiments du jeune seigneur, à l'heure de la Saint-Barthélemy, Brantôme : *Œuvres* précitées, édit. Ludovic Lalanne, V, 247.

32. Charlotte de Beaune, fille de Jacques de Beaune et de Gabrielle de Sades, née en 1551, mariée, en premières noces, à Simon de Fizes, baron de Sauve; en secondes noces, le 18 octobre 1584, à François de La Trémoille, marquis de Noirmoutiers, morte le 30 septembre 1617. Elle exerça les fonctions de dame d'atours de la reine de Navarre. Elle était d'humeur fort galante, comme en témoignent les *Mémoires de la reine Marguerite* précités, p. 97, et Brantôme : *Œuvres* précitées, édit. Ludovic Lalanne, IV, 387; X, 115.

33. La princesse de Montpensier, qui n'aima le duc de Guise que dans l'imagination de Mme de Lafayette, n'eut point à souffrir de son oubli. Le 12 mai 1573, elle mettait au monde Henry de Bourbon qui continua la lignée des Bourbon-Montpensier. On ignore la date de sa mort. Le prince, son époux, s'éteignit à Mézières, en Touraine, en 1592. Selon le R. P. Anselme, « son corps fut porté à Champigny où il fut enterré et où l'on voit sa figure à genoux à la suite de celles de ses père et mère et, derrière lui, celle de sa femme ».

ZAIDE

1. L'édition originale de ce roman parut sous les caractéristiques suivantes :

ZAYDE | HISTOIRE | ESPAGNOLE, | PAR MONSIEVR | DE SEGRAIS, | *AVEC UN TRAITTÉ* | *de l'Origine des Romans*, | Par MONSIEUR HVET | A PARIS, | Chez CLAVDE BARBIN, au Palais, | sur le second Perron de la Sainte | Chappelle. | M. DC. LXX. | *AVEC PRIVILEGE DV ROI*. | in-8º.

1 feuillet non chiffré pour le titre. P. 3 à 99 pour la *Lettre de*

M. Huet à M. de Segrais : De l'Origine des Romans. Verso blanc portant, en son milieu :

> *Honor pulcherrima merces*
> *Ipse sibi.*

P. 1 à 441 pour le texte de *Zayde*. Au verso, l'Extrait du Privilège du Roi accordé, pour 7 ans, le 8 octobre 1669, au sieur de Segrais et cédé par lui, pour cette première partie, à Claude Barbin, libraire. Achevé d'imprimer, pour la première fois, du 20 novembre 1669.

ZAYDE | HISTOIRE | ESPAGNOLE, | PAR MONSIEVR | DE SEGRAIS | *Seconde et dernière Partie,* | A PARIS, | Chez CLAUDE BARBIN, au | Palais, sur le second Perron | de la Sainte Chapelle | M. DC. LXXI. | In-8°.

2 feuillets non chiffrés pour le titre et l'Extrait du Privilège (le même). Achevé d'imprimer, pour la première fois, du 2 janvier 1671. P. 1 à 536 (Bibliothèque nationale, Réserve, Y² 1566-1567).

2. Don Alfonso III, dit Le Grand, fils de don Ordogno et de dona Nugna, marié à dona Ameline, dite Ximenia, dont il eut don Garcie, don Ordogno, don Froïla, don Gonçal l'archidiacre. A en croire Loys de Mayerne-Turquet : *Histoire générale d'Espagne*, Lyon, 1587, in-f°, il régna dès l'an 841 et pendant quarante-six ans; mais on ne peut guère se fier à la chronologie continuellement erronée de cet historien qui, cependant, semble avoir consulté les chartes et les titres concernant la vie et le gouvernement des souverains dont il parle. Selon d'autres historiens, don Alfonso aurait succédé à son frère en 866, aurait abdiqué en 910 et serait mort en 912. Il mena une longue lutte contre les Maures et il fut le fondateur de la fameuse église de Saint-Jacques de Compostelle.

3. Don Diego Porcellos, l'un des comtes qui gouvernaient la Castille sous l'autorité des rois de Léon et qui la défendirent contre les attaques des Maures, tenta, comme le disent Mᵐᵉ de Lafayette et Segrais, de se faire souverain de cette province, sous don Alfonso. Il fut attiré dans un guet-apens par don Ordogno, second fils de don Alfonso, devenu roi à la mort de son frère aîné don Garcie, mis en prison et très probablement assassiné.

4. Don Nugnez Fernando ou, selon les historiens, don Nugno Fernandez, était, comme le précédent, l'un des comtes-gouverneurs de Castille.

5. On ne voit pas que Nugnez Fernando ait eu un fils nommé Consalve. Sans doute les auteurs du roman ont-ils imaginé l'existence de ce dernier.

6. Personnage probablement fictif.

7. « Il » dans le texte original.

8. Le nom de Zaïde et les amours de cette belle figurent dans un ouvrage de Ginès Perez : *Histoire des Guerres civiles de Grenade*, dont une traduction fut publiée à Paris en 1608. Peut-être Segrais et Mme de Lafayette l'y prirent-ils au cours des lectures qui devaient leur fournir la trame historique de leur roman.

9. Au singulier dans le texte original.

10. Cette bataille contre les Maures, commandés par Ayola, fut gagnée beaucoup plus tard par don Alfonso. Voir note 19. Segrais et Mme de Lafayette ne tiennent, ce semble, aucun compte de la chronologie des faits.

11. Don Garcie ou Garcia, fils aîné de don Alfonso III le Grand et de Ximenia, marié à la fille de don Nugnez Fernando, contraignit son père à abdiquer et régna de 886 à 889. Il mourut sans postérité.

12. Personnage probablement imaginaire.

13. On ignore si cette gente et inhumaine demoiselle, fille d'un personnage réel, parut, sous le nom de Nugna Bella, à la cour d'Oviédo.

14. La reine Ximénia, épouse d'Alfonso le Grand.

15. Faits historiques réels. Nous verrons que don Garcie et don Nugnez Fernando se rebellèrent contre don Alfonso III.

16. La reine Ximenia, selon Mayerne-Turquet, encourageait son fils, don Garcie, à la révolte contre le roi de Léon.

17. La fille de Nugnez Fernando fut réellement aimée de don Garcie qui l'épousa dans la suite. Portait-elle le nom d'Hermenesilde ?

18. Abdala, roi maure de Cordoue, avait succédé, en 876, à Almundir, au dire de Mayerne-Turquet. Il ne semble pas que les chrétiens lui aient livré la bataille mentionnée dans ce texte sous le commandement de Nugnez Fernando.

19. Le roi don Alfonso battit, non pas à ce moment où il était encore roi de Léon, mais après son abdication, les Maures commandés par Ayola. Il était alors devenu le lieutenant de son fils, don Garcie, monté sur le trône. Segrais et Mme de Lafayette n'ont pas respecté l'ordre des faits.

20. « Ce » dans le texte original.

21. Au singulier dans le texte original.

22. « l'engager » dans le texte original.

23. De don Garcia Ximenès, premier roi de Navarre qui régna de 716 à 758 et eut pour épouse Iniga.

24. Personnage probablement imaginaire.

25. Ou bien Dona Theude, fille de don Zeno, comte de Biscaye, épouse de don Inigo Arista, roi de Navarre de 840 à 847, ou bien Dona Urraca d'Aragon, femme de don Garcia Inigo, roi de Navarre de 867 à 885.

26. Don Inigo Arista ou don Garcia Inigo ci-dessus nommés.

27. « Fit » dans le texte original.

28. « Fit » dans le texte original.

29. Comme nous le disons, note 17, don Garcie épousa la fille de Nugnez Fernando; mais il ne semble pas qu'il ait été contraint de l'enlever.

30. L'historien Loys de Mayerne-Turquet présente autrement les faits. A son dire, la reine Ximenia excita don Garcie à la révolte contre son père. Don Alfonso III, ayant connu les méchantes intentions de son fils, le fit surprendre et enfermer au château de Gordon. Cet emprisonnement souleva la colère de don Ordogno et de don Froïla, frères de don Garcie, lesquels, sans doute, délivrèrent le prisonnier. Les trois princes, unis à Nugnez Fernando et autres seigneurs turbulents, firent ensuite une guerre de deux ans à don Alfonso et le contraignirent à se démettre de la couronne. Le vieux roi déchu se retira à Zamora, laissant le trône et le pouvoir à don Garcie.

31. Don Olmond existait réellement. Il est nommé dans l'ouvrage de Mayerne-Turquet.

32. Don Ordogno ou Fortun, d'abord comte des Asturies, fils cadet de don Alfonso III et de Dona Ximenia, marié : 1º à Dona Nugna ou Elvira dont il eut : don Alfonso et don Ramire; 2º à Dona Aragonda (ou Radegonde) de Galice qu'il répudia; 3º à Dona Sanche (ou Sanctiva), infante de Navarre, régna à la mort de son frère aîné don Garcie, probablement de 889 à 897. Ce fut Ordogno, devenu roi, et non don Garcie, alors défunt, qui combattit Abderramen III, roi de Cordoue et enleva la place de Talavera. Segrais et Mme de Lafayette ont trouvé plus commode, pour l'intelligence et aussi pour l'unité de leur roman, de prolonger la vie de don Garcie.

33. Don Garcie fut, au cours de son règne éphémère (3 ans), l'adversaire d'Abdallah, roi de Cordoue, auquel succéda Abderramen.

34. Nous n'avons pas trouvé trace de ce prince Zulema, père de Zaïde.

35. « Caïmadam » dans le texte original. On appelait « caïmacan » le lieutenant d'un haut dignitaire musulman, d'un calife par exemple.

36. On ne sait à quelles batailles Segrais et Mme de Lafayette font allusion dans ce paragraphe. Nous avons dit plus haut qu'Ordogno, et non don Garcie, avait été l'antagoniste d'Abderramen. Les deux rois poursuivirent, l'un contre l'autre, une guerre acharnée avec des succès respectifs. Abderramen gagna la bataille du Val de la Jonquera. Ordogno, dans la suite, pilla, à son tour, sauvagement les terres des Maures.

37. « Famagoste » dans le texte original.

38. « ils » dans le texte original.

39. « elle se confie » dans le texte original.

40. Le mot manque dans le texte original.

LA PRINCESSE DE CLÈVES

1. Voici la description bibliographique de l'édition originale de la *Princesse de Clèves* :

LA | PRINCESSE | DE | CLÈVES. | *TOME I.* | A PARIS, | Chez CLAVDE BARBIN, au Palais, | sur le second Perron de la Sainte | Chapelle. | M. DC. LXXVIII. | *AVEC PRIVILEGE DV ROY.* | in-8°.

2 feuillets non chiffrés pour le titre et Le Libraire au Lecteur. P. 1 à 211 pour le texte du tome I.

MÊMES TITRE ET DATE, *TOME II.* 1 feuillet non chiffré pour le titre. P. 1 à 214 pour le texte du tome II.

MÊMES TITRE ET DATE, *TOME III.* 1 feuillet non chiffré pour le titre. P. 1 à 216 pour le texte du tome III.

Variantes dans le titre. Même date, tome IV. 1 feuillet non chiffré pour le titre. P. 1 à 213 pour le texte du tome IV. 5 pages non chiffrées pour le Privilège accordé, pour vingt ans, à Claude Barbin, le 16 janvier 1678. Achevé d'imprimer, pour la première fois, le 8 mars 1678 (Bibliothèque nationale, Y² 6615-6616).

2. Henri de Valois, fils de François Ier et de Claude de France, né au château de Saint-Germain le 31 mars 1518, d'abord duc d'Orléans, dauphin de France en 1536 après la mort de son frère aîné François, marié, le 27 octobre 1533, à Catherine de Médicis, roi de France, sous le nom d'Henri II en 1547, mort le 10 juillet 1559.

3. Diane de Poitiers, duchesse de Valentinois, fille aînée de Jean de Poitiers, seigneur de Saint-Vallier, et de Jeanne de Batarnay, née en 1499, mariée, par contrat du 29 mars 1514, à Louis de Brézé, comte de Maulevrier, grand sénéchal de Normandie, veuve en 1531, devint la maîtresse du futur Henri II, alors duc d'Orléans, créée duchesse le 8 octobre 1548, morte le 26 avril 1566.

4. De son mariage avec Louis de Brézé, Diane de Poitiers eut deux filles; l'aînée épousa Robert de La Marck, duc de Bouillon, dont elle eut, à son tour, six filles; celle dont parle Mme de Lafayette doit être Antoinette de La Marck. Voir, plus loin, note 28.

5. Selon MM. Chamard et Rudler, Brantôme : *Mémoires, Vies des Hommes illustres*, Leyde, 1666, II, 42 et s., aurait inspiré à Mme de Lafayette ce portrait du roi Henri II. En fait, il semble que la comtesse s'est seulement contentée de grapiller quelques traits épars dans le texte du mémorialiste.

6. Catherine de Médicis, fille de Laurent II de Médicis, duc d'Urbin, et de Madeleine de La Tour, née à Florence le 13 avril 1519, mariée à Henri II en 1533, couronnée à Saint-Denis le 10 juin, morte au château de Blois le 5 janvier 1589.

7. François de Valois, fils de François Ier et de Claude de France, dauphin de Viennois et duc de Bretagne, né au château d'Amboise le 28 février 1517, mort au château de Tournon le 10 août 1536, empoisonné par Sébastien de Montecuculi.

8. François-Eudes de Mézeray : *Histoire de France depuis Faramond jusqu'à maintenant*, 1646, II, 733-734, semble avoir fourni à Mme de Lafayette les éléments du portrait de Catherine de Médicis.

9. Élisabeth de France, fille de Henri II et de Catherine de Médicis, née à Fontainebleau le 2 avril 1545, mariée le 22 juin 1559 à Philippe II d'Espagne, après avoir été destinée à don Carlos, fils de ce roi, morte à Madrid le 3 octobre 1568, à l'âge de vingt-trois ans, empoisonnée, dit-on, par son époux.

10. Marie Stuart, reine d'Écosse, fille de Jacque V, roi d'Écosse, et de Marie de Lorraine, née en 1542, mariée le 24 avril 1558 à François de Valois, dauphin de France, qui en 1559 devint roi sous le nom de François II. Elle est désignée, dans le texte de Mme de Lafayette, sous la qualité de « Madame la Dauphine ».

11. Précisions empruntées par Mme de Lafayette aux *Additions* que I. Le Laboureur joignit aux *Mémoires de Messire Michel de Castelnau, seigneur de Mauwissière*, 1659, I, 547.

12. Madame, sœur du roi. Marguerite de France, duchesse de Berry, fille de François Ier et sœur de Henri II, née à Saint-Ger-

main-en-Laye le 5 juin 1523, mariée le 9 juillet 1559 à Emmanuel-Philibert, duc de Savoie, morte à Turin le 14 septembre 1574.

13. Antoine de Bourbon, fils de Charles de Bourbon, duc de Vendôme, né le 22 avril 1518 au château de La Fère, en Picardie, marié le 20 octobre 1548 à Jeanne d'Albret, devint roi de Navarre lorsque cette dernière princesse hérita, en 1555, à la mort de son père Henri d'Albret, le royaume de ce nom. Il joua un rôle important dans les guerres de ce temps. Grièvement blessé devant Rouen qu'il assiégeait, il mourut le 17 novembre 1562.

14. François de Lorraine, duc de Guise, fils de Claude de Lorraine, duc de Guise, et d'Antoinette de Bourbon, né en 1519, marié à Anne d'Este. Il porta le surnom de *Balafré* après avoir reçu, en 1545, une blessure au visage au siège de Boulogne. Il fut un des plus illustres capitaines de son temps. Il défendit victorieusement Metz contre Charles-Quint en 1552-1553, gagna, en 1554, contre le même, la bataille de Renty. Lieutenant-général du royaume en 1557, il battit les Anglais à Calais et les Espagnols à Thionville (1558). Plus tard il fut un des chefs de la Ligue. Il mourut en 1563, tué d'une pistoletade par Poltrot de Méré.

15. Charles de Guise, cardinal de Lorraine. Voir plus haut, note 6 de la *Princesse de Montpensier*.

16. François de Lorraine, chevalier de Malte, grand prieur et général des galères de la religion en 1557, fils de Claude de Lorraine et d'Antoinette de Bourbon, né en 1534, mort le 6 mars 1563. Brantôme : *Mémoires* précités, *Vies des Hommes illustres*, 1666, p. 387 et s., a tracé de lui une curieuse image.

17. Louis Ier de Bourbon, prince de Condé, fils de Charles de Bourbon, duc de Vendôme, et de Françoise d'Alençon, né à Vendôme le 7 mai 1530, marié à Eléonor de Roye le 22 juin 1551. Il fut le chef du parti protestant pendant les guerres religieuses. Blessé, en 1569, à la bataille de Jarnac, il fut assassiné, après qu'il se fut rendu, par Montesquiou, capitaine des gardes du duc d'Anjou. Brantôme : *Hommes illustres*, 1666, III, 211, d'une part, et Le Laboureur : *op. cit.*, t. I, p. 350-351, d'autre part, ont fourni à Mme de Lafayette des particularités sur le caractère et le physique de ce prince.

18. François de Clèves, duc de Nevers, fils de Charles de Clèves, comte de Nevers, et de Marie d'Albret, né le 2 septembre 1516, marié à Marguerite de Bourbon par contrat du 19 janvier 1538, mort à Nevers le 13 février 1562.

19. Jacques de Clèves. Voir plus loin, note 44.

20. François de Vendôme, prince de Chabanois, vidame de Chartres, né en 1524, fils de Louis de Vendôme, prince de Chabanois et grand veneur de France, et d'Hélène de Hangest-Genlis,

marié à Jeanne d'Estissac, mort sans postérité à Paris le 7 décembre 1562. Voir, sur lui, Brantôme : *Mémoires* précités, *Hommes illustres*, 1666, *passim* ; Le Laboureur : *op. cit., passim*. L'historien de Thou trace de lui un assez fâcheux portrait de débauché.

21. Jacques de Savoie, duc de Nemours, fils de Philippe de Savoie et de Charlotte d'Orléans-Longueville, né en l'abbaye de Vauluisant, en Champagne, le 12 octobre 1531, marié le 5 mai 1566 à Anne d'Este, veuve de François de Lorraine, duc de Guise, mort le 15 juin 1585. MM. Chamart et Rudler ont montré, par des rapprochements de textes significatifs, que Mme de Lafayette, peignant son principal héros, s'est bornée à démarquer habilement Brantôme (*Hommes illustres*, 1666, III, p. 1 et s.) en adoucissant sa prose des traits vigoureux dont elle est chargée. Sous la plume de la comtesse, Nemours, libertin astucieux et trousseur de cottes, devient un galant un peu fade. Valincour : *Lettres à Madame la marquise*** sur le sujet de la Princesse de Clèves*, 1678, p. 194, avait déjà signalé, avec une charmante ironie, cet affadissement volontaire du personnage. La fin du paragraphe consacré à Nemours et le paragraphe suivant reposent sur les allégations de Mézeray : *Hist. de France* précitée, 1646, II, 699 et *Abrégé chronologique ou Extrait de l'Histoire de France*, 1668, II, 935 et 979.

22. François et Charles de Lorraine. Voir, sur ces personnages, *Princesse de Clèves*, note 14; *Princesse de Montpensier*, note 6.

23. Anne, duc de Montmorency, connétable de France, fils de Guillaume et d'Anne Pot, né à Chantilly le 15 mars 1492, marié par contrat du 10 janvier 1526 à Madeleine de Savoie, mort des blessures reçues à la bataille de Saint-Denis le 12 novembre 1567

24. Jacques d'Albon, marquis de Fronsac, seigneur de Saint-André, fils de Jean d'Albon et de Charlotte de La Roche, maréchal de France en 1547, marié à Marguerite de Lustrac, mort en 1562, à la bataille de Dreux où, prisonnier, il fut tué d'une pistoletade par le sieur Perdriel de Bobigny, seigneur de Mézières. Brantôme lui a consacré de nombreuses pages de ses *Hommes illustres*, 1666, III, 306 et s.; on en retrouve des traces évidentes dans le texte de Mme de Lafayette.

25. Claude de Lorraine, duc d'Aumale. Voir, note 8 de la *Princesse de Montpensier*.

26. François de Montmorency, fils aîné du connétable, avait épousé, par contrat du 3 mai 1557, Diane, fille naturelle d'Henry II et de Philippe Duc, piémontaise.

27. François de Montmorency avait promis mariage à Jeanne de Halluyn, dite Mlle de Piennes la jeune, fille d'honneur de Catherine de Médicis; le pape ayant refusé, malgré le désistement

de Mlle d'Halluyn, de déclarer nul ce « mariage par parole », le roi promulgua un édit contre les mariages clandestins (1556); à l'aide de ce subterfuge, il se crut en droit de transgresser la sentence du Saint-Siège et de colloquer sa fille naturelle au jeune seigneur susdit.

28. Henri Ier de Montmorency, seigneur d'Ampville, plus tard duc de Montmorency, second fils d'Anne de Montmorency et de Madeleine de Savoie, né à Chantilly le 15 juin 1534, marié par contrat du 26 janvier 1558 à Antoinette de La Marck, fille aînée de Robert de La Marck, duc de Bouillon et de Françoise de Brézé, mort le 2 avril 1614.

29. Détail fourni à Mme de Lafayette par Le Laboureur : *op. cit.*, *Additions*, I, 547.

30. Bataille de Saint-Quentin perdue par le connétable de Montmorency, 29 juillet 1557.

31. Le panorama de la cour que Mme de Lafayette déroule dans les pages précédentes, sort, d'après MM. Chamard et Rudler, des *Dames illustres* et des *Hommes illustres* de Brantôme; à ce dernier ont été empruntés « noms, titres nobiliaires et la plupart des traits caractéristiques » des personnages y figurant. Valincour : *op. cit.*, p. 5 et s., critique le début du roman : « En lisant, écrit-il, cette longue description de la cour, je crus que j'allais lire l'*Histoire de France* et j'oubliai la *Princesse de Clèves*. » L'Abbé de Charnes : *Conversations sur la critique de la Princesse de Clèves*, 1679, p. 27 et s., tente de justifier le procédé narratif de Mme de Lafayette, mais n'y réussit guère.

32. Ferdinand Alvarès de Tolède, duc d'Albe, né en 1508, mort le 12 janvier 1582.

33. Guillaume, comte de Nassau, prince d'Orange, fils de Guillaume et de Julienne de Stolberg, né en 1533, mort le 10 juillet 1584.

34. Les pourparlers de Cercamp eurent lieu dans l'abbaye de ce nom. La paix de Cateau-Cambrésis fut signée le 3 avril 1559.

35. Nous avons déjà précisé (note 9) que Mme Élisabeth n'épousa point don Carlos, mais son père Philippe II.

36. Emmanuel-Philibert, duc de Savoie, né en 1528, mort en 1580.

37. Marie Tudor, reine d'Angleterre, fille de Henri VIII et de Catherine d'Aragon, née en 1516, morte en 1558.

38. Charles de La Rochefoucauld, comte de Randan, fils cadet de François II de La Rochefoucauld et d'Anne de Polignac, dame de Randan, colonel général de l'infanterie française, mort le 4 novembre 1562.

39. Élisabeth Tudor, fille de Henri VIII et d'Anne de Bouleyn, née en 1533, succéda en 1558 à sa sœur Marie sur le trône d'Angleterre, morte en 1603.

40. Les mots entre crochets ne figurent pas dans le texte original.

41. Philibert de Lignerolles, mort assassiné en 1571.

42. Mme de Lafayette, relatant la sympathie admirative de la reine Élisabeth pour le duc de Nemours, s'inspire des *Dames galantes* de Brantôme, 1666, II, 261 et s., mais arrange les faits selon les besoins de son récit.

43. Mme de Chartres et Mlle de Chartres, sa fille, celle-ci héroïne du roman, sont des personnages imaginaires. « J'ai été surpris, écrit Valincour : *op. cit.*, p. 88, de trouver à la cour de Henri II une Mlle de Chartres qui n'a jamais été au monde, un grand prieur de Malte qui la veut épouser, un duc de Clèves qui l'épouse effectivement quoiqu'il n'ait pas été marié. » L'abbé de Charnes : *op. cit.*, p. 107 et s., 113 et s. discute les allégations de Valincour en homme fort peu docte qui veut, à tout prix, conserver son caractère historique à la *Princesse de Clèves*. Pour lui, il « peut y avoir eu des dames, à la cour de Henri II dont l'histoire n'a point parlé ». D'autre part, ajoute-t-il, « M. de Guise n'était point grand prieur dans le temps qu'il recherchait Mlle de Chartres », oubliant que ce seigneur était, du moins, chevalier de Malte, éloigné du mariage par ses obligations pieuses. Sur le mariage du prince de Clèves, l'abbé de Charnes échappe à l'objection de Valincour par une pirouette de plume. Il conclut sa contre-critique en revendiquant, pour le romancier, le droit de mêler la fiction à l'histoire, tout en insinuant que l'auteur de la *Princesse de Clèves* a pu travailler sur des mémoires écrits du duc de Nemours et de Mme de Clèves.

44. Si Mlle de Chartres, future princesse de Clèves, est, comme nous le disons plus haut, un personnage imaginaire, le prince de Clèves, par contre, a réellement existé. Jacques de Clèves, marquis de l'Isle, plus tard duc de Nevers, était fils cadet de François de Clèves, duc de Nevers, et de Marguerite de Bourbon. Il naquit le 1er octobre 1544, épousa (contrairement à ce que dit Valincour) Diane de La Marck, petite-fille de Diane de Poitiers, et mourut à Montigny, près Lyon, le 6 septembre 1564, avant d'avoir atteint la vingtième année. Il avait, dit Brantôme, beaucoup de vertu, mais une santé chancelante. Il passa comme une ombre dans la société du XVIe siècle, et c'est pourquoi Mme de Lafayette le put choisir, sans scrupule, comme héros de son roman. A la mort d'Henri II, il franchissait à peine la quinzième année et déjà, dans les trois premières parties de la *Princesse de Clèves*, la comtesse l'avait chargé d'un faix pesant d'aventures passionnées.

45. Ce passage, concernant la princesse Marguerite, duchesse de Berry, condense, en l'interprétant librement, le texte de Brantôme : *Dames illustres*, 1665, p. 324-325.

46. Jeanne de Vivonne, fille d'André de Vivonne, baron de La Chastaigneraie, et de Louise de Daillon du Lude, mariée à Claude de Clermont, baron de Dampierre, morte en 1583.

47. François de Clèves, comte d'Eu, plus tard duc de Nevers, fils aîné de François de Clèves, duc de Nevers, et de Marguerite de Bourbon, né le 31 mars 1539, mort le 10 janvier 1562. Il épousa, non sous Henri II, comme le dit Mme de Lafayette, mais sous Charles IX, le 6 septembre 1561, Anne de Bourbon, fille de Louis II de Bourbon, duc de Montpensier.

48. Jeanne d'Albret, fille d'Henri d'Albret, roi de Navarre, et de Marguerite d'Orléans, née le 7 janvier 1528, mariée par contrat du 20 octobre 1548 à Antoine de Bourbon, duc de Vendôme, morte le 9 juin 1572. Mère d'Henri IV.

49. François de Bourbon, duc de Montpensier. C'est le héros de la *Princesse de Montpensier*. Sur ce prince, voir les notes 7 et 23 de cette nouvelle de Mme de Lafayette.

50. P. de Boscosel de Chastelart, gentilhomme dauphinois. Épris de Marie Stuart, femme de François II, il l'accompagna en Écosse après la mort de ce roi et paya de sa tête l'imprudence de s'être caché dans sa chambre. Mme de Lafayette l'a peint d'après Brantôme : *Dames illustres* précitées, p. 169.

51. Marie de Lorraine, fille de Claude de Lorraine, duc de Guise, et d'Antoinette de Bourbon, née le 22 novembre 1515, mariée : 1º le 4 août 1534 à Louis II d'Orléans, duc de Longueville; 2º en 1538, à Jacques Stuart V, roi d'Écosse, veuf de Madeleine de France, fille de François Ier, morte le 10 juin 1560.

52. La substance de ce long monologue de Marie Stuart a été empruntée, par Mme de Lafayette, à deux passages différents de Pierre Matthieu : *Histoire de France*, 1631, I, p. 27-28 et 207.

53. 13 février 1562.

54. François de Clèves, comte d'Eu. Voir note 47 ci-dessus.

55. Claude de France, fille d'Henri II et de Catherine de Médicis, née à Fontainebleau le 1er novembre 1547, mariée le 22 janvier 1558 à Charles II de Lorraine, morte le 20 février 1575.

56. Les absences et les déplacements de Nemours sont accommodés, par Mme de Lafayette, aux nécessités de son récit, sans souci de la vérité historique.

57. Le texte original porte (I, 115) : « Il prit comme un présage ». Nous y ajoutons la correction manuscrite attribuée à l'éditeur Barbin.

58. Au paragraphe suivant commence la première des quatre digressions que Valincour : *op. cit.*, p. 18 et s., reproche à Mme de Lafayette d'avoir introduites dans son récit. Le critique, pour adoucir son reproche, ajoute aimablement (p. 22) que ces digressions « ne sont pas extrêmement longues (33 pages, dit-il, p. 139, pour celle de Mme de Chartres, 33 pages dans lesquelles « il n'y a pas un mot qui soit utile à l'histoire de Mme de Clèves ») et sont toujours si agréables que, si ce sont des fautes, au moins ce sont des fautes qui donnent du plaisir ». Répondant à Valincour, l'abbé de Charnes : *op. cit.*, p. 46 et s., se tue à prouver, au contraire, que, loin d'être des fautes, ces digressions sont indispensables au divertissement du lecteur et que Mme de Lafayette en fut « trop avare ». Sur les fondements historiques de cette digression, nous renvoyons au travail précité de MM. Chamard et Rudler.

59. Anne de Pisseleu, fille de Guillaume de Pisseleu et de sa deuxième épouse, Anne Sanguin, mariée à Jean de Brosse, dit de Bretagne, duc d'Étampes, gouverneur de Bretagne. Maîtresse de François Ier. Morte vers 1576.

60. Charles de France, duc d'Orléans, troisième fils de François Ier et de Claude de France, né à Saint-Germain-en-Laye le 22 janvier 1522, mort sans alliance le 9 septembre 1545.

61. François de Tournon, archevêque d'Embrun, puis de Bourges, cardinal d'Ostie, né en 1497, mort le 22 avril 1562.

62. Claude d'Annebault, baron de Retz et de La Hunaudaye, maréchal de France en 1538, amiral en 1543, mort à la Fère le 2 novembre 1552.

63. François Olivier, né en 1497, mort en 1560, chancelier de France en 1545.

64. Probablement Nicolas de Neufville, seigneur de Villeroy, trésorier de France et secrétaire des finances, mort après 1553.

65. Jean, seigneur de Taix, fils d'Aÿmery, seigneur de Taix et de Françoise de La Ferté, marié à Charlotte de Mailly, mort au siège d'Hesdin en 1553, colonel de l'infanterie française, grand maître de l'artillerie en 1546-1547.

66. Charles de Cossé, comte de Brissac, né en 1506, mort le 31 décembre 1563, grand maître de l'artillerie de 1547 à 1550, maréchal de France.

67. Le futur François II, fils aîné d'Henri II.

68. Alphonse II d'Este, duc de Ferrare, né le 19 janvier 1533, marié en 1560 à Lucrèce de Médicis, mort le 27 octobre 1597.

69. Le texte original (p. 166) porte : « Qu'alors que c'est lui qui le donne. » Nous rétablissons ce membre de phrase d'après la correction manuscrite attribuée à l'éditeur Barbin.

70. « Autant que de sagesse *et* de mérite » dans le texte original.

71. Jean de Bueil, comte de Sancerre ? Plus loin le texte fait mention d'Estouteville, autre personnage figurant dans les mémoires du temps. On rencontre des Sancerre et des Estouteville de plusieurs familles différentes. Ici commence la seconde digression dont Valincour : *op. cit.*, p. 159, regrette que Mme Lafayette ait encombré son texte. C'est, dit-il, un « hors-d'œuvre ». L'histoire de la galante Mme de Tournon ne repose sur aucun fondement historique. V. sur cette histoire, abbé de Charnes : *op. cit.*, p. 183 et s.

72. « De le pousser », dans le texte original. La faute est corrigée à la main dans certains exemplaires de la *Princesse de Clèves*. Voir François Gébelin : *Sur une nouvelle édition de la Princesse de Clèves* dans *Plaisir du Bibliophile*, novembre 1930, p. 154.

73. Edward de Courtenay, comte de Devonshire, marquis d'Exeter. Le paragraphe relatif à ce personnage sort directement des *Additions* de Le Laboureur aux *Mémoires de Castelnau* précités, I, 434-435. Voir aussi p. 32-33.

74. « Martignes » dans le texte original. Marie de Beaucaire, fille de Jean de Beaucaire, seigneur de Puy-Guillon, et de Guyonne du Breuil, mariée à Sébastien de Luxembourg, comte de Martigues.

75. Le texte original porte : « Je ne sçay si le Roy en elle trouvera toute l'obéissance ». Nous réformons cette phrase d'après la correction manuscrite attribuée à l'éditeur Barbin. Sur les faits historiques, voir note 9.

76. Sur ce mariage, voir note 12.

77. Le texte original porte (II, p. 82) : « Il feignit une passion grande. » La correction manuscrite attribuée à l'éditeur Barbin rectifie : « Il feignit une grande passion. »

78. Jean d'Escars, prince de Carency, comte de La Vauguyon, favori d'Henri II, mort le 21 septembre 1595.

79. Sur l'épisode d'Anne de Boulen [ou Boleyn], troisième digression contenue dans la *Princesse de Clèves*, nous renvoyons aux études de sources de MM. Chamard et Rudler; elles montrent que Mme de Lafayette s'est inspirée pour l'écrire de documents variés, concentrés, interprétés et romancés avec habileté.

80. Une première édition de l'*Heptaméron* de la défunte Marguerite, reine de Navarre, parut incomplète en 1558; une autre en 1559, c'est-à-dire pendant le temps où se déroule l'action de la *Princesse de C èves*.

81. « Seimer » dans le texte original.

82. « Havard » dans le texte original.

83. « le » dans le texte original.

84. Première pensée de « l'aveu » dans l'esprit de Mme de Clèves.

85. Paix de Cateau-Cambrésis, 3 avril 1559.

86. C'est-à-dire à épouser Philippe II. Voir note 9.

87. Marguerite de France épousa Emmanuel-Philibert, duc de Savoie, le 9 juillet 1559.

88. Les ouvrages, déjà cités, de Pierre Matthieu et de Mézeray, et ceux, au surplus, de Godefroy (*Le Cérémonial françois*, 1649) et du R. P. Anselme (*Le Palais de l'honneur*, 1663) ont permis à Mme de Lafayette de retracer, dans le paragraphe qui précède et dans ceux qui suivent, quelques images, un peu sobres, des fêtes données à l'occasion des mariages des princesses royales.

89. « Reconté » dans le texte original.

90. Le Laboureur : *op. cit.*, I, 291-292, 465-466, a donné à Mme de Lafayette les moyens d'écrire le long récit de l'inclination de Catherine de Médicis pour le vidame de Chartres où le romanesque côtoie la réalité. Ce récit forme la quatrième digression dont la *Princesse de Clèves* est alourdie.

91. Anne de Puymisson, femme de Jean de Lauzières de Thémines.

92. Voir note 74.

93. Le texte original porte (t. III, p. 20) : « Je croy bien. » Nous l'avons rectifié d'après la correction manuscrite attribuée à l'éditeur Barbin.

94. Nous n'avons pu identifier cette dame d'Amboise.

95. Le texte original porte : « la dauphine ».

96. Passage tiré, par Mme de Lafayette, des *Additions* de Le Laboureur aux *Mémoires de Castelnau* précités, I, 465-466.

97. Jeanne de Savoie, fille de Philippe de Savoie, duc de Nemours, et de Charlotte d'Orléans-Longueville, née à Annecy en 1532, mariée le 24 février 1555 (contrat du 7 février 1554), à Nicolas de Lorraine, duc de Mercœur, sœur du duc de Nemours, morte le 4 juillet 1568.

98. Le fameux « aveu » que la Princesse de Clèves fait à son mari de son amour pour le duc de Nemours suscita bien des commentaires parmi les contemporains de Mme de Lafayette; il fit l'objet d'une enquête de Donneau de Visé, directeur du *Mercure galant*, parmi les lecteurs de ce journal. Valincour : *op. cit.*, p. 216, lui consacre quelques pages et dit, le premier, que pareil aveu se retrouve dans les *Désordres de l'Amour*, ouvrage (de Mme de Villedieu) où Mme de Lafayette a pu en trouver l'idée. L'abbé de Charnes : *op. cit.*, p. 226 et s., conteste que cet ouvrage ait inspiré

la comtesse, la *Princesse de Clèves* ayant été écrite antérieurement à sa publication. Voir, sur ce problème, notre introduction.

99. Le vrai prince de Clèves, atteignant à peine la quinzième année en 1559, date du mariage de Mme Élisabeth, ne fut point chargé de conduire cette princesse en Espagne. Le roi de Navarre reçut, en réalité, cette mission.

100. Le texte original porte (tome III, p. 122) : « Le bruit couroit que le roy meneroit. » Nous l'avons rectifié d'après la correction manuscrite attribuée à l'éditeur Barbin.

101. Anselme : *Le Palais de l'honneur*, 1663, p. 229 et s., et Godefroy : *Le Cérémonial françois*, 1649, p. 15 et s., ont fourni à Mme de Lafayette des renseignements circonstanciés sur les cérémonies des fiançailles et du mariage par procuration de Mme Élisabeth.

102. Le texte original (tome III, p. 155) porte : « des pensées qu'elle avoit peu avoir ». Rectification faite d'après la correction manuscrite attribuée à l'éditeur Barbin.

103. « Recontée » d'après le texte original.

104. Le texte original (tome III, p. 193) porte : « et Mme de Clèves affecta de ne plus parler à sa femme ». Rectification faite d'après la correction manuscrite attribuée à l'éditeur Barbin.

105. Description faite d'après Anselme et Godefroy : *op. cit.*

106. Gabriel de Lorges, comte de Montgomery, capitaine des gardes écossaises d'Henri II, fils de Jacques de Lorges, sire de Montgomery, marié à Élisabeth de la Touche, mort exécuté à Paris le 26 juin 1574. Le tournoi eut lieu le 30 juin 1559. Le roi mourut onze jours plus tard, demandant que l'on n'inquiétât pas son meurtrier involontaire.

107. Passage emprunté, par Mme de Lafayette, à Brantôme : *Hommes illustres* précités, II, 38 et s.

108. Ce paragraphe concernant Mme de Valentinois rappelle Brantôme : *Dames galantes*, II, 327-328.

109. François II, le nouveau roi.

110. Ce paragraphe est un démarquage d'un texte de Pierre Matthieu : *Histoire de France...* 1631, I, 208.

111. Dans ces premières pages de la 4e partie de la *Princesse de Clèves*, Mme de Lafayette suit le texte de Mézeray : *Histoire de France*, 1646, II, 744-750.

112. Marguerite de Bourbon, femme de François de Clèves, duc de Nevers, belle-mère de la pseudo Mme de Clèves. Voir note 18.

113. Le texte original (IV, 19) porte : « elles luy dirent qu'elles venoient de chez M. de Clèves ». Rectification faite d'après la correction manuscrite attribuée à l'éditeur Barbin.

114. « Sa » dans le texte original.

115. Le texte original (tome IV, p. 54) porte : « Monsieur ». Rectification faite d'après la correction manuscrite attribuée à l'éditeur Barbin.

116. Le texte original (t. IV, p. 58) porte : « Il trouva qu'il y avoit eu de la folie, non pas à venir voir Mme de Clèves sans estre vû. » Rectification faite d'après la correction manuscrite attribuée à l'éditeur Barbin : « sans *en* être vu ».

117. Le texte original porte (tome IV, p. 82) : « que l'aye sçû ».

118. Le mot manque dans le texte original.

119. Mme de Lafayette fait mourir Jacques de Clèves sous François II, vraisemblablement en 1560. En fait, il mourut sous Charles IX, le 6 septembre 1564.

120. Le texte original (tome IV, p. 173) porte : « On fait des reproches à un amant, mais en fait-on à un Mary quand on n'a à luy reprocher de n'avoir plus d'amour. » La correction attribuée à l'éditeur Barbin rectifie ainsi la seconde partie de la phrase : « quand on n'a *qu'à* lui reprocher de n'avoir plus d'amour ». Elle semble assez fâcheuse.

121. Au singulier dans le texte original.

122. Le texte original (tome IV, p. 203) porte : « reproché ». Il semble que « rapproché », donné par une correction manuscrite du temps, convient mieux au sens de la phrase.

123. Le beau seigneur que Mme de Lafayette mit en scène, tout au long de son roman, en attitude de galant transi d'une princesse imaginaire, termina, en fait, plus joyeusement sa vie. Il épousa, en 1566, Anne d'Este, veuve de François de Lorraine, duc de Guise, qu'il avait longtemps aimée et en qui Mme Valentine Poizat (*La Véritable Princesse de Clèves*) voit le modèle que Mme de Lafayette peignit sous le nom de Mlle de Chartres, puis de la Princesse de Clèves.

LA COMTESSE DE TENDE

1. « Strossi » dans le texte original. Clarisse Strozzi, héroïne de Mme de Lafayette, était fille de Pierre Strozzi, maréchal de France, et de Léodamia de Médicis. On ignore la date de sa naissance. Elle épousa, en 1560, au dire de la comtesse, Honorat de Savoie, comte de Tende, et mourut sans lui avoir donné d'enfants.

NOTES

2. Honorat de Savoie, comte de Tende, fils de Claude de Savoie, comte de Tende et de Sommerive, et de Marie de Chabannes, gouverneur et sénéchal de Provence, marié : 1º à Clarisse Strozzi ; 2º à Madeleine de La Tour-Turenne, mort sans postérité, empoisonné à Montélimar le 8 septembre 1572.

3. La principauté de Neufchâtel appartenait, depuis l'an 1503, à la maison d'Orléans-Longueville. Nous n'avons rencontré aucune dame de cette maison au XVIe siècle portant le titre de princesse de Neufchâtel proprement dit. Ainsi Mme de Lafayette a-t-elle probablement inventé cette princesse pour les besoins de son récit.

4. On en peut dire autant du chevalier de Navarre qui ne figure dans aucune généalogie à notre connaissance.

5. « Honneur » dans le texte original.

6. Éléonor de Roye, fille de Charles, sire de Roye, comte de Roucy, et de Madeleine de Mailly, dame de Conty, née le 24 février 1535, mariée le 22 juin 1551 à Louis de Bourbon, prince de Condé, morte le 23 juillet 1564.

7. Marguerite de Lustrac, fille d'Antoine de Lustrac et de Françoise de Pompadour, mariée : 1º à Jacques d'Albon, marquis de Fronsac, seigneur de Saint-André, maréchal de France ; 2º à Geoffroy, baron de Caumont. Vivait encore en 1574.

8. Mme de Lafayette a chargé l'existence de la comtesse de Tende d'une bien fâcheuse aventure. En réalité, celle-ci ne méritait pas un tel affront posthume. Brantôme la peint comme l'une des plus « honnestes, belles, bonnes, courageuses » dames qui soient « sorties de sa race ». Elle était fort estimée à la cour, aimée « uniquement » même par la princesse Elisabeth, future reine d'Espagne, en compagnie de laquelle elle avait étudié. Elle passait sa vie, tantôt à Paris, tantôt en Provence dont son mari avait le gouvernement. Lors du séjour de Charles IX à Marseille (1564), comme, avec le comte de Tende, elle avait accompagné le roi sur la galère réale, elle tomba, par accident, à la mer. Elle ne se remit point de cette noyade dont on la sauva à grand'peine. Elle mourut « fort jeune, ajoute Brantôme, et ce fut grand dommage pour son mari et pour toute la Provence... où elle... estoit fort aymée », car elle avoit « un grand esprit et un grand cœur ». Voir, sur le comte et la comtesse de Tende : *Œuvres de Brantôme*, édit. Ludovic-Lalanne précité, II, 273 ; III, 381 ; VII, 382 ; VIII, p. 13-14.

TABLE DES MATIÈRES

                                                      Pages

Introduction.   I

Bibliographie   xxxiii

La Princesse de Montpensier   I

Zaïde   35

La Princesse de Clèves   237

La Comtesse de Tende   397

Notes   413

ACHEVÉ D'IMPRIMER
PAR L'IMPRIMERIE ANDRÉ TARDY
A BOURGES
LE 15 MARS 1967

Numéro d'édition : 1092
Numéro d'impression : 5039
Dépôt légal : 1er trim. 1967

Printed in France